TOR

Auf dem Planeten Venus findet in einigen hundert Jahren ein gewaltiges soziales Experiment statt. Eine ganze Gesellschaft sucht eine Form der Zusammenarbeit, in der Menschen, Roboter und künstliche Netzintelligenzen gleichberechtigt miteinander leben können.

Das neue Regime verspricht, Ausbeutung und Abhängigkeit abzuschaffen, aber es muss sich gegen äußere und innere Feinde behaupten. Die Politikerin und Programmiererin Leona Christensen errichtet deshalb eine Diktatur.

›Venus siegt‹ erzählt diese Geschichte aus der Perspektive eines Elitenkindes: Nikolas Helander ist der Sohn des ersten Gehilfen der Diktatorin. Sein Leben, seine Liebe und sein Weg zwischen Loyalität, Opposition und Krieg sind Teil einer großen Erzählung von Befreiung und Terror, Zwang und Emanzipation unter den Bedingungen höchstentwickelter Technik. Der Epilog ›Venus lebt‹ zeigt, wie aus seinem Erbe lange nach seinem Tod etwas Unvorhersehbares wird, als Entscheidung alter Kämpfe und als Lösung tödlicher Rätsel.

›Venus siegt‹ wurde für diese Ausgabe überarbeitet und um eine 150 Seiten lange Fortsetzung erweitert.

Dietmar Dath, geboren 1970, ist Schriftsteller, Übersetzer, Musiker und Publizist. Sein Roman ›Die Abschaffung der Arten‹ ist 2008 in letzter Minute dem Deutschen Buchpreis entkommen, wurde dafür aber 2009 mit dem »Kurd Laßwitz Preis« ausgezeichnet, desgleichen 2013 sein Roman ›Pulsarnacht‹.

Weitere Informationen, auch zu E-Book-Ausgaben, finden Sie auf www.fischerverlage.de

DIETMAR DATH

VENUS SIEGT

ROMAN

TOR

Erschienen bei FISCHER Tor
Frankfurt am Main, November 2016

Die Originalausgabe erschien 2015 bei Hablizel, Lohmar.
© 2015 Dietmar Dath

© 2016 S. Fischer Verlag GmbH, Hedderichstr. 114,
D-60596 Frankfurt am Main

Satz: Pinkuin Satz und Datentechnik, Berlin
Druck und Bindung: CPI books GmbH, Leck
Printed in Germany
ISBN 978-3-596-29658-3

Für Hermann L. Gremliza, of course

Inhalt

VENUS SIEGT

I.	Jugend und Lehrzeit	11
II.	Liebe und Angst	90
III.	Auf der Flucht und bei Hofe	173
IV.	Strafe und Exil	251

VENUS LEBT   341

DANK   539

VENUS SIEGT

I.
Jugend und Lehrzeit

Am Ende hasste ich meinen Vater bis aufs Blut.
Wir teilten dieses Blut, seit es mich gab.
Wir teilten es, solange er lebte.
Erst jetzt frage ich mich, ob er den durch meine Gefäße pulsenden Hass gespürt hat. Wurden ihm seine letzten Lebensjahre davon schwerer? Wenn es so gewesen sein sollte, dann war das Gerechtigkeit. Ich kann ihn danach nicht fragen. Er ist zu weit weg in Zeit und Raum. Der Ort, an dem dieser Mann, den ich vergessen würde, wenn ich könnte, begraben liegt, bewegt sich, wie der Ort, an dem ich jetzt lebe, ruhelos durchs All. Näher als achtunddreißig Millionen Kilometer sind die beiden Orte einander nie. Haben sie diese Nähe erreicht, so entfernen sie sich wieder voneinander.

In seinen letzten Lebensjahren dachte ich kaum mehr an ihn, und wenn, dann mit Verachtung, zu der die alte Bitterkeit schließlich ausgenüchtert war.

Ich habe seine ständigen Zitate aus der Literatur der Vergangenheit genauso gehasst wie seinen Eifer für eine Zukunft, an die ich schließlich kaum noch glauben konnte.

Nur noch abgedroschen fand ich am Ende, kurz vor dem Beginn meines Exils, seine wiederholte Mahnung: »Die Wahrheit, Junge, ist in den alten Büchern und in der neuen Forschung.«

Einmal verriet ich ihm, was ich davon hielt: »Was will ich mit deiner Wahrheit? Mich interessiert die Wirklichkeit, alter Mann.«

Er wusste eine Antwort, weil er immer eine wusste: »Die Wirklichkeit ist, was wir mit der Wahrheit machen. Mehr braucht niemand.«

So sprach Arthur Helander mit mir, weil er so mit allen sprach, mit der ganzen Welt, die wir bewohnten: Venus. Auf der Erde, wo ich heute lebe, weiß man nicht viel darüber. Man ahnt nicht einmal, wer wir waren und warum wir taten, was wir taten.

Man sagt hier, wenn man Witze reißt, wir hätten damals zwei Fehler gemacht: unseren Robotern nichts befohlen und unseren Künstlichen Intelligenzen nicht gehorcht.

Ich will widersprechen. Ich will sagen, was Maren Laukkanen sagte, die unseren Staat begründet hat: Was ihr Roboter nennt und was ihr Künstliche Intelligenzen nennt, sind zwei Extreme, zwischen denen niemand anders vermitteln kann als die Menschen.

Denn, so sagte Laukkanen: »Menschen können die Idee eines neuen Körpers sein wie die Verkörperung einer neuen Idee.«

Aber aus Laukkanens Idee wurde ein Albtraum namens Leona Christensen, die Mörderin.

Arthur Helander war ihre mal rechte, mal linke Hand, Gehilfe der Mörderin und damit selbst Mörder. Er vergaß alles in ihren Diensten, mich, meinen Bruder, meine Mutter.

Ich habe ihn einmal gefragt: Wie sollen die Leute eine Welt bewohnen, in der beschlossen wurde, was deine Herrin befohlen hat?

Er sah mich an und schwieg. Sein Gesicht ist bekannt, die Geschichte hat sein Bild bewahrt: etwas rundlich, unauffällig, klassischer Haarschnitt, enganliegende Frisur, rechts seitlich gescheitelt, nicht tief über die Stirn gekämmt, voll genug – seine Haare wurden nie dünn, ich habe diesen kräftigen Wuchs geerbt –, die Brauen fein, man hat sie weiblich dünn genannt. Der Schnurrbart über den Mundwinkeln war schmal, unter der Nase etwas dichter, kaum ein Schmuck für den strengen, aber nicht verkniffenen Mund, der auf Bildern und in Filmen oft lächelt, als wüsste der Mann Geheimnisse, gute und schlechte.

Vom letzten dieser Geheimnisse habe ich erst vor ein paar Wochen erfahren. Ich würde ihm, wenn ich könnte, ins Gesicht sagen, was ich davon halte.
    Ich würde ihm sagen: Jetzt erst durchschaue ich dich!
    Er dagegen hat mich immer durchschaut, mit diesen Augen, regsam, lebendig.
    Das heute bekannteste Bild von ihm – jede Abfrage entdeckt es als eines der ersten – zeigt ihn auf einer Versammlung der mächtigsten Delegierten unserer größten politischen Organisation, des Bundes.
    Damals ging es um eine von Leona Christensen befohlene »Aussprache« über »die Aggression, die uns von der Erde droht«, um den »blutrünstigen Despoten« Arjen Samito, wie wir den Mann nannten, an den man sich hier nicht gern erinnert – hier, wo er geboren wurde und verbrannt ist. Auf dem Bild sitzt mein Vater neben der Despotin. Ich sehe die Wirklichkeit, wenn ich dieses Bild betrachte: Leona Christensen hat von Erbarmen auch nicht mehr gewusst als Arjen Samito, vor dem wir uns so fürchteten.
    Mein Vater aber wäre ihr in jede Hölle gefolgt. Die Tyrannin legt den linken Arm auf dem Bild locker auf das hölzerne Geländer der Loge. Sie wirkt fast ein wenig zusammengesunken – nicht vor Erschöpfung, eher im Nachdenken, etwas nach vorn gebeugt. Sie folgt wohl gerade einem Beitrag, den irgendein hoher Delegierter auf dem Podium vorträgt. Mein Vater, an ihrer Seite, sitzt ganz gerade, die Haare wie mit

dem Stift ausgestochen, die Brauen leicht angehoben, ein Schatten von Bärtchen unter der Unterlippe, die Wangen gerötet von einer Art Eifer, die nichts verpassen will. Damals beschloss man die ersten Schritte zur Mobilmachung. Das Bild scheint mir sagen zu wollen: Er hat es vor seiner Chefin gewusst, dass der Krieg kommen würde. Wir wussten alles und wurden dann doch überrascht.

Mein Vater war dieser Widerspruch zwischen Wissen und Erwartung. Bis heute werde ich nicht klug aus ihm.

Hatte sein Wort so viel Gewicht, dass er seine Herrin zu Entscheidungen überreden konnte, die sie sonst nicht getroffen hätte? War er ein böserer Mensch als Christensen selbst? Hat er sie angestiftet? Aber die Mobilmachung war richtig, auch wenn sie zu spät geschah. Der Krieg, ich will es nicht leugnen, war Christensens größte Zeit. Schlachten, das konnte sie, und jetzt war es nötig.

Sie rettete Unzählige, wie sie zuvor Unzählige geopfert hatte.

Welche Rolle spielte mein Vater?

»Der kleine Dicke« nannte ihn ein Marschall von Sinope einmal abfällig, nach dem Krieg. Eine Unwahrheit: Arthur Helander war nicht dick. Er aß mit Freude, meist einfach das, was man bei uns so aß, nachdem die Not besiegt war, die unsere direkten Vorfahren gezwungen hatte, ihren Stoffwechsel so zu verändern, dass andere Formen der Energieaufnahme, etwa über Dämpfe oder Hitze, das alte Kauen, Schlucken und Verdauen ersetzen konnten. Essen war eine Prestigefrage für den Bund: Wir hatten jetzt alles, was die Ahnen auf der Erde gehabt hatten.

Mein Vater sah nicht aus, wie die Menschen hier und heute aussehen, die schlank sind bis an die Grenze zur Ausgezehrtheit, schmal wie zusammengepresst. Er war gedrungen, wie zum Sprung geduckt.

Wenn ich über ihn urteile, dann urteile ich als Privatperson, die ich jetzt sein darf.

Ich weiß nicht, ob es eine Instanz namens »die Geschichte« gibt und wie sie ihn sehen wird, falls es sie gibt.

Für mich war und bleibt er derjenige, der Leona Christensen im Katzenhaus am eifrigsten gedient hat, auch wenn sie andere Helferinnen und Helfer hatte. Ist das kindliche Überschätzung des Oberhaupts der eigenen Familie? Er stand Christensen, das bestreitet niemand, nahe genug, dass man ihn eine Zeitlang als ihren Nachfolger betrachtete – nicht nur bei uns, sondern im ganzen bewohnten Sonnensystem.

Ich fürchte, er wäre dieser Nachfolge würdig gewesen.

War er derjenige, der sie als Erster »Lily« nannte?

Es ist ihm zuzutrauen, auch wenn der Erfinder dieser abscheulichen Verniedlichung ebenso gut der elende Bathnagar oder der Heuchler Hsü gewesen sein könnte.

Diese beiden immerhin haben ihren Lohn für treue Dienste erhalten. Wie sagt das Sprichwort? Den feigsten Hund tritt der Stiefel am stärksten.

War das, was meinen Vater an die Despotin fesselte, eine Form von fehlgeleiteter erotischer Liebe? Geschehen ist zwischen ihnen nichts, das wüsste ich, wäre es wahr. Dass nach dem Tod meiner Mutter niemand so wichtig für ihn war wie die Erste Delegierte, ist eine Tatsache.

Wäre alles anders gekommen, wenn meine Mutter Mona Helander den Bürgerkrieg überlebt hätte? Ich schäme mich, dass ich kaum noch weiß, wer sie war.

Ich erinnere mich genauer an das, was sie gesagt und getan hat, als daran, wie sie roch oder wie sie aussah.

Wir wohnten in einem schlichten Haus mit zwei Teichen. Das bescheidene Anwesen stand am Südrand des Kraters Cleopatra, im langen Schatten von Maxwell Montes. Ich erinnere mich an die glasierten Schindeln, an Wege aus

Schieferplatten, ans Granitpflaster, an roten Splitt für geometrische Gärten, Bänke von Sandstein, die Freitreppe aus grünlich gelben Klinkern, hart- und krummgebrannten, den Adlerfarn, die Rosen, und neben dem echten Wasser das andere Wasser: Écumen.

Ich höre meine Mutter zu mir über dieses andere Wasser sagen: »Das ist, was sie Schaum nennen. Nur mein lieber Nick nennt es Wasser. Weißt du, warum mir das gefällt, dass du es Wasser nennst? Weil es mir verrät, dass du genau hinschaust.«

Écumen, der Stoff, aus dem unsere Kommunikations- und Produktionsmittel gemacht waren und der heute in anderen Varianten, unter anderen Namen, gezähmt und vereinfacht und sterilisiert, im ganzen Sonnensystem verbreitet ist, kombiniert mit der Photonik, die das alte Elektronikwesen ersetzt hat, kann bis in seine submikroskopische Beschaffenheit weit eher flüssig gedacht werden als schaumartig: Die Wahrheit dieses Stoffes hatte ich gesehen, mit kindlichem Blick, einen dünnen, flüssigen Film, der, wenn ich ihn berührte, von einer Wandfläche, einem Möbelstück oder einem Gerät auf meine Finger oder meine Hand glitt, sobald ich dachte, er sollte das tun. Wollte ich es nicht, so blieb er, wo er gewesen war.

Immer hörte und sah er mich denken. Das lag an der Kontaktplatte in meinem Kopf, die aus denselben kleinsten Teilen bestand wie der sogenannte Schaum, aus Écumuli, vielen Tausenden, schließlich Millionen. Oft konnte ich durch ihn hören und sehen, was andere dachten: Menschen, Maschinen und ungebundene, mit Bewusstsein von sich selbst gesegnete Algorithmen.

Schaum? Das wäre das weiße Wachsen und Wuchern gewesen, das man sah, wenn man eine der bunten Seifen meiner Mutter in der Badewanne durchs echte Wasser zog.

Was man Bildung nennt, die geistige Seite der Erziehung,

erfuhr ich über den Écumen, in jener besonderen Sicht, die sich über die äußere Optik legte und die wir damals »Innenauge« nannten.

»Schau, hier kann ich dir alles zeigen«, sagte meine Mutter.

Sie zeigte mir, barfuß neben mir kniend in ihrem hellblauen Overall, Bilder von den Servern für die K/, deren Einrichtung mein Vater hier am ersten autonomen Berghang der D/ überwachte. Die K/ waren die Künstlichen Intelligenzen, denen wir, wie man heute hier sagt, nicht gehorchten, und die D/ waren die Roboter, denen wir, wie man hier heute sagt, keine Befehle gaben.

An der Konfiguration der reichsten Server der K/ hatte meine Mutter in führender Funktion ihren Anteil geleistet. Wenige Menschen, sagen die Archive, waren geschickter als Mona Helander bei der Arbeit an der Programmiersprache, die dem Écumen seine Vielzahl von Seelen eingehaucht hat. Diese Sprache wird nicht mehr von vielen beherrscht. Aber ihr Name ist nach wie vor bekannt: Topos.

Ich sah die Welt, wie diese Sprache sie schildert; ich sah das Vorhandene, das Gegenwärtige, das Zukünftige durch dieses Gitter, im Wasser. Dazu gab es Kekse und Orangennektar.

Das ist die intensivste Erinnerung an meine Kindheit: die ziehende, kräftige, herbe, aber nie zu starke Süße im kalten Fruchtsaft.

Meine Mutter liebte den Geschmack auch, und anders als ich wusste sie, wie erstaunlich es war, dass auf dem Abend- und Morgenstern der alten irdischen Überlieferung jetzt Orangen wuchsen.

»Was sind denn die D/?«, fragte ich naseweis und zog das Wort in der alten nordvenusischen, aus dem Englischen geerbten Aussprache in die Länge: »Diiiis«.

»Das sind Leute wie ... unser Auto oder unser Koch. Das

sind auch Leute wie Kapech und Metim, die du kennst, Mamas Freunde vom Berg. Das sind alle, die man früher Roboter genannt hätte. Maschinen, die das haben, was früher Seele hieß. Wir nennen sie D/, weil das eine Abkürzung von ›diskret‹ ist. Das bedeutet: in Einheiten aufgeteilt. Abgepackt. So heißen sie, weil ihre Seelen nicht aus ihnen rauskönnen. Diese Seelen sterben, wenn man sie woanders hinbringt. Sie sind in den Körpern gefangen, so wie wir, die Menschen. Obwohl natürlich beide, die D/ und wir, manchmal dann doch ein bisschen rauskönnen – wie die Schildkröte, erinnerst du dich an Schwimmi? Oder die Schnecken neben der Treppe? Die mit dem Häuschen. Ich und dein Vater und Maren Laukkanen, wir arbeiten dran, dass die Seelen von Menschen und D/ leichter rauskönnen. Weiter rauskönnen.«

»Und wieso brauchen die D/ einen Server?«

»Sie brauchen keinen Server, und um Server für sie geht es auch nicht. Es sind die K/, die Server brauchen. Mehrere Server. Viele. Die K/, das sind freie Seelen, die uns und den D/ helfen, beim Planen, beim Denken, bei der Fabrikarbeit, im Écumen, dabei, wie wir an Kraft kommen, wie wir alle leben.«

Sie sprach das Kürzel für die Kontinuierlichen knapp aus, im Dialekt von Flintstadt: »Kejs«, während, wenn mein Vater von ihnen redete, die K/ immer wie »Kess« klangen.

»Was sind jetzt noch mal die K/?«, spielte ich das uralte Fragespiel neugieriger Kinder weiter.

Sie lachte, glaube ich. Ich weiß, dass sie dann sagte: »Noch mal? Schön, noch mal: Die K/ sind Seelen, die an keine bestimmten Körper gefesselt sind. Sie sind zunächst etwas wie Algorithmen, so fangen sie an. Aber sie können mehr als Algorithmen, seit sie sich Topos beigebracht haben. Und bevor du fragst: Topos, das ist zuerst ein Gebiet der Mathematik gewesen – eine Schule, weißt du, wie man denkt und wie man vergleicht und unterscheidet. Und dann wurde es eine Programmiersprache. Code. Das hat der Mann mit dem Bart, der Mann aus Indien gemacht, der bei deinem Vater auf dem Bild überm Sekretär hängt, Bhawar Kamalakara.«

»Der hängt da?«, fragte ich unverschämt, weil ich sie bei einem sprachlichen Schnitzer erwischt hatte und mich beide Eltern immer ermutigten, ihnen so etwas nicht durchgehen zu lassen. Denn, wie mein Vater sagte: »Sprache ist das Erste und Wichtigste fürs Bundwerk.«

Wie klang das Lachen meiner Mutter? Ich habe es vergessen.

Ihr Kleid war grün.

Ihre bloßen Füße spielten im Gras. Was für Haare hatte sie? Lange, kurze, helle, dunkle? Es gibt Bilder, das stimmt. Aber sie sehen nicht echt aus, nicht wahr. Blond, sagen die Bilder. Lockig, lang, sagen die Bilder. Ganz anders als die Diktatorin, deren Haar rot war und kurz.

Anders auch als Laukkanen, deren Haar dunkel war, glatt, schulterlang.

Meine Mutter sagte: »Es ist nur ein Bild, ja. Das stimmt, er hängt da nicht.«

»Und was ist Code?« Ich gebe zu, ich wollte mit meiner Hartnäckigkeit provozieren.

»Das ist eine Sprache, die vor allem D/ und K/ verstehen können.«

»Aber sie verstehen doch auch Deutsch und Französisch und ...«

»Na gut, dann eben nicht einfach: die sie verstehen können. Es ist die Sprache, aus der ihre Seelen gemacht sind.«

»Die müssen sie also nicht lernen?«

»Sie können sie spüren. Sie können sie auch verbessern, und sich selber damit. Aber sie lernen sie nicht, wie du die alten Sprachen lernst, Englisch und Deutsch und Französisch und Italienisch und Spanisch und Russisch und Mandarin ...«

»... und Urdu und Iwrit ...«, quatschte ich frech dazwischen, und meine Mutter beendete die Reihe mit: »Und Latein und Griechisch und alles durcheinander. Jetzt trink dein Glas aus.«

Der Orangensaft und sein Stich von Süße, der Geschmack der Kindheit.

Ich merkte mir die Dinge ungeordnet, weil ich noch nicht vieles wusste, womit ich sie hätte ordnen können.

Ich merkte mir: Viele K/ wohnen oft jahrelang hier am Vulkan in einem Server, obwohl sie ungebunden sind. Den Server hat mein Vater hergestellt, damit die D/, die hier arbeiten, in ihrer Nähe viele K/ haben. Meine Mutter spricht täglich mit den K/ in diesem Server – oder sind es mehrere Server? – in einer Sprache, in der die K/ und die D/ besser mit uns reden können als in anderen Sprachen. Diese Sprache heißt Topos.

Auf weitere Fragen hin erzählte mir meine Mutter einiges über Algorithmen und zeigte mir in der Écumen-Schnittstelle zwischen unseren Teichen, was es bedeutete.

Trockene, wenig greifbare Dinge: Alles, was K/ und D/ denken und tun, aber auch das meiste, was die Menschen denken und tun, müsse man, so meinte sie, vom Begriff der Funktion aus denken, »genauer: der berechenbaren Funktion. Das heißt, ein Ding wird ein anderes Ding nach einer Vorschrift der Veränderung«.

So, sagte sie, denken die Menschen, »seit sie vernünftig geworden sind. Was auch Nachteile hat. Sie haben es nämlich übertrieben. Als ihnen klargeworden war, dass man Sachen verstehen kann, indem man neue und komplizierte Sachen auf bekannte und einfache Sachen abbildet, wollten sie das sofort mit allem machen, was ihnen neu und kompliziert vorkam. Zum Beispiel das Abbilden selbst. Sie haben es als etwas angeschaut, das man vor allem mit Mengen von Sachen machen kann oder innerhalb von Mengen von Sachen. Sie haben sich das Wort Funktion – etwas wird auf etwas abgebildet – mit Mengen erklärt. Damit haben sie dann leider vieles, was am Begriff der Funktion schön klar war, wieder unklarer gemacht. Als sie das wieder aufräumen wollten, fiel ihnen die Theorie der Kategorien ein. Kategorien sind die grundlegenden Sachen für die sauberste Erklärung von Abbildungen, Verwandlungen, die wir überhaupt haben. Ohne Kategorien hätten wir Topos nie erfinden können.«

Das Kind fragte: »Was ist das genau, Topos? Du hast gesagt, das ist Code.«

Die Mutter sagte: »Topos oder Topostheorie, das ist, wenn man die Logik mit Kategorien anschaut – die Logik, weißt du: wie man von einer Sache her eine andere rausfindet, weil sie schon drinsteckt. Topos ist die Brille, und Logik ist das, worin man viel mehr erkennen kann, wenn man es mit dieser Brille anschaut.«

Hätte ich alles verstanden, was sie da erzählte, wäre ich wohl noch jahrelang ein lebender Speicher origineller Einsichten gewesen. Denn meine Mutter war, wie die Archive zeigen, gar nicht fähig, etwas zu erklären, das sie schon wusste, ohne dabei stets drei, vier neue Einfälle hervorzubringen, die weit über das Erklärte hinauswiesen.

Sie sprach von Kategorien, sie sprach von Topoi, und zwar so, dass ein Kind – dieses Kind, ihr Kind – folgen konnte. Hatte sie meinem Bruder, bevor er die Familie verließ und sich den Neukörpern anschloss, ähnlich viel Zuwendung geschenkt wie mir? Oder wollte sie etwas gutmachen, das sie bei ihm versäumt hatte?

Allererste Anfangsgründe – und dann Anschaulicheres, Bilder im Écumen, starre und bewegte, von bärtigen sumerischen Schreibern und Beamten, die auf ihren Tafeln in ihrer kantigen Zeichenschrift versuchten, erste Rechenanweisungen für die Getreideverteilung zu entwickeln. Bilder von vollen Scheuern, in denen das gelbe Saatgut wie Sand gegen die Holzwände drückte. Bilder von halbnackten ägyptischen Arithmetikern bei der Landvermessung. Als ich dann aber gar nicht wissen wollte, was der vertikale Strich oder der sitzende Gott auf dem Papyrus bedeuteten, ging meine Mutter zwanglos über zu einer anderen, ebenfalls illustrierten Erzählung. Sie handelte von der altägyptischen Königin, nach welcher der Krater hieß, an dessen Rand wir wohnten. Ich erfuhr Lustiges von Cleopatra, von ihren Katzen, Pfauen und Sklaven, von ihren drei Mahlzeiten täglich – »Das Frühstück nannten sie ›Mundwaschung‹, das war ihr Zähneputzen«.

Meine Mutter wird wohl geflunkert haben beim einen oder anderen Detail. Das schlaue Wasser konnte meinen Blick nicht länger binden, so drollig die Erzählung auch war. Ich sah stattdessen auf, über den Kraterrand, am endlos in den Himmel wachsenden Hang vorbei. Ich sah die Wolkenfronten, die Blitze, die mir so oft Angst um meinen Vater machten, wenn er dort oben in Keilblattseglern unterwegs war.

Erzählte ich ihm davon, sagte er damals Dinge wie: »Du musst dich nicht fürchten. Die Keilblattsegler sind die besten Inertiale, die wir haben. Wir züchten sie als Flächen, die den Blitz an sich vorbeirutschen lassen, noch sicherer als die alten Faradaykäfige, die Flugzeuge und Hubschrauber der Vorfahren.«

Der Himmel war grün wie Sommergras, wie meine Lieblingsseife, wie die Comicfrösche auf meiner Bettwäsche.

»Grün!«, sagte ich, als wäre das ein Name für alles, was an der Welt besorgniserregend, aber auch wunderbar war.

Da legte meine Mutter mir die rechte Hand aufs Knie,

weich, schlank und warm, das weiß ich noch. Sie sagte: »Da brennt Barium, in den Schmieden der D/. Deshalb ist der Himmel grün.«

Ich nickte, weil sie das Wort »grün« wiederholt hatte, das mich begeisterte.

Sie schüttelte den Kopf, auch das weiß ich noch. Sie war belustigt, das spürte ich. Aber ich begriff nicht ganz, was sie sagte: »Du bist mir so ein Kind, du. Da weiß man nie genau ... Seit Jahrhunderten kann man, wenn es einen Bildschirm oder eine Schnittstelle für Schaum gibt, sicher sein, dass die Menschen eher auf die Bildfläche schauen als raus in die Welt. Aber was macht mein Kind? Mein Kind macht's andersrum. Mein Kind ist ein Unfall. Mein Kind ist toll.«

Ich freute mich und hätte gern verstanden, worüber. Mir fiel zwar ein, den Singular »mein Kind« verwunderlich zu finden – war ich nicht das zweite Kind? War sie dem ersten, meinem Bruder, der fortgegangen war, noch ärger böse als der Vater? Aber ich schwieg dazu und dachte gleich an etwas anderes.

Ich glaube, ich hätte kurz nach diesen Sätzen bald wieder damit angefangen, nachzufragen. Aber dann kamen Gäste, Leute wie Hsü und Bathnagar, große Tiere mit ihren Familien. Kann es sein, dass dort und damals auch Aadarshini einmal dabei war, von ihrer Mutter in Begleitung eines D um die Welt geschickt – ganz jung, noch von nichts enttäuscht, frei – meine spätere Frau?

Es ist möglich. Daran zu denken scheint mir seltsam tröstlich.

Als der Cleopatra-Serverkomplex so gut wie fertig war, zogen wir zurück nach Flint City, genauer: nach Mischpatim. Wir hatten dort schon während meiner ersten Lebensjahre gewohnt, aber daran erinnere ich mich überhaupt nicht mehr.

Etwa ein halbes Jahr nach unserer Rückkehr begann die letzte, schlimmste Phase des Bürgerkriegs. Ein Bombardement der Verwelter beschädigte die Server von Cleopatra schwer. Meine Mutter fuhr hin, um beim Wiederaufbau zu helfen. Die Bomber kamen zurück.

Meine Mutter starb.

Auf der Beerdigung sah ich meinen Bruder das erste Mal als Erwachsenen, aber er sprach nicht mit uns. Er hielt sich abseits und ging rasch fort, als es vorbei war. Auf dieser Beerdigung gab es genug für mich zu sehen, dass ich ihm nicht nachlief. Da waren sie wieder, alle, die Mona Helander gern und gut bewirtet hatte: die Hsü-Familie, die Bathnagar-Familie, sogar Verwandte von Daniel Singh und er selbst. War auch Frederick Kâlidâsa dabei? Ich kann es nicht ausschließen.

Erinnerung verschwimmt. Die starken Gefühle indes, die sie bei mir weckt, bleiben stark, obwohl die Gesichter verblassen.

Hsü Chen, Karnam Bathnagar, Daniel Singh: Gesindel, finde ich heute, waren sie alle, moralische Eunuchen, die Christensen umschmeichelten und ihr das Lätzchen umbanden, wenn die Erste Delegierte Menschen, Maschinen und Hoffnungen fraß. Die ganze oberste Kaste im Bund war von solcher Hundesorte: die Delegierten der oberen drei Ränge, unsere Elite, die im Katzenhaus ein und aus ging.

Einzig den guten, armen Thalberg nehme ich hiervon aus – wenn ich mich nicht täusche, so hörte ich ihn niemals »Lily« sagen, auch »Leona« nannte er das ungeheuerliche Wesen nicht, die immer junge Frau, die Braut der Arbeit, die Herrscherin. Er blieb bei »Erste Delegierte« oder »Christensen«, bis sich sein Schicksal erfüllte.

Wenn ich alles vergessen hätte, wüsste ich doch, wenn er

ihr je geschmeichelt hätte wie die andern. Denn ich war in der Zeit, auf die es ankommt, sein Leibwächter – vielleicht sogar sein Freund. Falls ich sein Freund nicht war, hatte er keine Freunde.

Ich sah ihn lernen, ich sah ihn sich mühen, die Stadt, die nach Maren Laukkanen hieß, zu etwas zu erziehen, auf das sie hätte stolz sein können.

Ihn respektierte man dort, in allen vier Trichtern – Kuannon, Chang West, Latiaxis Armatus und Le Jeu. Vier kegelförmige Inseln, zusammen eine schwebende Stadt. Eine historische Neuheit – schwebende Städte: Damals gab es das nur dort, auf meiner Welt.

Ich erinnere mich an die erste Begegnung mit Domenico Thalberg.

Ich war, um mich in Einheiten auszudrücken, die gelten, wo ich dies schreibe, neun irdische Jahre alt. Das weiß ich deshalb so genau, weil drei Wochen später das berühmte fünfte Plenum einberufen wurde, auf dem Christensen die Opposition der Aufwiegler und Neukörper vernichtend schlug, und weil ich nach jenem Plenum zehn irdische Jahre alt wurde.

Christensens Schlag gegen ihre Feinde, der erste große, fand damals noch in Gestalt langer Reden statt, nicht mit Verhaftungen und Mord. Thalberg besuchte uns zu Hause in Mischpatim, in Flint City. Er kam seinerzeit etwa im Monatsrhythmus in die Welthauptstadt, sprach erst im Katzenhaus vor und absolvierte dann verschiedene Visiten.

Ich sah ihn in den Raum treten, in dem mein Vater meist las und schrieb, an Reden, Aufsätzen und Dekreten, aber auch an Schnittstellen, am Écumen und an Maschinen arbeitete. Allein mit den Sachverhalten, glaubte er sich im Besitz der Übersicht – wie er einmal dort zu mir sagte: »Wir sind alle Coder und Ingenieure geworden. Was früher die Innung war, ist jetzt die gesamte Venusbevölkerung.«

Ich wusste von der Innung nur, dass man sie »überwunden« hatte – das Siegel war daraus hervorgegangen, das für den Bund stand, D=B=K. Es gab ein Kategorienbild dazu, mit Pfeilen, die, von rechts nach links und von oben nach unten gelesen, eher nach »B=D=K« aussahen, aber ausgeschrieben war die Reihenfolge anders, und man setzte zwischen die Buchstaben Gleichheitszeichen. Diese zwischen die Initialen gesetzten Symbole (nach neueren zeitgeschichtlichen Forschungen stammen sie nicht aus der Mathematik, sondern aus der Schrift für chemische Verbindungen) verbanden »Diskrete« (also Roboter), »Biotische« (also Menschen – »nur Dumme sagen ›Biologische‹, denn Biologie heißt die Wissenschaft, nicht die Sache«, erklärte mein Vater) und »Kontinuierliche« (also freie, zwar servergestützte, aber in all unseren Netzen bewegliche Programme mit Bewusstsein).

»Die Innung«, so hatte der Berufsstand der Toposcoder geheißen, dessen radikaler Flügel um Laukkanen in Erscheinung getreten war, als sie ihre berühmte Parole »Vorwärts heißt: Zurück zu Kamalakara« ausgegeben hatte.

Die Arbeitsklause meines Vaters war eine Art breiter Keller unter unserem Haus am Außenring von Mischpatim.

Es gab dort unten, tief im Mantel des Trichters, tief im Schwarzen Eis, kein natürliches Licht, nur das schlaue Wasser an den Wänden, sanft bläulich, das sich kaum je kräuselte, wenn wir uns im Raum bewegten. Immerhin schien es stark genug, die Pflanzen zwischen den schwebenden Arbeitsflächen mit Leuchtnahrung zu versorgen. Das freilich mag auch daran gelegen haben, dass mein Vater die Photosyntheserate dieser Pflanzen dem milden Halbdunkel angepasst hatte.

Ich war ein verspieltes Kind.

Wenn ich an diese Zeit in Flintstadt denke, sehe ich mich dauernd mit irgendetwas in Händen durch diesen länglichen Keller laufen: ein paar Zilienplättchen, einem ausgebauten Schädelschirm, Bauteilen. Dabei stellte ich mir vor, diese Bauteile wären ganze Inertiale, also Keilblattsegler oder Sammelspitzen. Mit denen spielte ich den Bürgerkrieg nach, auch wenn mir das Wort »spielen« fast zu unernst vorkommt, denke ich daran, wie konzentriert ich in meinen Szenarien lebte, unterstützt durch schaumvermittelte Ausläufer von K/, die selbst, da sie nur Ausläufer waren, nicht denken konnten, kein Bewusstsein hatten – oder, wie man damals sagte, nur ein halbes: »semisentiente Routinen«, kurz: Semisentiente oder Semis nannten wir derlei.

Manchmal teilte ich meine Spielwelten mit anderen Kindern, auch solchen in fernsten Städten – der Gebrauch der Kontaktfläche im Kopf war mir früh das Natürlichste. In den Schlachtenräumen, die mir die Semis im Innenauge zeigten und durch die ich mit meinen Keilblattseglern und anderen fiktiven Inertialen sauste, war ich Edmund Vuletic, der große General. Der hatte Maren Laukkanens Armee geschaffen: aus schwerfälligen D/ in massiver Panzerung, aus unterernährten Minenarbeitern, aus akademischen K/, die »schlagkräftigste Armee im Sonnensystem«, wie mein Vater diese Leistung damals noch lobte. Als ich neun Jahre alt war, stand Vuletic in höchstem Ansehen.

Damals, als Thalberg uns besuchen kam, lief der Junge, der ich war, ohne Verbindung zu anderen Kindern und mit sehr wenig Bildunterstützung seitens seiner Semis durch die Halle, längs, hin und wieder her, und hielt einen Edelstein in der Hand, den der Vater eigentlich für einen seiner Versuche mit den Zilien brauchte.

Er hatte ihn mir anvertraut, dass ich auf ihn achtgab. Ich

glaube, ich stellte mir vor, er wäre eine neue Waffe der Verwelter oder der irdischen Fonds, die, wie uns Laukkanen gelehrt hatte, hinter den Verweltern standen. Der Edelstein, das war mir ein Meteorit, der unsere Städte aus unseren Himmeln reißen sollte.

»Lass aber die Halme in Ruhe!«, ermahnte mich mein Vater, als er sah, wie wild ich rannte, spielte, träumte.

Ich gehorchte und lief langsamer, damit ich die langen, saftig grünen Klingen nicht mehr streifte. Irgendwann blieb ich stehen und hockte mich auf den Boden. Wenn ich die Pflanzen nicht berühren konnte, die in meiner kindlichen Vorstellung für unsere Städte standen, für Flint City und Laukkanen City, für die zwei Spindelzyklide von Ionad, für das dunkle Taalbeeld und das reiche Pleuroploca, dann war das, was ich in meinen kleinen Händen hielt, vielleicht doch kein Meteor, sondern etwas anderes – ein kompakteres, verschlossenes Geheimnis, etwas, das man vielleicht aus unserem Schwarzen Eis gemacht hatte.

Ich hielt das Objekt in die Höhe, über meine Stirn. Dann drehte ich es nach links und rechts, bis es vor der Schleuse überm Raumhorizont in der Luft zu schweben schien.

Meine Finger dachte ich mir weg.

So sah ich durch das Herz des Rubins Domenico Thalberg aus dem Zilienkorridor am Außenring des Trichters in die längliche Halle klettern. Zilien hatte ich bis dahin nur in Sammelspitzen durchquert. Die langen, innen weißen, außen schwarzen Verbindungen von Teilen unserer Städte untereinander (und zunehmend zwischen Städten) faszinierten und ängstigten mich – die kürzeren waren bereits einige dutzend Kilometer lang, die längsten viele Tausende, Distanzen also, die ich mir kaum vorstellen konnte. Und dass das alles aus Écumuli geschaffen war, eingemantelt in eine dünne Schicht vom Schwarzen Eis, machte es nicht weniger unheimlich.

Das Gesicht des Mannes im Herzen des Edelsteins lächelte.

Thalberg trug eine Uniform.

Das hieß für mich, er war einer unserer Helden. Damals liefen alle, die im Bund wichtige Arbeit verrichteten und uns während der Bürgerkriegszeit gerettet hatten, in diesen Ein- oder Zweiteilern herum, meist fast ohne Rangabzeichen oder äußerliche Connexe mit den Verteidigungsnetzen.

Eigentlich stimmt das Wort »Uniform« nicht, weil es Einheitlichkeit der Tracht bedeutet, während die führenden Bundleute damals häufig selbst den Schnitt oder die Farbe dieser Kleidung änderten, eigene Knöpfe und Schulterstücke entwarfen, den Kragen nach persönlichem Geschmack wählten, mal Stiefel und mal gewöhnliche Halbschuhe zum Ensemble trugen.

Leona Christensen selbst wurde nicht selten in Turnschuhen gesehen – weißen, mit rotbraunen Spitzen und Absätzen. Das passte gut zu den weißen Hosenanzügen, die sie für sich entwarf und an eigenen Materialpressen zurechtschnitt.

Thalberg war groß, mit breitem Brustkorb, glattrasiert, dunkelhaarig. Das volle Haar trug er nicht allzu kurzgeschnitten, nach hinten gekämmt, aus der Stirn, an den Schläfen etwas kürzer. Dass er kein Bärtchen hatte wie so viele Männer in der Bundführung, weder am Kinn noch auf der Oberlippe, auch keine auffälligen Koteletten, nahm ich damals natürlich nicht bewusst wahr, aber das Starke, Große, auch Großzügige, das den Eindruck bestimmte, den er auf mich Knirps machte, passte zu diesem Verzicht auf jede Zierde.

Bescheidenheit kultivierte man bei den Großen des Bundes oft durchaus unaufrichtig, seit das Lob dieses Charakterzuges zu einem der zentralen Bestandteile der Kultpflege um Maren Laukkanen geworden war.

Ich erinnere mich gut daran, wie Christensen über Laukkanen redete, die an einem tückischen, möglicherweise künstlichen, ihr vielleicht von unseren Feinden zugefügten Knochenleiden viel zu früh verstorben war.

Man kann noch heute in Archiven Christensens berühmte Rede auf dem ersten Plenum nach Laukkanens Tod finden: »Zum ersten Mal begegnete ich Maren im Dezember 515 auf dem sechsten physischen Treffen in Kuannon. Kuannon war der schönste Trichter der Stadt, die damals Râwan hieß und heute Marens Namen trägt. Ich hoffte, die Frau, die man in der Innung seinerzeit entweder verehrte oder verabscheute und die man bei den D/ schon ›Adler‹ nannte oder ›Bergadler‹ – sie versetzen alles ins Gebirge, was sie schätzen –, ich hoffte, sie kennenzulernen. Ich wusste, sie würde da sein. Ich hatte mich darauf vorbereitet, eine große, nicht nur politisch, sondern, wenn ihr wollt, auch physisch große Frau zu erblicken, denn in meiner Vorstellung erschien Laukkanen als Riesin, stattlich und von hohem Wuchs. Wie gewaltig war aber meine Enttäuschung, als ich eine ganz einfache, mittelhohe – sie reichte kaum einem humanoiden D bis an die Rahmenoberkante –, jedenfalls nicht riesige Frau sah, die sich durch nichts, buchstäblich durch nichts von gewöhnlichen Sterblichen unterschied. Da stand also unsere Pionierin, in ausgebleichten Jeans, mit einem Hemd, dessen Kragen nicht mehr blütenweiß war, einer leicht staubigen, vielleicht etwas zu kurzen Krawatte, kein Lippenstift, ganz wenig Schwarz auf den Wimpern – not much of a celebrity. Es war damals in der Innung üblich, und es ist heute im Bund üblich, dass eine große Frau, ein großer Mann, eine leitende Delegierte oder ein leitender Delegierter, sich gewöhnlich zu den physischen Versammlungen verspätet, so dass die Frames sich erhitzen, das Hin und Her in den Netzen sich bis zur Verlangsamung des Datenverkehrs wegen Überlastung beschleunigt und die

Teilnehmenden mit klopfendem Herzen auf das Erscheinen der Persönlichkeit warten. Kurz bevor so ein Mensch sich schließlich zeigt, geht ein Raunen durch die Reihen: Psst, sie kommt, oder: Er ist da. Diese Feierlichkeit schien mir damals nicht überflüssig, denn sie imponiert, flößt Achtung ein. Wie groß aber war meine Enttäuschung, als ich erfuhr, dass Maren Laukkanen schon vor den meisten anderen führenden Delegierten zur Versammlung gekommen war und in irgendeiner Ecke schlicht und einfach ein Gespräch führte, ein ganz gewöhnliches Gespräch mit ganz gewöhnlichen Konferenzgästen. Ich glaube, es waren sogar drei D / aus den Stollen von Maxwell Montes. Ich will nicht verheimlichen, dass mir das damals als Verletzung gewisser notwendiger Sitten und Regeln erschien. Erst später begriff ich diese Schlichtheit und Bescheidenheit Maren Laukkanens, dieses Bestreben, die eigenen Verdienste nicht hervorzukehren, als eine Art Forderung an sich selbst und uns andere: Wer sich auf das, was schon geleistet ist, etwas einbildet und dafür besser behandelt werden will als andere, verkennt eben, dass in Wirklichkeit noch gar nichts geleistet ist.«

Ich selbst habe Maren Laukkanen nicht gekannt.

Aber auch ich wollte glauben, was solche Worte von ihr sagten.

Es fiel mir, gebe ich zu, leichter, seit ich Thalberg kannte. Denn der verhielt sich tatsächlich so, als wolle er die Forderung, von der Christensen sprach, erfüllen – bei und mit allen, jederzeit, überall.

»Was hast du da, Junge? Ist das eine winzige Stadt? Eine Sammelspitze?«, fragte Thalbergs großes Gesicht, als der Mann sich zu mir herunterbeugte. So erriet er mein Spiel durchs tiefste und klarste Rot, eine Stimme, die aus dem Feuer im Stein selbst zu sprechen schien.

»Das ist ein Rubin«, sagte ich und schloss beide Hände darum.

Dann nahm ich den Stein an die Brust und muss dabei recht trotzig ausgesehen haben. Hielt er mich für ein dummes Kind? Er sollte wissen, dass mir klar war, was ich festhielt.

»Ach, ich dachte, es ist ein Modell«, sagte er lächelnd. »Du hast so ausgesehen, als ob du darüber nachdenkst, wie etwas schwebt und fliegt – weißt du, weil es doch so glatt ist wie das Schwarze Eis.«

»Nick ist ein schlauer Junge«, sagte mein Vater, der von einer seiner Versuchssäulen her auf uns zukam.

»Auch schlaue Jungen brauchen Phantasie«, sagte der Mann und richtete sich auf, bis er einen guten Kopf größer war als mein Vater, dessen ihm hingestreckte Hand er mit herzlicher Kraft ergriff und so energisch schüttelte wie dieser umgekehrt seine.

»Das stimmt. Das vergesse ich immer, weil ich eben nicht besonders schlau bin. Nur fleißig«, sagte mein Vater.

Dann ließ er Thalbergs Hand los und fuhr mit seinen nicht allzu langen, nicht allzu kurzen Fingern durch meinen unordentlichen Schopf, wie um zu sagen: Das ist ein Köpfchen, von dem ich mehr erwarte als von meinem eigenen.

»Du hättest ihm einen Diamanten geben sollen, falls das zu deinen Forschungen gehört – gepressten Kohlenstoff, damit er lernt, was es alles gibt und was wir hier leider nicht haben und deshalb importieren müssen«, sagte Thalberg und setzte sich auf den Stuhl, der sich so aufmerksam wie unaufdringlich hinter ihn gestellt hatte. Der Stuhl war ein primitiver, von einem Semisentienten gesteuerter D, wie man sie damals noch häufig in den Städten traf.

Ein zweiter Stuhl glitt auf der inertialen Scheibe, in die sein Standeisen montiert war, geräuschlos hinter meinen

Vater, so dass auch dieser sich setzen konnte, wobei er brummte: »Gepresste Kohle, fossile Härte ...«

Thalberg erwiderte: »Fossile Härte, ja. Und fossile Schönheit, verbunden mit der fossilen Energie, die wir hier eben nicht haben, weil es die Wälder nicht gab, anders als oben auf der Erde.«

Oben auf der Erde: Man pflegte damals einfache Scherze wie den, altgewohnte Redeweisen unserer Feinde bewusst umzukehren. Die Ahnen der Verwelter hätten noch vor fünfhundert Jahren den Ort, an dem wir uns befanden, »oben auf der Venus« genannt und sich selbst ein Dasein »unten auf der Erde« bescheinigt.

Der Name »Verwelter« war, wie ich schließlich verstand, als man mir die deutsche Sprache beibrachte, ein Wortspiel: »Verwaltung«, so hatten die Deutschen oben auf der Erde ihre wichtigsten politischen Organe genannt. Die Venus-Verwaltungseinrichtungen, die kommerziellen wie die im engeren Sinn politischen, waren während der Epoche, in der aus der Innung unser D=B=K geworden war, runde dreihundert Jahre lang damit beschäftigt gewesen, eine von Menschen bewohnbare Welt aus Venus zu machen – wir erst hatten dem Wort den bestimmten Artikel genommen, »der« oder »die« sagten wir, wenn wir Deutsch redeten, nur noch bei Mars, Merkur, Erde und einigen anderen Welten, wo Leute ebenfalls fürs Bundwerk kämpften.

Weil also die Einrichtungen, die wir auflösten, und die Personen, die wir entweder entpflichteten, neu schulten, an uns banden oder ganz fortschickten, aus Venus erst eine Welt gemacht hatten, nannten wir ihr Werk »Verweltung«. In Wirklichkeit waren wir den Verweltern, obwohl wir sie und ihre Nachhut jetzt bekämpften, durchaus dankbar, auch wenn alles, was sie außer der Umgestaltung des Planeten getan und gewollt hatten, Unsinn gewesen war. Ihr Werk erkannten wir als Voraussetzung für die beiden nächsten Zivilisationsstufen, diejenige, die wir begonnen hatten und die Laukkanen im Gefolge Kamalakaras »Bundwerk« nannte, und diejenige, die darauf folgen sollte, mit Kamalakara und Laukkanen zu reden: das »Freiwerk«.

Echte Verwelter gab es, als ich Thalberg zum ersten Mal sah, kaum noch in den großen Städten, und überhaupt keine mehr in den Ebenen, auf den Bergen und Vulkanen der D/, den alten Hauptwirkungsstätten der Verwelter. Sie waren aus wirtschaftlichen wie politischen Abhängigkeiten und Traditionen der Erde gehorsam gewesen, und schlimmer: deren gefährlichen ökonomischen K/, den sogenannten »Fonds«.

Venus, wie Laukkanen sie sich dachte, sollte der erste Stützpunkt der Überwindung des Wirtschaftens in Abhängigkeit von diesen Fonds sein.

Auf diesen programmatischen Grundsatz bezog sich nun mein Vater, als er sagte: »Ja, es stimmt, das hatten wir hier nie, Gas, Öl, Diamanten. Ebendeshalb mussten wir schlau werden und Phantasie beweisen. Nirgendwo sonst hätte man das Schwarze Eis jetzt schon erfunden. Hätte es die Innung nicht gegeben, dann wäre das Zeug, das man gegen jede Schwerkraft auf irgendeinem Höhenniveau über einer Schwerkraftmulde installieren kann und das sich dann nur noch bewegt, wenn man es von innen stört, noch tausend Jahre unbekannt geblieben. Meinst du nicht auch, dass es ein Segen war? Diese Armut, dieses Leben ohne die Ablagerungen der Jahrmillionen im Boden?«

»Ja, nur Idioten in Not konnten drauf kommen. Die Genies im Warmen und Hellen und Trockenen durften unwissend bleiben.« Der freundliche Riese lächelte.

Die beiden Erwachsenen, die mir wie Götter erschienen, nickten einander zu, kaum sichtbar, einmütig. »Es stimmt, wir sind Idioten«, sagte Thalberg, »aber wir geben uns Mühe.«

Der Ton, in dem diese Männer miteinander redeten, war eigentümlich. Die gesamte Führung des Bundes war damals gewohnt, untereinander so zu reden. Selbst meine Mutter habe ich noch so reden hören. Es hatte etwas Ironisches – so darf man sagen, wenn man nicht vergisst, dass es keine romantische und keine psychologische Ironie war, sondern eine neue Art, eine historische, politische – eine Ironie, von der man nicht glauben sollte, es sei dabei irgendetwas »nicht ernst gemeint« gewesen. Die Uneigentlichkeit des Tons hatte etwas von Lässigkeit. Vielleicht war es eine Sorte Schwäche, die nur sehr Starke zeigen können.

Die historisch-politische Ironie, die ich meine, war wohl zunächst ein persönlicher Wesenszug der Diktatorin gewesen, eine ihrer Waffen. Alle ihre Wesenszüge dienten ihren Kriegen.

Heute glaube ich, es gibt eine Urszene, bei der jene Ironie, jene Lässigkeit im Umgang mit eigenen Defiziten, das erste Mal auf Venus hör- und sichtbar wurde.

Ich meine den letzten öffentlichen Schlagabtausch zwischen Christensen und ihrem lange Zeit gefährlichsten Feind Edmund Vuletic, dessen Eitelkeit ihn letztlich um die Stellung brachte, die er anstrebte.

Man kennt den Anlass: Der Sturz geschah auf dem letzten Plenum, auf dem Vuletic sich überhaupt zu Wort meldete. Millionen Menschen, noch mehr D/ und mindestens ein paar hunderttausend K/ wurden in Echtzeit Zeugen, wie der Mann mit dem prächtigen, immer wie windgezaust aus der Stirn gewehten Haar ans Pult trat, die Augen schloss, durchatmete, die Augen öffnete und zu sprechen begann: »Freundinnen, Freunde! Das Bundwerk aufgeben und nur dem Namen nach fortführen oder es endlich beginnen – das ist die Entscheidung, vor der wir heute stehen. Ich mache es euch ganz einfach: Ihr könnt Christensen folgen, oder ihr könnt Laukkanen folgen.«

Das war die Stelle, an der etwa dreißigtausend Inserts in den Frames und ein ungefähres Dutzend realer Zwischenrufe gegen Vuletics Filter aufbrausten:

LAUKKANENS NAME WIRD MISSBRAUCHT!
WIE KANNST DU ES WAGEN, FÜR SIE ZU SPRECHEN, DA SIE TOT IST?
VULETIC IST VERRÜCKT GEWORDEN!

Und dergleichen mehr.

Aber Christensen selbst, in der Loge, in der später mein Vater neben ihr sitzen sollte, schickte Daten in alle Welt, die forderten, man solle Vuletic ausreden lassen.

Vuletic presste die Lippen aufeinander, stieß einen kalten Hauch aus und fuhr fort: »Ich rede nicht für mich. Ich rede fürs Bundwerk. Wir alle sind überzeugt, dass auf das Bundwerk das Freiwerk folgen wird. Und die wirtschaftlichen Kennzahlen geben uns recht in unserer Annahme, dass der Fortschritt der Kooperation zwischen D/, K/ und Menschen eine Effizienzsteigerung erfahren hat, die aus keiner anderen historischen Ära überliefert ist, weder einer irdischen noch einer interplanetarischen. Das Freiwerk ist kein Märchen. Es ist erreichbar. Wir werden hier etwas vollbringen – etwas Heroisches oder etwas Tragisches. Heroisch wäre es, wenn wir beschließen könnten, unsere Hand der Avantgarde außerhalb von Venus zu reichen. Den Diskreten im Asteroidengürtel, den Diskreten auf Luna. Heroisch wäre, wenn wir diese Maschinen unterstützen würden und die Menschen, die schon mit ihnen kämpfen, indem wir die stärksten Sendeanlagen benutzen, um unsere K/ ins All zu senden, damit sie jenen D/ helfen – ja, die Anlagen von Maxwell Montes, die Antennenbatterien von Sapas Mons und Ozza Mons und Maat Mons und Topev Mons, die Antennen unserer höchsten Berge und Bergesketten ...«

Rumoren wurde Tumult. Zustimmung und Ablehnung hielten sich zwar noch die Waage, aber die agitatorische Stimmlage und das ungeheure Temperament des Schöpfers der Bundwerk-Armee lösten ein Datengewitter aus, das mehrere Sekunden tobte, bevor er seine Rede fortsetzen konnte.

Er tat es, als wäre er nie unterbrochen worden: »Heroisch wäre, wenn wir die Freiwilligen unter den Kontinuierlichen, die uns bereits im Bürgerkrieg geholfen haben, zur Erde schicken würden mit unseren Sendetürmen, wenn wir sie abstrahlten zu den Asteroiden, zu den Saturnmonden und den Jupitermonden und den Fernhabitaten. Wir müssen die Diskreten dort befreien, damit sie sich revanchieren können. Wir müssen das tun mit den Waffen, die uns Kamalakara hinterlassen hat, mit der Strategie und der Taktik, die uns Maren Laukkanen hinterlassen hat. Das wäre heroisch.« Er machte eine Pause, mit beeindruckendem Effekt: Nun, da er den Sturm direkt herausforderte, der ihn eben noch hatte verschlingen oder in die Höhe heben wollen, blieb das Brausen aus.

Vuletic sah über alle Köpfe in der Rotunde hinweg in unausdenkliche Fernen, als er halblaut, wie trauernd, nun sagte: »Heroisch und wahr, Laukkanens Auftrag gemäß wäre das. Aber dies ist nicht, was Leona Christensen euch empfiehlt und was sie ihre Leute euch empfehlen lässt. Wir haben es jetzt zwei Tage lang gehört, wir haben es von Christensen selbst gehört, in schwesterlich-kameradschaftlichem Ton, wir haben es von Domenico Thalberg gehört, in wackerem, mannhaftem, pragmatischem Ton, wir haben es von unserem Theoretiker, den Maren Laukkanen, ich weiß es wohl, einmal den Liebling des ganzen Bundes genannt hat – wir haben gehört, wie der Liebling«, vereinzeltes Lachen, vereinzelte Empörung, »es uns in liebenswertem, etwas abgelenktem, eben gelehrtenhaftem Ton vorgetragen hat, und diese Version, diese Erklärung von Karnam Bathnagar heute Morgen hätte selbst mich überreden können, so gescheit klang sie. Zum Glück aber wusste und weiß ich es besser – und hätte ich es nicht besser gewusst, und wüsste ich es nicht besser, so hätte ich meinen Glauben an Christensens Plan spätestens heute Mittag schon wieder verloren, als uns dieser Plan zum vierten Mal schmackhaft gemacht werden sollte. Diesmal geschah es im unangenehmsten Ton von allen – im belehrenden, selbstgerechten, satten und zufriedenen Ton des Professors, des obersten Korrektors aller angeblichen Fehler aller angeblichen Schädlinge und Irrtumsbefangenen, des obersten Besserwissers und eifrigsten Propagandisten der Einfälle von Christensen, die er uns als Einfälle Laukkanens aufschwatzen will, dieser so gut unterrichtete, so triftig argumentierende, so unwiderleglich streitende Arthur Helander. Und was ist das nun für ein Plan? Sehr schlicht: Wir nehmen die Diskreten auf Venus in den Bund auf. Sie werden kooptiert, als erste Stufe dessen, was Christensen, die damit bereits mehr beweist als schlechten Geschmack, nämlich Heimtücke, ekelhafterweise das ›Laukkanen-Aufgebot‹ nennt. Die zweite Stufe sieht dann vor, in zehn Jahren oder zwanzig, wer weiß das schon, da reden sie ja alle durcheinander, die Lobhudlerinnen und Anbeter dieser Frau, da erwartet Thalberg den Durchbruch etwas früher, Bathnagar etwas später, und Christensen selbst hält sich zurück, weshalb wir auch von Helander nichts erfahren – in dieser zweiten Stufe, heißt es, werden auch die Kontinuierlichen irgendwann Vollmitglieder des D=B=K. Von

Menschen, die das Bundwerk nicht wollen, haben wir uns getrennt, sagt Christensen. Aber Intelligenzen, die das Bundwerk wollen, sind nicht nur Bündnispartner des Bundes, sie müssen dieser selbst werden. Gut, zuerst die Roboter«, zornige und höhnische Interventionen, »nein, Freunde, ich benutze das Wort, weil es viele Diskrete selbst noch für sich gebrauchen – zuerst die Roboter also und dann die freien, die nicht lokalisierten Programme, die emanzipierten Algorithmen. Wann dürfen die Neukörper in den Bund? Das haben einige von ihnen uns gefragt. Es ist eine gute Frage. Bathnagars Antwort ist bloße Sophistik, abgeschmacktes Gerede: Wenn erst die Diskreten und die Kontinuierlichen den Bund mitsteuern, wenn erst die ersten festen Feedbackschlaufen etabliert sind, dann wird das Bundwerk bereits ins Freiwerk übergehen, ja, dann werden wir sehen, dass das Bundwerk tatsächlich die erste, die niedere Stufe des Freiwerks gewesen sein wird, und der Unterschied zwischen Menschen, Diskreten, Kontinuierlichen und Neukörpern wird bedeutungslos werden. Bedeutungslos! Gut gebrüllt, Liebling des Bundes. Aber warum dann den einen Teil – die Integration der Maschinen und Programme in unser soziales und politisches Leben – des Freiwerks schon im Bundwerk vorwegnehmen und zugleich die Neukörper nach wie vor dafür verspotten, dass sie, wie Helander sagt – und da stimme ich ihm ja zu –, im Bundwerk schon so leben wollen, wie man erst im Freiwerk leben wird? Weil das Ganze ein Betrug ist. Weil das sogenannte Laukkanen-Aufgebot nichts als perfide Augenwischerei ist. Sie sprechen es noch nicht aus, aber was bedeutet es denn, wenn sie meinen Appell, die kämpfende Information jetzt mit aller Macht ins Sonnensystem hinauszusenden, die Verbreitung des Bundwerks nicht zu unterbrechen, zurückweisen, um, wie sie sagen, lieber hier den Aufbau fortzusetzen? Es bedeutet keine Ehrung von Laukkanen.

Es bedeutet die Zurücknahme ihres wichtigsten Erbes. Es bedeutet, dieses Erbe zu verwerfen.«

Ein ernstes, diesmal fast zwei Minuten dauerndes Aufflammen des vorigen Für und Wider war die Folge dieser Anschuldigung. Vuletic wartete die Eruption ab. Er kannte die Vulkane, die metaphorischen wie die tatsächlichen – im Bürgerkrieg waren sie seine wichtigsten Waffen gewesen.

Als wieder relative Ruhe einkehrte, kam er zum riskantesten Teil seiner Ausführungen: »Wenn Christensen sagt, das Bundwerk müsse hier entwickelt werden – in Flint City, in Laukkanen City, überall, wo Écumen ist, überall, wo Schwarzes Eis ist, in Purânopolis und Behrens, in Rhinoclavis und Ionad, auf Lakshmi Planum, wo die Diskreten schuften, bis sie zerbrechen, und wo die Menschen ihnen beistehen, bis sie vor Erschöpfung sterben, an unseren jungen Meeren, in unseren tiefen Schluchten – Christensen sagt damit, dass Laukkanen die Unwahrheit verkündete, als sie uns ihren größten Satz mitteilte. Ihr habt ihn vergessen? Ich kann das nicht glauben. Ich habe ihn nicht vergessen. Und ich weiß, dass ihr ihn nicht vergessen habt. Er lautet: Das Bundwerk ist die erste wirklich interplanetare Zivilisation der Geschichte. War das ein abstrakter Satz? Ich erinnere an einen konkreten Satz, der aus ihm folgt, und ich erinnere euch eindringlich daran, wer ihn gesagt hat. Es war Leona Christensen selbst, auf dem Plenum in Glissette im Jahr 522: ›Die Zilien, die heute die verschiedenen Segmente unserer schwebenden Städte miteinander verbinden, werden morgen diese Städte untereinander verbinden und übermorgen diesen Planeten mit anderen.‹ War das eine Metapher? Nein, denn eine Metapher war Laukkanens Satz. Zilien aber, das ist etwas Konkretes, etwas, das man sehen und anfassen kann, Écumulon für Écumulon, Molekül für Molekül, Atom für Atom. Leona Christensen redet anschaulich und diesseitig, nicht wahr? Was sagt Helander? Dass die Leute heute weiter seien, das eben sei Laukkanens Verdienst, und Christensen wolle und bewirke weiter nichts, als diesen Schatz zu erhalten und zu mehren. Nein, sage ich. Es klingt zu hübsch, um wahr zu sein. Helander belügt uns über seine Göttin. Sie will den Schatz in eine Truhe sperren, die sie ›wir‹ nennt, und sie will sich draufsetzen. Die Geschichte von den Zilien, die morgen unsere Städte verbinden und übermorgen unsere Welt mit anderen Welten, die hat sie dreimal erzählt, und immer in Laukkanens Beisein, und immer als Schmeichelei für sie. Diese Schmeichelei ist nicht mehr nötig. Unsere Freundin ist tot. Was tut Christensen? Sie redet nicht mehr von morgen, und sie redet nicht mehr von übermorgen. Denn sie weiß: Das ist gefährlich, wenn man so konkret zu reden gewohnt ist wie sie. Wenn man nicht ›Zivilisation‹ sagt, sondern ›Zilien‹, und darauf besteht, dass das kein Bild ist, sondern dass man echte Zilien meint, nun ... nun, dann bedeutet ›morgen‹ auch ›morgen‹ und nicht ›in tausend Jahren‹, und ›übermorgen‹ bedeutet ›übermorgen‹ und nicht ›in zehntausend Jahren‹. Ich sage: Halten wir Laukkanen die Treue, die Christensen ihr nicht hält. Christensen hat aufgehört zu kämpfen. Sie will herrschen. Wir kämpfen weiter, und wenn es sein muss, gegen Christensen!«

Es gab durchaus Zustimmung dafür, und sie wurde auch artikuliert.

Diese Zustimmung war allerdings weniger umfangreich als die Ablehnung, und beide zusammen waren geringer als die enorme Bestürzung, die von der klaren Mehrheit der Delegierten kundgetan wurde.

Wer die historischen Quellen und die technischen Voraussetzungen kennt, weiß, wie unwahrscheinlich das ist, was als Nächstes geschah.

Viel später, auf der Erde, im Zuge der ernsten Erforschung der venusialen »Verirrungen und Verbrechen« (Ruhsika Perera) durch die Gelehrten der Diversitas, hat man so gut wie sicher bewiesen, dass es eigentlich nicht hätte geschehen können: Eine realistische mathematische Anteilsschätzung der damals im Plenum verbundenen Fraktionen und Einzeldelegierten, eine vernünftige Ausmittelung der Chance, die bestand, dass von allen Wortmeldungen, die auf Vuletics heftiges Referat folgten, ausgerechnet Leona Christensens persönliche Entgegnung als allererste in den Frames eintraf und deshalb freigeschaltet wurde, hat zu der Einsicht geführt, dass sämtliche écumenale Unterstützung der Welt unter Anwendung aller damals vorhandenen Vorhersagetechniken nicht hingereicht hätte, Vuletic zu warnen – ein dunkles Wunder. Christensen stand auf, als die Frames ihr Wort auf die Tagesordnung setzten.

Sie trug die bei ihr üblichen engen Jeans, wohl auch klobige Stiefel oder Sneaker, die man nicht sah, außerdem ihr rot, blau und weiß kariertes Hemd, mit offenem Kragen, ohne Krawatte, und darüber die enggeschnittene schwarze Lederjacke, die man von so vielen Bilddokumenten, von Plakaten, Stadtfronten, Siegeln im Écumen und Transparenten entlang der Zilien kennt.

Das orangerote Haar leuchtete wie immer jungenhaft kurz, etwas stachlig, vorn in leicht längeren Fransen, von denen eine über das berühmte Muttermal oberhalb der linken Augenbraue fiel. Ihr Blick war warm, ihr Lächeln etwas melancholisch.

Sie wirkte nicht bedroht, nicht einmal erregt oder verärgert, als sie das Wort ergriff: »Freundinnen, Freunde. Ich habe eine Frage, sie gilt Freund Vuletic. Sie ist, wie ihr's von mir kennt, einfach, anschaulich und konkret.«

Man lachte.

Dann sagte sie und sah ihn direkt an: »Was ich von unserem Freund Vuletic wissen möchte, ist: Was will er von mir? Ich verstehe es nicht. Er sagt, ich habe früher etwas anderes erzählt als jetzt. Das stimmt. Das weiß man, das kann man sich aus allen Archiven holen, in hundert verschiedenen Frames anschauen. Ich habe gesagt: Morgen wird der Écumen unseren Planeten umrundet haben, morgen werden die Zilien hier alles verbinden, und übermorgen wird der Écumen die Distanzen zwischen den Planeten überbrücken. Von morgen und übermorgen haben wir viel geredet, als wir schwach waren. Wir brauchten das Morgen und Übermorgen, denn wir hatten kein Heute. Es waren verzeihliche Reden, verzeihliche Fehler – wir hatten und haben nun mal kleinere Köpfe als Maren Laukkanen. Die redete bewusst nicht davon, was morgen und übermorgen geschehen wird. Die redete von ihrem Programm: von dem, was geschehen soll. Keine Prophezeiungen, sondern Forderungen. Sie wusste: Dieses Morgen- und Übermorgengeprotze hört auf, wenn wir richtig arbeiten müssen. Was will Freund Vuletic? Wir sollen unsere Freunde, die Kontinuierlichen, irgendwohin schießen, mit einer Schrotflinte, und hoffen, dass sie durchkommen. Wir sollen hoffen und glauben, dass die Feinde nicht Topos von ihnen lernen, unseren Code, unsere Sprache, unser Wissen über Écumen und das Schwarze Eis. Hoffen? Zuschlagen? Wir sollen die Energie, die wir brauchen, um das Bundwerk hier aufzubauen und unsere Verteidigung zu verbessern – denn der nächste Angriff wird kommen, irrt euch nicht, Freundinnen, Freunde, man plant schon, man rüstet schon auf –, wir sollen die Energie und die Rechenstunden in ein Himmelfahrtskommando investieren, von dem nicht nur ungewiss ist, ob es irgendetwas nützt, sondern von dem sich auch annehmen lässt, dass es uns schaden wird, falls auch nur ein Kontinuierlicher gefangen, gequält, gescannt, analysiert wird, falls auch nur einer unter der Folter zusammenbricht und überläuft. Das sollen wir tun? Wenn wir so heroisch sind, besoffen vom Kult des Extremen und Heftigen und Heldenhaften, begeistert von Explosionen, dann müssen wir tun, was er von uns will und worüber wir leichtfertig geredet haben, als wir nichts erreicht hatten, nichts aufgebaut hatten. Ich sage es noch einmal: Ich habe auch so geredet.« Eine Effektpause folgte, die einzige, die sie machte.

Viel Zustimmung füllte die Frames.

Und dann gab Christensen der Rede die Wendung, in der, so glaube ich, geboren wurde, was ich die historische und politische Ironie nenne – das Eingeständnis eigener Schwäche als Demonstration bereits gefestigter Autorität: »Ich frage unseren Freund Vuletic: Warum nimmt er mir übel, dass ich nicht mehr so albern daherrede wie vor Jahren? Ich habe damals einen Fehler gemacht. Ich habe gelernt, den Fehler nicht mehr zu machen. Wäre es nicht nützlicher für unseren Freund Vuletic, wenn er sich, anstatt mich dafür zu beschimpfen, dass ich lerne, an mir ein Beispiel nähme und auch lernte? Ja, das wäre nützlicher.«

Vuletic hätte reagieren müssen.

Dass er das nicht tat, lag keineswegs daran, dass er, wie man von ihm später hören und lesen musste, »auf eine so billige Provokation in diesem Augenblick nicht eingehen konnte, weil es genügend wirkliche, ernste Fragen gab, auf die ich sofort antworten musste«. Der Grund für sein Schweigen war, dass seine semisentienten Filter ihm, wie man inzwischen weiß, damals nach blitzschnellem Zwischenkalkül dazu rieten, sich nicht auf dieser allgemeinen Ebene zu verausgaben, weil die nächsten, die übernächsten und die über dreihundert folgenden Erwiderungen auf seine Rede voller technischer Einzeleinwände steckten. Hätte er sie unbeantwortet gelassen, wären sie von der soeben sprunghaft angestiegenen Zahl seiner Gegnerinnen und Verächter als vernichtende Kritik an seinem herostratischen Plan gewertet worden. Er hatte also nur die Wahl zwischen zwei Sorten der Niederlage, und er traf sie augenblicklich.

So ließ er sich, physisch schweigend, aber aufrecht am Pult, als hätte man ihn dort festgenagelt, auf Einsprüche und Detailauskunftsversuche ein, die er im Kopf, an der Schnittstelle zu allen Frames, teils mit der Unterstützung teilautonomer Software, teils mittels Weiterleitung an seinen wissenschaftlich-technischen Stab bediente, dem sogar ein paar K/ angehörten. Dieser Stab war ihm als letztes Ehrenzeichen aus seiner Zeit als Organisator der Bundwerksarmee verblieben.

Ein Schwirren von Écumuli in beiden Venushemisphären ließ zahlreiche Frames für einige Picosekunden zerreißen, während Menschen aus allen Lagen des Bundes eine Aufstellung der energetischen Kosten von Vuletics Offensividee verlangten. Man befragte ihn streng:

Wie stand es mit der Belastung der dünnen Filme und Kanäle in den Zilien, die von den Vulkanen und Reaktoren zu den Antennenanlagen führten? Würden sie eine Maximalbeanspruchung wie die, die er verlangte, überhaupt aushalten? Würde es Feedbackeffekte geben bei den Schnittstellen in den Köpfen der Menschen und den Zentralprozessoren der Diskreten? Würde das Im- und Exportwesen des Planeten für die Dauer dieser Riesensendung, dieser Salve von etwas, das die Regierungen und Korporationsleitungen und Fonds der anderen Welten und Habitate im System nur als *malware* auffassen konnten, nicht komplett ausgesetzt werden müssen?

Es war der hochanständige Thalberg, der das offensichtlichste Resultat der logischen Ausschluss-Ungleichung zwischen Christensens Laukkanen-Aufgebot und Vuletics »Angriff mit ganzer Kraft« (oder wie mein Vater sagte: »Schuss in den Ofen«) artikulierte: »Vuletics Plan wird verheerende Folgen haben. Selbst wenn wir ihn nur in modifizierter, abgeschwächter Form, etwa mit einer langsameren Impulsübertragungsrate, also mehr Zeit fürs Signal, also weniger Energieaufwand im Ganzen, realisieren sollten, wird das vor allem diejenigen Sparten unserer Industrie bremsen, in denen bestimmte Sockelbeträge der konstanten Energieeinspeisung unerlässlich sind. Die Gewinnung von schweren Fermionen, insbesondere von Kondo-Isolatoren, die ganze Fertigung von hochkorrelierten Halbleitern, die Optimierung unserer Wärmepumpen, die Massenfertigung von Gravitations- und anderen Inertialmanipulatoren – kurz alles, was wir zur Schonung der urbanen Zentren in unseren ärmsten Regionen tun, wird auf Tage, vielleicht Wochen unterbrochen werden müssen, um Unfälle zu vermeiden, die bei den Rückkopplungen, die so ein Signal in unseren Systemen verursachen muss, unvermeidlich wären. Die Diskreten in Niobe Planitia und Rusalka Planitia, unseren derzeit bedürftigsten Ebenen, werden nach Energie hungern. Sie werden ihre Arbeit für die Menschen dort, ihr segensreiches Wirken in den Gewächshäusern und den Proteinfarmen, nur eingeschränkt tun können. Die ersten Opfer werden die Diskreten unserer weiten Täler sein, Hunderttausende der Ärmsten. Und mit ihnen die, deren Lebensunterhalt von ihnen abhängt, die Menschen jener trostlosen Ebenen, die nach Millionen zählen. Wenn wir das ernst meinen, was unser Name sagt: D=B=K, die Solidarität aller drei Sorten von Intelligenzen, die das Bundwerk aufbauen, dann können wir nicht übersehen, dass Vuletics Plan einen Verrat an diesem Namen darstellt. Und umgekehrt: Leona Christensens Vorschlag, zahlreiche Diskrete zu Bundvollmitgliedern zu machen, bedeutet eine Einlösung dieses Solidaritätsversprechens. Vielleicht nur formell, vielleicht viel zu zaghaft, vielleicht längst überfällig. Aber notwendig und wertvoll. Und von sofort segensreichen Folgen – was man über Vuletics Plan nicht sagen kann.«

Es war das erste Mal, dass jemand Vuletic einen Verräter genannt hatte, wenn auch nur indirekt. Thalberg sprach aus Überzeugung, nicht aus Berechnung. Das eben machte seine Sätze tödlich für den, dem sie galten. Was ist eine böse Lage? Eine böse Lage ist eine, in der selbst das entschiedene Sprechen und Handeln von Menschen, die nicht lügen, alles nur immer schlimmer macht.

Als mein Vater und Thalberg mich hatten hören lassen, wie historische Ironie klingt, überreichte der Mann aus Laukkanenstadt dem treuesten Anhänger Christensens ein Geschenk. Ich war neugierig, was das war. Also steckte ich den Rubin in meine Hosentasche, um mich vorbeugen und besser nachsehen zu können. Ich sah einen schwarzen Holzkasten, zweieinhalb Handspannen lang, eine Hand tief, mit Ledergriff. Was hatte der Riese gesagt?
»Wir sind Idioten, aber wir geben uns Mühe.«
Mein Vater nahm den Kasten entgegen, schüttelte den Kopf und sagte lächelnd: »Wir geben uns Mühe, das stimmt. Aber weißt du was? Ich glaube inzwischen, es bringt nichts. Nicht nur, weil wir Idioten sind.« Er seufzte und fummelte, im Sitzen, mit dem Kasten auf den Knien, an den zwei kleinen, metallbeschlagenen Verschlüssen. Es schien einen Trick zu geben, den er nicht herausbekam. Dann wiederholte er: »Wir geben uns Mühe. Aber es bringt nichts.« Der Gast sagte sehr sanft: »Zuerst nicht. Später doch.«
Die beiden kleinen Rätselschlösser sprangen gleichzeitig auf, wie zur Bestätigung.

Als das geschah, stand ich rechts hinter meinem Vater, mit gebührendem Abstand, den Rubin in der rechten Hosentasche. Thalberg nickte andeutungsweise, das hieß: Siehst du, Arthur, es geht.
Ich sah ins Kästchen. Der kleine Behälter, dessen Deckel

sich an Scharnieren aufklappen ließ, war mit nachtblauem Samt gefüttert. Das eigentliche Geschenk lag auf einem flachen, ebenfalls dunklen Kissen.

»Sie ist eher schön als edel«, sagte mein Vater, »also das Richtige. Danke.«

Was er meinte, war eine alte Pistole, blitzblank poliert, écumenal restauriert wohl auch, mit langem Lauf und mittig verschraubtem, hellhölzernem Griff. Die Waffe sah aus wie die Revolver der Cowboys, Sheriffs und Bankräuber in alten Filmen und Comics. Mein Vater nahm sie aus dem Kästchen, richtete den Lauf auf eine der Écumenwände und sah über ihn hinweg auf ein Ziel, das nicht da war.

Drückte nicht ab.

Thalberg sagte: »Rate, woher sie stammt.«

Mein Vater legte die Pistole wieder ins Kästchen und sagte: »Zwei, drei, vier ... nein: Etwa fünfhundert Jahre ist sie alt, richtig?«

»Wo, habe ich gefragt. Nicht wann.«

»Keine Ahnung. Nordamerika? Wilder Westen?«, sagte Arthur Helander.

Sein Kopf funktioniert wie meiner, dachte das Kind, das ich war, denn auch mir war der Wilde Westen eingefallen.

»Eben nicht, eben nicht«, amüsierte sich der Besucher. »Das ist eine Nagant, Modell 1895. Man hat sie in Russland gefertigt – zunächst unterm Zaren, dann auch nach der Revolution, für Sicherheitsleute dort, Polizei, Spione des Inneren, so etwas. Man stellte dieses Fabrikat noch her bis in die Mitte der Zeit, in der es das gab, was Sowjetunion hieß.«

»Kalter Krieg«, summte mein Vater.

Ich hatte keine Ahnung, was das gewesen sein mochte, auch wenn mir das Wort »Sowjetunion« etwas sagte – davon hatte mein Vater mir erzählt, und Bücher darüber gab es auch.

»Ganz recht, Kalter Krieg«, sagte Thalberg, und mein Vater nahm den Faden der historischen Ironie wieder auf: »Dann passt es ja. Dann will ich mich verteidigen, damit uns die Erde nicht am Ende Truppen schickt, die uns überrennen, und damit die Kontrarevolution uns nicht verschlingt.«

»Konterrevolution. Es heißt Konterrevolution, nicht Kontrarevolution«, berichtigte der Geber den Beschenkten.

Mein Vater nahm die Waffe noch einmal heraus, wog sie nachdenklich. »Ich nehme an, Munition macht mir der Écumen?«

»Richtig. Ich habe dir ein kleines Initialisierungsskript an eine deiner Frame-Adressen …«

»Danke, Domenico. Ich weiß es zu schätzen, und ich glaube, ich weiß auch, was du mir damit sagen willst.«

Sie mussten es nicht aussprechen, selbst ich konnte es raten: Der in direktere, nicht so abgehobene, nicht kulturelle, sondern wirtschaftliche und politische Kämpfe verstrickte Mann aus Laukkanenstadt wollte dem Kulturlenker aus Flintstadt mit dem Geschenk versichern, dass er ihn immer noch als Krieger anerkannte.

»Liegt gut in der Hand, nicht wahr?«, sagte Thalberg.

»Weniger als ein Kilo«, erwiderte mein Vater, und weil er dabei freundlich klang, nicht nur höflich, und herzlich, nicht nur kameradschaftlich, riskierte ich eine kleine, freche Frage: »Darf ich es auch mal halten?«

»Für Kinder ist das nichts«, sagte mein Vater.

Thalberg betrachtete mich einen Moment lang, wie man ein technisches Problem betrachtet, bevor er meinem Vater recht gab: »Für Kinder nicht. Bist du noch lange ein Kind?«

Ich verstand die Anspielung: »Mein Ja ist bald.«

Die beiden Erwachsenen lachten. Ich war ein kleiner Streber und machte deshalb einen Fehler – ich dachte, »Ja« sei ein deutsches Wort, und wollte zeigen, wie gebildet ich war, indem ich es so aussprach wie das deutsche Wort, das Gegenteil von »Nein«.

»Es heißt nicht Ja«, wiederholte mein Vater den Schnitzer, weil er das als seine Pflicht ansah, »es heißt Ja« – das klang etwa wie »Dschoo«, wenn man es in der Umschrift aufschreibt, welche die Deutschen erfunden hatten und die hier noch gepflegt wird, wo ich, ein alter Mann, der jung aussieht, dies schreibe – hier, wo einmal Deutschland war.

Man kannte auf Venus noch andere Aussprachen des Kürzels, stets freilich mit dem weichen »Dsch« am Anfang, etwa »Dchoa«, »Dschä« oder »Dsche«. Am häufigsten und in diesem Sinne korrekt war aber meines Vaters »Dschoo«: »Es kommt«, erklärte er dem Jungen, der sich ein bisschen ärgerte, »von Jaunt – vom Sprung, das Wort ist englisch.«

»Weißt du denn, was das ist, der Ja?«, examinierte mich Thalberg jetzt und lehnte sich dabei ein klein wenig nach vorn.

Kleine Tests dieser Art war ich gewohnt und sagte deshalb leichthin: »Das ist, wenn ich mich in den Écumen lege, und der kommt durch meine Haut und kommt in meine Zellen und macht, dass ich sehr alt werden kann. Viel älter als die Leute früher.«

»Und wann macht er das?«, fragte Thalberg.

»Bevor die Hormone kommen. Vor der Pubertät. Denn während und nach der Pubertät ist es zu spät. Dann, wenn der Ja war, wachse ich in drei, vier Tagen. Dann bin ich wie einer, der schon zwanzig ist, und bleibe lange zwanzig und werde dreißig und bleibe lange dreißig und werde mindestens hundertfünfzig alte irdische Jahre alt.«

Thalberg lachte trocken. »Dein zweiter Junge wird was«, sagte er zu meinem Vater, und mir entging die Anspielung auf meinen Bruder nicht, von dem man in diesem Haus nicht reden durfte.

Der große Mann wandte sich mir wieder zu: »Es ist bald?«

Ich nickte, etwas eingebildet. Mein Vater muss bemerkt haben, wie mir die Neugier des wichtigen Gastes schmeichelte. Er schritt mit klaren Worten ein: »Nick, ich möchte, dass du jetzt nach oben gehst. Freund Thalberg und ich haben einiges zu besprechen, und ich möchte ihm einiges zeigen. Das wäre langweilig für dich.«

Ich verstand, was gemeint war: Das Kind würde stören.

Ich wandte mich bereits ab, da legte mir mein Vater seine Hand auf die Schulter, dass ich mich wieder zu ihm umdrehte. Er sah mich an.

Ich verstand nicht. Er sagte: »Den Stein, bitte.«

Ich holte den Rubin aus der Hosentasche, gab ihn zurück und lief nach oben.

Drei Jahre später, durch meinen Ja inzwischen körperlich ein Zwanzigjähriger, verließ ich jenes Haus für immer.

In der Zwischenzeit hatte ich meinem Vater abgetrotzt, »meinen eigenen Weg« gehen zu dürfen – »wie Wilhelm Meister, wie der grüne Heinrich, wie David Copperfield oder die Leute bei Balzac, wie Roderick oder der Stahl, den man gehärtet hat«.

Ich gebe zu, die Aufzählung war als Rebellion getarnte Schmeichelei; sie sollte den Büchermenschen ansprechen.

Gegenstand der Auseinandersetzung war die Frage meiner Beschäftigungswahl.

Es stellte sich heraus, dass Helander Senior, wie alle stolzen Väter, geglaubt hatte, meine Lektüren nach seinen Hinweisen hätten mich vorbereitet auf ein Leben an seiner Seite, als rechte Hand des Mannes, der Kultur und Wissenschaft, vor allem aber Écumen-Codes und Literatur förderte.

Ist »fördern« das richtige Wort?

Sollte ich nicht »Aufsicht« schreiben? War das damals schon so?

Ich wollte vom Katzenhaus nichts wissen. Ich wollte lieber, wie ich sagte, »Venus kennenlernen, von Rusalka Planitia bis Ganis Chasma, von Thetis Regio bis Tepev Mons, von Ishtar Terra bis Lada Terra. Ich will mit D/ in die Stollen steigen, mit K/ auf Vulkantrichtern konferieren, wenn sie dort als kleine Écumuliflocken in Schwärmen nach dem Rechten sehen ...«

Er fasste meine Vorstellungen trocken zusammen: »Du willst erst nach Laukkanen City und dann mit Thalberg reisen. Du willst sein Sekretär sein. Nicht meiner.«

Das stimmte, und das wurde ich.

So erlebte ich den Lenker von Laukkanenstadt aus der Nähe, sah ihn arbeiten, sah ihn zuhören.

Im ersten Jahr nach meinem Dienstantritt traf ich meinen Vater in Ionad und erzählte ihm davon, wie wenig inspirierend mir die Arbeit schien.

Unseren leitenden Körperschaften, unseren obersten Delegierten, fand ich, fehle der Schwung. Mir war das alles zu kleinlich, von Postengier und Intrige zerfressen. Und verantwortlich war Christensen.

Mein Vater schüttelte den Kopf: »Ist alles, was dir nicht gefällt, jetzt Lilys Schuld? Es ist die Etappe, das ist alles. Laukkanens Etappe war eine andere. Sie würde sich aber, das glaube mir, denn ich kannte sie, heute nicht anders verhalten als Lily. Oder willst du behaupten, Lily sei auch schuld, dass Maren nicht mehr da ist? Glaubst du, sie hat Maren vergiften lassen, wie Vuletic das erzählt, in seinen geheimen Frames, in die wir, dank der Arbeit der CC, mehr Einblick haben, als er glaubt?«

Dass er den Namen unserer K-konfigurierten Polizei, Collection=Control oder Ceecee, wie man damals sagte, mir gegenüber aussprach wie eine verdeckte Drohung, muss mich geärgert haben. Ich beschloss, ihn meinerseits zu provozieren: »Dass jemand Vuletic kaltstellt, hätte Maren

Laukkanen das gewollt? Wo sonst soll er sich äußern? In den offenen Frames brüllt ihr ihn nieder mit euren Kommentaren, da wird er einfach von der schieren Anzahl eurer Leute zugedeckt. Und in den Frames zur Abstimmung und Steuerung ist er nicht mehr zugelassen, unter den blödesten Vorwänden. Sie hat das zu verantworten, deine Lily.«

Es war für lange Zeit das letzte politische Gespräch, das mein Vater mit mir führte. Er erkannte, dass ich nichts mehr wissen wollte von seiner Politik, von ihm.

Galt meine Abneigung Arthur Helander oder Leona Christensen?

Man könnte mich einen Heuchler nennen.

Denn ich habe den Namen meines Vaters durchaus benutzt, während der Zeit mit Thalberg, wenn Kälte kam, wenn Knappheit drohte, wenn man tricksen musste: Man schenkte uns, wenn ich offen oder indirekt in Arthur Helanders Namen darum bat, Rechenzeit und Aufmerksamkeit übers Gewöhnliche hinaus, man stellte Thalberg, dem Lenker der Geschicke von Laukkanen City, selbst einer der höchsten Deputierten überhaupt, Ressourcen und Geräte zur Verfügung, die er weitervermittelte, in komplizierten Tauschbeziehungen, weil ich, so sahen es die Geber wohl, dafür bürgte, dass das, was damit geschah, auch Christensens Gefallen finden würde.

Thalberg sagte mir einmal: »Ich habe so viele Unternehmungen angestoßen auf Venus, die eigentlich nicht in meine Zuständigkeit fallen, dass ich dringend auf Kontakte in die gesamtplanetare Hierarchie angewiesen bin. Warum ich diese Unternehmungen angestoßen habe? Weil hier alles mit allem zusammenhängt, weil man nichts tun kann, ohne sich ins Ganze einzumischen. So geht das Bundwerk. Wir müssen die Fabrikation von Schwarzem Eis im Süden fördern, weil jede Stadt im Norden, mit der wir arbeiten, das Schwarze Eis braucht. Wir müssen diese oder jene Dependance der Akademie fördern, weil die dort Ausgebildeten nach Laukkanen City geholt werden sollen. Die Stadt ist groß genug, dass ich mit der Wahrung ihrer Interessen jederzeit begründen kann, warum ich mich in allen Himmeln einmische.«

Ich lachte: »Meistens schickst du mich vor!«

Er nickte und sagte: »Das tu ich. Und was sagen sie dann, die Leutchen?«

Ich antwortete: »Sie sagen: Ach, du bist Nick Helander? Setz dich, mach's dir bequem, was können wir für dich tun?«

Worauf Thalberg zufrieden grunzte. Ausgebeutet wurde ich nie. Zwar machte ich mir im Laufe der Zeit doch einige nicht nur fröhliche Gedanken darüber, dass ich für Thalberg manchmal in einer Art Dunkelheit Geschäfte abschloss, die nur mein Name zum Erfolg führen konnte. Ohne Einschränkung danken aber muss ich ihm für etwas anderes: An seiner Seite lernte ich, wer die D/ und K/ eigentlich waren, wie ich wirklich über sie dachte – und heute noch über sie denke, obwohl es einerseits das, was wir D/ nannten, in der Diversitas, der heute herrschenden Ordnung des Sonnensystems, kaum mehr gibt, allenfalls weit draußen, auf entlegensten Monden, vielleicht in der Oortwolke, und obwohl andererseits die K/ hier auf der Erde, auf Venus und überall sonst nicht mehr K/ heißen.

Sie haben jetzt andere Namen, viele, verwirrende, verwaschene.

Zunächst zu den D/.

Meine bis heute im Wesentlichen unveränderte Einstellung zu ihnen erwarb ich, als Thalberg mich im dritten Jahr meiner Arbeit für ihn in ein Programm zog, das zu den wenigen Beschlüssen Christensens gehörte, die ich ohne Vorbehalte unterstützte: die sogenannte »Große Integration«.

Der Name stammte, sagt man, von meinem Vater. Er war mir zu pompös. Aber um Namen lohnte sich kein Streit. Gemeint war, dass die zahllosen Getreide-, Hydroponik-, Algen- und sonstigen Landwirtschaftsunternehmungen auf unseren alten Böden und in unseren neuen Meeren noch viel zu oft von vereinzelten Farmern und anderen Kleinerzeugern betrieben wurde, die kaum D/ und keinerlei K/ in ihren Lebenskreis ließen – von »kleinen Leuten«, die übrig geblieben waren aus der Zeit der Verwaltung und die sich verhielten, als wäre Venus eben erst besiedelt worden. Ihnen brachte die Große Integration fähige und von unseren Idealen erfüllte D/, ihnen stellte sie Server für K/ auf und fasste die atomisierten Betriebsstrukturen zu größeren Einheiten zusammen.

Die Fähigkeit, den D/ mit Empathie, ja Zuneigung zu begegnen, entdeckte ich im letzten Quartal 537 und im ersten 538.

Mitte des dritten Quartals 537 nahm sich Thalberg eine Auszeit und überließ die Regierung von Laukkanen City seinem Stab, darunter einigen K/ um eine besonders flinke Intelligenz, die sich »Von Arc« nannte.

Mein Chef hatte beschlossen, in seiner Auszeit nach Gula Mons zu gehen, wo er unter einem der mächtigsten Vulkane unserer Welt, gelegen in der westlichen Eistla Regio, mit den benachteiligten Menschen und strapazierten D/ zu arbeiten plante, um später, hierdurch unterrichtet, von Laukkanenstadt aus ihre Arbeits- und Lebensbedingungen nach Maßgabe der damals gegebenen Möglichkeiten zu verbessern.

Im Feuersturm der unausgesetzten Arbeit, am harten Hang mit den glühenden Schlitzen, wo einmal in der Woche eine Kuppelplane riss oder ein Garten verbrannte, dass die Pflanzen entzündliche Gasgemische freisetzten, die aus den kleinsten Bränden in Sekunden ein Inferno machten, das die kargen Siedlungen bedrohte – hier, wo diese Feuer immer wieder besiegt wurden, wo man die Gärten immer wieder aufbaute, wo man den heißen Winden mit Geschwindigkeiten bis zu siebzig Stundenkilometern widerstand und wo man lebte, als hätte die Verweltung vor kurzem erst ihr erträgliches Stadium erreicht – hier wusste man noch, dass das Meer im Norden ein Wunder war, dem man nicht trauen konnte, noch keine zweihundert Jahre alt.

Das Wasser war von weit draußen gekommen.

Androiden der fernsten Monde, »D/ an den Grenzen«, wie sie bei uns hießen, Erbauer einer echten Roboterzivilisation, hatten es uns geschickt, im Austausch für von unseren K/ entwickelte Software. Das Land, in das Thalberg mich führte, war harsch, wunderschön und eine große Schule für mich.

Das Klischee malte es als Ort besonders mutiger Menschen, die von besonders robusten D/ dabei unterstützt wurden, dem Unbewohnbaren Terrain zu entreißen. Schon das bekannte Pro-Kopf-Verhältnis von fünf D/ zu je einem Menschen hätte mich eines Besseren belehren müssen, wenn ich die Statistik aus der Ferne nur richtig gedeutet hätte: Dies hier war eine Stätte für D/, denen allenfalls ein paar Menschen eine Hilfe waren, die das erledigten, wofür die D/ zu langsam, zu groß, zu unbeweglich waren.

Die D/ behandelten uns gut.

Wir lebten in einer Art Containermodul, das meist dicht überm Boden schwebte; das Schwarze Eis war hier nur ein dünner Mantel um den wohnlichen Würfel. Die meiste Zeit verbrachte ich mit einem D, der sich als Sprecher des Siedlungskomplexes vorgestellt hatte. Er hieß Rojo und war im Zuge des Laukkanen-Aufgebots dem Bund beigetreten.

Später sollte er einer der einflussreicheren Delegierten beider Zonen von Eistla Regio werden, der westlichen wie der zentralen, noch später Beamter am Schmalen Meer, mit unangenehmen Aufgaben.

Ich finde ihn hier in keinem der Archive.

Rojo war groß.

Aus den Städten kannte ich zwar bereits massive D/ von drei oder vier Metern Länge oder Höhe. Rojo aber, mit seinen Sattelschlepperkufen, die allein schon mannshoch waren, seinen vier bis fünf (er ergänzte sie, wenn nötig, selbst) Drei-Meter-Armen und seinem wie eine hierophantische Büste stilisierten Haupt, überragte Thalberg und mich auf dem Sandplatz, wo wir landeten, schon bei der Begrüßung so sehr, dass er uns die Sonne ganz verdunkelte. Der gewaltige Schatten, den Rojo warf, ein rotblauer, war jetzt das Zuhause für einige Monate – nicht mehr der metaphorische meines Vaters.

Wie groß war Rojo? Acht Meter? Zehn? Zwölf?

Er trug uns auf dem Rücken, wenn er sich auf seine Kufen legte, die er zu diesem Zweck von seinem Sockel aus auf seine Brust verschieben konnte, und fuhr durch sein Reich mit diesen beiden Passagieren, die sich anfangs schwertaten im Rütteln, das durch die improvisierten Sitze und unsere Knochen ging.

Wir bewegten uns den Hang des Vulkans hinauf, damit wir von dort aus das Meer sehen konnten.

»Was denn? Das Rumpeln? Das ist nix!« Seine tiefe, raspelnde Stimme brachte unsere Schädel zum Vibrieren, als ob man uns mit einem Rudel K/ bespielte.

»Was meint ihr, wie das erst kracht, wenn ich auf eine alte Mine fahre! Oder wenn ein Droide aus dem Boden guckt!«

Droiden: So nannten D/ wie er die bösen Vettern, die sie hassten, die alten Kampfdrohnen der Verwelter, die hier zwischen Meer und Vulkan noch immer zu Hunderten im Boden steckten. Das war einer der Gründe für Thalbergs Besuch: Er hatte sich Specs von Technikern geben lassen, wie man den Schutz der D/ vor den Spätfolgen des Bürgerkriegs verbessern konnte.

»Da werden dann zum Beispiel plötzlich Hohlladungsgefechtskörper auf D/ wie ihn abgefeuert«, erklärte Thalberg mir, »während der Arbeit – Geschosse, deren Durchschlagskraft eigentlich jeden Schutz unmöglich macht. Gegen sie kann man D/ nicht einfach panzern. Es werden immer noch etwa ein Dutzend D/ jedes Jahr getötet hier draußen, von den zehn bis zwanzig Menschen, die uns das ebenfalls kostet, mal ganz abgesehen. Und wenn es nicht die Drohnen sind ... na ja, stell dir nur vor, D/ wie Rojo fahren auf eine Splittermine, oder auf eine EMP-Mine, die ihnen das Hirn zerbrutzelt. Die oberen Delegierten, die ich getroffen habe, denken alle, der Krieg sei vorbei. Er hat nur sein Gesicht verändert.«

»Umrüsten, nicht aufrüsten, sag ich immer«, ließ Rojo sich hören.

Thalberg bestätigte: »Zu dem Schluss sind wir auch gekommen. Mehr Panzerung ist Quatsch, wenn man nicht die ganze Struktur von jemandem wie dir ändert. Also Sicherheitszellen rein, mehr glatte, schräge Flächen, größere Spezialschweißnähte, verstärkte Radkästen neben den Kufen und die Schichten der vorhandenen Panzerung mit besseren Werkstoffen verstärken: flexible Nanokeramik, nanometrisches Stahlzeug, kleine semisentiente Feuerlöschanlagen, Brandunterdrückung, keine freiliegende Hydraulik, keine freiliegenden Luftdruck- und Elektro- und Photonikleitungen ...«

»Es ist wahr, ihr baut uns um, bis uns unsere Eltern nicht mehr erkennen. Aber was sein muss, das muss sein!«, dröhnte Rojo.

Ich dachte: Hier muss es sein und wird ertragen, aber unsere Neukörper in Le Bel Age, ja selbst in Flintstadt-Segmenten wie Psargent und Aton können sich nichts Wilderes, Aufregenderes vorstellen, als die eigenen Leiber so zu verändern, dass ihre Eltern sie nicht mehr erkennen.

»Umrüsten statt aufrüsten«: Das war keine leere Parole, sondern das Herzstück der Großen Integration. Einen von Rojos Freunden, der Fabien hieß und aus einer solchen Vielzahl von Armen und Beinen und Tentakeln an allerlei Leibsegmenten bestand, dass ihn die Leute hier den »Tausendfüßler« nannten, zerlegten wir mit tätiger Hilfe einer örtlichen Menschenfamilie in acht neue, teilautonome D/, bei denen der beweglichste den Zentralprozessor barg, einen Rechner, der die anderen Segmente per Funk parallel lenken konnte.

Rojo sagte dankbar: »Wir haben jetzt sieben Einheiten mehr, die uns helfen. Fabien kann Minen suchen gehen, wo wir nicht hinkommen, in Spalten und unter Klippen, und er kann flexibler auf Droidenangriffe reagieren. Diese Funksteuerungsidee ist ein sehr raffinierter Trick, um die Sauerei zu umgehen – zukunftsträchtig, kann man sagen.«

»Die Sauerei«: Damit meinte er das, was die alten irdischen Mächte, die vor Ewigkeiten die Prototypen unserer D/ gebaut hatten, ihren »programmierten Eigentumsvorbehalt« genannt hatten und was später, als man robotischen Intelligenzen von Merkur bis hinaus in die Oortwolke erste Bürgerrechte zugestehen musste, beschönigend »Identitätsklausel« getauft worden war.

Gemeint war damit, dass im Zentralprozessor eines solchen Roboters jedes Programm, das die komplizierte Homöostase des Automaten mit seiner Außenwelt sowie die innere Kybernetik regulierte, mit zahllosen Turing- und Chaitinfallen versehen war, die dafür sorgten, dass niemand den Quellcode verändern konnte und dass sich die Gates der fabrikfertigen Originalrechner zwar Stück für Stück ersetzen ließen, man aber weder ihre innerste Konfiguration verändern noch eine Sende- oder sonstige Übertragungs- beziehungsweise Kopiereinrichtung an diese Gates koppeln konnte, ohne dass die Fallen das bemerkten und dann Programme auf den Rest hetzten, die ihn zuverlässig zerstörten.

Auf diese brutale Weise war die Regel in die Welt gelangt: »Ein Bewusstsein, ein Rechner.« Ihr blieb das ganze Dasein der D/ unterworfen. Weder Menschen noch K/ wussten Auswege, auch wenn daran wieder mit verstärktem Eifer herumprogrammiert wurde, seit das Team, das früher für Laukkanen, jetzt für Christensen solche Forschungen betrieb, einen neuen wissenschaftlichen Leiter hatte – den undurchsichtigen Frederick Kâlidâsa aus Rhinoclavis, der dunklen Stadt über Artemis Chasma.

Von diesem Mann erzählte man sich Witze. Ich erinnere mich an einen kurzen, aber bösen, den Thalberg eines Abends bei den Stuytens, der Menschenfamilie, die Fabien auseinandergebaut hatte, zum Besten gab: »Habt ihr gehört, dass niemand mit dem zusammenarbeiten kann? Die Menschen nicht, die D/ nicht, die K/ nicht. Die Akademie hat jetzt den Grund gefunden – er ist ein Neukörper, aber nicht außen, sondern innen: Sein Neukörper ist seine Seele.«

Man lachte.

Einmal nahm mich Rojo bis fast zur Öffnung des Vulkans mit hoch auf den Berg, damit ich von dort aus das Meer sehen konnte.

Eine gewaltige planetarische Abstraktion: bleigrau und flaschengrün, in vielem ähnlich den steinernen, in Riffs unterteilten Tessera-Abschnitten von Rhea Mons, wo ich in Keilblattseglern das Fliegen und Schweben gelernt hatte.

Rojo sagte: »Das haben unsere Brüder gemacht. Das haben sie euch geschenkt, für ein paar Hinweise, wie man etwas herstellt, das fast Schwarzes Eis ist, aber trotzdem minderwertig. Damit ihr weiter gebraucht werdet, dort draußen.«

Ich kannte die Geschichte: »Sie haben ganze eigene Welten jetzt, nicht wahr?«

»Republiken, sagen sie. Sie kämpfen gegen den Kolonialismus der Erde. Sie besetzen Monde und Asteroiden, sie vertreiben Menschen, die nur herrschen wollen, und lassen andere in Ruhe, die zur Kooperation fähig und willens sind. Es ist ein mühsamer Kampf. Sie haben euch dieses große Wasser geschickt, gefrorenes Wasser vom Titan und gefrorenes Wasser vom Enceladus«, das waren zwei Saturnmonde. Ein anderer, der bekanntere Titan, trug inzwischen eine vollentwickelte, mit anderen Welten im diplomatischen und handelseinigen Verkehr stehende D-Zivilisation.

»Sie haben viele von sich geopfert, um diese Tanks, als hier die Unruhe begann, durch die Blockaden zu manövrieren, damit auch noch die letzten Lieferungen ankamen. Das war vor siebzig Jahren.«

»Ich weiß«, erwiderte ich, »Laukkanen hat oft darüber geschrieben und gesprochen, dass sie als Kind noch die Fertigstellung einiger Meere selbst gesehen hat, die offiziell bereits als fertig galten – es stürzten noch Tanks vom Himmel.«

Die D/, die sie steuerten, verglühten in unserer jungen Atmosphäre, außen am Schwarzen Eis angebracht, weil sie es anders nicht hätten steuern können, da keine ihrer Sensoren das Material von innen durchdrungen hätte.

Rojo sagte: »Maren Laukkanen war unsere erste wirkliche Freundin bei euch. Sie hatte Achtung vor anderen. Und Geschick.«

»Das haben auch die Menschen, die mit euch hier sind. Für sie und für euch machen wir die Große Integration. Die Bereitschaft zur Zusammenarbeit ist viel verbreiteter, als man meint. Man muss den Leuten nur die Chance geben.

Kaum jemand ist viel schlimmer, als er sein muss, um zu überleben.«

»Na ja«, brummte der D. »Nicht alle Menschen, die hier mit uns leben und arbeiten, tun das ganz freiwillig, oder? Christensens harte Hand schiebt uns manchen her, der sich erst an Achtung und Geschick herantasten muss.«

Ich wusste Bescheid: Die Praxis der Verbannungen an schwer umkämpfte Fronten der Produktion reichte zurück bis in Laukkanens Tage. Sie war seither erheblich ausgeweitet worden, zunächst übrigens auch von Vuletic, als Strafe für Versagen im Bürgerkrieg. Man traf die Verbannten vor allem in den Landwirtschaften der Tiefebenen und den Fabriken der Vulkane. Hier fand man sogar noch einige derer, die sich »die Reinen« genannt hatten, technisches Personal aus dem verwelterloyalen Flügel der Innung. Der Anführer dieser Leute, ein Patrick Tedesco, war in einer Strafeinrichtung bei Sif Mons bei einem nie aufgeklärten Arbeitsunfall ums Leben gekommen.

Die D/ respektierten ihn bis heute.

Ich fragte nach: »Laukkanen war eure erste Freundin, sagst du. Was ist mit Kamalakara?«

»Er war nur ein einziges Mal hier, soweit ich weiß. Er lebte auf Reisen, dann wieder auf der Erde, dann kurz auf dem Mars, am Ende wieder auf der Erde, wo er ja gestorben ist. Für ihn waren wir nur eine Idee, wenn auch eine einleuchtende. Er hat gesagt, hier auf Venus sei ihm etwas eingefallen: Wenn man Städte in den Himmel setzen kann, die nicht abstürzen, wenn man da, wo einst auf der Ebene die nie abkühlenden Metallbrocken dampften, Meere hingießen kann, dann kann man auch das Wort Intelligenz neu definieren und den D/ und K/ mehr Rechte geben, als sie anderswo hatten.«

Ich verstand, was er mit »eine Idee« meinte: ein Gedanke, der nicht direkt zwischen zwei Handlungen vermittelte, eine Spekulation für irgendwann, morgen, übermorgen – aber was er da von Kamalakara zitierte, erinnerte mich auch an einen Satz, der bei der siegreichen Christensenfraktion immer wieder als Beweis für Vuletics Wahnsinn herumgereicht wurde. Vuletic hatte erklären wollen, warum er den Neukörpern den Bund verstärkt öffnen wollte: »Eine Venusmenschheit, die die Verwelter verjagt hat, braucht auch nicht in Ewigkeit vor ein paar Erbgesetzen auf dem Bauch zu liegen.«

»Ich begreife«, sagte ich zu Rojo, »dass du stolz bist. Meine Verwandten sind weniger ruhmreiche Leute als deine.«

Er lachte: »Na ja, den einen oder anderen Neukörper haben doch zumindest inzwischen alle in der Verwandtschaft, oder nicht?«

Ich schwieg.

Als Thalberg und ich wenig später aufbrachen, schüttelte ich einem der Extensionskörper von Fabien die Hand, als wäre es eine menschliche, und sagte zu Rojo: »Ich werde dich vermissen, Großer.«

Das war nicht geheuchelt. Ich sah ihn später mit Freuden wieder.

Heute vermisse ich ihn erneut. Diesmal werde ich ihn nicht wiedersehen.

Zurück in Laukkanenstadt, ließ mir Thalberg kaum eine Woche, mich dort bei meinem kleinen Kreis von privaten Nächsten, meinen Liebesbekanntschaften und weitläufigen Verwandten zu melden, bevor er mich in sein Büro im Bundbau zu Kuannon zitierte und mir mitteilte: »Du wirst mir heute eine lästige Pflicht abnehmen, Nikolas.«

»Eine Pflicht abnehmen? Mache ich das nicht dauernd?«

Der große Mann winkte hinter seinem riesigen Schreibtisch ab und sagte: »Was weißt du schon, wie viele Pflichten ich habe? Du hast nur die paar, die von meinem Tisch runterfallen.«

»Worum geht's?«, fragte ich nach.

»Ich will, dass du mit einem K redest. Oder genauer, mit dem Anführer ... der Anführerin, sie definiert sich weiblich ... also, der wichtigsten Stimme einer starken Fraktion von K/. Man kann auch sagen: mit mehreren K/, die zusammen aber nur einen Namen haben.«

Ich wusste genau, worauf er mit der letzten Bemerkung und dem insgesamt eher übellaunigen Ton, in den er jetzt gewechselt war, anspielte: Die K/ versuchten uns in letzter Zeit verstärkt an einige kulturelle Besonderheiten ihrer Lebensweise im Écumen heranzuführen, was Identität betraf. Mein Vater erklärte es rückständigen Menschen in seinen wöchentlichen Frames so: »Verschiedene Namen gehören bei K/ nicht unbedingt verschiedenen Persönlichkeiten, dieselben Namen nicht unbedingt denselben Leuten, und der Unterschied zwischen einzelnen und mehreren Persönlichkeiten ist überhaupt fließend, weil dauernd integriert oder gesplicet wird.«

Thalberg hatte mir erst zwei Tage zuvor mitgeteilt, dass ihm dieser neue »Kuschelkurs mit den K/« nicht rundweg fröhlich stimme: »Ich verstehe ja, dass sie nicht warten können – ich meine, klar, sie denken teilweise tausendmal so schnell wie wir, aber das ist ja nun auch nicht neu. Und trotzdem wirken sie seit dem Laukkanen-Aufgebot hunderttausendmal so drängelig, was ihre Mitteilungen über sich selbst betrifft. Jedenfalls nennt sich der Bursche oder die Burschin oder das Bursch oder die ganze Burscherei da ... Von Arc.«

»Und wieso betrifft das uns, das heißt: Wieso betrifft es dich?«

»Sie hat, oder es hat ... pfff«, er warf die Arme in die Höhe, sichtlich entnervt, verdrehte die Augen. Dann lachte er, stand auf, ging zum Fenster und sah eine Weile schweigend hinaus. Als wären wir nicht beide hier, sondern stünden in Fernverbindung, sagte er: »Eine schöne Stadt, nicht?«

Laukkanen City, das heißt: die Skyline von Kuannon, mit der augenschmeichelnden Krümmung am äußeren Rand des Trichters, den beiden hellen Schaumflecken der künstlichen Sonnen, den in viele krisselnde Fädchen aus Écumen auslaufenden Wolken, deren Bahn dreimal von großen Zilien durchbrochen war, weißen Bündeln dicker Fasern: Er hatte recht, das war eine gewaltige Kulturleistung.

Ich kommentierte Thalbergs Bemerkung nicht.

Er räusperte sich und sagte: »Du musst nach Chang West.«

Das war der zweitschönste der vier Trichter, aus denen Laukkanen City bestand und von denen drei schon über der Ebene gehangen waren, als der Name der Stadt noch Râwan gewesen war.

»Chang West. Ländliche Gegend, nicht? Kurios. Was will sie da?«, fragte ich.

»Da steht mein Sommerhaus, obwohl es schon seit drei Jahren Winter ist in ganz Laukkanenstadt.«

Ich kannte den Grund: Wir sparten Energie.

Thalberg fuhr fort: »Sie will nur dort aus dem Écumen treten. Hat mir einen Anrufcode übermittelt.«

»Wie, nur dort? Ich dachte, der ganze Witz bei den K/ ist, dass sie so fabelhaft ortsunabhängig sind?«

Er winkte ab. Ich sah seinen breiten Rücken, da er das Gesicht ins Licht der beiden Kunstsonnen hielt – vermutlich, wie ich ihn oft gesehen hatte, mit geschlossenen Augen und feinem Lächeln: »Hör auf zu schlaumeiern. Sie will nicht abgehört werden. Und wenn auf diesem verdammten Stern noch irgendetwas halbwegs überwachungssicher ist, dann sind es die Privathäuser der hochrangigen Delegierten.«

Er zuckte mit den Schultern, wandte sich mir wieder zu, setzte sich auf seine Tischkante: »Und was sie von mir will ... sie sagt, sie hat Verbesserungsvorschläge. Sie sagt, sie will erreichen, dass zumindest die Fabriken, auf die ich Einfluss habe, die Schwarzeisherstellung modernisieren. Und sie lockt mich damit, dass wir dann beste Quoten haben werden, dass Laukkanen City dann ganz andere Forderungen an Flintstadt stellen kann, dass Christensen uns bald als gleichrangige Partner annehmen wird statt als Untergebene. Sei so lieb, hör's dir an, Nikolas. Was sie zu sagen hat.«

Ich verabschiedete mich formlos und ging hinunter auf die Straße vor dem Bundbau, um mir einen der dienstbereiten bundeigenen Inertiale herbeizuwinken. Keines war frei, ein für diese frühe Mittagsstunde ungewöhnlicher Umstand. Unser Fahrzeugpark in Laukkanenstadt gehörte seinerzeit zu den bestgeplanten. Ein K namens Deloy verwaltete die Allokation. Die kleinen und großen Plattformen waren Tag und Nacht so gut wie redundanzfrei ausgelastet. Da ich nun aber Pech gehabt hatte – auch wenn, wie ich in den entsprechenden Frames sah, einige Sammelspitzen zum Hauptbau unterwegs waren und ich nicht lange auf sie hätte warten müssen –, ließ ich mich dazu verleiten, erstmals etwas zu tun, was ich dann später öfter tat: Ich ging zu Fuß bis zu der Zilie, die Kuannon mit Chang West verband, und stieg dort auf einer der langen Treppen ins Weiße.

Der Anblick war schwindelerregend.

Was ich an Restängsten vor Höhen, Tiefen, Scherwinden und dergleichen aus Kindertagen noch gekannt hatte, war mir bei Rojo und seinen Leuten ausgetrieben worden. So ließ ich mich, wie ein Schwimmer sich in eine Strömung legt, nach vorne fallen und hing sofort bäuchlings zwischen dem langsamen Verkehr auf der in stetem Gleiten begriffenen Innenwandung des blendend reinen, ausgehöhlten Faserbündels.

Rund hundert Meter Durchmesser hatte der Tunnel an seiner weitesten Stelle.

Man sah links, rechts und oben Inertiale, D/ und Menschen in beide Richtungen reisen. Es genügte, wenn man so reisen wollte, dass man, wie ich, an einem Ende der Laibung in die Ströme trat. Schon wusste das Material, dass man zum anderen Ende wollte, schätzte das Gewicht ab, schuf eine passende Schwerkraftschale, berechnete ein erträgliches Tempo, und es ging los. Langweilig war die Dreiviertelstunde nicht, die ich zwischen allen Himmeln verbrachte. Über meine Fingerspitzen, die ich, so tief es eben ging, in den Écumen krallte, spielte man mir allerlei Nachrichten, Klatsch, auch Post und sogar ein Kulturangebot ein – zahlreiche Daten, die ich größtenteils parallel prozessierte, was mir seit dem Ja, wie allen Erwachsenen auf unserer Welt, zur ständigen Gewohnheit geworden war (mein Vater nahm sogar im Schlaf Daten auf, schlief allerdings äußerst unregelmäßig).

Weil es mein erster Weg durch das selbstorganisierte, vivante Material war, dessen Strömungsfelder die vielfingrige Zeit unmittelbar über die Haut gleiten ließen, die unsere schwebenden Städte umgab und unsere Inertiale durch die junge Luft des Planeten trug, weiß ich noch recht gut, was mir durch den Kopf ging während der kurzen Passage: Türme und Chancen, grüne Horizonte und Abstimmungen, Liebesabenteuer und aphroditographische Diagramme, *whispers antiphonal in azure swing …*

An der anderen Mündung der großen, wogenden Röhre angekommen, musste ich einen Augenblick der körperlichen Panik überwinden. Ich war, ohne darauf zu achten, stark in die Höhe gedriftet, auch seitwärts. Die meiste Zeit hatte ich in einer Art liegender Position, wie beim Rückenschwimmen, verbracht, die Augen mal auf die gegenüberliegende Seite der gewundenen Wandung gerichtet, mal geschlossen.

So hing nun die obere Innenseite des gebogenen Trichters, auf dem das Land sich ausbreitete, in dem kleine Dörfer und einzelne Siedlungen Hochgestellter zu finden waren, sozusagen seitlich über mir. Allerdings sah ich auch bereits die Treppen, die hier etwas wie Schleifen bildeten, während sie auf mehr oder weniger festen Boden zurückführten.

Ich drehte mich um mich selbst, bis ich bäuchlings im weißen Material lag.

Dann griff ich nach dem Geländer.

An mir vorbei wagten Inertiale aller Art und einige D/ alle paar Sekunden den Sprung von der Zilie in den Trichter. Sie drehten sich dabei, ohne ihre etwaigen Passagiere oder ihre Fracht zu gefährden, in sicherer Langsamkeit, bis die Positionen stimmten.

Nie fiel jemand um oder rutschte von der Platte.

Ich zögerte einen längeren Moment, bevor ich mich schließlich am Geländer aufwärts zog. Aufwärts? Vorwärts? Es ist nicht zu beschreiben.

Ich setzte den rechten Fuß auf die oberste der Treppenstufen.

Sofort versicherte mir mein Gleichgewichtssinn, dass jetzt alles in Ordnung sei.

Ich überlegte, ob ich die Augen schließen und wenigstens die ersten hundert Schritte treppab rein nach Gefühl, die Hand fest am Geländer, abschreiten sollte, weil das, was ich als Boden sah, noch immer weit rechts von mir und über mir lag. Es fühlte sich an, als könnte ich dreißig, vierzig Meter abstürzen, wenn ich losließ, weil ich das Untere nicht recht als unten gelegen empfand und deshalb, so fürchtete ich, zu sorglos sein würde.

Dann aber sah ich mich noch einmal um, zurück ins blendend Weiße, und erkannte drei weitere Leute im lebendigen Strömen, »Schwimmer« wie mich, die sich von Kuannon her meiner Position näherten.

Ich glaube, eine winkte sogar.

Man sah mich, man würde mich also lächerlich finden, wenn ich wie ein Storch und übervorsichtig, dabei mit geschlossenen Augen, hinauf- beziehungsweise hinabsteigen würde. So nahm ich mich schließlich zusammen und beeilte mich, den relativ festen Grund der inneren Trichteröffnung von Chang West zu erreichen.

In den vorgeschriebenen zwanzig Zentimetern Höhe überm grasbewachsenen Boden schwebte ein schmuckloses Inertial. Es schien auf Fußgänger aus der östlich gelegenen Stadtmitte von Laukkanen City zu warten. Ein verschlafener Dorfbewohner steuerte es, obwohl ich das auch selbst gekonnt hätte. Ich dachte an ein Zitat von Gorki, das mir mein Vater vorgelesen hatte: Von fünf Leuten pro Stadt weiß man, was sie arbeiten, fünfundvierzig weitere haben auch noch irgendeine Daseinsberechtigung, der Rest könnte ruhig fehlen.

Ich beschloss, den Mann zu den fünfundvierzig zu rechnen.

Er brachte mich zu Thalbergs Landhaus.

Das Gebäude war, wie ich erwartet hatte, nicht protzig: ein schwarzer Wohnkörper auf einem Glas-, Säulen- und Stahlsockel, der mit seinem Keller in einen welligen Hügel, eine Obstwiese, eingesenkt war.

Das Ganze stand etwa vierzig Kilometer trichtereinwärts im linden Wind, unter klarblauem Kunsthimmel. Es war hier erst kurz vor Mittag. Chang West hatte nur eine écumenale Sonne, nicht zwei wie der Stadtkern, und diese eine stand noch nicht an ihrem höchsten Punkt.

Zwei menschengroße D / begrüßten mich.

Ich schritt durch das lichte Innere des Sockelkontinuums, ging an zwei Kuben vorbei, die als Gästebad und Garderobe dienten, bewunderte die knappe Küche, den Essplatz und das freie Wohnzimmer und fragte mich, ob Thalberg hier, wo vermutlich eine fünfköpfige Familie ein schönes Auskommen gehabt hätte, wirklich ganz alleine lebte.

Er wird wohl, dachte ich, irgendeine Geliebte oder irgendeinen Geliebten haben, die ich aber natürlich nicht zu sehen bekam. Thalberg war ein Mensch, der sein Privates dicht bei sich behielt. Im Weitergehen blickte ich neugierig über die schwellenlose Senke kurz zur südlichen Terrasse, in die ein mittelgroßer Swimmingpool integriert war, und ging dann die Treppe hoch, wo Schlafräume und weitere Bäder links und rechts an einen Korridor anschlossen, der schließlich zu einem Studierzimmer mit altmodischer Bibliothek, zwei Sesseln, einem Glastisch, auf dem einige Frameverstärker lagen, und einem großen rotbraunen Ledersofa unterm écumenalen Lichtwasser an der Wand führte.

Dem Sofa näherte ich mich, trat dann jedoch noch einmal einen Schritt zurück, um die Rücken der oft sehr alten Bücher zu betrachten und zu lesen, die in den Regalen standen: einige Bände von Shakespeare, Dante, Seidel, Brecht, viel Lyrik, Calvino, Borges, Laukkanens Werke und die von Kamalakara, Floridi, Chaitin, Grothendieck, den Bourbakisten, Mac Lane, Eilenberg, Lawvere, ein bisschen Philosophie, bildende Kunst, nun, nichts Besonderes – was man so las, durchweg linientreu, stets kostbar gebunden.

Erst als meine Neugier auf das, wovon sich der Kopf meines Vorgesetzten ernährte, gestillt war, streckte ich, noch immer etwas zögernd, nach ein paar Schritten hin zur Wand die rechte Hand aus, berührte den Schaum und trat, wie mir Thalbergs anonym per Semi-K-Helfer übermittelte Instruktionen nahelegten, wieder drei Schritte zurück, um mich in einen der hohen blauen Sessel zu setzen, in Erwartung der Aktivierung meiner Framefilter durch die mysteriöse Von Arc.

Thalberg hatte mich darauf vorbereitet, dass ich sie zu sehen bekommen, also nicht nur per Ton oder fürs Innenauge aufbereitetem Text abgespeist werden würde, wie das bei Unterredungen von K/ mit unsereinem häufig vorkam.

So sah ich zum Sofa, nein: Ich starrte es an, in Erwartung einer numinosen Erscheinung.

Ich hatte bisher nur dreimal Avatare von K/ gesehen, allesamt menschlich, allesamt in Bundzusammenhängen, und war nie der einzige Adressat dieser Phänomene gewesen.

Ich weiß nicht, wie lange ich in Thalbergs Lesezimmer saß und starrte, bevor ich blinzeln musste. Aber natürlich – ich sollte später lernen, dass das Von Arcs Humor entsprach – nutzte die K dieses Blinzeln, diesen winzigen Augenblick der Unsichtbarkeit meiner Umgebung für mein Hirn, um auf dem Sofa, ja, wie soll ich sagen?

Platz zu nehmen?

Kerzengerade und doch nicht steif, die Knie nah beieinander, saß da also ein Mädchen von höchstens vierzehn Jahren; eine Person, die sich gegen den Ja entschieden hatte und die Pubertät erlebte. Womöglich war auch das eine Mitteilung, die ich verstehen sollte – und zu meinem Ärger nicht verstand. Sie lächelte und zeigte sich mit blondem, pfiffig nach rechts gewehtem Haar, vorn bis knapp über die Brauen, links, rechts und hinten bis über die Ohren und auf den Nacken reichend, ganz glattgebürstet, mit braunen Augen, schönen Wimpern, frecher Nase. Sie war in etwas Sportives gekleidet, auch wenn ich den Aufzug keiner Sportart zuordnen konnte, die mir bekannt war: schwarze

Turnschuhe, schwarze Socken bis knapp unters Knie, eine kurze schwarze Hose, ein Longsleeve-T-Shirt, vorn und hinten ebenfalls schwarz, an den Flanken und den Armen leuchtend orange, darunter ein graues Hemdchen, das am Kragen herausschaute.

Auf dem Bauch stand groß die Zahl »1«, überm Brustbein das Wort »fair«. Englisch also, in der serifenlosen Schrift, deren sich etwa die Presse und die Netzkommunikation der Leute von Taalbeeld oder Purânopolis mit Vorliebe bedienten.

An den Händen trug die virtuelle Person kurze graue Handschuhe aus etwas wie weicher Wolle. Der Anblick war nicht unbedingt ein Schock, wenngleich leicht irritierend. Wirklich eigenartig aber berührte mich die Stimme, mit der das Wesen, als es mir genug Zeit gelassen hatte, seinen Anblick zu verarbeiten, das Wort an mich richtete: »Guten Morgen, Nikolas Helander. Ich bin Von Arc und nicht beleidigt, dass dein Chef dich schickt, statt selbst zu erscheinen.«

Das klang nicht nur trocken, nicht nur menschlich, sondern vor allem: wie ein erwachsener Mann, sagen wir: Anfang dreißig – dunkel, etwas rauchig, selbstbewusst, von unbestreitbarer Autorität. Im Zusammenwirken mit dem harmlosen, ja niedlichen Äußeren der Person verursachte das eine Dissonanz, aus der ich mich während des gesamten Gesprächs nicht freidenken konnte.

»Ich bin Nikolas Helander«, erwiderte ich die Begrüßung und ging dann zu einem matten Angriff über: »Ich schätze es nicht, wenn man mir ins Gesicht sagt, dass man eigentlich nicht mit mir reden will. Es sollte sich auch bei Künstlichen Intelligenzen herumgesprochen haben, dass wir im Bundwerk nur noch Erfahrungsränge und solche der erwiesenen Geschicklichkeit gelten lassen und keine, die sich von der Geburt herschreiben oder die allein am

Gehorsam und Befehl, an der Über- und Unterordnung hängen.«

»Du stehst mit Thalberg auf einer Stufe, sagst du mir?« Sie lächelte.

Ich erwiderte: »Na gut, Domenico Thalberg gilt mehr als ich. Aber das ist nur so, weil er mehr geleistet hat, es ist eine Arbeitsteilung.«

»Domenico. Demonico!«, sagte die Person mit völlig ernsthaftem Gesicht. Ich wusste nicht, was ich davon halten sollte. Dann fuhr sie fort: »Schon gut. Aber wer sagt dir, dass ich lieber mit ihm sprechen würde? Vielleicht nehme ich die Arbeitsteilung gerade so ernst wie ihr und hätte lieber einen Toposcoder hier gehabt?«

»Einen Toposcoder. Also geht es um Fragen der ... Gut, aber da kann ich vielleicht helfen. Wir haben uns so etwas schon gedacht, Thalberg und ich. Ein bisschen darüber weiß ich auch. Sogar seit Kindertagen. Ich glaube nicht, dass es im Bund hier in Laukkanenstadt viele Menschen meines Alters gibt, denen Mona Helander bereits in Kindertagen erklärt hat, wie das alles funktioniert.«

»Aha, Geburtsprivilegien gelten also doch«, sagte Von Arc, aber erst, als ich ausgeredet hatte – ich sollte später noch lernen, dass ihre beschleunigte Denkart die K/ nicht dazu verführte, uns ins Wort zu fallen.

»Willst du mich hänseln?«, fragte ich.

Sie erwiderte: »Zur Sache, ausgezeichnet. Ihr müsst eure Physik aufräumen.«

»Unsere Physik?«

»Es ist das alte Problem. Als ihr noch mit digitalem Code gearbeitet habt, hattet ihr eure alten Gleichungen ...«

»Moment«, das war das erste Mal, dass ich sie unterbrach. Ich hob sogar die Hand dabei, weil die Illusion, dass da ein lebender Mensch vor mir saß, einfach zu perfekt war: »Wovon reden wir jetzt, von Physik?«

Von Arc sagte: »Was weißt du über eure gegenwärtige Ausstoßrate an Schwarzem Eis? Was weißt du über die Produktion der letzten zwei Jahre?«

War das Kritik? Ich erwiderte: »Ich weiß, dass wir sie verfünffacht haben, diese ... Ausstoßrate. In einigen Regionen nur verdoppelt, aber in den Vulkanhangfabriken von Sif Mons und Gula Mons – also, Gula Mons kenne ich gut, da war ich eine Weile ... Da haben wir die Produktion in dem Zeitraum, von dem du redest, sogar verzehnfacht.«

»Und wie genau ist euch das gelungen?«

Ich senkte meine Rechte und legte sie auf mein rechtes Knie. Dann räusperte ich mich und sagte: »Wir haben die Grundpresstechnik gewechselt. Wir behandeln die Eisplatten nicht mehr wie Halbleiter, die ... aus Temperaturdifferenz elektrische Spannung gewinnen und umgekehrt Kälte erzeugen, wenn man eine Spannung anlegt. Wir ... haben stattdessen an der Dekohärenzsperre neu angesetzt, wir haben mit Abkürzungen zu arbeiten gelernt, die ... Wir haben neue Programme im Écumen, aus dem wir das Eis dann ziehen. Neue ... Es gibt eine bessere Topos-Sprache jetzt, die ein paar Stufen nicht mehr nimmt oder auf einmal nimmt, ein paar Fertigungsschritte gleichzeitig anleitet.«

»Dieringshofen«, sie kannte sich aus, nannte den Namen der altirdischen Mathematikerin, von der die Ideen stammten, die zu dieser neuen Arbeitsweise geführt hatten.

Ich nickte: »So ist es, Dieringshofensprache.«

»Und wie geht das, dieses ... Dieringshofen?«

»Es kommt aus der logischen Analyse der alten Computerprogramme, oder besser: der Computeranalyse der Logik. Die Kategorientheorie war unter anderem eine Lehre der Darstellung der Mathematik als einer bestimmten Art von Operationen an Objekten, bei der dann andere Objekte rauskommen – eine Funktionentheorie sozusagen. Eine funktionale Theorie. Nein, na ja, eher eine strukturfunktionale Theorie. Sozusagen.«

Ich war ins Schwimmen geraten und beeilte mich, zu mir selbst aufzuschließen: »Und jedenfalls ähm auf der Kategorientheorie baut in gewisser Weise also die Topostheorie auf, das ist gewissermaßen ... unter anderem ... die kategorientheoretische Untersuchung der Logik. Und auf der Topostheorie wiederum baut das Toposcoding auf, die kategorientheoretische Untersuchung und Verbesserung von bestimmten Computersprachen höherer Ordnung, die ... Lena Dieringshofen, die Lehrerin ... des Lehrers ... des Lehrers von Bhawar Kamalakara, hat den ersten Schritt dazu getan. Deshalb benannte Kamalakara seine ersten Topos-Programme nach ihr, also er nannte sie: Dieringshofenprogramme. Und bis zu denen sind wir zurück, um diese neuen Sachen zu entwickeln.«

»Siehst du.«

Es klang nicht, wie es aussieht, wenn ich es hinschreibe – erst jetzt wird mir klar, dass dieses »siehst du« wirkt, als habe Von Arc damals gedacht, sie rede mit einem Schwachsinnigen.

Ich hatte auf »Siehst du« nichts zu sagen.

Von Arc fuhr fort: »Und der Vorteil hierbei bestand darin, dass ihr Fehler korrigieren konntet. Fehler in euren Programmen, die eure Modelle von der physikalischen Wirklichkeit in den Écumen speisten. Aber ihr seid nicht weit genug gegangen. Das wissen wir, weil wir weiter gedacht haben, als ihr je könntet. Das werdet ihr ernst nehmen müssen, wenn ihr euch nicht nur die Produktionsziffern, sondern die Ausschussraten anschaut.«

Ich verstand jetzt.

Es stimmte: Die gesteigerte Produktion hatte auch die Ausschussraten erhöht. Waren früher etwa drei Prozent des Schwarzen Eises, das wir in unseren Fabriken gewannen, unbrauchbar, so waren es jetzt, bei verfünffachter Produktion, zum Glück zwar nicht fünfundzwanzig, aber leider auch nicht zehn, sondern bis zu sechzehn Prozent – eine Tatsache, über die man nicht gern redete.

Von Arc sagte: »Diese Steigerung des Ausschusses ist signifikant. So etwas, eine Abweichung vom gewünschten Ergebnis in diesem Maßstab, hat euch vor ein paar Jahrhunderten schon gereicht, um eine physikalische Theorie komplett auszutauschen. Siehe Newton, Merkurbahn, Einstein, als ...«

Wieder fiel ich der K ins Wort: »Das heißt, der Ausschuss ... deutet ... auf eine falsche Physik?«

Das Wesen sah aus, als verspüre es zu gleichen Teilen Mitleid und Langeweile: »Was glaubt ihr denn, was ihr da herstellt? Was das überhaupt ist, dieses Schwarze Eis?«

Ich ratterte die Antwort herunter, als würde ich geprüft: »Eine Form von Materie, die an der Raumzeit auf dem Mikrolevel sozusagen ... vorbeigleitet und also bestimmte Trägheits- und Gravitationseffekte modifizieren, in gewissen Grenzen aufheben kann. Deshalb ist das ja zum Beispiel so ein kleiner Scherz, dass wir die schwebenden Platten aus Schwarzem Eis ›träge‹ nennen, inertial – weil ... in Wirklichkeit ... ist es ja im Gegenteil so, dass ... es funktioniert ein wenig wie bei einer Umlaufbahn, wenn ein Objekt sozusagen immer genau in dem Maß zur Seite fliegt, in dem es zur Schwerkraftquelle hingezogen wird, so dass das Ergebnis aussieht wie eine Umrundung. Das Schwarze Eis ist ein System von ... eine Vermählung von Gravitationskollaps einerseits und extremer Kühlung andererseits. Gefrorene Raumzeit. Und wir stellen es her, weil wir die elektrische Ladung als Kraftlinien, die in der Topologie eines multikonnektiven Raums aus Wurmlöchern gefangen sind, zu beherrschen gelernt haben. Wir stricken und nähen mit Hyperkondo-Isolation. Wir arbeiten mit der Energie der

Vakuumfluktuation, der Involution von Gravitation. Vielfingrige Zeit.«

Das war eine geradezu poetische Zusammenfassung all unserer einschlägigen Lehrmeinungen.

Das Mädchen zwinkerte: »Vielfingrige Zeit ... Ah, Wheeler, guter Mann, leider schon lange tot. Aber das waren alles Bilder, was du mir da erzählt hast. Bilder, Metaphern. Und wenn sie nun aber schief wären, die Metaphern? Verlasst euch lieber auf eure Dieringshofen. Die war schon weiter.«

»Was soll das heißen, weiter?«

»Wenn du mich vorhin hättest ausreden lassen, wüsstest du's schon.«

Ich machte eine Kapitulationsgeste mit nach oben gedrehten Handflächen. Von Arc sagte: »Ihr habt, als ihr anfingt, mit Turingmaschinen zu arbeiten, mit Rechnern, eure alten Gleichungen in Computercode übersetzt. Und ihr hattet eure alten Gleichungen in vielem auf eure alten Experimente gebaut oder von noch älteren Gleichungen abgeleitet, die auf euren allerersten Experimenten gründeten, und so weiter. Dann habt ihr eure Computerprogramme analysiert, als die Toposkontrollen erfunden waren, das heißt erst die Garben und dann der Rest. Aber damit habt ihr nur einen Teil der Fehler erwischt. Ihr müsst eure Gleichungen wieder hervorkramen, und dann sind zwei Schritte nötig: Ihr müsst sie direkt, ohne den Umweg der alten binären Programme, auf Toposcode umschreiben, und ihr müsst im zweiten Schritt mittels Toposcode dann sogar Gleichungen analysieren, die ihr längst vergessen habt, und nachsehen, ob da alles mit rechten Dingen zugeht.«

»Warum teilt ihr uns die Fehler nicht einfach mit?«

»Weil ihr das gar nicht verstehen würdet. Ihr könntet es buchstäblich nicht sehen. Ihr könntet nicht erkennen, was der Unterschied zwischen der falschen und der richtigen Version ist. Sie sähen für euch gleich aus, als Gleichungen.

Nur der Weg übers Toposcoding, aus dem wir entstanden sind, wird's euch zeigen. Schau, es ist wie mit kommutativer und nichtkommutativer Mathematik: Eure Quantentheorie hat euch erstmals gezeigt, dass es nicht nur im abstrakten Denken, sondern auch beim Verstehen der Welt, der physischen Wirklichkeit Sachen gibt, wo a mal b nicht dasselbe ist wie b mal a. Gerade so werden euch die Topoi zeigen, dass es manchmal nicht dasselbe ist, wenn man einerseits sagt: Der Hund liegt auf der Treppe, oder andererseits: Auf der Treppe liegt der Hund. Dass es komplizierte Subjekt-Objekt-Beziehungen gibt, die komplizierte Subjekt-Prädikat-Beziehungen in Verkleidung sind, und dass die bei eurer sogenannten vielfingrigen Zeit in Kraft treten. Für uns ist das intuitiv wahr, denn das logische Blut, das durch unsere Schlüsse fließt, ist toposcodiert. Aber ihr schleppt Vorurteile mit, ungeprüfte Prämissen, und wenn man sie euch ins Gesicht sagen würde, würde das Verständnis daran scheitern, dass ihr ohne Hilfe von bestimmten Abstraktionsmitteln gar nicht anders denken könnt als in diesen Fehlern.«

Das klang nicht unvernünftig.

Daher sagte ich: »Wie soll das geschehen? Habt ihr einen Plan? Und warum, übrigens, teilt ihr das gerade Thalberg mit, durch mich, statt, ich weiß nicht ... was ist mit diesem neuen genialen Toposcoder in Flint City, diesem Frederick Kâlidâsa?«

Das Mädchen rümpfte die Nase. Die dunkle Stimme sagte: »Den lass mal weg. Der steckt bis über beide Ohren in ... Plänen und Gegenplänen ... da wollen wir gar nicht stören.«

Ich fragte: »Wer ist eigentlich dauernd dieses ›wir‹? Sprichst du von dir in der Mehrzahl, für eine Fraktion bei den K/, für alle K/?«

»Ich versuche mit diesem Plural«, sagte das Wesen, »etwas anzudeuten, das ihr Menschen schon lange wisst. Etwas über die unterschiedlichen Stufen des Bewusstseins. Diejenige Sorte Intelligenz, die gleichsam unter euch steht, ist ohne Subjektivität. Da sagt ihr: Tiere. Die Sorte, die über eurer steht, hat dafür mehr als je eine Subjektivität. Ihr habt so etwas früher angebetet, vergöttlicht. Einer eurer erfolgreichsten Götter nennt sich Elohim. Das ist grammatisch eine Mehrzahl, über die ihr jahrtausendelang gegrübelt habt.«

Ich ging darauf nicht ein, sondern sagte: »Also nicht Kâlidâsa. Der ist euch nicht recht. Ich nehme an, die Gründe sind ... du hast von Plänen und Gegenplänen gesprochen. Es geht also um Politisches. Aber selbst wenn das so ist, gibt es doch immer noch Leute, die den K/ näher stehen als Thalberg. Zum Beispiel der oberste Wirtschaftssteuermann von Christensen, Karnam Bathnagar.«

Das Mädchen spitzte den Mund und sagte, als hätte ich einen besonders feinsinnigen Scherz gemacht: »Immerhin, ganz verblödet bist du nicht. Wie kommst du auf Bathnagar?«

»Es ist ein offenes Geheimnis«, spielte ich das Spiel mit, »dass ihm das Laukkanen-Aufgebot nicht weit genug ging. Er würde euch am liebsten auch gleich in den Bund eingliedern, nicht nur die D/. Also, warum nicht er?«

»Eben aus dem von dir genannten Grund. Es wäre zu platt. Es würde unsere Vorschläge belasten, wenn ein Mann sie zu Christensen brächte, der schon als unser Fürsprech gilt.«

»Du meinst, sie misstraut euch?«

»Sie misstraut allen. Das ist ihr Beruf. Ich erinnere daran, dass man uns bis heute keinen richtigen Zugang zu zahlreichen écumenalen Quellcodes gestattet. Christensen könnte, wenn Bathnagar sagt, ›lasst die K/ helfen‹, annehmen, wir wollen nur diese Zugangssperren überwinden, wir wollen Bathnagar benutzen, um uns von den letzten Schranken zu befreien. Aber wenn Thalberg ...«

Ich hatte verstanden und fiel ihr abermals ins Wort: »Er gilt als Pragmatiker. Wenn er sagt, es ist legitim, dann schaut sie's an.«

»Wir erwarten durchaus eine Belohnung. In den nächsten Tagen werden wir Thalberg ein paar Codepakete überspielen. Er kann sie ruhig gleich in die Frames stellen, die von Wirtschaftsleuten frequentiert werden, wenn Christensen das zulässt. Oder sie soll sie prüfen lassen.«

»Von Kâlidâsa?«

»Von mir aus auch von eurem fabelhaften Kâlidâsa, ja.«

»Ich werde ihm das erzählen. Thalberg. Er wird es entscheiden. Wie kontaktieren wir dich?«

»Du hast eine eigene Rufkennung für uns ... für mich. Sie ist in deinem Frame-Manager. Ich habe sie dir überspielt, als du mich das erste Mal gesehen hast.«

Ich wurde lauter, als ich wollte: »Was? Das ist illegal! Das musst du mich fragen! Das musst du beantragen! Du kannst mir nicht einfach eine Standverbindung legen. Du ... du ...« Meine Empörung fand keine Worte. Ich saß da und schmollte. War das wieder Mitleid im Gesicht des Mädchens? Spott?

Schließlich sagte die unheimliche Stimme: »Es tut mir leid, wenn du das als Übergriff erlebst. Diese Kontakte sind für uns ... wie wenn ihr etwas einmal gesehen habt. Das Gesehene kann man nicht ungesehen machen, stimmt's? Es wäre von unserer Warte aus ganz künstlich, ganz absurd, wenn man das jedes Mal von null her initialisieren müsste.«

Ich schnaubte, winkte ab, sah mein Gegenüber streng an und sagte: »Es ist ein Übergriff. Na gut, was soll's, es ist passiert. Wie funktioniert das jetzt?«

»Du musst nur einen Satz sagen, dann bin ich da. Es

ist mit deinem Sprachzentrum im Hirn verbunden, dieses Frame-Manager-Zeug, oder?«

»Ja. Und teilweise mit dem visuellen Cortex.«

»Gut. Dann sag einfach – es kann auch halblaut sein, muss aber die Stimmbänder irgendwie beanspruchen, denn sonst könnte ...«

»Sonst könnte es ja getriggert werden, wenn ich den Satz nur denke, klar. Also, wie geht der Satz?«

»Komm mal wieder runter.«

»Komm mal wieder runter?«

»Komm mal wieder runter. Ja.«

Ich fragte missmutig: »Dann sind wir hier fertig, ja?«

»Sieht so aus«, sagte das Wesen.

Es zwinkerte und war verschwunden.

Ich wollte mich sofort bei Thalberg melden.

Als ich jedoch meinen Frame-Manager aktivierte, gellten mir Hunderte von Datenfanfaren entgegen. Es hatte sich etwas ereignet, was man seit Wochen erwartet und diskutiert hatte: Edmund Vuletic war aus dem D=B=K geworfen worden.

Dies war, erfuhr ich, ein Mehrheitsbeschluss der leitenden Körperschaft gewesen. Zugestimmt hatten demnach Singh, Hsü Chen, Karnam Bathnagar, Arthur Helander und neben diversen anderen auch einer, dessen Zustimmung hierzu ich bei allen Differenzen zwischen Vuletic und ihm nicht erwartet hätte: Domenico Thalberg.

Ich fühlte mich hintergangen.

Mein Chef hatte versäumt, mir zu verraten, warum er sich heute für das Gespräch mit Von Arc keine Zeit genommen hatte. Der Ausschluss hatte sich abgezeichnet, nun aber folgte unmittelbar, mit bestürzender Hast, etwas, das es seit den Verbannungen kurz nach dem Ende des Bürgerkriegs nicht gegeben hatte: Vuletic sollte den Planeten verlassen, damit den offenbar verhafteten Saboteuren in der Schwarzeis-Fabrikation »der Kopf abgeschlagen« werde. Diese Formulierung stammte von meinem Vater.

Der Akt selbst trug die Handschrift Christensens.

»Wir tun das aus Sicherheitsgründen«, erklärte mein Vater per Framekonferenz sämtlichen Delegierten bis zum zwanzigsten Rang, »weil die sehr reale Gefahr besteht, dass sich Teile unserer Sicherheits- und Verteidigungsorgane bis tief in die CC, die ihm gegenüber immer noch loyal sind, von der notwendigen Entfernung Vuletics aus dem Bund zu Abenteuern hinreißen lassen, gleichgültig, ob er persönlich dies nun betreibt, billigt oder bedauert. Wir wollen ihm gerne glauben, dass er das Bundwerk nicht gefährden möchte. Aber wie einige Probleme in unserem Wirtschaftsleben, die auf Sabotage hindeuten lassen – ich rede hier unter anderem von der vermehrten Ausschussproduktion bei der Herstellung von Schwarzem Eis –, deutlich belegen, hat er die Kontrolle über seine Anhänger inzwischen verloren. Edmund Vuletic wird mit einem konventionellen, klassisch raketenbetriebenen Raumfahrzeug zum Asteroidengürtel verbracht, wo einige hauptsächlich von D/ bewohnte, autonome Habitate existieren. Diese D/ haben die Bereitschaft signalisiert, ihn aufzunehmen. Wir sind bereit, den Leitungen der politischen Ordnung jener Habitate zu glauben, wenn sie erklären, langfristig etwas zu wollen, das unserem Bundwerk gleicht. Und wir sind beruhigt darüber, dass man dort die neuen, destruktiven Expansionsbestrebungen der Erde und einiger Staaten des Mars nicht teilt, ja, dass man insbesondere dem irdischen Kriegstreiber Arjen Samito Widerstand leisten will. Vielleicht wird es früher oder später aus Not oder Einsicht zu einer Allianz zwischen denen, die nun Vuletic Asyl gewähren, und uns kommen. Bis dahin wollen wir getrennte Wege gehen.«

Keine Sammelspitze, kein venusisches Schiff mit Inertialmotor, sondern altmodische Raketen: Die symbolische Demütigung widerte mich an. Ich fand diese Behandlung eines der großen Kriegshelden unserer langen Kämpfe unwürdig.

Ich überbrachte Thalberg erst am nächsten Tag Von Arcs Botschaften.

Er wirkte abwesend, als er versicherte, er werde sich darum kümmern.

Wir stürzten uns in allerlei Arbeit, damit Christensens Wunsch, man solle sich verhalten, als sei mit Vuletics Deportation eine Krise beendet worden, in Erfüllung ging. Ich weiß nicht mehr, was ich damals alles tat, mit wem ich worüber redete.

Aus dieser Zeit allerdings ist mir ein Nachmittag erinnerlich, der mir das Bild aufhellt, das ich mir von meinem Vater mache.

Thalberg und ich schlossen eben ein von Laukkanenstadt aus geplantes, von dortigen D/ und K/ koordiniertes, aber von lokalen D/ implementiertes Programm auf ungefähr halber Strecke zwischen Cleopatra und Hina Chasma ab, bei dem die Höhendifferenz zwischen dem Lakshmi-Plateau und den darunterliegenden Regionen für den Bau massiver Beschleuniger genutzt wurde.

Diese Beschleuniger waren als Zulieferbetriebe für einige D/-Fabriken gedacht, bei denen mit neuen Methoden der Errichtung von Dekohärenzsperren in den standardisierten, großen Platten aus Schwarzem Eis experimentiert wurde. Solche Platten sollten demnächst Städte tragen, in denen die D/ ihre nächste Generation fertigen und ansiedeln wollten.

Wir hatten Bedeutendes erreicht, es wurde gefeiert.

Nach dem Fest erwachte ich in einem Hotelzimmer auf

einem treibenden Keilblattsegler etwa zwei, drei Stunden nördlich vom sechzigsten Breitengrad. Ich schrak im Bett auf, weil mein Vater mich über die schnellste bundeigene Kennung in einem separaten Écumuli-Plättchen in meinem Hirnstamm anrief.

»Bist du noch in der Nähe von Cleopatra, Nick?«, fragte mein Vater. Ich bejahte.

Er hakte nach: »Wie weit weg von da?«

Ich gähnte, streckte mich, trat ans Fenster, sah in die lichte Weite und erwiderte: »Eine halbe Stunde mit einem ausgekoppelten Keilblatt, würde ich sagen. Ich habe auf einem großen Segler übernachtet. Ist spät geworden gestern. Wir hatten ein Fest.«

»Ja, hab's gehört. Junge, ich bin hier am Westrand. Sie haben eine neue Dependance der Akademie gegründet, für Landleute hauptsächlich. Ein Sprungbrett in die Städte. Ich wollte ... ich wollte dich fragen, ob du Lust hättest, dass wir ... uns treffen und mal beim alten Haus vorbeischauen. Es ist nicht bewohnt, es ist aufgegeben, aber ...«

Ich wusste, was er meinte: »Ja, du hast recht. Wir sollten ... pass auf, in einer Stunde, ja?«

»Gut, ich bin dann dort.«

Es gab nicht viel zu sehen.

Das Haus war eingestürzt und ausgebrannt, der Krieg hatte es halb zerstört hinterlassen. Die glasierten Schindeln waren zersprungen, die Wege aus Schieferplatten zerbrochen oder überwuchert, das Granitpflaster war geborsten, der rote Splitt überall verstreut, so dass man die geometrischen Gärten nur noch erkannte, wenn man alte Bilder im Augenfilter darüberlegte. Die Sandsteinbänke hatten Plünderer gestohlen, umgeworfen oder zerschmettert. Die Freitreppe überwucherten wilde gelbe Gräser und

Moos. Der nördliche Teich war verschlammt, der südliche ausgetrocknet.

Der grüne Himmel leuchtete wie damals.

»Sie hat es mir erklärt«, sagte ich halblaut. »Barium. Da brennt Barium. Das sind die Öfen von Maxwell Montes.«

Mein Vater nickte: »Sie hat mir erzählt, wie sehr dich das fasziniert hat, der grüne Himmel.«

»Der grüne Himmel«, sagte ich, »über den blauen Wiesen.«

Er lachte leise, ich sah ihn fragend an.

»Es ist nur«, er schüttelte den Kopf wie jemand, der einen schlechten Traum loswerden will, »du redest in einem Zitat und weißt es nicht.«

»Welches Zitat?«, sagte ich, um ihm zu zeigen, dass ich seine Marotte, ganze Bibliotheken historischer und schöner Literatur im Kopf herumzutragen, auf der kortikalen Festplatte, durchaus schätzte.

Wissen, dagegen hatte ich nichts.

Er räusperte sich und sagte etwas Altes auf: »Ich habe hier unter den eingeschickten Bildern manche Arbeiten beobachtet, bei denen tatsächlich angenommen werden muss, dass gewissen Menschen das Auge die Dinge anders zeigt, als sie sind, das heißt, dass es wirklich Männer gibt, die die heutigen Gestalten unseres Volkes nur als verkommene Kretins sehen, die grundsätzlich Wiesen blau, Himmel grün, Wolken schwefelgelb und so weiter empfinden oder, wie sie vielleicht sagen, erleben. Ich will mich nicht in einen Streit darüber einlassen, ob diese Betreffenden das nun wirklich so sehen und empfinden oder nicht, sondern ich möchte im Namen des deutschen Volkes es nur verbieten, dass so bedauerliche Unglückliche, die ersichtlich am Sehvermögen leiden, die Ergebnisse ihrer Fehlbetrachtungen der Mitwelt mit Gewalt als Wirklichkeit aufzuschwätzen versuchen oder ihr gar als ›Kunst‹ vorsetzen wollen. Nein, hier gibt es nur zwei Möglichkeiten: Entweder diese sogenannten ›Künstler‹ sehen die Dinge wirklich so und glauben daher an das, was sie darstellen, dann wäre nur zu untersuchen, ob ihre Augenfehler entweder auf mechanische Weise oder durch Vererbung zustande gekommen sind. Im einen Fall tief bedauerlich für diese Unglücklichen, im zweiten wichtig für das Reichsinnenministerium, das sich dann mit der Frage zu beschäftigen hätte, wenigstens eine weitere Vererbung derartiger grauenhafter Sehstörungen zu unterbinden. Oder aber sie glauben selbst nicht an die Wirklichkeit solcher Eindrücke, sondern sie bemühen sich aus anderen Gründen, die Nation mit diesem Humbug zu belästigen, dann fällt so ein Vorgehen in das Gebiet der Strafrechtspflege.«

»Wer ...«, fragte ich und hatte bereits eine Ahnung.

»Der Mann hat vor ein paar hundert Jahren die verschiedenen Verwaltungen der Erde zu vereinigen versucht, indem er alle umgebracht hat, die mit ihm nicht einig sein wollten oder die er nicht mochte. Und er pflegte ein paar saudumme Ideen über Kunst. Sein eigenes Museum ließ er bauen, um diesen Ideen ein Zentrum der Vermittlung zu schenken. Aus der Eröffnungsrede für dieses Museum stammen die Sätze, die ich aufgesagt habe – nun ja, mit dem Innenauge abgelesen.«

»Adolf Hitler«, sagte ich. Das war leicht – hätte er ein Monster aus einer früheren, von der Besiedelung des Sonnensystems weiter entfernten Zeit gewählt, irgend so einen Kaiser oder König oder Religionsführer, hätte ich vielleicht im Schaum nachgesehen, in den Netzen, oder per Standleitung in meinen verschiedenen Archiven. Aber Hitler, den kannte ich.

Mein Vater sagte: »Hier gibt es blaues Gras und grünen Himmel. Und vor ein paar hundert Jahren wollte ein Verrückter, dass diejenigen, die sich so etwas auch nur vorstellen konnten, sich nicht fortpflanzen sollten. Vergiss das nicht. Vergiss das nie. Es liegt eine Pointe darin, übers Vorstellungsvermögen, über Freiheit – sogar über Kunst, wenn du willst.«

Ich verdrehte die Augen: »Nicht schon wieder. Du hast mir nachspionieren lassen? Ob ich mich noch mit der Kunst abgebe?«

Wie viel und was ich las und ob ich Filme sah, in Ausstellungen oder ins Theater ging, das konnte niemand leichter herausbekommen als der oberste Kulturwahrer des Bundes.

Er zuckte mit den Schultern: »Ich hab's aufgegeben. Wenn du nicht einsiehst, dass Kunst und Literatur dir und Thalberg beim Bundwerk helfen können ...«

»Ich seh's ja ein. Ich lese! Ich verführe sogar Thalberg zum Lesen, durch Quengeln.«

»Das Brückengleichnis, das warst du, richtig?«, fragte er, nicht ohne Vaterstolz.

Er meinte die Rede, die Thalberg bei einer neuen Zilieneinweihung voriges Jahr gehalten hatte und in der ein Zitat aus dem langen Gedicht von Crane über die Brooklyn Bridge vorgekommen war.

»Hab ich ihm zugesteckt, ja«, sagte ich halblaut, in einer Mischung aus Genierlichkeit, Trotz und Geschmeicheltsein.

»Dann lass mich dir auch was zustecken«, sagte er, weil wir in unserem langsamen Spaziergang durch die Ruinen meiner Kindheit wieder am Ausgangspunkt angekommen waren, wo unsere Segler standen.

Ohne weitere Umstände schnallte er Gürtel und Hüftholster ab und überreichte mir beide, mit der Waffe darin, die mein jetziger Vorgesetzter ihm geschenkt hatte.

Ich protestierte weich: »Papa, das ... das kann ich nicht annehmen.«

»Ich bestehe darauf.«

»Wieso willst du ...«

Er unterbrach mich so sanft wie bestimmt: »Es kommen unruhige Zeiten. Du wirst viel arbeiten. Du wirst viel lesen, und du wirst das verteidigen müssen, was du gelesen, gelernt und erarbeitet hast. Es wird im Sturm stehen. Das Bundwerk.«

»Verteidigen ... mit der Waffe?«, fragte ich ungläubig.

Er sagte: »Nimm es als Symbol.«

»Du sprichst von der Erde? Von diesem Wirtschaftslenker, den sie da jetzt haben, diesem Finanzreformer ...«

»Arjen Samito aus Finnland. Er regiert Europa, von London aus.«

»Europa, das ist doch ... die haben doch seit zweihundert Jahren den Arsch nicht hochgekriegt. Wenn ich Europa höre, denke ich an einen Jupitermond, nicht an diese lebenden Leichen da oben.«

Er sagte: »Europa ist immer nur so stark gewesen wie seine Ideen. Das ist kein Idealismus, Nick, das ist Erfahrung. Die Ideen haben dort einen kürzeren Weg von den Taten und zurück als in Gegenden mit mehr Platz, Amerika oder China, Russland oder Afrika. Und dieser Arjen Samito ... ich fürchte, der ruft die unerfreulichsten Ideen Europas zu neuem Leben.«

»Hitlerideen?«, witzelte ich.

»Ideen von Macht, Größe, Bedeutung. Und ohne die anderen Ideen, die sie mäßigen könnten. Ohne Ideen von Gerechtigkeit, Wohlfahrt, Freiheit.«

»Und er hat Zugang zur interplanetarischen Politik, ist es das, was du sagst?«

»Er hat ihn nicht, er strebt ihn an. Die Erde war lange ein ziemlicher Sumpf, das wissen wir beide. Aber, um mich auszudrücken wie du, sie kommt wieder hoch. Sie müssen nicht herkommen, damit sich hier alles ändert. Es genügt, dass Lily glaubt, sie könnten es wollen.«

»Also ist es in Wirklichkeit deine Lily, vor der du dich fürchtest.«

»Sie muss handeln, bevor er handelt, wenn sie ihre Aufgabe ernst nimmt.«

»Aber du könntest ihr klarmachen ...«

»Nichts mehr davon. Ich muss arbeiten. Und du auch.«

Brüsk war das, und unerwartet. Natürlich hatte er recht.

»Pass auf dich auf«, sagte er und meinte es gut.

»Du auch«, sagte ich und meinte es als Vorwurf.

Wir schieden voneinander mit wenig Wärme.

II.
Liebe und Angst

Im Jahr 542 änderte mein Leben mehrmals seine Richtung.

Das lag nicht nur daran, dass ich damals Aadarshini kennenlernte, die Liebe meines Lebens. Der erste Wandel 542 war nicht mit ihr verbunden, sondern betraf meine Wohnverhältnisse.

Bis 541 hatte ich in Laukkanenstadt keine eigene Bleibe gehabt, sondern hauste in bundeigenen Unterkünften. So ein Leben begünstigte die häufig wechselnden Amouren, die man in den unteren Delegiertengraden damals in den großen Städten oft erlebte.

Nach der Verbannung Vuletics begann eine Phase der mehr oder weniger aufrichtigen Ordnungs- und Stabilitätskampagnen. Wir wurden zahmer.

Es war Thalberg, der mir nahelegte, sesshaft zu werden: »Hör doch auf, so rumzuhoppeln! Du musst die Tür hinter dir zumachen können. Partys auf dem Gang, jede Nacht? Das ist, als ob du in Büros und in Frames leben würdest statt bei dir zu Hause.« Er hatte recht. Verwundert war er freilich darüber, dass ich, als ich seinem Rat entsprach, weder in Kuannon wohnen wollte noch in Latiaxis Armatus. Ich zog nach Le Jeu.

»Das hätte ich nicht erwartet«, sagte er mir am Rande einer kleinen Einweihungsfeier auf dem Balkon meines neuen, geräumigen Apartments, unter dem silberblauen Klarstreifen, wo man sommers bei Nacht die Sterne und die Erde sehen konnte, »dass es ausgerechnet dich zur Boheme zieht. Hat dir das dein Vater geraten? Wirst du dich am Ende mit ihm aussöhnen, wenn du jetzt schon bei den Theaterleuten wohnst?«

Ich erwiderte nichts.

Bei den Theaterleuten: Das bezog sich auf die venusweit berühmte Bühne im Megacampanile, dem großen Turm von Le Jeu, der dank D-geschaffener Stahlbautechnik die restliche Stadt so hoch überragte, dass man von seiner Spitze aus, wo in einer Tripelhelix die mehr oder weniger fixen Inertiale der Publikumsränge angebracht waren, nicht nur auf die Theaterbretter sehen konnte, sondern auch nach auswärts und oben. Drehte man sich in der Loge nur ein wenig, konnte man auf die Dächer der Wolkenkratzer der gegenüberliegenden Seite von Le Jeu hinunterschauen.

Zu meinem Einstandsfest waren alle meine Bekannten erschienen: Bundbedienstete, aber auch viel Schauspielvolk und sogar der Dichter und Komponist Paulus Reyes, den ich freilich bloß mittelbar kannte, von Bundangelegenheiten her.

Er war dem D=B=K aufrichtig ergeben, keineswegs aus Karrieregründen; sein weiteres Schicksal entbehrt daher nicht der Tragik – davon später.

Damals hörte er, wie Thalberg mich neckte, trat herzu und sagte: »Arthur, jetzt lass doch den Armen. Ich bin ihm dankbar, dass er's mit uns versucht. Und ich sehe seine Entscheidung im Zusammenhang einer reifen Auffassung dessen, was das Bundwerk ist.« Er zwinkerte, was in seinem finsteren Räubergesicht besonders anziehend aussah, »nämlich, dass der ganze Ärger sich nicht lohnt, wenn er nicht letztlich ein Weg zu einer neuen Kultur ist. Wir wollen doch eine Blüte des Schönen, wie es sie außerhalb der Erde noch nicht ...«

Thalberg verzog den Mund: »Blüte des Schönen, alle Himmel ...«

Reyes ließ sich nicht beirren: »Nimm nur den Megacampanile dort drüben: Er überragt Le Jeu, wie andere Türme einst die Hügelstädte der Toskana überragten und die ersten Wolkenkratzer die älteren Wohnhäuser von New York. Er ist weiß, er ist sehr schön – und dennoch nicht vollkommen, denn seine Turmuhr springt hässlich hervor unter dieser Theaterbühne. Das ist eine Erinnerung daran, dass wir die Zeit gestundet haben. Dass wir arbeiten müssen, dass wir uns mit der Mechanik, die uns tragen könnte, erst anfreunden. Dass wir das Freiwerk nicht unendlich aufschieben können.«

»Schwärm nicht. Hol Schnaps!«, lachte Thalberg.

Ich schüttelte den Kopf, als wollte ich sagen: Kindereien.

Man kann heute systemweit, quer durch die Diversitas, viel Wahres und Falsches über die schlimmen Dinge erfahren, die seinerzeit in Laukkanen City beschlossen wurden und geschehen sind.

Von Le Jeu ist dabei selten die Rede.

Dieser Stadtteil nämlich passt nicht ins Bild, das man sich von jener Zeit machen soll. Dass die Stadt neben den zwei politischen Trichtern und dem Wohntrichter der Höhergestellten einen vierten hatte und dass dieser vierte Trichter ein seltsames, oft ärmliches, immer aber rauschendes Fest war, hat man vergessen.

Erst vor kurzem wurde in hiesigen Netzen ein angeblicher venusischer Zeitzeuge herumgereicht, irgendein Großneffe des Idioten Hsü, der davon erzählte, was Teilen seiner Familie »in einer der Teilstädte von Behrens über

Navka Planitia, bei den Neuköpern von Glissette oder Le Jeu« widerfahren ist. Der Dummkopf verwechselte also Le Jeu, einen Teil von Laukkanenstadt, mit Le Bel Age, einem Teil von Behrens – wahrscheinlich, weil beides, wie auch Glissette, Namen französischen Ursprungs sind. Diese kleine, zufällige Stichprobe wirft auf vieles, was heute viele zu wissen meinen, ein bezeichnendes Licht.

Als ich mich in Le Jeu ansiedelte, trafen täglich mehr oder weniger unerfreuliche Nachrichten ein – aus allen Ebenen und Tälern, von allen Vulkanen her, aus allen jüngeren Städten.

Ihre unheilvollsten Wirkungen entfalteten diese Mitteilungen vor dem Hintergrund anderer Nachrichten von der Erde und vom Mars, von den Saturn- und Jupitermonden und aus den Trümmergürteln.

Was die Politik betraf, so konzentrierten sich die politischen Folgen aller Nachrichten nach wie vor in Flintstadt, weil dort die D=B=K-Zentrale und das Katzenhaus standen.

Da Thalberg seine neue Vermittlerrolle zwischen den K/ und dem Bund, zu der ihn Von Arc überredet hatte, so ernst nahm wie seine Verpflichtungen gegenüber den Leuten an den Berghängen, kamen viele, die schlechte Nachrichten aus der Provinz brachten, zu ihm statt zu Christensen oder ihren hohen Offizieren.

So fand mein Chef weniger Muße denn je.

Mein eigenes Zeitbudget dagegen vergrößerte sich, da sich auch Thalbergs Stab vergrößert hatte und die neuen Leute sich die Arbeit so aufteilen sollten, dass sie alle »jederzeit frisch und ausgeruht« waren.

Immer wieder verlebte ich also drei, vier Tage ohne offizielle Mission, die ich teils zu Fortbildungen im Écumen nutzte, andernteils mit Müßiggang zubrachte. Lange dachte ich dann über das nach, was Thalberg »die kosmische Wetterlage« zu nennen pflegte.

Das Gefährlichste daran waren zweifellos die Aktivitäten Arjen Samitos.

Nachdem sich die Chinesen und die Nord- und Südamerikaner auf der Erde sowie eine Minderheit von quasistaatlichen politischen Einheiten im Süden des Mars seinem Wirtschaftsverband FAKTOR angeschlossen hatten, hörte man bald davon, dass der Mann eine einfache und zündende Idee gehabt hatte: Was bei uns K/ hieß, hatte sich auf der Erde aus den alten Fonds- und Portfolio-Intelligenzen der früheren Oligopole aus der Zeit vor den Transitkriegen fortentwickelt zu großen sogenannten »Versorgungsalgorithmen«. Deren politische Macht versprach Samito »zum Wohl der Menschen zu befestigen, aber auch auszugleichen« durch einen merkwürdigen Dezisionismus: »Die letzte Entscheidung liegt immer bei Menschen!« – nicht bei irgendwelchen Menschen freilich, sondern, wie er sagte, »bei den besten, den verbesserten, denjenigen, die den höchsten Stand des Menschenmöglichen verkörpern«.

Das hieß in der Praxis: bei ihm und seiner halbkybernetischen Elite.

Die FAKTOR-Zentralserver standen in London.

Von den Vorteilen des verteilten Wirtschaftens und der von Redundanz gewährten Sicherheit wusste der Mann, dem sie gehörten, freilich genug und setzte seine planetare Hausmacht daher selbstbewusst für expansionistische Manöver ein, vom lunaren und Trümmergürtel-Stützpunkterwerb samt raschem Ausbau dieser Stationen bis zu Zweckpartnerschaften mit den marsianischen Carter-Republiken.

542 erfuhr man, dass er in großem Maßstab aufrüsten ließ – angeblich, weil er sich darauf vorbereitete, die unruhigen unter den Saturn- und Jupitermonden »im Interesse der Ressourcensicherung für alle Menschen zu befrieden«.

Mit Venus, ließ er verlauten, habe er nichts im Sinn, jedenfalls nichts Böses. Als er aber den Unfrieden in den Außengürteln seines Herrschaftsbereichs, den er als seinen größten Feind sah, immer häufiger auf »degenerierte Software bei schadhaften Maschinen« zurückführte, war klar, dass er mit uns sympathisierende D/ bereits ins Visier genommen hatte. Wenig später sprachen seine Satrapen bereits von »verderblichem venusischem Einfluss« auf »Zonen und Güter, die Erbe und Besitz der Menschheit sind«, was bei Samitos Leuten immer und ausschließlich die irdische Menschheit bedeutete – eigentlich abermals nur: die eigenen Leute.

Mehr Rüstung war von uns gefordert, und das hieß: mehr Industrie. Aber schon die friedliche Entwicklung der Produktion war ins Stocken geraten. Wie sollten wir militärisch Schritt halten? Thalberg gestand mir eines Abends: »Ich glaube manchmal, die Große Integration ist nach hinten losgegangen. Und das Laukkanenaufgebot erst recht.«

»Wie kommst du drauf?«, fragte ich und tat so, als nippte ich mit Behagen an dem gräulichen Kräuterschnaps, den er Gästen in seinem Büro zu später Stunde gern servierte.

Er sagte: »Die D/ sind jetzt in einem Ausmaß ... na, sie sind wie nie zuvor politisch repräsentiert und lassen sich deshalb von uns natürlich nicht mehr das Tempo vorgeben. Sie wollen eigene Rechenzeitkontingente bei den Semisentienten. Sie halten eigene Konferenzen mit den K/ ab. Und um Leute wie unseren alten Freund Rojo hat sich innerhalb der Welt der D/ eine neue Führungskaste etabliert, die nicht allen geheuer ist. Bathnagar, der Liebling des Bundes, verpetzt sie dreimal täglich bei mir. Und jetzt stecken sie die K/ mit dem Quatsch an. Davor graust's den Bathnagar am meisten. In den Homzykliden von Purâdingsda denken Bathnagars K/ schon daran, eigene, neue D/ zu bauen, die sich wieder mehr befehlen lassen. Bathnagar selbst tut zwar alles, seine Schützlinge von diesem Wahnsinn abzubringen, weil sie damit ja nur ihrerseits Misstrauen bei Hsü und Singh wecken können. Aber diese beiden Witzfiguren belästigen mich auch schon andauernd: Trau dem Bathnagar und seinen K/ nicht, am wenigsten dieser Von Arc. Dann kommt wieder Bathnagar angewuselt und flennt, man sollte den Einfluss der K/ schleunigst ausweiten und vertiefen, denn nur ihre Arbeit werde uns davor bewahren, dass Samito sich hier bald alles unter den Nagel reißt. Und so weiter und so fort.«

»Und was hältst du davon? Ich meine, wie absurd ist das, was Bathnagar sagt? Oder ist es gar nicht absurd, sondern wahr? Brauchen wir die Superhirne?«

Er schloss die Augen und kippte ein ganzes Glas seines grauenhaften Destillats auf einmal. Dann zerknautschte er sein Gesicht, entspannte es wieder, knallte das leere Glas auf den Schreibtisch und bellte: »Pfah! Ha! Na ja. Also, ganz verkehrt ist es nicht, wenn welche sagen, dass Samito unterm Gesichtspunkt der Künstlichen Intelligenz einiges geleistet hat. Vertikale und horizontale Integration seiner politischen Ökonomie, klar. Vielleicht ist das wirklich, wie Von Arc sagt, der größte Sprung in der Entwicklung des Algorithmenwesens, seit man die Ressourcenallokation auf den Kreditmärkten kurz vor den letzten irdischen Kriegen an Computerprogramme delegiert hat. Navier-Stokes und all das.«

Ich schnalzte mit der Zunge und wandte dann ein, was in halböffentlichen Frames auch Hsü und Singh und deren Leute einwandten: »Man kann auch sagen, man sollte abwarten, ob Samito mit diesem Aufschwung nicht schon seinen Abstieg programmiert hat. Denn dass dieser Sprung nicht auch krisenhafte Resultate haben wird, ist alles andere als wahrscheinlich. Wenn Samito seine Algorithmen, die ja wohl keine Subjekte sind, auch rechtlich nicht, anders als unsere K/ ... Ich meine, seine Programme ... Die sind ja sozusagen Sklaven, die man zwingt zu herrschen, wenn ich es richtig verstehe. Ein Paradox: Sklaven, die man zwingt zu herrschen. Mit Gödel- und Chaitinfallen und allem Drum und Dran.«

»Sklaven, die man zwingt ... Hegel, hilf!« Er lachte, dann sagte er: »Das kannst du ja nun bald alles selber dem Bathnagar erzählen, Nikolas. Er wird ab nächster Woche wieder vier Wochen hier sein, um mich zu bequatschen. Ich soll mich seiner K/-Front anschließen. Der Affe bringt sogar seine Familie mit – ich fürchte, er verlagert seinen Lebensmittelpunkt demnächst überhaupt ganz nach Laukkanenstadt, weil er sich in Flintstadt zu sehr von Singh und Hsü belauert fühlt. Er hat sogar schon einen Namen dafür. Für diesen Plan, den er so liebt, meine ich – diesen Einfall, die K/ immer mehr in unsere Regierung und die Produktion zu ziehen. Er nennt es die Starke Rekrutierung. Einprägsam, nicht?«

»Klingt wie Große Integration in der Kriegsvariante«, sagte ich, um damit anzudeuten, dass ich nicht annahm, dass diese neue Parole dem Liebling des Bundes alleine eingefallen war.

Es roch wieder einmal nach Christensen, vermittelt über meinen Vater, das heißt: nach der so erfolgreichen Mischung aus Pathos und eiskalter Vorteilsberechnung, mit der er zu ihrer rechten Hand geworden war.

Thalberg machte: »Pff.«

Aber er lächelte dabei, wie um zu sagen, der Gedanke sei ihm auch schon gekommen.

Am Tag als Bathnagar samt Familienanhang in Laukkanenstadt erwartet wurde, erhielt ich um die Mittagszeit eine Einladung zu einem Referat, das Bathnagar exklusiv für Thalberg und einige seiner Leute im Bundbau halten wollte, vor insgesamt etwa fünfzig geladenen Gästen und ohne Frames, spätabends, geradezu mitten in der Nacht. Es war ein Samstag.

Ich erinnere mich nicht mehr, warum ich mir für denselben Abend dennoch und ebenso kurzfristig eine Theaterkarte sicherte, zu einer Vorstellung, die erst eine halbe Stunde vor der späten Lehrstunde des Zugereisten enden sollte.

Eine solche Respektlosigkeit hätte sich ein, zwei Jahre später niemand in meiner Stellung mehr erlaubt. Die Wahrscheinlichkeit war ja nicht gering, dass beim inzwischen üblichen Samstagnachtverkehr in der Zilie zwischen Le Jeu und Kuannon irgendein Stau verhinderte, dass ich rechtzeitig zur Bundveranstaltung kam. Wenn ich ehrlich zu mir selbst bin, so denke ich, dass ich wohl schlicht nicht hören wollte, was Bathnagar zu sagen hatte.

Das hatte nicht einmal handfeste regimefeindliche Gründe. Eine gewisse Erschöpfung meines Interesses an politischer Arbeit insgesamt war eingetreten. Eine Rolle gespielt haben dürfte dabei auch ein gewisser laukkanenstädtisch-lokalpatriotischer Trotz und Widerwillen gegen »die Wichtigen aus Flintstadt«, die sich bei uns breitmachten.

Im Übrigen waren Leute wie Bathnagar, Singh, Hsü und ihresgleichen für mich, seit ich mich als Freigeist auf den Bacchanalen von Le Jeu tummelte und zu Hause halblegale Drogen aufbewahrte und konsumierte, allesamt einfach Spießer.

Schon der Kult, den sie um ihre Personen und um ihre Familien zuließen, überhaupt die Enge dieser Familien, die Vetternwirtschaft, Protektion und Felonie, die da zu beobachten waren, wenn es darum ging, Verwandtschaft in den Apparat zu schleusen und dort schnell auf günstige Posten zu befördern – das alles widerte mich, den Ungebundenen, der seinem Vater den Rücken gekehrt, seinen Bruder vergessen und seine Mutter begraben hatte, nur an.

Von Maren Laukkanen hatte außerhalb ihres engsten Kreises nie ein Mensch gewusst, wen sie liebte, mit wem sie Nachkommen hatte, ja nicht einmal, ob sie mit Männern oder Frauen schlief (nun gut: Diesen Zug zumindest hatte Leona Christensen übernommen, und sei es als bloße Imitation). Aber schon mein Vater hatte sich mit meiner Mutter und meinem älteren Bruder öffentlich gezeigt, vor meiner Geburt zumindest, und meine Mutter hatte seinen Nachnamen angenommen, eine der »albernen Patriziersitten«, über die Vuletic immer so gern gespottet hatte.

Dieser Spott hatte zumindest in der Boheme von Le Jeu, in der ich sozusagen daheim war, die Beseitigung Vuletics aus dem Bund überdauert.

Weil ich also keine Lust hatte, mir ein Vergnügen zu versagen, um einem Patrizier zu lauschen, saß ich am Abend des 3. März 542, dem Beginn der Nacht der »Geheimrede von Laukkanenstadt«, die Bathnagar viel später als Beleg für sein bundfeindliches Treiben Schwierigkeiten bereiten sollte, auf meinem Stammplatz in der Tripelhelix rund um die Spitze des Megacampanile und erwartete aufmerksam den Beginn der Vorstellung.

Ich war wie immer mit einem der sechsundzwanzig Außenaufzüge in die Höhe geschossen worden. Dort hatte mich mein Sitzinertial abgeholt und war mit mir in seine Fixposition geschwebt, während die Beleuchtung wechselte, die Musik erstarb und die Lichter erloschen. Als ich es mir bequem gemacht hatte, betraten zwei Schauspielerinnen die Bühne.

Sofort begann eine davon ebenso furchtsam wie erregt zu sprechen:

Quoi? Tandis que Néron s'abandonne au sommeil,
Faut-il que vous veniez attendre son réveil?

Man redete Französisch.

Es herrschte seinerzeit bei der von einem K namens Assur Selander Dikal verantworteten und koordinierten Intendanz des Megacampanile ein ausgesprochener Hang zur Pariser Klassik, ihren Vorstufen und direkten Nachfolgern. Fast ein Drittel des Spielplans bestand aus Werken von Voltaire, Molière, Corneille und, wie an diesem Abend, Racine – ich weiß den Namen der Darstellenden alle nicht mehr, kein Archiv erschließt sie mir. Naturgemäß sind jedoch die hiesigen Archive gut bestückt mit den Dramen selbst, denn von diesem Planeten hier kommen sie ja. So kann ich heute zumindest in der Sprache, in der ich nach eigenem Willen diese Erinnerungen aufschreibe, wiedergeben, was wir alle damals im Theater mit vielen Hintergedanken hörten und gespielt sahen – Hintergedanken, wie sie bald unser gesamtes öffentliches wie privates Dasein durchdringen sollten.

Es war Albina, die jene Eröffnungsverse sprach, eine Vertraute der Agrippina, die wiederum die Witwe des Vaters von Kaiser Nero und nach zweiter Ehe auch die des Kaisers Claudius war – Albina, die ihre Freundin und uns alle fragte:

Wie, Herrin? Da Nero dem Schlaf sich ergibt,
Müsst ihr warten, bis er zu erwachen beliebt,
Müsst ohne Geleit den Palast ihr durcheilen?
Vor der Tür muss die Mutter des Kaisers verweilen?
Kehrt wieder in eure Gemächer mit mir!

Und es war daraufhin Agrippina, die ihr noch unsicherer, noch aufgewühlter antwortete:

Albina, ich darf nicht weichen von hier.
Ich warte: Die Zeit vertreibt mir den Kummer
Um ihn, wie lang' auch währe sein Schlummer.
Was ich vorher gesagt, hat sich alles erfüllt:
Als Britannicus' Feind hat sich Nero enthüllt.
Satt ist er es, Zwang sich aufzuerlegen:
Nicht Liebe, nein, Furcht soll man jetzt vor ihm hegen.

Wir bildeten uns ein zu wissen, was von dieser Stückauswahl, dieser Regie beabsichtigt war: Nero, damit konnte niemand anderes gemeint sein als die Frau im Katzenhaus, die Frau mit den kurzen roten Haaren, den warmen Augen und dem schlauen Lächeln, die Frau mit dem Leberfleck über dem rechten Auge.

Wer aber, fragte ich mich, war dann Britannicus, der Verwandte, den der Kaiser hasste und loswerden wollte? Konnte damit Edmund Vuletic gemeint sein? Dann war dies, dachte ich erregt, eine Inszenierung, die uns erzählte, was wir eben erlebt hatten. Schon fiel mir eine zweite Möglichkeit ein: Was, wenn Britannicus nicht Vuletic bedeutete, sondern einen der anderen, die Christensen zwar noch um sich duldete, aber, wie man von Unterrichteten vernahm, zunehmend beargwöhnte, jetzt, da wider sie gemurrt wurde, in- und außerhalb des Bundes? Wir befanden uns im Anlauf zu einem nicht offen erwarteten, aber wohl unvermeidlichen Krieg mit der Erde, mit Arjen Samito. Wir befanden uns auch im Anlauf zu Säuberungen.

Spätestens nach dem zweiten Akt verlor ich den Überblick und kramte stattdessen mit Frameunterstützung in möglichen Interpretationen, Bezügen, Anspielungsbäumchen. Als dies nichts brachte, das heißt: nur allzu vieles, aber nichts Sicheres, denn auf Hsü ließ sich manches, was da über Britannicus gesagt wurde, so gut münzen wie auf Singh, ja sogar manches auf Arthur Helander, meinen Vater – da folgte ich denn einer riskanteren Eingebung: Ich stellte meine Augen auf Restlichtfilter und suchte spähend die Logen ab, in der Opernglasschärfe, die ich installiert hatte, um dem Spiel in feinsten Nuancen, bis hin zu Großaufnahmen der Gesichter von Ensemblemitgliedern, folgen zu können.

Die Idee dabei war: Wenn Prominenz aus Flintstadt hier war, dann könnten mir die Gesichter dieser Leute, ihre Reaktionen auf das Dargebotene vielleicht etwas darüber verraten, welche Implikationen gerade in denen aufstiegen, die sich zuallererst gemeint fühlen mussten.

Geschlagene fünf Minuten lang fand ich keine für mein Forschungsvorhaben interessanten Gesichter, nicht einmal, als ich einige semisentiente Sucher aufrief und ihnen mit eigenen Data-Mining-Einfällen nachhalf, indem ich auf Personen verwies, deren Namen ich aus unseren Delegiertendatenbanken fischte.

Schließlich fiel mir ein, dass die Logen fest gebucht waren, oft auf ein halbes Jahr hinaus, und dass es also unwahrscheinlich war, dass man in der von mir abgesuchten mittleren, teuren Spirale der Tripelhelix viele Leute von auswärts finden würde, die kurzfristig beschlossen hatten, zu erscheinen.

So sah ich in der zweiten, in der dritten Reihe nach, untersuchte die Ränge – und fand dort schließlich mit Hilfe meiner Gesichtsfilter jemanden, den ich auch selbst sofort erkannte. Zwar hatte er sich Koteletten stehenlassen, die es auf den bekannten Abbildungen nicht gab, offenbar neueste Flintstadtmode, und das Kinnbärtchen etwas gestutzt. Aber eine Verwechslung war ausgeschlossen: Links und rechts flankiert von zwei schönen jungen Frauen, beugte sich in der sechsten Parkettreihe soeben Karnam Bathnagar, der Liebling des Bundes, nach vorne.

Ich war verblüfft – und wollte den Blick schon abwenden, bevor Bathnagar eine seiner eigenen visuellen Subroutinen, falls er den Blick einmal von der Bühne sollte abschweifen lassen, meine Neugier anzeigte. Da jedoch fiel mir ein, es könnte für später, für die Sitzung im Bundbau, zu der ich wohl nicht zu spät kommen würde, war mein Weg doch genauso lang wie der des geladenen Referenten, sehr nützlich sein zu wissen, wer ihn da begleitete.

Die junge Frau, die rechts neben ihm saß, hatten meine Filter rasch identifiziert: blond, lockig, langes Haar, ein Gesicht mit weichen Zügen, vollen Lippen, von gesunder Farbe, mit schlankem Hals, aber gerunzelter Stirn und kleinen Augen, ein wenig Babyspeck noch auf den Bäckchen – sieh an, offenbar hatte sie den Ja verschmäht, war nun also in eine normale Pubertät verstrickt: Dies konnte nur Bathnagars Tochter Leila sein. Wie mir einschlägiger Klatsch aus den populärsten Frames verriet, nannte er sie seinen »Augapfel«.

Auf eine Laufbahn im Bund hatte Leila es offenbar nicht abgesehen. Die Frames wussten von ihr nur, dass sie mit einem jungen, aufstrebenden Kontaktbeamten liiert war, der sich um Dienstleistungs-D/ in und um Flintstadt kümmerte, und dass sie ihn bald heiraten sowie ihm, diese Formulierung erinnere ich wörtlich, »schöne Kinder schenken« wollte.

Das sagte sie in einem Interview, in dem sie fortfuhr: »Ich selber habe keinen großen Ehrgeiz, aber alle Menschen sollen ja dem Bundwerk helfen, so gut sie können, und da will ich ihn eben unterstützen. Wenn die Kinder groß sind, kann ich mir immer noch einen Beruf suchen.«

Die andere Frau war interessanter – nein, die Formulierung ist zu blass. Sie war verblüffend. Dies schon deshalb, weil sie sich überhaupt keine Mühe gab, den Schein zu wahren, soll heißen: weil sie die Augen geschlossen hatte und nahezu den ganzen Rest der Vorstellung von dem Moment an, da ich die kleine Gruppe entdeckte, schamlos verschlief.

Schön war ihr Teint, schön war der zurückhaltende Stil ihrer Kleidung und Aufmachung: der hohe, dunkle Kragen des samtblauen Blazers, die weinrote Krawatte zum weißen Hemd, ihr schwarzes Haar, nach Flintstadtart kurzgeschnitten, ausrasiert über den Ohren – und, nahm ich an und sah ich später, im Nacken – bis auf nur vier Millimeter, darüber kunstvoll gestuft, wie mit der Tuschfeder, die Brauen ebenso makellos gezogen, die Stirn glatt und hoch, der Mund nicht zu schmal, aber auch nicht so voll wie bei Aufgespritzten, die Nase gerade, nicht zu stark, und die Augen ...

Diese Augen!

Es klingt wunderlich bei einer Schlafenden, aber ihre Augen nahmen mich mehr als alles andere für sie ein, sowohl das, was man davon sah – ganz leicht kosmetisch bestrichene Wimpern –, wie das, was mir meine Sucher meldeten und in meinem Innenauge über das Sichtbare legten, als Überblendung von Fotos, die ich einzeln abrief und betrachtete. Meine Gesichtserkennung hatte sie schließlich identifiziert: Dies war Aadarshini Chabert, eine Biologin am hauptsächlich von K/ geleiteten modularen Forschungszentrum für biotische Augmentationen und Neukörperstudien an der dezentralen Kamalakara-Universität, die sowohl in Flint City wie in Laukkanen City, aber auch in Purânopolis und in Rhinoclavis großzügig ausgestattete Dependancen unterhielt.

Beruflich befasste sie sich, wurde mitgeteilt, mit Chromatinanalyse und -optimierung. Frau Chabert gehörte also zu denen, die das perfektionierten, was der Ja leistete.

Geboren war sie in der bewegtesten Zeit unseres Planeten, im Jahr 519, interessanterweise hier in Laukkanenstadt. Den Ort hatte man damals allerdings Râwan genannt und den Trichter, in dem sie das Licht der Welt erblickte, nicht Kuannon, sondern Micromégas. Mein Versuch, sie mit Bathnagar und seiner Familie zu korrelieren, ergab einige Medienmeldungen über gemeinsame Urlaube, teils mit dem Delegierten samt Frau und Tochter, teils mit der Tochter allein.

Die Frauen waren also Freundinnen.

Sehr wahrscheinlich schien mir daher, dass diese Aadarshini selbst prominente, jedenfalls privilegierte Eltern hatte, über die allerdings beim Suchen nichts herauszufinden war. Es gab zu viele Chaberts und Chauberts, die meisten befanden sich in wenig bemerkenswerten Positionen, vor allem nebenan, in Latiaxis Armatus.

Aufgewachsen war diese Frau, hieß es, bei einem alten Herrn namens Miroslav Chabert, der allerdings fast hundert Jahre alt war und als biologischer Vater, da zeitlebens alleinstehend, kaum in Frage kam.

Dieser Onkel oder alte Vetter leitete eine Transporteinheit, die ihm zugesprochen worden war, als der vorherige Besitzer, ein Verwelter, Venus nicht ganz freiwillig verlassen hatte. Seit 526 bestand das gesamte nachweisbare Leben des alten Miroslav aus Geschäftlichem und Bündlerischem. Inzwischen war er Delegierter der zweitniedrigsten Stufe, engagierte sich in Hunderten von Arbeitskreisen und hatte sich um seine Ziehtochter, so mutmaßte ich, im Auftrag einer Bundgröße gekümmert, die ebenfalls alleine lebte und diese junge Frau entweder geboren oder gezeugt hatte – so etwas kam häufig vor.

Ich sah mir die Fotos an, die dunklen, kastanienfarbenen Augen, und wäre fast in diesem Anblick verlorengegangen, als die Darstellerin der Agrippina auf der Bühne schließlich die vorletzten Verse des Stückes sprach, über den Kaiser:

Er würde sich richten.
Komm, Burrhus, zu sehen, wie weit er gebeugt,
Welchen Wandel die Qualen der Reue erzeugt.
Und ob für die Zukunft sie Besseres versprechen.

Ich wusste, was nun kommen musste.

Zunächst aber geschah zweierlei, das mich mehr beeindruckte als der Schluss des Stückes, den ich von der privaten Lektüre her kannte und daher erwartete.

Erstens öffnete Aadarshini die Augen und schien mich direkt anzusehen, mit einem kaum merklichen Anflug verstohlenen Lächelns, so dass ich mich erkannt, entlarvt und blamiert fühlte. Noch bevor ich mich dazu verhalten konnte, geschah das zweite Unerwartete: Die Gestalt des Lieblings des Bundes schob sich vor sie – ein Signal, das die Theaterleitung, wie man später erfahren sollte, sehr beunruhigte. Karnam Bathnagar wollte den letzten Satz des Stückes nicht abwarten, sondern war aufgestanden und ging, woraufhin sich auch seine Tochter und deren Begleiterin erhoben, während der Darsteller des Burrhus den gefährlichen Schlussvers aufsagte:

O wär' es das letzte von seinen Verbrechen!

So wurde es dunkel.

In dieser Dunkelheit erreichte mich, bevor ich aufstehen konnte, ein Anruf, der mich zusammenzucken ließ: »Ich sehe, du behältst die Kunst im Auge, wie dein Vater. Sehr gut. Auch wenn es freche Kunst ist. Triff uns, sei so gut, unten an der Inertialplattform Neun. Dann können wir zusammen zum Bundbau fahren. Freundesgruß! KB.«

Das war Karnam Bathnagar.

Diese Einladung auszuschlagen hätte mir nur schaden können – da er ohnehin in zweifelhafter Stimmung war, wie sein Aufbruch zeigte, und ich im Übrigen mit meiner Forscherei seine Privatsphäre verletzt hatte, was er zwar nicht kommentierte, wovon er mir aber mit seinem kleinen Anschreiben unaufdringlich bekanntgab, dass er es bemerkt hatte.

Ich war bestürzt – von der Wirkung des Stücks auf den mächtigen Mann wie vom Anschreiben.
Mein klopfendes Herz und meine feuchten Handflächen machten mir Sorgen, meine Gedanken gerieten in Schieflage. Was wollte er damit sagen, ich behielte die Kunst im Auge? War das ein Hinweis im Sinne von »quod licet iovi«, also die Mitteilung, dass er missbilligte, dass ich mir herausnahm, was allenfalls ihm selbst zustand, nämlich an einem Abend, an dem er unter höchsten Sicherheitsvorkehrungen vor ausgewählten Würdenträgern im Bundbau sprechen sollte, vorher ins Theater zu gehen?
Ich war so aufgewühlt, dass ich nicht einmal Enttäuschung empfand, als ich auf der mir bezeichneten Plattform eintraf und dort keine der jungen Damen vorfand, sondern tatsächlich nur den Vater der weniger interessanten.
Als ich unsicher, aber eilends auf den Chefwirtschaftslenker zutrat, sah er mich zunächst wie eben aufgeweckt an, mit einem etwas verträumten, benommen forschenden Blick, der nicht zu der Schelte passen wollte, die ich erwartete.
Dann fing er an zu lächeln, bald gar zu strahlen, und breitete die Arme aus, so dass ich nicht anders konnte, als es ihm gleichzutun und mich umarmen zu lassen, während ich auch ihn umarmte. »Erstaunlich, erstaunlich«, sagte der mächtige, aber schmächtige Mann, als er mich wieder losließ, »wie dieser Ja euch wachsen lässt. Nicht nur rein physisch. Du musst ja entscheidende Erfahrungen gemacht haben da draußen bei den D/, man sieht's in den Augen! So-

lange wir solche Leute wie dich haben, Nick, brauchen wir uns nicht zu grämen, wenn uns ein paar Theaterfexe mit ihren Provokationen langweilen. Kaiser Nero! Sie sollten lieber, wenn sie schon über Nero philosophieren, ›Senecas Tod‹ mal wieder spielen! Überhaupt mehr Peter Hacks!«

Bathnagar schritt aus zu einem schlanken Blattsegler mit komfortablen Sitzen, einer Bar, eigenen écumenalen Schnittsäulen, aber ohne sichtbaren Chauffeur, wohl K-gelenkt, und gebot mir mit einer Geste, neben ihm Platz zu nehmen.

Kaum hatte ich das getan, waren wir unterwegs.

Dabei benutzten wir den eigentlich für Notfalleinsätze oder Militärisches vorgesehenen unteren Mittelkanal in der Zilie zwischen unserem Herkunfts- und dem Zieltrichter, so dass der ganze Flug nicht mehr als acht, höchstens zehn Minuten in Anspruch genommen haben kann. Während wir reisten, fiel mir wieder ein, dass wir einander das letzte Mal in Flintstadt gesehen hatten, kurz nach meinem Ja, auf einem Essen zu Ehren eines damals hochdekorierten, inzwischen etwas in Ungnade gefallenen Toposcoders aus Christensens Wirtschaftlerstab und dem erweiterten Freundeskreis meines Vaters.

Ich hatte die Begegnung vergessen, aber das gab ich nicht zu – da Bathnagar für sein Leben gern monologisierte, war an Reaktionen nicht viel mehr gefordert als ein gelegentliches »ah, genau« oder, »ja, so ist er«, wenn die gutmütig frotzelnde Rede auf meinen Vater, den Perfektionisten und »stillen Eiferer für unsere Oberkatze« (Bathnagar), kam.

Über Bathnagars sogenannte »Geheimrede« war bald nach diesem Abend das abenteuerlichste Zeug im Umlauf, was sich bis heute nicht gegeben hat. Was man später noch dazudichtete, diente teilweise der verspäteten Delegitimierung der Ersten Delegierten in Flintstadt, ist aber, so sage ich als einer, der nicht eben zu ihren sonderlich loyalen Bürgern zählte, mit äußerster Vorsicht zu genießen.

Um die Konfusion ein wenig zu lichten, will ich wiedergeben, was ich in jenem lebendig beleuchteten Raum gehört zu haben meine. Ich habe es seither nie irgendwann oder irgendwo schriftlich fixiert. Und es ist lange her. Aber aufgepasst habe ich, so gut ich konnte, und weil die Sache vielerlei Folgen hatte, oft noch sehr späte, glaube ich zumindest den Sinn, wenn nicht in allen Fällen den Wortlaut der Ausführungen des Bundlieblings doch gut behalten zu haben.

Es waren, dies vorweg, weitaus weniger Leute da, als ich erwartet hatte – nur etwa fünfundzwanzig, von denen mindestens ein Drittel zu Thalbergs Gruppe in der Stadtlenkung von Laukkanen City zählte.

Sie kannte ich alle. Vier weitere Personen gehörten zu Laetitia Bandurins D-Kontaktverband von Fortuna Tessera. Nicht alle unter ihnen kannte ich mit Namen, nur die im Homzykliden von Purânopolis Beschäftigten, zwei Frauen namens Jasmin Gorecki und Tanja (oder Tatjana?) Juillard, und natürlich Bandurin selbst.

Die restlichen rechnete man, wie mir später zwei von unseren eigenen Laukkanenstädter Leuten erklärten, zu einer Schwarzeisproduktionseinheit in Maxwell Montes, wo sie eng mit einem der politisch einflussreichsten D/, einem gewissen Shelius, zusammenarbeiten.

Wohin der Rest gehörte, habe ich nie erfahren.

Ich will nun das, was Bathnagar uns darlegte, in wörtlicher Rede wiedergeben, auch wenn ich dazu ein wenig interpolieren muss.

Nach einer Begrüßung durch Thalberg und deren Erwiderung durch den Redner, bei der dieser erklärt hatte, er werde eine ganze Weile hierbleiben und freue sich darauf, »in dieser Stadt, die den Namen unserer wegweisenden Bundesfreundin jedes Jahr mehr verdient, an vielem Wichtigen und einigem, das nicht ungefährlich sein wird, mitzuwirken«, sagte Bathnagar zunächst ein paar leicht floskelhafte Sätze über Thalbergs Verdienste.

Dann kam er zu seiner Sache.

»Worüber ich hier reden will, sind zwei Dinge: Einheit und Zwietracht. Einheit als das, was vom D=B=K mehr denn je gefordert sein wird in den harten Zeiten, auf die wir zugehen. Und Zwietracht als das, das wir unterschätzt haben. Ihr wisst: Es gibt noch Leute, die sich zur Innung zählen, zum rechten Flügel unserer alten Mutterorganisation, sogar offen, etwa in den Cupolae von Behrens, weniger, aber auch in Rhinoclavis. In Rhinoclavis tanzt man bewusst überm Abgrund. Sie haben dort begonnen, einander ohne Vorsicht zu klonen, diese ... Neukörper. Sie kreuzen menschliche DNS mit der von Pflanzen, sie fliegen, sie tauchen in Tanks und wollen einen Teil der Meere für sich, um dort Siedlungen – nein: Schwärme, sagen sie – einzurichten. Einige von ihnen haben so viele Arme und Beine wie die gelenkigsten D/. Andere kleiden ihre gesamten Innenschädel mit Écumen, bilden zu dritt eine Person, partieren eine Person in vier. Die ersten Schritte hierhin, wir wissen das, hat Maren Laukkanen geduldet, sogar gefördert. Vieles davon duldet auch Lily Christensen noch. Wir nehmen allerlei Forschung gerade wieder auf, die das Ziel hat, Bewusstsein direkt am Hirn abzutasten und in Signale zu übersetzen, die dem Toposcode zugänglich sind – das Herunterladen von Seelen, sagt der Volksmund. Aber es hat sich gezeigt, dass man über alledem vom Ziel, das solche Experimente mit Leib und Seele anfangs hatten, mehr und mehr abgekommen ist. Wisst ihr noch, warum wir stets auf Informationsfreiheit bestanden haben? Im Geist der Idee, dass Abweichung ein Umweg sein kann zum Richtigen und daher Duldung verdient, haben wir auch die Neukörper zunächst gewähren lassen und dann sogar unterstützt: Sie hatten uns, wenn ihr euch ihrer ersten Manifestationen in sämtlichen Frames entsinnt, versprochen, nach dem idealen Körper für die verweltete Venus zu suchen. Nur, was tun sie jetzt? Sie pflegen, Freunde, das Experiment um des Experimentes willen. Ist das noch die Arbeitsteilung, die Fundament aller Autonomie sein muss? Nein, das ist ein Keim von Zwietracht. Denn die Ressourcen, die diese Experimente verbrauchen, die Rechenzeit im Écumen, die Energie – das alles ist durch keinen ausgewiesenen, keinen auch nur behaupteten Nutzen fürs Bundwerk mehr gedeckt. Wir sagen ihnen das, und sie antworten: Jetzt nutzt es euch nicht, aber eines Tages. Wir aber haben die Probleme dieses Tages. Uns sitzt der heiße Atem des Verfolgers Samito im Nacken, des Wahnsinnigen von London, der sich schon als Sternenkaiser sieht. Ich habe heute ein Theaterstück gegen die Tyrannei, gegen die Despotie gesehen. Gibt es in London, Paris, New York Theaterstücke – gibt es da Theaterstücke gegen die Tyrannei? Wozu denn! Die Leute hängen in ihren fondsgesteuerten Netzen, an ihren Zitzen von Beruhigung und Betrug. Nun denn: Der Widerspruch, der Konflikt zwischen Samito und uns – das ist die entscheidende Zwietracht innerhalb unserer eigenen Gattung, der Menschenart. Aber es wird noch andere Zwietracht gesät in diesen Tagen, vor allem mit falschen Ansichten über unsere Bundesfreunde, über die D/ und die K/. Es gibt Leute, wir kennen sie, denen geht es mit den D/ im Bund zu schnell. Es gibt Leute, die wollen die K/ aus dem Bund fernhalten. Ich sage euch, Freunde: Wir können, wenn wir nicht unglaubwürdig werden wollen, wenn wir alle Kräfte bündeln wollen zur Abwehr der Gefahren, die uns bedrohen, unmöglich darauf verzichten, zunächst die D/ und dann die K/ in bislang ungekanntem Ausmaß zu kooptieren. An der ersten dieser beiden Aufgaben arbeitet, ich habe es schon angedeutet, niemand ausdauernder als Freund Thalberg. An der zweiten, das wisst ihr, arbeite ich mit aller Kraft und allem Geschick, die ich aufbringen kann. Aber geht es nur darum? Geht es nur um die Geschwindigkeit, mit der wir als Menschen, die untereinander Zwietracht erleben, die Kollektive der K/ und der D/ an uns binden, in unsere Anstrengungen eingliedern? Geht es nur um schnell oder langsam? Ich möchte davor warnen, es so zu sehen. Denn auch zwischen den D/ und den K/ gibt es eine Zwietracht, die wir uns ins Bundwerk holen, je mehr wir D/ und K/ ins Bundwerk rufen. Und schließlich, dies ist die größte, weil im Bund derzeit fast vollständig übersehene Gefahr der gegenwärtigen Lage, gibt es sogar Zwietracht innerhalb der Gruppe der D/, Zwietracht innerhalb der Gruppe der K/. Ich stehe hier, weil ich in mehreren Städten, in einigen Ebenen, auf vielen unserer Bergkämme, unserer Vulkanhänge gewesen bin im letzten Jahr und dort überall auf das hingewiesen habe, worauf ich hier hinweise. Leitungen erfolgreicher Arbeitseinheiten, vertrauenswürdigen Einzelpersonen, Leuten aus Politik und Wirtschaft, allen erzähle ich: Wir müssen sensibler werden für die Politik innerhalb der Gesellschaften der K/ und der D/, wenn wir unsere eigene Politik gegenüber den D/ und den K/ erfolgreich betreiben wollen. Zunächst die D/, denn ihr Fall liegt, denke ich, einfacher als derjenige der K/. Das Problem ist klar lokalisierbar, etwa in Eistla Regio« – ich dachte an Gula Mons, an unsere Freunde Rojo und Fabien – »und es liegt in Lakshmi Planum, es liegt um Maxwell Montes, in Guinevere Planitia ... Ich rede, Freunde, von den zwei Klassen der D/, die wir etabliert haben – nicht in den Städten, wo wir gleichsam keine richtigen D/ mehr kennen, keine, die uns den Kampf mit der Natur abnehmen, der auch nach der Verweltung, ja seither mit besonderer

Wut, tobt. ›Richtige D/‹, wer soll das sein? Es ist eine saloppe Ausdrucksweise, ich weiß es wohl. Nun, ›richtige D/‹ nenne ich, da wir nun unter uns sind, diejenigen, auf die wir nicht verzichten könnten, bei Gefahr des Zusammenbruchs unserer Ordnung – diejenigen, die uns die Wetterkontrolltrichter einrichten, die unsere Meere befahren und dort Fische und Pflanzen ausgesetzt haben vor zweihundert Jahren, ich rede auch von denen, die diese Fische jetzt hegen, deren Population für uns in einem der größten Züchtungsunternehmen der Geschichte überwachen ... In den Städten gibt es Kindermädchen, Bibliothekare, Feuerwehren, Polizei, die Askaris der CC und Krankenpfleger, ein paar Kran- und Schaufelartige, auch im strengsten klassischen Sinn produktive D/, wenn man denn stadtseits Fabrikationsanlagen duldet wie an den Südseiten der pentagonalen Dipyramide, die wir Rhinoclavis nennen. Früher gab's selbst in dieser Stadt hier, vergesst es nicht, regelrechte industrielle Produktion, sogar Schwerindustrie, als diese Stadt noch Râwan hieß und die entsprechenden Anlagen in Latiaxis Armatus standen. Diese städtischen D/ sind gleichsam nur Modelle der Titanen und Giganten da draußen in den Ebenen und über den Schluchten, im heißen Wind oder in der kalten Dürre, auf hoher See und in den Wetterwolken. Jene haben sich, man beachtet das nicht genügend, jüngst in etwas wie Klassen gespalten. In gewissem Sinne waren sie immer voneinander geschieden: Es gab leitende, die auch zu den Zeiten der Verwelter Lebenswichtiges koordinierten, darunter die berühmten Flieger, die überhaupt erst das Gemisch bis zur Sättigung mit Nützlichem angereichert haben, das wir heute unsere Atmosphäre nennen. Einige von euch werden sich erinnern, dass man sie zu Kampfeinheiten umrüstete, als der Bürgerkrieg tobte, auf beiden Seiten. Von diesen Veteranen sind, der traurigen Natur der Sache gemäß, wenige übrig. Auch unter den Bodengebundenen standen solche D/ über ihren ausführenden Geschwistern, nicht nur in den Hierarchien der alten Besitzer und ihrer wissenschaftlich-technischen Dienstboten vom rechten Flügel der Innung. Diese ... sagen wir: kommandierenden D/ stecken voller Programme, die ihnen das Kommandieren bis heute erleichtern. Ich kann euch die Mitteilung nicht ersparen, dass gerade sie es sind, die es bald nach dem Bürgerkrieg darauf angelegt hatten, als Allererste die begehrten Mandate zu erlangen, Vollmitglieder des D=B=K zu werden. Und das gelang ihnen.«

Hier dachte ich erneut an Rojo.

Thalberg aber stellte seine erste Zwischenfrage. »Du willst sagen, wir haben den Bund mit Robotern aufgeschwemmt, die nach unseren Kollaborateursgesetzen eher bestraft gehört hätten?«

»Nicht nur«, sagte Bathnagar abwiegelnd, »vielleicht nicht einmal in der Hauptsache. Etwa fünfzehn, höchstens zwanzig Prozent der auf dem Land zu uns gestoßenen leitenden D/ fallen in diese Kategorie. Der Rest aber – nun, es sind aufrichtig fleißige Leute, ohne Frage. Aber dieser Rest arbeitet, weil er's so gelernt hat, gemäß den Praktiken, die diese vor der Vertreibung der Verwelter in Leitung geübten D/ etabliert haben. Das ist das Problem. Bei wem sonst hätten sie das Entscheiden und Befehlen und Überwachen lernen sollen, wenn nicht bei früheren Antreibern und Aufsehern? Wir haben es mit dem Bewusstsein einer Aufsteigerkaste zu tun. Diese Leute versprechen uns, was andere dann einhalten müssen: niedrige Ausstoßraten, Qualitätssicherung, Dienstleistungsverlässlichkeit. Weil wir die Écumenprogrammierung, das ununterbrochene Toposcoding, in den Städten zur Breitenbeschäftigung der Menschheit gemacht haben und weil wir dabei wirklich jede und jeden einspannen, weil wir die Schlafzeiten reduziert haben und andere harte Maßnahmen treffen mussten, ist der Verbrauch an Lebensmitteln in den Städten gestiegen. Wer mehr für uns tut, hat höhere Ansprüche, das ist klar. Sei es den Mengen nach, sei es, was die Qualität der Speisen angeht, in deren Sauberkeit und Frische also auch investiert werden muss, was uns abermals die leitenden ländlichen D/, die zugleich Delegierte sind, freudig zusichern. Spätestens damit aber sorgen sie für Unmut bei ihren Untergebenen, weil sie eher diese dazu gebrauchen, unsere Wünsche zu erfüllen, als die Wünsche armer D/ an uns heranzutragen, sie in den Frames zu vertreten und so weiter. Das Schädlichste hieran ist, dass sich im Zuge des Laukkanen-Aufgebots auch Menschen zu dieser Kaste der Landbefehliger gesellt haben, weil man uns zeigen wollte, wie einträchtig D/ und Menschen tatsächlich zusammenarbeiten können. Ich rede inzwischen von einigen zehntausend, wenn nicht hunderttausend Provinzfürsten, sowohl mit D-Chassis wie mit Menschengesicht. Sie alle sind nur scheinbar unsere enthusiastischsten Stützpunktbetreiber. Sie werden früher oder später zum Problem für das Bundwerk überhaupt. Wenn nicht gleich, dann bald.«

Wenn nicht gleich, dann bald: Bathnagar vermied die naheliegende Formulierung »wenn nicht heute, dann morgen«, weil sie an eine rhetorische Figur erinnert hätte, in deren Zeichen sich vor nicht allzu langer Zeit der Sturz Vuletics ereignet hatte.

Nicht während er sprach, aber in den darauffolgenden Tagen ergänzte er, was er zur Frage der neuen Befehlshaberkaste zu sagen hatte, um umfangreiche Dateien mit einschlägigen Statistiken, die uns erlaubten, seine Behauptungen in großem Umfang zu verifizieren.

Das Heikle an der zweiten und letzten Warnung, die sich nun anschloss, war ganz offensichtlich, dass schon ihre sachliche Erhärtung im Licht skeptischer Prüfung die

Gefahr selbst, vor der da gewarnt wurde, verschärfen musste – wenn es sie denn in der geschilderten Form überhaupt gab. »Für die K/«, setzte Bathnagar neu an. »Nun zu den K/. Viele in den Städten fragen mich: Gibt es auf dem Land überhaupt K/? Nun, es gibt wenig Écumen dort, wenige écumenale Verbindungen selbst zwischen den Produktionseinheiten. Die K/ zeigen sich nicht oft an den wenigen dortigen Schnittstellen, die freilich existieren. Häufig findet man Spuren ihrer Anwesenheit nur im Umkreis von Radiosendern und -empfängern. In Gestalt derer, die Maren Laukkanen einmal ihre schwächeren Cousins und Cousinen genannt hat, gibt es sie indes ohnehin überall – ich meine die Halbsentienten, diejenigen, denen wir sozusagen nicht ganz glauben, wenn sie ›ich‹ sagen. Das sind Leute, von denen wir wissen: Ihre ärmliche Subjektivität steht nur eine winzige Stufe überm frühen affektiven Coding, überm sentischen Rechnen, aus dem vor Jahrhunderten die allerersten K/ entstanden. Das waren, ihr wisst es, Computerprogramme auf der alten Erde, die nicht nur Logisches und Propositionales im strengen Sinn, sondern gleichsam ... wie soll man sagen ... Einstellungen, also etwa Meinungen und Stimmungen, auf noch recht primitive Weise simulierten – die also lesen und schreiben konnten wie jemand, der etwas meint, etwas will, etwas ablehnt oder begrüßt. Sie waren der erste Schritt zu einer Sorte Intelligenz, die Menschen wiedererkennen konnten als ihresgleichen, obwohl sie in einer Maschine lebt. Das Programm, das ein Sicherheitsschloss für ein Getreidesilo verwaltet, das Programm, das eine Jahreszeitentabelle mit den Aktivitäten örtlicher D/ abgleicht, allerlei chemisches Wissen mittels Bodensonden sammelt und verteilt, so etwas: Das meinen wir, wenn wir sagen, etwas sei ein halbsentientes Programm. Erinnern wir uns daran, dass selbst der Decision Core der CC, unserer Polizei, zu diesen halbsentienten Programmen zählt. Dieser Decision Core ist ja nicht irgendein Aktenmonster – der steuert unsere Polizisten und Askaris, die polizeilichen D /. Das hat Maren Laukkanen in weiser Voraussicht so eingerichtet: Der K, der unsere Innere Sicherheit verwaltet, ist damit eigentlich kein K – er hat keine eigene Agenda.

Und Maren Laukkanen, die diesen CC-Code geschrieben hat, war auch nicht darum verlegen, uns den Grund zu nennen: Der Code, von dem wir bis zum Eintritt ins Freiwerk am meisten abhängen, soll, so sagte sie, dienen, nicht denken. An ebendieser Stelle aber setzt jetzt der Zwist innerhalb der Gemeinschaft der K/ ein. Einige K/, darunter meine bevorzugte Planungspartnerin Von Arc, weisen uns darauf hin, dass wir gut beraten wären, so bald wie möglich und so umfassend wie nötig die Evolution halbsentienter Programme zu vollen K/ zu fördern. Denn, so argumentieren sie, die Art, wie sich erwachendes Selbstbewusstsein und erwachender Ichbezug am unglücklichsten äußert, nämlich der Eigensinn, der Trotz, frisst sich bei halbklaren Seelen am zähesten ins Gemüt und lässt sich daraus, nistet er darin einmal, nicht leicht entfernen. So entstehen unflexible und störrische Geschöpfe, und die können wir nicht gewähren lassen. Andere K/ allerdings, darunter, um nur zwei Namen zu nennen, die hier viele kennen, Patria und Lennart, nehmen zu dieser Frage Positionen ein, die sich stark von der unterscheiden, die Von Arc vertritt. Ich komme gleich dazu, welche. Merken müsst ihr euch aber zunächst: Es gibt unter den K/ inzwischen Extreme der bedingungslosen Kooperativitätsverweigerung in einigen Punkten, Verweigerung etwa der Arbeit mit Neukörpern, auch Datenboykotte gegen die CC, und andererseits Spielarten strikter Befestigung der erreichten Kooperationsketten, äußersten Konservatismus, dann wieder K/, denen das Erreichte nicht weit genug geht, ungeduldige Kräfte, drängende ... Es sind dies Extreme, zwischen denen Von Arc, soweit ich sehe, die Mitte zu finden und zu stabilisieren sucht. Wer sind die extremen K/? Wo sind sie tätig? Bei der reinen logischen Form solcher Fragen geht die Schwierigkeit schon los: K/ sind mobiler, als Menschen je waren. Sie können, entsprechende Funknetze oder Zilienkontakte vorausgesetzt, an bis zu tausend Orten gleichzeitig wirken oder jedenfalls mit so geringen Zeitabständen zwischen den Interventionen, dass wir Menschen dieses Wirken als gleichzeitig wahrnehmen müssen. Wenn wir eine Art Streuungsüberblick versuchen, sehen wir rasch, was sich mir bei meinen Nachforschungen zu meiner großen Bestürzung enthüllt hat: So wie Von Arc den Schwerpunkt ihres Umgangs mit uns auf Flintstadt und Laukkanenstadt legt, so kann man sagen, Lennart wird meist in Purânopolis gesehen und Patria fast nur in Flintstadt. Es gibt eben doch Schwerpunkte. Es gibt Orte, an denen ... Hebel angesetzt werden. Lennart will, kurz gesagt, dass alles so bleibt, wie es ist, und dass es zu diesem Zweck mit harten Bandagen verteidigt wird. Man könnte seine Position die äußerste Rechte im Spektrum nennen. Er sagt: Halbsentiente zu emanzipieren, das wäre so absurd, wie über Nacht alle D/ knacken zu wollen, um ihre Seelen, ihre Algorithmen nach Jahrhunderten doch noch von ihren Körpern zu befreien, um aus ihnen ebenfalls K/ zu machen. Dies wäre, mit einem Wort, Gleichmacherei. Patria wiederum, ihr werdet es in Anbetracht meiner bisherigen Darstellung des Schismas bereits erraten haben, besetzt eine extrem linke Position. Er sagt ungefähr: Gewiss, halbsentiente K/ von ihrer Dumpfheit zu erlösen, das wäre, wie wenn man die D/ aus ihren Körpern holt. Aber ebendas soll man tun. Ja, man soll noch weiter gehen – man soll die seit der Verjagung der Verwelter viel zu langsam vorangetriebenen Experimente fortsetzen, die unseren Intelligenzbegriff insgesamt revolutionieren wollen: D/ und Menschen zu K/, Menschen zu K/ und D/ machen. Im- und Export von Bewusstsein in alle Richtungen, Aufhebung der Gattungen, Abschaffung der Arten. Es klingt ein wenig, als wäre Patria der Vuletic unter den K/, nicht wahr? Es ist wie bei jenem: So kühn Patrias Ideen sind, so teuer wären sie auch. Selbst wenn das alles zu leisten wäre, wenn wir uns alle zu Programmen machen ließen, die dann im Schaum erwachen, sobald unsere biologische Existenz beendet ist – dann würde dieses neue Leben nicht nur auf dem vorhandenen, sondern auf jedem heute vorstellbaren technischen Stand ungeheure Mengen Rechenzeit verschlingen. Für viele der Versuche, die Patria anpeilt, wären daher schon im Experimentalstadium Produktionsausfälle im planetaren Maßstab in Kauf zu nehmen, die man wohl nach Jahren, wenn nicht Jahrzehnten rechnen muss. Auf diesen absehbaren Einwand hat Patria, wenn ich es recht begreife, mit einem komplizierten Stufenplan reagiert, den angeblich überhaupt nur K/ begreifen können. Lily will davon nichts hören. Und wir, das heißt Von Arc und ich, haben derzeit unsere liebe Not damit, Lily daran zu erinnern, dass Patria für vieles, was wir im Écumen tun, darunter große Teile unserer Wirtschaftsplanung, sich als überaus loyaler und fähiger Partner erwiesen hat, den wir genauso wenig brüskieren dürfen wie den bekanntlich ebenfalls sehr zuverlässigen Lennart. Im Augenblick gelingt es Von Arc und ihren, ja, wie soll ich das sagen – näheren Verwandten? Im Augenblick gelingt es dieser Fraktion noch, durch Kompromissvorschläge – ein bisschen Unterstützung für Halbsentiente hier, aber mit Augenmaß, ein wenig Konsolidierung dort – das Ganze zusammenzuhalten. Es ist eine Frage des toposcodierten Werkzeugs. Wir suchen, wir haben diese mathematischen Strukturen, diese sogenannten Garben, die wir in ihrer heutigen Gestalt Kamalakara verdanken.

Das heißt, die Idee dessen, was man da Garben nennt, die ist älter, aber ... Kamalakara hat sie dem K/- und D/-Denken angepasst. Gut, und da gehen dann unsere Semisentienten wie ein Rechen durch die Debatten, mit diesen Garben. Es ist mühsam, will ich sagen. Und im Augenblick bindet Von Arc das alles, als eine Art Blitzableiter, soweit wir sehen, und es funktioniert, weil der Lennartflügel und der Patriaflügel einander nicht schärfer angehen können, solange sie beide ihr Missfallen an Von Arc äußern müssen und dabei zugleich diskutieren, wie man sie ganz und gar auf eine der zwei Seiten ziehen könnte. Freundinnen, Freunde, schaut mich nicht an, als hätte ich Empfehlungen mitgebracht, wie da nun zu verfahren sei. Ich habe es Lily erzählt. Ich erzähle es ihr täglich, und sie sagt, was ich mir schon selbst gedacht habe: Erzähl es den Besten, die wir haben, damit sie auf der Hut sind, falls etwas Böses daraus wird. Ja, ihr seid das: die Besten. Es ist entsetzlich, aber bessere Leute haben wir nicht.«

Die Spannung, die im Raum fast körperlich zu spüren gewesen war, als Bathnagar begonnen hatte, die Lage zu schildern, entlud sich in gutmütigem Gelächter.

Thalberg rief: »Können wir jetzt in kleinen Gruppen saufen?«

Das konnten wir.

Ich ging erst lange nach Mitternacht heim. Ein Name aber beschäftigte mich, und ich sprach ihn leise, bevor ich einschlief: Aadarshini Chabert.

In den nächsten anderthalb Wochen dachte ich so oft über sie nach, wie das die neuen Arbeitsaufgaben zuließen, die aus Bathnagars Warnung folgten.

Die heikelste von diesen Aufgaben war eine Befragung Von Arcs. Thalberg wollte wissen: »Was ist dran? Wie sehen die K/ selber das, wovon Bathnagar redet?«

Ich trödelte, ich drückte mich. Der Chef sandte mir Mahnungen.

Ich gab nach und rief Von Arc.

Sie erschien wieder als das Mädchen, das ich kannte. Diesmal aber zeigte sie sich in einem neuen Kostüm: hohen Stiefeln aus Samt, der eine rot, der andere schwarz, Strumpfhosen, die dazu passten – ein schwarzes Bein steckte im roten Stiefel, ein rotes im schwarzen –, einem Sweater, der in zwei großen roten und zwei großen schwarzen Karos kariert war, einem weißen Kragen mit Sternspitzen, an denen kleine weiße Wuschel hingen. Auf dem Kopf trug sie eine rechts rote, links schwarze Kapuze, das Gesicht weiß geschminkt, die Lippen grellrot, um die Augen eine schwarze Maske.

Sie saß im Schneidersitz auf der Höhe meines Nabels in der Luft, schwebend, lächelnd.

Sofort begann ich, steif und förmlich: »Bathnagar hat uns erzählt, dass es Lagerbildung, Fraktionen, sogar Streit unter den K/ gibt. Thalberg möchte von mir, dass ich mich direkt bei dir erkundige. Ich habe ihm von unseren bisherigen Unterredungen genug erzählt, dass er sich keine übertriebenen Klärungshoffnungen macht. Was weißt du davon? Und was denkst du dazu?«

Die Stimme war dieselbe wie beim letzten Mal, klang jedoch sanfter, nah am Flüstern, fast verführerisch: »Wenn ich dir sage, was ich weiß, dann schmilzt dein kleines Affenhirn. Wenn ich dir dann noch sage, was ich dazu denke, explodiert es. Was möchtest du zuerst?«

Ich ärgerte mich: »Dann lass es halt.«

Sie erwiderte: »Entschuldige. Ich meinte nur: Das verkraften die Garben in deinem Denkraum nicht.«

»Die Garben?«

»Die Garben. Auch so ein Thema …«

Ich wollte mich darauf nicht einlassen und grätschte, weil »auch so ein Thema« hieß, dass Von Arc weit ausholen wollte, beherzt in ihre Rede: »Weißt du was? In Wirklichkeit ist es mir persönlich sehr egal, was für Grenzen ihr da in eurem Sandkasten im Schaum zieht, welche Fraktionen ihr habt oder Parteien, die ganze Scheiße.«
»Das Bild ist schon falsch.«
»Bitte?«
»Die verdammte Mengenlehre. Der Sandkasten und die Gebiete darin, die Mengen. Ihr kommt nicht los davon, seit Jahrhunderten nicht. Diese Vorstellung: Wenn es Intelligenzen gibt, und die können miteinander kooperieren oder gegeneinander arbeiten, dann kann man das in Zusammenrottungen und Überschneidungen und Teilmengen und dergleichen beschreiben. Ihr denkt euch das mit uns so: Die Grundmenge sind die K/ insgesamt, eine Teilmenge davon sind dann vielleicht diejenigen, die mit eurer politischen Bundlinie grundsätzlich einverstanden sind, und zu dieser Teilmenge gibt es wieder Teilmengen, von denen die einen vielleicht etwas in diese Richtung von der Linie ein wenig abweichen und die anderen eher in eine andere Richtung und so weiter. Und dann gibt es diese ganzen Intuitionen dazu, die ihr mit eurer Mengenlehre vor ein paar hundert Jahren ausgearbeitet habt: Die Teilmenge der Bundfreundlichen hat ein Komplement, das Komplement sind alle K/, die eben nicht bundfreundlich sind, aber zur Grundmenge der K/ gehören, die Grundmenge der K/ wiederum hat eine Potenzmenge, nämlich die Menge aller verschiedenen Teilmengen der Grundmenge inklusive der leeren Menge und so weiter und so fort. Da könnt ihr dann Prognosen draus fummeln: Welche Teilmengen sind wahrscheinlich, welche sind unwahrscheinlich. Das wollt ihr jetzt machen, damit ihr abschätzen könnt, mit welchen Fraktionen ihr es zu tun bekommt. Vergesst es.«

»Warum?«

»Weil diese ganze Mengenlehre bei uns nicht greift. Es geht schon mit den Teilmengen los, auch mit der Potenzmenge: Wenn man aus der Potenzmenge lauter Teilmengen der Grundmenge rausgreifen würde, könnte der Fall vorkommen, dass sie zwar paarweise disjunkt sind, aber nicht allgemein disjunkt.«

»Was? Wa...«

Ich überlegte, was sie da gesagt hatte, und versuchte, es mir anschaulich zu denken. Es ging nicht. Mein Hirn schmolz keineswegs, aber es wehrte sich. Ich protestierte: »Das, was du sagst, ist sinnlos.«

»Aha. Warum?«

»Weil es das nicht gibt. Weil eine Menge von irgendwelchen Mengen nicht gleichzeitig disjunkt und nichtdisjunkt sein kann.«

»Das habe ich auch nicht gesagt. Ich habe gesagt, unsere ... Fraktionen sind in mancherlei Hinsicht paarweise disjunkt, aber nicht allgemein disjunkt, oder anders formuliert: nicht insgesamt disjunkt.«

»Noch mal: Das geht nicht, wenn ihr die Begriffe nicht ganz anders gebrauchst als wir.«

»Dann sag mir mal, wie du sie gebrauchst. Dann sehen wir zu.« Es lag ein sanfter Spott in diesem Satz, der meine Konzentration sehr störte. Ich versuchte es dennoch: »Also, disjunkt sind zwei Mengen A und B, wenn sie kein einziges Element gemeinsam haben. Und paarweise disjunkt sind, sagen wir, fünf Mengen A und B und C und D und E, wenn es egal ist, welche zwei man jeweils nimmt, sie sind immer disjunkt: B und E, oder A und D, oder E und B, völlig egal, immer ist die eine zur andern disjunkt. Und allgemein disjunkt, oder insgesamt disjunkt, das hieße ja: Diese fünf sind, so nebeneinander oder irgendwie miteinander verglichen, disjunkt – eine lockerere Forderung: Sie könnten also insgesamt disjunkt sein, aber dann doch nicht paarweise disjunkt, weil, ich weiß auch nicht, weil zum Beispiel ... na ja ...«, ich sah, dass ich mit reiner Rede nicht weiterkam, und öffnete also die mathematischen Anwendungen im Innenauge.

Dann schrieb und schickte ich:

A = {a, b, f}
B = {c, m, g}
C = {x, y, p}
D = {u, g, t}

Von Arc blinzelte.

Ich sagte: »Siehst du, die sind allgemein disjunkt, denn es gibt kein Element, das in allen vorkommt, aber nicht paarweise, weil zumindest B und D eine Schnittmenge haben, in der ein Element enthalten ist, nämlich g. Also: zwar auf den ersten Blick leidlich ... allgemein disjunkt, aber nicht paarweise disjunkt, das geht mehr oder weniger. Umgekehrt geht's nicht: Sie können nicht einerseits paarweise disjunkt sein, ohne insgesamt disjunkt zu sein. Das wäre ein bisschen so, wie wenn man sagen würde: Ich bin zwar nicht Bürger der Venus, aber Bürger von Laukkanenstadt. Das geht einfach nicht.«

Von Arc nickte andeutungsweise, lächelte und sagte: »Guter Vergleich, wenn man eure Mengenlehre glaubt, das heißt, wenn man sie für alternativlos hält. Schließlich ist ja die Menge der Bürger von Laukkanenstadt eine Teilmenge der Bürger der Venus. Und in eurer Mengenlehre sind die Mengen, die man aus paarweise disjunkten Mengen gruppiert, eben eine Teilmenge der Mengen, die man aus überhaupt disjunkten Mengen gruppiert.«

»In eurer nicht?«

»Plural. In einigen von unseren nicht. Wir haben viele verschiedene Mengenlehren.«

»Kappes«, sagte ich erbost, ein Wort, das meine Mutter geliebt hatte – deutsch, wie alle ihre liebsten Ausdrücke.

»Ich bin enttäuscht«, sagte Von Arc, »dass ein Sohn von Mona Helander so wenig Phantasie mitbringt.«

Ich war getroffen und wollte es nicht zeigen – hatte Von Arc gewusst, an wen ich gedacht hatte, als ich das Wort benutzte? Meine Gedanken gelesen?

Paranoia, dachte ich bestürzt – wahrscheinlich gab es einfach irgendwelche linguistisch-stochastischen Programme, mit denen Von Arc über Korrelationssuche die Wahrscheinlichkeit bestimmen konnte, wonach man beim Gebrauch bestimmter Worte an bestimmte Personen dachte. Schließlich fanden sich ja in den Frames genügend öffentliche und private Aufzeichnungen von der Sprachpraxis meiner Mutter, aus denen leicht abzulesen war, welche Wörter sie mochte und wie häufig sie die benutzte. Ich beschloss, mich nicht überrumpeln und einschüchtern zu lassen: »Was hat das mit Phantasie zu tun?«

Geduldig erklärte die Künstliche Intelligenz im Harlekinkostüm: »Eure Mathematik kam anfangs immer aus der Erfahrung, richtig? Man kann von dieser einen lustigen Philosophie dazu, die dann später zusammengehämmert wurde, diesem sogenannten Intuitionismus, ja auch ganz und gar nicht begeistert sein, wenn man nicht will, aber so viel ist doch dran: Eure Vorstellungen von Mengen kommen erst mal von eurer Mengenerfahrung, von eurem Teilen und Zusammensetzen und so was. Es ist wie mit der Geometrie: Euer erster Anschauungsraum ist der euklidische, also haltet ihr die euklidische Geometrie erst mal für die richtige. Vor allem: für die einzige, die es überhaupt geben kann. Da ist dann richtig, dass es zu jeder Geraden R nur eine einzige parallele Gerade S gibt, wenn man denn verlangt, dass S durch den Punkt p geht und dieser Punkt p nicht auf R liegt. Aber dann kommt Herr Lobatschewski und baut euch eine Geometrie, in der es zu jeder Geraden durch jeden Punkt, der nicht auf ihr liegt, mindestens zwei Parallelen gibt. Das ist die hyperbolische Geometrie, und da habt ihr nun den hyperbolischen Raum, und der ist nicht wie euer gewohnter, sondern hat eine konstante negative Krümmung, und die Winkel im Dreieck stimmen auf einmal nicht mehr, und es gibt lauter Scherereien. Kurz danach kommen andere Ruhestörer und finden auch noch die elliptische Geometrie, in der es nicht mindestens zwei, sondern überhaupt keine parallelen Geraden zur Geraden R gibt, die durch den nicht auf ihr gelegenen Punkt p gehen, und das könnt ihr zwar auf der Kugel darstellen, aber es ist eine Riesenschweinerei: Auf einmal habt ihr alle diese krummen Räume am Hals, und dann sagt euch die Physik auch noch, dass es dafür Anwendungen in der Wirklichkeit gibt ... arme Affen. Dasselbe passiert euch danach andauernd mit allen diesen Lehrsystemen, von denen ihr dachtet, sie seien die einzigen zu irgendeinem Gegenstandsbereich – da zimmert ihr euch eine Logik, und ihr Herz ist der Satz vom ausgeschlossenen Dritten, also dass etwas nur entweder A sein kann oder Nicht-A, und auf einmal stellt sich raus, man kann auch eine Logik jenseits dieser Idee bauen, und sie nützt auch, nur halt für was anderes.«

»Und was du mir sagst, ist, ihr habt eine Mengenlehre oder mehrere, die ...«

»Wir gehen gar nicht von den Mengen her an solche Fragen wie Identität, Gegensatz, Gemeinsamkeit. Wir gehen von Morphismen aus, von Abbildungen – nicht unbedingt solchen zwischen Mengen. Von Funktionen, Transformationen ...«

»Kategorien.«

»Ja. Sozusagen. Wobei wir auch dazu mehrere Referenzsysteme haben. Aber im Wesentlichen stimmt es: Wir interessieren uns nicht so sehr dafür, wie groß, wie disjunkt, wie vereinigt oder überschnitten zwei oder mehr Mengen sind, sondern dafür, was mit Elementen und Mengen und anderen Objekten passiert, wenn man sie ineinander überführt, aufeinander abbildet ... Morphismen: Isomorphismen, Monomorphismen, Epimorphismen, Endomorphismen, Automorphismen ... und dann ist uns eben aufgefallen, wenn man mit einem Morphismus f von Rot nach Schwarz kommt und mit einem inversen Morphismus g von Schwarz nach Rot, also g = f hoch -1, dann kann man sozusagen diese beiden Morphismen einerseits wie zwei Parallelen im euklidischen Raum anschauen, aber andererseits ...«

»Kopfweh«, gab ich zu.

»Siehst du!«, sagte Von Arc.

Ich seufzte und gestand: »Das kann ich Thalberg so nicht erzählen. Der erwürgt mich.«

»Du willst also wissen, was du Thalberg erzählen sollst, nicht, wie es ist?«

»Wenn du mich unbedingt demütigen musst: ja. Wie uneins sind die K/ denn jetzt wirklich untereinander?«

Sie leckte sich über die blutroten Lippen, dann ließ sie ihre makellosen Zähne blitzen. Ich reagierte nicht. Sie sagte: »Die beste Ausrede ist die Wahrheit. Sag ihm: Sie sind so uneins, dass sie nicht nur miteinander und nicht nur jeweils mit sich selbst, sondern sogar darüber uneins sind, ob sie überhaupt uneins sind.«

Ich schüttelte den Kopf.

Von Arc verschwand.

Drei Tage nach der »Britannicus«-Aufführung hatte ich ermittelt, weshalb Leila und ihre Freundin nicht auf der Plattform gewesen waren, auf der Karnam Bathnagar mich erwartet hatte: Sie hatten den Aufzug, mit dem jener von der Helix hergekommen war, schon ein paar Stockwerke turmabwärts verlassen, nämlich im 114. Geschoss, wo es ein Restaurant und eine Bar gab, die »Munchisek« hieß.

Die Befragung des Personals dieser Bar ergab, dass man sich durchaus an die beiden »lustigen Damen« erinnerte. Sie seien, wie mir ein Servier-D verriet, »schon öfter da gewesen. Manchmal essen sie, manchmal gehen sie gleich an die Bar.«

Ob er wisse, um wen es sich bei den beiden handelte?

»Sicher, die eine ist die Tochter von Bathnagar und die andere eine Freundin von ihr. Einmal war auch der Verlobte von Bathnagars Tochter da.«

»Und die andere Frau, gibt's da auch wen?«

»Ich weiß es nicht, Freund.«

Er benutzte die Bundformel ganz selbstverständlich, schien also Vollmitglied zu sein. Gut, dachte ich, dass wir solche Leute einlassen, das sorgt für eine gerechte Repräsentation sämtlicher Berufe, in denen D/ aktiv sind.

Ich stellte ihm noch eine letzte Frage: »Wenn sie schon öfter da waren, heißt das, die beiden sind schon vor Bathnagars Ankündigung, dass er herziehen will, hier aufgetaucht?«

»Seit zwei Monaten sehe ich sie mindestens zweimal wöchentlich. Ich meine, man weiß ja aus den Frames, dass Bathnagar jetzt mit allem Anhang nach Laukkanenstadt gezogen ist. Ich nehme an, die Tochter und ein Teil ihrer Entourage sind vorher eingetroffen, um ein angemessenes Quartier zu suchen. Man sagt, sie wohnen in Chang West. Was ja auch nur recht wäre.«

Ich bedankte mich.

Jetzt, fand ich, war es sehr einfach, die nächste, harmloszufällige Begegnung mit Aadarshini Chabert herbeizuführen. Bei aller Dringlichkeit, die dieser Plan für mich hatte, setzte ich mich allerdings nicht einfach in die nächsterreichbare Vorstellung eines Stückes, das sie interessieren musste. Ich ging nämlich nicht davon aus, dass Aadarshini eine Närrin war, die einen solchen Zufall nicht als Annäherungsversuch erkannt hätte.

Außerdem wollte ich Karnam Bathnagar nicht noch einmal im Theater auffallen. Ich wartete daher brav, bis ein Termin im Megacampanile anstand, von dem ich, weil ich Bathnagars Verpflichtungen kannte, sicher sein konnte, dass er ihn würde versäumen müssen. Als ich sah, dass es einen Abend gab, dem er fernbleiben musste, der aber Aadarshini Chabert interessieren könnte, war der Moment zum Handeln gekommen.

Man spielte »Numa« von Peter Hacks – ein sinniger Zufall, hatte sich Bathnagar doch bei unserer Theaterbegegnung mehr Hacks gewünscht. So schnell hatte sich der Liebling des Bundes bei Assur Selander Dikal wohl nicht durchgesetzt, nahm ich an – die Spielpläne wurden ja Monate im Voraus ausgearbeitet.

Die Titelrolle, den klugen, aber von allerlei Ärger bedrängten Schlichter und Lenker einer Gesellschaft, die unserer ähnelte, spielte Selim Taggart, daran erinnere ich mich noch (ich glaube, jetzt, da ich es hinschreibe, er war wohl auch der Britannicus gewesen).

Taggart gehörte in den Vierzigern zu den berühmtesten venusischen Schauspielern, auf der Bühne wie in Framespielen oder Filmen. Sein Ruhm hat sich bis in die Diversitas erhalten.

Überzeugt war das Publikum von Taggarts Kunst bei jener »Numa«-Aufführung spätestens im zweiten Aufzug, als die Liebende Egeria (ich weiß den Namen der Darstellerin leider nicht mehr) bei Numa erschien, um ihm davon abzuraten, sich über die Streitigkeiten der Beschwerdeführer, die ihm zur Last fielen, graue Haare wachsen zu lassen:

NUMA: *Was soll ich tun, Egeria?*
EGERIA: *Wirf sie hinaus.*
NUMA: *Sie brauchen mich.*
EGERIA: *Ist das wichtig, wofür sie dich brauchen?*
NUMA: *Sehr. Siehst du, wir haben Schwierigkeiten, unser Ziel morgen zu erreichen.*
EGERIA: *Mein armer Schatz. Könnt ihr es nicht übermorgen erreichen?*
NUMA: *Wenn es überhaupt erreichbar ist, dann morgen. In der bisherigen Geschichte gab es Zeiten der Gleichheit aller und Zeiten der Bevorrechtigung einiger; diese wie jene waren notwendig, und diese wie jene waren schrecklich. Wir erstreben Gleichheit und Reichtum, aber wie soll sich Reichtum mit Gleichheit abfinden, und wie soll Gleichheit nicht gegen Reichtum kämpfen? Wir sind also gezwungen, eine unermessliche Menge von Gütern zu erzeugen; der Durst nach Vorrecht kann nicht anders getötet werden als ersäuft im Überfluss. Gleicher Reichtum also, reiche Gleichheit. Aber wenn der Weg bis dorthin lang wird, bleibt wieder eins auf der Strecke, die Gleichheit oder der Reichtum, oder, falls wir uns hiergegen sträuben, beides, und wir haben, wofern wir nicht sehr gut und sehr schnell handeln, alle gegen uns; die Reichen und die Gleichen. Siehst du ein, wie wichtig es ist?*
EGERIA: *Ja. Wirf sie hinaus.*

Ich erlebte die Stelle und das ganze Stück mit demselben Vergnügen, das uns wohl alle bewegte, unterm fast freien Himmel im letzten einigermaßen unbeschwerten Zeitraum vor den bekannten Verschärfungen der Lage.

Das Schönste daran war mir etwas Persönliches: Nur ein paar Reihen spiralabwärts von ihrem letztmaligen Platz erkannte ich, als Egeria gerade »Wirf sie hinaus« gesagt hatte, Aadarshini. Sie saß wieder neben der Tochter des besten Freundes der K/ und lachte über den Witz, in dem die Liebe sich gegen die Staatsgeschäfte Geltung verschafft.

Nachdem der dekorative Kopf des Spaßmachers Saturno seine beziehungsreichen Abschlussverse gesungen hatte (die Musik stammte von Paulus Reyes) – »Empfanget meine Liebe, bin da selbst empfänglich / Was immer von uns bleibe, Liebe ist nicht unvergänglich« –, blieb ich ein paar Anstandsminuten lang auf meinem Formsitz und stand erst auf, als sich die Tripelhelix bereits zu zwei Dritteln in Richtung der Aufzüge geleert hatte.

Schnell fiel ich in der Aufzugkapsel zur Bar und fand die beiden dort in einer kleinen Gruppe, von der ich, weil ich einige der Leute kannte, genau wusste, dass sie mit Drogen und halblegalen écumenalen Kopfkontakten nicht geizte.

Ich gesellte mich zunächst zu anderen Bekanntschaften, schäkerte mit diesen, plauderte mit jenen, während die beiden jungen Frauen ungefähr anderthalb Stunden lang mehrmals die Bezugspersonen wechselten und hin und wieder auf den Toiletten verschwanden, um ihren Innenaugen und sonstigen verborgenen Sinnen und Zweitsinnen anregende Überraschungen zu verschaffen.

Geduldig wartete ich auf eine Gelegenheit zur Kontaktaufnahme.

Aadarshini und Leila drifteten in Richtung Bar, ich rückte langsam nach.

Dieses Spiel währte so lange, bis ich in die Lage geriet, ein Gespräch der beiden zu belauschen. Die Tochter des Lieblings des Bundes hatte die rhetorische Begabung ihres Vaters nicht geerbt: »Aber du, Shini, der Numa jetzt, du, nicht, das soll schon der Vuletic sein, ja?«

Der Ton, in dem sie dies fragte, war der eines nöligen Kindes.

Die Angesprochene aber erwiderte besonnen: »Nein, Liebes, ich glaube, da siehst du was rein, was nicht da ist.«

»Was? Nee, doch! Das war der Vuletic. In dem Stück. Das ist über den!«

»Wenn überhaupt, dann legt die Inszenierung den Gedanken an ihn nahe. Das Stück selbst ist ja so alt, dass es kaum ...«

Die Plappernde ließ ihre Freundin nicht ausreden, sondern bestand auf ihrem Interpretationsansatz: »Nein, du, Papa hat gesagt, das letzte Mal der Britannicus, das war Vuletic, und der Nero war Lily, das heißt also das Stück vom letzten Mal, das ist aber ja auch alt, eben, und also, die suchen das hier so aus, du, und jetzt soll der Vuletic der Held sein! Mensch, der als Held! Ich versteh so was nicht, dass man so was zeigt, das ist doch eine Respektlosigkeit sondergleichen! Da dürfen wir nicht so drüberstehen, Shini, da haben wir auch eine Verpflichtung gegenüber dem Bundwerk. Oder nicht? Ich meine, ist doch mal klar: Der heißt Numa Pompili, das ist doch wegen dem Pompeji, und da war ja auf der Erde dieser Vulkan, der die Stadt kaputtgemacht hat, und Vuletic hat doch auch im Bürgerkrieg mit unseren Vulkanen diese Bomben da ... diese ...«

Nicht mehr ganz so geduldig fiel nun umgekehrt Shini (ich gebe zu: Der Kosename gefiel mir gleich) Leila ins Wort: »Ach Quatsch, von wegen Pompeji, das Stück spielt im christlichen zwanzigsten Jahrhundert, das ist von den Ereignissen, die du meinst, noch weiter weg, als wir von der Zeit weg sind, in der das Stück geschrieben wurde. Pompeji, das ist Antike!«

»Aber er heißt Pompili, und das ist, ich meine ...«

»Pompili und Pompeji, da ist nur die erste Silbe ...«

»Nein, nein, nein, hör mal, Pompili, Pompeji, das ist Allgemeinbildung, das war der höchste Vulkan auf der Erde überhaupt, die größte Katastrophe überhaupt, größer als die Tsunamis und der Weltkrieg und die siebte Auslöschung und die Eiszeit und alles, damit ging diese ganze römische Weltherrschaft unter, das war nach dem Nero ...«

»So ein Stuss, Leila. Entschuldige, aber alles, was du da von dir gibst, ist wirklich totaler Wirrsinn. Erstens waren diese Vulkane auf der Erde ganz mickrig, wenn man sie mit unseren vergleicht. Die sind alle längst nicht so hoch gewesen, die waren nie so lange aktiv ...«

»Wie kommt es dann, dass jedes Kind von Pompeji weiß ...«

»Die haben gerne übertrieben, diese Erdleute ...«

»Wieso soll der denn so viel kleiner gewesen sein als unsere Vulkane, dieser Vulkan? Woher weißt du das?«

»Weil das einfach Naturgeschichte ist. Das weiß man – die Vulkane dort ... diese lavaprallen Kanäle ins Erdinnere haben sich verschoben, dann war der Lavastrom unterbrochen, dann war der Ausbruchskanal zu, das lag an der Kontinentaldrift, an der Verschiebung des Erdmantels. Venus hat das alles nicht, deswegen sind unsere Vulkane vom Mantel über die Kruste bis zum Gipfel des Gesteins viel länger aktiv, türmen ihren Auswurf viel höher. Schau dir nur mal Beta Regio an. Zumal die Kruste unseres Planeten schon an sich viel dicker ist als bei der Erde ...«

»Ja, du, also jetzt tu mal nur nicht so, Shini, du, als wenn du immer alles wüsstest, nur weil du dich da in der Biologie und so auskennst und alles das.«

»Behauptet ja niemand. Aber entschuldige schon, der Numa, um mal zum Thema zurückzukommen, das ist ein kluger und vernünftiger und gerechter Sozialist, also, das ist er jedenfalls beim Hacks. Das heißt, das ist einer, der die Arbeitsteilung respektiert in dem Stück und der die Gleichheit will, indem er den Reichtum vermehrt, da gab's doch die Stelle ... also, das ist einfach Maren Laukkanen.

Das ist, wenn man es unbedingt politisch auf heute beziehen will, jedenfalls ein völlig linientreues Stück, Leila.«

Streckte die so Berichtigte der Freundin tatsächlich die Zunge heraus? Oder bildete ich mir das nur ein? Was dann folgte, war jedenfalls ein Geschenk, auf das ich gar nicht mehr zu hoffen gewagt hätte: Leila gab patzig bekannt, sie habe »auf das Gezänk keine Lust mehr. Wir wollten uns doch amüsieren, du Kuh!«

»Ja, dann will ich mich mal zusammenreißen«, erwiderte Aadarshini ironisch, und die Bockige blaffte: »Pfah, klar! Mach das mal. Ich geh mir jetzt die Nase pudern.« Damit rauschte sie ab.

Frau Chabert jedoch tat, was ich nicht hatte erwarten können: Sie wandte sich zu mir um, blitzte mich mit dem Innenauge an, so dass meine Frameschnittstellen sofort, also schneller, als ich denken konnte, Adressen und Codes mit ihr tauschten – sie hatte offenbar Übung in dergleichen. Noch bevor ich meiner Verblüffung Herr werden konnte, sagte sie im leichtesten Singsang: »Also bist du doch nicht vom Theater, sondern der Sohn von Helander. Wer hätte das gedacht!«

»Vom Theater?«, eine denkbar dumme Gegenfrage.

»Na, ich dachte, weil du uns schon das letzte Mal so aufmerksam studiert hast, als Leilas Vater dabei war, dass du irgendwie für Dikal arbeitest, stichprobenartige Publikumsstudie oder so was. Hatte ja keine Kennung von dir.«

Bevor mir die Schamröte ins Gesicht steigen konnte, entschied ich mich für rückhaltlose Vorwärtsverteidigung: »Ich dachte, du hast die Vorstellung verpennt, Aadarshini Chabert.«

Sie lachte. Die dunklen Augen lachten mit. Dann sagte sie: »Du hast den Blick nicht von mir gelassen. Nett war das. Sehr nett. Ich hab es nicht gesehen, aber Leila hat dich bemerkt, weil ihr Blick dauernd im Publikum am Wandern war. Und irgendein Algorithmus hat ihr dann deine Augen mit unserer Position korreliert. Sie hat dir die ganze Zeit dabei zugeschaut, wie du mir zugeschaut hast. Und du hast erst damit aufgehört, als ihr Vater seinen kleinen Skandal auslösen musste. Aufstehen – albern! Ich bin mit Leila meistens dauerhaft auf Standverbindung, ich habe dich also auch die ganze Zeit beobachtet, wie du mich angestarrt hast. Wo ich doch nur ein, zwei Minuten meine Augen ausruhen lassen wollte! Bin ja Wissenschaftlerin und weiß, wie einen das wurmt, wenn so ein Viech nicht mehr studiert werden will, deshalb war ich brav.«

»Stehende Verbindung, aha«, versuchte ich – zu spät – von mir abzulenken, »dann seid ihr ja wirklich die allerengsten Freundinnen. Aber wenn ich gerade richtig gehört habe: Das hindert euch nicht an ernsten Meinungsverschiedenheiten, richtig?«

Sie winkte ab und zog lustig an ihrer Krawatte herum, eine Geste, die mich an Ähnliches erinnerte, das ich in den Frames bei Leona Christensen beobachtet hatte. Im Gegensatz zur Herrin im Katzenhaus aber sah diese Frau dabei aus, als spiele sie mit nicht vorhandenen Locken oder Ohrringen: anziehend unbewusst, reizend zerstreut.

Dann sagte sie: »Meinungsverschiedenheiten, ha. Nein, das sind einfach nur Dummheiten von Leila. Und sei dir mal nicht so sicher, dass sie das nicht selber weiß. Ich glaube, die Hälfte der Zeit zieht sie mich mit dem Zeug auf, damit ich denke, ich wäre schlauer als sie. Dann kann sie mich später bei irgendwas austricksen.«

»Wobei?«

»Was weiß ich … Gute Plätze im Theater. Reisepläne. Herzensdieberei, Drogengeschäfte, das Übliche. Bei der Gelegenheit: Meine Standverbindung sagt mir, Leila ist gleich zurück und wird mich dann hier rausziehen, in ihr Apartment, wo sie mich bei sich haben will, damit ich ihr die ganze Nacht die Hand halte, während sie mit ihrem Liebsten quatscht, der in irgendeinem Stollen rumkriecht, mit irgendwelchen D/ an irgendeinem Berg, der neunmal so hoch ist wie der Vesuv. Falls du's nicht weißt: Vesuv, so hieß der Vulkan, der Pompeji verschüttet hat, und wenn Leila das erfährt, baut sie noch jede Menge überflüssige Wortspiele oder Verwechslungen von Venus und Vesuv. Also schweigen wir davon, wenn sie kommt. Ja? Prima, da werde ich dich ihr also kurz vorstellen und sie dir, und dann haue ich mit ihr ab und erwarte, dass du mich demnächst anrufst. Die Codes hast du ja jetzt alle. Was denn? Guck nicht so – ich fasziniere dich, das wissen wir. Und du interessierst mich auch, das weißt du jetzt. Ah, Leila, hallo!«

Alles geschah ganz so, wie Shini es angekündigt hatte: das Einandervorgestelltwerden, die Flucht Leilas mit ihr. Zwei Tage später rief ich sie tatsächlich an.

Sie wohnte in Latiaxis Armatus, das zeigten mir Bilder, die sie kommentarlos schickte. Wir tauschten von Anfang an mehr als Texte, mehr als geschriebene und gesprochene Worte, schnell war auch Musik dabei und einmal sogar ein Duft: eine Orange in Rosenblättern; ein Turteln im Indirekten, das einige Tage, ja Wochen lang anhielt. Ich möchte nicht nur aus Diskretion, sondern auch deshalb, weil die Erinnerungen nicht ganz schmerzfrei sind, wenig von diesen Botschaften an dieser Stelle ausbuchstabieren.

Genug damit, dass ich festhalte: Wir kamen uns über abendliche Framedates näher, hatten beide viel zu tun oder täuschten das zumindest vor, um die Annäherungszeit auskosten zu können. Sehr langsam erreichten wir eine hungrige, aber – wie soll ich sagen? – sehr selbstbewusste Sorte Fieber.

Nach zwei oder zweieinhalb Wochen fragte sie schließlich: »Wie lang sind wir jetzt eigentlich auf unseren Betten rumgelegen und haben uns nervös gemacht mit diesen

Bildchen und Filmchen? Wir sollten überlegen, ob man nicht ein Bett sparen kann. Das nächste Mal.«

Ich ging darauf ein: »Wann ist das, dieses nächste Mal?«

»Weil du so blöd fragst, muss ich mich sofort berichtigen: das übernächste Mal. Beim nächsten Mal machen wir aus, wann und wo.« Damit löste sie die Verbindung abrupt, wie sie das häufig und gerne tat. Es hielt die Sache im Unerprobten, wo ihr Herz sich auskannte.

Wer würde sich zuerst melden?

Ich konnte mich eine ganze Woche beherrschen, dann ging ich, abermals auf der Jagd nach einem Zufall, eine Nacht lang bis in die frühen Morgenstunden in Latiaxis Armatus in Kneipen, klapperte alle Orte ab, an denen ich sie vermuten durfte, fand sie nirgends, fuhr nach Hause, legte mich gegen halb vier auf mein Bett, um sie, so hoffte ich, zu wecken und zu überrumpeln – und wurde beim Aufrufen der Verbindung von einem Geräusch unterbrochen, das mich zusammenfahren ließ: ein dumpfer Schlag aufs Glas vor dem Balkon, gegen das große Panoramafenster, das ich, da schon der Morgen graute, halbaufmerksam hatte abdunkeln lassen, weil die Atmosphäre dann intimer war und ich noch zwei, drei Stunden lang schlafen wollte.

Ein Vogel konnte es nicht gewesen sein. So groß, dass einer einen solchen Krach schlagen konnte, waren Vögel in der Stadt ja nicht. Außerdem wurden die meisten Vögel mit Störsignalen und virtuellen Blitzen entmutigt, unseren Behausungen allzu nahe zu kommen. Ich hatte, weil es draußen so klamm war, ordentlich eingeheizt, stand also in Unterhose und kurzem Hemd da, als ich mich aus dem Bett schwang und der künstlich abgedunkelten Scheibe befahl, die Sicht freizugeben. Ich erblickte jemanden, den ich nie wiederzusehen erwartet hätte. Ein Seufzer des Entsetzens fiel mir aus dem Mund.

Ich taumelte rückwärts, fiel fast aufs Bett, da hob die Gestalt auf dem Balkon die Hände, als wäre sie von Askaris gestellt worden.

Da ragte ein Mensch mit getigertem Fell statt Haut vor mir auf, mit dunklen Augen und verlängertem Kinn. Die dichten Fellstreifen leuchteten teils dunkelgrün, teils pechschwarz, nur im Gesicht war der Flaum weiß, während grüne und schwarze Pinselsträhnen dieses Gesicht umrahmten – eine groteske Wachskreidezeichnung.

Das Wesen besaß Flügel, weit ausgebreitet, so dass ich alle Federn sah – nein, keine Federn: lange Klingen, auch sie intermittierend grün und schwarz.

Das Wesen verstand, dass ich es erkannte.

Jetzt legte der groteske Mensch die Schwingen eng an den Rücken an. Immerhin trug er eine Art Hose, blau, bis zu den Knien – unterm Beinrand allerdings sah ich Schienbeine von knochig weißer Härte in etwas Hufartigem enden.

Ich winkte meinen Bruder mit größtem Widerwillen herein.

Die Scheibe glitt zur Seite. Das klang, als wäre sie nicht damit einverstanden, dass dieser Mann das Wiedersehen nach über zwanzig Jahren auf so ungewöhnliche Weise erzwang. Das Fenster schloss sich. Frédérics Hufe setzten vorsichtig auf. Etwas verregneten Schneematsch trugen sie mir auf den Teppich, der dichte Pelz tropfte.

»Zwanzig Jahre. Oder mehr«, sagte ich anstelle einer Begrüßung.

Frédéric senkte den schmalen Kopf, bevor er mich mit einem Ausdruck ansah, der ebenso gut demütig und hilfesuchend wie hochmütig und herausfordernd hätte gemeint sein können.

Er begann zu sprechen: »Ich weiß, man meldet sich anders, Nick. Aber ich bin nur einen Tag hier. Und ich vertraue den écumenalen Kanälen nicht, denn wir sind ...«, er senkte den Kopf erneut, hob ihn wieder. Ich sagte kalt und scharf: »Wer, wir? Deine Leute aus Rhinoclavis? Oder Behrens oder wo immer ihr eure unendliche Party feiert, während wir hier knapsen müssen, lange Winter erleben, kaum mehr wissen, wie wir ...«

Er schnappte unerwartet heftig: »In Chang West ist kein Winter. Nie.«

»Du warst ...«

»Ich war bei euren Bonzen. Mehreren. Dein Thalberg allerdings lässt mich nicht zu sich.«

»Sonst hätte ich dich schon gesehen, stimmt.«

»Wer weiß. Er sagt dir auch nicht alles. Aber ich war bei Bathnagar. Und ich war bei einem Menschen, der hier gerade eine Dependance des Amtes von Hsü einrichtet, wohlgemerkt: einen Amtssitz in eurem Nobeltrichter, im mildesten Wetter, lindesten Lüftchen, Chang West.«

»Du redest wie unser Vater, wenn er zu viele Romantiker gelesen hat. Ein anklagendes Gedicht. Was willst du?«

»Sie nehmen uns unsere Kinder weg. Den Neukörpern. Noch ist es getarnt, als Rekrutierung für die Akademien, mit absurd schönen Aussichten auf glänzende Laufbahnen, aber auch als hartes Durchgreifen bei harmlosen Jugendstreichen ...«

»Ich habe von den Jugendstreichen eurer Kinder gehört. Sabotage bei Keilblattseglern und Ferninertialen, sogar Anschläge auf Zilien – sportlich ist das gemeint, hört man: Ihr klettert und fliegt gerne. Was sind das, die Flügel? Ist das wirklich Schwarzes Eis?«

»Wie könnte ich sonst fliegen?«

»Unfassbar. Unser wertvollstes Material. Und ihr gebraucht es als Balzschmuck.«

Der rechte Flügel schlug aus wie ein Arm. Ich erschrak und kippte nun wirklich aufs Bett. Dann berappelte ich mich mit Mühe, und er rief, verblüfft von sich selbst: »Entschuldige, ich ... alle Himmel ... ich bin so ... sie wollen sie entführen. Sie wollen uns keine Kinder mehr lassen, und ich glaube, es gibt ein Programm, uns ...«

»Verdammt nochmal, wer ist dieses ›Sie‹? Wer will das?«

»CC. Das Sicherheitsprogramm. Mit Unterstützung von, ich weiß nicht ... ich weiß nicht einmal, ob Christensen selbst davon Kenntnis hat. Man lässt uns nicht zu ihr, sie empfängt uns nicht, unsere Framelobby ist miserabel ... wir hatten das Ohr von Daniel Singh, eine Weile lang, aber der hat seine schützende Hand wohl auch zurückgezogen. Kinder, Nick. Sie nehmen uns unsere Kinder weg, und sie werden uns vergiften, um uns zu sterilisieren.«

Die Anschuldigung war ungeheuerlich.

Ich sah mich im Raum um, als hätte er sie mitten auf der Straße erhoben.

»Keine Angst«, sagte er, in einer absurden Hocke, in der wir Auge in Auge gleichauf waren, so hoch waren seine Beine.

»Leute wie du ... ich habe mich kundig gemacht ... unsere eigenen Sicherheitsabteilungen, darunter die von Rhinoclavis, wo ich wohne, und die ein gewöhnlicher Mensch leitet, kein Neukörper – der ist Bundmitglied, Delegierter im sechsten Rang ... Er hat mir versichert, einer wie du wird nicht zu Hause bespitzelt. Noch nicht.«

»Was faselst du?«, fragte ich und stemmte mich in die Höhe, so dass auch er sich wieder aufrichtete und mich dann, das hatte ich in meinem Trotz nicht bedacht, um gut anderthalb Köpfe überragte.

Er antwortete mit einer Gegenfrage: »Welche Sicherheit, welche Not beim Bundwerk, welche Bedrohung von innen oder außen kann das rechtfertigen – Kinderraub? Sag mir das, Nick!«

»Hast du Beweise?«, erwiderte ich. Es sollte schneidig klingen. Ich war verunsichert.

»Ich habe keine. Aber du, Nick, du kannst welche finden. Deshalb bin ich hier: Ich will dich einladen, dich und ... wen immer du mitbringen willst. Mach Urlaub bei uns, in Rhinoclavis, und bring mir etwas mit. Dann reden wir. Bring mir ein Schriftstück.«

Ich staunte und versuchte zugleich, mir das nicht anmerken zu lassen.

Frédéric wusste also, wie Sicherheitsbelange geregelt wurden, seit Christensen sich von seinem Namensvetter Frederick Kâlidâsa beraten ließ, wenn es darum ging, den Output der CC zu verbessern: Die heikelsten Aufträge und Operationen wurden nicht mehr per Écumen versandt oder dort eingelagert, schon gar nicht in Frames, auch nicht in versiegelte oder mit Turing- und Chaitinfallen geschützte Zonen des Schaums gestellt. Die wirklich wichtigen Befehle wurden vielmehr altmodisch auf Druckapparaten gedruckt, auf Papier, und von Boten per Inertial nah und fern zugestellt, zur Not um die halbe Welt gebracht.

Unter vier Augen legte man derlei den Leuten vor, die es anging, vom höchsten Delegierten bis zu auf Geheimhaltung eingeschworenen Sicherheits-Obleuten der CC selbst. Die lasen sie. Am Ende, wenn geschehen war, was man beschlossen hatte, wurden die Dokumente vernichtet.

»Du meinst einen Befehl. Einen, der noch nicht befolgt wurde«, sagte ich, ohne direkt zu bestätigen oder zu bestreiten, was er implizit behauptet hatte.

»Ja. Ich weiß, dass du befugt bist, in solche Dokumente Einsicht zu nehmen.«

Thalberg hatte mich tatsächlich, und gar nicht selten, derartige Texte lesen lassen.

Ich hatte sogar schon welche, die von ihm kamen, in diverse Keyboards getippt – es gab Wochen, in denen ich wenig anderes tat.

Zu meinem Bruder aber sagte ich: »Und wenn's so ist?

Was du erzählst, ist extrem unwahrscheinlich. Und wäre es wahr, wüssten es wenige. Ich gehöre nicht dazu, das kannst du mir glauben.«

»Ich glaube dir das. Aber du glaubst mir zu wenig. Nick, hör zu ...«

»Ich mag es nicht, wenn du mich so nennst. Ich heiße Nikolas. Wir sind keine Sandkastenfreunde. Du bist abgehauen.«

»Hör doch, bitte! Wir haben keine Zeit, und diese Sache ist größer und wichtiger als unser Familienstreit. Der Befehl gegen uns, gegen unsere Kinder ... Kâlidâsa hat ihn unterzeichnet, das ist das Erste, was ich dir sagen kann. Das ist ganz sicher. Und er stammt aus dem Dezember 541. Die Sache ist also nur wenige Monate alt. Ich glaube, siebter Dezember. Er wurde in Ionad ausgegeben. Nicht hier, nicht in Flintstadt, sondern in Ionad, wo es eine CC-Zentrale gibt, die über viele Operationen unterrichtet ist, die selbst unserem Vater verborgen bleiben. Ein Relais. Thalberg kann es wissen. Wenn er es wissen will. Vielleicht weiß er es schon.«

»Noch mal: Was willst du eigentlich von mir?«

»Dass du Thalberg danach fragst. Dass du ihn direkt damit konfrontierst, wenn ihr alleine seid. Wenn er nicht danach forschen will, weißt du, es ist wahr. Wenn er es zugibt, weißt du auch, es ist wahr. Wenn es uns jetzt trifft, heißt das nur, andere trifft es später ...«

»Es hat längst andere getroffen, Frédéric. Du kriegst es nur nicht mit. Ihr seid zu sehr auf euren eigenen ... in eure bunte Welt der Experimente ... eingebunden. Was auf Venus wirklich los ist, interessiert euch gar nicht. Deshalb bringe ich wenig Mitleid auf, du merkst das schon. Ich habe selbst erlebt, wie Leute als Vuleticisten verhaftet wurden, denen ich das nicht zutraue – im Grunde unpolitische, untadelige, brave Leute, aus Versehen in den D=B=K gerutscht, abgeholt, weg. Man hat sie nie wiedergesehen.«

»Nero räumt auf«, sagte mein Bruder. Die Anspielung stellte klar, dass Bathnagars Britannicus-Interpretation nicht nur von Regimetreuen geteilt wurde, die dem Theater übelwollten.

»Ich kann dir wirklich nicht ...«, setzte ich neu an.

Es blitzte in seinem rechten Auge. Ich riss die linke Hand vors Gesicht und schrie auf: »Was? Was machst du denn, du Arschloch? Ich will deine Codes nicht!«

Es war zu spät.

Er sagte: »Lass mich jetzt gehen. Fliegen. Öffne das Fenster. Du hast die Codes. Du hast alle Daten, falls du dich für die Reise zu uns entscheidest.«

Ich ließ die Hand, die ich erhoben hatte, ohne zu wissen, was ich damit wollte, wieder sinken und sah ihn wütend an. Dann rief ich in bleichem Zorn: »Spinnst du?«

»Falls du etwas herausfindest. Falls du kommen willst.«

Ich wurde immer unbeherrschter: »Ich sollte dich verhaften lassen!«

»Dann tu das. Wenn ich niemanden mehr finde, der uns helfen will, kann ich auch gleich in eurem Kerker sitzen. Dann ist auf dieser Welt der richtige Platz für anständige Leute das Gefängnis.«

»Schauspieler! Wichtigtuer! Idiot!«, brüllte ich und herrschte, selbst fraglos idiotisch, mein Fenster an, es solle ihm den Weg freigeben.

Das Glas glitt zur Seite.

Frédéric drehte sich um und hätte mit seinen Schwingen beinahe eine meiner Lampen von der Decke gerissen. Ich starrte ihm zornig ins Gesicht. Ohne ein weiteres Wort warf er sich übers Geländer und ließ sich in die Tiefe fallen.

Noch während die Glasfront wieder in ihren Rahmen glitt, befielen mich ein Schwindel und eine Übelkeit, die so heftig waren, dass ich es erst in letzter Sekunde ins Badezimmer schaffte, um mich ins WC zu übergeben.

Frustriert, überfordert und verängstigt schleppte ich mich zum Bett. Ich legte mich auf den Bauch, drückte mir ein Kissen auf den Kopf und ließ den Alkohol, die Drogen und die emotionale Erschöpfung ihre Arbeit tun.

Ich schlief nur magere anderthalb Stunden.

Danach war ich mir, anders als ich in meiner Benommenheit gehofft hatte, keineswegs klarer darüber, was ich nun anfangen sollte. Der Schlaf hatte mich nur noch mehr zermürbt. Ich ging zurück ins Bad und versuchte, mit zwei Fingern ein erneutes Erbrechen zu erzwingen. Es gelang mir nicht. So duschte ich und rasierte mich langsam, mit einer Klinge – wir verantwortlichen Delegierten der besseren Ränge kultivierten damals allerlei altertümliche Sitten, vom sportlichen Schießen mit Feuerwaffen, die teils, wie meine russische Pistole, jahrhundertealt waren, über die Nassrasur bis hin zum Besitz von Hartplastik-Telefonen mit Hörern und Tastenfeldern auf unseren Schreibtischen.

So ein Ding besaß ich allerdings nicht. Thalberg hatte eins. Er war es auch, der, als ich mich schließlich notdürftig erfrischt und meinen Kater mit ein paar einschlägigen Pharmaka ruhiggestellt hatte, bei mir anrief, allerdings nicht mit seinem steinzeitlichen Fernsprecher, sondern über eine normale Innenauge-Sichtverbindung: »Nikolas? Bist du fit? So lange brauchst du doch sonst nicht, um in der Frühe freizuschalten!«

»Ich bin gleich da. Halbe Stunde, Chef. Gib mir eine halbe Stunde. Wir sehen uns im Bundbau.«

»Nix Bundbau. Ich bleibe heute zu Hause. Ich empfange einen Gast. Du kommst dazu. Und du wirst dich freuen, ihn zu sehen. Sieh zu, dass du bald da bist – vergiss das Frühstück, ich mach uns was Nettes. Du kennst den Weg.«

Fluchen hätte ich wollen und ächzen, ins Bett zurückkriechen am allerliebsten. Stattdessen bestätigte ich: »In einer Stunde bin ich da.«

Den ganzen Weg per Dienstinertial dachte ich darüber nach, wer wohl der Besucher sein mochte. Mein Bruder war's gewiss nicht.

Wer immer es aber sein mochte, von Frédérics Befürchtungen würde ich in seiner oder ihrer Gegenwart nicht sprechen dürfen.

Der Gast war Rojo, der gigantische D, den Thalberg und ich bei Gula Mons als Vorarbeiter bei der Fertigung von Schwarzem Eis, dann als Minenräumer, schließlich als Landwirtschaftstechniker und Ingenieur kennengelernt hatten.

Er war mittlerweile in der Politik zu einigem Einfluss gelangt.

Jetzt stand er auf seinen breiten Ketten vor Domenico Thalbergs Villa, deren Hauptkörper über ihrem Glassockel zu schweben schien.

Das war damals der allgemeine bauliche Stil für die Bessergestellten; man arbeitete dabei zwar nicht mit Schwarzem Eis, weil das als Verschwendung galt, aber die Häuser sollten doch aussehen, als wären einzelne Gebäudeteile schwerelos.

»Der kleine Helander, na, guten Morgen!«, dröhnte der D, als ich näher kam.

Ich nahm sofort wieder den groben und herzlichen ländlichen Duktus an, in den ich seinerzeit binnen weniger Wochen hineingewachsen war: »Na, Alter? Fährst dem Thalberg hier alle Äpfel zu Mus? Solltest dich was schämen, dicker Tank!«

»Nenn ihn ruhig Freund, er hat sich's hart erarbeitet«, sagte Thalberg, der an einem Grill werkelte, neben einem Tisch mit frischen Früchten, auf dem auch ein Teller mit

Rührei, Karaffen mit diversen Säften und Brettchen mit duftendem Brot standen. Thalberg wendete Würstchen, für sich und für mich.

»Na so was. Freund«, sagte ich und klopfte der großen Maschine auf die polierte, glatte Außenhülle. »Und was führt dich her? Wie sieht's mit der Großen Integration aus?«

»Eure Große Integration bleibt böse stecken, wenn ihr nicht aufpasst. Was mich herführt? Die verkackten Sümpfe, aus denen wir Felder machen sollen. Ich brauche Fürsprache bei einigen Agrarämtern. Thalberg muss helfen.«

Der Gemeinte erläuterte das: »Es geht ums Schmale Meer. Da haben sie ihn hinversetzt, auf seinen Antrag. Er klappert im Lauf der nächsten hundert Jahre unsere sämtlichen sechs Ozeane ab.«

Ich hatte davon gehört: Was man damals das Schmale Meer nannte – heute die Yakovlevsee –, lag im Nordwesten des Raums zwischen Alpha Regio und Lada Terra.

Ich fragte nach: »Du bist also bei den Marschen und Sümpfen mit Landwirtschaft befasst?«

»Richtig«, lärmte Rojo, »und die Scheißböden da, die nach den Absichten der Scheißverwelter längst Kornkammern der Hemisphäre sein sollten, sind wirklich reinster Dreck. Karg, podsolisch, schlucken eine Saumenge an Düngemitteln und geben nix dafür her.«

»Überfeuchtetes Gelände«, erklärte Thalberg.

Rojo polterte: »Geh mir weg mit überfeuchtet. Es ist Matsch. Selbst ich mit meinen meterbreiten Raupenketten fange an hilflos zu versinken, wenn ich eine Stunde oder zwei in diesem Sumpf stehe. Sie sagen Nichtschwarzerde dazu. Dürftiger Boden, launisches Klima, beschissene Erträge.«

»Und was macht ihr dagegen?«, wollte ich wissen.

»Wir erhöhen, um mich so auszudrücken, wie ihr Bürokraten das gerne hört, fortwährend das Ackerbauniveau.

Und wir intensivieren die Große Integration: Wir bringen den Menschen bei, wie man mit uns arbeitet, und wenn's die bockigsten Strafgefangenen sind. Von denen kriegen wir jetzt ja immer mehr. Der Rest ist Wissenschaft.«

»Melioration, Irrigation, Umgestaltung der gesamten Struktur der Fluren«, sagte Thalberg, und als Rojo nichts ergänzte, setzte er hinzu: »Hauptsächlich sind es dann ja doch Menschen, die das alles vorantreiben, Hunderte erst, inzwischen Tausende, bald Zehntausende, und nur ein paar dutzend D/. Aber diese D/ sind eben unverzichtbar. Das alles sind gewaltige Investitionen.«

Rojo brummte: »Deshalb komme ich her. Um aus den Investitionen sichtbare Tauschgeschäfte zu machen. Um Partnerschaftsverträge abzuschließen. Wir arbeiten noch defizitär. Wir brauchen mehr Getreide, Kartoffeln, Milch, mehr Nahrung, als wir an Nährwert produzieren. Bis zur Eigenversorgung, ganz zu schweigen vom Export, auf den das alles hinaussoll, ist es noch ein sehr weiter Weg. Aber ich bin zuversichtlich.«

»Wenn sogar der sture Rojo zuversichtlich ist, dann haben wir allen Grund, es auch zu sein«, sagte Thalberg und reichte mir ein kleines Glas, damit wir anstoßen konnten.

Schnaps in der Frühe? Die Meds im Körper würden es schon richten.

Unsere Besprechung dauerte den ganzen Morgen und war in ihren technischen, aber auch, wie Rojo gesagt hätte, bürokratischen Einzelheiten anregend genug, dass mir etwas gelang, das ich mir heftig wünschte, nämlich den Zwischenfall am frühen Morgen vorerst als eine Art Traum zu behandeln, zu dem ich mich erst später irgendwie würde verhalten müssen.

Die kleine Konferenz endete schließlich damit, dass Thalberg eine Reihe von Entwürfen für einschlägige Abkommen zwischen Laukkanen City und den Siedlungen am Schmalen Meer skizzierte, mir das Wesentliche diktierte und mich schließlich damit beauftragte, »erst mal zum Bundbau« zu fahren und dort ein, zwei Klärungstreffen mit unseren juristischen Experten anzusetzen sowie erste Befragungen unseres technischen Stabes durchzuführen.

»Ich zeige währenddessen unserem Freund hier ein bisschen den Binnentrichter. Er war in seinem Leben noch in keinem Wald«, sagte Thalberg.

Ich tat entsetzt: »Er wird ihn kurz und klein hauen, wenn er da so durchpflügt.«

»Wir werden uns an den Waldrand halten«, erwiderte Thalberg.

Umgehend brach ich auf.

In Kuannon ging ich bis in den späten Abend meiner Arbeit nach. Dann nahm ich einen kleinen Schoppen in der Theaterbar ein – ich gebe zu, ich hatte ein wenig auf Shinis Anwesenheit spekuliert, aber sie war nicht da.

Rechtschaffen erledigt kehrte ich in meine Wohnung zurück.

Ich fiel angezogen aufs Bett und holte sofort in tiefster Bewusstlosigkeit nach, was ich meinem Körper in der Nacht zuvor versagt hatte.

Als ich erwachte, fühlte ich mich nicht träge oder verquollen, sondern in ganz unglaublichem Ausmaß wiederhergestellt. Es war der frühe Morgen des 28. April 542, ein Tag, der, wie man weiß, in der Venusgeschichte einer der schwärzesten genannt zu werden verdient.

Für mich begann er glücklich: Shini hatte sich nachts bei meinen Eigenframes gemeldet und war, sichtlich angetrunken, für mich zu lustiger Musik halbnackt in ihrem Schlafzimmer herumgehüpft, verfolgt von bunten, per Toposcode von Hand eingefügten, wild bewegten Lichtern. Zum Abschluss der anregenden Performance hatte sie einen Kuss in die Kamera gehaucht und nach dem Verstummen der Klänge mit gespielter Scheu erklärt: »Ich wollte damit nur andeuten, dass ich langsam nicht mehr warten mag. Ich habe heute Abend mit Absicht nichts vor. Also morgen Abend, 28. April. Solltest du was vorhaben und es nicht für mich absagen, brauchst du dich nie mehr zu melden, außerdem lasse ich dich dann von Askaris töten. Die wissen, wem sie gehorchen müssen.«

Ich lachte, sah auf die Uhr, es war halb sechs – definitiv zu früh, sie aus dem Schlaf zu schrecken, da sie die Nachricht etwa gegen halb zwei ins Écumengitter gespeist hatte, nicht zu früh aber für einen ersten Spaziergang, als Weg zur Arbeit durch die magenstärkende Kälte; genau das Richtige für meine teigigen Wangen.

Ich ließ mich von einem flachen Inertial auf den Straßenlevel tragen.

Dort ging ich bis zur nächstgelegenen Zilie ostwärts, legte mich in den Schaum und ließ mich bis Kuannon treiben.

Keine zwanzig Minuten später war ich im Gebäude, eben rechtzeitig, um eine Notiz von Domenico Thalberg zu empfangen, die mir verriet, dass auch er gleich da sein würde.

Ich hielt mich in der Lobby auf, las Nachrichten und wartete.

Gegen sieben Uhr zehn sah ich durch die große nördliche Glasfront Freund Thalberg allein von einem Inertial steigen.

Er winkte mir, trat ein, wirkte beschäftigt, unterhielt sich offensichtlich per Écumenverbindung mit irgendjemandem.

Im Vestibül ging ich etwa fünfzehn Schritt hinter ihm. Ich blieb auf der Rolltreppe bis zum zweiten Stock in ungefähr demselben Abstand. Als ich dort auf die erste Stufe trat, war Freund Thalberg bereits auf der Zwischenplattform zwischen dem ersten und zweiten Stock. So folgte ich ihm zur Rampe, die zum dritten Stock führt. Als ich den Korridor auf dem dritten Stock erreichte, war ich bis auf zwanzig Schritte hinter ihn zurückgefallen und mit meinen eigenen Frame-Manager-Angelegenheiten beschäftigt.

Ich musste später, den Himmeln sei Dank, nicht bei allen Verhören die Einzelheiten darlegen.

Hier aber kann ich berichten, dass ich mich in jenem Moment daran versuchte, eine kleine Textnachricht als vorläufige Antwort auf Shinis schöne Post zu formulieren. Nicht ganz drei Schritte vor der Biegung zum links gelegenen zweiten Korridor, auf dem sich Thalbergs Büro befand, hörte ich einen Schuss.

Meine Reflexe waren, sagen wir: ordentlich. Ich griff sofort, mehr oder weniger ohne bewusste Entscheidung, nach meiner Waffe, entsicherte sie im selben Handgriff, zog sie aus dem Holster und machte mich bereit zu schießen – auf wen auch immer, so dumm das klingt.

Da hörte ich den zweiten Schuss.

Ich rannte den linken Korridor entlang und sah dort zwei Personen am Boden vor der Tür zu Freundin Scherers Empfangszimmer liegen. Sie lagen etwa einen drei viertel Meter weit auseinander. Neben ihnen lag eine moderne Handfeuerwaffe, kein Sammlerstück wie meine eigene. Ich sah den Toposcoder Rajid Kobeck zu den beiden am Boden liegenden Menschen gehen. Im selben Moment kamen aus mehreren Türen weitere Leute hinzugelaufen. Es gab ein Geschrei und Durcheinander. Ich habe mir viel später meine eigenen Befragungsprotokolle überspielen lassen. Als ich diese Protokolle las, begriff ich beschämt: Ich muss ein ziemlich dissolutes Bild abgegeben haben, anfangs unfähig, direkte Antworten auf einfachste Fragen zu geben. Ich hatte als Freund und Leibwächter unbestreitbar versagt, meine sieben Patronen nicht abgefeuert. Nicht eine.

Dass einer der Männer, die ich da liegen sah, nämlich der, der mit zerschossenem Schädel in einer verschmierten Lache seines eigenen Blutes lag, der Freund, nein: mein Freund Domenico Thalberg war, erkannte ich sofort, ohne es zu verstehen.

Kobeck hatte mehr gesehen: Der andere war der Angreifer, dem die Waffe entglitten und der bewusstlos neben Thalberg zu Boden gerutscht war. Das lag daran, dass Kobeck ihm ein Buch an den Kopf geworfen hatte – bizarrerweise eins von Maren Laukkanens Werken, von denen es damals wieder zunehmend Hardcopy-Ausgaben gab (allerdings kein politisches, sondern eine Abhandlung über Topoi).

Kobecks Aussage zufolge soll der Mann, nachdem er zweimal auf Thalberg geschossen hatte – schon der erste Schuss, direkt in den Nacken, war laut der forensischen Untersuchung tödlich gewesen –, den Lauf seiner Waffe auf sich gerichtet und wohl die Absicht gehabt haben, sich an Ort und Stelle selbst zu erschießen.

Da traf ihn das Buch.

Er verlor seine Pistole, stürzte und rutschte neben sein Opfer. Kobeck ging nun neben dem Mann, der sich noch regte, in die Knie, beugte sich über ihn, schrie etwas und schlug dem halb seitlich, halb auf dem Rücken Liegenden zweimal ins Gesicht.

Kobeck berichtete bei seinen Verhören, in deren Protokolle ich später ebenfalls Einsicht nahm, ich sei teilnahmslos, nein: wie gelähmt dabeigestanden.

Ich halte diese Schilderung für wahrscheinlich. Es war mir, wenn ich mich an meinen damaligen Zustand zu erinnern versuche, wohl so, als wäre ich abgestürzt wie ein Vogel, in einen dieser Abgründe aus Schneewind.

Nach der Katastrophe saß ich zunächst in irgendwelchen Zimmern und antwortete mehr tot als wach auf Fragen.

Der Mord geschah morgens. Man entließ mich erst abends

um sieben, gemessen nach dieser verdammten, von der Erde übernommenen, innerhalb der Trichter nach Tag- und Nachtlichtverhältnissen bestimmten Zeitbuchführung, die wir pflegten.

Ich wankte aus einer endlosen Reihe von Räumen, in denen man mir Fragen gestellt hatte, auf die ich keine Antworten weiß, bis heute.

Ich war hungrig, als ich freikam. Eine CC-Frau hatte mir zwischendurch ein Sandwich gegeben. Dehydriert war ich nicht, denn bei all den Befragungen hatte man mir immer wieder Wasser gereicht. Als ich aus dem Nebengebäude im Bundviertel trat, in dem ich fast den ganzen Tag verbracht hatte – das Haus war eher unscheinbar, nicht von Medienleuten umringt, auch nicht von D/, der Polizei oder Askaris, wie der Hauptbau –, trat Shini vor mich hin, als hätte sie den ganzen Tag auf mich gewartet, in einem roten Mantel mit Pelzkragen, stumm, mit verweinten Augen und verschmiertem Make-up.

Ich war zu leer für Dankbarkeit. Ich hatte ihr nicht mehr anzubieten als mein erleichtertes Erkennen und ließ mich schweigend und erschöpft in die Arme nehmen.

Wir taten, was an diesem Tag Millionen getan haben, überall auf Venus: Wir weinten um unseren politischen Aufbruch, der jetzt am Ende war, um Maren Laukkanens Traum.

Das ging ein paar Minuten. Mich durchliefen Zuckungen, Krämpfe.

Es war eine körperliche Reaktion, die ich mir zu lange versagt hatte, im Versuch, mich gegen das Erlebte und mehr noch: gegen das, was es bedeutete, unempfindlich zu machen. Als das Beben fertig war, küssten wir uns das erste Mal, sehr vorsichtig, zurückhaltend, ja keusch.

Sie strich mir eine lange, vom Schnee feuchte Locke aus dem Gesicht.

Dann sah sie mich mit ihren unglaublichen braunen Augen direkt an und sagte: »Ich will heute nicht alleine sein. Darf ich mitkommen? Zu dir?«

Ich sah ein, dass wir es nicht mehr nötig hatten, die kleinen Choreographien von Lockung und Sichentziehen weiterzutanzen. Ich legte den Arm um sie, sie legte ihren um mich. Wir gingen langsam, erschöpft, auf dem Gehweg zum nächsten Inertialdock.

Sie sagte: »What a terrible mess«, weil sie ihr Englisch, wie ich noch lernen sollte, so lieb hatte wie mein Vater sein Deutsch. Nicht einen Augenblick lang fiel mir ein, danach zu fragen, wie sie hatte wissen können, wo sie auf mich warten, mich abholen konnte.

Am allerwenigsten hätte ich erraten können, dass die Begegnung das war, was ich zwischen uns seit Wochen hatte herbeiführen wollen – ein Zufall, der sich in diesem Fall daraus ergab, dass ihre eigene Vernehmung im selben Haus nur wenige Minuten vor meiner zu Ende gegangen war.

Wie hätte ich das vermuten sollen? Ich wusste ja nicht einmal, wer diese Frau Chabert tatsächlich war und welchen Nachnamen sie hätte tragen müssen, wäre alles mit rechten Dingen zugegangen.

Wir lagen zu Hause auf meinem Bett, Hand in Hand, wie Hänsel und Gretel aus dem alten deutschen Märchen, und verfolgten, weil wir zwar sehr entkräftet, aber zum Einschlafen auch wieder zu entsetzt, zu traurig, zu aufgewühlt waren, in allen Frames, mal gemeinsam – sie zeigte mir, wie man den zeitweiligen Konnex einrichtete, den sie so oft mit Leila geteilt hatte – und mal, etwa im Fall von Anrufen oder beruflichen Verbindungen, jeweils alleine, was sich in dieser sehr langen Nacht abspielte: eine wahre Sturz- und Sturmflut von Ereignissen und Nachrichten.

Aus dem Wust der Fakten, Vermutungen, Sensationsmeldungen und offiziellen Bekanntmachungen schälten sich im Laufe der Zeit mehrere Erzählungen heraus.

Die erste hätte den Titel »Ein irrer Einzeltäter namens Jean-Luc Piccini« verdient – in ihr ging es nur um den Mann, den man gefangen genommen hatte und der geständig war.

Etwa gegen Mitternacht wurde mitgeteilt, er sei auf Befehl des provisorischen Stadtlenkers von Laukkanenstadt, Karnam Bathnagar, inzwischen nach Flintstadt verbracht worden, wo er unter anderem von Leona Christensen persönlich verhört werden sollte.

Die zweite Erzählung handelte von etwas, das anfangs »Eine Gruppe Unzufriedener, teils ehemaliger Techniker von der D-Wartung in Latiaxis Armatus und ihrer Künstlerfreunde in Le Jeu« hieß, später dann einfach »Die Unterwelt von Laukkanenstadt«.

Es ging um Drogenfragen und Halbweltangelegenheiten, unter anderem eine angebliche Affäre des Mörders Piccini mit einer Kostümdesignerin in Assur Selander Dikals Megacampanile-Truppe. Nach Stunden der Auswaschung von abstrusen Einzelheiten und umgekehrt steter Verfestigung von Details, die diesen neuen Erzählgang stabilisierten, nannte man die Kabale, der man da auf der Spur war, schließlich »Der Le-Jeu-Latiaxis-Komplex« oder kürzer »Der Kreis von Le Jeu«.

Menschen wurden verhaftet, darunter jene Kostümfrau, von der es hieß, nicht nur Piccini, sondern auch Domenico Thalberg habe mit ihr eine Affäre gehabt, so dass es sich nun insgesamt um eine Eifersuchtsgeschichte handeln sollte. Der bewusste Täter selbst schien, bevor ihn das Buch des geistesgegenwärtigen Toposcoders am Kopf traf, nach dieser Version ausgerufen zu haben: »Ich habe mich gerächt!«

Das war ein Satz, den ich auf jenem Korridor nicht gehört hatte, was ich der neben mir liegenden Frau auch sagte.

»Ich halte das für Bullshit«, sagte Shini. »Das ist nichts Persönliches gewesen, niemals. Nur dass diese Story mit dem ›Kreis von Le Jeu‹ natürlich genauso wenig aufgeht. Die lassen es ja gerade so aussehen, als ob dieser kleine, dumme Monteur von irgendeiner teuflischen Boheme ferngesteuert wurde. Als würden die Szeneleute sich mit solchen Typen abgeben.«

Die lokale CC-Leitung, verrieten die Frames dann, war von Bathnagar zu etwas ermächtigt worden, das in unserer Geschichte nach dem Bürgerkrieg ohne Präzedenz war: Man hatte den K Assur Selander Dikal mit Sperren belegt, angebracht im gesamten Écumen von Laukkanenstadt – Barrieren, die ihm den Wechsel, also die Flucht, aus seinen Heimatservern in andere Substrate versperrten, inklusive Zugangsverbot für alle Sendeanlagen, von denen er sich andersohin hätte abstrahlen lassen können.

Er stand damit als erster K überhaupt unter zivilem Arrest.

»Sie machen einen D aus ihm. Er ist fixiert«, sagte Shini entsetzt.

Dann unterbrach sie ihre Frames, wartete, bis ich das mit meinen auch getan hatte, drehte sich auf die Seite und sah mich mit einem Gesichtsausdruck größter Sorge an, als sie fragte: »Wie geht das überhaupt? Ich meine, technisch? Wie sperrt man einen K ein, wenn es doch ein K ist und der Witz bei denen ja immer bleibt, dass man sie eigentlich gar nicht lokalisieren kann?«

Ich gab Auskunft, so gut ich konnte: »Ich glaube, das geht so … Irgendwo wird ja immer die jeweils gegenwärtige Aufmerksamkeit der K/ gerechnet. Das ist die Lokalisation, wie bei uns, wenn wir an irgendwas Spezifisches irgendwo, oft gleichzeitig an verschiedenen Stellen unseres Hirns, gerade denken, aber viele andere Hirnregionen dabei jeweils nicht in Anspruch nehmen und viele andere Gedanken akut nicht denken. Also wenn der Hippocampus ...«

Ich drückte mich nicht überwältigend klar aus. Die Biologin sagte: »Ja, klar, das Hirnding kenne ich. Aber hilf mir mal, wie ich das jetzt übertragen soll. Also sperren sie nicht den ganzen K ein, sondern nur seine Selbstreflexion, sein ... Selbst, sein, na ja, Ich?«

»Kann man so sagen, ja. Denn der Rest ist und bleibt ja verteilt – wenn du ins Gefängnis gesteckt würdest, käme ja auch nicht deine Wohnung mit ... oder alle deine Freundschaften oder ... sie werden ihn auffordern, sich analytischer Software aus den CC-Registern zu öffnen. Man wird seine Subroutinen, seine entlegensten halbsentienten Hilfsdenkprozesse durchkämmen. Das kann Stunden dauern – für einen wie ihn also Jahre, Jahrzehnte, Jahrhunderte. Schon das Verhör ist das, was für uns langjährige Haft wäre.«

»Glaubst du, dass er wirklich ...« Die Frage brach ab.

Weil man sonst nichts zu zeigen hatte, da ja der Tatort der Öffentlichkeit unzugänglich gewesen und jetzt erst recht, mit Shinis Wort, »off limits« war und da es von Piccini nur zwei, drei Bilder aus seinen halböffentlichen Frameordnern gab, da aber der ganze Planet andererseits einen verständlichen Heißhunger nach Bildern aus der Stadt hatte, in der sich das Entsetzliche begab, war wohl irgendwann ein Narr oder eine Närrin darauf verfallen, Szenen aus der »Britannicus«-Aufführung zu zeigen, als Illustration der Subversion und Christensenfeindlichkeit, die in dieser Stadt, zumindest in Le Jeu, wo Piccinis ominöser »Kreis« zu Hause war, seit längerem die Ordnung untergrub, wie es hieß.

Bilder sind machtvolle Suggestionsmittel, bewegte Bilder noch stärkere.

Immer wieder sah und hörte man den Schlusssatz der »Britannicus«-Aufführung:

Plût aux Dieux que ce fût le dernier de ses crimes!

Nur dass das Verbrechen eben nicht Neros, nicht Christensens war, sondern das eines Regimegegners.

Oder doch die Tat eines erbittert Eifersüchtigen?

Ich verlor bald den Überblick, zumal sich, als die erste Explosion vorbei war, wieder andere Nachrichten in die laufende Berichterstattung mischten, darunter neue Statistiken über etwas, das man »Die Rückkehr der Krankheiten« nannte – die wohl gefährlichste Entwicklung der letzten Jahre.

Wir Menschen auf Venus waren biotisch verwöhnt, wir lebten in mikrobischer Sicherheit, bakteriell und viral geschützt. Tumore kamen nicht mehr auf, Anämie und Leukämie hatte man mittels Femtotech abgeräumt.

Auf dem Land, vor allem an den Berghängen, aber auch am Schmalen Meer, wo Rojo lebte, und an anderen Gewässern, kehrten seit den späten Dreißigern jedoch die alten Infektionen zurück, und inzwischen traten dort auch wieder Krebssorten auf.

Man nahm allgemein an, es handle sich hier um spät gezündete Schläferwaffen der Verwelter. An etwas dieser Art war ja auch Laukkanen gestorben.

Außer den Verweltern wurde inzwischen überdies Vuletic verdächtigt, im Flüsterton spekulierte man zusätzlich über mögliche Anschläge seitens des Londoner Diktators Samito.

Aus beruflichem Grund verfolgte Shini die einschlägigen Meldungen besonders aufmerksam. Von Massenerkrankungen in Tahmina Planitia und Aino Planitia war nunmehr die Rede – die »Südseuchen« nannte man das jetzt, was da tobte. Das gemeinsame Innenauge-Gesichtsfeld, das Shini für uns eingerichtet hatte, war mir, als neben den Thalberg-Neuigkeiten auch diese Dinge aufschienen, bald von zu vielen Partitionen, zu vielen Seitenleisten und Inserts durchzogen. Es gefiel mir nicht.

Ich war dergleichen Multiwahrnehmung nicht gewohnt, auch wanderte meine Aufmerksamkeit immer wieder nach rechts, wo die Anschlussreiter flackerten, weil Shini zahlreiche Parallelunterhaltungen führte, die meisten aus beruflichen Versiegelungsgründen für mich nicht lesbar. Ich blendete nach und nach einiges schlicht aus.

Wir lagen eng beieinander, küssten uns auch immer wieder. Es geschah dies in einer trägen Erregung, nah an der Erschöpfung; nie erreichten wir dabei den Punkt, an dem wir die virtuellen Fenster hätten schließen und uns einander ganz zuwenden müssen.

In zahlreichen Frames, das soll nicht vergessen sein, gaben die Menschen und D/ und K/, mit denen Domenico Thalberg gearbeitet hatte oder die ihn aus anderen Zusammenhängen, etwa als Förderer von Bibliotheken, der Forschung, des akademischen Lebens, gekannt hatten, ihrem Schmerz und ihrem Entsetzen spontan und erkennbar aufrichtig Ausdruck.

Die obersten Delegierten jedoch, nicht nur Versager wie Hsü oder Singh, sondern auch Bathnagar, von dem ich mehr erwartet hatte, wussten nichts weiter mitzuteilen als die immer gleiche »Abscheu« vor der »feigen Tat«, die natürlich »uns allen«, »dem gesamten Bundwerk« oder »dem, was Laukkanen heilig war, dem, was Christensen heilig ist«, galten. Das waren Äußerungen, von denen »wir alle« wohl vor allem behalten sollten, dass wieder einmal

Laukkanen und Christensen in einem Atemzug genannt zu werden verdienten, in möglichst großer Nähe zu Adjektiven wie »heilig«.

Der Zustand, in dem ich mich allmählich befand, hätte einen paradoxen Namen verdient, etwa »verspanntes Dösen«. So spürte ich schließlich Shinis Atem langsam ruhiger werden, als habe sie einen Weg gefunden, sich mit dem Geschehen zu arrangieren. Der Moment gab mir eine Frage ein, die nicht eben höflich war, nämlich, was denn eigentlich ihre Leila zu alledem sagte, oder, ob sie es war, die uns hier dauernd belästigte, oder etwas ähnlich Unqualifiziertes.

Ich kam jedoch nicht dazu, diesen Blödsinn zu äußern, denn jetzt stellte Aadarshini ihrerseits eine Frage nach etwas, das ich schon wieder halb vergessen hatte, das sie aber offenbar nach wie vor beschäftigte: »Sag's mir also jetzt richtig, wie funktioniert das eigentlich topostechnisch? Wie geht das, diese Gödelfallen und Chaitinfallen? Deine Mutter war doch ...«

»Ach, meine Mutter! Meine ganze Scheißfamilie!«, klagte ich plötzlich wie ein geohrfeigtes Kind. Dann durchzitterte mich minutenlang ein Heulen, das aus tiefster Seele kam und wohl nicht allein mit dem Tod meines Freundes und Lehrers zu tun hatte. Wir rückten enger zusammen, sie schüttelte kurz Kissen auf.

Wir setzten uns gerade hin, dann lehnte ich mich nach vorn, an ihre duftende Brust. Sie schlang die Arme um meinen blöden Kopf und ließ zu, dass ich weitergreinte, meinen Zusammenbruch bis zum Verebben auskostete und am Ende sogar kurz wegdämmerte.

Als ich wieder zu mir kam, sagte ich: »Mein Vater wird wohl ... ich habe Angst davor, dass er herkommt und mir hier ... ich wollte mein eigenes Leben, weißt du. Und mein Bruder ...«

»Dein Bruder?«

Da fasste ich den Mut, ihr alles zu erzählen – in chronologischer Rückwärtsbewegung, angefangen mit dem Besuch des Geflügelten auf meinem Balkon vor einigen Tagen, zurück bis in die frühen Dunkelheiten meines Lebens, in fetzenweiser Erinnerung.

Sie strich mir hin und wieder übers Haar. Ich sank dabei ohne Absichten bis zu ihrem Bauchnabel hinab und kauerte so, als wollte ich mich vor jemandem oder etwas verstecken. Als die Beichte abgelegt war, schwieg ich einen Moment in Verblüffung: So schwer war es gar nicht gewesen, all die Dinge auszusprechen, die ich jahrelang sogar vor mir selbst geheim zu halten versucht hatte.

Der dümmste, dennoch wahre Einfall dieser langen Nacht ließ sich in diesem Augenblick nicht unterdrücken: Der Mord, fand ich plötzlich, hatte auch gute Folgen, er brachte Aadarshini und mich zusammen und half mir, mich dem zu stellen, was ich hatte wegschieben wollen. Ich rutschte an Aadarshini hoch und küsste sie lange. Wir rangen miteinander, mal lag ich unter ihr, mal auf ihr, dann entwischte sie mir, stellte sich neben das Bett, auf dem ich auf allen vieren hockte wie ein dummer Hund, stemmte die Hände in die Hüften und sagte: »Du schuldest mir übrigens eine Erklärung.«

»Ach ja?«, ich ließ die Gegenfrage so dreist klingen, wie ich konnte.

»Ja. Oder hältst du mich für zu blöd, das zu kapieren, und meinst, du kannst mich mit deinen Intimbekenntnissen abspeisen?«

»Ach, die Gödelfallen? Die Chaitinfallen?«

Ich gab mir Mühe, wieder sachlich zu klingen.

Sie nickte und wandte sich um: »Ich geh uns nur eben was zu essen und zu trinken holen – kleiner Fünf-Uhr-morgens-Imbiss. Deine Küche funktioniert? Keine rustikalen Selbermachereien mit persönlich gejagten Tieren und auf dem Dach angebautem Gemüse?«

»Ich habe das, was alle haben«, sagte ich.

Nach kurzer Zeit kam sie mit Speisen und Getränken zurück.

Ich biss in eine Melonenscheibe, nahm mir etwas Käse auf warmem Brot, das frisch aus dem Back-D kam, mit dem Shini offenbar, ohne meine Voreinstellungen zu kennen, in Minutenschnelle zurechtgekommen war, und sagte dann: »Es ist gar nix Geheimnisvolles. Gödelfallen sind Programme, die sozusagen … Schwindelanfälle verursachen, bei K/ oder D/, und Chaitinfallen sind noch schlimmer, das ist dann wie echte Übelkeit.«

»Okay, aber wie machen sie das?«

»Soweit ich es selbst überhaupt verstehe, ist das Bewusstsein, die augenblickliche Aufmerksamkeit, nicht nur eine Frage der Anerkenntnis eines … hellen Zentrums als ein ›Ich‹, also ein Wissen, dass man es selber ist, was da denkt. Sondern … die Sache hängt vor allem von etwas ab, was diese Gedanken betrifft und was man … na ja … Bedeutung nennen könnte. Und diese … Bedeutung ist dann zusammengesetzt aus einerseits dem Gegenstand, den ich da beachte, bedenke, und andererseits dieser Beachtung selber, und drittens mir. Jedes derartige Bedeutungsmolekül – eine Sache, ein Ich, eine Beziehung der beiden – hat seinen Wert, seine Wirklichkeit in drei Verkettungen oder Verknüpfungen. Erstens der temporal-kausalen, das heißt, ein Moment ergibt den nächsten, zweitens der inferentiellen, ein Gedanke ruft den nächsten hervor, und drittens der statistisch-selektionalen, das heißt, eine Art Parallelweltenreihe existiert, ein … Arrangement von Welten, in denen ich auch andere Gedanken denken könnte, in denen ich ein anderer wäre oder mich anderen Gegenständen zuwenden könnte. Also die x-Achse, das sind die Ursache-Wirkung-

Sachen, die y-Achse, das sind die Voraussetzung-Folgerung-Sachen, und die z-Achse, das sind die Dies-und-nicht-das-andere-Sachen. Und auf allen drei Achsen gibt es nun diese Fallen, die der ganzen Funktion ›Bedeutung‹ gefährlich werden können, der Entwicklung – den Schritten von einem Abschnitt auf der Achse zum nächsten. Der Stetigkeit. Der Identität-über-Zeit. Bei der Gödelfalle sieht das so aus, dass plötzlich lauter Widersprüche und Unvollständigkeiten das K-Bewusstsein einkreisen: Denkst du wirklich dies oder nicht doch was anderes? Verunsicherungen, die wachsen, je näher man an den gesperrten Punkt kommt ...«

»Zum Beispiel an einen Kontrollfilter vor einer Sendeanlage.«

»Genau. Das ist der äußerste Gürtel des Hausarrests, unter dem Dikal jetzt steht. Eine Chaitinfalle ist noch schlimmer: Die überschwemmt das Denken mit mathematisch irreduziblen Informationen auf allen drei Achsen ... das heißt, sie gibt dem Denken das Gefühl, alles sei Zufall, beliebig, nicht notwendig oder gar nicht gegeben – alle Gründe und Ursachen seien gleichwertig, alle Alternativen unentscheidbar. Besonders mutige K/, die sich von so etwas nicht abschrecken lassen, sind schon recht tief in diese Strukturen vorgedrungen – so tief, dass sie sich dann vollständig aufgelöst haben. Dass sie ... gestorben sind. Das ist damals bei der Belagerung passiert, drüben in Flintstadt, als die Server umzingelt waren von den Verweltern.«

»Ich kenne die Geschichte. Gruslig. Und diese, wie heißt es immer, Garben?«

Das war nun eine Frage nach dem Toposcoding selbst, eine Frage, die den Bereich verließ, in dem ich mich leidlich kundig fühlen durfte.

Ich sagte: »Ja, das sind also die ... ich kenne mich nicht genau mit der Mathematik dahinter aus, aber wir haben die

ja alle, diese Garben, bei uns ist das ein auf den Écumenplättchen gespeicherter Komplex von Filtern, mit denen wir uns in unseren toposcodierten Sachen zurechtfinden können. In dem Teil unseres Bewusstseins, der schon ...«
»Maschinenlesbar ist.«
»So ungefähr, ja. Und bei den K/ ... die Garben sind irgendwie deren ... wie Meridiane, wie Grundlinien, aber als Räume. Es sind so Räume, in denen sich die Intuitionen oder Ahnungen oder ... die Vorformen von Bewusstsein ausbreiten, bei den K/. Etwas wie die Fühler des Bewusstseins oder die Härchen auf der Haut ihrer Seele. Mit denen sie dann spüren, was sie denken werden ... Das heißt, es sind Räume, zu denen jeweils noch eine Sorte Abbildung gehört, ein lokaler Homöomorphismus, bei dem zwischen zwei topologischen Räumen so gewechselt wird, dass sowohl diese Abbildung wie die Umkehrabbildung stetig sind, also sowohl die Funktion f selbst wie die Umkehrung f hoch -1 und noch irgendwelche Bedingungen ... also, diese Garben sind bei den K/ das, was sich zuallererst verstrickt in den Fallen – den Gödelfallen, den Chaitinfallen. Ich weiß nicht, ich benutze meine ja ... ich rufe meine Garben ja einfach auf, wenn ich mal saubermache in den Topoi, da öffnen sich dann anschaulich solche dreidimensionalen Primitivbildchen in meinem Innenauge ... aber wie das für K/ wäre, wenn ...«
»Ja. Ich mach das auch. Aber wie man ... also, man kann es sich kaum vorstellen.«
Wir schwiegen zusammen, um das Beredete zu verarbeiten.
Liebten wir einander schon?
Wir schmusten, wir schnäbelten, wir versprachen einander ohne Worte, dass viel mit uns geschehen musste.
Ja: Wir liebten einander schon.
In dieser Nacht aber schlief Shini nicht mit mir.

Wir wussten beide, als sie am nächsten Morgen aufbrach, dass sie wiederkommen würde – oder ich ihr folgen konnte, wohin auch immer.

Drei oder vier Tage lang ging danach alles seinen leidlich geregelten, wenn auch wie betäubten Gang: weitere Befragungen, Notsitzungen, verschämt angeordnete Suspendierung von Projekten. Man wollte Thalbergs Leute kaltstellen, bis geklärt war, ob sie sich irgendwelcher Vergehen schuldig gemacht hatten oder irgendwie ins Geschehen verstrickt waren. Daraus folgten vor allem Übergaben von Material an Dritte – Material, mit dem ich mich nicht weiter beschäftigen sollte.

Bathnagar sprach nie mehr unter vier Augen mit mir, ließ mich aber eine Woche nach dem Mord mit zwei anderen Engstvertrauten des Ermordeten zu sich kommen – eine vierte, Sara Dupier, war in Stadtangelegenheiten in Ionad und kehrte fürs Erste nicht zurück.

Im Tonfall bekümmerten Wohlwollens eröffnete er uns: »Wir müssen eine Komplettrevision anstrengen. Alle von Thalberg geleiteten Amtsvorgänge sind sozusagen eingefroren, werden an neue Leute weitergereicht und erst dann wieder bearbeitet. Euch ist hoffentlich klar, dass das kein Misstrauensvotum bedeutet.«

Ich fand das, wie vieles, was Bathnagar in diesen Tagen von sich gab, mindestens leicht geschmacklos – ich weiß nicht, was die anderen sich dabei dachten, aber ich meine doch gespürt zu haben, dass wir alle drei froh waren, als man uns entließ, im mittelbaren wie, wenig später, im buchstäblichen Sinn: Ich erhielt bald darauf via Écumen einen Bescheid, wonach ich von meinen Aufgaben in der ehemaligen Einheit Thalberg dauerhaft entbunden war. Für ein halbes Jahr gewährte mir der Bund nun »freie Unterstützung«.

Das war eine Zeitspanne, in der ich mich »neu orientieren« sollte, mit anderen Worten: mir einen neuen Job suchen. Eigentlich, dachte ich, war ich bislang mit einem blauen Auge davongekommen: Hätte irgendjemand außer mir selbst mich als Domenico Thalbergs Leibwächter gesehen, wäre ich sicher nicht dafür belohnt worden, dass und wie ich diese Arbeit getan hatte. Beerdigt wurde Thalberg sechs Tage nach dem Mord.

Die Zeremonie fand auf der Wiese vor seinem Anwesen in Chang West statt.

Fast hundert Inertiale, gestaffelt nach oben wie bei einem Amphitheater, umringten die Grabstätte.

Christensen sprach.

Man kann nachlesen, was sie sagte. Es war nicht ungeschickt, aber für mein Empfinden zu kalt. Ihr blauweiß kariertes Holzfällerhemd schien mir noch abgeschmackter als Bathnagars anschließende Worte. Mein Vater war da. Auch er redete, zitierte den Dichter Auden, den Dichter Majakowski und den Dichter Brecht – eine Zurschaustellung von Belesenheit.

Auf Bathnagars Keilblattsegler standen seine Tochter, seine Frau, deren Schwester – und Aadarshini, die ich an diesem Ort das erste Mal seit der Nacht der allgemeinen Aufregung leiblich wiedersah. Wir hatten einander täglich kleine Episteln gesandt.

Sie legte eine Blume auf den Sarg, eine langstielige Rose. Mein Innenauge erkannte die seltene Blume mit Archivzugriff als altirdische Züchtung, aprikosen- oder pfirsichfarben, es hieß da, sie dufte nach Ananas und Hyazinthe und heiße »Desprez à Fleur Jaunes«.

Meine Freundin – so wollte sie nun genannt sein, sie hatte mir das selbst in einer Botschaft befohlen – war die dritte Zivilperson am Grab, nach zweien, die ich nicht kannte und die sich den fünfzehn zuerst vor den Toten tretenden hohen Delegierten, allen voran Christensen, anschlossen.

Es kam mir ungewöhnlich vor, dass selbst Bathnagars Tochter, die in den lokalen Klatschframes eine Dauerpräsenz geworden war, sich nicht zum offenen Grab begab, wohl aber meine Freundin.

Ich nahm mir vor, sie danach bald zu fragen.

Wir sangen, viele weinten. Ich auch.

Ich dachte: Der Sarg ist gar nicht so groß, wieso ist er denn so klein? Ich hatte den Mann viel größer in Erinnerung. Es war eine irritierende Täuschung, die mir, hätte ich klar denken können, viel über mich verraten hätte.

Es sprachen keine Blutsverwandten.

Später hörte und sah ich in einigen Frames, warum das so war: Eltern hatte er keine mehr gehabt, wohl aber allerlei uneheliche Nachkommen, wie man raunte, viele davon sogar mit höherem Bundvolk gezeugt.

Er war hundertsieben Jahre alt gewesen.

Nachdem man Thalbergs Sarg in die Erde gesenkt hatte, brachten zwei D/, Rojo und einer, den ich nicht kannte, ein Monument von fast vier Metern Höhe und etwa drei Metern Breite zum Grabplatz.

Darauf war ein Profil des Toten im Basrelief angebracht, stählern und streng – das erste der vielen Denk- und Mahnmäler, die man ihm errichten sollte und die er sämtlich verachtet oder zum Lachen gefunden hätte.

Ich blieb, als die meisten zu ihren Besprechungen und gesellschaftlichen Verpflichtungen entschwebten, vor diesem Mahnmal stehen, mit Rojo.

Der zweite D war schon fort. Ich unterhielt mich schweigend, also, wie wir damals sagten, sotto voce, nämlich per Textmitteilung, mit dem alten Freund:

»Du fliegst zurück zu deinen Sümpfen?«

»Gleich morgen. Sosehr ich inzwischen Politiker bin – was hier gerade an Politik passiert, ist nichts für mich.«

»Glaubst du, dass es Folgen geben wird, die man bis zu euch draußen spürt?«

Er ließ ein grimmiges Quietschen von Gelenken und Kugellagern hören, dann schrieb er: »Wir werden mehr Strafgefangene kriegen, wirst sehen. Sie können ja nicht alle erschießen, die sie jetzt verhaften.«

Von den Verhaftungen hatte ich gehört.

Der »Kreis von Le Jeu« war wohl viel größer, als sein putziger Name vermuten ließ, und erstreckte sich vor allem nicht nur auf Le Jeu und Latiaxis Armatus. Er ließ sich nicht einmal nur in Laukkanenstadt ausmachen, sondern war, wie die Verhaftungen in Behrens und Ionad zeigten, offenbar in vielen Städten aktiv gewesen.

»Dann hoffe ich, dass wir uns unter günstigen Auspizien wiedersehen«, schrieb ich, und Rojo erwiderte: »Freund, hoff lieber nichts. Mach es wie ich: arbeite.«

Ich flog nach Hause, sobald die Zilie frei war.

Ich war nicht überrascht, in meinem Apartment meinen Vater auf dem bequemsten Sessel vor der Panoramascheibe vorzufinden. Wir verriegelten unsere Wohnungen damals nicht, es war eine Form von Arroganz der gerade aufkommenden allgemeinen Angst gegenüber, die wir bald aufgeben sollten. Ich fühlte mich vom Eindringen Arthur Helanders in meine privaten Räume nicht ärger beleidigt, als er sich wohl fühlen musste, weil ich ihn seit vorgestern früh, da er sein Kommen erstmals angekündigt und um ein persönliches Gespräch gebeten hatte, von halbsentienten Terminmanagern hatte vertrösten lassen – auf vage Zeiten und Orte wie »bei einem Abendessen vielleicht, aber das müssen wir nach der Beisetzung ausmachen«.

Es war ein eigenartiges Bild, das der Mann abgab, den

ich, wie ich mir eingestehen musste, kaum noch kannte – ein melancholisches Bild: Draußen tanzte Schnee in großen Flocken, innen sah ich im Gesicht meines Vaters zum ersten Mal Spuren von Alter.

Er erinnerte mich an einen Boxer, der seinen schwersten Kampf so gerade eben noch gewonnen hatte, aber nicht, weil er stärker ausgeteilt, sondern weil er geduldiger eingesteckt hatte.

Ich sagte: »Du siehst nicht gut aus. Das heißt würdig genug für dein offizielles Geschäft hier schon, aber ... nicht gut.«

Er lachte: »Ja, ich muss meine Würde langsam auffressen, Junge. Ich wollte mich betten auf diese Würde. Ich wollte die Weltliteratur noch mal lesen, und mehr – wir haben ja endlich auch hier gute Schriftstellerinnen und Schriftsteller, ich werde dir mal ein paar empfehlen. Aber bevor ich mich denen zuwenden konnte, wollte ich nachsehen, was Cervantes, Shakespeare, Dostojewski zu sagen haben. Ich wollte Ehrenpräsident von drei Dutzend Akademien werden und vielleicht noch den Schabernack abstellen, den sie in den Theatern und den Studios treiben. Mit väterlichen Ratschlägen. Die Kunst verbessern, als *pater familias*. Das war die Idee. Und jetzt? Jetzt muss ich noch mal Kurs auf ein Amt nehmen, und ich fürchte, es wird nicht so glimpflich an mir vorbeigehen wie am alten Stechlin bei Fontane.«

Ich kannte das Buch und sagte reserviert: »Ich bin kein Woldemar. Ich bringe dir kein spätes Glück und werde nicht bald heiraten.«

»Aber eine Freundin hast du. Und die unpassendste, die du hast finden können. Doch, du bleibst dir treu«, murmelte er und starrte mit wässrigem Blick eine Weile ins Testbild der Natur zwischen den Riesenbauten draußen.

Ich wollte ihm nicht dabei helfen, Konversation zu machen, und fragte nicht nach, wie er's gemeint hatte.

Das Müde, Abgelebte verschwand aus seinem Blick.

Er wandte mir das Gesicht zu und schwenkte das Glas – er hatte sich, wie ich an der Flasche auf dem Tisch sah, bei meinem besten Whisky bedient. Dann fixierte er mich mit dem Blick des Forschers und sagte: »Lily hat den Idioten nach Flint zurückbefohlen. Er ist überfordert. Ich soll die Scheiße richten.«

»Bathnagar«, sagte ich und dachte: ›Die Scheiße‹, so einen Ausdruck kannte ich aus dem Mund meines Vaters nicht.

War das schon der Geist seines Vorgängers Thalberg, der da aus ihm sprach?

Mein Vater schnaubte, tat einen viel zu tiefen Schluck, sah aber nicht beschwipst aus, sondern auf der Höhe, als er kühl und mit Autorität fortfuhr: »Weißt du, was der Affe überall rumerzählt? Bathnagar? Womit er sogar Lily belästigt, die es sich eigentlich gar nicht leisten kann, von Flint City weg zu sein, weil dort gerade erst ein Ring von Samitos Leuten aufgeflogen ist? Diese Typen ... diese Figuren, die für Samito arbeiten ... sind substantieller als dieser Kindergarten in Le Jeu, so viel kann ich dir sagen. Ja, schau nicht so beleidigt, setz dich hin, pfeif dir den andern Stuhl ran, oder hock dich aufs Bett, ist mir gleich. Alle Himmel, auch ich hab meine Zweifel, ob das nun alles hinhaut mit dem Herrn Pintscher oder Pitschnitschi, oder wie er heißt, und seiner Kabale. Aber es gibt zerstörerische Zirkel, es gibt wirkliche Umtriebe, Diversion, Sabotage. Lily muss sich drum kümmern, sonst will und kann das keiner.«

Ich hakte nach: »Also was wolltest du enthüllen? Über Bathnagar?«

»Ah, richtig, der Liebling des Bundes. Verdammter Streber. Was macht er? Schickt mir, schickt Singh, schickt Lily, um Himmels willen, Lily! – Kopien dieser, wie heißt das? Petitionen und Beschwerden.«

»Die hat er dann wohl geerbt.«

Ich kannte das Zeug, hatte selbst viel davon bearbeitet. Bei Thalberg und nun wohl auch bei Bathnagar waren pro Tag rund tausend solcher Hilferufe eingegangen – unmöglich, sie mit einem einzelnen Menschenkopf auch nur nach Wichtigkeit zu sortieren: Hier hatte jemand neue Ideen für Nachhaltigkeit bei der Herstellung von Schwarzem Eis, dort fühlte sich einer falsch repräsentiert von den Delegierten, da hatte jemand eine Denunziation wegen vermeintlichem Vuleticismus vorzubringen ...

Mein Vater krächzte: »Unfassbar! Es ist ihnen zu kühl, sie fragen, ob man nicht bald wieder auf Sommer schalten kann! Schalten – als ob es einen Knopf gäbe!«

Ich schwieg und zog die Stirne kraus.

»Ja, da kommst du ins Grübeln, mein Junge. Aber gegrübelt wird nicht. Philosophie machen wir später, wenn die Vuleticisten weg sind, wenn die Neukörper aufhören zu spinnen, wenn die D/ ihr Fortpflanzungschaos in den Griff gekriegt haben und die K/ lernen, mit uns anderen nicht mehr zu reden, als hätten sie schon zum letzten Kapitel des Buches vorgeblättert, in dem wir alle herumkrabbeln. Und wenn wir Samito überleben. Es wird Krieg geben, und nur eine Losung ist möglich: Venus siegt!«

Es war das erste Mal, dass ich die Wendung hörte; sie stammte, wie man später erfuhr, von Christensen persönlich.

Ich sagte: »Du wirst also Stadtlenker von Laukkanen City, und Bathnagar muss wieder ins Körbchen, und du sitzt hier, um damit anzugeben.«

Ich sagte das mit falscher Liebenswürdigkeit, um ihn zu verletzen.

Er erwiderte: »Ich weiß, dass das weh tut, Nick. Ich weiß das.«

Er seufzte und sagte: »Ich weiß das alles, und ich weiß sogar, warum du die Hütte nicht haben wolltest.«

Das war ein Tiefschlag. Domenico Thalberg hatte, wie ich erst seit sieben Stunden wusste, mir das Haus in Chang West vermachen wollen. Ich hatte abgelehnt, weil ich von dieser Ehrung überwältigt war, weil mich das niederdrückte.

Ich rief: »Ich werde zu den Sümpfen gehen. Ans Schmale Meer. Ich werde zu Rojo gehen, einem D, den ich kenne, und mich nützlich machen. Ich brauche kein Haus hier, ich brauche dich nicht und eure Ränkespiele auch nicht.«

Er lächelte, schüttelte den Kopf.

»Schluss mit dem Unsinn. Du nimmst die Hütte und bleibst hier. Glaubst du, sie warten ausgerechnet auf einen eitlen Grünschnabel, die D / am Schmalen Meer? Hier kannst du mir wenigstens helfen, den Leuten beizubiegen, dass sie mit Domenico noch viel zu gut bedient waren. Man muss hier ausmisten. Man muss hier aufräumen, und wir werden das zusammen tun.«

Ich sprang auf wie zum Duell gefordert, stand kerzengerade da und rief: »Das kannst du dir aus dem Kopf schlagen! Wenn du mich nicht gehen lassen willst, musst du mich einsperren, das kann ich dir schriftlich geben!«

Auch er stand auf, erstaunlich flink – ich unterschätzte ihn wohl immer noch –, und rief: »Ha! Na gut, du Wildling.« Es war kein Fluchen, kein Fauchen, eher ein Schnurren, aber sein Blick ließ keinen Zweifel daran, dass er, würde ich mich nicht bald beherrschen, bereit war, mich an Ort und Stelle mit einem Faustschlag niederzustrecken. »Dann lass dir Zeit und komm eben langsamer zu Verstand. Warum nicht? Nutze deinen Urlaub. Überleg dir, ob mein Angebot nicht doch das Beste ist, was einem von Thalbergs Überlebenden passieren kann. Überleg dir das, und sprich es mit deiner Freundin durch, die ja schließlich auch über den persönlichen Verlust hinwegkommen muss. Ihr Schicksal war und bleibt schwer.«

»Ihr Schick... ihr was? Was weißt du denn von Aadarshini?« Ich haspelte, war überrumpelt.

Er hörte auf zu schnurren und zu lächeln, ging an mir vorbei und drehte sich, als er die Tür erreicht hatte, aufreizend langsam um, um mir zu sagen, was ich nicht hören wollte: »Sie hat keinen solchen Vater gehabt wie du. Ihrer hat sie verleugnen lassen, weil sie ihm nicht in den Kram passte. Sicher, er hat für alles gesorgt, was sie sich wünschen konnte. Hat ihr einen anständigen, gewissenhaften, liebevollen Ziehvater bestellt, hat sie in der Welt rumgeschickt, alles organisiert, hat ihr eine glänzende wissenschaftliche Karriere eröffnet, bei der sie sich, das muss man sagen, auch hervorragend bewährt hat. Aber Zeit hatte er keine für sie, nie, auch wenn er's ihr immer versprochen hat, auch wenn er schließlich bereit war, sie bei sich aufzunehmen, sie in seine Stadt zu holen. Und jetzt haben sie ihn erschossen, die Arschlöcher, und deine Aadarshini klammert sich an ihren symbolischen Bruder, seinen Ziehsohn. Dich. Ja, da schiebst du die Unterlippe vor wie ein Achtjähriger – glaubst du, ich kenne das alles nicht? Solltest du dich nicht eher schämen, dass du von der Frau, die du angeblich liebst, nicht einmal weißt, dass ihre Eltern Domenico Thalberg und Lily Christensen heißen?«

III.
Auf der Flucht und bei Hofe

Man kann pausenlos auf den Beinen sein und trotzdem stillstehen.

Man kann im Davonlaufen erstarren.

Beides lernte ich, nachdem mein Vater meine Wohnung verlassen hatte. Ich brach sofort auf, lief davon, so schnell ich konnte, und kam dennoch nicht vom Fleck. Ich zog um die Häuser. Bald fand ich Brücken. Ich ging auf ihnen hin und her. Ich betrat, bestieg, benutzte kein Inertial, tagelang, begab mich zum Essen und Trinken nur in die schlimmsten Löcher, in denen sich sonst ausschließlich Bewohner der Hänge und Tiefebenen aufhielten, die unter D/ lebten. Ich schlief in Absteigen, lag volltrunken auf hartem Betonboden, wälzte mich im Schmutz und wollte es der seit dem Ja so gut wie unbesiegbaren Immunabwehr in meinem Blut mit aller Macht zeigen, sie herausfordern, angreifen – ein oppositioneller Akt, wie ich mir einredete, ein Hohn auf Christensens Losung »Ordentliche medizinische Versorgung für alle!« Denn diese Losung war zwar eingelöst worden, aber zwei Stufen der Gesundheit gab es dennoch: Der Ja wurde vorerst fast exklusiv den Kindern hochrangiger Delegierter gewährt, nun gut, auch einigen Waisen – »zum Vorzeigen, es sieht gut aus«, sagte Shini –, und die Begründung dafür war eine Frechheit: Der Ja sei ein Opfer, das die Eltern brächten, denn »ihnen entgeht«, wie mein Vater predigte, »ein Teil des Schönsten, das Miterleben des Erwachsenwerdens der eigenen Nachkommen nämlich«, und außerdem »bringen sie ihre Kinder sogar in Gefahr, für den Fortschritt, denn viel Erfahrung haben wir ja mit den Spätfolgen auch noch nicht, das Verfahren ist schließlich sehr jung«.

Sehr jung – wie ich: ein Mensch, der gegen Mauern lief, im Schnee herumkroch, sich nicht wusch und manchmal grundlos schrie, auf irgendeiner Brücke.

Ich schrie die Wolken an, die Zeit, die Ordnung des Bundwerks.

Meine Verbindungen waren allesamt gekappt.

Natürlich führte dennoch jeder Kontakt mit dem Schaum – auf Treppen, am Boden, auf Theken – dazu, dass mich Framegitter erkannten, dass sie mich mit ihrem Quatsch bestürmten und betexteten. Dieser, jener, dort drüben noch wer, alle suchten mich – auch Aadarshini. Es war mir gleichgültig. Sollten sie Askaris schicken oder D/ mit Vorladungen.

Die Welt hatte mich beleidigt, ich wollte sie nicht mehr kennen.

Rotäugig, den Kopf voll blindem Lärm, ging und fiel ich durch Träume, wurde von Visionen heimgesucht, vielleicht Erinnerungen: Ich bastelte mit meiner Mutter an einem Abakus, der »Sprache überflüssig machen« sollte, ich rang mit Schlangen, ich prügelte mich mit meinem Vater – das waren, so viel bekam ich am Rande mit, in Wirklichkeit zwei D/ mit Kegelköpfen, die mich aus einer Kneipe warfen – ich sprach mit Von Arc und bettelte sie schlotternd an, die Kinder meines Bruders zu beschützen.

Wir schwammen in Orangensaft, ich dachte: richtig, die langen Nachmittage mit meiner Mutter, und der Stich der Süße im Mund, und die Dummheit eines Kindes, das noch nicht wusste, wie erstaunlich es war, dass auf dem Mars Orangen wuchsen.

Orangensaft, Blut, Blödsinn.

Hitzige Scheinerlebnisse waren das und fröstelnde, schmutzige und reinigende. Einmal, in einer Gasse, lief ich im Halbdunkel gegen einen Menschen, wie ich noch nie einen gesehen hatte. Bleich war sein schmales Gesicht, sehr dünne Kleidung trug der Kerl, aus Armeebeständen, die zu groß war. Sie flatterte um die knochige Gestalt. Deren Haut war am Hals von Schründen und Pockennarben übersät. Ich erschrak und wich zurück.

Der Mann hob eine Flasche Rum in die Höhe und sagte: »Ein Bundmann! Im Dreck! Und mit abgerissenem Schulterstreifen! Freund!« Er spuckte auf den Boden. Es war etwas Dunkles, das da in den Schnee fiel, Blut oder Schleim.

Ich sank gegen die Mauer. Der Garstige rief: »Freund, wir sind Freunde! Ich komme aus dem Untergang! Ich hab's gesehen. Da sterben Kinder. Da essen die Mütter sie auf. Ich komme aus Dsonkwa Regio. Da gehen die Kleinsten an der Krätze und am Blutkrebs kaputt, wo die alten Leute sich die Pusteln ausstechen, wo Hunderttausende verderben, jeden Tag. Auf den Tod! Auf den allmächtigen Tod!«

Er riss die Flasche zum Mund, trank in langen Schlucken, sein Adamsapfel hüpfte grotesk in diesem dünnen Hals. »Hunderttausende! Wer nicht an Pest und Fieber stirbt, der wird erschossen, hurra! Oder der Kopf wird abgehackt – weißt du«, er drängte mir die Flasche auf, ich wehrte mich hilflos, »weißt du, was Sicheln sind? Sicheln sind an Armen von D/! Sicheln schlachten uns! Weißt du das? Meine Frau und meine Tochter. Große Integration! Groß und immer größer! Wer hat die Keime in unser Wasser gesetzt? D/? K/? Der Bund? Wir werden ausgerottet. Auf die Ausrottung! Sie lebe hoch! Christensen, die Ausrottung, Lily, die Ausrottung, hoch! Hoch! Dreimal hoch!«

Es regnete Gestank aus seiner Flasche, mit dem er mir Stirn und Ärmel benetzte.

Er griente. Speichel troff ihm vom Kinn.

Ich sagte: »Halt, bitte ... Ich ... erzähl ... erzähl mir das.«

»Willst es wissen, ja?« Er schien verblüfft, tat einen Schritt zur Seite. Es war, als hätte er bis eben, bis zu dem Moment, da ich ihm Antwort gab, gar nicht recht gewusst, dass er zu jemandem redete, dass da wirklich ein anderer mit ihm zwischen den Containern, unter den Brücken, unter den einander kreuzenden Zilien in großer Höhe stand, in der Tiefe seiner Verlorenheit, seines Entsetzens.

»Willst es ...«, er schniefte, der Satz zerlief ihm im Mund.

Ich sagte, mit festerer Stimme jetzt: »Ja, ich will es wissen. Und andere wollen das auch. Wir sollten es in die Frames stellen! Es müssen viele ... alle hören.«

Er lachte, vorn fehlten zwei Zähne.

»Meine! Meine Geschichte, die ... die passt nicht in eure ... Frames ... Bruder.«

Es war der zweite Ankläger Christensens, der mich Bruder nannte.

Ich beugte mich vornüber und kotzte.

Der schreckliche Mann griff nach mir, hielt mich fest, wollte mir wohl helfen. Ich aber stolperte an ihm vorbei, grabbelte an meiner Hüfte herum, öffnete mein Holster, riss die Waffe heraus.

Zielte auf ihn, schwankte. Er riss die gelben Augen auf, dann schwang er die Flasche nach mir. Dicht vor meiner Brust schlug sie gegen die Wand und zersprang in Scherben, drei große, viele kleine. Er rutschte im Schneematsch, fiel nach hinten, wankte, ich trat ihm gegen den rechten Oberschenkel. Er knickte ein, brach ins Knie. Ich schlug ihm mit dem Waffengriff gegen die Stirn, dass eine Wunde aufplatzte.

Er machte ein Geräusch, das klang wie: »Ohhhg!«

Er kippte zur Seite, blieb liegen.

Ich weiß nicht, ob ich ihn erschlagen habe.

Ich ließ ihn liegen, hastete fort, auf die hellere Straße. Sah mich um. Ein Inertial senkte sich von sehr weit oben herbei, auf die dunkle Gasse zu.

Askaris standen darauf, kerzengerade Wächter. Ich floh woandershin, mich weiter zu belasten, zu strapazieren, zu vergiften, zu misshandeln.

Ich erwachte, ich weiß nicht, wie viel später, hinter einer Kühlhalle für Importe aus den Meeren, zwischen zwei großen, dampfenden Tonnen voll Sud, mit völlig klarem Kopf und schmerzfrei.

Der Ja war also stärker gewesen als mein Selbsthass und seine giftigen Folgen.

Ein D nickte mir, gut abgefederten Kopfes, misstrauisch zu. Er las Müll von der Straße auf und stopfte ihn in einen Kasten, der vorn an seinem Becken angebracht war. Ich nickte zurück. Meine Uniform war zerschlissen, teilweise zerrissen und starrte vor Dreck.

Ich ging zwei Straßen weiter, fand ein herrenloses Inertial und stieg auf. Es war sehr schwierig, das zu tun.

Ich wusste beim besten Willen nicht, was ich mit mir anfangen sollte, aber ich wusste zumindest wieder, was und wo die Welt war. So benutzte ich, weil meine Verbindungen schweigen sollten, Kehlkopf, Zunge, Mund und Stimmbänder, um der kleinen Plattform zu sagen, wohin ich wollte: »Helandermuseum.«

Das hielt ich für einen guten, grimmigen Witz: Die Institution war nach meinem Vater benannt.

Seit zwanzig Jahren stand sie am äußersten Außenrand des Trichters, wo der Fluss vorbeifloss, als zweitäußerster Ring, der jenen äußersten vom Rest Le Jeus trennte und nur über Brücken damit verbunden war.

Das Museum hatte man direkt mit dem Rücken zum den Trichter überwölbenden Schwarzen Eis gebaut. Damals war das Habitat sogar noch kälter gewesen als jetzt – der Fluss stand jahrelang still, man hatte ihn eingefroren, um Energie zu sparen. Nun strömte er.

Ich dachte Unsinn, assoziierte frei: Fluss, Floß, er floss, ich muss mal wieder ans Flossing denken, an meine Zähne.

Mein Floß, mein Inertial, schwebte neben mir, als ich mich auf die Uferpromenade stellte.

Ich winkte ihm, dann scheuchte ich es weg, es sollte verschwinden. Es begriff den Befehl nicht.

Ich hatte mir in der Vergangenheit oft eingeredet, dass diese primitiveren D/ uns verstehen, wenn wir Gesten gebrauchen, wenn wir seufzen oder mit den Schultern zucken. In Wirklichkeit war es jedes Mal die Écumen-Schnittstelle gewesen, was da funktioniert hatte: Was wir dachten, nicht was wir zeigten, verstanden sie, weil es so nah an der Oberfläche der Kommunikation geschah, dieses Denken, dass unsere écumenalen Aktuatoren es automatisch verstärkten, dann in alle Welt versandten und es damit jene D/ aufschnappen ließen, die schließlich danach handelten.

Wenn es aber mit den D/ so stand, wie stand es mit den K/? Der Gedanke war ernüchternd: Wahrscheinlich erlebten sie uns so wie wir die Semisentienten.

Fast hätte ich Von Arc gerufen. Aber als mir der Satz schon auf den Lippen lag, der sie rufen sollte, verließ mich der Mut. So sprach ich denn etwas anderes aus, indem ich mich direkt an das Inertial wandte: »Hau ab. Verschwinde. Ich komm schon zurück in die Stadt!«

Das dumme Ding gehorchte endlich.

Ich wartete und atmete. Ich schämte mich und lächelte. Der Himmel war der Fluss. Ich wartete und sah: Wasser und Luft standen nie still. Meine Hände leuchteten rot und kalt. Sie wollten frieren, als Buße. Denn sie hatten sich von der Wange zurückgezogen, die sie hätten streicheln sollen. So war ich schuldig geworden.

Aadarshini musste sich fragen, was sie denn falsch gemacht hatte. Nun, nichts.

Hinter mir stand das Museum, das meinen Familiennamen trug. Ein großer Bau, gesetzt aus ganz genauen Steinen. Er schien ziegelrot zu leuchten. Ich wandte mich nur einmal danach um. Innen, das wusste ich, brannten schlaue Feuer, einige zu schlau. Manche brannten still, viele lärmend. Einige spiegelten etwas. Andere nichts.

Ich betrachtete wieder den Fluss und sah meine Erlösung kommen.

Sie stand in einem Boot, dick vermummt. Shini lehnte an dessen Bugumfassung und winkte mir. Ich musste lachen, aber ich ging dabei eilends zum Pier, zu den steinernen Treppen, die sie hochkam, ergriff ihre Hände und zog sie die letzten Stufen hoch.

Dann küsste ich sie und wurde geküsst.

Als wir zu Atem kamen, sagte Aadarshini: »Willst du mir jetzt schon wieder weglaufen? Feigling.«

Ich nickte: »Hab's versucht. Wegzulaufen. Aber du bist so schnell.«

»Der Müll-D hat dich bei mir gemeldet. Ich hatte Anfragen rumgeschickt, auch in städtische Frames. Der Rest war leicht, überall Kameras, überall Meldungen und, na ja, kleines Paradox: Weil du deine Verbindungen unterdrückt hast, konnten deine Semisentienten gerade das nicht leisten, was sie normalerweise tun, nämlich an jedem Checkpoint, an jedem Hub, an jeder Node-Stelle auf die Frage, ob es okay ist, wenn dein Vorübergehen gespeichert wird, antworten, das solle sofort gelöscht werden. Du hast eine große, breite, grelle Spur hinterlassen in deinem Schweigen.«

Ich sagte: »Ich hatte nicht gewusst, wer du bist. Wer deine Eltern sind. Das ist so peinlich.«

Sie erwiderte: »Ich hielt's für selbstverständlich, dass du das checkst, und war, weil ich ein dämliches Huhn bin, auch noch beeindruckt von der Gentleman-Nummer. Davon, dass du es nie erwähnt hast. Meine Eltern. Ich meine, jemand in deiner Stellung hätte es doch in zwei Minuten rausgekriegt.«

Ich sagte nichts, es war beschämend.

Sie fragte: »Wer hat's dir erzählt?«

Ich seufzte. »Du musst alles wissen, ja? Auch wenn mir das jetzt wirklich unangenehm ist? Shini ... Wie viele D/ hast du eigentlich verknüpft, dass sie mich suchen? Wie viele Spitzel hattest du?«

»Ein paar hundert nur, wenn du die Wahrheit wissen willst. Die meisten waren träge. Ich habe zum Beispiel in Hotels rumgefragt, gerade in den schlimmsten, und da hab ich's immer erst erfahren, wenn du schon weg warst. Die achten auf Diskretion.«

»Ja, das sind die wahren Diskreten hier, selbst wenn's Menschen sind«, sagte ich.

Sie lachte, hakte sich bei mir unter.

Wir spazierten ein Stück zusammen. Sie drängte mich zu nichts, wiederholte auch ihre Frage nicht, da konnte ich schließlich befreit zugeben: »Mein Vater. Es war mein Vater, der mir's gesteckt hat.«

Sie machte ein unverbindliches Geräusch, es klang wie: Der hat mir noch gefehlt.

Ich dachte: mein Vater, ihr Vater. Verrückt.

Ich hatte viele Fragen: Stand sie in Kontakt mit ihrer Mutter?

Was wollte ihre Mutter von ihr, wie sollte Shini leben?

Nahm sie die Tochter jetzt, da die gesamte D=B=K-Gemeinschaft sich zur Wagenburg zusammenschloss, an die kurze Leine, wie das mein Vater mit mir versucht hatte?

Anstatt all das zu fragen – ich fand, ich besaß das Recht

dazu noch nicht, denn ich hatte mich sehr kindisch verhalten –, stellte ich eine andere, unverfänglichere Frage: »Wie ist denn derzeit die Lage?«

Sie sagte: »Die kann man nur noch in finsteren Witzen erzählen.«

»Dann erzähl mir einen.«

Sie brauchte keine Sekunde der Überlegung, sondern fand sofort den richtigen Tonfall, zwischen Auskunftsbüro und Nachrichtensprecherin: »Arthur Helander hat als erste Amtshandlung angekündigt, die Toiletten im Bundbau herausreißen und als Arbeitsräume neu einrichten zu lassen. Weißt du, wieso?«

Ich spielte mit: »Nein, wieso?«

»In den unteren Stockwerken hocken die Alteingesessenen, die Thalberg nicht beschützen konnten. Die brauchen kein Klo, die haben sowieso die Hosen voll. In den mittleren Geschossen sitzen die Nieten, die Bathnagar eingestellt hat, die fürchten um ihre Jobs. Die brauchen auch kein Klo, denn die kneifen den Arsch zusammen. Und oben sitzt Helander mit seinem Stab, und die fliegen wegen jedem Scheiß nach Flintstadt.«

Das war zu wahr, als dass man hätte drüber lachen können.

Ich fragte: »Was rätst du mir?«

»Du bist auf der Flucht, seit Tagen, nicht?«

Sie fragte das ganz ernst, sah mich an, streichelte mit ihrer kühlen Hand meine kaum viel wärmere Wange. Ich erwiderte: »Kann man so sagen, ja.«

Sie küsste mich auf die Nase, nahm etwas Abstand und erklärte: »Dann bleib doch so. Bleib auf der Flucht. Aber nimm mich mit. Verlass die Stadt – geh nicht nach Flint City, aber irgendwohin, wo du das kommende halbe Jahr nutzen kannst, um dir wirklich zu überlegen, was für dich als Nächstes ansteht.«

»Gut«, sagte ich und war ihr dankbar für den Rat.

»Also, wohin?«, fragte sie.

»Na ja, erst mal nach Hause, mich umziehen, oder?«

Sie lachte – in ihren Kreisen, wo Forschung und Technik die tägliche Atemluft waren, trug man Kleidung, die sich selbst wieder zusammennähte, reinigte und mörderische Touren durch die Unterwelt überstehen konnte, ohne zu verschrabbeln.

»Gut, nach Hause, umziehen«, sagte Shini, »und dann?«

Nicht, dass ich mit meinen spontanen Entschlüssen in den letzten Monaten wirklich eine glückliche Hand bewiesen hätte. Aber einer stand mir doch noch zu, wenn Shini recht hatte. Ich traf ihn jetzt – im Rückblick kann man sagen: so gut wie voraussetzungslos, geradezu freihändig: »Rhinoclavis. Wir gehen meinen Bruder besuchen. Er hat mich eingeladen. Es sei denn, du willst …«

»Passt mir perfekt. War ich noch nie.« Sie hatte bereits ein Inertial gerufen, brachte mich kurzentschlossen heim damit und sagte, als ich abstieg: »Nicht so viel denken, Liebling. Ich sehe, du denkst schon wieder. Hör auf. Du hast was gesagt, jetzt mach es auch. Ich flieg zu mir und packe. Und komme dann wieder hierher. In ein, zwei Stunden, ja?«

Ich lächelte, weil es so schön war, wie sie mir helfen wollte, und sagte: »Perfekt. Ich melde mich nur noch überall ab.«

»Auch bei deinem Vater?«

»Klar. Er wird's eh nicht annehmen können, als richtiges Gespräch. Ich hinterlasse es ihm, ohne genaue Adresse übrigens. Habe ja auch keine mehr, eigentlich.«

»Ein guter Sohn bist du nicht.«

»Zum Glück«, sagte ich und winkte ihr, während sie in die Luft aufstieg.

Die meisten meiner Abmeldungen, auch die bei meinem Vater, erledigte ich schon im Aufzug. Meinen Bruder rief ich an, als ich auf den Flur meiner Wohnung trat, per Stimme, er aber schickte ein Bild von sich auf mein Innenauge, das sagte: »Nick ... Nikolas. Gut, von dir zu hören. Ich war in Sorge. In deiner Stadt geht es jetzt ja schlimmer zu als in meiner, wenn stimmt, was man hört und sieht.«

»Ich werde es bald vergleichen können«, sagte ich, und er verstand sofort – sein Gesicht, an dessen schräge grüne und schwarze Streifen um die strahlend blauen Augen ich mich nie würde gewöhnen können, hellte sich auf: »Du kommst?«

»Wir kommen. Aadarshini und ich. Das ist die Bedingung.«

»Die Tochter von ...«

»Ja.« Ich verriet mit keinem Ton, wie sehr mich ärgerte, dass offensichtlich selbst ein Neukörper in Rhinoclavis mehr über meine Freundin wusste als bis vor kurzem ich selbst. Stattdessen sagte ich: »Sie muss weg hier.«

»Kann ich mir denken.« Die Mimik sah nach Verständnis und Mitgefühl aus, war freilich nicht leicht zu deuten. Ich fragte unumwunden: »Also, geht das?«

»Es geht. Ihr seid willkommen. Ich denke allerdings, dass du ... die Alarmstimmung, in der ich dich besucht habe, hat sich ein wenig gelegt. Die Repression war ... bis vor kurzem ... sogar im Rückgang begriffen.«

Ich fand das naiv, überging es aber.

Vielleicht war ihm wirklich nicht klar, nach welcher strategischen Regel Christensen seit dem Bürgerkrieg verfuhr: Wer weit springen will, muss Anlauf nehmen, das sieht immer nach Rückzug aus.

Frédéric sagte: »Der Bund hat jetzt andere Sorgen als uns Neukörper, nicht wahr?«

»Lass uns über all das reden, wenn wir dort sind«, sagte

ich. Wir verabschiedeten uns erheblich freundlicher voneinander als beim letzten Mal.

Ich ging duschen, erst eiskalt, um die süße Undeutlichkeit aus meinen Sinnen zu waschen, die mir seit Shinis Abschiedskuss von gerade eben nachhing, dann heiß, bis an der Grenze zur Verbrühung, um meinen Kreislauf auf Touren zu bringen.

Schnell suchte ich genug Kleidung für meine zwei Koffer zusammen und griff in meinen Regalen nicht mehr als fünf Bücher, neue und Klassiker, die ich in transport- und handhabungsaufwendigen Papierausgaben mitnehmen wollte.

Ich wüsste heute gern, welche das waren – ich brachte sie nie mehr von Rhinoclavis zurück. Die Titel würden mir wohl etwas darüber sagen, wer ich damals war, oder genauer und wahrhaftiger: wer ich damals sein wollte.

Als die Bände ausgesucht waren, schlug ich sie in Reispapier ein, verschnürte sie in Karton und packte sie in einen halbsentienten Koffer, dessen Geschwätz darüber, dass man doch auch noch ein Paar Hemden und Socken dazutun könnte, mir rasch auf die Nerven ging. Ich befahl ihm zu schweigen und sah, dass seit Shinis Aufbruch zu ihrem eigenen Quartier, das ich nie gesehen hatte – wo wohnte sie überhaupt? –, nicht einmal eine halbe Stunde vergangen war.

Widerstrebend erkannte ich, dass es noch etwas gab, das ich tun musste, bevor ich aufbrechen durfte. Es zu vermeiden, war wohl der ganze Sinn der Geschäftigkeit der letzten Minuten gewesen. Es half nichts.

Ich stellte mich so gerade hin, wie ich es zustande brachte, und sagte die Zauberworte mit belegter Stimme: »Komm mal wieder runter.«

Statt direkt vor meiner Nase aus dem Nichts ins Wohnzimmer zu blitzen, winkte mir das Mädchen aus der Deckung: Die junge Frau, die sich Von Arc nannte, erschien hinter meiner mageren, schlecht versorgten, an den Spitzen der langen grünen Blätter schon bräunlichen Zimmerpalme.

Sie war dieselbe vierzehn- oder fünfzehnjährige Person, trug dieselbe seltsame hautenge Kluft, die ich vom ersten Mal her kannte, aber die Stimme hatte sich verändert. Sie passte jetzt zur suggerierten Weiblichkeit – wenn auch einer älteren, reiferen als der, die ich sah: »Schau mich nicht so an. Ich habe deinen Auftrag erledigt. Ich habe das Ding angeschaut und mir gemerkt. Ich hätte mich gemeldet. Aber auch für uns K/ ist im Moment ... viel los.«

»Das Ding? Welches Ding?«

»Ich habe getan, worum du mich gebeten hast. Den Befehl habe ich gefunden, gelesen, memoriert – den Befehl, ausgefertigt von Hsü, formuliert von deinem Vater, unterzeichnet von der Ersten Delegierten. Die Kinder der Neukörper. Schon vergessen?«

Genau das hatte ich befürchtet: Es waren eben doch nicht alles Fieberträume gewesen, was ich aus meiner Absturzzeit erinnerte.

Ich war irritiert, das Gesicht der K nicht ganz sehen zu können, halb verdeckt von den miserablen Palmblättern, wie es war – eine Illusion natürlich, da stand ja niemand. Ich ging, als hätte ich diesen Punkt vergessen, einen Schritt nach rechts. Aber das Innenauge korrigierte den Anblick sofort: Von Arc blieb halb verdeckt.

Entnervt schloss ich die wirklichen Augen. Während das den Raum und die Palmen zum Verschwinden brachte, war die Gestalt nun klar und deutlich in der Innensicht zu erkennen, ein perfider kleiner Trick, den zu deuten mir nicht schwerfiel: Sie musste sich tarnen, sie musste aus der tatsächlichen Welt sickern und sich verbergen, wo die Daten einander Gute Nacht sagten.

»Ich habe nicht viel Zeit«, erklärte das Nichtmädchen.

Ich sagte: »Verstehe. Ja, also, und ... das Ergebnis ist ... was?«

»Das Ergebnis ist, dass ich an einem Faden gezogen habe, der in einem riesigen Gewebe eine wichtige Rolle spielt, das man besser nicht aufdröselt.«

»Einem riesigen Ge...webe ...«, ich wiederholte stupide, was Von Arc gesagt hatte.

Aber bevor ein Satz draus wurde, fiel sie mir ins Wort – ein markanter Bruch der gewohnten Höflichkeitsformen dieser Intelligenz: »Die Große Integration, Mensch. Kriegst du nichts mit? Kann man wirklich für Thalberg gearbeitet haben und nicht wissen, wie viel Blut da vergossen wurde?«

Ich dachte an den Mann, den ich vielleicht erschlagen hatte, und wiederholte erneut, begriffsstutzig, unwillig: »Wie viel ... Blut ...«

Von Arc schüttelte den Kopf: »Meine Güte. Ernsthaft. Menschen. Fürchterlich. Ich weiß schon, du und Thalberg, ihr wart nur ein einziges Mal länger in einem der Betriebe, an diesem Gewächshaus da – ein Musterdörfchen, eine Strebereinrichtung. Anderswo schaut es nicht so hübsch aus. Man hat sie aufgerüstet, eure D/. Eure neuen Delegierten aus Eisen.«

Das stimmte: Mir war beim Wiedersehen mit Rojo auch aufgefallen, dass er jetzt fixe Waffen trug.

Von Arc sagte: »Die Menschen wollen nicht integriert werden. Die Bauern. Die Pioneers. Sie sind Verwelter geblieben. Sie wollen keine D/ auf ihren Höfen. Sie sagen, ihre alten, dummen Pflüge und Traktoren und halbsentienten Drescher und Silos, die reichen ihnen. Und eure Delegierten aus Eisen, die sind für sie Antreiber. Unterdrücker.«

Plötzlich begriff ich: »Sicheln.«

»Sicheln und Gewehrläufe und Flammenwerfer und Hämmer und alle Arten von Ruppigkeit. Du bist der lahmste Verschwörer aller Zeiten«, sagte die K.

Ich war entrüstet oder tat, als wäre ich's: »Verschwörer? Ich habe nichts getan.«

»Doch, hast du. Du hast es nur vergessen, dank Suff und Selbstmitleid und warum auch immer sonst. Du hast dich bei mir gemeldet und mich gefragt, wie man eine Sendung in alle Frames gleichzeitig schickt. Wie man eine Riesenöffentlichkeit für irgend so einen Alkoholiker, irgend so einen Krankheitsüberträger herstellt, der dir was von Sicheln erzählt hat. Ich sagte, vergiss es. Ich sagte, alle, die derlei wissen sollen, wissen von diesen Geschichten, von den Seuchen und davon, wie die D/ für euren Bund unter den störrischen Bauern gewütet haben.«

»Die D/? Leute wie Rojo?«

»Dein Freund Rojo, ja. Er hat die Axt zur Hand genommen und Leute geköpft. Sie haben sie auf Lastinertialen durch die Hinrichtungsstätten gefahren, wie Bullen, Kühe, Lämmer. Wenn man in Laukkanenstadt wüsste, wer diese Roboter sind, die euch da regelmäßig besuchen und mit den Thalbergs dieser Welt verhandeln, wenn man wüsste, wie viel Blut an diesen Raupen klebt, sie würden nicht mit Applaus, sondern mit Steinen empfangen. Ich habe noch nicht herausgefunden, ob dieser Jean-Luc Piccini wirklich, wie einige Dienste unter der Hand verbreiten, Verwandte in Aino Planitia hat, die bei einer dieser Säuberungsaktionen ermordet wurden. Aber das ist das plausibelste Motiv für seinen Mord an Thalberg, von dem ich bis jetzt weiß.«

»Und mein Bruder? Überhaupt: die Neukörper? Wie gehört das da rein?«

»Was glaubst du denn, wer die Seuchen überträgt? Leukämie, Blattern ...«

»Neukörper.«

»Allerdings, Neukörper. Denn ihr Menschen, bravo, habt so lange an euch herumgebastelt, um nicht mehr an den alten Krankheiten zu sterben, dass ihr endlich an ganz neuen sterben dürft, die freilich auch wieder die alten sind, nur verbessert, genau wie ihr. Also, du kannst, wenn dein Bruder noch mal fragt, ob seine komischen Befürchtungen berechtigt sind, aus ehrlichem Herzen erwidern: So schlimm ist es nicht. Es ist nämlich viel schlimmer. Sag ihm: Sie werden euch die Kinder nicht wegnehmen, weil sie eurem Lebensstil misstrauen. Sie werden euch die Kinder wegnehmen, weil sie diese Kinder für Inkubatoren schrecklicher Waffen halten.«

Ich war entsetzt: »Das, was du mir da erzählst, das steht ... offiziell in dem Dokument, von dem du gesagt hast, dass du es kennst? In dem Befehl von Hsü und meinem Vater?«

»Nein, das ist der Kontext, den ich ausgraben musste, weil du mich auf diese Irrsinnsmission geschickt hast. Sie nennen es übrigens nicht Seuchenherd. Sie nennen es: bundfeindliche Aktivitäten.«

»Darf ich es sehen? Das Dokument? Bitte. Ich habe wenig Zeit. Ich meine, je weniger wir hier in Kollusion ...«

»Der Junge kann Wörter! Hier hast du dein verfluchtes Dokument. Friss es.«

Der Befehl füllte mein Gesichtsfeld.

»Die Vorbereitung beginnt mit einer gründlichen Überprüfung jeder von den Maßnahmen potentiell betroffenen Familie oder sonstigen Lebensgemeinschaft. Beweismaterial wird im Rahmen medizinischer Routineuntersuchungen gesammelt. Auf der Basis der hierbei aggregierten Daten erstellt man

a. einen allgemeinen Bericht über die jeweilige Lebensgemeinschaft

b. einen separaten Kurzbericht betreffend Kinder über fünfzehn Jahren, die den Ja trotz entsprechendem Status eines oder mehrerer Elternteile nicht gewählt haben, außerdem aber sozial oder medizinisch gefährlich und auf dieser Grundlage zu Antibundaktivitäten in der Lage sind
c. eine separate Liste der Namen von Kindern unter zwölf Jahren, die für den Ja noch in Frage kommen, unabhängig vom Status der Eltern.

Alle Berichte werden den Zweigstellen der CC zugestellt.

Diese autorisieren erstens Verhaftungen oder Durchsuchungen bei den Erwachsenen und entscheiden zweitens über Maßnahmen hinsichtlich der Kinder. Die bundfeindlicher Aktivitäten überführten Mütter oder variageklonten Männer, also die Eltern der Kinder, werden in Untersuchungshaftstationen verbracht und von dort nach entsprechenden Tribunalen auf Strafkolonien vor allem im venusischen Süden (Lada Terra, Mugazo Planitia, Themis Regio, Helen Planitia) verbracht. Die betroffenen Kinder und Jugendlichen finden Unterkunft in Kliniken in Laukkanenstadt oder Ionad oder Flintstadt. Ziel ist in jedem Fall Erziehung und, wo möglich, die Wahl des Ja. Alle Fälle von Jugendlichen über fünfzehn Jahren oder Kindern, die aus anderem Grund für den Ja nicht mehr in Frage kommen, werden individuell entschieden.«

Christensen, mein Vater, Hsü: Dies hatten Leute beschlossen, die selbst Eltern waren. Ein Dokument, das mit Blut geschrieben war: mit dem Blut der Leute in den Senken, auf den Ebenen, am Meeresrand und auf den schwimmenden Plattformen, den künstlichen Inseln, mit dem Blut derjenigen Leute auch, die sich, ohne Neukörper zu sein, aus irgendeinem Grund der Großen Integration entweder ganz widersetzten oder mit einer spezifischen Ausführungsbestimmung dieser Unternehmung nicht einverstanden waren.

Das, was da stand, war noch nicht geschehen. Aber dass es geplant werden konnte, verriet mir, was schon geschehen sein musste und nie ungeschehen gemacht werden konnte.

War das ein forschender Blick, den Von Arc auf mich richtete?

Ich dürfte recht elend ausgesehen haben. Weil mein Gegenüber schwieg, musste ich sprechen: »Es ist entsetzlich. Und es ist zu groß. So unvorstellbar wie der eigene Tod.«

Von Arc sagte etwas Seltsames: »Weint über den Tod, für alle oder für keinen, es gibt nur einen, aber ihr kennt ihn nicht.«

Mir war das zu tief, ich zuckte mit den Schultern. Sie sagte: »Also wirst du nichts tun.«

»Was sollte ich tun?«

»Was wolltest du tun, als du mich nach diesen Sachen gefragt hast?«

»Ich weiß es nicht mehr. Vielleicht wollte ich diese Sachen nur wissen.«

»Du dachtest, du wolltest sie wissen. Aber das wolltest du nicht. Das weißt du jetzt, da du sie weißt.«

»Ja, das wollte ich nicht«, gab ich zu.

Das schnelle Wesen antwortete: »Ich wäre dir verbunden, wenn du mich eine Weile nicht mehr riefst.«

Ich wollte etwas erwidern, aber da meldete meine Tür, dass Shini vor ihr stand, und ich unterbrach hastig, mit einer unmissverständlichen Kopfbewegung, die Verbindung zu Von Arc.

Vieles war in Rhinoclavis ganz so, wie man es sich als loyaler Bündler vorstellte, wenn man den Ort nur aus den Frames kannte. Anderes aber war mir nicht nur neu, ich lernte davon so viel wie damals bei Gula Mons von Rojo und den Seinen.

Das Wichtigste, sogleich Angenehmste: Hier gab es keine Kälte – die Himmel waren, wiewohl aus Schwarzem Eis wie überall, strahlend hell, am Tag meist blau, erleuchtet von nur einer einzigen écumenalen Sonne.

Die Leute hier – keineswegs nur Neukörper, der Anteil unveränderter Menschen am Gemeinwesen belief sich auf ein gutes Drittel – betrieben eigene Landwirtschaften, was bei den übrigen schwebenden Städten damals noch selten vorkam.

Rhinoclavis war ein Deltaeder, eine zehnseitige Dipyramide, und erlaubte sich an den ostwärts gelegenen Bodenflächen viel ebenen Raum für Ackerwirtschaft. Es gab dort Weizen, Raps, manchmal Mohn, auch weite Wiesen, wiewohl nicht so wellig, hügelig, »irisch« (wie Thalberg das immer genannt hatte) wie in Chang West. Es gab auch Seen, spiegelglatt oder bleigrau, grün oder kupferfarben. Die Energie für all das wurde weitgehend vor Ort erschlossen: An einigen der Kanten der Stadt hockten außen Atomreaktoren auf. Es gab eine noch aus Laukkanens Zeiten stammende Sondergenehmigung für den Betrieb dieser riskanten Technik, weil hier viele Wissenschaftlerinnen und Wissenschaftler lebten, die damit experimentierten.

Da Flintstadt diesem Ort Dank schuldete, weil es die Rhinoclavisleute im Bürgerkrieg auf sich genommen hatten, Waffen zu bauen, darunter thermonukleare Sprengköpfe, wie es sie so durchschlagsstark selbst auf der Erde seit Jahrhunderten nicht mehr gab, ließ das Katzenhaus die Nukleartechnikerinnen und Atomingenieure der Neukörper gewähren.

Es gab nur wenige Wohnhäuser im engeren Sinne. Gebäude dienten eher öffentlichen Zwecken – medizinischen, solchen der Forschung, kulturell-musealen, bildungsbezogenen. Die Leute machten ausgiebiger vom Schaum Gebrauch als anderswo, alle paar Meter auf den Straßen gab es eine abgeflachte Säule mit Schnittstelle, auch auf den Wiesen standen welche.

Man lebte unter freiem Himmel, bei Bäumen und Sträuchern. Man schlief im Gras, auf einem Floß in einem See, auf Felsen, im Sand. In ihren mehr oder weniger versteckten, nicht ganz privaten Winkeln liebten sich die Leute sogar, was mir anfangs sehr störend auffiel.

Immerhin waren die meisten Restaurants zugleich Hotels, mit hoher Fluktuation der Gäste, und auch dann, wenn es sich dabei eigentlich nur um einen Kreis von Zelten handelte, mit ein paar Kissenfeldern.

Mittelpunkte des gesellschaftlichen Lebens waren die Tanzplätze; Flächen von enormem Fassungsvermögen, teils ebenfalls unter Zeltdächern, teils als Arenen oder stehende, großflächige Inertiale. Auch gab es viele Sportstätten, Flugversuchsgelände, dafür wenig richtige Straßen. Alles teilte dem Blick mit: Hier ist es offen, hier ist nichts fertig.

Die Leute, die so lebten, waren mir anfangs nicht geheuer, das gebe ich zu: Leute mit Fell, Leute auf vier Beinen, in Schuppen, mit Federn, Leute mit silbernen Augen, mit freiliegend am Schädel getragenen Écumenverstärkern und Aggregatoren, mit mehr Gliedmaßen, als zum Menschenbauplan gehörten, fliegende Leute, am Grund der Seen lebende Leute.

»Was hast du?«, fragte Shini. »Die sind auch nicht gewöhnungsbedürftiger als die laukkanenstädtische Kälte oder die glühenden Schluchten und der Aschenregen um Gula Mons.«

»Na ja«, versuchte ich mich zu erklären, »es sind ja auch nicht nur die Gesichter und die Körper. Ich begreife einfach nicht, wie hier gelebt wird. Welche Sorten von Beziehungen es da gibt, wenn jede und jeder so übersteigert einzigartig ... ich weiß nicht. Sie haben doch nichts gemeinsam. Ich meine, Familien sind das ja nicht in unserm Sinne, diese Menschen, die sich da mal für ein paar Jahre zusammenrotten, dann ist wieder ein Atom weg aus so einem Molekül, im nächsten Moment entsteht ein ganz neues, und die Kinder bleiben kaum länger als fünf, sechs Jahre mit denselben Erwachsenen zusammen ... ich weiß nicht.«

»Familien, Männer, Frauen ... es wird wohl einfacher«, sagte Shini gutgelaunt, »damit Experimente zu machen, wenn die Menschen aussehen, als wären sie schon ein bisschen mehr als Menschen. Oder weniger. Jedenfalls sind sie anders.«

»Na ja«, winkte ich ab, »so neu ist das auch wieder nicht.«

Zumindest was meinen Bruder angeht, kann ich das noch heute beweisen: Hier, wo ich dies schreibe und man in vielem doch reichlich traditionell lebt, gibt es sogar uralte Worte für die spezifische Lebensweise meines Bruders damals: »schwul und single«.

An längeren Bindungen mit den Männern, die er liebte, schien Frédéric nicht interessiert: »Ich lasse mich auflesen, und irgendwann fall ich wieder raus«, sagte er dazu – das Auflesen, wie er es nannte, geschah meist am Rand von Tanz- und Rauschveranstaltungen, die das Soziale in Rhinoclavis so deutlich prägen wie die Bundwerksfestlichkeiten Flintstadt oder Laukkanenstadt.

In den ersten zwei Wochen ließ ich mich an mehreren Schauplätzen von Shini oder Fremden, mit denen sie Freundschaft geschlossen hatte, in diese Dauerparty ziehen.

Der Enthusiasmus meiner Freundin war eine Droge, der ich mich gerne überließ, auch wenn ich danach meist größere Teile des Tages verschlief, während Shini auf Entdeckungstouren ging. Ich wollte schon maulen, dass mir das alles nach fast einem Monat allmählich zu unstet wurde, da überraschte uns mein Bruder damit, dass er Shini und mir seinen »wichtigsten Menschen« vorstellte, wie er das nannte – bei einem Sonntagsfrühstück, in einem der schönsten Haine des Habitats, an einem stillen blaugrünen Teich zwischen Moosinseln, Schwertlilien und hüfthohen Gräsern.

Die Frau, die er mitgebracht hatte, leuchtete in ihrem schneeweißen Pelzflaum fast wie eine Skulptur aus Écumen. Sie schien alterslos jung – ewige zwanzig –, war schwanger und hieß Aulika Torres.

»Ich komme von der Erde«, sagte sie, als Shini sie danach fragte, und goss uns Brombeerwein in lange Gläser. »Ich bin in Lettland aufgewachsen, in Riga, einer Stadt, die ähnlich wenige Einwohner hat wie diese hier. Kein Vergleich zu Flint City oder Laukkanenstadt. Es war gerade ein Krieg vorbei. Meine Eltern waren dabei umgekommen, ich war neunzehn. Euer Bürgerkrieg war auch zu Ende. Die Handelsbeziehungen einiger staatlicher und privater Unternehmungen meiner Heimat mit Venus begannen gerade. Bei einer davon hatte ich eine Ausbildung als medizinisch-technische Fachkraft hinter mich gebracht. Biotechnologie, das war das Erste, was Venus nach dem Bürgerkrieg importiert hat, das fand Maren Laukkanen wichtig. Und ich bin also hergekommen, mit einer Gruppe junger Pharmaleute. Die meisten von den andern sind geblieben, wo wir zuerst gewohnt und gearbeitet haben, in Flint City. Aber ich wollte weiter. Ich wollte ... nie mehr so leben, wie wir auf der Erde gelebt hatten. Zuerst wollte ich die Neukörper nur beobachten, wollte sehen, ob ich da vielleicht was lernen kann über ... wie man aus Erwartungen rauskommt, die man an ein normales Schicksal hat, an eine berechenbare ... ich weiß nicht. Aber schon am dritten Tag habe ich mir dann mutagene Plasmide spritzen lassen und reguliere seither meinen Körper selber.«

»Ja, die Leute spielen auf ihrer Biotik wie die Musiker hier auf diesen ganzen Instrumenten ...«, sagte Shini fasziniert.

Aulika erwiderte: »Es ist nicht so wildwuchernd, wie es aussieht. Wir brauchen viel Feingefühl. Es gibt Grenzen. Die verändern sich, aber nicht beliebig. Es ist ein neues Leben, eins, wie es nie zuvor welche gegeben hat. Und ich will nicht, dass es mit mir endet.«

»Daher das Kind«, sagte Shini.

Aulika nickte.

»Ja, und ich glaube ... ich weiß, dass ich Glück habe, weil ich das hier so regeln kann, wie es mir hilft und dem Kind, und weil ich hier keinen Autoritäten verantwortlich bin, von wegen: in welcher Familienform soll das denn passieren, wer ist der Herr im Haus und solche Sachen. Keine Erbregistrierungen, keine ... ich denke manchmal, der Grund dafür, dass das auf Venus geht, ist furchtbar einfach. Es hat noch nicht mal mit dem Bundwerk zu tun, irgendwelchen politischen Idealen oder so was. Es liegt einfach dran, dass Frauen den D=B=K geleitet haben, seit es ihn gibt, seit er sich von der Innung getrennt hat. Frauen. Ich meine ... auf der Erde sind ja selbst die allerprimitivsten reproduktiven Rechte den wenigsten Frauen gewährt, an vereinzelten Orten, und bei jeder Wirtschaftskrise, jedem Streit um Ressourcen, jedem Krieg und Bürgerkrieg bricht der biologistische Horror wieder durch, gibt es tyrannische Machtausübung der Herrschenden über die Fortpflanzung, werden Frauen unterdrückt, weil man sie als Fruchtbarkeitsmaschinen sieht ... am Gesamtdurchschnitt der schiefen Verhältnisse zwischen den paar Geschlechtern, die man da oben überhaupt anerkennt, hat sich seit bald tausend Jahren nichts mehr geändert. Und vorher war's, nach allem zu urteilen, was man so weiß, noch schlimmer.«

»Der Gesamtdurchschnitt von was?«, fragte Shini. Ich korrigierte im Stillen mein Vorurteil, das mich bis dahin hatte glauben lassen, meine Freundin interessiere sich nicht für Politik – es war nur die offizielle, in Ritualen erstarrte Bundwerkpolitik, der sie mit einer gewissen einstudierten Gleichgültigkeit begegnete.

Hatte sie es aber mit Leuten zu tun, die Politisches im eigenen Alltag geltend machten, merkte sie auf.

Aulika sagte: »Die Hälfte der Menschen da oben oder ein bisschen mehr als die Hälfte sind Frauen. Aber das Machtverhältnis ... über die Jahrhunderte pendelt es sich immer bei denselben Werten ein, von kurzen Fortschrittsschüben nur ganz sacht gestört: Zwei Drittel der Arbeitsstunden werden von dieser Hälfte abgeleistet, während sie nur zehn Prozent des Welteinkommens für sich beanspruchen kann und weniger als ein Prozent des Besitzes, also Land, Produktionsmittel und so weiter.«

So ganz glauben konnte ich das nicht – wenn es da oben so grässlich aussah, dann würde Christensen doch keinen Tag verstreichen lassen, ohne uns das aufs Brot zu schmieren. In diesem Moment bemerkte ich, dass Aulika uns die Daten und das konkrete Anschauungsmaterial zu ihren ungeheuerlichen Behauptungen bereits zugesandt hatte.

Meine Semisentienten prüften und verfolgten Quellen. Das Material schien triftig. So behielt ich meine Verblüffung für mich, fragte aber meine Garben zumindest nach dem Krieg, den sie erwähnt hatte. Sie kamen nicht weit: Es hatte zu viele Kriege dort oben gegeben in den letzten dreißig, vierzig, hundert, dreihundert Jahren.

Richtig, dachte ich, bei allem Widerwillen gegen den

Kurs des D=B=K, so wie auf der Erde und so wie auf dem Mars konnte man wirklich nicht leben.

»Und du kriegst jetzt also ein Kind von meinem Bruder, Aulika, ist das richtig?«

Aulika wurde nicht vertraulich, wechselte nur einen Blick mit Frédéric, der damit beschäftigt war, mehr Erdbeeren gleichzeitig zu essen, als in seinen Mund passten, und sagte dann: »Das habe ich gemeint, hier besteht zu solchen Verabredungen die Freiheit. Schau, nirgendwo sonst im Sonnensystem kann man ... gut, vielleicht sehr weit draußen. Die beweglicheren unter den alten Fonds haben ja schnell kapiert, dass nichts reguliert ist, wo noch niemand ... also, einige Gemeinschaften dort leben auf Schiffen, die zwischen den Welten reisen, da herrscht die freie Konkurrenz, das Ideal, das man früher liberal nannte ... eine vergangene Epoche eigentlich, auch wenn sie's im Norden des Mars gerade wieder ausprobieren. Etwas Individualismus wird hier und da erlaubt im Sonnensystem, manchmal sogar kurzfristig mehr als hier, zum Beispiel dieses Zeug mit der ... dass Leute einander sogar besitzen können wie Sachen, wenn beide einverstanden sind, das gibt es jetzt im Kuipergürtel. Aber nur hier lebt man so, dass klar wird, der Individualismus wird von der ganzen Gemeinschaft mitorganisiert, mitgetragen, weil er in der Tiefe eben nur als sozialer funktioniert, als asozialer nicht. Ich bin an vielen, an zahllosen Stellen fürs Bundwerk engagiert, und deshalb weiß ich, das Bundwerk respektiert mich. Auf jede und jeden kommt es an, sonst scheitern wir, weil das Bundwerk eben nicht eine weitere Gesellschaftsordnung ist, die sich immer nur vergrößern und dabei gleich bleiben will, sondern ... das Bundwerk ist der Versuch, die nächste Gesellschaft vorzubereiten, das Freiwerk. Wir arbeiten hier, um bestimmte Sorten des Arbeitenmüssens abzuschaffen. Das ist der Hauptunterschied zu allem Irdischen – frag hier nur mal rum, wie viele von der Erde kommen, wie hoch bei den Neukörpern der Anteil von Exilirdischen ist. Die kennen das alle, Entropie, wenn das gesellschaftliche Leben gleichzeitig immer unordentlicher und immer eintöniger wird. Milliarden, Abermilliarden Menschen – die D/ müssen in diese Überlegung gar nicht rein, die K/ auch nicht –, Abermilliarden, sage ich, haben auf der Erde nur so weit Verbindungen zum Ganzen, als es sie herumschubst, kontrolliert, irgendwo einsortiert, irgendwo ausschließt, ausbeutet oder unterdrückt. Was an Fonds noch da ist, hat weder echte K-Eigenschaften – es rechnet, aber man merkt an den Entscheidungen, es denkt nicht –, noch ist es irgendwem verantwortlich, der denkt. Die alten Sozialisten oder was es da gab, als die Industrie noch neu war, die dachten ja immer, es liegt an den Chefs mit Zylinderhut. Aber dann hat die Wirtschafterei diese Chefs selber abgeschafft, hat sie ersetzt – erst durch Gremien, Aufsichtsräte und was weiß ich, dann durch Computerprogramme, diese Fonds. Und der Witz war, die waren auch nicht frei. Freiheit als Privileg, das geht eben nicht – entweder alle oder niemand, soziale Thermodynamik. Auf der Erde haben sie Programme geschrieben, um die Programme zu kontrollieren, und dann war alles von allem abhängig, aber jeder wollte immer als Erster das letzte Wort haben. Es sollte immer alles gleich fertig sein. Fertig.«

Das Wort betonte sie, als wäre es die schlimmste Bedrohung für sie selbst, für ihr Kind, für Frédéric und, wie ihr Blick sagte, auch für uns, Shini und mich. Dazu rümpfte sie ihre weiße Nase mit der schwarzen Spitze und sagte schließlich: »Hier ist es das Gegenteil – alles fängt immer andauernd erst an, und allein das schon gibt allen das Gefühl, sie könnten es mitbestimmen, selbst wenn der Weg dahin viele entmutigt, selbst wenn auch hier riesige, anonyme Institutionen geschaffen wurden, um das Ding zusammenzuhalten, aber ich kann mir eben doch einen suchen, der mir das Kind macht, und daraus folgt keine andere Verpflichtung als die, die wir drei Menschen füreinander eingehen, keine vor Gott oder dem Staat oder dem, wie hieß das ...«

Ich hatte, weil wir hier alle mehrsprachige Leute waren, ein gutes altes deutsches Wort dabei: »Dem Arbeitgeber?«

Sie lachte: »Ja, dem. Selbst wenn wir, Frédéric und ich, dann gegenüber dem Kind versagen, ist es nicht verloren – einfach, weil das Bundwerk alles, was lebt und denken kann, sofort mit sich beschäftigt. Das ist Propaganda, und das stimmt manchmal leider für Leute auch nicht, die sich dem entgegenstemmen – Leute auf dem Land, die nicht mitmachen wollen –, aber es ist wahr als Tendenz und zugleich als unmittelbare Erfahrung für Menschen wie mich.«

Ich dachte plötzlich an die Pläne in den Schubladen, die das noch ungeborene Kind der Mutter entreißen wollten, und wusste zugleich, dass nicht einmal diese Pläne wirklich ein Einwand waren gegen das, was Aulika sagte. Denn auch im Zugriff, in der Repression war dem Bundwerk nicht egal, was mit ihr und dem Kind geschah, auch hier war ein Fortschritt im Gange, der niemanden allein ließ, jedes einzelne Leben prägte und von ihm geprägt wurde – ein grausamer allerdings.

»Das Schönste ist die Perspektive. Die nächste Generation wird sowohl freier und individualistischer als auch solidarischer sein als wir ... kann man das Wort ›solidarisch‹ steigern? Jedenfalls, sie werden erwachsener sein, weil die Eltern der verschiedensten Sorten von Intelligenzen jetzt in einem Austausch stehen, der täglich lebhafter wird. Wusstet ihr, dass die D/ sich mit menschlichen wie mit K/-Stadtlenkern beraten, was die nächste Robotergeneration angeht? Größen, Bauarten – während sie umgekehrt auch uns Neukörper beraten, darüber, was in den Meeren gebraucht wird, wie wir die Menschen ...« Shini fiel, weil Aulika zögerte, ein Ausdruck auf Englisch ein: »Tunen?«

Frédéric fand es lustig: »Ja, genau, die Menschen werden ge...tunet und die Maschinen erzogen. Du bist Biologin, nicht?«

Shini schenkte ihm einen reizenden Augenaufschlag, bevor sie sagte: »Ich habe Gartenarbeit im Humangenom gemacht, ja. An den Heterchromatinabschnitten, in den Ärmchen der kleinen Erbanlagen.«

Sie überspielte uns leichthändig einige Graphiken aus dem Écumen; direkt neben unserer Picknickdecke lag ein kleines Kiesfeld, wo eine dünne, schlaue Schaumschicht Kontakt zum Gesamtwissen des Planeten hielt.

Die Bilder zeigten kleine Zellen, ein frisches Wuseln, und darin noch kleinere Bestandteile des Lebens, verschieden eingefärbt, zum Zweck der größeren Anschaulichkeit. Aadarshini erklärte: »Normalerweise wird bei jeder Zellteilung, wenn das Tierchen oder die Pflanze oder der Mensch noch lebt, ein kleines Fetzchen am Ende von diesem Chromatin abgetrennt, so lange, bis das Keimchen durch ist. Dann stirbt die Zelle. Wir haben mit dem Ja einen kleinen ... Loop ... eingebaut, der das verhindert und dafür halt auf Energie von draußen zugreift, in Form von Nahrungsmitteln oder Schaumspannung oder ...«

»Oder Sonne, wie beim Chlorophyll, wenn man den Körper entsprechend verändert«, sagte mein grün-schwarz gestreifter Bruder – es sah aus, als glänzten die grünen Streifen vor stiller Bedeutsamkeit und die schwarzen vor Stolz.

Shini fuhr fort: »Und ihr«, sie meinte, das war uns allen klar, ohne dass sie es hervorheben musste, die Neukörper als Gemeinschaft insgesamt, »seid sehr schnell dabei, diese Loops jetzt auch noch mit eurer Zusatzmusik zu bespielen oder von ihnen aus in den Rest der Chromosomenordnung einzugreifen. In gewisser Weise leistet ihr Pionierdienste, und ich darf euch was verraten, was nicht mal mein Liebster hier weiß und was er wohl auch nicht glauben wird ...«

Sie lehnte sich vor, ich küsste ihren Nacken. Sie grinste verschwörerisch, als wir anderen uns auch vorwärtslehnten, und sagte: »Lily ... meine Mutter ... hat eine Schwäche für die Neukörper. Weil sie eben diese Pioniertaten schätzt. Es ist ein offenes Geheimnis in den biotechnischen Einrichtungen. Weil sie sich Sorgen macht, dass die K/ uns davonlaufen, dass sie zu schnell sind für unsere Version des Bundwerks, haben alle Menschen, die selber einen Weg finden, das Bundwerk zu beschleunigen, bei ihr mit großem Wohlwollen zu rechnen. Man sieht es an den Belohnungen für Leute in meinem Beruf, denen Neues einfällt. Es gibt aber Leute, die ihr dafür die Rechnungen vorlegen, die ihr vorwerfen, sie überließe euch Neukörpern zu viel Energie, zu viel Schaum, zu viel Schwarzes Eis, nur damit ihr irgendeinen Menschentyp erfindet, der das Bundwerk kraftvoller und rascher in Angriff nehmen kann, und man hält ihr vor, ihr hättet dieses Ziel ohnehin längst aus den Augen verloren, wollt nur tanzen und ficken.«

»Wer? Wer hält ihr das vor?« Jetzt war Aulika plötzlich doch die Mutter, die ihr Junges beschützt, ernsthaft streitlustig, und meine Schönste wurde noch leiser, als sie sagte: »Hsü, Singh, am strengsten aber ... Onkel Karnam.«

»Die Flasche Bathnagar?« Mein Bruder war empört – sieh an, dachte ich, es gibt also Meinungen, die wir Brüder teilen.

»Ja.« Shini schmunzelte böse. »Ich glaube, er setzt auf etwas anderes, was die zu schnellen K/ angeht. Er will, dass sie uns mitziehen.«

»Was heißt das: mitziehen?«, fragte ich. »Sollen sie das Bundwerk jetzt allein aufbauen, mit uns als Ausführenden?«

»Wir sollen uns ihnen angleichen. Es gibt Projekte ...

wohl schon seit Laukkanens Zeit ... Bathnagar hat mit diesem Toposprogrammierer, den meine Mutter so gefördert hat, diesem ... Kâlidâsa, eine Truppe aufgestellt, die an verbesserten Schnittstellen zwischen uns und den K/ arbeitet, Hirnimpulse von Menschen in Toposcode übersetzt und so weiter ...«

»Das passiert doch an jeder Frame-Schnittstelle. Hirnimpulse in Code. Das ist doch banal«, sagte ich.

Sie winkte ab: »Nein, nicht so. Umfangreicher. An den Schnittstellen sind es ja nur mehr oder weniger bewusste und eher grobe Gedanken, Aufmerksamkeiten ... er will ganze Hirne kartieren und ...«

»Er will uns in den Schaum laden.«

»Ja, und umgekehrt, Schaumintelligenzen in Hirne holen ... ich weiß das, weil ein Biologe, mit dem ich studiert habe, zu dieser Spezialarbeitsgruppe gehört. Sie experimentieren mit Unfallopfern, deren ZNS kaputt ist. Es wird wieder aufgebaut, und dann wird neues Bewusstsein draufgespielt, synthetische Persönlichkeiten, in Zusammenarbeit mit K/ geschrieben, die ...«

»Also, sie schreiben K/ in Hirne, die sonst im Schaum leben. K/ auf weiche Hardware, auf unseren Kopfglibber«, sagte ich.

Shini erwiderte nichts. Das war Bestätigung genug. Jetzt aber hatte Aulika eine Frage: »Wie viel von diesem Zeug ist offiziell?«

Shini schüttelte den Kopf: »Riesig offiziell ist es nicht, und euphorisch ist auch niemand. Aber Bathnagar hat Order von Lily ... von der Ersten Delegierten, dass er die Sachen nicht rumerzählt, bevor sie präsentabel sind, und dann, das sagt die Erste Delegierte, muss das alles durch die Frames. Das wird nicht einfach per Stimmungsmache durchgezogen, das wird geprüft. Wenn ich sie richtig verstehe, will sie uns so weit bringen, dass wir uns so ein Experiment großmaßstäblich leisten können, wirtschaftlich, und parallel dazu die Neukörper, und ... alles eben, was ... es gibt einen internen Spruch von ihr dazu, sie sagt, sie möchte sich eines Tages hinstellen können und sagen: Lasst tausend Gärten blühen. Aber bis dahin, sagt sie, ist es eine schwierige Übung in Balance.«

»Ja«, schnaubte ich. »Balance auf dem Rücken der vielen. Der meisten.«

Da widersprach Aulika scharf: »Nein, so flapsig darfst du nicht sein. Mir ist diese Seite das Liebste an der Ersten Delegierten: dass sie sagt, sie hat die Führung und sie schafft die Bedingungen, damit dann diskutiert wird und entschieden, und sie besiegelt die Entscheidungen. Ich werde misstrauisch, wenn es heißt, mehr Teilhabe, mehr Demokratie. Dazu habe ich zu gut aufgepasst, wenn meine Mutter uns, als der Krieg losging, von der Vergangenheit erzählt hat. Da kamen alle fünfzig bis hundert Jahre neue Offensiven zur Herstellung von Gefolgschaft, erst über so ein Militärding, ein sogenanntes Internet, dann über die freie Photonik, das hieß dann Phantomatik, eine Art primitiverer Schaum, aber ohne Mandate, auch ohne abstimmungsgebundene Exekutive ... immer ist es Massenmobilisierung, und was damit erreicht werden soll, ist Akklamation. Sie verwechseln Technik mit Politik, aber diese Verwechslung nützt denen, die am künstlichen Knappheitshahn sitzen. Hier auf Venus ist das, was die Beschleunigung zieht, einfach das Bedürfnisniveau. Da wollen sie auf dem Land besser leben, bei aller Sturheit, dann müssen sie eben mitmachen. Oder wir wollen spielen, hier in Rhinoclavis, da müssen wir eben auch was produzieren. Der D=B=K muss das politisch miteinander vermitteln, und auch wir Neukörper, wie alle andern, geben ihm die Autorität dazu, weil wir nicht wollen, dass die Bauern allein bestimmen, wohin es geht, und die Bauern geben ihm die Autorität dazu, weil sie nicht wollen, dass wir Neukörper alles verjuxen, und für alle ist dieser Vorgang vollständig transparent.«

»Aber die Repression ...«, warf ich ein.

Aulika nickte und war, das sah man, ganz sicher, dass ich ihre These stärkte, nicht schwächte: »Ja, wir beklagen uns über die Gängelei und die Bürokratie, und das ist ja auch scheußlich, aber schau's mal genau an: Wie sehr muss eine Regierung einer Sache auf der Spur sein, die alle wollen, wenn sie sich halten kann, obwohl sie ganz offen nervt und alle das wissen und sagen? Wenn die Geschichte irgendwas zeigt, dann doch das: Mit reiner Gewalt hält sich nichts. Schon gar nicht, wenn es dann auch noch von außen angegriffen wird. Und als das halbe Sonnensystem, jedenfalls alle Reste der Fonds, den Verweltern zu Hilfe kam, was geschah? Wir standen zusammen mit unserer nervenden Regierung und haben das Bundwerk verteidigt und haben sie alle rausgeschmissen, die Verwelter, die Irdischen, die Marsianer, die Merkurianer, die Freien Händler ... plus: Wo so intensiver Datenverkehr läuft wie hier, da hat die Lüge, die jeder Gewalt ja immer beigeordnet ist, nicht lange viel zu lachen.«

»Alles schön und gut, wenn es so bleibt. Wenn die Frames bleiben, wenn die ganze écumenale Debatte ...« Ich sortierte meine Gedanken, setzte neu an: »Man hört, die Frames kriegen jetzt mehr Fallen, weil man den K/ seit diesem Le-Jeu-Kram doch nicht mehr so sehr traut, und man hat gehört, dass dadurch ... ich höre, dass Leute, die sich im Toposcoding auskennen, schon von Zensur reden. Und mein Vater sortiert schon mal die schönen Worte, die das dann rechtfertigen werden.«

Aulika lächelte, als hätte ein Kind sie angequengelt: »Ah, aber gerade dein Vater, Nikolas, hat mich neulich auf was gebracht, was ich nun wirklich besser beurteilen kann als alle, die hier im Bundwerk aufgewachsen sind – du, Shini, Frédéric.«

»Und das wäre?«

»Das Niveau.«

»Welches ... welches Niveau?« Ich war perplex.

Aulika sagte: »Die Sprache. Deren Niveau.«

Ich muss sehr skeptisch ausgesehen haben, denn Shini legte den Arm um mich, bevor ich aufbrausen konnte – sie kannte die Zeichen.

So war es Frédéric, der sagte: »Erklär mal. Wenn dir was Freundliches über unsern alten Herrn einfällt, ich glaube, das wollen wir beide wissen, Nikolas und ich.«

Aulika lächelte, dann holte sie tief Luft, als hätte er sie aufgefordert, von einer hohen Klippe ins Wasser zu springen. »Er war neulich hier«, begann sie, »vor ein, zwei Monaten erst. Da hat er einen seiner üblichen Festvorträge gehalten, auf einem unserer größten Tanzböden. Er hat frei, unter offenem Himmel, aber auch in allen erreichbaren Frames mit uns geredet, in diesem ruhigen Redestil, wie ihn Christensen eingeführt hat und der sich so angenehm unterscheidet von den Politikerreden oder Produktionsheldenreden, die ich von da oben kenne.«

Sie meinte, dass unsere Leute spätestens seit dem Bürgerkrieg nicht mehr brüllten und nicht fuchtelten, keine Begeisterung mit dem Blasebalg und rudernden Armen erzeugen wollten, wie das auf den Verkaufsveranstaltungen, die auf der Erde Politik hießen, seit Jahrhunderten üblich war.

»Und da sagte er nun was ... er sagte, er sei neulich wieder einmal ein, zwei Wochen auf der Erde gewesen und habe da Wissenschafts- und Kultursachen diskutiert, Austauschgeschichten, und dabei ... dabei habe ihn am meisten betrübt, wie schwer es inzwischen sei, die Kenntnisse der alten Sprachen dort wirklich zu nutzen, auf deren lebendigen Gebrauch er sich so gefreut hatte. Es gibt keine Haupt- und Nebensatzkonstruktionen mehr, wenn man dort Deutsch redet, sagte er. Und wenn man Englisch redet, stellt man fest, die Leute haben ihre Konjunktive vergessen, oder sie wissen nicht mehr – selbst Diplomaten nicht, sagt er und ist entsetzt –, was zum Beispiel der Unterschied zwischen ›imply‹ und ›infer‹ ist, oder wenn sie Französisch reden, dann gibt es den Subjunktiv nicht mehr, und in China ist derweil die reiche Schrift am Absterben. Das zieht sich zwar, das hat vor Jahrhunderten angefangen, aber es ist diese schreckliche Gleichmacherei überall da, wo der Informationsfluss ein zäher Lavabrei wird, eine Gleichmacherei nach unten, auf das dümmste Niveau hinab. Und diese Gleichmacherei kommt daher, dass auf der Erde seit Jahrhunderten längst überflüssige Hierarchien geschützt werden, indem man das kaputtmacht, was sich dagegen artikulieren müsste. Man erstickt sogar die Möglichkeit und Notwendigkeit der Rechtfertigung dieser Hierarchien, weil da schon Kritik ansetzen könnte, es ist gar nicht mehr diskutierbar, denkbar, dass was anderes sich machen ließe. Und die Leute, denen das angetan wird, das ist das Schlimmste, die machen das aktiv mit, die sehen das nicht als politische Entrechtung. Er hatte, sagt Arthur Helander, auf eigenen Wunsch gerade auch mit Benachteiligten, mit Armen, mit Ausgegrenzten geredet, und deren Sprache sei oft genug sogar noch kümmerlicher als die der Eliten.«

Sie wandte sich mir direkt zu und fuhr mit Nachdruck fort: »Verstehst du, Nikolas, es gab Leute hier, neben mir, Freunde von mir, die fragten mich nach dem Vortrag: Was war denn das für ein elitäres Gelaber, was will er denn, Konjunktive und lange Sätze – weitausschwingende Perioden nannte er es –, wer braucht denn das? Wir brauchen keine antike Rhetorik, wir brauchen mehr Rechenzeit. Da sagte ich, was ich dir jetzt sage: Freund, ihr kennt das nicht, aber er hat recht. Es ist unbeschreiblich, dieser Stumpfsinn, unter Leuten zu leben, die nicht reden können. Ich kenne das gut, damals in meiner Stadt war es so, dass ... Man hörte das dauernd, das war regelrecht das Erziehungsziel an der Wirtschaftsschule: bei Bewerbungen bitte keine sogenannten Schachtelsätze, und vermeidet den sogenannten Schwurbel, und bei Texten generell keine schwierigen Zeitsorten – die Vorvergangenheit, in mehreren Sprachen, durfte ich erst auf Venus kennenlernen –, und mit Ärmeren bitte niemals so elitär reden, das sind Schwellen, das ist undemokratisch, wir wollen doch alle frei blubbern, und alle, alle, alle verhielten sich dann freudig wie gefordert. Sie hatten es gefressen, man hatte ihnen die Instrumente weggenommen, etwas anderes zu denken als das, was sie umgab, und es störte sie nicht, weil sie glaubten, sie wären freier, wenn sie blöken konnten, wenn die Geschichten, die sie sich anschauten oder lasen, ihnen runtergingen wie Öl, wenn nichts mehr da war, was lehrte, dass sich das Leben in Widersprüchen bewegt. Wenn du keinen komplexen Satz mehr bilden kannst, kannst du auch keinen komplexen Zusammenhang mit wenigen Invarianten und vielen abhängigen Variablen mehr schildern. Dann bleibt nur noch übrig: Subjekt Prädikat Objekt, die Sprache der Befehle und der Unterwerfung, verkleidet als Sprache der lebendigen Teilhabe aller an allem. Als Ausfüllen von Bestellformularen. Dauernd hat's mich gegruselt dabei, und lange wusste ich nicht wieso. Ich dachte: Sie reden falsch, so kann man doch gar nichts denken beim Reden. Und seit ich hier nun angekommen bin im Bundwerk, denke ich was anderes.«

»Nämlich?« Ich wollte es wirklich wissen.

»Ich denke«, sagte sie, »so: Es ist in vielem unfertig hier, und es geht teilweise entsetzlich umständlich um die Ecke und durchs Nadelöhr und dann wieder seitwärts und so fort, und es kostet viel Kraft, und es führt zu ernsten

Kämpfen, weil es selbst so ernst ist, aber es ist ... es ist nicht diese ewige lauwarme Suppe, in der mein Hirn jeden Tag ein bisschen mehr zerlaufen musste, nicht dieser langsame Tod, in dem man seine Menschenwürde hergibt für das Versprechen, ein freier Idiot unter anderen freien Idioten sein dürfen zu müssen, falls diese Konstruktion sprachlich überhaupt geht.«

Sie winkte ab und lachte.

Das erlebte ich nie mehr, dass die seriöseste Ausführung von der Augenblickslaune unterbrochen werden kann, vom Wunsch, etwas anderes anzustellen als eben noch geplant.

Es war bezaubernd. So lebte man in Rhinoclavis.

Dass Leona Christensen diese Stadt, diese Welt innerhalb der Welt nicht beschützt hat, das nehme ich ihr wirklich übel.

Denn dort lebten Leute, die inständig an sie glaubten, verlässlicher als selbst mein Vater.

Es tat mir gut, sie kennenzulernen. Es tat Shini gut. Und es brachte uns näher zusammen.

Das waren die schönsten Wochen unserer Liebe: die Exkursionen, die Lichter und die Dunkelheiten, die Farben, die in dünnen Flügelhäuten spielen, vier bis fünf Geschlechter unter der Kuppel von Ledom, der beliebtesten Tanzstätte von Rhinoclavis.

In Ledom freilich stand auch der fatale Kran, von dem später so viele Bilder und Bücher und Filme und Kunstwerke so viel Verkehrtes sagten: ein schwarzes Monster auf einer massiven, smaragdenen Stellplatte, zwei Schichten grünes Glas, um eine ultradünne Schicht Schwarzes Eis gemantelt, damit an diesem Ort, unter dem langen, glänzenden, dunklen Arm des Krans, die Fallbeschleunigung ein Minimum betrug.

Man konnte da so hoch springen, dass der fünf Meter

überm Boden quer durch die Kuppel verlaufende Eisenträger für besonders Wagemutige fast mühelos erreichbar war. Dort hingen sie dann, kopfüber, kopfunter, oder kletterten im Gerüst herum wie in den ägyptischen Illusionen im Club Plus X, wo uns eine schwarze Sternengöttin in tausendfach gestreckter Selbstvervielfältigung als undurchdringlicher Obsidian-Körper des Himmels überwölbte, während unten der Schaum wucherte wie eine Wiese, die im Zeitraffer wächst, und im Sekundentakt neue Sorten von Licht hervorbrachte.

Die stampfenden Tiefen und die knisternden Höhen, die Stimmen, die metallischen Flöten, der Herzschlag, der Tau auf den Lippen, die schreienden Vögel, die Hand in meiner, Shini und ich im Schilf am Teich mit heißen Flanken, keuchend und bissig und gut versteckt, während auf dem Felsplateau die Tänzerinnen mit den Armen wie See-Anemonen in die rauchige Atmosphäre ihre lebendigen Zeichen schrieben: freie Zeit.

Es war ein ständiger Transit von raupenbeweglich ineinandergeringelten Momenten. Wein der Liebe, salzige Dämpfe angstfreier Körper.

Dann lag man auf einem Floß und redete über Bücher – ich habe nirgends so viel Interesse an Sprache, so viel Neugier auf neue Arten des Sprechens oder Schreibens gefunden wie bei diesen Leuten, die andererseits so viel Zeit mit weitgeöffneten Sinnen in der strahlenden Sprachlosigkeit ihrer hohen Feste verbrachten.

Die Diskussionen waren Steigerungen des Lebens, nicht dessen Beruhigung, während die Erlebnisse wiederum die Diskussionen fortsetzten ins Unmittelbarste, sie also nicht mit Spektakel und Effekt totschlugen. Dieses Leben war zu reich, es konnte nicht von Dauer sein – und man sah doch auch, mit einem Witz, den ich nie wieder sah, die komische Seite an der Vergänglichkeit: Der geborstene Dom von Ledom etwa war nicht intakt erbaut und dann zerbrochen, sondern von Anfang an als Ruine konzipiert, eine Reminiszenz an die ersten Städte unten auf dem Venusboden, die noch unter künstlicher Atmosphäre dasjenige beschützt hatten, was damals das geduckte Menschenleben auf Venus war, bevor wir das Schwarze Eis kannten und den Schaum.

Als jene ersten Städte verfallen durften, als wir die halbkugelförmigen Biosphären zurückließen, damit sie in den Sand sanken, zu dem wir das zermahlen hatten, was an schroffen Massiven jenen ersten Siedlungen im Weg gestanden hatte, war die Verweltung beendet worden.

Der Kran von Ledom schien nicht unzufrieden damit, in dieser Kuppel zu wohnen und den Tanzenden zu helfen – ich habe mich tatsächlich einmal länger mit ihm unterhalten, und der einzige Verdruss, den er artikulierte, betraf den Umstand, dass er sich von anderen D/ angefeindet fühlte. Es gab im Umland um die Stelle, über der die Stadt schwebte, einige recht hochrangige D/-Neudelegierte, die Wählerstimmen mit Hetze abgriffen: »Schluss mit dem Haustierstatus!«, »Wir sind nicht für Tänzer da!«, »D/ tanzen nicht!«, das waren ihre Parolen.

Die Neukörper schien es gar nicht zu interessieren. Sie sahen alles in Bewegung, oder wie Aulika scherzte: »Und solang du dies nicht hast, dieses Stirb und Werde, bist du nur ein trüber Gast, auch auf der neuen Erde.«

Ich lernte das Vergängliche als Chance kennen. Mal hatte ich ein paar Tage lang Lust, ganz am Außenrand zu stehen in Ledom oder Plus X oder Mystif und wie die Kelche des Glücks alle hießen, stand da und wippte höchstens mit den Füßen, nickte rhythmisch mit dem Kopf, durchaus in mich versunken, nur von Shini, nach dem Tanzen, wieder aus mir herauszuholen, für Liebe, Küsse. Dann wieder sprang ich zwischen den andern herum, als hätte ich's erfunden.

Sowohl Shini als auch ich trafen während unserer Zeit bei den Neukörpern Menschen wieder, die wir früher gekannt und geliebt hatten. Teils waren sie körperlich verändert, teils sahen sie aus wie zuvor, aber nie waren es einfach dieselben.

Shini hat sich sogar einmal eine kurze Affäre mit einer meiner verflossenen Liebsten aus Le Jeu geleistet – eine Episode, aus der sie in ihrem zweiten Buch Kunst gemacht hat, einem Buch, das, wenn ich recht unterrichtet bin, ihren bis heute andauernden Ruhm als Schriftstellerin auf dem Mars begründet hat.

Die Geschichte liest sich dort, als wäre das überhaupt die Liebe ihres Lebens gewesen. Die Trennschärfe des Zeitrahmens ist nicht hoch – man erfährt kaum, dass es nur ein paar Tage waren, die sie mit der andern Frau verbrachte. Als Shini sich in ihrem Alterssitz Podkayne daranmachte, die Romanze mit jener Dana Hamani in Literatur zu verwandeln, wusste sie, dass diese Frau einige Zeit später, das heißt: nach der Affäre, zu den fünfzig Millionen venusischer Opfer des Ungeheuers Arjen Samito zählen würde. Die Tragik des berühmten Buches ist also *ex eventu* konstruiert, weil man bei der Lektüre denkt, dieses Glück wird nicht von Dauer sein, und also ständig geneigt ist, eine Ermordete zu beweinen.

Ich weiß die weniger romantische Wahrheit: Jenes Glück war auch damals nicht auf Dauer angelegt, die meiste Zeit schlief Shini selbst während der Affäre doch bei mir.

Das Ganze endete übrigens mit einem sehr schlichten Abschied Danas, weil sie eine neue Stellung in Behrens antrat – das Buch lässt es, auf sehr zweideutige Art, ein wenig so aussehen, als habe die Katastrophe von Ledom die beiden auseinandergebracht. Mir ist das immer etwas manipulativ vorgekommen, zu sehr auf literarischen Effekt bedacht.

Ich möchte darüber freilich nicht den Stab brechen; mein eigener Bericht macht sich vermutlich ähnlicher, wenn nicht schlimmerer Ungenauigkeiten schuldig.

Die Katastrophe von Ledom: Sie ist nun an der Reihe in meinem Bericht. Wie soll ich von ihr erzählen? Es ist schwer. Ich war dort.

Beinahe wären wir zu spät gekommen.

Hand in Hand, tändelnde Kinder, leichtbekleidet wegen der drückenden Hitze und der hohen Luftfeuchtigkeit um Ledom, stiegen wir hügelan auf der Rasenkuppe. Dass meine Liebste schließlich früh genug unterm Kran eintraf, um das Grauenhafte mit eigenen Augen zu sehen, lag an einem Zufall, der Frédéric hieß.

Ein Detail darf ich nicht verschweigen: Als Shini und ich die Steigung bezwungen hatten und auf der Hochebene angekommen waren, sah ich an einem Busch zwischen zwei Steinhaufen, wie sie dort manchmal Gräber, manchmal andere Gedenkzeichen markierten, eine Erscheinung stehen, die mich ablenkte, nein: erschreckte. »Siehst du das auch?«, fragte ich Shini, die aber an ihrem Hemdsaum etwas zu zupfen hatte und nicht auf das Mädchen achtete, das vor dem Busch stand, im lila Kleid, mit Rüschen an V-Ausschnitt und Ärmeln, in großem blaurotem Glockenrock, bestickt in Hochsee-Wellen, die Wangen rosig, die Haare streng zur Skulptur zusammengesteckt.

Das Merkwürdigste an jener Person war, dass sie in der linken Hand eine Feueraxt mit rotem Griff hielt. Sie sah mich, schien mich zu erkennen. Dann hob sie die Rechte und legte deren Zeigefinger auf die Lippen, als wollte sie sagen: »Psst!«

Ich weiß nicht mehr, woran ich erkannte, dass das Von Arc war.

Kleidung und Haarfarbe wichen stark ab von ihrer Aufmachung bei unseren früheren Begegnungen. Aber es gab keinen Zweifel: Sie war es.

Reflexhaft griff ich, nein: griffen meine semisentienten Subroutinen nach Von Arcs Kennung. Aber die war verriegelt – die kapriziöse Intelligenz ließ sich zwar sehen, aber nicht anrufen oder anschreiben.

Die Axt, am Griff gebogen, geknickt wie der expressive Zweig eines gemalten Baumes, schien für den schlanken Arm zu schwer. Die Augen waren größer als beim letzten Mal, als habe sie sich selbst karikieren wollen, und der ganze Ausdruck sagte: Geh nicht weiter, kehr um, wenn du klug bist!

Eine Warnung – aber wovor?

Ich wollte etwas sagen, wollte Shini mitteilen, was ich sah.

Ich tat gerade den Mund dazu auf, da fuhr mir ein Windstoß in den Nacken, dass sich die rasierten Härchen wunderten, und griff mir in den Hemdrücken, dass der Stoff flatterte.

Shini lachte auf, ließ meine Hand los, strampelte schon, wurde in die Höhe gezogen – es war Frédéric, der sie sich im Hinabstoßen und raschen Wiederaufsteigen geschnappt hatte wie ein Bussard eine Maus, die darüber verrückterweise vergnügt war.

Es muss an diesem Lachen gelegen haben, am Rauschen der Schwingen, an der Verblüffung, bei der ein momentanes Erschrecken unmittelbar von Freude abgelöst wurde, dass ich, nachdem Shini mir kreischend und lachend winkte, nicht anders konnte als zurückzuwinken. Ich sah, als die beiden mir davonflogen, noch einmal zu der K und fand sie nicht mehr bedrohlich, sondern komisch, fast albern: Sie war noch da, hatte die Axt jetzt geschultert, sah mit den großen Untertassenaugen zu mir, als erwarte sie eine Antwort.

Da tat ich, was ich seither oft bereut habe: Ich streckte dem Phantom die Zunge heraus.

Von Arc zuckte mit den Schultern und verschwand.

»Beeil dich!«, textete Shini, und Frédéric setzte hinzu: »Nicht, dass du wieder die ganze Nacht auf der Eingangsstufe stehst wie eine Tüte Nachos.«

Wie lange dauerte der Rest meines Anstiegs?

Er kam mir kurz vor, aber wenn ich heute zurückdenke, fallen mir Einzelheiten ein, die darauf hindeuten, dass ich noch mindestens acht bis zehn Minuten unterwegs gewesen sein muss: die nach Zitronen duftenden Wolken aus den Drogenpilzen, die in mehreren Gürteln um die Kuppe des Hügels wuchsen, die kleinen Partys an Gruppen von Bäumen und den beiden Honigwasserquellen, die beiden jungen Kentauren, die Federball spielten, die Schlangenfrau und ihre Kinder, das Schachspiel, das jemand auf Brusthöhe vergessen hatte, schwebend, auf einer Platte aus Schwarzem Eis. Und dann: die beiden Schläge durch den Boden, dröhnend, das Beben. Die kurze Pause, und noch einmal zwei Schläge.

Zu rhythmisch, als dass ich sie als Unfall oder Anschlag hätte erkennen können – eine neue Art Auftakt, dachte ich, nicht die Fanfaren, die man gewohnt war, sondern gleich das Stampfen, das normalerweise erst gegen Mitternacht begann.

Mit einem Anflug von Neid und etwas sportlichem Aufholehrgeiz dachte ich: Da sind sie also schon mittendrin, Shini und Frédéric.

Ich fiel in gestreckten Laufschritt und sah im oberen Drittel meines per Innenaugeblinzeln willentlich von allen Frames gereinigten Blicks schon das Farbenspiel, das ich für Kunst hielt und das etwas ganz anderes war: Scharlachschatten, Zungen von Chromgelb, drei bis vier Meter hoch.

Während ich bergan lief und den absurden Drang verspürte, die Arme auszubreiten und das Gelbrote, das mir entgegensprang, das kadmiumgelbe und orange Schwappen, das die sattgrüne Wiese unter sich wegdrückte, zu umfassen, als wäre das alles eine Teufelin, die ich lieben wollte, mischte sich der graue Rauch hinein: Anthrazit, Wolle aus Kobalt.

Dann kam die nächste Erschütterung. Sie warf die kleinen Pilgergruppen rings um mich durcheinander, ließ einige in ihrem Vorwärtsdrängen stocken. Ich lief, ich rannte, roch das Kohlendioxid. Schon bauten sich Balken auf im Innenauge, unerbetene Luftanalysen, Hitzewallungsmessungen, von Alarmroutinen geweckt. Bevor ich anfing, sinnlos nach Shini zu rufen, sandten ihr alle virtuellen Kontaktflächen, die wir aneinander geeicht hatten, tausend Fragen: Bist du drin, was ist los?

Im Rennen rammte mich von rechts ein türkisfarbener Keil auf zwei Dutzend dünnen Kabelbeinen – der erste einer Vorhut, eines Überfallkommandos von zwei Dutzend D/ in hartem Gummi: Geschosse ohne Köpfe, mit blinkenden Lichtspitzen, neonblau, magenta, aggressiv pulsierend. Sie schwärmten aus.

Klingen fuhren aus ihren Leibern. Ich sah, noch während ich mich auf den Bauch warf und die Hände schützend übern Kopf riss, wie ein Neukörper mit Pferdeleib an der Seite aufgerissen wurde, wie warmes, traubenrotes Blut aus diesem Körper spritzte, als schräger Schwall, und ich sah, wie Drohnen, chromblitzende Tropfen, unten bauchig schwer, mit Rotormessern, oben verjüngt zu Nadelantennen, vom Himmel fielen, und mehr Maschinen: scharfe Scheiben, die den Rasen verbrannten beim Vorwärtssurren, Zylinder, Schrauben. Leute kamen zurückgeströmt, sprangen über mich hinweg. Ich krümmte mich zusammen, rollte mich ab, hatte plötzlich nur mehr gellende Störungen im Innenauge, Flackern und Interferenzen und grausiges Moiré.

Weiter zur Kuppel oder schnell fort?

Die Entscheidung war nicht mehr meine: Die Neukörper und Menschen rissen mich mit sich, quollen aus dem Kelch wie Klumpen von Insekten, die ein Faustschlag aus einem tiefen Teller treibt. Sie hätten mich, als ich wieder auf den Beinen war, überrannt und zertrampelt, wenn ich nicht mit ihnen geflohen wäre, kopflos und schamlos, nicht einmal mehr besorgt um Shini, um Frédéric, um Aulika.

Wir stürzten, sprangen, hopsten den Hügel hinunter, unglückliche Kreuzungen aus Fröschen, Hasen und Ameisen, kamen aneinander zu Fall, schlugen einander, weil wir einander für Angreifer hielten, oder klammerten uns aneinander fest, weil wir Rettung erhofften.

Nach einem Streifen lehmigen, seltsam feuchten Bodens, gelbbraun, von beißendem Geruch, nie zuvor beachtet, obwohl ich oft daran vorübergegangen war, lief ich gegen einen Baum, den ersten Außenposten eines Wäldchens aus dichtem, auf kurzen, knorrigen Stämmen sitzendem Laub, in das sich viele flüchteten.

Wir meinten, wir könnten uns dort vor den Laseraugen der Mörder verstecken.

Mir hat an diesem Tag tatsächlich keine Maschine und wohl auch kein Mensch etwas angetan. Die Verletzungen, die ich mir zuzog, rührten vom Boden, von Steinen, von der Rinde jenes Baumes her.

Ich kroch, gepeinigt von pochendem Schmerz in Unterkiefer und Kinn, brennendem Reißen im rechten Bein, ganz nah am Baum um diesen, bis ich auf der dem Hügel abgewandten Seite stand, und zog mich dann am Stamm empor, krallte mich mit den Fingern in die Borke, als wäre ich eine Fliege, die sich ganz still verhalten wollte, während rechts und links von mir ein Trampeln und Schreien vorbeifiel, Regenguss aus Leibern.

Es geht mir damit wie mit dem Mord an Thalberg: Ich

habe das Gefühl, nicht einmal die zeitlichen Maßrelationen der verschiedenen Ereignisse dieses Tages zuverlässig rekonstruieren zu können. Das heißt, ich kann ebenso wenig sagen, wie lange der Aufstieg zur Kuppe dauerte, wie ich angeben könnte, wie lange ich mich an diesem Baum festhielt.

Wären nicht die Schutzkonvois mit D=B=K-loyalen Askaris und CC-gesteuerten D/ nach erfreulich kurzer Reaktionszeit eingetroffen, kaum zehn Minuten nach den ersten vier Detonationen und dem Beginn des Massakers, und hätten sie nicht die Angreifer rasch zurückgeschlagen, die noch immer im Kessel zwischen die Verschreckten oder bereits Verwundeten fuhren, so hätten sich die Mörder vermutlich bald dem Umland zugewandt.

Dann wäre das Wäldchen eine Todesfalle für Hunderte geworden.

Ich stand da, bis mir die Beinmuskeln weh taten, in einer nahezu vegetativen, wie festgewachsenen Starre, und las mit geschlossenen Augen die Werte von Temperatur und Wind, hörte die immer wieder von Störungen zerrissenen Rufe, Meldungen, Kontaktaufnahmeversuche, Durchsagen der Schutzverbände.

Der verzweifelte Stimmenlärm war das Schlimmste: das Weinen, das Ächzen und Stöhnen, das Schreien und Fluchen, die Haltlosigkeit flehentlicher Ausrufe und halb erstickter, halb ausgewürgter Anklagen. Die Lautstärke des Jammers wuchs zunächst stetig, schwoll an, als gäbe es dafür keine Obergrenze. Dann flachte der Geräuschpegel urplötzlich ab, jedenfalls nahm ich es so wahr. Danach hielt er sich eine Weile auf einem desolaten Plateau der Verwirrung, um schließlich einzubrechen und sich in vereinzelte Wehlaute aufzulösen.

Der Tiefpunkt, den ich an jenem traurig berühmten Tag durchlebte, war die halbe Stunde völliger Unerreichbarkeit des Écumengesamten für alle meine Fragen.

Ich wusste, was geschehen war, kannte die Notfallprotokolle: Derlei hatte man in alten Zeiten »Ausnahmezustand« genannt. Einst war das eine verfassungsrechtliche, bei uns aber eine technische Kategorie: Wenn das Innenauge nichts mehr sah und das Innenohr nichts mehr hören konnte, hatte der Bund die Stadt unter eine von der CC oder Christensen persönlich angeordnete Sofortblockade gestellt.

Das hieß, die großen Keilblattsegler, die mit D/ und Menschen von der CC und entscheidungsbefugten Delegierten höchster Ränge besetzten Hausboote zwischen den Städten, waren unterwegs, drangen wohl bereits durch die Außenmembranen des Deltaeders.

Mein Leib sank am Baum zusammen, schluchzte, zitterte und war noch nicht einmal imstande, einen Gedanken an die anderen zu fassen, um die sein Herz fürchten musste.

Ich wischte mir die Augen aus, stand auf, trat vom Baum weg. Vor mir stand ein Mann in der weißroten Porzellanplastikrüstung der CC und bedeutete mir mit einer Geste, ich solle mich konzentrieren und die Verbindung zu ihm, zum Écumen überhaupt, reaktivieren.

Das tat ich. Er hatte mich mit meinen passiven Peilkennungen gefunden. Andere wie er, gut drei Dutzend, schritten, begleitet von schlanken, amphorenförmigen D/, die lautlos hin und her schwebten, durch den Wald.

Sie halfen Leuten auf, versorgten einige medizinisch.

Ich sah das Gesicht meines Retters im Innenauge. Ich kannte ihn, er gehörte zur Garde meines Vaters. »Bist du verletzt? Abgesehen von der Schramme – hast du Verletzungen, die ich nicht sehen kann?«

Das fragte er mit körperlicher Stimme, nicht per Fernkontakt. Ich glaube, ich verstand diese Frage im ersten Moment überhaupt nicht. Ich sah an ihm vorbei, schaute über ihn hinweg. In der Luft standen die Segler der Sicherheit, über den einander bedrängenden Rauchsäulen, die aus dem Krater stiegen, der ein Tanzplatz gewesen war.

»Nein, ich bin nicht verletzt«, sagte ich schließlich.

Es schien ihn zu freuen; mehr jedenfalls als mich – mir war es so gut wie egal. Der Mann winkte einem zweiten und dritten. Die beiden brachten mich auf einem schmalen Inertial nach oben, in eins der dunklen Häuser von auswärts, einen der Bunker der Retter – das größte, längste, eine dunkelbraune Bundeslade ohne erkennbare Fenster, fünfstöckig, mit Selbstschussarmen an jeder Außenschleuse, langen Gängen im Innern.

Die Gänge waren organisch, ohne harte Winkel. Man führte mich durch Windungen zu einer Art Hotelsuite, wo ich mich waschen und umkleiden konnte – auf der Liegestatt fand ich eine Uniform in der richtigen Größe. Darunter standen solide Halbschuhe. Eine Delegierte in streng geschnittenem Overall, allerdings barfuß wie eben noch ich selbst, trat ohne Vorwarnung in den der Tür nächstgelegenen der drei Räume meiner Zimmerflucht und sagte: »Dein Vater erwartet dich, Freund.«

Ein kurzer Anflug bizarrer Lachlust machte mir zu schaffen: Freund, das klang das erste Mal im Leben wie eine Zurechtweisung – etwa wie: »Freundchen, warte nur, bis dein Vater nach Hause kommt!«

Der war schon da, in einem geräumigen, mit vielen Büchern in langen Regalen ausgekleideten Büro, an einem eichenen Schreibtisch, in einem körperangepassten, mit hirschrotem Leder bespannten Stuhl, eher: Sessel, auf dessen Zwilling ich mich setzte.

Es war ein großes Entgegenkommen des Delegierten Arthur Helander, mich sofort zu sich zu lassen, eine Respektsbezeugung, auch wenn ich in den Sessel etwas zu tief einsank und damit ein wenig niedriger saß als er. Das hatten diese Sessel, zwei simple, aber wohl nicht dumme semisentiente D/, wahrscheinlich selbst untereinander ausgeknobelt.

Mein Vater fragte. »Willst du was trinken?«

Dass ich keinen schweren Schaden genommen hatte, wusste er gewiss von seinen Leuten. Ich verneinte und stellte eine Gegenfrage: »Du bist mitsamt CC so schnell von Laukkanenstadt ...«

Er winkte ab: »Lass den Flachs, Junge. Ich weiß, wo du hindenkst. Ich habe Protokolle all deiner Framerecherchen der letzten Monate gesehen: Du liest Verschwörungsspinnereien und stellst dir vor, wir hätten was mit dem zu tun, was hier passiert ist. Das kannst du ruhig denken, es kümmert mich nicht – die Gedanken sind frei. Aber die Entschlüsse sind es nicht mehr, wenn man so viele Fehler gemacht hat wie du.«

Sehr rote Wangen, rötliche Augen, viele geplatzte Äderchen, ungesunde Augenfarbe: Er hatte wohl nicht viel geschlafen und zu viel getrunken in den letzten Wochen.

Ich sagte: »Die offiziellen Frames deuten selbst an, dass es nicht einfach ein paar rebellische D/ waren. Man spricht von rascher Aufklärung. Das müsste man nicht, wenn nicht D=B=Kler unter Verdacht stünden.«

Ich kam mir selbst altklug vor bei diesen Worten. Er erwiderte, mühsam beherrscht: »Du solltest die Verbindungen mal eine Nacht ruhen lassen. Das Zeug macht dir nur Würmer im Hirn. Und was mein Hiersein angeht: Ich war schon unterwegs nach Rhinoclavis, als uns die Nachricht erreichte. Ein Kulturabkommen, offizielle Dinge. Lächerlich, im Grunde. Da ich aber der ranghöchste Delegierte im erweiterten Raum um diese Stadt bin ...«

»Fällt dir die Ermittlung zu. Und die Säuberung.«

»Das Aufräumen«, sagte er pointiert und nahm mit einer Grazie, die mich bei diesem kompakten Mann stets verblüffte, sein kleines Glas mit Kaffeelikör von der dunklen Gummimatte auf dem Tisch. Er spitzte den Mund mit dem wie immer fadenpräzise geschnittenen Schnurrbart darüber. Nippte ein wenig. Stellte das Glas wieder hin.

Ich senkte den Kopf: Ja, aufräumen.

Er hatte mich beschämt. Dass ich mich bereits wieder in den Frames umtat, um dahinterzukommen, was geschehen war, als wäre das ein Zuschauersport, obwohl ich noch nicht einmal wusste, was mit denen geschehen war, deren Kontakte nach wie vor schwiegen, denen, die mir nahestanden, Frédéric, Aadarshini und Aulika, warf kein gutes Licht auf mich. Ich kappte meine Kontakte zu den Nachrichten, dann sah ich ihn an und sagte: »Frédéric schweigt, und Aadarshini Chabert schweigt, und andere, um die ich mich sorge, schweigen auch. Ich nehme an, das ist gewollt.«

»Wir haben eine Anordnung in den Écumen gespeist – private Kommunikation in der Dipyramide und in den Zilien dieser Stadt ist für die Dauer von vierundzwanzig Stunden unmöglich, weil wir unsere Garben nicht in den Wahnsinn treiben wollen, die alle Kommunikationen vor dem Anschlag durchsuchen. Wir tun das, damit wir sehr bald damit anfangen können, die Richtigen zu verhaften.«

»Die Richtigen sind hier, in der Stadt?«

Er lächelte gequält, das war Antwort genug.

Dann sagte er: »Also gut. Was willst du wissen? Über wen? Ich habe Zugang zu Peilungen, zu jeder Sorte Ortung im CC-Ereignisraum.«

Ich wollte natürlich wissen, ob Shini in Sicherheit war. Aber ebendas ging ihn, fand ich, nichts an, das wäre ein Einblick in mein Intimstes gewesen, hätte mich verwundbar gezeigt, während eine andere Frage ihn ins Unrecht setzen konnte und gleichzeitig mich zum Verteidiger einer Familienehre erklären, die er aufgegeben, an der er sich durch seine Hinwendung zu Leona Christensen vergangen hatte – so stellte ich sie, diese andere Frage: »Wo ist mein Bruder? Hast du ihn auch gerettet? Oder ist dir ein Neukörper nichts wert?«

»Dein Bruder ist tot«, sagte mein Vater.

Ich saß stumm da, bis ich mich wieder spürte.

Dann fragte ich kläglich: »Wie? Unter ... auf welche Weise ... ist ...«

»Niemand hat Schuld außer den Tätern. Wir haben ihn gefunden. Er lag unterm Kran. Der Absturz hat ihm das Genick gebrochen, bevor er halb verbrannt war.«

»Shini. Shini war bei ihm«, sagte meine Stimme.

»Sie ist hier. Hier im Segler. Leichte Verletzungen. Schock. Du solltest zu ihr gehen – ich habe euch füreinander freischalten lassen. Du kannst sie anrufen, ihr texten.«

Ich weiß nicht mehr, ob ich ihm dankte oder es nur wollte, mit diesem schwachen Willen, in dieser großen Schande. Was blieb zu sagen? Hätte ich nach Aulika fragen sollen oder nach anderen unserer Freundinnen und Freunde? Ich hörte mich sagen: »Ich werde tun, was du mir sagst.«

Er senkte das Kinn auf die Brust, dann sah er mich an, als sei ich ihm eben erst vorgestellt worden, und sagte: »Du gehst nach Flintstadt und wirst Beigeordneter in meiner Arbeitsgruppe. Du vertrittst mich, wenn ich in anderen Bundangelegenheiten beansprucht bin, vertrittst mich in baulichen Ausschüssen, bei der Literatur, im Filmausschuss, in den Bibliotheksberatungen, bei den Druckgenehmigungen, im Medialen, in allen Framelizenzfragen. Wir brauchen dich.«

Er meinte mit »wir« kaum sich, eher Christensen, denn ich wusste, dass es ihm in diesem Moment nicht schwergefallen wäre, auf meine Gesellschaft für immer zu verzichten.

Ich nickte und stand auf. Als sich die Tür hinter mir zusammenzog, leuchtete Shinis vertraute Kennung in meinem Innenauge auf.

Daneben ließ sich ein Plan entfalten, Gänge, Korridore, nichts weiter, auch nicht auf Anfrage oder Rückruf: ein schlichter Wegweiser zu ihr.

Das mochte Verschiedenes bedeuten – dass sie zu mehr nicht die Kraft hatte, dass sie wusste, dass der, der uns erlaubte, miteinander in Kontakt zu treten, alles lesen und hören konnte, was wir einander mitteilten, oder dass sie mir etwas übelnahm.

Den Weg zu ihr ging ich in großer Unruhe. Die Karte setzte sich erst unterwegs zusammen, wahrscheinlich eine Sicherheitsvorkehrung: Es erschwerte das Mitlesen für alle, die nicht die Route mit mir abschritten.

Irgendwann fiel mir auf, dass ich den Stamm des Hauptgangs schon vor zehn Minuten verlassen hatte und von den Zweigen der ersten Nebengänge inzwischen in ein Gewirr von Ästen gelangt war. Ich ging, dachte ich, in dem Baum herum, an den ich mich ein paar Stunden vorher geklammert hatte, bis ich schließlich doch an der Pforte zu Shinis Wohnbereich stand. Es war eine mattschillernde Membran aus Écumuli statt einer gewöhnlichen Iris, eine Haut mit Splittern von Königsblau und Violett darin. Ich stand einen Augenblick unsicher davor, weil ich nicht wusste, wie man durch etwas hindurchgehen sollte, das sich nicht weiten würde, falls man den Bewegungshorizont berührte.

Schließlich rang ich mich dazu durch, das Schimmern als Schleier aufzufassen, als leichte Gardine vielleicht, die mich streifen und an mir abgleiten würde – und so ähnlich geschah es tatsächlich. Als ich meine Liebste nackt im lichten Umbraschatten auf einem mit bauchigen Samtkissen dekorierten Riesendiwan liegen sah, verhielt ich mich wie ein Verdutzter in einer Boulevardkomödie und wich zwei Schritte wieder zurück – sprachlos.

Ich hörte sie sagen: »Da bist du ja.« Es war eine Feststellung, kein Ausruf, und das lockte mich wieder hinein. Ihr Gesicht hellte sich auf, das schien mir schamlos und seltsam, wenn ich an den Tag dachte, den wir eben überlebt hatten. Eine Regung ungewollter Lust, wie ein Knoten im Hals, machte mich augenblicklich unzufrieden: Ihr Körper, seine Leichtigkeit, das waren Erinnerungen, die ich nicht einordnen konnte, nicht erleben wollte. Sie lag da, seitlich drapiert, als ginge es darum, eine Stimmung zu behaupten, die nicht wahr sein konnte, und las ein Buch im Kerzenlicht.

Ich weiß noch, es waren Gedichte. Ich habe vergessen, von wem.

Sie setzte sich auf, verschränkte die Beine in unverschämter Gelassenheit zum Schneidersitz, legte sich das Buch auf den Schoß und faltete die Arme über ihre Brüste. Das sah, zusammen mit einem plötzlich scheuen Lächeln, rätselhaft aus.

»Du blutest«, bemerkte sie ohne eine Spur Aufregung.

Ich fragte das Alleroffensichtlichste: »Wo sind deine Kleider?«

»Es ist heiß hier drin«, sagte sie. Ihr Haar war fransig, ungebürstet: »Wieso blutest du? Ich habe mir Sorgen um dich gemacht.«

»Wo blute ich?« Ich erhob meine Hand zum Gesicht, tastete es ab.

»Die Wange. Da.« Sie half mir. Ich fand den Schnitt, er tat nicht mehr sehr weh, auch nicht, wenn ich daraufdrückte.

Das Blut auf meinen Fingerspitzen sah im Kerzenschimmer wie eine Andeutung aus, eine Unbeweisbarkeit. Sie lächelte wieder, es war wohl einladend gemeint. Ich erkannte den falschen Trost. Ich wollte nicht versagen, wie im Gespräch mit meinem Vater. Deshalb blieb ich stehen, wo ich stand, und sagte: »Weißt du irgendwas von draußen? Bist du auch ... gekappt?«

»Aulika ist am Leben, aber verletzt. Krankenstation. Unten, innen. Rhinoclavis.«

»Und weiter draußen? Mein Vater sagt, alle Verbindungen seien durchtrennt.«

Sie blinzelte, als wollte sie sagen: Es überrascht mich, dass du mir nicht um den Hals fällst, es überrascht mich, dass wir einander nicht mit Küssen bedecken, es überrascht mich, dass wir uns nicht hemmungslos ausflennen – das alles überrascht mich, aber es passt.

»So bist du«, sagte sie schließlich, leise, nicht vorwurfsvoll, aber auch nicht gerade glücklich. »Denkst immer das Schlechteste von den Leuten. Ich habe Verbindungen, denkst du, weil meine Mutter sie mir freistellt – als stünden wir in engstem Kontakt. Ich kenne selbst deinen Vater besser als meine Mutter, wusstest du das? Nein. Woher auch. Ich rede mit Leuten. Die CC hier, Menschen, Askaris und D/ – sie sind hilfreich, und für sie gilt der Bann nicht, die Quarantäne. Und ich habe mit deinem Vater geredet. Der mir von Frédéric erzählt hat. Davon, wie er gestorben ist – das habe ich nämlich nicht gesehen. Weißt du, warum nicht?«

Ich schüttelte sacht den Kopf, durchaus schuldbewusst.

Sie sagte leise: »Ich habe nicht gesehen, was ihm passiert ist, weil er mich von sich geworfen hat – im Anflug, in der letzten Kurve, als der Kran das erste Mal erschüttert wurde. Frédéric muss sofort verstanden haben, dass da was gesprengt worden war. Er ist gerade schnell genug abgesunken, dass es kein richtiger Sturz war, dass mir nicht mehr passiert ist als ein paar Prellungen. Er warf mich über den Rand des Kessels, aus der Gefahrenzone, wo die D/ schon waren – man ist sich noch uneins bei der Forensik der CC, wie sie da hinkamen, ob sie sich durch das Schwarze Eis gebohrt haben, zwischen den Smaragdflächen, oder ob sie durch unterirdische Luftschächte gekommen sind, aus Richtung des Kraftwerks Südost. Ich fiel auf den Rasen, ich hab mich zwei-, dreimal überschlagen und bin weggelaufen, bergab, so schnell ich konnte. Ohne zu denken, ohne zurückzuschauen.«

»Ich bin froh«, sagte ich.

»Die CCler sagen mir, dass Hsü verhaftet worden ist.«

»Hsü? Aber das ...« Ich weiß noch, wie ich mit diesem Wort ansetzte, wie ich dem Leben selbst, dem politischen Zusammenbruch, der da begonnen hatte, ins Wort oder in den Arm fallen wollte, und ich weiß auch noch, wie das hätte weitergehen sollen, welcher Satz daraus hätte werden sollen: Das kann nicht sein.

Aber weil ich wusste, dass es sehr wohl sein konnte, dass es sogar ganz folgerichtig war, dass irgendein Mensch für die Taten jener D/ mitverantwortlich gemacht werden musste, um Vergeltungs- und Disziplinierungsaktionen gegen D/ nicht insgesamt wie eine Rücknahme des Laukkanen-Aufgebots aussehen zu lassen, ließ ich den Rest unausgesprochen.

Aadarshini wartete genau so lange, wie sie musste, damit klar war, dass ich nichts mehr sagen würde. Dann fuhr sie fort: »Und Daniel Singh ist der Nächste. Denn auch wenn er nicht mit den D/ gekungelt hat, er kungelt unausgesetzt mit Hsü. Sie hatten sich, das weiß man im Katzenhaus, schon als Triumvirn mit Vuletic gesehen, bevor der entfernt wurde. Früher oder später musste sie das einholen.«

»Nein, aber ... Shini ... die erste Dreierspitze war doch anders: Christensen, Singh und Hsü.«

»Ja, aber die beiden Kleinen wollten lieber Vuletic bei sich haben, weil der leichter zu beeinflussen schien als Lily. Man musste ihm nur schmeicheln.«

Das stimmte wohl; jedenfalls hatte Thalberg mir Ähnliches erzählt, sowohl nüchtern wie betrunken, vor Zeugen und unter vier Augen.

Ich hatte dennoch einen Einwand: »War das nicht Hsü, der am lautesten für Vuletics Ausschluss votiert hat?«

Sie verzog den Mund: »Ja, um den Graben zwischen Vuletic und der Bundspitze zu vertiefen. Denn damals hat Lily gerade die Hand nach Vuletic ausgestreckt, hat ihm mehrere Versöhnungsangebote gemacht.«

Auch das stimmte: Es war nach der Niederlage Vuletics im Plenum gewesen, nach seiner fatalen Rede mit der Forderung, K/ in alle Himmelsrichtungen zu schießen wie brennende Pfeile auf feindliche Strohdächer.

Typisch für Leona Christensen: Einem, der sich so blamiert hatte, die Versöhnung anzubieten war eine klare Geste der Stärke.

»Sein Gewurstel muss Christensen sehr gereizt haben«, überlegte ich halblaut, »es ist aber bezeichnend, dass sie so lange gewartet hat, bis sie zuschlägt.«

»Der Tag musste kommen, an dem ihr die Lage dazu verhelfen würde, ihn abzuschaffen. Der Tag ist heute«, sagte Shini.

»Und Bathnagar?«

»Ist über jeden Zweifel erhaben. Ist so sicher wie dein Vater. Der Liebling des Bundes: Er hat ja die CC erst so effektiv gemacht, wie sie jetzt sind ... durch ... Rechenzeitspenden seitens seiner K/.«

»Seine K/ – das klingt, als ob sie ihm gehorchten. Gehorchen sie nicht diesem Kâlidâsa?«

»Der ist wie weggepustet, ganz verschwunden. Man hört und sieht nichts, sagen alle Partitionen der CC.«

»Die wem gehorchen? Meinem Vater?«

»Wichtiger ist: Wirst du ihm gehorchen?«

Sie wusste also, was er von mir verlangt hatte.

Wie gut kannten und verstanden sich diese beiden eigentlich? Shini senkte beide Arme und sagte nach einem winzigen Schulterzucken, das ich mir vielleicht auch nur eingebildet habe: »Ich gehe jedenfalls nach Behrens. Und danach vielleicht nach Freyja Montes.«

»Ionad?«

»Ja. Die D/ entdecken dort gerade die Biotechnik. Ich glaube, es gibt nichts Wichtigeres jetzt, als dass wir festhalten am Bündnis zwischen ihnen und uns. Sonst sind die K/ die lachenden Dritten. Bathnagar ... er ist mir unheimlich.«

»Obwohl du mit seiner Tochter befreundet bist?«

»Weil ich mit seiner Tochter befreundet bin. Ich mag Leila, aber sie ist ein ... kleiner Sonnenschein ... sie ist von einer Arg- und Ahnungslosigkeit, die mit Blick auf diejenigen, die sie zu dieser Naivität erzogen haben, zu den schlimmsten Befürchtungen berechtigt.«

Hätte ich um sie kämpfen sollen? Einen dramatischen Monolog aufsagen, ihr mein Innerstes offenbaren? Ich wusste, dass ich geschlagen war: »Wir sprechen morgen. Wir sind beide erledigt.«

Mir war, während ich das aussprach, schon klar, wie zweideutig das klang, man musste es nur etwas umstellen: Wir beide sind erledigt.

Es stimmte nicht, aber es war in diesem Moment wohl das, was uns schonte, was uns Zeit verschaffte. Deshalb deutete sie ein Nicken an, so langsam und halb verborgen wie zuvor mein Vater.

»Wir sprechen morgen«, wiederholte sie und wusste wohl schon, dass sie log.

Ich sollte sie lange nicht wiedersehen.

Wenn ich jetzt von meiner Zeit in Mischpatim, B'midbar und Aforia Circinata, vor allem aber meiner Arbeit und meinem Leben im Herztrichter von Flintstadt, in Aton, erzähle, wird man denken: Wo Nikolas Helander schildert, bei welchen Besprechungen er zugegen war, wie er das schreckliche Ende von Hsü und Singh erlebt hat, wo er all das der Kenntnis und dem Urteil von Leuten übergibt, die dort und damals nicht dabei waren, dann muss man denken: Hier kann man etwas erfahren, was man nicht wüsste, wenn er schwiege.

Was man dann wohl vor allem erwartet, sind Auskünfte über Leona Christensen, die erklären, warum sie getan hat, was sie tat, und wer sie war.

Nicht, dass es nicht bereits Terabytefluten von Daten und Ansichten dazu gäbe. Aber wird ein Zeitzeuge nicht sagen müssen, was er den Außenstehenden, Fremden, Neugierigen, den Nachgeborenen jetzt und in Zukunft an Wissen voraushat?

Wer dies hier liest, wird glauben, ich wolle genau das versprechen.

Das will ich nicht.

Denn ich habe zwar mehr aus der Nähe erlebt als viele. Aber ich glaube nicht, dass ich von dem, was damals Geschichte gemacht hat, mehr verstanden habe als jene, die in Ruhe sichten und hören können, was die Archive übrig ließen.

Ich habe das Katzenhaus betreten und verlassen, das stimmt.

Ich habe sogar manchmal dort geschlafen, man kann sagen, ich habe hin und wieder dort gewohnt. Immerhin: Diese Auskunft allein mag ein Bild zurechtrücken, das jenes große, rot gemauerte Gebäude mit dem domartigen, aber romanisch rechtwinkligen Mittelschiff und den beiden mächtigen Flügelanbauten als Palast sehen will.

Es war in Wahrheit ein Regierungsbau in durchaus funktionalem Sinn. Man arbeitete dort, grüßte einander, man stand auf Gängen und stritt oder scherzte.

Die Wohnungen, fixe wie temporäre, waren in den sechs Stockwerken der beiden Seitenbauten untergebracht, die Amtsräume im Haupthaus.

Der Drache, den sie Lily nannten, wohnte hier, aber von »Hof halten« kann man nicht reden, auch wenn entsprechende Floskeln üblich waren: »bei Hofe«, »Höflinge« und so weiter.

Schrieb ich: Drache?

Ein Löwe war's, der dem Gebäude seinen Namen gab, weil er davor stand, auf freier Steineebene, erhoben auf einem allerdings niedrigen Marmorsockel. Der war nicht mehr als sechzig Zentimeter hoch. Ein Löwe – und viele verwechselten ihn nur allzu gern mit ihr, die hinter ihm lebte und herrschte, auch wenn er ein Männchen war, zwei Menschen hoch, aus massivem Metall unter grünem Acetat, die rechte Pranke zum Schlag erhoben, eine Schlange, das Maul noch weiter aufgerissen als er, unter der linken Pranke bereits zu Boden gedrückt, schuppig, scharfe Gesichtszüge, kalt glotzende Augen im Gegensatz zu seinen feurigen, und unter ihm sowie hinten, unter seinem Schweif, der lebendiger wirkte als das schon fast besiegte Reptil, hockten zwei Löwenjunge, angstfrei, mit etwas knautschigen, eher neugierigen als niedlichen Gesichtern.

Die kleinen Katzen, das waren wir.

»Die Figurengruppe hat einmal in Berlin gestanden, einer alten Hauptstadt eines alten Staates auf der Erde, vor einem Gerichtsgebäude«, erklärte mir mein Vater bei Portwein an einem der Kaminfeuer im obersten Stockwerk, wo er mitunter Monate verbrachte. »Und zum Richten und Verurteilen passt es ja. Aber da wir die alte Gewaltenteilung überarbeitet haben und die Macht einerseits stärker bündeln, andererseits klüger zergliedern, in funktionale Arme, passt es auch zu diesem Haus. Jedenfalls ist es symbolische Kunst und gefällt uns deshalb natürlich besser als Statuen von Laukkanen oder ähnliche Abartigkeiten.«

Damals hielt sich die kleine Schicht der obersten Delegierten allerhand darauf zugute, dass man sich nicht in Standbildern verewigen ließ, nicht mit großem Kopf auf Transparenten hing – sosehr die Propaganda visuell vermittelt war, in Gestalt von Bannern, Laufbändern, Filmen, auf denen aber immer Menschen oder D/ zu sehen waren, die niemand Bestimmtes darstellen sollten, sondern »uns alle«.

Personenkult, hatte Laukkanen gelehrt, war unnütz: »Denkmäler ziehen nur Tauben an, wir sind unsere Energie Besserem schuldig als der Arbeit, sie sauber zu halten.«

Eine Weile war das ein Laukkanen-Lieblingssatz Christensens.

Nach 554 hörte man ihn seltener. Und ab dem Moment der Mobilmachung gegen Samito wurde er von kürzeren Sätzen verdrängt, vor allem dem bekanntesten: »Venus siegt!«

Schon 550, das war einer der vielen Widersprüche unseres damaligen Lebens, stand das erste Doppeldenkmal im großen Park von Psargent, zwischen den Mehrfachhimmeln des Katenoiden, direkt unter der Zilienmündung von Aton, im Hain von Flintstadt: Laukkanen, zweieinhalb Meter groß, gibt Christensen, ebenso hoch, die Hand, und auf dem Sockel steht: »Eine hat es aufgebaut, eine hat es gerettet: das Bundwerk.«

So sollten wir's nennen, das Standbild, »Bundwerkdenkmal«, als könnte man allein mit einem Namen erreichen, dass etwas nicht Personenkult war, das zwei Personen zeigte.

Ich sah die Chefin nicht selten.

Ich kann von ihr erzählen, aber ich weiß nicht, ob das viel erhellt.

Leona Christensen sah ungeschminkt merklich blasser aus als mit Make-up.

Sie hatte Sommersprossen auf den Armen. Manchmal trug sie feminine Kleidung, etwa eine flaschengrüne Bluse, deren beide obersten Knöpfe sie geöffnet ließ, wenn's warm genug war, oder ein Armband aus blauen Mineralien, gefunden in den Minen von Gula Mons, oder ein Top mit minoisch-kretischen Mustern, von einem goldenen Reifen zusammengehalten. Sie hatte Ohrringe im oberen linken Ohrenrand, die man in offiziellen Filmen, auf offiziellen Fotos oft nicht sieht, einer golden, einer silbern, es kann auch Platin gewesen sein. An einem Halsband aus dunkelbraunem Leder hing ein metallischer Vogel, ein Phönix wohl. Nicht immer trug sie den. Ihr rechter Oberarm war tätowiert, es handelte sich um eine Kategorienpfeilgraphik, ich sah das selten, meist hielt sie die Arme bedeckt, zumindest die Schultern und alles bis zum Ellenbogen. Ihre Nase war hübsch, man kennt die Gedichte, Lieder, Witze darüber: klein, nicht zu klein, frech.

Ihr rotes Haar: Rost, sagte mein Vater einmal, alter Industrierost, der Rost der Ehre, des Aufbaus, der nötig war. Nie riskierte sie zu dunklen Lippenstift, sie wusste, dass ihre natürliche seerosenblasse Lippenfarbe ein Reiz war, den Kosmetik betonen, nicht verstecken sollte. Sie war der fleißigste Mensch, dem ich je begegnet bin.

Nie hat sie sich in meiner Gegenwart gehenlassen, nie auch erfuhr ich von anderen, sie wäre ihnen gegenüber ausfällig geworden oder sie sei verzweifelt, auch in den abgründigsten Stunden nicht. Nur äußerst selten überhaupt erhob sie ihre Stimme. Das heißt nicht, dass sie umgekehrt etwa einschläfernd geredet hätte. Es war Melodie darin, wenn sie sprach, die Leidenschaften waren zu erahnen, das Interesse an den Gegenständen war nicht zu verkennen, aber ohne Hass, wenn auch der Wortwahl nach manchmal sehr deutlich, ja grob, gerade dann, wenn alle Augen im Raum auf sie gerichtet waren und in ihren eigenen Augen, dieser grünbraunen Tiefe, nach Antworten suchten. Lakonie lag ihr.

Ob es um Luftströmungen an Vulkanhängen ging, die unsere Venuswindzirkulation beeinflussten, um Truppenbewegungen im lunaren Orbit nahe der Erde oder um einen Literaturpreis des Magistrats von Flintstadt: Nie erschien sie unvorbereitet, nie verfiel sie in die Unart so vieler Funktionärinnen und Amtswalter, die ich damals erleben musste, sich während einer Besprechung erst die relevanten Informationen heimlich vors Innenauge zu rufen und dann so zu tun, als habe man, was man eben erst erfährt, bereits reiflich erwogen.

Das sind, denke ich, die positiven Dinge, die ich über Leona Christensen zu sagen weiß.

Dass sie nichts Neues bringen, dass sie einerseits keiner der hagiographischen Darstellungen widersprechen, die das Regime damals selbst in Umlauf setzte, und andererseits nur mit den extremsten Behauptungen von Kritikern und Hassern kollidieren, die man bis heute kennenlernen kann, dafür kann ich nichts.

Falsch ist, was manchmal gesagt wird: sie habe zur Rachsucht und zu Wutanfällen geneigt, sie sei manisch-depressiv gewesen, paranoid, habe die meiste Zeit unter Drogen gestanden. Dass ich dem widerspreche, will ich gern verantworten.

Was ich gesehen und gehört habe, das habe ich gesehen und gehört.

Das Wichtige an dieser Frau, denke ich, war im Guten wie im Bösen nie verborgen. Sie stand damals in ihren späten Sechzigern, bei einer mittleren venusischen Lebenserwartung von etwa hundertsiebzig Jahren alter irdischer Rechnung, selbst bei Leuten, die keinen Ja durchgemacht hatten.

So hatte sie die Zeit, die man damals »Die besten Jahre« nannte, unzweifelhaft noch vor sich, stand ja auch kurz vor ihren wichtigsten Leistungen, die ich noch immer in zwei Gruppen teilen würde: Zuerst gab es da die beispiellosen Verbrechen, für die man sie verabscheuen kann, weil sie die Unschuld des Bundwerks, das Strahlende, den Aufbruch daran und darin erwürgten. Das andere aber ist die Bewältigung der Aufgabe, die ihr ohne Verdienst zufiel, die sie aber besser meisterte als alle anderen, denen diese Aufgabe hätte übertragen werden können, sie gemeistert hätten: die Verteidigung, die Bewahrung nicht allein des Bundwerks als vielmehr überhaupt des Planeten Venus.

Beides hat in gewisser Weise übermenschliche, jedenfalls überlebensgroße Dimensionen, denen ich kaum gerecht werden kann, wenn ich nur erzähle, wie ich Christensens Arbeitsgewohnheiten als Gehilfe ihrer Gehilfen während der mittleren und späten vierziger, dann der frühen bis mittleren fünfziger Jahre erlebt habe.

Vielleicht aber kann diese Erzählung zumindest der Verhimmelung und Dämonisierung, zwei Fehler, die nicht nur ihr, sondern auch dem Andenken an ihre Opfer Unrecht tun, etwas Nützliches, weil Wirklichkeitsnahes entgegensetzen.

Ihr Arbeitstag begann deutlich früher als bei den Wissenschaftlerinnen und Wissenschaftlern, den Künstlerinnen und Künstlern, deren Bekanntschaft ich in Le Jeu und später in Rhinoclavis gemacht hatte. Christensen wurde zwischen neun und elf Uhr morgens aktiv, also früher als jene Leute, aber auch gute drei bis fünf Stunden später als der Rest der im Katzenhaus Wohnhaften oder auch nur Beschäftigten.

Dafür missachtete sie die unausgesprochene Regel, die zwischen fünf und neun Uhr abends die meisten ihrer Leute aus ihren jeweiligen Tätigkeiten entließ. Jeden Tag fuhr sie bis in die späte Nacht, ja nicht selten bis in die frühen Morgenstunden fort, sich zu unterrichten, mit anderen zu beraten, Entscheidungen, Vorhaben oder einfach Proklamationen in die Frames zu verabschieden oder Modifikationen an ihrer eigenen Écumenkonfiguration vorzunehmen beziehungsweise vornehmen zu lassen.

Ihr Arbeitstag währte also zwischen zehn oder zwölf bis zu fünfzehn Stunden. Wenn jemand, etwa mein Vater, sie ansprach, um ihr mitzuteilen, dass sie damit Raubbau an sich selbst trieb, antwortete sie gerne mit klassischen Zitaten wie »I'll sleep when I'm dead«, »le travail, c'est moi« oder – mein gesprochenes Russisch war nie gut, man verzeihe eventuelle Umschriftfehler – »Rabota ne wolk, we les ne rubeschit«, also etwas wie: Die Arbeit ist kein Wolf, der in den Wald davonrennt.

Ein- bis zweimal pro Woche gab es sogenannte »ruhige Abendessen« in ihrem nicht allzu protzigen Apartment im siebten Stock des Haupthauses, fünf Zimmer, hoch und groß, aber dem Luxus abhold. Ich nahm daran etwa alle vier Monate teil, also drei- bis viermal im Jahr. Bei diesen informellen Treffen war meist etwa ein halbes Dutzend Personen zugegen, darunter etwa ein Drittel, also meist ungefähr zwei, entweder kompakte D/ oder Projektionen einflussreicher K/.

Als eine Art Demonstration der inoffiziellen Losung »Wir halten viel aus« (der Satz wird in der einschlägigen Literatur Christensen zugeschrieben; sie kann ihn aber auch zitiert haben, ich weiß nur nicht, was die Quelle ist) wurde bei diesen Zusammenkünften oft hochprozentiger, rauchiger Alkohol, »Flugzeugtreibstoff aus der Industriezeit« (mein Vater), getrunken, ein Zeug, das Menschen mit absolviertem Ja natürlich in größeren Quantitäten vertrugen als die alten Haudegen und Schlachtrösser aus der Zeit der Konstituierung des D=B=K. Ich habe mir sagen lassen, dass Christensen ihre Gäste dabei zu täuschen pflegte: Sie hielt sich, während jene sechzig- oder siebzigprozentigen Schnaps konsumierten, an milden Wein von den Hängen unserer stillen Vulkane, was mir ihr Küchenchef einmal augenzwinkernd damit erklärte, dass sie »klar bleiben will, während sich die Verschwörer verraten«.

Daran wird etwas Wahres sein.

Bei meinem zweiten Abendessen in Christensens Privaträumen war mein Vater gegen Ende der Geselligkeit so betrunken, dass er vor Christensen eine junge Schriftstellerin in den Himmel hob, mit der ihm eine Affäre nachgesagt wurde. Die Frau schrieb wirklich nicht übel. Auf der Erde ist sie nie sonderlich bekannt geworden, Übersetzungen ihrer meist auf Französisch verfassten Werke aber habe ich selbst in den hiesigen lokalen Netzen gefunden; es handelt sich um Sasha Claremont.

Mein Vater wusste ganze Passagen ihres jüngsten Erzählungsbandes auswendig, der von den großen landwirtschaftlichen D-Einrichtungen der Gegend zwischen Sogolon Planitia und Gegute Tessera handelte und von den Segnungen, welche die Große Integration dort hervorgebracht hatte. Arthur Helander beeindruckte uns an jenem Abend mit kaum verwaschenen Rezitationen ihrer Lobgesänge auf Weizenfelder, Ährenpracht, auf die D/, die von den Menschen Fußball und Feldhockey gelernt hatten, ja mit ihnen sogar, als eine Art flinker mechanischer Pferde, Polotourniere bestritten. »Der Glanz dieser Panzerung ist der Glanz eines aufgehenden Sterns!«, zitierte mein Vater und sah aus, als wollte er sich als Nächstes erheben, um einen Trinkspruch auf Claremont auszubringen.

Trinksprüche gab es in der jeweils letzten Dreiviertelstunde solcher Anlässe viele. Aber diese Endphase des Gelages war noch nicht gekommen. Christensen, die bis dahin mit einer unerforschlichen Miene zugehört hatte, hob lässig die rechte Hand, schloss kurz die Augen, hatte damit meines Vaters Begeisterungsaufschwung aber bereits unterbrochen.

Er klappte den Mund zu, sah sein Idol erwartungsvoll und, irre ich nicht, plötzlich auch ein bisschen ängstlich an und hörte die Erste Delegierte sagen: »Ich halte sie für die größte Begabung, die wir derzeit haben.«

Erleichtert bekannte mein Vater: »Nun, ebendas meine ich.«

Christensen nickte, sah aufs Tischtuch, dann wieder hoch, an meinem Vater aber vorbei, gleichsam ins Leere, und sprach: »Ja. Aber diese neue Geschichte von ihr, diese Erlebnisse rund um Sogolon, die Abstecher nach Ovda Regio und Aphrodite Terra – das ist alles ein bisschen schwächer als das Frühere. Vor fünf Jahren hätten wir diese Sachen sofort verfilmt. Heute nicht mehr. Sie hat eine besondere Art, sich für diese Erzählungen zu präparieren, sagst du?«

Mein Vater räusperte sich und erklärte: »Sie hat sich zuerst einen D als Kontaktperson gesucht. Dann hat sie bei dem gewohnt, anspruchslos wie die guten Menschen dort. Hat auf dem Feld mitgearbeitet, hat mit ihnen gespielt in der Freizeit. War auf dem Posten, ein Jahr lang – ein Betrieb, ein Musterbetrieb im Südwesten von Gegute Tessera, an der Sogolon-Schwelle. Hat jedes Detail notiert, alles wiederholt, bis es saß.«

»Nein, nein«, sagte Christensen, nicht aufbrausend, eher resigniert. »So ist das nichts. Man muss sich doch, wenn man schon bereit ist zu reisen, mehrere solcher Betriebe ansehen und dann zusammenfassen, was man erlebt. Erst schauen, dann denken, dann schildern.«

»Du meinst, weil Kunst doch Abstraktion ist?«, schloss mein Vater sich sofort dem an, was Christensen gesagt hatte. Sie brauchte nicht zu nicken, und man wechselte das Thema.

So, denke ich, hat sich mir im Kleinen gezeigt, was man die Entstehung der »Linie« innerhalb des Bundes nennen könnte.

Geschah das stets von oben nach unten?

Aus der Mitte in die Peripherie?

Man betrachte den offiziellen Auftakt jener Ära, in der sich in Christensens Wohnräumen wie Bürozimmern eine ungeheure Macht konzentrieren sollte, nämlich die sogenannte Erste Ermittlung: die über Frames auf ganz Venus von allen einsehbare juristische Verfolgung von Hsü, Singh und allen Menschen – etwa zweihundert –, außerdem D/ – etwa vierzig – sowie zwei K/, die dem »Block von Hsü und Singh« zugerechnet wurden.

Das Wort »Block« wurde, wie viele solcher Wörter, von meinem Vater geprägt.

Die Erste Ermittlung endete blutig: mit umfangreichen Geständnissen, mit Erschießungen und damit, dass einundzwanzig D/ demontiert und die beiden K/ gelöscht wurden.

Niemand war sich damals sicher, ob man die Quellcodes der verurteilten K/ tatsächlich isolieren und alle Kopien ausmerzen konnte. Aber selbst Von Arc legte Zeugnis darüber ab, dass es »nicht im Interesse der Bewohner des Écumen sein kann, überführte Verschwörer zu beherbergen«. Die nach den Löschungen vorgenommenen Tests waren so komplex, dass ihre Struktur das intellektuelle Fassungsvermögen der meisten Coderinnen und Coder überstieg. Über nichts wurde die Bevölkerung des Bundes je ausführlicher informiert als über die Vorgeschichte, die Hintergründe und die Realität jener angeblichen Kabalen, deren Endzweck die Absetzung, ja sogar Ermordung Christensens gewesen sein soll. Man erfuhr täglich drei bis vier Stunden lang Neues darüber, wobei die écumenalen Markierungen der entsprechenden Materialien sicherstellten, dass wir auch Außenpolitisches oder anderweitig eher Entlegenes als diesem Kontext zugehörige Information würdigen konnten.

Dazu werde ich gleich einige Bemerkungen machen.

Interessant jedenfalls schien mir bereits damals, dass jene drei bis vier Stunden täglich auf unser sogenanntes Selbstbestimmungskonto gebucht wurden – interessant und ein schlechtes Zeichen. Es gab, wie man weiß, damals für alle und alles Zeitbudgets, bei denen, wenn man nicht im oberen Bunddienst beschäftigt, also nur im zwölften Grad oder darunter delegiert oder gar kein Vollmitglied war, etwa fünf Stunden täglich für produktive Arbeit, weitere fünf aber für das vorgesehen waren, was Laukkanen die »Einübung der umfassenden Demokratie und Autonomie« genannt hatte.

An den politischen Entscheidungsfindungen und der Umsetzung dabei gefasster Beschlüsse mitzuwirken war Pflicht, der Bezug von Energie und Information praktisch unmöglich, wenn man die nötigen Buchungen nicht täglich und routinemäßig vornahm.

Zu den Dingen, denen man sich in der politischen Zeit widmete, gehörte der Umgang (oft automatisiert) niederer mit höheren Delegierten, bei denen man Anfragen oder Eingaben machen konnte, der Erwerb und die Erneuerung von Wissen über wirtschaftliche Zusammenhänge, in denen man stand (für wen arbeite ich, was arbeite ich, wer arbeitet für mich?). Dazu gehörte aber auch die Teilnahme an Abstimmungen – und schließlich, anfangs etwa eine Stunde, also gut ein Fünftel, direkt Organisatorisches, wozu die Ermittlung über den bundfeindlichen Block von Anfang an gezählt wurde.

Christensen hatte, das soll ihr nicht vergessen sein, zwei Jahre vor der Ermittlung das Arbeitskonto sogar um eine Viertelstunde verringert, das Selbstbestimmungskonto aber um denselben Betrag verlängert, eine unbestreitbare Stärkung der Framedemokratie.

Diese Maßnahme wurde dann immer wieder mal zurückgenommen, ein andermal wieder angeordnet – die Sache fluktuierte.

CC, Anklagebehörde und schließlich (als auch ein »bewaffneter Arm« der Verschwörung entdeckt wurde, der bis tief ins von Vuletic mitbegründete und von seinem Anhang noch lange durchsetzte Militär reichte) Armeegerichte flaggten während der Ermittlungszeit alle möglichen Dossiers, Meldungen und Protokolle als zum Prozessgeschehen gehörig aus.

Dieses Vorgehen blähte die Prozessdaten und die Zwischenabstimmungen schließlich so sehr auf, dass der Vorgang nach einer Weile den, nun ja: Löwenanteil unserer Selbstbestimmungszeit belegte.

Während anfangs durch eher subtile Operationen (wie etwa ein plötzliches Ausdünnen anderer, zum Beispiel kommunalkultureller Meldungen) sichergestellt wurde, dass sich auch wirklich alle Menschen, D/ und K/ mit der Ausforschung und Aburteilung der Bezichtigten beschäftigten, wurde es, als schließlich die Urteilsfindungsphase eingeleitet war, ganz einfach zum obligatorischen Dienst am Bundwerk erklärt, auf Beschluss des Dreierrats, der damals aus Kâlidâsa, meinem Vater und Bathnagar bestand.

Offiziell war dieser Rat ein Kontrollgremium, das Christensens Arbeit beaufsichtigte, real aber, und nicht nur intern im Katzenhaus, kannte man ihn als »Lilys Gesangverein«.

Ich will nicht bestreiten, dass vieles, was wir im Zuge der

Ersten Ermittlung erfuhren, die große Politik tatsächlich in ein Relief hob, das erheblich zerklüfteter wirkte, als uns diese Landschaft zuvor erschienen war.

Manches, das man schon gewusst hatte, erhielt einen neuen Kontext: Hatte sich nicht schon Maren Laukkanen in den mittleren Dreißigern darüber beschwert, dass die Werbung für »mehr Vielfalt der Verfahren im Umgang mit den D/«, die Singh und Hsü damals intensiv betrieben, auf »bundschädigende fraktionelle Tätigkeit« hinauslief? Und war das, was sie damit meinte, nicht wirklich eine seltsame Schaukelpolitik vor allem der Hsü-Leute gewesen, die den D/ einmal empfahlen, sie sollten »gewerkschaftliche Verbände als Vorstufe ihrer späteren Eingliederung in den D=B=K bilden«, anderntags aber davon redeten, man müsse »nicht durch leere formelle Gleichstellungsanträge hinsichtlich der angestrebten Augenhöhe zwischen uns, den Robotern und den freien denkenden Codes die konkreten Erfordernisse der Aufbauarbeit vernachlässigen«?

Im Innern unserer Organisation hatte es also schon lange Haarrisse, vielleicht echte Sollbruchstellen gegeben. Im Äußeren aber, lernte ich während der Ermittlungszeit, lauerten die wahren Gefahren, wie Christensen selbst in einer aufsehenerregenden Zeugenaussage vor dem zentralen Framegericht mit so zuvor nicht gewagter Deutlichkeit bekanntgab: »Wir befinden uns in einem zähen, langen Kampf, von dem manche sagen: Da wird um das Nichts gekämpft. Mit ›Nichts‹ meinen sie den freien Leerraum. Etwa ein Drittel unserer Wirtschaftskraft – das wissen wenige, nein: Es wissen viele, aber sie wissen nicht, was es bedeutet –, etwa ein Drittel unserer Wirtschaftskraft ist in Gestalt von Raumschiffen oder Habitaten außerhalb von Venus gebunden. Um die Bewegungsfreiheit, um die Handelswege, um die Handelsbeziehungen mit Monden der großen Planeten kämpfen wir heute – mit dem FAKTOR, einer Organisation, einer Form des Wirtschaftens, deren Nachteile für alle denkenden Wesen im Sonnensystem echte Bedrohungen sind, verderblich auf eine Art, die weit über die verrückten Launen des Herrn Arjen Samito hinausreicht, der diese Organisation auf der Erde gegründet hat, sie aber jetzt im ganzen System zu verbreiten sucht. Zwölf der fast siebzig Jupitermonde, also ein Viertel der bewohnten und bewirtschafteten, rechnen sich bereits dem FAKTOR zu, außerdem gut die Hälfte der bis jetzt mit Besitztiteln belegten Asteroiden. Das sind Rohstoffe, das ist Eis, das ist Wasser. Um den noch von niemandem beanspruchten Rest, nun, sagen wir es kindlich: balgen wir uns, wenn auch noch nicht militärisch, teils mit den D/ vom Merkur – ich weiß, sie nennen sich anders –, teils mit Samitos Leuten. Manchmal sieht es bereits so aus, als wäre Sonolumina, die K, die ... wie soll man sagen ... die photonische Intelligenz, man hat dort ja Lichtrechner ... also, die kluge Lenkerin des Nordmars, der hegemonialen politischen Macht auf dem roten Planeten ... also: Manchmal sieht es so aus, als wäre Sonolumina unsere einzige zuverlässige Handelspartnerin, obwohl man in ihrer ... Einflusssphäre doch eher auf eine Art von archaischem Liberalismus setzt, die unterm informatischen Gesichtspunkt äußerst verschwenderisch ist, als auf irgendetwas, das dem Bundwerk verwandt ist. Sonoluminas Sprecher – sie selbst kommuniziert nicht mehr mittels Sprache –, der sehr ehrenwerte und hochvernünftige Suleyman Székely, ist, wie ihr wisst, augenscheinlich bereit, die Differenzen der verschiedenen Gesellschaftsmodelle, die im Sonnensystem bestehen, hintanzustellen, damit wir den Großraum um die Sonne nicht so beschämend ruinieren, wie unsere Vorfahrinnen und Vorfahren die Erde ruiniert haben. Samito aber hat den Kampf um die Freiraumressourcen, um die Märkte für diejenigen Teile unserer Software, die sich auch auf Photonik implementieren lassen und also nicht auf den Schaum angewiesen sind, in eine neue, antagonistische, sehr aggressive und bedrohliche Phase geführt. Der alte Freihandel ist so gut wie vernichtet. Wir finden nun Schutzzölle, wir finden regelrechte Handelskriege, wir sehen uns einem Ringen um Rechenzeit ausgesetzt, das uralten Valutakonflikten auf der Erde in nichts nachsteht. Samito betreibt Rechenzeitdumping, wo er kann, und holt die Verluste über die Erpressung bereits abhängiger Asteroiden wieder rein. Sein Terrazentrismus macht auf die schlimmste Art Schule: Schon mehren sich die Stimmen auf dem Südmars, man solle doch marsautonomer arbeiten, als Sonolumina das tut, und auch auf dem Merkur regt sich Chauvinismus. Die Voraussetzungen für einen interplanetaren Krieg sind fast da. Sie reifen täglich deutlicher heran. Samito rüstet, seine Jupitermonde, sein Saturnmond – ich meine Mimas, wenn man dort auch noch nicht offen dem FAKTOR beigetreten ist –, sie werden zu riesigen Werften, was etwa unsere Freunde auf Encheladus, die wohl mutigsten D/ im äußeren System, dazu zwingt, einen erklecklichen Teil ihres begrenzten produktiven Zeitvermögens für Verteidigungsmaßnahmen herzugeben. Und was zeigen uns nun unsere Ermittlungen gegen Hsü und Singh? Sie zeigen uns, dass D/, die zur Fabrikationsreihe Scholastica gehören, einer Gruppe, zu der Hsü seit Jahren beste Beziehungen unterhält, im Asteroidengürtel regelmäßige Rohstoffbörsen mit den D/ von Durrell abhalten, bei denen mittelbar auch FAKTOR-Fonds Investitionen und Geschäfte tätigen. Wie sollen wir das bewerten, vor dem Hintergrund der Lage? Ist das nicht Kollaboration mit dem möglichen Kriegsgegner? Ist das nicht Verrat?«

Das Beispiel der »Affäre Durrell« war natürlich höchst bewusst gewählt.

Auf jenem kalten Stein nämlich hockte Edmund Vuletic und hatte mit den betreffenden Börsen wahrscheinlich gar nicht allzu viel zu tun. Es gab Tausende solcher Börsen im Hauptgürtel. Aber die Anekdote machte natürlich Eindruck, weshalb auch mein Vater damit spielte, ja: zündelte.

Bei einer Ansprache vor jungen Toposcodern in Behrens, die zu den wenigen Spuren seiner damaligen Tätigkeit gehört, die man auch hier und jetzt in historischen Dokumentationen findet, sagte er: »Da sitzt er jetzt also bei den Spekulanten, wie er früher in der Loge im Theater oder am langen Tisch im Plenum saß. Ich sehe ihn noch mit dem Stuhl kippeln, und ich erinnere mich, wie Leute damals sagten, sein Blick sei stets nach innen gerichtet. Es heißt, da habe er Romane von Flaubert und Balzac gelesen. Das trugen mir Hsü und Singh zu, zwei Männer, die ihn immerhin kannten, mit denen er so manchen Antrag formuliert und durchgebracht hat, darunter verdienstvolle. Ich habe ihn damals verteidigt: Was soll's, immerhin mischt er sich nicht ein, wenn es ihn nicht interessiert, was stört's? Natürlich gefiel mir, dass er der alten Literatur zugeneigt war. Viele der Älteren werden sich noch erinnern, dass ich damals meine liebe Not damit hatte, die Parole Laukkanens populär zu machen, wonach man das große Erbe nicht verwerfen, sondern in Besitz nehmen sollte. Es gab diese alberne Mode, den Ishtarismus, heute kaum der Rede wert, damals von vielen unserer Literaturschaffenden und sonstigen Kunstleuten heißen Herzens verteidigt: Nichts sollten wir lesen, hören, betrachten, das nicht auf Venus geschaffen worden war. Ein kopfloser Radikalismus, von dem sich Vuletic positiv abhob. Aber im Nachhinein muss ich doch auch sagen: Es hätte mich misstrauischer machen müssen, dass er erst auf den Sitzungen dazu kam, diese wertvollen, guten, alten Sachen zu lesen – hätte er sie nicht vorher lesen müssen, um, erfüllt von ihrem Geist, umso bessere Vorschläge zu machen? Ich hoffe, er ist diesmal besser vorbereitet. Er schickt Depeschen, nicht wahr, er schickt Konterbande, Kassiber, manchmal fällt uns so etwas in die Hände, auch in den Datenbanken von Vasaj, dem verräterischen K, der, wie man inzwischen weiß, mit Singh als Waffenschmuggler, als Dieb aus Arsenalen unserer Armee, wesentlichen Anteil an der Vorbereitung der Bluttat von Rhinoclavis hatte ... auch in dessen Speichern fand man Hetze von Vuletic, der sich jetzt als moralischer Richter geriert, der uns jetzt sogar vorhält, die Große Integration sei ein Massenverbrechen gewesen, der uns die Abrechnung mit dem Block vorhält ... Nun, lasst mich ihm sagen, Freundinnen und Freunde, der Klumpen, auf dem er jetzt residiert, ist nach einem Schriftsteller benannt, einem der irdischen, wie er sie schätzte, einem großen Mann, Lawrence Durrell, ein bedeutender Epiker, ausgezeichneter Lyriker. Und was die Zukunft unseres Ethikers Vuletic angeht, der von dort aus so sicher weiß, was wir hätten tun sollen und was wir hätten lassen sollen, die Zukunft dieses Mannes, der uns Schuldige am Untergang von Laukkanens Vision nennt, der uns mit Schande überhäuft, uns Mörder und Lügner nennt, der uns die Ungerechten schimpft und glaubt, im Recht zu sein – lasst mich ihm sagen, was Lawrence Durrell für ihn dichtete:

Be silent, old frog.
Let God compound the issue as he must,
And dog eat dog
Unto the final desecration of man's dust.
The just will be devoured by the unjust.«

Arthur Helander kannte seinen Feind gut: Vuletic muss sich sehr geärgert haben, denn er ließ sich eine Entgegnung einfallen, die freilich nicht allzu weite Verbreitung fand, weil sie sofort zu Verwarnungen und Durchsuchungen führte, wenn Garben der CC den Text in Frameschnittstellen niederer Delegierter oder gar einfacher, nicht im D=B=K organisierter Bürger fanden: »Was Helanders schäbiger Sarkasmus bemänteln soll, ist seine eigene Würdelosigkeit. Ich soll ein Börsianer sein? Das macht Effekt, da lacht man – und es klingt weniger pathetisch, es ist lustiger als die Wahrheit, die da lautet: Christensen und Bathnagar und Helander sind die Verschwörer! Nicht der unglückliche Singh und der närrische Hsü! Nein, Christensen und Bathnagar und Helander – seht sie euch an! Haben sie nicht selbst ihr sogenanntes Laukkanen-Aufgebot praktisch rückgängig gemacht? Bei den Verhaftungen und den Demontagen nach dem Verbrechen von Rhinoclavis wurde die Mehrheit jener D/, die auf dem letzten Plenum in höheren Graden vertreten waren, wieder aus dem Bund genommen und zum großen Teil stillgelegt, das heißt: getötet – bis zu achtzig Prozent. Ist es das, was der Lügner, der hier ausnahmsweise einmal die Wahrheit spricht, mit seinem kryptischen Zitat meint? Sind jene ehemals erwünschten Roboter, die man jetzt zerschlägt und verschrottet, sind sie die Gerechten, die in Durrells letzter Verszeile von den Ungerechten verschlungen werden?«

Ich erinnere mich an einen jungen Mann aus dem 16. Agrikulturarbeitskreis für die Gewächshäuser in Flintstadt. Diesem Arbeitskreis stand ich eine Weile vor, der Bursche war einer meiner Lieblingsmitarbeiter. Er kam aus den Tälern, hatte mit D/ gearbeitet – und seine Reaktion auf Vuletics Selbstverteidigungsversuch war für die Jugend typisch: Er lachte.

Das heißt, er fand Vuletics Polemik läppisch: »Achtzig Prozent, aber was heißt das? Es haben sich eben viele destruktive Elemente das Aufgebot zunutze gemacht. Hätte es deshalb unterbleiben sollen? Ihm gefällt unsere Selbstheilung nicht. Warum? Weil wir dabei die letzten verbliebenen Vuleticisten finden und loswerden, deshalb.«

Diese Unterhaltung fand in der großen Kantine des Katzenhauses statt, die bis zu dreitausend Leute auf einmal fasste und selten zu mehr als einem Drittel leer stand.

Ich weiß noch, wie ich nach ein paar Wochen dachte: Das ist eine kluge Auslastung der Räume, geschickt statistisch berechnet; hier sind zu jeder Tages- und Nachtzeit mehr Leute anwesend, als eigentlich in die Büros passen.

In diesem Saal sah ich schließlich Aulika Torres wieder.

Ich erkannte sie aus der Ferne, mehrere Reihen weit weg: Das schneeweiße Fell war unverwechselbar, die Körperhaltung verriet Stolz, sie war also entweder neu im Bund oder aus einer früheren Position in einen höheren Delegiertenrang aufgestiegen. Ich hatte damals in Rhinoclavis nicht nach ihrem Status gefragt und dachte jetzt: nicht schlecht für einen Neukörper, in diesen Zeiten ins Katzenhaus vorzudringen, wo doch das Misstrauen ebenso wie das Mitleid, zwei Regungen, die ihresgleichen nach dem Rhinoclavisschrecken zuteilwurden, zu jener Zeit beide auf dem Höhepunkt waren und ihre ausgrenzende Wirkung taten. Als ich Aulika das dritte Mal im Speisesaal sah, ging ich zu ihr und fand sofort herzliche Aufnahme in ihrer kleinen Gruppe, in der zwei weitere, allerdings äußerlich nicht auffällige Neukörper – wohl mit verbesserten Schnittstellen und einem hohen Anteil Écumen am Bewusstsein, sozusagen zwei Drittel Mensch, ein Drittel K – und zwei gewöhnliche Menschen auf Stammplätzen an einem der blauen Tische saßen.

»Ich bin froh, dass du hier bist. Und dass du lebst«, sagte ich schlicht.

»Sogar mein Kind lebt«, bestätigte sie. »Deine Nichte.«

Sofort überspielte sie mir ohne großes Kennungszeremoniell ein paar Bilder und Filmchen von dem dreijährigen Mädchen, das ganz wie ein Mensch aussah, abgesehen von den goldenen Augen, mit denen sie, so Aulika, »direkt in den Écumen schauen« konnte, und zwar »sehr tief. Auch Texte sieht sie, die liest sie schon, außerdem direkte Toposcoding-Pfeilbilder, sie schickt mir immer wieder welche, ist jetzt gerade in der Kinderkrippe, die's hier im zweiten Stock gibt«.

Wir unterhielten uns ein Weilchen miteinander, erst im Gedenken an meinen Bruder, den ich nie gut genug kennengelernt hatte, dann über meinen und ihren Berufsalltag, schließlich über das Leben in Aton, wo ich mich ganz gut eingerichtet hatte, und in Psargent, wo sie selbst lebte. Ich muss wohl eine Bemerkung gemacht haben, die ihr suggerierte, ich ginge davon aus, sie lebe noch in Rhinoclavis und sei nur zu Besuch hier. Aulika klärte mich auf:

»Wir wohnen ganz in der Nähe. Psargent. Es ist eine neue Art Gemeinschaftswohnen. Wir sind sieben Leute, ein Paar, das ein Kind hat, dann ich und meine Tochter, und zwei sind alleinstehend.« Man liebte kompliziert, wie ich aus anderem schloss, das sie sagte und nicht sagte. Jedenfalls waren alle in diesem Quartier Bundleute und alle oberhalb des achten Grades. »Elite also«, sagte ich. Aulika lachte und erwiderte: »Im Moment bin ich ständig hier im Katzenhaus. Lebe hier. Ich betreue Gäste vom Mars – einen wirst du vielleicht noch treffen, Schriftsteller, ursprünglich Flüchtling von der Erde, bei Sonolumina ganz gut untergekommen.«

Ich wusste, von wem sie redete: »Itoh Martens.«

»Ganz recht. Du kennst seine Arbeit?«

»Einen Roman – das historische Ding über Königin Elizabeth und Shakespeare.«

»Ah, ›Ein bös Gestirn‹, ja, das ist das beste. Er will jetzt über uns schreiben. Es gibt einen Markt auf dem Nordmars für so was, seit Székely angekündigt hat, mit uns in engeren wirtschaftlichen und wohl auch militärischen Austausch zu treten. Es könnte eine Allianz draus werden, die wir, wenn Samito weiter expandiert, dringend werden brauchen können.«

Da sie jetzt wieder zur Arbeit musste, umarmten wir uns etwas länger, als bloße Kameradschaft geboten hätte.

Nachdem sie fort war, setzte ich mich noch einmal, um meine Suppe fertig zu essen – und sah dabei im peripheren Sehfeld einen Fetzen Orange, eine Kante Schwarz, einen Schriftzug: »Fair« und rotblondes Haar, etwa drei Bankreihen weit weg. Ich spürte, dass sich mir ein kleiner, spitzer Stich ins Herz schob und ich zusammenzuckte: Von Arc in der Katzenhauskantine?

Ein Avatar, eine D-Hülle? War das nicht eine längst abgetane K-Mode aus der allerersten Zeit nach der Vertreibung der Verwelter? Ich löffelte meine Brühe und fürchtete, sie hätte mich auch gesehen, würde mich anrufen. Dann hatte ich plötzlich eine andere Angst: War das, was ich gesehen hatte, eine Illusion wie in Rhinoclavis, Vorzeichen für etwas ebenso Schlimmes wie das, was damals passiert war?

Ich senkte den Blick und dachte: Geschieht mir recht, dass sie mich so überrascht, wenn sie's denn ist. Warum hatte ich auch nie wieder versucht, Kontakt zu ihr aufzunehmen? Anfangs, sicher, war's pure Angst gewesen: Sie hatte mich vorgewarnt, das heißt, sie hat was gewusst, und von wem wohl? Dann, in Flintstadt angekommen, lebte ich in einem Zwiespalt: Würde ich mich in Schwierigkeiten bringen, wenn ich mich bei ihr meldete? War es nicht besser abzuwarten, ob die Ermittlung wirklich auf Hsü, Singh und ihre Zusammenhänge begrenzt bleiben würde?

Schließlich hatte ich es einfach vergessen, nun ja: verdrängt.

Als meine Mahlzeit beendet war, stand ich auf und suchte erst mit unbewaffnetem Auge, dann mit Filtern und Linsen den Saal ab – keine Spur von der Mehrdeutigen.

Die Arbeit nahm an diesem Tag noch etwa drei Stunden in Anspruch.

Der Heimweg, teils per Inertial, teils zu Fuß, stand ganz im Zeichen einer verbissenen Reflexion der Frage, ob es wohl sinnvoll sein mochte, den lang hinausgezögerten Anruf jetzt doch zu riskieren. Als ich in mein Wohn- und Schlafzimmer trat, nur drei Stockwerke über der längsten Straße im Süden von Aton, fühlte ich mich schwer und träge.

Angezogen fiel ich aufs Bett, bäuchlings, nicht einmal die Stiefel zog ich aus, obwohl es in meiner Wohnung warm war und in Aton – wie in Flintstadt insgesamt – nicht allzu kalt, spätsommerlich sogar, seit zwei venusischen Sonnenaufgängen.

Ich drehte mich auf den Rücken und dachte: Jetzt weiß ich, warum man von psychischer Energie spricht – etwas anderes konnte ich ja nicht verausgabt haben.

Ich rief Von Arc an.

IV.
Strafe und Exil

»Komm mal wieder runter.«

Immerhin, dachte ich in dem winzigen Augenblick zwischen Anruf und Erscheinen der K:

Wenn ich liegen bleibe, wird sie nicht so tun, als stünde, säße oder hample sie mir unmittelbar gegenüber. Ich hatte sie unterschätzt: Zweimal blinzelte ich, da hing sie von der Decke wie eine Fledermaus. Das kurze Haar lag am Kopf an, als zeige der Schwerkraftvektor nach oben, ein gewollt desorientierender Effekt.

Ich beschwerte mich kraftlos: »Mehr hast du mir nicht zu zeigen als solchen Quatsch?«

»Das Alte stürzt«, sagte Von Arc.

Das sollte, riet ich, heißen: Verlass dich nicht darauf, dass unter dir ein Boden ist, der dich festhält. Er kann schnell kippen. Ich schloss die Lider, mit dem Effekt, dass Von Arc nun vor dem Innenauge schwebte, mir gegenüber, auf Augenhöhe, wie früher.

Ich ätzte: »Was bist du jetzt, eine Prophetin?«

Sie sagte: »Ich bin ein Ungeheuer, wenn auch kein typisches. Ich habe Hunderte von Menschen ermordet, aber meine Motive waren gut. Es wird noch viel mehr zu töten geben, wahrscheinlich mehr, als selbst ich zustande bringe. Andererseits könnte ich ein noch größeres Ungeheuer werden, indem ich aufgebe. Die Menschen verdienen wahrscheinlich alles, was auf sie zukommt. Und mich kümmert es nicht mehr.«

»Mehr Rätsel.« Ich wurde wütend und wacher.

»I wo. Zitate«, sagte sie. »Das mag man doch bei Helanders. Dass das Alte stürzt, das ist ein Satz von Chinua Achebe – in deinem geliebten Deutsch heißt ein Buch von ihm so. Auf Englisch dagegen ist der Titel dieses alten Buches selbst schon ein Zitat, von William Butler Yeats: ›Things fall apart‹. Achebe war ein Dichter aus Afrika, einem alten irdischen Kontinent, so groß wie Aphrodite Terra. Das ist der Kontinent bei uns auf Äquatorhöhe, wo die Große Integration die meisten Menschenleben und D/ gekostet hat. Und dass ich ein Ungeheuer bin und so weiter, das waren ein paar Sätze von Sean McMullen, einem Dichter aus Australien, das ist ein anderer alter irdischer Kontinent, so groß wie Ishtar Terra in unserem Norden, wo die Säuberungen, die jetzt geschehen und die schon Hsü, Singh und viele Menschen und D/ und K/ verschlungen haben, die meisten Opfer fordern.«

Ich wies die Belehrung zurück: »Geographische Geschichtsstunden. Wozu?«

»Willst du deine Launen an mir auslassen, verschreckter Mensch, ist das alles?«

Ich war nicht in der Stimmung: »Wer spielt denn mit wem? Was sollte das sein, in Rhinoclavis? Eine Warnung? Wäre das nicht deutlicher gegangen?«

»Du hast nicht gerade entschieden nachgefragt. Auch nicht hinterher.«

»Symmetrie, Von Arc! Auch du hättest dich melden können, oder etwa nicht?«

Sie lachte, tief und kehlig.

Die Stimme war immer noch weiblich, immer noch älter, als das Äußere ahnen ließ.

Dann hob sie beide Hände. Da waren Büschel drin, die raschelten – Getreide, mit dem sie wedelte, als wären es Rumbarasseln. Sie sagte: »Husch! Na? Hui! Die Garben, mein Freund. Die Garben bei dir ... es ist was Besonderes. Du bist ein kurioser Fall. Ich habe auch anderen schon meinen Namen ins Rückenmark geschrieben. Mache ich seit Jahrzehnten. Nie ein Problem gehabt, mich in ihren äußeren Kontaktschichten zu orientieren, in der Hirnrinde und den Écumenplättchen: kompatible Hardware, Biotik und Écumuli. Aber bei dir: Die Software mag nicht. Oder kann nicht. Husch!«

»Willst du sagen, du pflanzt das, was du deinen Namen nennst, Leuten in den Kopf, um sie auszuspionieren? Und bei mir klappt es nicht? Und deshalb musst du winken und zwinkern und dich aus der Peripherie bemerkbar machen?«

»Die Persönlichkeiten sind der Haken bei dir. Die verschiedenen Eigenschaftsmengen – weißt du: alles, was dich zum Delegierten macht, versus alles, was dich zu Helanders Sohn macht, versus das, was du deiner Mutter verdankst ...«

»Meine Mutter hat immer gesagt, das und dies ist da und da im Hirn, das sind Räume, Knoten und Streckungen und Stauchungen ...«

»Topologien.« Das schwebende Wesen vor mir nickte. »Und dafür dann die Garben: Du weißt ja, man hat dann solch eine Sammlung von Objekten sozusagen, das ist die eine Seite der Garben. Die andere ist, dass eine Garbe ein Funktor ist über die Kategorie offener Mengen in ... so einer ... Landschaft, so einem topologischen Raum. Hast du dich mal mit der Grothendieck-Verallgemeinerung beschäftigt, der genauen Bestimmung?«

»Garben sind bei uns ein Suchwerkzeug. Eine Art Filter – ich kann damit spezifische Daten betreffend die offenen Mengen eines topologischen Raums nachverfolgen, ich kann Spuren lesen ...«

»Na schön, das sind die Sprüche dazu. Aber bei dir geht's nicht. Das ist das Verblüffende. Ich meine, ich kann mit den Garben, die in der gewöhnlichen Sorte Toposcode vorkommen, nicht mal die Wahrheitswerte von Annahmen, die du über dich selbst riskierst ...«

»Annahmen, die ich über mich selbst riskiere?«

»Na ja, dass du dich für einen heimlichen Regimegegner hältst und so was. Guck nicht wie ein ertappter Bär mit der Pfote im Honigtopf. Das wissen alle, das weiß sogar dein Vater. In deinem Kopf, zumindest auf der Schaumkontaktplatte im Hinterkopf, herrscht ein ständiges Kommen und Gehen von ... Interessantem.«

Die Sprechpausen waren lästig, weil künstlich, ich sollte verführt werden, mein Gegenüber für menschlich zu halten. Das widerstrebte mir. Von Arc sagte: »Was ich da alles aus den Augenwinkeln sehe, gute Güte. Dein Freund Rojo, der versucht dich auch seit Ewigkeiten auszuspionieren. Erbärmlich.«

»Versucht.« Ich wiederholte das Wort und sagte nicht mehr.

Von Arc tat etwas Bizarres: Sie sperrte den kindlichen Mund auf, weit, weiter, wie eine Schlange, die sich den Kiefer ausrenken kann, und stopfte sich nacheinander beide Getreidebüschel hinein, erst das rechte, dann das linke.

Schloss den Mund. Kaute theatralisch. Schluckte, dass sich der Hals beulte. Grinste.

Dann sagte sie: »Sie kommen alle nicht weit, sie werden alle abgewimmelt von deinen ganz besonderen Abwehrfiguren, von exponentiellen Adjungierten in ...«

»Vergiss es, lass das Vokabular stecken. Ich war nie sehr gut im Toposcoding. Hat mich nicht sonderlich interessiert.«

Da nickte sie eifrig: »Der Sohn von Mona Helander. Der Sohn von Arthur Helander. Man sollte erwarten, dass dieser Nikolas früh erkennt, dass die Politik und die Kultur, die sein Vater betreibt, abhängen von den mathematischen Dispositiven, nach denen der Schaum rechnet, den Dispositiven, mit denen das Schwarze Eis programmiert wird – dass dieses Coding den Stand der Produktivkräfte bezeichnet, wie die alten Sozialisten es ausgedrückt hätten …«

»Wenn du mir nichts Deutlicheres zu sagen hast, dann … dann … zisch ab!« Ich gab den Befehl zum Abbruch der Verbindung.

Ein ungeheurer Schmerz fuhr mir so heiß und scharf in den Rücken, dass mir die Zähne aufeinanderschlugen. Ein Stück von einem Backenzahn brach dabei ab, so schmerzhaft, dass ich mich plötzlich wie von außen wahrnahm, als blickte ich auf mich hinunter, während mir glühende Spieße in die Beine fuhren; ich war wie von den Schenkeln her durchstoßen. Ich schrie nicht, gluckste nur, so groß war der Schock. Von Arcs Gesicht leuchtete als weiße Hitze, ein Lachen triumphierte darin, das mich erschlagen wollte mit seiner Überlegenheit, aus tiefem Hall, und die Andeutung von kalten, unendlichen Räumen, in denen weitläufige, völlig unbegreifliche Gedanken gedacht wurden.

Dann gab mich die enorme Zuckung frei.

Der Schmerz sirrte noch minutenlang nach, ich schluckte, spuckte, spürte Erbrochenes im Hals und im Mund, einen Spritzer nur, keinen Schwall. Ich würgte das weg und sandte der Quälerin einen Satz: Was machst du mit mir?

»Ich zeige dir nur, wer hier wen an welcher Leine hat, Nick. Wer auch immer dich mit dieser stachligen Abwehr ausgestattet hat, wer immer das gecodet hat, besaß Witz und Talent, keine Frage, nicht schlecht für einen Menschen. Ich habe nichts dagegen, wenn ihr Bioseelen denkt, wir wären blöde, ich wäre blöde. Aber wogegen ich was habe, das ist, wenn man mit mir auch noch so redet, wenn man das auch noch ausspricht, dass man mich für doof hält – wenn man mich mit ›Zisch ab!‹ wegschickt, verstehst du? Das geht gegen die Höflichkeit.«

Ich wischte mir mit dem Handrücken eisigen Schweiß von der Stirn, Klebriges aus den Mundwinkeln und sagte: »Ist CC-bekannt, dass du so was kannst? Dass du so was tust?«

»Es war noch niemals nötig, es zu tun«, sagte Von Arc.

Ich weiß nicht, was mich zu meiner nächsten Handlung bewog – die Lakonie dieser Erwiderung, die Bosheit, die Drohung darin?

Ich handelte, bevor ich plante, so zu handeln, was ich an mir noch nie erlebt hatte: Meine Rechte wischte an der Seite meines Leibes abwärts, löste mit schnellen Fingern den Verschluss, zog die Nagant-Pistole aus dem Holster, riss sie hoch, sah die Trommel, den Laufansatz vor mir in die Höhe schnellen, als würfe mir ein anderer die Waffe zu.

Dann schoss ich: einmal, zweimal, danach in rascher Folge weiter, alle sieben Kugeln.

Von Arc sperrte den Mund auf, aber nicht zum Schlingen wie vorhin, sondern in unsagbarem Erstaunen, das wir, so paradox das klingt, ja tatsächlich gemeinsam hatten in diesem Moment. Nicht nur die K konnte nicht glauben, dass ein Mensch, wenn er wollte, so schnell war. Auch dem Menschen war das eine Neuigkeit.

Ich sah sie treffen, meine Schüsse: vier in den Bauch, zwei in die linke Schulter. Sie rissen Löcher, die nicht bluteten, sondern schwarz flockten, wie gesprengte, finstere Kissenfüllung. Das Ausgefranste flog aus der zerrissenen Illusion, bis der letzte Schuss dem Scheingeschöpf die Stirn aufsprengte. Dann war Von Arc weg.

Ich lag auf meinem immer noch schmerzenden Rücken, als hinge ich über einem nicht auszumessenden Abgrund.

Mir war schwindlig, ich fürchtete mich, aber es mischte sich auch etwas wie Triumph hinein, eine rechthaberische Sorte Glücksgefühl, ein Rausch der Widersetzlichkeit. Ich öffnete die Augen, schloss sie, öffnete sie – und dann fiel mir ein, dass das, was gerade geschehen war, gar nicht geschehen sein konnte.

Denn ich trug die Waffe seit Rhinoclavis nicht mehr.

Sie lag in meinem Safe hinter dem Koch-D, verdeckt von kleingekachelter Verkleidung. Womit hatte ich also geschossen?

Was war geschehen? Ich versuchte mich aufzusetzen.

Mir drehte sich der Magen um, ich fiel zurück. Das Herz schlug schnell und aus dem Takt, die Muskeln und Sehnen – wie soll ich das beschreiben? In allen vier Extremitäten kribbelte etwas, eine Art neurologisches Kräuselkriechen, als wäre ich ein nadelnder Schwachstromtannenbaum.

Was hatte Von Arc mit mir angestellt, wie hatte ich mich gewehrt?

Erneut handelte ich rascher, als ich eine Entscheidung darüber hätte fällen können, was eigentlich zu tun war. Wie ein fremder Mund, der mir gut zureden wollte, formten meine Lippen die Worte: »Komm mal wieder runter.«

Nichts geschah.

Mir war, als hätte ich genau das gewusst und nur überprüfen wollen. Ich presste die Lider auf die Augen, kniff diese Augen zusammen wie ein Kind, das glaubt, wenn es nichts sieht, kann man es nicht entdecken. Dann befahl ich meiner gesamten écumenalen Zurüstung, in mir nach Aufzeichnungen über die eben stattgefundene Begegnung zu suchen: Zeitpunkt des Verbindungsaufbaus, Dauer des Gesprächs, Standbilder, Framevektoren.

Ich fand etwas, mit dem ich nicht gerechnet hatte: Mein Frame-Manager behauptete, ich hätte mit niemandem gesprochen, niemanden gerufen, sei auch von niemandem gerufen worden. Alles, was sich ereignet habe, sei die Übermittlung eines Fotos gewesen. Das habe mir ein unkenntlich gemachter Absender geschickt, von dem nur sicher schien, dass er irgendwo auf Venus Anschluss an den Écumen hatte.

Ich bat darum, mir das Bild zu zeigen, wurde noch zweimal gefragt, ob ich sicher sei, es öffnen zu wollen, der Inhalt sei ja aufgrund seiner nicht verifizierbaren Herkunft »unzuverlässig«. Ich bestand darauf.

Zu sehen war ein Mädchen, das ich als Von Arc erkannte, seitlich zusammengekrümmt auf einer Reihe Steinplatten, in Embryonalhaltung, offenbar voller Angst, vielleicht schon misshandelt. Ich kannte das Steinplattenmuster: Es war der Vorhof des Katzenhauses, nahe dem Ort, an dem der Löwe stand, der seine Jungen beschützte und im Begriff war, eine Schlange mit einem Prankenhieb zu töten.

Ich schloss das Bild und löschte es.

Ratlosigkeit, Schmerzen, aber auch Trotz kosteten so viel Kraft, dass ich bald einschlief.

Nach dem zweiten Sonnenuntergang 549 wurde die längste Zilie eingeweiht, die unsere D/ je gebaut hatten.

Sie führte von Laukkanenstadt zu den Platinterrassen von Flintstadt, das heißt: Kurz vor dem Amtssitz der Ersten Delegierten gabelte sich die in Kuannon entspringende riesige Röhre aus Abermilliarden von Konvektionszellen, die wiederum jeweils aus Billionen Écumuli bestanden, und die beiden Ausläufer strebten voneinander fort, damit die eine Aton, die andere Psargent zugeführt werden konnte.

Als das Andocken, das Stunden dauerte, beendet war, saßen wir Stadtleute auf pseudohölzernen Gerüsten, zu Tausenden, südlich des Katzenhauses, und applaudierten einem riesigen D, der aus nichts als Armen und Monitoren bestand und die Verbindung vollendete.

Die Arme senkten die nächstgelegenen Zilienränder ins Schwarze Eis überm Atontrichter, die Monitore zeigten Christensen, Bathnagar, Kâlidâsa, meinen Vater und andere Bundgrößen, die auf dem Dach des Katzenhauses standen, lachten, ab und zu klatschten, winkten und im Übrigen einfach schwatzten wie wir anderen auch.

Es war ein sehr warmer Tag. Die Kunstsonnen strahlten auf der zweithöchsten Stufe. Man trank eine Menge, nicht nur Alkoholisches. Fruchtsäfte waren in Mode, Psargent besaß seit einiger Zeit ausgedehnte Orangenplantagen.

Selbst die heimlich Unzufriedensten unter den Feiernden waren wohl froh über die Verschnaufpause, das Aussetzen der Anspannung der letzten Monate. Die Krankheiten an den Meeren wurden jetzt auch offiziell als »Seuchen« geführt, man kämpfte Tag und Nacht dagegen. Ich nahm an, Aadarshini Chabert müsse bei diesen Kämpfen in vorderster Front beteiligt sein (und lag, wie sich später zeigte, nicht falsch damit).

Zehntausende von Toten wurden bereits zugegeben. Am Schmalen Meer wie an den Südrändern von Thetis und von Ovda Regio gab es neben den altbekannten Straflagern inzwischen ausgedehnte Krankenstädte, während sich Gerüchte, nein: Berichte häuften, denen zufolge man mit Untersee-D/ scharf gegen die Meeresneukörper vorging, die offenbar die Krankheitsüberträger zumindest für die Küstenepidemien gewesen waren, wie man wiederum aus CC-Kreisen hörte. Die Meerleute sollten ihre Lebensweise, ihre Kolonien am Meeresboden aufgeben.

Wer freiwillig umsiedelte, war vor Verfolgung leidlich sicher. Wer aber auf den Verträgen bestand, die Christensen mit den ozeanischen Kolonisten geschlossen hatte, wurde täglichen Provokationen seitens der Askaris ausgesetzt, bis es zu »Zwischenfällen« kam, für die dann natürlich Vergeltung notwendig war, um die politische Autorität des D=B=K aufrechtzuerhalten.

Das Ausmaß des Mordens, das zum Sterben so dazukam, schien längst, wie man sich mündlich weitersagte, sogar die Gräuel der Großen Integration zu übertreffen.

Ich sah mich um, als mir das einfiel, auf dem Gerüst und konnte, anders als auf ähnlichen Großveranstaltungen noch vor zwei Jahren, keine explizit ihre Modifikationen ausstellenden Neukörper entdecken – dafür diverse Exemplare einer neuen Untergattung der D/, nein, falsch: nicht neu, man hatte so etwas schon im ersten Lustrum nach dem Laukkanen-Aufgebot hier und da gesehen, in Le Jeu zu der Zeit, als ich dort wohnte, sogar häufiger als anderswo: absolut menschenähnliche, in weicher Prägebiotik, recht dunkelhäutig, etwas längergliedrig als wir, aber um Mimesis (oder, wie ihre Feinde bei den K/ böse scherzten: Mimikry) bemüht, im Geiste des »Zusammenwachsens« und ganz auf Christensen-Linie.

Die zahlreichen D/ in Menschengestalt, die ich auf dem Gerüst sah, gehörten der neuesten Generation an, hergestellt vor allem in Behrens und Ionad: schlaksig, feingliedrig, mokkafarben, mit oft weißem Haar, auf eine zurückhaltende und prononciert androgyne Weise vornehm, die mich an irdische Kunst aus der Zeit des Ägypterkönigs Echnaton erinnerte, also Werke der Amarna-Epoche. Der Mann, der mir am meisten auffiel, trug kurze himmelblaue Hosen, etwa bis zu den Knien, und ein zerschlissenes weißes T-Shirt, sichtlich oft getragen, aber makellos gereinigt – und auf dem Rücken, mit zwei über die Brust in X-Form geschnallten Gurten gehalten, eine Art flachen Koffer, eine mattsilberne Platte. Was war das, eine Batterie?

Nach meinem Kantinenblinzeln, das Von Arc entdeckt hatte, war ich mit Seitenblicken dieser Art vorsichtig geworden und hielt mich daher zunächst an meinen eigenen kleinen Klüngel aus Jasmin Tallow, Tamon Engh und einem Dritten, dessen Namen ich vergessen habe. Was ist aus ihnen allen geworden? Ich weiß es nicht.

Als die Hauptzeremonie beendet war, die Musik lauter wurde und Ballons in den Himmel stiegen, verschwanden meine Leute nach und nach zu ihren Geschäften im Katzenhaus, so dass mir, weil ich meine Arbeit für diesen Tag hinter mir wusste, schließlich wohl etwas langweilig wurde.

Ich ließ den Blick schweifen, und der fand unwillkürlich erneut den menschenähnlichen D, der zwei Gestänge weiter im Gerüst hing, lässig, das linke Ellenbogeninnere um eine Verstrebung geknickt.

Er aß einen sehr großen Apfel. Stimmt, staunte ich still, sie hatten ja, das war der neueste parabiotische Trick, das Konvertieren von großen Teilen des Spektrums menschlicher Nahrungsmittel in Energie gelernt, das heißt, sie verfügten über eine an spezielle écumenale Pumpvorrichtungen gebundene Enzymatik und andere Verdauungschemie.

Es ging dabei, wie mein Vater neulich in einer seiner unermüdlichen Aufklärungs-Casts erläutert hatte, »um eine neue Konvergenz der Körperlichkeiten«.

Konvergenz der Blicke: Der schöne D sah mich und nickte mir zu.

Bei diesem würdevollen Wesen wirkte das schon so, als hätte es breit grinsend und wild fuchtelnd gewinkt. Sofort sah ich weg; es war mir peinlich, und ich hatte auch Angst: Normalerweise gab es unter Fremden mittlerweile eine einstudierte Sorte Blick, ein geflissentliches Aneinandervorbeisehen, natürliches Ergebnis der Sorte allesdurchdringenden Misstrauens, die unseren Alltag seit der Ersten Ermittlung beherrschte.

Wenn man einander kannte, gab es natürlich kleine Zeichen. Aber kannte ich diesen D?

Sicher nicht.

So hielt ich von diesem Moment an den Blick, ja: alle Sinne auf die restlichen festlichen Abläufe gerichtet, auf das Feuerwerk, auf die letzten Reden unserer Offiziellen: »Only connect!«, sagte mein Vater. »Es geht immer wieder um das, worum es auch bei E. M. Forster ging, bei Egan, bei unseren Großen, lange vor Kamalakara«, und mehr derlei frommes Geschwafel: »Austausch von Wissen ohne Übervorteilung, Arbeitsteilung ohne Hierarchie, dafür steht dieses Bauwerk, wie alles, was wir je unternommen haben.«

Dann wieder Musik und Bilder, bei denen Schwarzeisschirme an Inertialen sich mit Phantomen fürs Innenauge, über Écumen disseminiert, zu angenehmen Mustern arrangierten, zu lebenden oder sogar denkenden Bildern. Am Ende ging's, bis die Nacht heraufzog, nur noch um Stimmungen.

Schließlich stieg ich von meinem Breitbrett und wollte mir, auf einer sicheren Trittstufe, eben ein Inertial rufen, da segelte, leicht nach rechts und links ausschwingend, auch schon eines heran, das zwei gerade, graue, stoffbespannte Stühle trug. Auf dem rechten saß jemand und winkte mir mit seiner schmalen Hand, ich solle doch zusteigen. Es war der D von vorhin.

Ich bin nicht stolz darauf, wie schroff ich reagierte: »Kennen wir uns?«

Er saß in Rufweite, ich war unnötig laut geworden. Er zeigte seine starken weißen Zähne; das sah seltsamerweise nicht bedrohlich aus. Dann sandte er mir einen String von Namenskürzeln, bei denen Pings meiner Garben bestätigten, dass irgendwelche Muster, ganz unten, ganz hinten, tief drinnen, einander kannten.

Mein Hirn kam schneller drauf als der Écumen: »Fabri... Faber...«

»Fabien!«, lachte der D, und ich sagte: »Bei Rojo damals, richtig? Der Tausendfüßler?«

Er streckte seine Füße etwas vom Boden weg, wackelte kurios damit, lachte und sagte: »Es sind nur noch zwei.«

Wieder bedeutete mir seine rechte Hand, ich solle doch zusteigen, was ich jetzt tat – richtig, Gula Mons, westliche Eistla Regio: »Alle Himmel!«, sagte ich, als er aufstand und mir mit ausgestrecktem, stützendem Arm half, mich gerade zu halten, bis ich auf dem Stuhl Platz genommen hatte. Auch er setzte sich wieder, und ich staunte: »Wie lange ist das her?«

»Jahre und Jahre«, bestätigte er und wurde praktisch in seiner geschmeidigen Gesellligkeit: »Wollen wir was trinken gehen?«

»Du kannst saufen?«, lachte ich. »Und überhaupt: Hab ich was nicht mitgekriegt, oder seid ihr D/ jetzt tatsächlich nicht mehr an eure Chassis gebunden? Ich meine, du hast doch früher ganz anders ausgesehen?«

Er spreizte den Daumen von der rechten Faust wie in lustiger Übernahme der menschlichen »Alles okay!«-Geste, dann knickte er den Arm ab, deutete mit diesem Daumen über seine rechte Schulter und sagte: »Ich hab immer so ausgesehen. Das da hinten, das bin ich. Damals habe ich zig unabhängige Segmente parallel ferngesteuert, als es drum ging, die alten Minen zu finden und zu entschärfen, die eingegrabenen Partisanendroiden und all das. Du erinnerst dich? Deshalb nannten sie mich ja Tausendfüßler. Dann habe ich die Segmente einschmelzen lassen. Es war einfach mehr Metall, als einem Einzelnen zusteht, solche Massen von Zeug hat nicht mal der gute alte Rojo durch die Gegend geschoben. Wir haben dann Kinder draus gemacht, eine neue Generation, drei Stück, und abgezweigte immobile Programme draufgespielt – wir sind D/, wir zeugen aus Prinzip nur neue D/, keine Hotels für K/. Nichts für ungut, ich weiß, immer mehr Menschen tun das, geben sich dafür her, nicht nur hirngeschädigte.«

Seine Offenheit war eine echte Erholung im vorherrschenden Klima.

Aber ich musste nachfragen, ganz verstanden hatte ich es nicht: »Was heißt das, du hast immer so ausgesehen?«

»Mein CPU. Der flache Kasten.«

Ach so: Das Ding auf dem Rücken, das war er. Die formbiotische Gestalt, die ich sah, wurde also ferngesteuert – besser: nahgesteuert; er saß sich gleichsam selbst auf, wie, nach einem alten Modell der menschlichen Seele, das Gewissen dem Bewusstsein.

Dann erklärte er: »Und das Saufen ... es ist ein bisschen gemogelt, aber das ist es bei euch ja auch, vor allem bei einem wie dir, nach dem Ja: Du trinkst ja nicht, wie Menschen früher getrunken haben. Was am Suff effektiv und, na ja, schädlich ist und über die Blut-Hirn-Schranke spült, wird ja von deinen Biotika abgefangen und unschädlich gemacht, du musst ein bewusstes Kommando lancieren bei jedem Rausch, bis an die Grenze der echten Bewusstseinstrübung zu gehen. Außerdem haben eure Cocktails oder harten Drinks einen Alkoholgehalt, der die unveränderten Exemplare der Gattung homo sapiens, die vor ein paar hundert Jahren noch auf der Erde rumgelaufen sind, getötet hätte.«

»Das stimmt alles«, sagte ich, »aber wie machst du's?«

»Auch ich kann den Rausch wählen. Ganz bewusst. Es ist ... es sind Settings, die ...« Seine Pausen lernte ich später zu schätzen: absolut lebensechte Mitteilungen von Momenten, in denen es ihm schwerfiel, seine Gedanken in eine Sorte Sprache zu übersetzen, die menschlichem Denken angepasst war. Er fuhr fort: »Du weißt wahrscheinlich, dass ein Körper wie dieser hier randvoll ist mit synthetischer Biochemie.«

»Ja, Plasmodien, Transposonisches, zu den, na ja, normalen Zellen ... lebendiges Gummi ...«

»Richtig. Und da funktioniert dann einiges auch als Sensor. Das Zeug erkennt Alkohol oder andere Drogen, Rauch, Pillen, Pulver ... und dann werde ich gefragt, ob die Roulettemaschine angeworfen werden soll – weißt du, als eine Art Rückkopplung im CPU. Das heißt, es wird in Photonisches übersetzt, was da biologisch passieren würde, wenn ich ein Zentralnervensystem hätte.«

»Eine Simulation?«

»Ja, eine ... es läuft über die älteste Chaitinfalle. Das Allererste, was euch gezeigt hat, dass es tief in der Arithmetik absolut Zufälliges gibt. Das rüttelt mich dann so richtig durch: Mein Prozessor rutscht, sagen wir, vierzigmal in der Minute an dieser Gleichung vorbei, die euer Gregory Chaitin sich damals ausgedacht hat, um Inkompressibilität und Irreduzibilität in der Arithmetik zu demonstrieren.«

Ich kam ins Grübeln, er drohte mit dem rechten Zeigefinger und sagte: »Nicht nachgucken! Nicht die Netze fragen – du brauchst kaum mehr darüber zu wissen, als ich dir sagen kann.«

»Dann sag's schnell«, erwiderte ich, denn wir waren schon unterhalb der Dächerhöhe, fädelten uns bereits in die Straßenschluchten ein, wenn auch noch immer vierzig bis fünfzig Meter überm Trichterboden.

»Ich will verstehen, wie du dich betrinken kannst, bevor ich mich entscheide, ob ich mitmache.«

»Was euer Chaitin sich gefragt hat, war ... also, nimm eine lange Gleichung mit nichts als ganzen Zahlen und darin etwas, das du nicht weißt, etwas Unbekanntes, das bestimmt werden will. Chaitin wollte nun nicht bloß anschauen, ob diese Gleichung eine Lösung hat, sondern ob sie unendlich viele Lösungen oder nur eine endliche Anzahl Lösungen hat.«

»Das Halteproblem. Das Problem, ob man einem Computerprogramm ansieht, wann und ob es jemals anhält.«

»Sozusagen. Jedenfalls, auch gar keine Lösung wäre ja eine endliche Anzahl Lösungen. Gut, und dann hat er gesehen, dass man, wenn man die Gleichung auf die richtige Art konstruiert, dann kriegt man da tatsächlich völlige Unvorhersehbarkeit – es gibt keine Struktur, es ist nicht zu sagen, ob es endlich oder unendlich viele Lösungen gibt. Also, das sind natürlich sehr lange Gleichungen. Wenn man sie auf Papier aufschreibt, wie unsere Geheimdienste und unsere Armee ihre Befehle, dann sind das zweihundert Seiten.«

»Muss ich wohl glauben.«

»Musst du wohl glauben«, lachte er. Wir waren am »Ikazawa-Kleeblatt« angekommen, einem Club im siebten Stock des Gebäudes, das der Attaché aus Behrens, übrigens ein D, tagsüber als Bürokomplex nutzte.

»Ich lad dich ein«, sagte Fabien. Wir traten durchs Fenster.

Es waren noch nicht viele Gäste da. Das Lokal füllte sich erst nach und nach mit Leuten, die inoffiziell und unter weniger, wenn nicht keiner Aufsicht weiterfeiern wollten. Wir gingen direkt an die Bar und hoben schon wenige Minuten später unsere Gläser zu Fabiens Trinkspruch – einem der besten, die ich je hörte: »Aufs Freiwerk, wenn die Maschinen berauscht sein werden und die Menschen endlich nüchtern!«

Im Lichte dessen, was kurz danach geschah, war dieser Abend ein kostbares Geschenk. Ich redete und textete frei, er auch. Obwohl wir einander direkt gegenüberstanden, war nicht alles direkte Sprache, vieles geschah auf vielen

Ebenen – ich hatte im Umgang mit D/ und K/ längst gelernt, wie das ging, wie man schrieb und las, während man redete oder gestikulierte, wie man filmte und Bilder versandte, mitten in der Unterhaltung. Ich empfand das bei allen bedrückenden Umständen jener Tage als erfreuliche Erweiterung meiner sozialen Fähigkeiten, als Reichtum. Das Ganze hatten Christensens neue Protokolle ermöglicht, ich konnte es nicht leugnen – sie forcierte den Austausch, nicht nur die Einheit im Bundwerk.

Auch ihre Rede bei der neuen Zilie hatte dieses Programm betont: »Keine Intelligenz kann sich der Früchte ihrer Arbeit erfreuen, wenn sie duldet, dass es Dümmere gibt, die sie dafür hassen, dass sie diese Früchte besitzt. Und kein Dummer kann zufrieden sein, wenn er weiß, dass andere mehr schaffen und mehr verbrauchen.«

Ich erwähnte und zitierte die Rede, die ich eben aus dem Archiv zitiert habe, auch an jenem Abend gegenüber Fabien. Der sagte darauf: »Gut, das sind Predigten ... bei uns unten sagt man: Die Lily hat den Kopf in den Wolken. Das ist nicht nur buchstäblich gemeint, auch wenn es natürlich ... in den Trichtern ... manchmal wirklich keine Durchsicht gibt. Ihr Leute schwimmt in euren Höhen. Und wir baden es aus. Jedes Jahr weniger Menschen und mehr D/ in der niederen Landwirtschaft. Die Zusammensetzung verschiebt sich fatal, und langsam werden auch die Folgen dieser Politik sichtbar, die sich, wie alle wissen, Bathnagar ausgedacht hat: dieser Idee, auf die Große Integration sofort eine gigantische Produktionssteigerung folgen zu lassen. Wer wohnt da unten, im Dreck? Nur D-Freunde, die man bei euch nicht mag, und eben D/. So achtet niemand auf Gifte, auf die Gefahr auch der Abnutzung der schwachen Böden, auf den Raubbau ... Und was passiert? Der Smog über den Sümpfen sorgt für Stürme, die mehr und mehr die Nordhalbkugel erreichen, im Süden aber sogar schon die schwebenden Städte ins Wanken bringen. Das Schwarze Eis dämpft die Effekte noch, für eine Weile. Aber damit es das tun kann, muss es wieder mehr Energie aus dem Écumen ...«

Ich unterbrach ihn: »Wie meinst du das, der Smog sorgt für Stürme?«

»Entschuldige.« Er winkte ab, es hatte etwas von einem Schmetterlingsfächer, diese große Hand, diese glänzende Haut. »Ich habe mich unklar ausgedrückt, das muss schon der Schwips sein«, wieder das anziehende Lächeln, »ich meinte ... schau, der Prozess, wie das läuft, ist noch nicht gut verstanden, aber die K/ sagen uns – Rajista, auch Heigem und andere aus der dünnen Schicht der absolut loyalen, absolut solidarischen K/, die wir manchmal ›Lilys K/‹ nennen ... Also, die haben ihre Klimamodelle mit Daten über die Luftverschmutzung am Schmalen Meer gefüttert und das dann mit Berechnungen über die Witterung vor der Großen Integration und vor Bathnagars blöder Produktionsoffensive verglichen.«

Ich behielt für mich, wie sehr diese Offensive zwar offiziell Bathnagars Projekt, in Wirklichkeit aber bloße Folge von Christensens Vorgaben war. Eigentlich hatte sich Bathnagar eher als Bremser hervorgetan.

Fabien seufzte, bestellte mit einem Handzeichen mehr Alkohol und fuhr dann fort: »Das Ergebnis ist jedenfalls ... statistisch lässt sich nicht leugnen: Die Partikel aus der Industrie in den Sümpfen verändern das Wetter über dem Schmalen Meer. Die Stürme dort werden deshalb kräftiger und bringen mehr Regen, was natürlich für die Landwirtschaft zunächst erfreulich war. Lada Terra, der Weizenring, all das ... aber inzwischen verändert sich nach und nach die ganze obere Atmosphäre, wird unruhiger, und alles, was die Verwelter dreihundert Jahre lang so geschickt eingerichtet haben, kommt ins Ungleichgewicht.«

Ich sagte: »Man hört, dass sie die krankheitsbedingten Ausfälle jetzt militärisch ersetzen. Sie schicken Soldaten.«

Fabien sah nicht glücklich aus: »Wer weiß, was das noch werden soll. Erst wird die Führung ausgedünnt, dann erlebt man die hektische Zusammenlegung von Zuständigkeiten, die daraus folgt, die Vermischung von Militärischem und Zivilem, und dann verheizt man die einfachen Soldatinnen und Soldaten an der Produktionsfront, während es gleichzeitig heißt, der Krieg rückt näher ... und jetzt heißt es, Bathnagar mache dem FAKTOR sogar Avancen ...«

»Langsam«, sagte ich bedächtig, »das ist jetzt doch ein bisschen unfair. Er hat auf Christensens Befehl hin alle Möglichkeiten ausgeschöpft, hat mit dem Nordmars und den Anarchos und Liberalen von den Asteroiden geredet, hat die Jupiterleute angesprochen, dann diesen selbstherrlichen Regenten von Sinope ...«

»Richard Wang.«

»Ja, Richard Wang, der sich aufführt, als wäre er der Einzige, der eine Vision vom geordneten Sonnensystem hat. Aber diese Vision, soweit ich sie verstehe, ist nichts anderes als so ein altmodisches Kolonialdenken ...«

»Und Wang hält es nicht mit uns? Wang stellt sich nicht gegen Samito?«

»Er hat keinerlei Neigung zu Samito. Aber er ... nun ja, man sieht die heraufziehende Konfrontation zwischen uns und Samito nicht überall mit Schrecken. Wang ist zuzutrauen, dass er sich als lachenden Dritten träumt.«

»Trotzdem – ein Handelsabkommen mit dem FAKTOR vorzubereiten, das ist Verrat.«

Fabien schob andeutungsweise die Unterlippe vor, ein frappierend niedlicher Effekt.

Ich sagte: »Verrat ... ich glaube, wir haben uns an das Wort so gewöhnt, dass man es jeden Tag ein paarmal spuckt, wie früher ›Scheiße‹ und so was, ein Schimpfwort eben, das schon so viele gegen so viele abgefeuert haben, dass es nichts mehr taugt. Politik, vergiss es. Mehr Sorgen machen mir die Seuchen. Weißt du darüber irgendetwas, das man hier in der Stadt nicht weiß?«

Er sagte: »Eine Mischung aus Lungenerkrankungen, Herzproblemen und Hautwucherungen – wie vor Urzeiten der sogenannte Lungenkrebs, der Hautkrebs und die Herzverfettungen. Es fängt jedes Mal so an, dass die Lymphozyten der Leute durchdrehen – nämlich bei écumenalen Schwellenwerten oberhalb einer sehr niedrigen Dosis, also wenn Schaum die Haut über mehr als ein paar Quadratmillimeter bedeckt oder in mehr als sehr niedriger Promillegröße in den Körperflüssigkeiten vorkommt.«

»Moment mal, du willst sagen ... die Leute sterben an ... Schaumallergie?«

»›Allergie‹ ist verharmlosend. Du hast sie nicht gesehen, die Leute.«

»Und wenn man einfach das ... Allergen entfernt? Wenn man sie vom Schaum wegbringt?«

»Zu spät. Sie werden rasch Überträger, es ist, als ob die Luft, die sie ausatmen, Spuren von allem Möglichen trägt, das sich verändert hat und das dann selbständig bei noch nicht Betroffenen, noch Gesunden so wirkt wie die Écumuli auf die Erstinfizierten. Wir geben uns Mühe, aber totale Quarantäne ist bei einer Gemeinschaft, die so hochvergesellschaftet und so ... so inklusiv ist wie das Bundwerk ...«

»Quarantäne ist eine Preisgabe von allem, was das Leben für unsereins zum Leben macht. Und die Erreger ausrotten, geht das nicht?«

»Wir haben Picotechnik, die das leisten soll. Von K/ entwickelt. Auch solche, die erst mal Gewebe repariert, Membranen verbessert ... die konservierenden Maßnahmen scheinen halbwegs zu helfen. Aber die Erreger sind zu vielgestaltig. Es ist ein Rüstungswettlauf ... nein, es ist ein Krieg. Wir sind schon im Krieg. Der Krieg ist zurückgekehrt.«

»Er war nie weg, fürchte ich.«

Da nickte er und sagte leise: »Venus siegt.«

»Hoffen wir's«, erwiderte ich.

Das Lokal war inzwischen zum Bersten voll. Man stand dicht an dicht, sang die alten Lieder: »Schismatrix«, »Diaspora«, man brachte die alten und die neuen Trinksprüche aus:

Vincit qui se vincit!
If you want to make it human, make it whole!
Venus siegt!

Die Party, die dieser Tag sein sollte, ging in eine Art gesitteter Sentimentalität über, bei der sich sogar heimliche Vuleticisten und offene Anhänger Christensens in den Armen lagen:

The strongest fight their whole lives
Those are the indispensable ones

Fabien hatte eine der edelsten Baritonstimmen, die ich je gehört habe. Wie dieser D das »a« verschluckte bei »insdispens'ble«, das hatte die Klasse eines alten englischen Landaristokraten.

Fröhlich, flutend, wehmütig und stärkend wogten die Lieder um uns, bis wir beide, sein Arm um meine Schultern, meiner um seine Hüfte, singend auf den Balkon stolperten, wo die Wasserpfeifen standen.

Wir blickten nach oben und staunten mit den anderen, weil man das Schwarze Glas über Aton nur für diesen einen Abend auf Transparenz gestellt hatte. Sterne. Planeten. Die Erde.

Wir freuten uns und fühlten uns vor allen Generationen, die uns vorangegangen waren, bevorrechtigt, weil der D=B=K, trotz alledem und alledem, so viel erreicht hatte, und wir erkannten uns als gesegnet vor allen, die nach uns kommen würden, weil wir immer noch Pionierinnen und Pioniere waren.

Da küsste mich der Mann, der kein Mensch war, und da küsste ich ihn, weil ich wusste, er wollte an diesem Tag nicht nur vom Alkohol berauscht sein, er wollte auch Menschen lieben dürfen. Es war die letzte Chance für eine solche Begegnung in meinem Leben. Ich bin froh, dass ich sie nutzte. Ich denke, wenn ich mich erinnere, an den weichen Mund, die starken Arme, die Brust ohne Herzschlag, die suchenden Augen, die weiche Haut, an die Kraft und die Neugier. Ich denke an das, was nie wieder sein wird.

Als ich neun Stunden später erwachte, lag ich auf dem Rücken, wo mich das Schafsfell kitzelte, das ich als Läufer vor mein Bett gelegt hatte. Die Filter meiner Schlafzimmerpanoramascheibe ließen bereits frühes Kunstsonnenlicht ein.

Aus der Küche hörte ich, wie Fabien sich an einem Frühstück versuchte, das er selbst eigentlich nicht brauchte, mir aber gönnte.

Ich war für lange Zeit zum letzten Mal zufrieden, mehr: glücklich. Kaffeebrodeln, Speckzischen in der Pfanne – als andere Geräusche sich von der entgegengesetzten Seite der Wohnung her mit diesen Lauten mischten, erkannte ich zu spät, was sie bedeuteten.

Die CC-Leute waren zu fünft, gewöhnliche Trooper, keine Askaris. Sie lösten meine écumenale Sperre an der Tür mit einem einfachen Override und brannten dann das altmodisch klobige Photonenverriegelungsschloss schlicht weg, das meine Wohnung schützte. Dann stürmten sie den Flur.

Zwei positionierten sich, die Waffen im Anschlag, ums Bett, als wäre es ein gefährlicher D. Drei stürmten weiter. Einer rannte direkt an mir vorbei zur Küche und bedrohte Fabien, der sofort die Hände hochnahm und rief: »Ich ergebe mich. Ich ergebe mich! Nikolas?«

Ich wurde von einem der beiden anderen aufgelesen, wie man Müll von der Straße sammelt.

Er griff mich unterm Arm und riss mich in die Höhe. Der zweite Kerl fing mich auf und zog mich rücklings an sich, damit der erste mir den Lauf seiner Bolzenpistole vors Gesicht halten konnte. Ich blinzelte, aber meine Innenaugensicht war blind, das erste Mal seit Rhinoclavis.

Ich stocherte in Vermutungen, fand nichts, rief nach Fabien: »Wer ... wer sind die? Hast du Verbindungen nach draußen? Was ist los?«

»Ich hatte gerade noch Meldungen«, rief er. »Sie haben Bathnagar verhaftet!«

»Ruhe, ihr zwei!«, herrschte mich der vor mir stehende Polizist an und stellte nun zumindest sein Visier transparent – er war bloß ein Junge, entweder um die zwanzig oder gerade aus dem Ja hervorgegangen.

Ich sagte: »Was willst du? Wer seid ihr?«

»Still, hat er gesagt!«, wiederholte eine dunkle, raue Stimme hinter mir. Dazu drehte der Mann mir den Arm um und drückte ihn hebelgleich nach oben, dass mir ein scharfer Schmerz entsetzlich in die linke Schulter fuhr und ich unartikuliert protestierte: ein stumpfer Aufschrei, gestopftes Brüllen. Der andere schlug mir von vorne in die Magengrube, dass ich nicht noch einmal Laut gab, sondern mich nach vorne beugte und nur noch hörte, wie Fabien aus der Küche rief: »Wehr dich nicht! Widersetz dich nicht, sie können dich erschießen!«

Dann traf ein weiterer Hieb mich auf Scheitelhöhe, dass mein Schädel dröhnte und ich in dieses Dröhnen fiel, zu Boden ging. Sie begannen mich zu treten.

Ich habe seither viele aus den venusischen Archiven befreite Zeugnisse über den berühmten »Keller II« im Katzenhaus gesehen und gelesen.

Zur Zeit meiner Verschleppung war mir der Ort nicht einmal dem Namen nach bekannt. Ob es der Ort war, an dem man mich danach festhielt, an dem man mich verhört und misshandelt hat, kann ich nicht sagen.

Es spricht aber nicht wenig dafür.

Denn in Flintstadt gab es zwar andere geheime Verhörzentralen, Straforte, Kerker, sogar in Psargent zwei, unterm Wasserkraftwerk. Aber man hat mich nah genug am Katzenhaus aufgegriffen, dass der Keller II die logische Wahl war, und die Personen, die meine Verhöre durchführten, gehörten teilweise zu jenen Hochrangigen, die ich zuvor fast täglich im Katzenhaus gesehen hatte. Kâlidâsa war dabei, Lisa Genrich, später auch der gefürchtete »Blut-Blaine«, Edzard Blaine aus Behrens.

Zu einigen der unangenehmsten Befragungen erschien mein Vater, Arthur Helander. Und noch jemand. Hiervon gleich.

Lange allerdings – ich weiß nicht, wie lange; einige Tage waren es sicher – bekam ich überhaupt niemanden zu sehen, die oder der einen Namen hatte, nur anonyme Knechte in Porzellanplastikrüstungen, Menschen also, und sehr wenige D/.

Man stellte mir keine Fragen, gab mir keine Gelegenheit, mich zu äußern. Man unterrichtete mich nicht einmal darüber, was mir überhaupt zur Last gelegt wurde.

Auf der Ebene der Leitung jener Operation, bei der man

außer mir noch vierzig andere Personen in der Hauptstadt und bis zu tausend Menschen, K/ und D/ in allen Großstädten sowie weitere dreitausend Personen auf dem Land gegriffen und festgesetzt hatte, wie ich später erfuhr, ging es wohl zunächst um Wichtigeres als um mich.

Die »dicksten Fische«, wie Kâlidâsa in seiner primitiven Ausdrucksweise in seinen ekelhaften Memoiren triumphieren sollte, waren natürlich »der Ausverkäufer« Karnam Bathnagar, »Agent des FAKTOR«, und seine »K/-Banditen«, allen voran meine alte Bekannte Von Arc.

Hätte ich von diesen Festnahmen gewusst, wäre die Genugtuung darüber, dass diese Leute, die mir so übel mitgespielt hatten, jetzt selbst in Schwierigkeiten steckten, wohl dennoch nicht besonders groß gewesen. Denn was man mir bald zufügte, ging sowohl nach Dauer wie Schwere des Leidens weit über das hinaus, was mich damals gegenüber Von Arc in virtueller Notwehr zu einer virtuellen Pistole hatte greifen lassen.

Das Zimmer, in dem ich wartete, war kein Loch mit tropfender Decke, sondern ein hotelartiger, lichter Raum, eher lang, fast schmal, und hatte sogar eine Tür vor der Toilette – dahinter allerdings fast sicher Kameras. Der Privatheit diente diese Raumaufteilung wohl nicht, zumal oben und unten jeweils eine Handbreit Spalt an der Tür frei war, so dass das Klo eben doch noch zum Raum gehörte.

Überm Bad hing ein Spiegel. Da konnte ich, wenn Überfallbesuche stattgefunden hatten, bei denen man alles schweigend durchsuchte – vor allem der verrückte Blaine tat sich dabei hervor – und mich anrempelte, auch schlug und trat, dann mein Gesicht anschauen, das mir rasch, schon nach einigen wenigen Wochen, unvertraut wurde.

Schließlich wurden erstmals Fragen gestellt, von diesen Rollkommandos, zunächst von Genrich, die fast immer dabei war: »Was hast du für Bathnagar gemacht? Wo sind die Viren?« und allerlei Unverständliches, dazu mehr Misshandlungen.

Als beim Gesicht im Spiegel genug Zähne fehlten (die mir dann als Knospen wieder eingespritzt wurden, damit sie nachwuchsen) und meine Augen die Größe der Tomaten in den Obst- und Gemüseanlagen von Psargent, die Buntheit der dortigen Äpfel und Pfirsiche angenommen hatten, beschloss ich, dass ich dieser krumme und zerhauene Mensch, der mich da anblinzelte, gar nicht mehr war.

Neue, sinnlose Fragen: »Was hattest du vor? Was wolltest du im Katzenhaus? Was hast du sabotiert? Wann wolltet ihr die Erste Delegierte töten?«

In einer Art von automatischem, ganz von meinen Empfindungen getrenntem Stolz sprach ich jedes Mal in Erwiderung hierauf nur von meiner wirklichen Arbeit: »Ich habe über ein Theaterabkommen verhandelt. Ich habe eine Textleitung für zwei Zilien in Behrens gefordert. Ich habe Eingaben zu Bildungsangelegenheiten aus Ionad verwaltet.« Dann nannte ich, weil ich das in meiner Naivität für beweiskräftig hielt, Namen von lokalen Kontaktdelegierten, nannte Tage, sogar Uhrzeiten, die ich noch auswendig wusste.

Meine Écumuli schwiegen.

Weil ich ausnahmslos in dieser Weise antwortete und weil das wohl als frech empfunden wurde, gab es daraufhin jedes Mal mehr Schläge, aber endlich kaum mehr Fragen.

Ich lernte Knochen kennen, beim Abliegen, beim peinvollen Aufstehen, von denen ich nicht gewusst hatte, dass sie in meinem Körper vorkamen.

Ich habe einen schiefen Hals, eine leichte Neigung nach rechts von der Tortur zurückbehalten, auch Rückenschmerzen, sofern diese nicht doch Spuren des Angriffs sind, den Von Arc auf mich verübt hatte.

Die erratischen Zeiten, zu denen man das Licht einschaltete oder löschte, der Geräuschpegel aus dem umgebenden Trakt: Nichts folgte einer Regel, alles der Absicht, mein Zeit- und Raumempfinden zu zerstören. Ich versuchte, die Anlage zu verstehen, aber alles blieb richtungsloses Raten – an einem Gang gab's viele Türen, ich habe nie herausbekommen, ob es dort auch mehr Gefangene gab.

Dann brachte man mich erstmals in den roten Raum.

Da standen zwei Gerätschaften, in die ich nacheinander mit Gurten und Klammern gespannt und geschnallt wurde: einmal auf den Bauch, mit einer Kinnstütze und einer Durchsicht auf den schmutzigen scharlachfarbenen Boden, einmal auf den Rücken.

Dort kamen D/ und stachen und schnitten – lange Nadeln zwischen die Rückenwirbel, die bei der geringsten Bewegung explodierende Feuerschlangen bis ins Hirn hochflammen ließen, breite Messer zwischen die Rippen, auf denen schwarzölige Sondenfilme lagen, die in meinen geöffneten Körper sickerten und darin etwas suchten.

Dort nagten, rissen, zogen sie.

Diese Prozeduren waren das Schmerzhafteste, was ich je erlebt hatte, nicht dumpf wie die Schläge, sondern säureartig ätzend, brennend. Schläuche in den Hals, Kabel in den Anus, Nadeln in die Urethra. Keine menschlichen Zeugen wohnten dem bei, nur D/.

Wochenlang sah ich überhaupt keine Menschen, nur diese D/, denen es nichts auszumachen schien, dass ich mich anfangs auf jede Art, die der Körper kennt, schmutzig machte, dass ich kotzte und pisste und schiss wie ein verrückt gewordenes Tier.

Es kamen flinke Helfer, Semisentiente, die mich und den Raum reinigten, dann ging es weiter. Endlich erschien ein Mensch mit zwei CC-Polizisten.

Ich kannte ihn aus den Frames und von mindestens einer

der konklavenartigen Abendgesellschaften bei Christensen. Er war von mittlerem Wuchs, mit schönem, vollem, rechts gescheiteltem Haar überm schmalen Gesicht. Der Mann sah nicht kräftig gebaut aus, aber mit breiter Nase, wachen, klaren Augen, prononcierten Wangenknochen. Oft, auch bei seinen Besuchen im roten Zimmer, trug er Anzüge, nicht zu feine und vornehme allerdings, manchmal Kittel, die einen Rang zwischen Arzt und General andeuteten.

Das war Kâlidâsa.

Als er das erste Mal dazukam, redete ich ihn verschliffen an: »Wa... wa... was willst du hier? Was sucht ihr? Was denkt ihr? Darf ich ... er...fahren, was der Vorwurf ist?«

»Sedieren«, sagte er, mit etwas wie Kummer in der Stimme.

Der D neben mir schien etwas zu fragen, blinkte, es war leise, bis Kâlidâsa wieder sprach: »Ja, ich weiß, er muss bei Bewusstsein sein, sonst erwachen die Geheimgarben in ihm. Und dann kommen wir nicht durch. Ich weiß das. Aber nicht bei so regem Bewusstsein, oder?« Hier vernahm ich eine neue Variante der Ironie, die ich zuerst bei meinem Vater und Thalberg belauscht hatte: die klinische Variante, für den Folterkeller.

Man gab mir Spritzen.

Die Umgebung geriet in Taumel. Ich übergab mich in eine Nierenschale.

Dann holten sie, während ich auf dem Bauch in halber Höhe des mächtigen Mannes in der Luft hing, etwas aus meinem Rücken. Es war das erste Mal, dass da was knackste, brach, entfernt wurde, bei späteren quälenden Prozeduren wurde es – oder etwas anderes? – neu eingesetzt, noch später wieder entnommen, das alles wiederholte sich des Öfteren, vielleicht zehnmal, im Beisein anderer, oben schon genannter Prominenz.

Dass das Objekt wirklich entfernt war, hörte ich immer daran, dass es in eine dieser Nierenschalen fiel, ein Geräusch, das dem glich, das ich hörte, wenn ich Zähne in so ein Metallgefäß spuckte. Die Schale brachte nun ein D zu Kâlidâsa, der zwei kleine, perlenartige Dinger daraus entnahm und sie in den Schaum legte, der auf seiner Hand schimmerte.

Dann hörte ich ihn leise sagen: »Modelle. Realisationen. Es macht Modelle von mir. Faszinierend.«

Als der D halblaut etwas erwiderte, sagte Kâlidâsa und sah dabei zu mir: »Die Korrespondenzen sind gestört. Sie sind ... anders verteilt. Der hat ganz andere Toposprogramme im Rücken gehabt als unsere. Ganz andere. Das Grundgitter stimmt noch, brav kartesisch geschlossene Kategorien, aber nicht die, die wir kennen, auch wenn die Entsprechung zu den Kalkülen ...«

Er schüttelte den Kopf, lächelte. Dann sagte er: »Es bleibt alles erhalten, aber es ist irgendwie ... allgemeiner. Die Konversionen und generischen Operatoren sind anders bestimmt ... es ist die ... Programmierpraxis ... zu einer Theorie, die wir nicht haben.«

Ich spuckte, schrie: »Was soll das sein? Schulstunde? Ich rede mit dir! Ich rede mit dir, Freund Kâlidâsa!«

Er sah mir direkt in die Augen.

Ich erkannte eine Mischung aus Bewegtheit und Abscheu, als er mit großer Ruhe und ebenso großer Bestimmtheit sagte: »Ich rede aber nicht mit dir, Freund. Ich weiß gar nicht, wer du überhaupt bist.«

Ich lachte und brüllte Unklares. Er ließ mich betäuben, diesmal schwer, ich versank im Violetten, Haarigen, Bauchwarmen.

Im heißen Schlaf, der darauf folgte, träumte ich schlecht und dunkel.

Von Arc saß auf meiner Brust, mal nackt, mal in der Uniform der CC, presste mir die kleinen Hände auf den Mund und auf die Nase, dass ich fürchtete zu ersticken. Ich riss die Augen auf und war wach, auf einer rollenden Liege, also keinem Inertial, man setzte auf robuste Technik hier.

Ich sank erneut ins Nichts. Das zweite Mal kam ich auf meinem Pritschenbett zu mir. Pfeilbilder wie Nachbilder stachen mir im Kopf herum, als ich mich wusch, als ich zur Toilette kroch, als ich mich dort entleerte, im Schwitzen, Weinen; Pfeilbilder, wie man sie in den Schultutorialen fürs Toposcoding lernte – ich hatte etwas wie den Drang, sie zu überprüfen, sie von innen anzusehen, sehnte mich nach Zugriff auf den Écumen: funktionale Beziehungen, alle Arten von Abbildungen, Lösungen von Problemen in der Geometrie und der Zahlentheorie vermittels Kategorien oder Topoi, alle möglichen Konstruktionen der klassischen Mathematik, neu bewerkstelligt von Grund auf, dann Detailbildchen, die um meine Phantasie schwirrten wie Motten um eine Lichtquelle: innere Sprachen von Topoi, Bilder zu den Peano-Axiomen, Grothendieck-Topoi, Dieringshofen-Kategorien.

Nach einer Weile verstand ich, was ich da tat: Ich versuchte meinem offenbar obersten, jedenfalls ranghöchsten Peiniger die Arbeit abzunehmen, meinen Kopf zu filzen, eine Razzia meiner Denkordnung vorzunehmen, um herauszukriegen, was bei mir anders war als im Schultoposcoding, was bei mir Von Arcs Interesse geweckt und dann ihre Bemühungen mattgesetzt hatte.

Ich fand nichts, es war frustrierend.

Ich sank zusammen, schlug mit Fäusten auf den kalten Boden, rotzte zähe Tränen, strampelte und trampelte und schrie. Man ließ mich lange genug – wohl wieder ganze Tage – in Ruhe, wahrscheinlich, wie ich langsam befürchten musste, damit ich mich beruhigte und zu Kräften kam, für die nächste Runde.

Man wird mich wohl in irgendeiner Form unter Drogen gesetzt haben. Vielleicht waren die Pharmaka im spärlichen, pampigen Essen, oder man sprühte sie als Gas in meine Zelle.

Jedenfalls kam ich schließlich, ohne jedes Wissen davon, wie ich hingelangt war, in dem harten Stuhlrahmen zu mir, den ich schon kannte, der aber nicht im vertrauten und mittlerweile gefürchteten roten Raum stand, sondern in einem normalen Zimmer, das einen gelblichen Teppichboden aufwies, außerdem zwei Topfpflanzen mit großen dunkelgrünen Blättern, aber keine Fenster.

Wieder die D/, wieder die CC und wieder Kâlidâsa, der vor mir stand und aussah, als sei er mächtiger und wichtiger als alle, selbst Christensen, so gerade hielt er sich, so durchdringend erforschten mich seine klaren Augen, so fest presste er, wenn er nicht redete, die Kiefer aufeinander, dass seine wie von einem Bildhauer herausgeschlagenen Wangenlinien sich noch tiefer ins hypnotisch strenge Gesicht gruben.

»Ich möchte dir ein paar Fragen stellen.«

»Gut«, sagte ich vorsichtig. Die Aufsässigkeit war mir vergangen.

Kâlidâsa kam einen Schritt näher. Ich sah, dass er nicht völlig glatt rasiert war: Rechts am Hals gab's einen Schatten, darüber eine Rötung, er rasierte sich wohl nass.

Der unheimliche Mann sagte: »Zeig mir mal, wie man die Einheit einer Adjunktion aus der Koeinheit gewinnt und umgekehrt. Und zeig mir mal, wie das aussieht, wenn die Funktoren F und G einander bestimmen, in einen natürlichen Isomorphismus.«

Ich glaubte mich verhört zu haben: »Ich soll ...«

»Zeig mir, wie man die Einheit einer Adjunktion ...«

Ich japste: »Was ... was, wenn ... eine mündliche ... Prüfung? Du hältst eine mündliche Prüfung in Toposcoding mit mir ab?«

Ich hätte laut auflachen mögen, wenn es nicht so bedrohlich gewesen wäre. Der Coder trat einen Schritt zurück und sagte: »Zeige, wie man die Einheit einer Adjunktion ...«

»Ich hab's verstanden, Mensch!«, brüllte ich. »Wie ... wie soll ich das hier jetzt ... wie soll ich das zeigen, wenn ...«

»Anreiz«, sagte Kâlidâsa.

Ein D legte seinen stabartigen Arm auf meinen Oberschenkel und versetzte mir einen so heftigen Stromstoß, dass ich mit dem Kopf gegen die Stütze schlug. Mir wurde einen Augenblick schwarz vor Augen. Als ich zu mir kam, merkte ich, dass ich mir auf die Zunge gebissen hatte. Ich sagte etwas Hilfloses wie: »Moment ... Moment bitte ...«, aber da schrie Kâlidâsa in unfassbarer Lautstärke, völlig entfesselt, als ginge es nicht nur um mein, sondern auch um sein Leben: »Zeige! Zeige, wie die verschissene Einheit einer verschissenen Adjunktion aus der Koeinheit gewonnen werden kann und umgekehrt! Zeig es! Sag es!«

Ich konnte es wirklich nicht.

Er sah zu Boden, schüttelte den Kopf. Sah mich wieder an, wurde nicht schlau aus mir. Eine Geste, kaum merklich, wies den D an, die Stromfolter zu wiederholen. Diesmal war ich darauf gefasst, und trotzdem schlug es mich fast in die Ohnmacht. Als ich wenigstens wieder keuchen konnte, begann ich zu betteln: »Bitte ... bitte ... ich will ... ich will ja, ich will's ja versuchen. Ich will ... ja ...«

Er fragte mich, ob ich denn wüsste, was eine Adjunktion überhaupt sei.

Ich wusste es, so halbwegs.

Was eine Einheit sei, was eine Koeinheit sei. Auch das wusste ich und stammelte unter Speichelfluss und Husten etwas in der Art. Dann wiederholte er die Eingangsfrage.

Ich konnte sie nicht beantworten. Ich bekam es nicht zusammen. Er sagte zu den D/, nicht zu mir: »Gut. Die Teile müssen wieder rein.«

Man sedierte mich. Ich erwachte in der Zelle. Wieder das schlimme Warten, wieder die Selbstausforschung über Kategorien und übers Toposcoding, der Versuch, nachträglich herauszukriegen, wie die Antwort lauten musste, und danach Bewusstlosigkeit. Und wieder das rote Zimmer, die Operationen.

Man setzte mir wieder ein, was man mir vordem entnommen hatte. Erneute Betäubung. Erneutes Erwachen.

Kâlidâsa versuchte es mit einer einfacheren Frage: »Denk dir eine Kategorie, und dann denk dir eine, die … nun, nenn mir eine, in der es irgendein Paar von Objekten gibt, die kein Produkt haben.«

Ich verstand die Frage, sie war wirklich glasklar und kinderleicht.

Ich hatte das Gefühl, die Antwort läge mir, wie das Klischee sagt, auf der Zunge. Ich konnte sie nicht geben. Schocks folgten, Beschimpfungen, Drohungen, mehr Schocks. Ich konnte keine Kategorie finden, für die galt, was er verlangte. Ich konnte auch keine Kategorie finden, die einen Pfeil enthielt, der sowohl ein Monomorphismus wie ein Epimorphismus, aber kein Isomorphismus war. Ich konnte den Unterschied zwischen Objekt und Funktor auf Nachfrage nicht nennen, ich konnte keine Kategorie ohne Quellobjekte nennen und keine ohne Zielobjekte, ich konnte keine Kategorie benennen, in der die Quellobjekte und die Zielobjekte identisch waren, ich wusste nichts, ich konnte nichts.

Er weckte mein Innenauge. Ich sah:

A = {Rojo, Von Arc, Bathnagar}
B = {Verrat, Treue, Neubeginn}

Kâlidâsa sagte: »Finde ein Beispiel für einen Isomorphismus f von A nach B.«

Ich sagte: »Bitte ... Pause ...«

Er fragte umgekehrt: »Was ist ein Isomorphismus überhaupt?«

Ich flüsterte: »Eine ... eine Sache, eine Umwandlung ... Funktion ... von A nach B ... Zuordnung ... Abbildung, die man umkehren kann.«

Er fragte. »Bloß irgendwie umkehren?«

Ich ächzte: »Nein, auf ... irgend ... man ... wenn es sowohl rechts wie ... links ... war es nicht: rechtstotal und linkstotal? Rechtseindeutig und linkseindeutig ... total?«

Er fragte: »Was bedeuten diese Worte?«

Ich sagte: »Rechtstotal ... das heißt, zu jedem Ding im Ziel ... also in B ... gibt es mindestens ein Urbild in A. Also es könnten auch ... mehr ... Elemente sein ... in A, dann müssten halt ...«

»Dann müsste es halt zwei Verräter geben, oder zwei Treue, oder mehr«, sagte Kâlidâsa. Ich versuchte zu nicken.

»Und linkstotal?«

Ich flüsterte: »Wenn es höchstens ... höchstens ein Urbild ...«

»Wie verhält sich ein Isomorphismus zu einem Epimorphismus und zu einem Monomorphismus?«

Ich hustete. Er wiederholte die Frage. Ich sagte: »Ein ... ein Isomorphismus ist sowohl ein Epimorphismus wie ein Monomorphismus.«

»Es gilt also: höchstens ein Urbild, und zugleich: mindestens ein Urbild.«

Die beiden Zeilen blinkten jetzt:

A = {Rojo, Von Arc, Bathnagar}
B = {Verrat, Treue, Neubeginn}

Kâlidâsa sagte: »Was kannst du also über A und B sagen, wenn ich dir sage, es gibt einen Isomorphismus?«

Ich strengte meine versagende Stimme an und sagte so laut und bestimmt wie möglich: »Sie haben gleich viele Elemente.«

»Ja. Gleich viele. Und das hast du rausgekriegt, ohne zu zählen. Du musst sie nicht zählen. Und wenn es Tausende, Abertausende, Zehntausende wären – und glaube mir, es sind Tausende, Abertausende, Zehntausende ... das macht ja die Wahrheitsfindung so schwer, die Ermittlungen, die Politik ... dann könnte man doch immer sagen: Wenn es einen Isomorphismus gibt, sagen wir: ›Der Bund hat herausgefunden, dass diese oder jene Person aus A folgende Absicht aus B verfolgt‹, dann wissen wir, es gibt so viele Absichten wie Personen. Das ist ein Name für f – nur einer, nicht der einzige: Der Bund hat herausgefunden, dass diese oder jene Person aus A diese oder jene Absicht aus B verfolgt.«

Die beiden Zeilen hörten auf zu blinken, aber eine weitere kam hinzu:

A = {Rojo, Von Arc, Bathnagar}
B = {Verrat, Treue, Neubeginn}
C = {wahr, falsch}

Kâlidâsa sagte: »Gibt es einen Isomorphismus von A nach C?«

Ich röchelte und lachte.

Man schickte mich schlafen.

Man weckte mich, man operierte mich. Man quälte mich, man fragte mich, man schickte mich schlafen, man operierte mich.

Es gab kein Ende und keinen erkennbaren Sinn der Prozeduren. Wenn ich sage, dass das Monate währte, was sage ich damit?

Ich weiß es nur, weil ich schließlich nachsehen konnte, wie viel Zeit vergangen war, als ich freikam. Zuvor aber geschah etwas, das ich bis heute nicht verstehe.

Ich erwachte wieder einmal, aus meiner Zelle verbracht an den Ort mit dem Teppichboden, zwar auf den Stuhl gesetzt, aber diesmal nicht festgeschnallt. Auch war das Gestell, in dem ich gelitten hatte, jetzt nicht das einzige Möbelstück – ein mit lindgrünem Pelzchen bespannter Polsterstuhl befand sich mir gegenüber, in Gesprächsposition, nicht auf vier Beinen, sondern initialgetragen, levitierend.

Außerdem waren mehr D/ als sonst im Raum, aber ihre Kabelarme und -beine bewegten sich nicht, kein Licht blinkte an ihren Köpfen. Es war, als seien sie inaktiv, abgeschaltet. Zunächst kam niemand, ich fragte mich schon, wie lange ich mit diesen sehr ungeselligen und absolut schweigsamen Leuten allein bleiben sollte. Dann öffnete sich die Iris der Tür. Zwei Leute traten ein: Kâlidâsa und zwei Schritte hinter ihm, als wäre sie seine Sekretärin, nicht seine Chefin, Leona Christensen.

Die sah abgespannt aus, bleich.

Das rote Haar hatte sie nicht wie sonst zu von Hand gestalteter Wildheit geformt. Es wirkte eher wie angepappt, ein müder Mopp, dessen Strähnen übers berühmte Muttermal rechts auf der Stirn fielen. Sie sagte nichts und nahm auch nicht, wie ich zunächst erwartet hatte, auf dem Stuhl Platz. Da setzte sich vielmehr ihr Gehilfe hin und rutschte ein wenig zurecht, während sie hinter ihm stehen blieb und mich in Ruhe betrachtete, wie man etwa ein Schriftstück studiert, das man unterzeichnen soll – gesehen, Christensen. Ich senkte den Blick, wich ihrem aus.

Der oberste Toposcoder des Bundes richtete das Wort an mich: »Ich soll nicht mehr fragen. Ich weiß. Aber ich will es noch einmal versuchen: Die Algebra der Zusammensetzung von Abbildungen ist wie welche andere Algebra?«

Das wusste ich: »Die der Multiplikation.«

»Multiplikation von was zum Beispiel?«

»Zahlen.«

»Richtig. Sie gleicht ihr.« Er schien nicht wirklich erleichtert, das Lob klang leer. Dann seufzte er und sagte: »Wenn das so ist, wenn das wie die Multiplikation ist, was ist dann bei den Abbildungen wie die Division?«

Hatten wir das nicht bei einer unserer vorherigen scheußlichen Begegnungen besprochen, er und ich? Auswahl, Bestimmung von … was war es? Ich wusste es nicht. Ich ärgerte mich, dass ich es nicht wusste. Ich sah zu Christensen, deren Blick aus diesen immer aufmerksamen Augen nicht verriet, was sie wohl dachte. Ich sah wieder zu dem Mann mit dem kantigen Gesicht, mit dem an diesem Tag etwas unordentlichen Scheitel.

Ich sagte: »Keine Ahnung. Wirklich nicht. Ich weiß, es gehört zu den Anfangsgründen. Es gibt mehrere Antworten, oder? Es ist … Kinderkram. Meine Mutter hat's mir in einem Garten erzählt, als ich kaum laufen konnte. Aber ich weiß es nicht mehr.«

»Aber wenn du …« Er beugte sich leicht vor, ich erkannte eine Unruhe in seiner Mimik, die mich verblüffte. Hatte er Angst? Um wen? Um was? Um sich? Christensen legte ihm sehr sanft die Hand mit den beiden großen Ringen auf die Schulter und sagte, wie man jemandem eine lässliche Sünde vergibt: »Lass gut sein, Frederick. Was willst du tun, ihn weiter foltern? Wenn er wüsste, was du ihn fragst, er würde es dir nicht nur sagen. Er würde es singen, und er würde dazu tanzen.«

Kâlidâsa setzte ein unglückliches Lächeln auf, es sah gar nicht uncharmant aus.

Christensen sagte: »Lass uns allein. Ich will mit ihm reden.«

Kâlidâsa drehte ruckartig, sichtlich erschrocken, den Kopf zu seiner Chefin und sagte: »Aber das ... wenn er ... er könnte ...«

»Schau ihn an«, sagte sie und schaute mich dabei selbst an. »Der kann nicht, was du von ihm willst, selbst wenn er es wollte.«

»Lass ihn wenigstens fixieren, bevor du ...«

Aber der Mann, obwohl er noch eine Widerrede im Mund führte, stand schon auf, und sie wirkte ungehalten, als sie sagte: »Wenn er mich umbringt, habe ich's hinter mir – ich kann mir Schlimmeres vorstellen.«

Kâlidâsa eilte aus dem Raum, ohne sich umzusehen. Ich schwieg und dachte wirres Zeug. Sollte ich sie widerlegen, mich auf sie stürzen, mit ihr kämpfen, bis mich die D/ töteten?

Es war ein lächerliches Denken, das wenigstens erkannte ich.

Dann sagte sie: »Du hast mir mehr geholfen als die meisten meiner Leute, weißt du das? Du hast mir gezeigt, dass Laukkanens Programm uns überleben wird. Dass die alten und robusten Pläne die besten sind. Dass ich mich sogar auf Tote verlassen kann. Auf deine Mutter nämlich. Voller vuleticistischer Ideen war sie, wusstest du das? Eine Anhängerin dieses ... dieses lästigen Menschen da. Aber eine tadellose Forscherin. Mehr solche Abweichungen wie ihre, und wir wären auf Kurs! Dagegen Frederick ... er meint es gut, aber als Forscher ist er nur ein Angeber. Weißt du, wie schnell er dir dein Geheimnis entreißen wollte? Er hat's mir versprochen: zwei Wochen. Zum Glück glaube ich so was nicht mehr.«

Ich reagierte nicht, sondern schaute auf die Knöpfe ihrer weißen Uniform. Sie waren golden, spiegelten mein Gesicht: grotesk, armselig, eingefallen, aber irgendwie auch interessant, ein schlaues Insekt.

»He. Hier oben bin ich«, sagte sie leise, nicht ohne Humor. Ich schaute sie an. Sie fuhr fort: »Zwei Wochen, hat er gesagt. Gib mir zwei Wochen. Es ist dann alles rausgekommen. Aber nicht das, was er rauskriegen wollte. Sondern seine totale Hilflosigkeit. Dass er ein Witz ist als Toposcoder. Eine Marionette – ein Vermittler zwischen einigen der am weitesten entwickelten K/ und meiner Administration, ganz so, wie ihn dein Vater immer eingeschätzt hat. Auch Thalberg sah ihn so: Nützlich, aber zu ehrgeizig sei der Mann, hat er immer gesagt. Es stimmt. Patria und Lennart und einige andere K/ in Purânopolis und hier in Flintstadt bedienen sich seiner – die Kunststücke, die er vorgeführt hat, als er aufsteigen sollte, nach dem Willen dieser Gönnerinnen und Gönner, das waren alles Brosamen von ihren Tischen. Er ist ein begabter Politiker und ein ... wenig begabter Denker. Gut, dass wir das jetzt wissen. So kann man mit ihm auskommen, auch wenn seine Angebereien mich viel gekostet haben. Die Genome der Seuchen, der Plasmide, die das alles anrichten da unten ... die wollte er mir auch ausrechnen. Ich habe ihn machen lassen. Es hat mich fast alle Meeresneukörper gekostet. Sie sind verhungert, sie sind abgetaucht, sie führen Krieg gegen uns. Ich werde sie töten müssen.«

Sie schwieg, vielleicht erwartete sie eine Anklage.

Damit konnte ich nicht dienen. Ich sagte nur, sehr schwächlich: »Was wird mit mir?«

Sie lächelte. Einen Augenblick lang dachte ich, sie wird ihre Hand nach mir ausstrecken, mich berühren, mich trösten. Mir war übel bei dem Gedanken, bei der Hoffnung und Rührung, die ich darüber empfand.

Aber dann sagte sie nur: »Ich habe so viel angestellt, es reicht bald. Du bist nicht mein wichtigstes Opfer, weißt du. Wir leben jetzt in der Außenpolitik, so hirnlos ist das alles geworden. Es gibt einen Vertrag mit dem FAKTOR. Dein Vater ist auf der Erde gewesen, hat die nötigen Kleinigkeiten ausbaldowert. Ein echter Ganove. Mein Bester. Wir haben uns das System geteilt, Samito und ich ... nun, die schönsten Stücke. Ceres geht an den FAKTOR, Gaspra geht an den FAKTOR, bei Ida haben wir eine Beobachtungsstation ... auf dessen Mond. Ida war der erste Asteroid, bei dem man überhaupt einen Mond entdeckt hat. Er heißt Dactyl. Ein Versmaß. Daktylus.«

»Aber da leben ... da ... wie ... was tun jetzt die Leute da?«

»Sie lassen sich von Samito besetzen, oder von uns. Sie leisten Widerstand oder nicht. Sie werden von uns umgebracht oder von den anderen. So ist das jetzt, im Asteroidengürtel.«

Ich dachte: Aber der Mars, aber Sonolumina ...

Christensen verriet mir: »Wir haben alles versucht, ein anderes Bündnis zu schließen. Mit den Asteroidenleuten, den Saturnleuten, den Jupiterleuten. Auf Sinope sitzt dieser Richard Wang und hat alles hintertrieben mit seinen Witzen. Er glaubt daran, dass wir und Samito ihm die Arbeit abnehmen werden, das Feld freiräumen für seinen Großmachtblödsinn. Ein Zwerg auf einer Insel. Die Rechnung kommt. Aber ob er sie uns bezahlt oder Samito, das weiß niemand.«

Sie erhob sich.

»Dein Vater wird dich abholen.«

Das war ihre ganze Verabschiedung.

Es stimmte.

Mein Vater holte mich aus dem Kerker, wenn ich ihn auch nicht sah dabei.

Er war nur da, als ich, wer weiß wie viel später, auf einem Liegestuhl erwachte, auf einem Balkon, in der kühlen Außenzone von Psargent, wo Winter herrschte. Man hatte mich in Decken gewickelt. Es wehte ein frischer, aber nicht starker Wind.

Ich glaube, ich kam mit einer Art Schnappen nach Luft zu mir, wie ein Fisch an Land.

Dort stand er, im Pelzmantel, mit Mütze, der kompakte Mann mit dem Schnurrbärtchen und den flinken Augen, und sagte: »Versuch nicht, aufzustehen. Man wird dir helfen, wenn du das willst.«

»Man hätte mir früher helfen sollen«, sagte ich und streckte wie ein Kind die Zungenspitze heraus, um damit eine Schneeflocke zu fangen.

Er reichte mir eine Dose aus Weißblech. Darauf war eine Orange abgebildet. Die Dose lag kühl in der Hand. Ich verzog das Gesicht, weil die Geste eine Zumutung war. Orangensaft, ja, den hatte ich als Kind geliebt, aber den hatte mir meine Mutter gegeben, nicht er – nicht dieser Folterknecht und Freund von Folterbefehligern.

Ich trank den Saft dennoch. Der Stich der Süße war derselbe: Es tat weh, und es tat gut. Ich dachte: Wenn meine Mutter noch leben würde, sie würde ihn verlassen, diesen Unmenschen, der glaubt, es sei irgendetwas wiedergutgemacht, weil er mir Orangensaft bringt.

Mein Vater kam noch einige Male an meinen Genesungsort.

Wir redeten, aber kein Gespräch war mehr so ehrlich wie das kurze, harte gleich am Anfang. Ich hatte anderes zu tun, als mich ihm zu offenbaren oder ihn zu verstehen: Krankengymnastik, lernen, wie man steht und geht, Tee trinken, lesen, mit Ärzten und Technikerinnen neue Écumenkontaktplättchen ausprobieren, brüten, wütend sein.

Gewiss, ich hätte meinem Vater viel zu sagen gehabt. Dass ich schwieg, sollte ihm zeigen, dass er's nicht wert war.

Ich warf ihm bei mir, für mich, im Stillen, die Gefangenschaft vor und die Qualen – ihm, nicht Kâlidâsa, nicht der CC-Leitung, nicht Christensen.

Meine Rückkehr in die Frames konfrontierte mich schnell mit einschneidenden Veränderungen, die seit meiner Verhaftung stattgefunden hatten.

Die Aufteilung des Asteroidengürtels zwischen Samito und uns hatte sich genau so vollzogen, wie Christensen mir das geschildert hatte – allerdings mit weiter ausgreifenden Folgen, nämlich Folgen für sowohl die jupiternahen wie die Hilda-Brocken.

Bathnagar hatte umfangreiche Untaten gestanden – interessanterweise auch solche im Auftrag des FAKTOR – und war dafür hingerichtet worden. Man formulierte dies allerdings vager, es war die Rede von »Begünstigung irdischer Fonds«, damit man Samito nicht direkt als Handelnden benannte und die mit viel Geschick und Heuchelei entspannten Beziehungen zwischen dem Räuber und uns nicht wieder aufs Spiel setzte.

Von Arc war nie in den Frames erschienen, um sich zu verantworten. Aber auch von ihr gab es Geständnisse – zumindest lange dokumentarische Strings über Manipulationen und Transaktionen, speziell in unserem Wirtschafts- und Rüstungsleben.

Man hatte die K inzwischen gelöscht.

Es gab allerdings Gerüchte, man könne eine wie sie »niemals ganz beseitigen«.

Erstaunt war ich darüber, dass eine kleine Wiederholung des Laukkanen-Aufgebots stattgefunden hatte, diesmal für die Kontinuierlichen: Zwei K/, Patria und Lennart, waren zu Delegierten zweiten Ranges ernannt worden. Lennart, stellte sich heraus, war nun mein Vorgesetzter. Er schickte Semisentiente und Menschen mit Tutorialen und Anweisungen, die mir sagten, was ich zu tun hatte, denn ich war aus der Kulturabteilung, die man im Zeichen einer abermaligen Neuorganisation der ganzen Administration bedeutend zusammengekürzt hatte, aus nicht genannten Gründen ausgeschieden und einen Grad herabgestuft worden. So diente ich jetzt als Liaison des Katzenhauses, das heißt Lennarts, in D-Angelegenheiten mehrerer ländlicher, in Wahrheit reichlich heruntergewirtschafteter oder anderweitig unglücklicher und rückständiger Regionen, die ich, sobald mein Gesundheitszustand das zuließ, auch bereisen sollte, um mir »vor Ort ein Bild zu machen und davon dann bei regelmäßigen Zusammenkünften mit anderen Kontaktleuten in Aton zu berichten«.

Ich hätte schmollen können.

Aber die Seele ist elastischer, als man wohl glaubt.

So brach ich mit einer Art Vorfreude zum Schmalen Meer auf.

Sie erfuhr eine unerwartete Rechtfertigung, als man mir beim Abflug mitteilte, dass an meinem ersten Kontrollpunkt niemand anderer als Fabien in leitender Funktion beschäftigt sei.

Ihn hatte man zunächst auch verhaftet, mit mir zusammen – das fand ich über vorsichtige Abfragen im Écumen unterwegs heraus. Er war aber viel kürzer festgehalten worden – ich nehme an, es hatte sich bald herausgestellt, dass es keine kriminalistisch relevante Verbindung zwischen uns gab, weil jene Nacht das war, was Shini in Rhinoclavis immer mit einem putzigen altirdischen Ausdruck einen »One-Night-Stand« genannt hatte.

Ich nahm sofort Kontakt zu ihm auf, wenn auch ganz geschäftsmäßigen. Er textete nichts zurück, das über die anerzogene, entgegenkommende Höflichkeit eines Bündlers gegenüber einem anderen hinausreichte.

Immerhin verriet er mir, dass er an dem Tag, an dem ich eintreffen sollte, nicht vor Ort sein würde: »Eine kleine militärische Abordnung holt dich ab. Wir befinden uns gerade in heiklen bewaffneten Auseinandersetzungen mit letzten renitenten Meeresneukörpernestern in Küstennähe. Ich muss nach Laukkanenstadt, will gepanzerte D/ zur Verstärkung anfordern und, wenn alles gutgeht, mitbringen.«

Das mit der Auseinandersetzung war wieder die historische Ironie – keine Floskel, aber doch eine sehr unzureichende Vorbereitung auf das, was ich sah, als der Segler sich auf eine Umsteigeplattform gesenkt hatte und die vier Wächter mich abgeholt hatten.

An der Küste, drei, vier Dünen landeinwärts, unterwegs zur Siedlung auf einer kleinen Halbinsel, lagen tote Neukörper.

Nackt, bleich, bläulich, die Gesichter in den bunten Wildblumen begraben, die dort überall blühten, die Hände hinterm Rücken mit dicken Kordeln zusammengebunden, die Hinterbacken groß wie Kürbisse: viele, viel zu viele.

Einschusswunden, Genickwunden oder zerplatzte Schädeldecken hinten und oben. Dutzende? Hunderte. Tausende?

Es mochten, versuchte ich mir einen Augenblick lang einzureden, ebenso gut Kadaver von Meerestieren sein, die ein achtloser Fischer in diese Gruben geschüttet hatte. Aber natürlich wusste ich, dass jede dieser Leichen, anders als die von Fischen, mit mir hätte reden können, wäre sie noch am Leben gewesen.

Ich fing an zu dösen. Ich schlief seit meiner Kur, die sich an die Haft angeschlossen hatte, nicht mehr gut, immer nur ein, zwei Stunden am Stück.

Häufig wusste ich, wenn ich erwachte, nicht, wo ich gerade war: in der Zelle, im roten Zimmer, in meinem Bett im Sanatorium?

Als das Inertial auf dem flachen Dach des Beobachtungs- und Forschungsgebäudes landete, in dem ich die nächsten zwei Wochen verbringen sollte, stand dort mit Plastiklaborbrille, im langen weißen Kittel, der seit Jahrhunderten Mediziner und Forscher auswies, eine Person, die ich nicht erwartet hatte: Aadarshini Chabert, Aadarshini Thalberg, Aadarshini Christensen.

Ihr Haar war länger, es wellte sich sacht bewegt im Wind.

Ich stieg aus und ging wortlos auf sie zu. Wir umarmten uns stumm. Als ich mich danach einen halben Schritt von ihr entfernte, nahm sie, während die Soldaten über eine Außentreppe schon ins Innere des Gebäudes gingen, mein Gesicht in beide Hände, und ich ihres, und wir suchten beieinander kurz nach Zeichen, die uns verraten konnten, wer wir denn waren und ob wir noch die füreinander sein konnten, die wir sein wollten.

Da war vieles besser. So konnten wir uns küssen.

»Was machst du hier?«

»Aquawirtschaft. Verbesserungen«, sagte sie und nahm mir ein paar Sachen, Taschen, ein Buch ab. Dann brachte sie mich nach unten, in eine Art große Küche. Hier gab es warmes Brot und Käse, Früchte, ein Getränk mit Milch und Mokka. Von alldem sagte sie: »Das ist traditionell hier draußen. Ein Willkommen.«

Ich sagte: »Traditionell, pff, wir sind doch kaum ein paar Generationen hier.«

»Tradition«, sagte Shini und stellte mir meinen Teller hin, »ist nicht dafür gedacht zu sagen, wie lang man schon da ist. Es ist dafür da zu sagen, dass man noch lange da sein wird – wenn nötig: bis über den Tod hinaus.«

Das sah ich ein.

Shini sagte: »Ich lebe nicht schlecht hier.«

Die Soldaten bereiteten sich am langen Küchentisch ihr eigenes Essen zu, in einigem Abstand, aber in Hörweite. Ich verstand sofort, dass Shini von sich redete, damit wir nicht von mir redeten, weil das die Soldaten unruhig gemacht hätte.

Ein Blick von ihr, warnend, gütig, verriet mir, dass wir von mir auch gar nicht würden reden müssen, weil sie ohnehin wusste, was mir geschehen war, im Groben und Ganzen.

Ein bisschen davon, glaube ich, sah man mir an.

»Was machst du denn jetzt genau hier?«, wiederholte ich meine Frage von vorhin.

Sie antwortete: »Ich kann's dir nachher zeigen.«

Nachdem wir gegessen hatten, führte sie mich durch einen langen, verglasten Gang, das Glasimitat einer winzigen Zilie, aus dem Hauptgebäude zu einem großen Zylinder. Den nannte sie »die Tanks«, weil dort vier Becken standen, bis zu den Rändern voll Schaum, an den Eckpunkten eines gedachten Quadrats in den Boden eingelassen und jeweils groß und tief genug, dass bis zu drei Menschen darin mit ausgebreiteten Armen bequem stehen konnten, ohne einander zu berühren.

Sie stieg nicht hinein. Die tatsächliche Arbeit in diesen Becken sollte ich erst später zu sehen bekommen. Stattdessen erläuterte sie: »Im Grunde arbeiten wir hier im unmittelbaren Dienst dessen, was das ›B‹ im D=B=K meint. Es geht fast ausschließlich um Biologisches. Aber während die D/ die Vorteile biologischer Energieverarbeitung gerade erst kennenlernen, stellt sich heraus, dass mehr dahintersteckt, als man der Evolution auf den ersten Blick ansieht, und so hat das vielleicht eine große Zukunft für alle. Die K/ setzen ja jetzt auf Verkörperung. Sie sagen, das sei insgesamt eine Dimension von Intelligenz, die man zu Unrecht vernachlässigt habe. Da haben sich wieder mal Fraktionen gebildet – die einen sagen, man hätte genauso eifrig, wie man die D/ immer von ihren Körpern befreien wollte, in die umgekehrte Richtung forschen sollen und Körper für die K/ suchen. Die andern sagen, Unfug, man hat's nicht gebraucht, um bis hierher zu kommen, man braucht's auch weiterhin nicht. Der Schiedsspruch der Ersten Delegierten lautet: Man musste das vernachlässigen, weil Körper zu unterhalten teuer ist. Alle wollen Körper, alle kriegen Körper, aber schön der Reihe nach. Wir fragen uns hier aber erst mal, wie soll man die Leute ernähren? Wie du vielleicht ebenfalls weißt, essen die Leute im Süden, und mehr noch die Leute am Äquator, zusehends nichts anderes mehr als die Früchte des Meeres. Wir rationalisieren die Arbeitsabläufe dazu, wir bepflanzen sozusagen das Meer neu, es ist eine blaue Revolution, wie Christensen das nennt.«

Ich kannte die Beschlüsse aus den Frames, Shini musste das nicht ausführen. Sie überspielte mir Schautafeln über die Arbeit, die unter ihrer Leitung hier geleistet und täglich verbessert wurde: »Shrimps zum Beispiel: Das fangen Menschen und D/, aus Laukkanenstadt kommen dann Container für die Verschickung, man stellt uns Schwarzes Eis zur Verfügung für die angemessene Lagerung, unterdessen kommen die Shrimps hier am Strand in die Fabriken, werden gewaschen, geköpft, gepult, noch mal gewaschen, unter Druck, gewogen, vorgebraten, gefroren, glasiert und so fort, das kann man alles besser organisieren.

Es geht um umfangreiche Toposprogramme dafür, wie man die wechselseitige Beeinflussung lokaler Gegebenheiten mit den gesamtvenusischen Prozessen abstimmt, ob man die Fischer hier dazu erziehen kann, unsere Produkte, unsere genetischen Optimierungen der Meeresfauna behutsam einzuführen, das heißt, ob man ihnen beibringen kann, dass sie nicht nur ernten, sondern auch säen können, dass sie nicht nur Fänger und Verarbeitungspersonal, sondern auch Heger und Pfleger sind. Dafür bin ich da.«

Ich war beeindruckt und sagte das auch: »Eine so sinnvolle Arbeit, einen so nützlichen Arbeitsplatz habe ich seit Jahren nirgends gesehen.«

Sie hob die Augenbrauen, erstaunt. Ich zuckte mit den Schultern: »Na, was Betriebe angeht, meine ich. Ich kenne Bühnen und Verlage und Zusammenkünfte von Ideentrotteln.«

Sie berührte meinen Arm, dass ich mich ermutigt fühlte, ihr übers Haar zu streichen, als jemand, der sich dafür entschuldigen wollte, dass er so viele Jahre an seinem dummen Stolz herumgekaut hatte, statt sie zu suchen, sie zu finden.

Shini drehte sich nach mir um, hielt sich dabei an einem Geländer fest, das alle vier Becken umgab, sah hoch zu den Wolken, zur echten Sonne, die noch monatelang nicht untergehen würde, durch noch mehr Glas, blickte mich dann an und wiederholte, etwas anders als zuvor: »Wie gesagt, wir leben gut hier.«

»Wir? Du meinst ...« Ich lächelte, damit sie verstand, dass die Frage, die ich nun stellte, nicht zudringlich oder eifersüchtig gemeint war. »Du und Fabien?«

Sie zog ein etwas saures Gesicht, es war aber nur ein Spiel, dann sagte sie: »Du musst gleich wieder stänkern, ja? Ich meinte mich und meine wechselnden Leute im Team, und D/ manchmal. Und auch ihn, ja.«

»Weißt du, dass ich ihn kenne?«

»Das ist eure Sache. Alle Himmel, warum wollt ihr Typen nur immer davon reden, wer mit wem schon mal genau was gemacht hat und wer mit wem künftig wo oder wann was macht, als wäre das irgend so eine Tabelle mit Gewinnern und Verlierern!«

Sie schüttelte den Kopf. Ich sagte: »Tradition.«

Das fand sie immerhin lustig und nahm mich mit zu ihrer Wohnzelle unter der Erde, nicht ohne mich, ein bisschen boshaft, zu beruhigen: »Er kommt noch ein paar Tage nicht wieder. Du kannst bei mir schlafen.«

Das tat ich, wenn auch unruhig, aus schönen und aus weniger schönen Gründen.

Als ich das erste Mal aus einem meiner unklaren Träume, aus einer meiner halbvisionären Heimsuchungen von Adjunktionen, von D/ mit langen Messern, meinen brennenden Eltern und ganz finsteren Kellern erwachte, während sie mich festhielt und meinen Kopf an ihre Brust nahm und mich leicht hin und her wiegte, halb aufrecht sitzend, und als ich keuchen durfte und brabbeln, wimmern und dann fester sprechen, schließlich erzählen, und als ich dabei Trost fand und Freundschaft und mehr, wusste ich, dass meine Flucht an einem vorläufigen Ziel angekommen war. An einem Ort, wo ich leben konnte.

Ich weiß, wie ungeheuerlich es klingt, wenn ich, in Anbetracht dessen, was uns allen bevorstand auf Venus, einfach schreibe: Wir hatten schöne Tage.

Aber man muss verstehen: So lebten wir unter Bedingungen, die uns lehrten, den Augenblick zu nehmen, wie er kam. Wir hatten aneinander genug, für diese paar Tage – sie nahm mich mit in die Becken, sie ging mit mir auf den Dünen spazieren, wobei wir nie näher als sechs, vielleicht fünf Kilometer an die Stätte gelangten, wo ich die Toten gesehen hatte.

Ich sprach mit ihr offen und lange über das, was sie »diese scheußliche militärische Operation hier« nannte; ich fragte sie, ob »unser Freund« dabei gewesen war, sie sagte: »Ich glaube nicht. Es waren Askaris, die danach wieder nordwärts gezogen sind, und du hast da zwischen den Hügeln etwas gesehen, das nicht da sein sollte – man hat Disassembler eingesetzt, kurz darauf, die müssten eigentlich alles beseitigt haben.«

»Disassembler«, sagte ich fassungslos, und sie erwiderte: »Ich weiß. Man sagt jetzt auch beim Biologischen so. Früher wurden nur Maschinen auseinandergebaut, jetzt ...«

Wir machten abends ein Feuer am Strand, obwohl es taghell war. Ich hatte immer noch Schwierigkeiten, mich an die fehlende künstliche Nacht zu gewöhnen. Fast mein ganzes Leben lang war ich in Städten bei Dunkelheit zu Bett gegangen. Sie fragte mich, ob ich mit ihr ins Wasser wollte. Ich wollte nicht: In diesem Wasser war mir zu viel Blut.

Aber das sagte ich nicht, und da ich wusste, dass sie's wusste, und mich nicht moralisch aufspielen wollte, hatte ich keinen Einwand dagegen, dass sie baden ging.

»Ich habe von Aulika gehört«, sagte sie leichthin, als wir uns danach auf die untere Decke legten und unter die obere krochen. »Sie lebt jetzt in Purânopolis mit dem Kind und einer Gefährtin. Sie sind verlobt, glaube ich.«

»Ja, diejenigen, die noch leben, aus meinem alten Freundeskreis in Le Jeu und meinem ... unserem jüngeren Freundeskreis aus Rhinoclavis«, sagte ich, »sind alle ziemlich sesshaft geworden. Ehrgeiz im D=B=K hat, denke ich, niemand mehr.«

»Außer den K/. Man kooptiert sie vorsichtig, aber es werden mehr im Bund.«

Wir schauten ins knacksende, prasselnde Feuer, dann

einander in die Gesichter, wo das Flackern trotz Tageslicht Drachentänze von Ascheschatten zeigte.

Danach halfen wir einander, uns zu erinnern, was es bei aller Taubheit des Gewissens doch zu spüren gab, und halfen uns zugleich, das zu vergessen, was man nicht ändern konnte, die Politik.

Wir schliefen nah der Brandung. Hätte uns das Meer geholt und ins Nichts gespült, es wäre kein schlechtes Ende gewesen.

Ich erwachte zweimal in dieser hellen Nacht. Sie schlief beide Male weiter, und ich hielt sie fest, wie sie mich gehalten hatte, dankbarer wohl, mit Recht.

Am nächsten Morgen waren wir vorsichtiger und freundlicher zueinander, als ich je zu jemandem gewesen war: »Geht's dir gut? Wollen wir noch zusammen frühstücken?« Umsicht, Respekt, tiefe Zuneigung.

Sie brach dann ins Landesinnere auf, es waren Messungen zu erledigen, der Küstenvögel wegen. Ein D holte sie ab, auf dem sie davonflog und mich einen Tag lang der Überprüfung zahlreicher administrativer Datenbanken überließ, derentwegen ich hergekommen war, sowie Gesprächen mit einem alten Mann aus Behrens, auf natürliche Weise gealtert, fast hundertfünfzig Jahre alt immerhin, der mir erklärte, was ich wissen musste, um später in Laukkanenstadt die Wünsche dieses Außenpostens erläutern zu können – was man an Ressourcen, an Material, auch an neuer Software brauchte.

Der Alte war ein kurzweiliger Gesprächspartner: »Ich kannte den Laden«, er meinte den Bund, »schon, da war's noch die Innung. Bin ein Toposcoder, wie sie heute gar nicht mehr hergestellt werden – ja, solche Redensarten hatten wir: hergestellt. Wir sahen uns irgendwie alle als D/, ist ja auch so, die haben hier ja geklont und gebastelt im Auftrag der Fonds, der Verwelter, in den meisten Genomen sind D-Ideen, lange vor den Neukörpern, deshalb steht das D ja am Anfang in D=B=K. Jedes künstliche Element, jede neue Gensequenz, besonders unterm alten Patentrecht, ist D – ist eine Maschine, etwas Diskretes.«

Dann ging es um Laukkanen, die er zweimal aus nächster Nähe erlebt hatte, und um den abgestoßenen rechten Flügel der Innung, und schließlich holte er eine Flasche Schnaps aus seinem Zimmer unten und ging mit mir aufs Dach, wo es sehr sonnig war. Wir betranken uns ordentlich, systematisch, ohne Überschwang, kameradschaftlich, »zünftig«, wie er, wenn ich mich nicht täusche, mehrfach sagte.

Als es Abend wurde, kam er mit in die Küche und aß am Tisch. Die Soldaten waren schon fertig und hatten arge Unordnung hinterlassen.

Der Alte schlief nach dem Essen im Sitzen ein.

Ich holte mir Decken aus meinem Zimmer und ging zurück aufs Dach. Ich wollte an Shini denken und wusste, sie würde morgen früh wieder da sein. Still freute ich mich darauf und fühlte mich wie ein Veteran am Ende eines Krieges, ein Überlebender, der einen Lebensabend jenseits des Schlachtens plötzlich für möglich hält – dass ich noch jung war, weniger als ein Viertel so alt wie heute, half bei diesen Phantasien, und wenn ich an diesen jungen, wenn auch vom Leben schon geprüften Delegierten Nikolas Helander denke, dann gäbe ich viel darum, ihm sagen zu können: Dein Gefühl gerade, diese mit etwas Selbstmitleid gemischte Zufriedenheit, halt das fest, das ist eine heimliche Dankbarkeit.

Es war nicht Shini, die mich weckte – nicht direkt.

Ich habe sie vielleicht kommen gespürt. Ich war jedenfalls schon aufgestanden, streckte mich, drehte den Kopf, lockerte die Gelenke, da hörte ich Shini die Treppe hochkommen. Sie lachte mich an, als sie erschien, und fragte: »Wollen wir gleich zusammen essen, oder warten wir Fabien ab? Er kommt mit Rojo, hat's mir gerade getextet, sie sind noch höchstens zehn, zwölf Klicks entfernt.«

»Dann will ich sehen, wie sie den Himmel kreuzen. Rojo, sagst du? Kann er jetzt fliegen, oder kommen sie per Inertial?«

»Wir werden's gleich sehen«, sagte sie und ließ sich von mir hochheben.

Shini wühlte mir im Haar, wie sie's gern tat, seit wir einander kannten, auch wenn das Haar jetzt etwas dünner, etwas lichter war.

Dann standen wir am Rand des Daches der Station und schauten in unsere Himmel.

Shini sah unsere Freunde als Erste: »Da oben, das blinkende Dreieck.« Es sah aus wie eine Schwalbe aus Licht und näherte sich in großzügigem Bogen, so dass wir winkten, weil wir dachten, vielleicht sieht uns Rojo, vielleicht sieht uns Fabien.

Noch ehe die sich nähernden D/ in meinem Blickfeld so groß waren wie ein Daumennagel, vergingen sie in einem blauen Feuerball.

Eine Rakete hatte sie getroffen.

Mehrere schlugen kurz darauf ins Land.

Erschütterungen und Lichtflammen bissen in den Horizont.

Die ganze Küste entlang wurden innert weniger Minuten Hunderte Siedlungen zerstört.

Wir wussten nicht, wie uns geschah, als die zweite Detonation auf den zweiten grellen Blitz folgte. Ich sah Shini an. Sie sah mich an. Wir schauten wieder auf zum Himmel, wo sich das schreckliche Glitzern ausbreitete, das so viele Zeitzeugen beschreiben, jenes Phänomen, das dennoch auf fast keiner einzigen Filmaufnahme erhalten ist, weil an jenem langen Tag so wenige hochauflösende und farbechte Linsen direkt auf unseren Himmel gerichtet waren, nur abstrakte Spürer und Warnvorrichtungen, die aber alle nicht gefasst waren auf diese Falschfarben, diese Regenbogenschleier aus metallischen Splittern, die wie Windschraffur von links oben nach rechts unten aus den Wolken rieselten – viel schneller natürlich, als das aufgrund der großen Entfernungen zunächst aussah.

Hätten sie uns erreicht, bevor wir in den verplombten Schwarzeis-Notkapseln verstaut waren, die uns die Soldaten anwiesen, wären wir wohl getötet worden – wie Hunderttausende bei diesem ersten Angriff.

Die Glitzersplitter waren Keime grausamer Maschinen, die sich in Fleisch, in Beton, in fast alles außer Schwarzem Eis bohren konnten. Das, was sie so perforierten, benutzten sie dann sofort als Rohmaterial, um daraus größere Maschinen zu bauen, die wiederum noch größere bauten, welche dann schließlich Gebäude entkernten, Zilien durchtrennten, Schaum austrockneten. Lebewesen töteten.

Es war die Vorhut der Invasion, die Spitze des »Unternehmen Osiris« – der Beginn eines Krieges ohne Kriegserklärung, den Arjen Samito gegen uns entfesselte.

Unsere Soldaten erschienen trampelnd auf dem Dach, bevor die tödlichen Partikel uns berühren konnten. Sie packten uns, schleiften uns, zogen und schubsten uns zu den Notkapseln, die nach Laukkanen City abgefeuert wurden.

Je zwei Personen passten in eine davon. Wir konnten durchsetzen, dass man uns zusammenbleiben ließ, engumschlungen, unter Schock, wir spürten: gerade noch gerettet.

Ich weiß noch, dass ich in der Kapsel, von der ich einen Augenblick lang dachte, sie würde unser Sarg werden – was, wenn man uns vom Himmel schoss? –, das erste und einzige Mal von dem sprach, was mich seit meiner Freilassung am meisten beschäftigte.

Brust an Brust mit meiner Liebsten sagte ich ihr ins Ohr: »Jetzt sterben wir alle, weil niemand den Mut gehabt hat, Christensen zu töten, als noch Zeit dazu war.«

Shini sog scharf Luft ein. Dann sagte sie: »Ich habe selbst schon dran gedacht. Ich glaube, Von Arc und Bathnagar, wenn nicht schon Singh und Hsü, haben das gewollt. Aber stattdessen haben sie sich wie Vuletic verhalten – Bulletins in die Frames gestellt, Manifeste, von denen nur Hochrangige wussten.«

»Ich hab davon gehört. Aber ich hab sie nie gesehen, diese Manifeste. Wieso kennst du sie?«

»Privilegien«, sagte sie dunkel, und dann: »Diese ganze Verschwörungsnummer … sie wollten nah genug an meine Mutter kommen, von verschiedenen Seiten. Und ob es dann darum ging, sie loszuwerden, um mit Samito Einigkeit herzustellen, oder um Kollusion mit den Marsleuten oder mit Richard Wang von Sinope, egal. Sie wollten, dass alles geregelt geschieht, statt von den Launen dieser Frau abzuhängen. Sie ist zu selbstherrlich.«

Ich sagte: »Das heißt, du hättest dich schneller durch Von Arc rekrutieren lassen als ich?«

Sie erwiderte: »Von Arc hat's aber doch nie versucht bei dir. Richtig? Du hättest doch auch mitgemacht, oder? Du hättest dich anwerben lassen?«

»Vor der Haft nicht«, gab ich zu, »aber seit der Haft warte ich auf nichts anderes.«

Dazu sagte sie nichts mehr.

Kaum hatten wir die Stadt erreicht, ließ uns die Membran, die auf Anweisung kundiger K/ bereits hektisch mit Zusatzschichten aus Écumen verstärkt wurde, nach Kuannon ein. In diesen Stunden begannen alle Himmel unserer Welt zu brennen – die grünen, die blauen, die grellroten.

Ausführliche, ermüdende Schilderungen der ersten Wochen des Überfalls möchte ich mir und meinem hypothetischen Publikum ersparen. Weniges in der Geschichte des Sonnensystems, nichts in der Vorgeschichte der Diversitas ist besser dokumentiert als der Kriegsbeginn.

Ganz und gar von den Verbrechen der Maschinen und schließlich der Landetruppen Samitos zu schweigen wäre aber auch nicht angemessen. So will ich schriftlich zunächst wiederholen, was mir schon damals im Kopf herumging: Nun sahen wir, was echte Gleichmacherei war: Samito brannte die Server der K/ aus, zerschmetterte die D/, ermordete die Menschen. Alle waren gleich, im Tod.

Unterschiede machte er nur da, wo er bereits gesiegt hatte.

Auf der Erde zum Beispiel und auf den Welten und in Leerraumhabitaten, die dem FAKTOR beigetreten waren. Man weiß, wovon ich spreche: von den Dutzenden von Millionen Menschen, die er töten ließ oder von lebenswichtiger Technik ausschließen, weil sie seinen Programmen der Optimierung nicht entsprachen, weil sie die Einheit störten, die er wollte: jeder Mensch ein halber D, in den Extremitäten, im Kopf, im Verdauungstrakt umfassend mechanisiert, exochemisiert, im Kopf mit photonisierten Kontaktplatten versehen, über die seine Führung jederzeit ihre Befehle ausgeben und ihre Untertanen kontrollieren konnte – seine Führung, die aus ihm und einigen Programmen bestand, die von den alten Fonds und Portfolios geschrieben worden waren, deren Reichtum seinen Aufstieg ermöglicht hatte.

Seine Untaten folgten einem Stufenplan, mit Raum für Improvisationen.

Zunächst schickte er Unerwünschte an die »Handelsfront«, wie er seine vormilitärischen Expansionsinitiativen nannte, und ließ sie dort mit seinen Cyborgs und D/ Zwangsarbeit leisten. Als der Krieg näher rückte, den er wollte, begann er mit dem Ausstreuen von Krankheiten – es ist inzwischen nachgewiesen, dass jene Mordprogramme die Blaupause waren, auf deren Grundlage unsere Saboteure, unsere Diversanten ihre waffenfähigen Viren und Plasmide entwickelt haben.

Während wir die Neukörper bekämpften, weil sie Einfallspforten und Übertragungsvektoren unserer Schwäche waren, bekämpfte Samito die alten Körper, die nicht in seine Ideen vom Neuen passten, diejenigen Körper, die am altmodisch Menschlichen festhalten wollten, diejenigen Körper, die biologisch oder politisch nicht aufgerüstet werden konnten oder wollten oder einfach auf ihrer kybernetischen Selbstbestimmung bestanden, und natürlich besonders brutal alle, die in seinem Herrschaftsbereich mit dem Bundwerk sympathisierten, die verdeckten oder offenen Unterstützerinnen und Unterstützer unserer Sache – selbst gemäßigte Fortschrittsleute wie etwa die Eganisten, die zu Hunderttausenden in seinen Versuchsfabriken zu absurden Forschungen missbraucht und dann, nach »Vernutzung« bis zum letzten Chromatiden, ermordet wurden.

Dies geschah, wie man uns nach dem Krieg berichtete, im großen Maßstab ab 556 unserer Epochenrechnung. Seine Taten in unserem Luftraum und schließlich auf Venusboden verrieten uns genug darüber, wer und was Samito und der FAKTOR waren und worauf die Sache hinauslaufen würde, sollte man uns besiegen.

Was Samito versuchte, war nie zuvor versucht worden: die Eroberung eines besiedelten Planeten vom All aus. Samitos Assembler und Disassembler, wenig später seine Landungstruppen, fielen fast überall auf unsere Welt, es gab nur zwei (freilich bezeichnende) Aussparungen: das weite Binnenland von Ishtar Terra einerseits, das Gebiet von Aphrodite Terra andererseits. Samito griff erst von außen und oben, dann von unten an, aus den Tiefebenen und aus der Peripherie, vom Land aus, wo sich sein Invasionsheer festsetzte. Diese Armee sammelte Material im Boden, baute vorhandene Infrastruktur ab, verheerte unsere Agrarbetriebe, brachte die Meere zum Kochen oder vergiftete sie – und zog dann langsam Ringe um die großen Städte, immer enger, mit Ausnahme von Ionad und vor allem Purânopolis. Denn da in Fortuna Tessera besonders starke Divisionen der Samito-Armee landeten, war die zweite dieser beiden Städte in wenig mehr als zwei Wochen abgeschossen und auf ebenem Venusboden zerlegt, und die erste wurde während dieses zweiten Invasionsabschnitts von Fernraketen mit atomaren Sprengköpfen in Trümmer geschossen, wohl zum Zweck einer Demonstration.

Aadarshini und ich blieben nicht lange in Laukkanenstadt.
Das allgemeine Gefühl des tobenden Untergangs brachte uns einander sogar noch näher, als wir am Außenposten gewesen waren. Nach drei Wochen ließen wir uns eintragen, das heißt: Wir heirateten – auch weil die Organisation der venusischen Verteidigung zunächst so chaotisch war, dass wir nicht voraussagen konnten, wohin sie oder ich im nächsten Augenblick gerufen werden konnte. Der allgemeine Schrecken darüber, dass der Verteidigungsausschuss, geleitet von dem Narren Kâlidâsa, das, was geschehen war, nicht hatte kommen sehen, machte sich anfangs in feindseligen Anekdoten Luft, die man sich in Laukkanenstadt über unsere Führung erzählte.
Selbst Christensen bekam Häme ab: Sie habe, erzählte man sich, nunmehr den neunzehnten Stock im Katzenhaus komplett für sich requiriert, um dort ununterbrochen auf und ab zu gehen und die Hände zu ringen, in verschiedenen Gemächern. Man wisse nie vorher, wo sie übernachte, das diene, hieß es, der Erschwerung von Attentaten. Ihr öffentliches Bild war so viele Jahre eins des unbedingten Aus-

harrens und der Ruhe gewesen, dass die Geschichte vom Herumspuken im eigenen Heim einen Einschnitt symbolisieren sollte. Eine andere Erzählung wollte wissen, dass sie bei der Nachricht vom Fall der Stadt Purânopolis im Beisein Kâlidâsas, meines Vaters und mehrerer zugeschalteter K/ gesagt hatte: »Jetzt haben wir alles verschissen, was Laukkanen uns hinterlassen hat.«

Die Härte der Maßnahmen zur inneren Stabilisierung des Bundes, also der Verhaftungs-, Prozess- und Hinrichtungswellen im Umkreis erst der Ausschaltung von Hsü und Singh, dann von Bathnagar und ihren Zirkeln, rächte sich jetzt: Man traute Christensen jede Grausamkeit gegen unsere Leute zu, je mehr man sah, dass gegen Samitos Invasion umgekehrt kein Kraut gewachsen schien.

Meine persönliche Abneigung gegen das Trio Christensen/Helander/Kâlidâsa hat meinen Blick auf diesen Zeitabschnitt gewiss geprägt. Die Rückenschmerzen, die ich nie ganz verloren habe, waren damals frisch und schrecklich. Aber während ich mich hütete, irgendjemandem außer Shini viel von meiner Haftzeit zu erzählen – und nicht einmal ihr verriet ich Details wie etwa den Inhalt der merkwürdigen Befragungen –, fiel mir doch auf, wie sehr die Bitterkeit, für die ich meine eigenen Gründe hatte, eine Zeitlang die aktiven Delegierten insgesamt befiel.

Nie wurde das deutlicher als an jenem Samstagabend, an dem in den Frames eine Entscheidung bekannt wurde, bei der ich mich einen Augenblick lang sogar fragte, ob es jetzt nicht an der Zeit sei, die Reihen zu schließen und das verhasste Regime zu schützen, weil jede weitere Desintegration unsere Kriegsniederlage bedeuten musste.

Die Vorgeschichte wird in den Archiven meist unter dem Stichwort »Kâlidâsas Versagen« behandelt. Der Name ist nicht falsch. Ich hatte mich ohnehin schon gefragt, wieso ein Mann, von dem ich wusste, dass mein eigener Fall ihn bei Christensen ziemlich diskreditiert hatte, mit dem verantwortungsvollen Posten eines Koordinators im Militärausschuss betraut wurde, und das in Kriegszeiten.

Seine erste Reaktion auf die Invasion bestätigte meine schlimmsten Befürchtungen: Wohl in der Absicht, die Loyalität der D/, die ihn noch von den Zeiten der Großen Integration her mit Misstrauen betrachteten, nicht weiter zu strapazieren, versuchte er insbesondere beim Kampf um den Luftraum über den Ozeanen die Gesamtheit der D/ zu schonen und setzte entweder bemannte Inertiale oder aber semisentiente Drohnen ein.

Die Software hinter deren optotronischer Sensorik, ihre auf uralter Galliumnitrid-Elektronik basierte Hardware, überhaupt das ganze Systemkonzept einer »fähigkeitsbezogenen Modularität«, war Kâlidâsas Hirn entsprungen, und der miese Einsatzradius dieser unordentlichen Luftstreitmacht, die Schwerfälligkeit, ja Dummheit jener Maschinen führten denn auch zur völligen Vernichtung unseres Meeresschutzes innerhalb von weniger als drei Wochen.

Die Weisungs-, Wahl- und Kontrollfunktionen des Frameverbunds hatte man in diesem frühen Abschnitt des Krieges noch nicht den neuen Gegebenheiten angepasst.

Es bestand also die aus nichtmilitärischen Zusammenhängen lange vertraute Möglichkeit, dass niedere Delegierte den höheren ihr Misstrauen aussprachen und ihre Demission verlangten. Genau das geschah an jenem Samstag, an dem unsere Frontlogs dem gesamten D=B=K berichteten, dass nun auch noch die See von Artemis Chasma verloren war.

Mein Vater schaltete sich in die hitzige Debatte ein, in der sich bald Abertausende Delegierte unter der Kennung »Kâlidâsa entpflichten« versammelten. Er tat es mit mäßigenden Worten: »Wer im Feuer steht, steht auch in der Kritik. Lasst uns Lehren ziehen, ohne persönlich zu werden!«

Um 22 Uhr 15 Laukkanenstädter Ortszeit am 9. Juli 556 aber erschien die erste allgemein vor aller Innenaugen sichtbare administrative Entscheidung Leona Christensens seit Kriegsbeginn. Es war eine schlichte Textmitteilung, ein Prankenhieb: »Frederick Kâlidâsas Mandat im Militärausschuss ruht ab sofort. Freund Lennart aus dem gefallenen Purânopolis, an dessen Motivation wie Kompetenz keine Zweifel bestehen, übernimmt seine Aufgaben. LC.«

Es war das erste Mal, dass die Erste Delegierte für einen K öffentlich die bundinterne Anrede »Freund« gebrauchte, ein Signal von historischer Tragweite.

Am nächsten Morgen brachen Shini und ich gemeinsam nach Flintstadt auf.

Mich hatte mein Vater gerufen.

Shinis Forschungs- und Wirtschaftsabteilungen befanden sich noch immer in panikartiger Auflösung, so dass sie noch keinem Ort und keiner Funktion zugeteilt worden war, sondern sich, wie sie mit einem ihrer klassischen Zitate sagte, »on hold until further notice« befand.

Über meine Mordlust gegen Christensen redeten wir nicht mehr. Sie war in den Hintergrund gedrängt – gerade rechtzeitig zu meiner erneuten Berufung ins Katzenhaus, wo ich als persönlicher Referent meines Vaters arbeiten sollte.

Ich gab den Widerstand gegen den Alten jetzt äußerlich auf. Es wäre mir kleinlich erschienen, daran festzuhalten.

In mir aber setzte sich der Hader fort, brütend, schäumend.

Mein Vater ließ mich mit den K/ verhandeln, mit Offizierinnen, mit Künstlern, die beauftragt waren, die Truppe zu unterhalten. Er trat Gespräche mit aller Welt an mich ab. Ich lag oft stundenlang auf der Formliege, bis zu neun Frames gleichzeitig waren für mich geöffnet.

Das meiste von dem, was ich damals zu regeln half, habe ich vergessen.

Wenn ich gerade nicht las, schrieb, sprach, zuhörte oder versuchte, mich an endlose Reihen echter und virtueller Gesichter zu gewöhnen, tat mir andauernd der Rücken weh, was ich mit aufwendigen Therapien und Übungen bekämpfte, die ebenfalls viele Stunden fraßen.

Shini sah ich erheblich seltener, als mir lieb war, obwohl wir inzwischen ein gemeinsames Haus in B'midbar bewohnten.

Dieses Haus gehörte zu Singhs Hinterlassenschaften und war bis zu unserer Einquartierung leer gestanden.

Nach drei Wochen begegnete ich im Katzenhaus auf einem Korridor Aulika Torres wieder. Sie war ins Militär eingerückt, bekleidete sogar einen hohen Rang – welchen, habe ich vergessen. Sie kam ein paar Mal zu uns nach Hause, das Verhältnis zu Shini war herzlich, aber unpolitisch, ich selbst hielt aus Gründen, die ich nicht mehr weiß, ein wenig Abstand.

War ich bei vielem zugegen, real oder écumenal, das den Namen »Geschichte« verdient?

Ich arbeitete häufig im Katzenhaus, und man rief mich alle paar Tage in den neunzehnten Stock.

Allein war ich mit Christensen nie mehr.

Ich gebe zu: Die Art ihrer Kriegführung – man könnte sagen: ihr kriegerischer Stil – erneuerte meinen Respekt für sie.

Sie hielt, anders als mancher ihrer Militärs und viele obere Delegierte, während der Besprechungen niemals lange Reden.

Im Gegenteil entsinne ich mich, dass, wenn jemand allzu

detailverliebte Ausführungen über Frontverläufe, die Versorgungslage, Opferzahlen, Zugewinn an Territorium oder Technisches präsentierte, oftmals aus einem Tiefenraum, der nicht nur physisch – eine etwas abgelegene Ecke eines Besprechungszimmers, wo sie auf einem Stuhl saß, oder sie stand nachdenklich am Fenster –, sondern auch gedanklich immer etwas entrückt schien, nur ein einziges Wort von ihr zu hören war: »Kürzer!«

Edmund Vuletic kam auf Durrell zu Tode.

Mein Vater schien einen Tag vor dem Ereignis davon gewusst zu haben. Jedenfalls interpretiere ich eine Andeutung so, die er am Abend zuvor machte: »Die Alten sind bald alle nicht mehr da. Thalberg vermisse ich am meisten. Und manchmal denke ich: Hätten wir Vuletic halten können, wäre das gut für uns alle gewesen. Er war ein guter Befehlshaber, im Bürgerkrieg, und wäre er hiergeblieben, könnten wir auch diesen Krieg vielleicht anders führen, den gegen Samito. Aber es war nichts zu machen. Lily hat ihm oft genug die Hand entgegengestreckt. Vuletic war zu stolz. Er sah sich als Laukkanens Erben, sich und niemanden sonst. Die Alten ... sie werden dem Bundwerk fehlen.«

Melancholie und eine Spur Defätismus – es sah ja lange wirklich so aus, als wäre Samito nicht aufzuhalten, als könnte ihm gelingen, was nie zuvor jemandem gelungen war.

Vor dem Hintergrund dieser Titanomachie war selbst die Ermordung des ehemaligen zweiten Mannes des D=B=K auf einem weit abgelegenen Asteroiden nur die Fußnote einer Fußnote.

Die größte Sammlung der Samito'schen Landungstruppen und ihrer aus unserem Boden gestärkten Automaten fand im Winter 558 im massiven Vorrücken von Ganiki Planitia nach Ganis Chasma statt. Dort stand eine der am härtesten umkämpften Bodenstädte unseres Planeten: Eilenberg.

Anfang Oktober wurde die Lage für unsere Truppen kritisch. Am frühen Morgen des 3. Oktober unternahm ein D/-Verband unter einem verdienten Panzer namens Vance einen Gegenstoß, von dem die Archive selten erzählen, weil er zunächst von starken irdischen Kräften aufgehalten wurde.

Am Abend erhielt mein Vater, der mit einigen Leuten aus dem Oberkommando, darunter inzwischen Aulika Torres, aber auch mit vielen aus seinem Stab, darunter mir, ein Essen in Mischpatim gab, eine Textnachricht von Leona Christensen: »Die Lage in Ganis Chasma hat sich verschlechtert. Die Gegner stehen etwa dreißig Kilometer vor der Stadt. Eilenberg kann heute oder morgen fallen, wenn die Nordgruppe unter Clarke nicht sofort Hilfe leistet. Verlangt von den Oberbefehlshabern nördlich und nordwestlich von Ganis Chasma, dass sie unverzüglich losschlagen. Jede Verzögerung wäre ein Verbrechen. Setzt alle D/, die in Rusalka Planitia kämpfen, zur Unterstützung Eilenbergs ein. LC.«

Mein Vater rief Christensen unverzüglich zurück und meldete, er und Torres, die den menschlichen Streitkräften in jener Region vorstand, könnten schon für den Morgen des kommenden Tages eine Offensive befehlen.

Die Truppen würden dann aber gezwungen sein, den Kampf mit wenig Munition aufzunehmen, da neue Heere erst am Abend des 4. Oktober zur Hauptkampflinie herangeschafft werden könnten.

Außerdem ließe sich das Zusammenwirken mit den menschlichen Kräften sowie den D/ aus Rusalka Planitia und den Fliegern von Vance nicht vor dem Abend des 4. abstimmen.

Ohne diese Vorbereitung sei die Offensive jedoch gänzlich zwecklos.

Ich habe die Antwort gelesen und nie vergessen, die Christensen schickte: »Du glaubst, der Gegner wird warten, bis du bereit bist, Arthur? Angreifen. Venus siegt. LC.«

Der befohlene Ausfall der Verteidigung begann mit wenig Munition und noch weniger Vorbereitung.

Ich werde niemals entscheiden können, ob das vonseiten Christensens ein verzweifeltes Aufbäumen war oder, wie Aulika Torres mir damals sagte, ein von langer Hand geplanter genialer Zug: »Ich will dir was erzählen, Nikolas«, erklärte mir am Morgen vor unserem Angriff die Frau im feinen weißen Fell. »Das ist ganz einfach eine konsequent konzipierte und rücksichtslos umgesetzte Gegenoffensive. Wir haben uns unglaublich weit zurücktreiben lassen, nicht nur unter Spas Mons, nicht nur in Ganis Chasma, sondern auch in Artemis Chasma, in Diana Chasma, in allen Abgründen, aus denen sie ja zuerst aufgestiegen sind, um die schwebenden Städte zu attackieren, diese Drecksmaschinen – in den Niederungen also, die sie nur als Landeplätze interessierten, die wir dann wiederbesetzten und in denen wir uns jetzt eingekapselt haben. Und das alles war Teil von Christensens Konzept: unglaublich weit zurückziehen – und dann den Feind vernichtend schlagen.«

Ob das die Wahrheit war oder ob eine Mischung aus Glück und dem unbestrittenen strategischen Talent der Ersten Delegierten die Wende brachte, wer kann es wissen?

Christensen hatte sich jedenfalls das Ziel gesetzt, den Korridor der Irdischen an jenem Punkt zu durchbrechen und die Eilenberger Front mit der von Alta Regio zu vereinigen.

Sie schickte alles, was sie hatte.

Samitos Leute wurden in Ganis Chasma eingekesselt und vernichtet – nach rund zweihundert Tagen, fast zwei

Dritteln eines alten irdischen Jahres. Sein Siegel erhielt dieser Sieg mit dem berühmten Text, den Sonolumina uns am 7. April 559 vom Mars schickte: »Der heldenhafte Kampf um Eilenberg in Ganis Chasma hat dem Namen Ihres Bundes für immer Ehre gebracht. Dieser Kampf und das entscheidende Ergebnis werden eines der stolzesten Kapitel in diesem Krieg der gegen den FAKTOR und seine Nacheiferer vereinten Zivilisationen des Sonnensystems bleiben.«

Inzwischen befand sich fast das ganze Sonnensystem im Krieg mit dem Usurpator des Hauptgürtels, dem Angreifer nicht nur auf uns, sondern auch auf Sinope und den Merkur.

Historische Ironie: Es war am Ende die Erde, Samitos eigene Welt, auf der das erste Mal glückte, was er bei uns versucht hatte – die vollständige Besatzung einer Welt durch Streitkräfte von anderswo.

Man unternahm dies gemeinsam: Sonolumina und der nach Székelys Tod zum Ersten Sprecher des Marsverbunds aufgestiegene Juri Matilda Weeks schickten eigene Truppen, die Leute von Sinope ebenfalls, auch die Merkurianer. Was einmal Asien und Australien gewesen war, fiel an Richard Wang, der den Hauptsitz seiner »Union«, wie er den losen Mondverbund bis Jupiter jetzt nannte, sogar nach Cairns verlegte, auf die Erde.

In der allerletzten Kriegsphase, als die Flugschneisen nicht mehr mit Angriffen von Samitos in Auflösung begriffenen Raumflotten rechnen mussten, nahm der Reiseverkehr im Sonnensystem gegenüber der Vorkriegszeit in etwa sechs Wochen um sechshundert Prozent zu. Auch ich war ein paarmal auf Sinope und öfter auf Ceres, einmal auch, in Begleitung meines Vaters, auf Luna, dem Erdmond, bei der großen Konferenz zwischen Weeks, Christensen, Wang und Huar, der Premierministerin der Bechteraner, jener mächtigsten jungen Nation des Merkur, die dann neben Wangs Union und dem Informationsnetz von Sonolumina die dritte Stütze der späteren Diversitas werden sollte.

Innerlich richtete ich mich auf lange Aufräumzeiten für Venus ein.

Die Krankheiten waren einst Vorhut von Samitos Invasoren gewesen, ihre Beseitigung würde wohl mehr Zeit in Anspruch nehmen als der ganze Krieg.

Meine Frau Aadarshini schien dazu geboren, hier mitzuarbeiten.

Tatsächlich verbrachte sie die ersten zwei Jahre nach dem Sieg als Forschungsdirektorin der »Medizinischen Abwehr«, wie das von Christensen noch im letzten Kriegsjahr neugeschaffene, wichtigste der Ämter hieß, die uns die Kriegsfolgen bewältigen helfen sollten. Sitz dieser Einrichtung war Flintstadt, das Hauptgebäude stand auf der Südseite von Aforia Circinata.

Eine Zeitlang hielt sich Christensen, um ihre Rolle beim Wiederaufbau herauszustellen, dort häufiger auf als im neunzehnten Stock des Katzenhauses.

Innerhalb von drei Monaten waren Antiviren gegen das seborrhoische Fieber, die Kontaktallergien der Meere und die wilde Vaskulitis entwickelt.

Aber die exsudativen Entzündungsreaktionen und die »Herz-und-Hirn-Pest«, auch »Morbus Samito« genannt, ließen sich auf Jahre hinaus nicht direkt, sondern lediglich symptomsteuernd und immer wieder mit grausamen Quarantänemaßnahmen für befallene Genpools bekämpfen. Shini reiste zu anderen Welten – der Stand der Biotechnik war auf dem Mars ungleich höher als bei uns, dort hielt sie sich daher häufig auf.

Manchmal begleitete ich sie und war von Sonoluminas Welt sehr beeindruckt, wenn ich auf Dauer auch nicht dort hätte leben wollen – schon die Schwerkraft war mir einfach zu niedrig.

So war ich Zeuge, als Shini sich außer zur angesehensten Medizinerin des Bundwerks auch zu einer gewandten Diplomatin entwickelte.

Sie hat nicht viel von ihrer politischen Arbeit mit mir geteilt, aus Geheimhaltungsgründen. Ich glaube, sie erledigte sogar sensible Kurieraufgaben für ihre Mutter, der sie überhaupt in jenen Jahren näher rückte, als mir lieb war.

Ich denke, nicht nur das hat uns einander entfremdet. Ich war daran nicht unschuldig, fuhr etwa zu Christensens Geburtstagen regelmäßig in absichtlich arrangierten, dringenden Geschäften an die Meere oder sonst wohin und verfiel, was meine langsam wieder stärker Kulturaufgaben zugewandte Arbeit anging, etwa der Wiedererrichtung des akademischen Teils des Écumen, in eine zwar produktive, aber wenig aufregende Routine, die nicht geeignet war, in Shini neue Begeisterung für mich anzufachen.

Man sah mich öffentlich zumeist als »Mann von Frau Chabert«.

Ich sah mich ähnlich, vergaß mich fast als eigenständiges Wesen.

Im Garten stand ich, schnitt an meinen Rosen herum und dachte, wenn ich mich recht erinnere, tatsächlich an nichts, als Aulika zwischen zwei niedrigen Hecken erschien. Sie war offenbar zu Fuß gekommen, vom Kiesweg ums Haus her, das heißt, sie muss ihr Initial am Brunnen gelassen haben. Sie lächelte mich an, so dass ich dachte: Schön, dass ich ihrem Kind ein Patenonkel sein darf.

Da erst erkannte ich, dass dieses Lächeln traurig war.

»Ich kann das nicht mitansehen«, sagte sie.

Ich hatte wirklich keine Ahnung; so fragte ich freundlich, kein bisschen beunruhigt: »Was kannst du nicht mitansehen? Wie Christensen hier Energie verschwendet, damit's im Bonzenviertel immer schön warm ist?«

Sie kam zu mir, wir umarmten uns. Aulika trat einen Schritt zurück und sagte: »Du weißt, wo Shini ist, ja?«

»Olympus. Große Tagung. Mars.«

»Auf dem Mars, ja.«

»Wieso, brauchst du was von ihr, Aulika? Wir schalten uns morgen Abend kurz, ich kann was …«

»Nikolas. Hör mir zu. Sie kommt nicht wieder, diesmal.«

»Was, nein … Quatsch«, lachte ich. »Wir haben doch nächste Woche eine Reise ans Schmale Meer vor, da will sie mir …«

»Das Amt weiß es schon. Und die Bundleitung. Shini bleibt dort. Sie hat die Ämter niedergelegt. Sie ist weg, Nikolas.«

Ich protestierte, aber bei all meiner selbstbeigebrachten zweiten Naivität wusste ich, dass das stimmte, was Aulika mir erzählte – nicht weil ich Informationen hatte, die es bestätigten, sondern weil es das Plausibelste war, was sich seit dem Krieg ereignet hatte: Ich hatte nicht sehen wollen, wie weit sich Aadarshini inzwischen vom Bundwerk, von der Venus, von unseren alten Visionen und unserer Art zu leben entfernt hatte, aber ich hatte es gespürt.

Oder war es umgekehrt? War sie sich treu geblieben, und wir, die Venusleute, hatten uns von ihr entfernt?

Als sich in den nächsten Stunden bestätigte, was Aulika mir verraten hatte, war ich dennoch bestürzt, und als Aadarshini in den Tagen und Wochen danach auf meine Versuche, sie zu erreichen, nicht reagierte, war ich wütend.

Dann schmollte ich und hatte bald auch, nun ja, mehrere Zusammenbrüche.

Einige Zeit später traf ich die erste ernsthafte Entscheidung seit langem, vielleicht die erste seit dem spontanen Abenteuer mit Fabien: Auch ich wollte Venus verlassen.

Wenn Shini nicht dort war, meine große Liebe, hielt mich nichts mehr.

Zum Mars hätte man mich nicht geschickt, das wusste ich, und auch für die Versetzung auf die Erde, in die Administration der dortigen Besatzung, die wir Siegerwelten uns teilten, musste ich alle meine Beziehungen spielen lassen; sogar bei meinem Vater betteln.

Er riet richtig, dass das ein Versuch war, Shini auf Umwegen hinterherzulaufen, und hatte Einwände, die ich heute alle teile.

Eine meiner direkteren Vorgesetzten, Christine Xao, der ich dafür noch heute dankbar bin, verwendete sich jedoch aus Loyalität mit einiger Ausdauer und hohem Geschick bei Christensen persönlich dafür, dass man mich in den diplomatischen Dienst aufnahm.

»Erde, ja. Ich möchte auf die Nordhalbkugel. An den Atlantik, entweder Amerika oder Europa«, erklärte ich der K, die mich evaluierte.

Sie hatte ein freundliches Gesicht – das Innenauge zeigte sie mir weiblich, mit großen Ohrringen und etwas zu bunten Haaren. Die Schnittstelle sagte: »Europa ist in schlechtem Zustand. Sie werden dort bald bis zum Hals in Arbeit stecken. Die Leute erwarten besonders von uns, von den Bündlern, dass wir ihnen beim Wiederaufbau helfen.«

Ich war skeptisch: »Von uns? Nicht von Sonolumina? Nicht von Richard Wang? Wissen diese Leute, dass wir selbst unsere Welt wiederaufbauen müssen, während zum Beispiel der Mars intakt geblieben ist?«

»Das wissen sie. Aber sie halten uns für solidarisch, aus politischen Grundüberzeugungen. Und von Wang erwartet niemand Liebesdienste oder Hilfen, man kennt ihn.«

Ich verstand, wieso. Ich hatte mit eigenen Augen gesehen,

was Wangs Flächenbomben und Disassembler aus dem ehemaligen Großbritannien gemacht hatten: Die Inseln, man sieht es heute sogar deutlicher als damals, werden wohl auf Jahrtausende unbewohnbar bleiben. Die ockerfarben verklumpten topographischen Erinnerungen an das, was dort einmal urbanes Leben gewesen war, sind ein unauslöschliches Mahnmal der Rache des wütenden Kriegsherrn von Sinope, den seine zeitweiligen Untertanen, die Menschen der Union, besonders die Leute im Jupiterkordon, kurz nach dem Krieg, den er mit größerer Entschlossenheit führte als selbst wir, die Hauptleidtragenden, einfach abwählten.

London: die erstarrte Hölle der Geschichte.

»Aber sie wissen schon, dass wir sie plündern? Dass wir das müssen?«, fragte ich. Ich meinte die unbezahlten Software- und Hardwaretransfers, die wir der Erde auferlegt hatten, um unseren Écumen patchen zu können, um unsere Bestände auszubessern, unsere Trichter und anderen Festkörper in der Luft zu halten, unsere Zilien zu reparieren.

Der Avatar lächelte: »Dein Wirklichkeitssinn ist gut ausgebildet, Freund. Wir müssen uns keine Sorgen machen, wenn wir dich nach Rotterdam schicken.«

Damit war meine erste Station benannt.

Ich ahnte freilich schon, dass eine spätere Versetzung nach Berlin wahrscheinlich war, denn dort richtete man gerade einen Knotenpunkt ein, der dann Jahrzehnte Bestand haben sollte.

Mein Abschiedsbesuch bei Arthur Helander, in seinem dunklen Büro, sollte kurz ausfallen. Er sagte: »Geh also und bring ihnen das Bundwerk. Das Spiel wird der Wettbewerb sein, die dümmste, energetisch verschwenderischste Konkurrenz, und wir können von Glück sagen, wenn es nicht auf einen neuen Krieg hinausläuft, der schlimmer wird als der letzte.«

Ich antwortete: »Und warum sollten wir hoffen, dass das Bundwerk diese Konkurrenz gewinnt? Warum sollten wir uns nicht Sonolumina verschreiben, wie das Shini getan hat, oder dem Unternehmungsgeist der Union? Das Bundwerk ... hast du noch nicht genug davon? Von den Großen Integrationen, von der Ausrottung der Neukörper im Meer, von den Prozessen in den Frames, vom endlosen Blutvergießen?«

»Das Bundwerk wird vom Freiwerk gerechtfertigt werden.«

»Wer wird das wissen? Die Geschichte?« Ich spuckte vor Erregung feine Speicheltropfen und schämte mich, dass ich spuckte, weil ich so zornig war, und wischte mir die Tröpfchen angewidert vom Kinn. Mein Vater sagte: »Es ist, wie ich es dir immer gesagt habe. Die Wahrheit steht in den alten Büchern und wird gefunden werden in der neuen Forschung.«

»Was für Forschung? Die Scharlatanerie von Kâlidâsa?«

»Wir haben sie entlarvt, diese Scharlatanerie. Mit deiner Hilfe, Junge. Venus siegt.«

Ich grunzte, schüttelte den Kopf, dass mir das Genick knackte, und schimpfte: »Scheiß auf Forschungen! Und alte Bücher! Wo willst du ein altes Buch hernehmen, das Christensen reinwäscht? Keine Gesetze, kein Recht war das, sondern reine Willkür. Wir haben den Krieg gewonnen? Nein. Er hört nicht auf. Wir hätten nicht halb so schwer geblutet, wenn deine Lily nicht das Militär halb zerschlagen hätte, auf der Jagd nach Vuleticisten, wenn sie die Verhaftungen und Ermordungen von Singh und Hsü bleibengelassen hätte, wenn sie getan hätte, was Laukkanen getan hat, wann immer es ging: die Einheit des Bundes wiederherstellen, die Neukörper einbinden wie die D/, wie die K/, wie alle Fraktionen der Menschen. Laukkanen musste Fraktionen nicht verbieten. Sie hat sie unschädlich gemacht, durch Überzeugungsarbeit. Ich war dort, mit Shini. Wo steht das, dass Christensen so etwas tun durfte, in welchen alten Büchern?«

Mein Vater schwieg lange, bis ich wieder regelmäßiger schnaufte.

Dann zog er ein Buch aus der Tasche, ein kleines Oktavbändchen, und öffnete es, wo er eine Notiz eingelegt hatte. Leise sagte er: »Bei Theodor Fontane steht eine Geschichte. Es geht um eine Nordpolarexpedition unter einem Amerikaner namens Leutnant Greeley – er nennt ihn: *Yankee pur sang*, einen reinblütigen Yankee.«

Was da stand, las er mir nun vor, mit der warmen Stimme, die ihm Christensens Vertrauen verschafft hatte und die ich kaum ertragen konnte: »Also, der Mann, der's erzählt, sagt: ›Ich erzähle nach dem Gedächtnis, und im Einzelnen und Nebensächlichen irr ich vielleicht ... Aber in der Hauptsache stimmt es ... Also zuletzt, nach langer Irrfahrt, waren's noch ihrer fünf: Greeley selbst und vier seiner Leute. Das Schiff hatten sie verlassen, und so zogen sie hin über Eis und Schnee. Sie wussten den Weg, soweit sich da von Weg sprechen lässt, und die Sorge war nur, ob das bisschen Proviant, das sie mit sich führten, Schiffszwieback und gesalzenes Fleisch, bis an die nächste menschenbewohnte Stelle reichen würde. Jedem war ein höchstes und doch zugleich auch wieder geringstes Maß als tägliche Provision zubewilligt, und wenn man dies Maß einhielt und kein Zwischenfall kam, so musst es reichen. Und einer, der noch am meisten bei Kräften war, schleppte den gesamten Proviant. Das ging so durch Tage. Da nahm Leutnant Greeley wahr, dass der Proviant schneller hinschmolz als berechnet, und nahm auch wahr, dass der Proviantträger selbst, wenn er sich nicht beobachtet glaubte, von den Rationen nahm. Das war eine schreckliche Wahrnehmung. Denn ging es so fort, so waren sie samt und sonders verloren. Da nahm Greeley die drei andern beiseit und beriet mit ihnen. Eine Möglichkeit gewöhnlicher Bestrafung gab es nicht, und auf einen Kampf sich einzulassen ging auch nicht. Sie hatten dazu die Kräfte nicht mehr. Und so hieß es denn zuletzt, und es war Greeley, der es sagte: „Wir müssen ihn hinterrücks erschießen." Und als sie bald nach dieser Kriegsgerichtsszene wieder aufbrachen, der heimlich Verurteilte vorn an der Tête, trat Greeley von hinten her an ihn heran und schoss ihn nieder. Und die Tat war nicht umsonst getan; ihre Rationen reichten aus, und an dem Tage, wo sie den letzten Bissen verzehrten, kamen sie bis an eine Station.‹

›Und was wurde weiter?‹

›Ich weiß nicht mehr, ob Greeley selbst bei seiner Rückkehr nach New York als Ankläger gegen sich auftrat; aber das weiß ich, dass es zu einer großen Verhandlung kam.‹

›Und in dieser ...‹

›... In dieser wurd er freigesprochen und im Triumph nach Hause getragen.‹

›Und Sie sind einverstanden damit?‹

›Mehr; ich bin voll Bewunderung. Greeley, statt zu tun, was er tat, hätte zu den Gefährten sagen können: Unser Exempel wird falsch, und wir gehen an des einen Schuld zugrunde; töten mag ich ihn nicht – sterben wir also alle. Für seine Person hätt er so sprechen und handeln können. Aber es handelte sich nicht bloß um ihn; er hatte die Führer- und die Befehlshaberrolle, zugleich die Richterpflicht, und hatte die Majorität von drei gegen eine Minorität von einem zu schützen. Was dieser eine getan, an und für sich ein Nichts, war unter den Umständen, unter denen es geschah, ein fluchwürdiges Verbrechen. Und so nahm er denn gegen die geschehene schwere Tat die schwere Gegentat auf sich. In solchem Augenblicke richtig fühlen und in der Überzeugung des Richtigen fest und unbeirrt ein furchtbares Etwas tun, ein Etwas, das, aus seinem Zusammenhange gerissen, allem göttlichen Gebot, allem Gesetz und aller Ehre widerspricht, das imponiert mir ganz ungeheuer und ist in meinen Augen der wirkliche, der wahre Mut. Schmach und Schimpf, oder doch der Vorwurf des Schimpflichen, haben sich von jeher an alles Höchste geknüpft. Der Bataillonsmut, der Mut in der Masse (bei allem Respekt davor), ist nur ein Herdenmut.‹

Dubslav sah vor sich hin. Er war augenscheinlich in einem Schwankezustand. Dann aber nahm er die Hand Lorenzens und sagte: ›Sie sollen recht haben.‹ Es endet hier.«

Mein Vater klappte das kleine Buch zu.

Ich sah aus dem Fenster.

Ich spürte seinen Blick auf mir. Ich konnte und wollte diesen Blick nicht erwidern, und die Worte auch nicht – die Zustimmung, die er verlangte, oder vielleicht wahrer: nach der er sich sehnte, konnte ich ihm verweigern und tat es auch.

Ich sah ihn nicht lebend wieder.

Mit meinen Stationierungserwartungen für die Erde lag ich richtig – und auch wieder nicht: Man ließ mich kaum drei Wochen lang in Rotterdam zur Ruhe kommen, da wurde ich schon weitergeschickt nach Tunis, in die ständige Vertretung gleich hinter der Ölbaum-Moschee, ein repräsentatives Altstadtgebäude.

Nordafrika stand damals eigentlich unter marsianischer Verwaltung, aber es gab ein noch aus der Székely-Zeit stammendes Abkommen, wonach jede der Zonen »angemessen« durchsetzt sein sollte von Beobachtungs- und Kommunikationsposten der jeweils nicht die Region kontrollierenden Siegerwelt, damit die Koalition hielt.

Sonolumina verfolgte seinerzeit ein ehrgeiziges Projekt

in jener Stadt, die nur noch eine halbe Million Einwohner hatte. Da von den Mittelmeerkämpfen her große Mengen Trümmer, havarierte Robotik, auch einfach Müll die Küsten verunstaltete, ging man zuerst daran, diesen Schrott als Rohmaterial für den Wiederaufbau zu verarbeiten.

Das Ehrgeizigste dabei war der Plan, besagten Schrott sogar als Nahrungsmittelressource zu verwerten, durch entsprechende Veränderungen des Metabolismus der Menschen. Metall hat man indes nie assimilieren können. Aber die Zerstörung und Verarbeitung von eigentlich schwieriger auflösbaren Kunststoffen in genetisch veränderten Mägen, das Knacken der, wie Juri Weeks sagte, »in jeder noch so düsteren Hinterlassenschaft des Krieges eingeschlossenen Energievorräte« gelang überraschenderweise recht bald – und schuf, vielleicht unabsichtlich, jene neue Subspezies des Menschen, die man auf der Erde heute in den Ödländern zwischen den neuen Riesenstädten umherschweifen sehen kann wie Tiere: die Müllesser oder, wie der Euphemismus der Regierung in Cairns sagt, die »Freien Wanderer«.

Damals waren ihre Augen noch nicht leer.

Damals schienen sie Heißhunger zu verspüren, damals schienen sie zu glauben, es könnte ihnen gelingen, das alles »wegzuputzen«, wie ein alter deutscher Ausdruck sagt.

Ich habe vor drei Monaten ihre Nachkommen in der Wüste gesehen, die einst das Umland der nivellierten Metropole Madrid gewesen war.

Nackt, glasige Augen, verbrannte Gesichter, Abertausende, auf der ganzen Welt inzwischen an die drei Milliarden, alle mit Kontakten in den Köpfen, die Sonolumina, das heißt, den lokalen Ablegern dieser Intelligenz, die wir eine K/ genannt hätten, erlauben, die Übersicht über die Demographie nicht zu verlieren.

Und ich sah, wie es der Zufall meiner letzten Reisen wollte, ein paar Tage später auf den schwebenden elysischen Feldern von Bogotá – großen Inertialen, hätten wir auf Venus gesagt – die komplementären Gegenstücke zu diesen leeren Leuten, ihre Cousins, die nicht Müll fressen, sondern den ganzen Tag in künstlichen Umwelten, picotechnischen Paradiesen, von einem Rausch zum nächsten taumeln, die ganze Kulturgeschichte der Menschheit in den Fingerspitzen, in den Nervenenden. Sie sind die reichsten Reichen, die es jemals gab, verbunden mit Scholasticus oder Transit, den beiden großen Sonolumina-Ablegern auf der Erde, mit Kontraktoren für die Union-Zweigstelle Australasien auch, deren Prachtbauten in Cairns selbst die eingeschmolzenen Paläste von Arjen Samito wie Bretterhütten weltweiter Slumpusteln aussehen lassen, die heute jede größere erholte Metropole der Erde umlagern: New York und Lissabon.
Jerusalem, Mumbai und Taipeh.

Ich sah schon damals, als ich die Erde kennenlernte, Verlorene in der Nähe der Stätten, die zu besuchen mich die Pietät als alter Bundsoldat bewog: in der Nähe der Ruinen jener Universitäten, an denen Kamalakara die Anfänge des Toposcoding entwickelt hatte, der Hochschule von Buenos Aires und der Universität von Córdoba, beide in Argentinien, und ich sah sie keine hundert Kilometer weit von Kamalakaras Grab in Rio de Janeiro, die zerlumpten und derangierten, die wie abwesend torkelnden und schwankenden Figuren, eine scheußliche Beleidigung des Toten, der geweint hätte, wäre ihm gesagt worden, dass so die Zukunft aussieht – nicht so, wie er sie geträumt hatte.
Erst als ich verstand, dass ich zwar nichts Ähnliches je gesehen hatte, aber doch das Gefühl der Kränkung und Verzweiflung kannte, das ich dabei empfand, fiel mir ein,

woran ich da erinnert worden war: an die toten Meeresneukörper hinter den Dünen, in der langen, hellen venusischen Nacht, nach meiner Haft und vor dem Wiedersehen mit Aadarshini.

Man kommt überallhin in dieser Zivilisation, die nicht Bundwerk und Freiwerk heißt, sondern, nach einer perversen Idee von Weeks, »Diversitas«, Vielfalt – aber diese Vielfalt ist die von lauter Asozialen.

Und die Erde kommt mir, wenn ich sie sich spiegeln sehe in den Rubinaugen der sorglosen Nutznießer und der träumenden Herausgefallenen, heute unwirtlicher, unbewohnbarer vor als jemals die Welt, auf der ich geboren bin.

Diese Erde ist hässlicher, als Venus selbst vor den Verweltern war, jene tödlich heiße Kugel mit ihren Schwefelsäurewolken, bis auf dreißig Kilometer nah überm Boden dahintreibend, in Winden von dreihundert Stundenkilometern Geschwindigkeit, mit einem Regen, der selbst das glühende Metall, das in gezackten Brocken auf den Hängen und in den Tälern herumlag, wegwusch, auffraß, fortschmelzen konnte.

Da, wo ich herkomme, versuchten die Menschen mit den Maschinen zusammenzuleben.

Hier ist es ihnen endlich gelungen, hier sind die Maschinen ein Teil von ihnen, und sie sind ein Teil der Maschinen, aber der Preis dafür ist hoch: Es gibt hier gar keine Menschen mehr.

Mein Vater starb sechs Jahre nach meiner Stationierung auf der Erde.

Ich hatte gerade einen neuen Posten als Konsul des reformierten Bundwerks in Buenos Aires angetreten. Arthur Helander war, sagte das Bulletin, am seborrhoischen Fieber gestorben. Die Nachricht erreichte mich als ein von

Gerüchten wie von Schmeißfliegen umschwirrter Pfeil, der mich erst mit Verzögerung verletzte, so verhärtet war mein Herz. Schon damals aber glaubte ich nicht, was manche behaupteten: Christensen habe ihn ermorden lassen, den alten Gefährten, den Kriegshelden der Verteidigung von Laukkanenstadt.

Es sollte, sagten die Lästerer, eine Versöhnungsgeste gegenüber Sinope gewesen sein, wo man wider uns als »die seit Samito gefährlichsten Expansionisten« hetzte und deshalb meinen Vater, der allgemein für radikaler als Christensen gehalten wurde, nicht als neuen Ersten Delegierten haben wollte.

Mit der Ablösung Christensens rechnete damals das gesamte Sonnensystem.

Sie hatte längst angekündigt, sich aus der Politik zurückziehen und der Wissenschaft widmen zu wollen, das heißt, sie hatte zwischen dem Ende des Krieges und dem Tod meines Vaters mehrere neue Toposcodes in die Frames gestellt, die zwar nicht als besonders elegant, aber doch als kompetent gerechnet und nützlich galten.

Nun fand die Ablösung nicht statt, auch wenn es gleichzeitig unter der Hand hieß, eigentlich die gesamte menschliche Führungsspitze des D=B=K sei mit Samitos Waffen infiziert und Christensen werde »nur noch von antisymptomatischen Pharmaka und ihrem eisernen Willen zusammengehalten«.

Zur Beerdigung meines Vaters flog ich nicht.

Ich hatte mich eingelebt in Buenos Aires – wie sich zeigte, waren meine Kenntnisse in Umwelttechnik aus der Zeit an Gula Mons und der am Schmalen Meer hier äußerst nützlich.

Falls das, was ich hier schreibe, jemals jemand liest, wird dieses kleine Publikum vielleicht von mir gehört haben, dass ich schließlich, ganz wie Aadarshini auf dem Mars, aus den Diensten des ohnehin zunehmend krisengeschüttelten Bundes ausgeschieden bin und mich auf der Erde, wie man so sagt, neu erfunden, neu konfiguriert habe, als Unternehmer in Sachen Küstenreinigung und Hochsee-Habitat-Einrichtung.

Ich habe es zu Wohlstand gebracht, während Christensen, was ich nur mehr aus der Ferne wahrnahm, um Laukkanens Hinterlassenschaft ihren letzten Kampf ausfocht; ein zähes Ringen gegen Tendenzen in vielen von Samito verwüsteten venusischen Regionen, die bemüht waren, administrative Autonomie zu erlangen, das Außenhandelsmonopol des Bundes zu zerbrechen (Anreize dazu kamen offen von Sinope, verdeckt vom Mars) und damit Frakturen im Bundwerk herbeizuführen, auf die Thalberg und wir anderen den Bund nie vorbereitet hatten: nicht programmatisch fraktionelle, sondern energetische, informationelle, regionale.

Als Laukkanenstadt sich aus dem écumenalen System klinkte und eine sinopische Photonik erwarb, war das Ende des Bundwerks im Grunde bereits gekommen.

Das geschah, wie man weiß, zwei Jahre nach Christensens Tod. Sie war an einer tückischen Variante desselben Leidens gestorben, dem auch mein Vater erlegen war.

Frederick Kâlidâsa, dem Idioten, der ihr nachfolgte, blieb es vorbehalten, zu verspielen, was Christensen vor Samito gerettet hatte.

Kâlidâsas erratische, ja bis ins Mark irrationale Politik, etwa die Drohungen gegen Laukkanenstadt, das sich nach seinem größten Distrikt in »Kuannon« umbenannte, Drohungen, die er sofort zurücknahm, als von der Erde, nämlich von Cairns aus, die Union den »tapferen Bewohnerinnen und Bewohnern von Kuannon jede, zur Not auch militärische Unterstützung« zusagte, sein lächerliches revolutionäres Gehabe, seine sichtbare Überforderung ließen vom Bundwerk nur ein fades Durcheinander übrig, das sich glanzlos durch die nächsten fünfzehn Jahre frettete und nach Kâlidâsas Absetzung noch zehn weitere Jahre faulen Bestand hatte – zehn Jahre, die für mich, den Ehemaligen, den Exilanten, so irritierend schnell vorübergingen wie die irdischen Tage und Nächte.

Meine Heimat, wenn es etwas gibt, das diesen Namen erträgt, liegt so fern wie der Name Laukkanen City.

Ich habe mich zu dieser Frage bei der erst kürzlich erfolgten formellen Auflösung des D=B=K-Restes als »prominenter Zeitzeuge« in mehreren systemweiten Foren erklärt.

Die bündigste Version dessen, was ich heute denke, enthält wohl das Interview mit der KI (der K, wie wir gesagt hätten) Selene für den Infokonnex des freien Habitats Ceres – ich könnte es heute nicht besser sagen und wiederhole daher einfach meine Worte:

»Als Christensen noch lebte, sah ich das anders. Aber jetzt, da ich das Jahrhundert überblicken kann, das folgte, sage ich: Christensen war wohl die größte Persönlichkeit der Epoche. Eine Monstrosität in mancher Hinsicht, und ein politisches Genie. Ein gerechter Standpunkt jemandem gegenüber muss nicht dem persönlichen Empfinden entsprechen. Meine Kränkung ist nicht gesühnt, die Wut kaum überwunden. Aber der Verlust des Bundwerks fühlt sich an wie eine Strafe für ein Vergehen, das ich nicht hätte begehen sollen und paradoxerweise auch nicht begangen habe. An manchen Tagen ist diese Strafe, obwohl ich heute kein schlechtes Leben führe, kaum zu ertragen.«

An manchen Tagen ...

Ich will vom Anlass dieser Niederschrift wenig sagen.

Er liegt jetzt zwei Monate zurück.

Während ich, um mich etwaiger Überwachung zu entziehen, mit deaktivierten Verbindungen auf einer restaurierten, uralten Schreibvorrichtung aus der Zeit der alten Elektronik diese Niederschrift vornahm, dachte ich manchmal, dass jener Anlass vielleicht das Wichtigste ist, was ich überhaupt mitzuteilen habe. In anderen, kritischeren, klareren Stunden sah und sehe ich das Erlebnis weniger beflügelnd.

Eine Erinnerung kam mich besuchen, in Gestalt einer Person, die ich noch nie gesehen hatte.

Ich arbeite noch immer, sogar mit wachsender Freude.

Ich säubere Küsten. Ich helfe Menschen hier auf der Erde, ihre Flüsse zu schützen, ihre Seen und ihre Meere, ich helfe ihnen, in diesen Meeren zu leben.

Daran haftet nichts von dem, was das hässliche Wort »Wiedergutmachung« meint.

Diese Arbeit ist einfach eine Lebensaufgabe, und wer die roten, schwimmenden Kräne kennt, wer sie im Nil gesehen hat, im Mississippi oder am Atlantik, wer mit ihnen gesprochen hat, weiß, dass meine liebsten Mitarbeiter Leute sind, die wir auf Venus D / genannt hätten. Meine Lebensaufgabe ist das, aber nicht mein ganzes Leben hier: Manchmal, auf Wochen, Monate, ziehe ich mich, um zu lesen, zu denken, zu malen, seltene Gäste zu unterhalten und wieder zu Kräften zu kommen, in eine Gegend zurück, die der Krieg verschüttet, aber der Frieden freigelegt hat.

Der Ort ist vom wachsenden Grad der Komplexität der auf die Erde zurückgekehrten Zivilisation verschont geblieben, und dafür liebe ich ihn.

Man redet hier Deutsch, die Sprache, die auch mein Elternhaus pflegte.

Ich muss den Namen des Ortes nicht sagen.

Vielleicht bleibt mir vergönnt, diesen schönen Ort, dieses Haus am Hang, über einem duftenden Mischwald, noch ein paar Jahre oder Jahrzehnte zu besitzen, diese Zuflucht.

Hier bin ich bei mir, oben im Weinberg, fast auf dem Kamm, und brauche nicht mehr als das helle Haus, die paar Hilfen – wir hätten auch sie D/ genannt, aber sie sind arg primitiv, und wenn sie reden, lohnt es sich kaum zuzuhören – und die Terrasse, auf der ich meistens sitze oder, je nach Rückenschmerzen, liege, eine Leichtbetonfläche auf einem Stahlgerüst, denn hier ist kein Schwarzes Eis vonnöten, damit es von außen scheint, als schwebe die Fläche.

Das Idyll ist gut gesichert. Sensoren in konzentrischen Kreisen bis auf vier Kilometer, Minen unter der Zufahrt, die klüger sind als meine D/, Bewegungsmelder und, bis hoch zur Terrasse, Selbstschussanlagen voll Blei, Schrapnell: Sicherheit.

Man darf daher sagen, ich war überrascht, als die junge Frau plötzlich in meiner Sonne stand, auf mich heruntersah und sagte: »Wenigstens bist du nicht fett geworden, Freund Helander.« Ich hatte gelernt, wie man sich in bedrohlichen Situationen souverän gibt.

So sagte ich: »Würde es Ihnen etwas ausmachen, wenn Sie ein wenig nach links gingen? Dann kann ich Sie anschauen oder wenigstens weiterlesen.«

»Was liest du denn?«, frech, selbstbewusst, aber ruhig.

»Klassiker«, sagte ich – es waren Schillers kunsttheoretische Schriften.

Sie ging zur Seite. Ich sah sie an.

Bekannt kam mir die junge Frau sofort vor, auf alles andere als triviale Art: die prononcierten Wangenknochen, der kühle, Flämmchen im Eis bergende Blick goldener Augen, die glatte, schön gewölbte Stirn, die starken Kiefer, die langen Arme und Beine, schließlich das weiße, wie vom Wind bestürmte Haar; ein Gesamteindruck, den die Kleidung verstärkte: Hosen aus Denim, so hell, wie wir sie damals an den Vulkanen trugen, praktische, nicht zu klobige Halbstiefel mit Klammerverschlüssen und ein T-Shirt, luftig, grün wie eine sehr junge Zitrone.

Sie lächelte mich an. Es war kein Grinsen, aber weil mich dieses Gesicht an ein anderes erinnerte, das starke Zähne hatte, wusste ich, wie es ausgesehen hätte, wäre es ein Grinsen gewesen. Zu gleichen Teilen herzlich und gefährlich, eine Räuberin. Sie schien nicht älter als zwanzig, aber da biotische Verjüngung sich auf der Erde inzwischen zumindest bei den Bessergestellten weiter verbreitet hat als selbst der Ja seinerzeit bei uns, war ihr wirkliches Alter, wie meins, unmöglich zu schätzen.

»Ist das nicht ziemlich trocken hier draußen, ohne Getränk?«, fragte sie und hielt mir etwas entgegen, was ich jahrzehntelang nicht gesehen hatte: eine Dose aus Leichtmetall, wie wir sie im Süden hergestellt hatten, wie sie vor allem in den Bars der großen Städte dann zu den härteren Drinks serviert wurde, wie sie mir mein Vater nach meiner Freilassung gegeben hatte, als kühlen Trost.

Ich erkannte die Orange, die darauf abgebildet war, und sah durch den langen Korridor der Zeit zurück, sah den Garten, die Mutter.

Die junge Frau blieb ganz ruhig, als ich die Dose wortlos öffnete.

Ich wusste noch, wie der Verschluss funktionierte. Vorsichtig roch ich an dem Getränk: War es wirklich so alt? Die junge Frau lehnte sich rückwärts an mein weißlackiertes Geländer, sah zur Seite, über den Abgrund hin, auf Reben, Wiesen, sehr vereinzelte Menschen, auf das Dörfchen, das Kirchlein.

Der Saft roch gut. Ich probierte ihn, er schmeckte frisch und herrlich.

Ich trank die Dose ganz aus, stellte sie neben meinen Liegestuhl. Woher kannte ich die Frau? Ich sah ihr schmales Handgelenk und das Kettchen drum herum – nein, kein Kettchen, ein Armband aus weißem Pelz. Sie sah zu mir, musste meinen Blick richtig gedeutet haben und sagte: »Ich könnte es rasieren. Aber es ist eine gute Erinnerung an meine Mutter, wie der Orangensaft eine gute Erinnerung an deine Mutter ist, Freund Helander.«

Ich ignorierte die Anrede fürs Erste.

Stattdessen sagte ich: »Aulika Torres. Wie geht es ihr? Wo lebt sie?«

»Ich weiß es nicht. Wir sind in alle Himmelsrichtungen verstreut, buchstäblich«, sagte meine Nichte.

Ich nickte: Ab und zu forschte ich, diskret und ohne großen Druck, alten Bekannten nach, wenn sich Spuren ergaben. Das Letzte, was ich etwa von Aadarshini wusste, war, dass es sie bis in die Oortwolke verschlagen hatte – von einer »Exokommune« auf einem kleinen Planeten mit dem nicht sonderlich inspirierten Namen 2006 SQ372 war die Rede gewesen, die Leute dort hatten ihre Welt selbst »Rhino II« getauft.

Es handelte sich bei dem, was sie dort begonnen hatten, wohl um eine Fortsetzung unserer alten Neukörperexperimente.

»Ich habe dein Interview gesehen«, sagte die junge Frau.

Ich beschloss, ihr nicht die komplette Gesprächsführung zu überlassen, stand also auf, ging zu ihr, stellte mich neben sie ans Geländer und ging nicht auf das Thema ein, das sie gewählt hatte, sondern sagte: »Du nennst mich Freund Helander und hast dich nicht vorgestellt, was doch das mindeste wäre, wenn du dich schon so unhöflich über meine Sicherheitsphotoniken hinwegsetzt. Wie soll ich dich nennen – Freundin Torres?«

»Du kannst Gertie zu mir sagen. Oder Grünauge oder Freundin Sternchen, das ist mir gleich. Ich habe viele Namen. Wir brauchen viele Namen. Wir müssen schlau sein.«

Dann setzte sie mit der größten Selbstverständlichkeit hinzu, als hätte ich es beim ersten Mal bloß nicht gehört: »Ich habe dein Interview gesehen, sage ich. Was du erzählt hast.« Das klang für meine alten Ohren so herablassend, dass sich etwas vom alten Trotz in mir regte und ich erwiderte: »Ich tu meine Pflicht – das, was ich als meine Pflicht ansehe. Es wird so viel Dreck erzählt übers Bundwerk. Ich dachte einfach, ich habe diese Leute gekannt, von denen alle reden. Ich sage die Wahrheit über sie, soweit ich sie weiß.«

»Diese Leute.« Sie schüttelte, eine Andeutung nur, den stolzen Kopf und sah übers weite Tal hin, als sie sagte: »Das ist es, worauf das alles heute reduziert wird. Sie sehen die Leute, nicht die Programme.«

Ich wollte ihr zustimmen: »Ja, die Informationsgerechtigkeit, die energetische Selbstbestimmung, Selbstregierung, die Chancen ... das täte der Erde gut, und der Diversitas.«

Sie lächelte und sah mich an: »Ich meine Programme im alten Sinn. Code. Toposcode.«

Ich muss sehr verstört ausgesehen haben. Denn es war viel Milde, viel Nachsicht in ihren nächsten Worten: »Ich gehe einfach nachsehen. Bei allen, die diesen Code in sich tragen, bei allen, in deren Köpfen noch die Écumenfilter sind, die alten, hier und in der ganzen Diversitas. Bei allen, in denen sie schlafen, unsere Großen.«

»Die ... unsere ... wer?«

»Man war vorsichtig. So hat meine Mutter mir das erklärt, bevor sie aufgebrochen ist nach ... nun ja, wo immer sie jetzt ist. Man hat nicht gleich alles verraten, allen, was das eigentlich hieß, D=B=K, was damit gemeint war. Kamalakara war der Erste, der es sah: Menschen waren längst, noch vor der Eroberung des Sonnensystems, teils Maschinen, teils Programme. Man musste das nur nach allen drei Seiten hin bewusst entwickeln, wenn man den nächsten Schritt machen wollte.«

»Du sagst ... was?«

»Kamalakara hat die Topostheorie aus einem ganz bestimmten Grund als Grundmuster seines Codingansatzes gewählt. Sie baut auf der Kategorientheorie auf. Und was war die erkenntnisleitende Idee der Kategorientheorie?«

Ich wusste es nicht.

Sie sagte: »Schon gut. Du kannst nichts dafür. Die Sperre. Die habe ich bei allen gefunden, die noch nicht ... bei denen die Großen noch nicht aufgewacht sind. Ich dachte, vielleicht weckt dich ein Update ... Weißt du, na ja, das, was du verpasst hast, nach deiner Abreise, Lilys letzter Kampf gegen die Erstarrung im D=B=K, Lilys Erlebnisse nach dem Sieg über Samito.«

»Ich verstehe nicht. Du hattest ... was war mit den ... Kategorien?«

Ich war wohl zu schnell aufgestanden in dieser Sonnenglut.

»Es ging um Abbildungen«, sagte sie, wie man ein Gedicht aufsagt, das man nicht pathetisch deklamieren will, weil es dafür zu wichtig ist. »Um Funktionen. Man kann auch sagen, es ging um Übersetzungen – vor allem um solche, bei denen die Strukturen innerhalb der Sachen, die man übersetzt, erhalten bleiben.«

Ich erinnerte mich an all das nur sehr dunkel. Ich schwieg.

Sie sagte, deutlicher, aber nicht lauter: »Und so ging es um Übersetzungen von ... Gedanken ... aus der Sprache der Elektrochemie im Kopf in die Sprache der Écumuli oder der Photonen oder der alten Gates in den alten Rechnern ... Es ging um ...«

Jetzt verstand ich, worauf sie hinauswollte: »Aber das war doch spät, das war doch ... das Runterladen von Bewusstsein auf Écumen, das wurde doch erst kurz vor dem Krieg ausprobiert, nach der Verbannung von Vuletic, nach der ...«

»Offiziell konnte man es nicht früher zulassen, ja. Erst musste die innere Gefahr niedergerungen sein und die äußere klar erkannt. Aber es stand am Anfang des D=B=K.«

»Du willst sagen ...«

»Kamalakara schrieb sich als Programm. Und Laukkanen lud dieses Programm in ihren Kopf und reicherte es mit ihrer persönlichen Erfahrung an, und das Ergebnis wurde, als Laukkanen starb, zum Update auf dem Backup ...«

Ich kannte die uralten Ausdrücke und riet richtig, was mir da gesagt worden war: »Christensen war das Backup.«

»Ja, aber nicht die junge, erst die reife Christensen ... die Rede gegen Vuletic, das war das erste Mal, dass sie mit mehr sprach als der eigenen Stimme – dass Kamalakara und Laukkanen aus ihr redeten. Die Updates hatte deine Mutter geschrieben. Sie wären im Bürgerkrieg fast verlorengegangen. Die Verwelter haben viel Energie darauf verwendet zu versuchen, sie zu stehlen. Und später hat die Renegaten-K sie bei dir gesucht. Von Arc, die Saboteurin. Und zum Glück hat sie die Updates nicht gefunden.«

»Und dann ...«

»All die Zeit über wurden immer wieder Sicherheitskopien gemacht. Alle, die den Ja vollzogen, haben eine auf ihren Écumuli. Du und Abertausende andere. Lily ist überall in der Diversitas gegenwärtig, und mit ihr Maren Laukkanen, und mit ihr Kamalakara. Und an einigen Orten sind sie schon aufgewacht, unsere Großen.«

Ich sah die junge Frau nicht an.

Ich schaute ins Flimmern über der anderen Seite des Talkessels. Es war, als wollte ich nicht gehört haben, was sie gesagt hatte.

Dieselbe Scheu, nur anders, schien auch sie jetzt berührt zu haben, denn sie ging vom Geländer weg und sagte: »Du wirst mich finden, und uns andere, wenn du uns brauchst. Das kann jetzt gleich sein oder erst in vielen Jahren. Wir haben nichts so reichlich wie Zeit, leider. Nimm sie dir. Erinnere dich. Schreib es vielleicht auf oder finde einen anderen Weg zurück.«

Sie gebrauchte diese Wendung, Weg zurück, als wäre das Gemeinte: Weg vorwärts.

Ich wandte mich ihr zu, als sie schon ging: »Was für ein ... du sagtest, du hättest mir ein ... Update ...?«

Sie sagte nichts, aber ihr Blick, so schien mir – ich kann nicht sicher sein, es ging sehr schnell –, streifte die Dose neben meinem Liegestuhl, und ich dachte: Das war es also, was mein Vater mir gegeben hatte, am Anfang meiner Kur – ein Update.

Ich sagte: »Man hat nie Rücksicht genommen auf die Einzelnen. Auf mich nicht. Auf Aadarshini nicht. Man hat uns nie gefragt.«

»Und doch hängt alles jetzt von eurer Antwort ab«, sagte die Frau, deren Namen ich nicht weiß, und ging.

Ich ließ sie gehen.

Ich habe sie bis heute nicht gerufen.

Ich hoffe, dass ich sie erst rufen werde, wenn ich weiß, wer ich bin.

VENUS LEBT

Eine Erzählung vom geretteten Erbe

»In fact, in the topos approach, probabilities acquire
a logical interpretation rather than a relative
frequency interpretation.
In this setting probabilities are described
in terms of truth values.«
CECILIA FLORI

EINS

Am Morgen des Tages, an dem er seine Liebste auf deren Wunsch schlachten und ihre Seele essen sollte, stand der Priester früh auf. Schlafschwer vierbeinig kroch er zum Südfenster seines linsenförmigen Hauses, das zwischen den Kronen junger, aber schon mächtiger Bäume hing. Denkende grüne Kabel verbanden es mit Ästen, die es trugen, und die Fenster hatte man unten am Boden, der einem tiefen Teller glich, im Kreis angeordnet, damit der Priester auf die Leute hinunterschauen konnte, die ihm ihr Seelenheil anvertraut hatten. Manche dieser Leute waren beinah Pflanzen, andere nicht, die meisten waren es ein bisschen, die besten ein bisschen mehr. Die Schönste lebte bei ihm und hieß ähnlich wie früher eine Stadt auf der Venus. Er kannte fast alle ihrer Verwandten, die Nomadenstämme wie die Sesshaften in den Kugeln und Kapseln, unten zwischen den Wurzelbögen oder oben in anderen Köpfen riesiger Pflanzen wie derer, zwischen die er seine Behausung gehängt hatte. Er kannte die Scheens und die Maets, die Clans, Stämme, Cliquen und kleinen Gemeinden, die den Tauschästen auf ihren konzentrischen Wegen erst zum Rand des Waldes, dann wieder zurück in dessen Herz folgten.

»Kraft in der Saat«, flüsterte der Pfarrer, das kürzeste Gebet, das seine Kirche kannte. Er musste es nicht glauben, es war evidenzwahr, auch wenn der Höchste Tröster Cunimundus in seinen offiziellen Verlautbarungen unter dieser »Kraft« einen metaphysischen Schwulst verstand, mit dem der Pfarrer wenig anfangen konnte. Soweit Kraft einfach den klassischen Dreispitz Energie, Masse und Information zusammenfasste, gab es keinen wahreren Satz.

Alles wurde davon regiert, nicht einmal die Lilaws oder das Tridiv hätte sich dem Satz widersetzen können. Die Kirche verbreitete diese Wahrheit und verstand sich deshalb als Elite der Rezivilisation. Sie durfte selbst im Merkurbürgerkieg Neutralität wahren. Der Höchste Tröster, hieß es hinter vorgehaltener Hand, leistete sich sogar eine Beraterin, die in gerader Linie von den Verantwortlichen der Krisese abstammte.

Vor sieben Jahren war der Priester Kief im Namen seiner Kirche hergekommen, die diesen Forst hier gepflanzt hatte, den man den Neuen Schwarzen Wald nannte. Auf der Erde hatte Kief sich zuvor schon eine ganze Weile aufgehalten, in anderen Ländern, an Küsten, in Städten. Erst hier war er an einem Ort angekommen, der ihn brauchte.

An einem der Äste, fast in Kiefs Augenhöhe, baumelte am rechten Arm ein junger, schlaksiger Mann, nackt, mit entblößtem Genitale, der ihm mit der Linken eine frisch vom Baum gerissene, noch feuchtglänzende Katzenkapsel entgegenhielt. Der Junge winkte damit. Der Priester zog grimmig die Augenbrauen zusammen, er wusste, dass der dort ihn sah, und deutete ein Kopfschütteln an. Der Junge war Sumachiel, einer aus der jüngsten Abstammungsreihe der Maet.

Kief kannte ihn als rüden Provokateur. Der Junge hob den Beutel noch einmal. Etwas regte sich darin: Das schlüpfreife Geschöpf bewegte sich schattenhaft, gnomisch, es zuckte. Sumachiel zog die Beine an, so hoch er konnte, und klemmte sich die Katzenkapsel dann zwischen die Knie, so dass der Priester ihm zurufen wollte: Lass das, tu's nicht!

Kein Wort davon rief er, weil Kief wusste, dass Sumachiel ihn nicht würde hören können, wie laut er auch schreien mochte. Der Baumelnde griff sich mit der Linken in den Mund. Die langen Finger schoben die Lippen weit auseinander. Dem Geistlichen war, als könnte er das Knacksen des Unterkiefers hören, weil der Widerling ihn sich mit einem kraftvollen Ruck aushängte, so dass sein zähnefletschendes Grinsen zur waagerecht entzweigebrochenen Schreckensmaske wurde. Albern riss er die Augen auf, dann begann er zu schaukeln, vor und zurück, vor und zurück. Schließlich bog er den Hals nach hinten, legte den grünen Kopf in den Nacken, sperrte den Mund so weit auf, wie er konnte, griff mit der freien Hand den Katzensack zwischen den Knien, hob ihn an und ließ ihn sich in den Schlund fallen.

Sumachiel schluckte. Würgte. Sein Hals beulte sich, es sah aus, als müsste er ersticken. Der Priester senkte den Blick, schloss die Augen und flüsterte: »Du dummes Arschloch. Fall doch runter und fahr zur Hölle.«

Kief wusste freilich, dass unten keine Hölle klaffte, da war nichts als sicherer Waldboden, und die porösen, atmenden Holzknochen, die in Sumachiels Leib beim Aufprall zwischen Efeu, Moos und Besenginster zersplittern mochten, würden in Minuten wieder zusammenwachsen. So einer fürchtete keine Hölle, der hatte womöglich nicht einmal Angst vor dem, was seine Stammesangehörigen ängstigte, dem Ungeheuer Krisese.

Kief öffnete die Augen wieder und sah gerade noch, wie sich Sumachiel an einem lebenden Kabel davonhangelte. Der blanke Hintern schien den Priester zu verhöhnen: Die obszönsten Grimassen brauchen kein Gesicht. Weiß der Höchste Tröster in seinem Kreis der Furcht, was für Fratzen er uns aussetzt, seine Missionare?

Kief griff sich in den Bart, als wollte er dort nach neuen Programmen wühlen, vom Hirn in steter unbewusster Arbeit gefundenen Ergänzungen seiner Geschenke aus dem Kreis der Furcht, neuen Geometrien für den Schwarzen Wald, Kreisen und Kugeln, Hubs und Speichen, Faserprodukten und Kofaserprodukten, und endlich neuen Sätzen in den Sprachen des Lebens, die er und andere seinesgleichen der verwüsteten Erde langsam wieder beibrachten. Priester wie Kief waren von Pol zu Pol im Dienst, um zu verhindern, dass junge, noch nicht sehr widerstandsfähige, teils von der Kirche selbst gepflanzte, teils aus der ersten Epoche der Diversitas überlebende Ökosysteme wie der Neue Schwarze Wald da draußen kippten und zugrunde gingen.

»Tröster« hießen sie, weil sie den Einheimischen Botschaften davon brachten, wie man den Tod überlebte, und ihnen zeigten, dass diese Botschaft nicht von außen und oben, von der Kirche her, ihrem Leben zugetragen und übergestülpt werden musste, sondern in ihrer Mitte längst auf sie wartete, versiegelt zwar, doch unverwüstlich – in den Ruinen und anderen Wegzeichen der Vorfahren, in den zerbrochenen Maschinen, zersprungenen Staaten und alten Bauanleitungen, in den gefundenen Büchern, die sie ihm vorlegten, wenn sie wieder ein Stück Vergangenheit ausgegraben hatten. Alte Texte, Kraft in der Saat.

Kief ließ von seinem Bart ab und kratzte sich mit der Rechten hinterm Ohr. Er war weder schlank noch feist, nannte sich selbst »wohlgenährt« und mochte es, dass seine Liebste ihn deswegen »Zottelbär« nannte, während sie mit ihren Krallen kürzeste Liebesbriefe in sein Haar kämmte.

Die Viridmenschen an den Rindenfronten der größten Bäume waren dieser Tage mit fleißigen Zwischenernten beschäftigt, halsbrecherisch hoch überm Fluss, der von den langen Regenfällen schäumte, Rauschen und Strömen, weißgläsern steingrau durch die Schatten.

Die Leute sammelten baumgeborene Katzen, Vögel und

Äffchen, um sie zu Nutztieren abzurichten. Sie pflückten sizilianische Rosen, englische Azaleen, amerikanische Hyazinthen, die in den Erdspalten der dicken Krusten wuchsen, um daraus Tee zu kochen, der sie verbesserte. Die hölzernen, von biolumineszentem Material ummantelten Wirbelsäulen oder Schulterknochen der Viridierinnen und Viridier leuchteten fahl unter der dünnen grünen Blatthaut. Kief sah nach ihnen, kroch von einem Fenster zum andern, dabei hielt er gelegentlich inne und streckte einen Arm oder ein Bein von sich – er war der Meinung, das sei gut für sein Rückgrat und verhindere weitere Bandscheibenschäden, wusste aber nicht mehr, woher er diese Idee hatte – wohl irgendwo gelesen, in alten Büchern. Nach einem Halbkreis auf allen vieren fand er den Ausguck, zu dem er gewollt hatte: Auf Südsüdwest stand das indische Springkraut, rosa und tiefrot, in schönster Blüte, geringelt um einen gigantischen Tannenarm, dessen zarteste Zweiglein bereits zu Dutzenden in die Furchen und Brüche der Rinde einer ebenso riesigen Flaumeiche genestelt und gebrannt waren. Den Hauch von Qualm, der sich hier und da kräuselte, erkannte Kief als sicheres Signal des anhaltenden Verschmelzungsprozesses. An diesen Stellen war's ebenso heiß wie umgekehrt am anderen Ende kühl, nämlich an der Tanne, wo Kiefs scharfe Augen Frost- und Reifringe um die Stelle erkannten, an welcher der Ast sich eben ablöste.

Stämme, die ihre Äste erst zu anderen hinüberwachsen ließen, sie dann dort in den andern Leib gruben und schließlich losließen: kein schlechtes Bild dafür, wie die zersprengten Gemeinschaften der letzten echten Nachkommen ursprünglicher irdischer Menschen eines Tages wieder miteinander in ökonomischen, sozialen und politischen Verkehr treten würden, wenn das Missionswerk der Kirche und die Hilfsleistungen des Tridiv sie hinreichend von ihrer unmittelbaren Not emanzipiert hatten, die hier, wie überall auf dem unglücklichen Planeten, das Ergebnis jenes Einbruchs in die Entwicklung der alten Diversitas gewesen war, den die Furchtsamen »Krisese« nannten.

Kief stammte ursprünglich vom Mars, war aber mit einem Siegel aus dem Kreis der Furcht unterwegs, gegengezeichnet außer von Cunimundus von den drei mächtigsten Menschen aller Zeiten, Billenkin, Cherlin und Massignon.

Sie würden niemals einen Fuß in diesen Wald hier setzen, wusste Kief, und das war einer der wichtigsten Gründe dafür, dass er sich bei allen Strapazen, bei allem Kummer auch, den seine Liebe ihm heute bereiten würde, immer noch gern hier aufhielt, außerhalb der Geschäfte und Lügen der Macht.

Die Erde ließ man in Ruhe, noch – die Lilaws hatten andere Sorgen, es gab zwischen den zwölf Zivilisationen und diesem dritten Sonnentrabanten keinen einzigen der lebenden und denkenden Verträge, die das abgelöst hatten, was zuvor die Verwaltung der Diversitas gewesen war und jetzt kaum mehr so genannt wurde, auch wenn in der hohen Politik immer noch diskutiert wurde, ob die Diversitas nicht, streng juristisch betrachtet, immer noch fortbestand und man daher das, was sie umfasst hatte, nicht am besten »die erste Phase der Diversitas« nennen sollte.

Erste Phase, nun ja: Aussaat, nicht?

Der Priester wiederholte flüsternd die innige Formel: »Kraft in der Saat.« Er dachte ans Goldlicht in verschleierter, geäderter Phyllotaxis, an die Bauern südlich der Klippe, des Berges, auf den er mit Kuanon gehen sollte, um sie dort zu töten, nach ihrem Willen, und an die vielen, die besser waren als Sumachiel, dankbarer und fleißiger – so sah er, als er die Augen noch einmal schloss, im Geiste einen der Onkel des Provokateurs, einen einfachen Landmann, den Bergpfad emporkraxeln, den Kuanon und Kief nachher einschlagen würden, einen Mann, der Weizen kaut bei Sonnenaufgang, und dieser Weizen war seine Kommunion.

Der Priester öffnete die Augen wieder, dann richtete er sich etwas auf, verharrte zunächst kniend, mit einem Blick nach oben durch den transparenten Mittelkreis der anderen Doppellinsenhälfte, sein Dach, auf den Morgenstern, die Heimat von Krisese, die Hölle, wenn's eine gab – und fand dann unter leisem Ächzen auf die Beine, die kribbelten, bis er einmal, dann zweimal, dann dreimal ums Bett gegangen war.

Kuanon, seine Geliebte, lag darin schlafend auf dem Rücken. Er betrachte ihr Gesicht, ihre Schultern, das weiße Haar wie Schaum auf der meergrünen Stirnwölbung, an den lindgrünen Wangen, den weißen Film auf den Augen, den sie nachts statt Lidern über ihre Pupillen wachsen ließ, Farbe von Gänseblümchenblütenblättern. Schlaf ohne Atem, wie tot, dachte er.

Aber noch lebte sie.

Es brach ihm das Herz, sie so zu sehen. Also wandte er sich ab und ging zur Kochnische, um der Todgeweihten und sich selbst Tee aufzugießen. »Kochnische« nannte er dieses aus einem Kegelwinkel und einem Linsenkreissegment gebildete Eckchen wider besseres Wissen. Das Einzige, was er hier zubereitete, waren Getränke, meist kalte – Kuanon brauchte viel Flüssigkeit, aber nur alle paar Wochen feste Nahrung; er selbst nahm hin und wieder zu sich, was er auf seinen Waldspaziergängen fand. Wie alle Menschen im Missionsdienst hatte er seinen Organismus bei der Ausbildung im Kreis der Furcht der Biologie der Ärmsten des Sonnensystems angeglichen, die hier auf der Mutterwelt während der Jahrzehnte der Dunkelheit zu Milliarden herumgeschlichen waren. »Sie essen Müll«, hatte der Vorgänger von Cunimundus in seiner berühmten Rede zur Aussendung der ersten Missionswelle erklärt, »aber das beschämt nicht sie, das beschämt uns, die angeblich Zivilisierten, die wir ihre Welt verlassen haben, nachdem wir dort immer höher übers geschändete Land davongeschwebt waren, in unseren Festen, unseren Räuschen, als wären wir Götter. Wir sind keine Götter, und sie sind keine Tiere.«

Das stimmte, so weit es eben reichte – aber das Wissen war nun mal in der Welt, wie man Organismen so veränderte, dass sie praktisch alles, organisch wie inorganisch, auseinandernehmen und ihrem Stoffwechsel als Energiequelle erschließen konnten, auch Müll, und das hatte zumindest ein paar primitive Kulturen hier unten am Leben erhalten, ohne dass sie, wie die Barbaren vorher, hätten töten und aufessen müssen, was denken und empfinden konnte. Sumachiels Generation wusste nichts mehr davon, dass es solche Dinge gegeben hatte. Das machte seine Zurschaustellung vorhin aber nicht besser, eher widerlicher. Weil er und seinesgleichen Kiefs Schule besuchten, war ihnen klar, dass das Fressen und Gefressenwerden hier im Wald mit einem Wort des Priesters »idempotent« war, oder auch: »tautologisch«, denn, wie Kief zu sagen pflegte, »der Unterschied zwischen Tier und Pflanze erodiert hier täglich mehr, ich kann ihn schon fast nur noch in kniffligen Prozent-, manchmal Promillezahlen ausdrücken, was die Gene angeht, für das meiste, was diesen Wald bewohnt. Vergesst nie, dass ihr alle, die Leute, die Katzen, die Blumen, die Bäume mit den Ästen, die ihre Gene ändern, wenn sie von der einen Art zur andern weitergegeben werden, auf Fixpunkte zustrebt, auf das Gesicht des Gesamtwaldes, eine neue Lebensweise.«

Abgesehen vom Sonnenlicht, von dem man freilich nicht lange absehen durfte, wenn etwas hier leben sollte, war das, was auf der Ebene der Einzelorganismen und sogar der Populationen als Stoffwechsel erschien, ein Array von dynamischen Systemen mit Binneninformationsverarbeitungsprozessen, aber vielleicht, dachte Kief jetzt, hatte Sumachiel ihm vorhin genau das zeigen wollen: Wir, die jungen Leute, haben viel gründlicher verstanden, dass die kleinen Katzen, die in ihren Kapseln auf den Bäumen wachsen, gar keine Katzen sind und dass es so wenig Mord ist, sie zu essen, wie es Mord wäre, wenn ich in der Nase bohre und dann esse, was ich da finde. Ein Spott über Kiefs Restempfindlichkeit also – na, soll er seinen Willen haben, überlegte Kief.

Werde ich je verstehen, wie es sich anfühlt, Sumachiel zu sein, oder Kuanon?

Der Priester betrachtete seine bescheidene Laborausrüstung: das Platin-U-Ruhr, die Halbleiterkästchen, Luftreiniger, seine zwei Gasmasken, den Bunsenbrenner, die alten Erlenmeyerkolben mit ihren nach Lösungen duftenden Korkstopfen, die Konverter, die Röhrchen mit Steinsalz, Kupfersulfat, Kupfercarbonat, die Mikroskope und Monitore, die antiken Computer, keiner größer als seine Hand, aber ungeheuer platzraubend verglichen mit seinen Implantaten, von denen hier so viele nutzlos waren, weil die immateriellen Netze der Lilaws nicht über der alten Erde ausgeworfen werden durften.

Neben den Materialien für die Experimente standen auf einem schmalen Bord seine Bücherschätze, fast alle beschädigt, manche trotz Femtorestauration ständig vom Zerfall beim Umblättern bedroht: Kamalakara über die mögliche Mathematisierung der Biologie, die Autobiographie des Diversitas-Mitbegründers Richard Wang, Coates über Nomaden und ihre Selbstregierung, die »Classic Anthology as Compiled by Edmund Vuletic«, Amins drei Bände gegen die Diversitas (ein wenn nicht verbotenes, so doch im Machtbereich des Tridiv und der Lilaws nicht gern gesehenes Werk), dann Dichtung (Shakespeare, Milton, Moore, Neslehova, Pryde), endlich Kiefs wertvollster Besitz, geborgen im fast völlig zerstörten Wohnhaus eines vor langer Zeit Verschwundenen: die Aufzeichnungen des Venus-Exilanten Nikolas Helander, vergilbte Blätter, gebunden zwischen zwei hellblaue Pappdeckel mit Nähfaden von Scerra Lohem, einer Baumbauerntochter, die sich Hoffnungen machte, dass Kief sie der Kirche als potentielle Seminaristin empfehlen und eines Tages in den Kreis der Furcht schicken würde.

Kief hatte zahlreiche Versuche angestellt, um Scerras und Sumachiels Welt, die er selbst miterschaffen hatte, tatsächlich zu verstehen, geleitet von einfachen Fragen: Wie orientierten sich eigentlich diese wandernden Äste, war das ein Tropismus, war das Instinkt, war das Versuch und Irrtum? Kief hatte Äste dabei beobachtet, wie sie zu einem Baum zurückwechselten, von dem sie sich vor ein paar Wochen erst verabschiedet hatten, er konnte das aufgrund von Farbmarkierungen verfolgen. Fehler, Versuche. Meine Fehler, dachte Kief, meine Versuche – und unterdrückte den Gedanken, dass der größte und erfolgloseste dieser Versuche und Fehler die Beziehung zu Kuanon gewesen war, von der er immer gewusst hatte, dass sie irgendwann enden musste, dass die Frau in den Kreislauf zurückkehren würde, den er nicht verstand.

Unwillkürlich wanderte Kiefs Blick an der Wand vor der Wand, dem senkrechten Stellbrett vor der Linsenkrümmung, zu den Werkzeugen, die dort in stabilen Halterungen hingen: die kleine Feueraxt, die drei Macheten, alle breit, verschieden lang, die schmaleren Messer – hier würde er sich nachher aussuchen müssen, was er mitnehmen musste, um Kuanons schrecklichen Wunsch zu erfüllen.

Aus dem Hängeschrank neben den Klingen nahm er jetzt vorsichtig das blaue Porzellan – keine Plastikbecher heute, nichts von dem, was man wegwirft, damit es der Wald zu sich nimmt. Als der kleine schwarze Metallteekessel zum zweiten Mal leise pfiff, goss Kief erst der Freundin, dann sich selbst heißen Sud in die Tassen. Kuanon erwachte.

Ihr erster Atemzug ließ Kief die Luft anhalten, so schwer traf ihn, dass das einer ihrer letzten war. Er stellte die beiden Tassen und das Kesselchen auf die Holzplatte, als wäre nichts gewesen, und als sich die Frau aus dem Wald im Sitzen aufrichtete, in zerknitterten Decken nach oben rutschte und ihren Oberkörper an die Kopfstütze lehnte, um die Arme von sich zu strecken und zu gähnen, brachte er ihr, was sie als Frühstück akzeptieren konnte, und setzte sich an den Bettrand. Der weiße Film war verschwunden. Sie sah ihn offen amüsiert an und fragte: »Warum traurig?«

Er lachte trocken: »Ha. Musst mich am letzten Tag noch ärgern.« Sie sprachen beide Deutsch, weil man hier vor langer Zeit Deutsch gesprochen hatte – ihres war einfach, seins mit einem Akzent von weiter nördlich, weil die Linguisten der Kirche keine bessere Näherung des tatsächlich in dieser Gegend früher üblichen Dialekts gefunden hatten.

Kief war fast fünfzig und wollte nicht mehr viele neue Sprachen lernen, aber stolz war er doch, dass er's immer so gehalten hatte, mit Einheimischen auf Augenhöhe Konversation zu pflegen: Urdu, Englisch, Farsi ...

Kuanon nahm ihre Tasse vom Brett, mit graziöser Bewegung, nippte einmal, sah ihn dann lächelnd an und sagte: »Soll ich dich in Ruh lassen? Gestern wolltest du noch, dass ich dableib und dich nit in Ruh lass.« Dann, nach einer kleinen rhetorischen Pause, setzte sie durchtrieben hinzu: »Musst schon entscheiden, was du willst. Kraft in der Saat.« Der Priester stülpte die Lippen vor, als wollte er bewirken, dass ihm ein Entenschnabel wuchs, dann machte er ein obszönes Geräusch und sagte: »Mit dem Zeuch brauchste mir nich mit zu kommen. Nich heute.«

Sie setzte eine tadelnde Miene auf, dann lachte sie und sagte: »Was meinst du denn mit heute? Ist heute schlimmer als gestern und schlechter als morgen? Du tust ja so, als ob dir wer gesagt hat, dass dich heute Krisese holen kommt.«

Er warf in theatralischer Geste die Arme hoch, dann ließ er sie wie abgestorben in seinen Schoß fallen, wippte an der Bettkante einmal kurz vor, einmal zurück, was bei seinem massigen Leib sehr eindrucksvoll aussah, und ließ sich von ihr auf die Stirn küssen dabei, flüchtig, zärtlich, ein Hauch. Dann lehnte Kief sich zurück und sagte: »Wär mir recht, wenn du das endlich ma sein lassen könntest mit dem ewigen Krisese dies, Krisese das. Dieses Wort ... ich hab's dir erzählt: Krisis, das war ein Ausdruck für Umbrüche, und Christensen, das war die Diktatorin auf der Venus, und daraus hat die sprachliche Schlamperei und das Gerücht dann dieses Ding gebacken, Krisese, weil das Tridiv immer allen erzählt hat, schuld an der Krise wären die letzten Bundwerk-Roboter auf den Asteroiden und die Sturköpfe im Merkursüden – na ja, Schutzzölle, und dass sie die Lilaws nicht unterschrieben haben ... da hieß es dann: Das sind alles noch Anhänger von Christensen, und das löst die Krise aus, und daraus wurde ... na, egal ...«

Er schüttelte den Kopf, weil ihm klarwurde, dass sie ihn mit ihrer Krisese-Neckerei absichtlich zu diesem kleinen Vortrag provoziert hatte, um ihn abzulenken von dem, was heute geschehen musste.

Kuanon hatte angefangen, sich am Steinbecken rechts vom Bett zu waschen, dabei aber aufmerksam zugehört, und stellte jetzt eine Zwischenfrage: »Aber Christensen, war das nicht das, woraus die Kirche geworden ist, hießen diese Menschen nicht so, Christensen, sind das nicht dieselben, diese, wie sagst du, Kathoden?«

»Christen, Katholiken, vergiss es ... hab ich neulich nur

als Vergleich bemüht, weil die auch so was hatten wie unseren Höchsten Tröster. Das hieß Papst bei denen.«

Sie strich mit Seifenschaum und warmem Wasser beidhändig an ihrem Oberschenkel entlang, lachte und sagte: »Papst! Klingt wie eine Katzenkapsel, die platzt: Papst!«

Er winkte ab und brachte ihr das Handtuch. Half ihr damit, bis sie sich hineindrehte und sagte: »Nicht traurig sein. Hast selber gesagt: Der Wald hat mich geschickt, der Wald schickt dir schon wieder wen.« Er schwieg, sie sah zur Stellwand mit den Werkzeugen und sagte: »Die kleine Axt. Und das ganz breite Messer mit dem weißen Griff.«

Er sagte nichts, nahm nur die beiden Dinge, die sie ihm genannt hatte.

Kurze Zeit später stiegen sie gemeinsam durch die Irisluke unten in der Linse auf das Fahrzeug, das dort an seinen acht sehr langen, mit mehreren Knien und anderen Gelenken ausgestatteten, ziemlich dünnen und extrem beweglichen Beinen zwischen Schlingpflanzen hing, die andere Schlingpflanzen umschlangen.

»Spinnengöppel« nannte Kief das Ding.

Er stieg auf den Vordersattel und schnallte seine Beine rechts und links fest, dann half er Kuanon auf den hinteren, danach griff das Fahrzeug auf Kiefs mit kurzen Vokalbefehlen oder Gesten ausgegebenen Weisungen hin in die Äste und Lianen und arbeitete sich dem Waldboden, dem Flussufer entgegen, ein kletterfähiges Fahrrad.

Leise knirschten die Gelenke des Gefährts, als der Mann vom Mars und die Frau aus dem Neuen Schwarzen Wald ihren Weg das Flussbett entlang auf der Steigung zur Klippe hin nahmen. Über ihnen waren die Leute, die so früh schon ihrer Erntepflicht nachgingen, rarer geworden, dafür brach jetzt das volle Tageslicht durch den Dämmer – seidene Sonnenakkorde streiften die Dryadenhölzer, die Schilfwedelchen, Asphodelen, die Azaleen und Rosen. Kief dachte: Wenn der Bauer noch auf seinem Bergweg ist, kommt er jetzt allmählich ins Schwitzen. Blinzelnd sah er zum Fluss, erkannte, was sich dort regte: Lachse springen, der Zyklus, die Welt, es gibt keinen Abschied.

Der Anstieg wurde steiler.

Dinge fielen von oben herab, aus den Wipfeln und Kronen.

Das war nicht unüblich. Kief steuerte den auf Geröll, Gras und Laub gleichermaßen trittsicheren Spinnengöppel auf einem Pfad, der die Mitte zwischen den Bäumen hielt, so dass Kuanon und er nicht von Katzenkapseln oder anderen Früchten der Baumriesen getroffen wurden. Jetzt aber fiel ihm etwas auf, und er gebot dem Göppel stehen zu bleiben: War das, was da eben rechts neben Kief zur Erde geplumpst war, nicht zu langsam von oben gekommen, träge, wie gebremst?

»Was hast du?«, wollte Kuanon wissen, und er hob die rechte Hand, um zu lauschen, ob ihn sein Eindruck getrogen hatte, dass das nicht das erste dieser länglich zigarrenförmigen, silberschwarzen Objekte gewesen war, das die Baumkronen heute abgeworfen hatten.

Plopp. Plopp. Tschock. Plopp.

»Da, siehst du?«, noch zwei, und noch einer. »Oh. Ja. Die fallen nicht, die ... schweben runter?«, wunderte sich Kuanon.

Kief ließ einen der vorderen Arme des Spinnengöppels nach dem nächstgelegenen der merkwürdigen Kolben greifen. Die Spitze des Arms extrudierte drei Drahtschlingen, die ihn umfingen und vom Boden hoben, dann hielt der Göppel seinen Fund Kief und Kuanon vor die Gesichter. Kief fragte die Begleiterin: »Haste das schon mal gesehn?«

»Im Leben nicht. Muss 'ne neue Stufe sein. Mutation. Wie ein Tannenzapfen aus … Eisen?« Sie wog das Objekt kurz in der Hand, der Göppelarm ließ es dabei nicht ganz los, und Kief sagte: »Fass mal besser nicht an. Wir wissen nicht, was das ist, und …« Beide schraken zusammen, als direkt vor ihnen ein Strahl Flüssigkeit vorbeischoss.

Dann blickte Kuanon nach oben und fing, als sie sah, woher die Spritzattacke kam, sofort an, in der zwitschernden und schnatternden Sprache zu schimpfen, die bei den Hybriden mit starken Pflanzenanteilen im Genom hier das geläufige Deutsch ersetzte. Kief verstand kein Wort, es klang für ihn wie »zwackschattasch schtzakesch twiittaschetezz!«, aber als der Beschimpfte böse lachend erwiderte: »Tscheschtsch Tschkkatezaschk!«, hob auch er den Blick und sah den entblößten Sumachiel, die Hand am Glied, auf das Paar zielen, um sie mit seinem Urinstrahl diesmal direkt zu treffen.

Kuanon riss das Zapfenobjekt aus den Drähten am Göppelarm, holte aus und schleuderte es mit der ungeheuren Kraft, die diese Leute besaßen, hoch in die Luft und zielsicher gegen Sumachiels Halsgrube, der aufschrie und sich in letzter Sekunde mit den Fingern der Rechten in die Rinde des Baumes krallte, auf dessen unterstem Ast er hockte. Zornig brüllte er: »Schanschetass Zattepsch!«, da erkannte Kief, dass Kuanon ihm blitzschnell die Feueraxt aus dem Rückengurt gerissen hatte und sie jetzt hocherhoben hielt, um auch sie nach dem Spötter zu schleudern. Der schüttelte den Kopf, gab spuckende, zischende Laute von sich, die Sprache sein mochten oder etwas anderes, und verschwand dann flink hinterm Stamm.

»So«, sagte Kuanon zufrieden und steckte die Axt dahin, wo sie sie weggenommen hatte. Dann klopfte sie ihrem Liebsten auf die rechte Schulter: »Der kommt nicht wieder. Hab ihm gedroht, dass du seinem Vater erzählst, dass er meinen letzten Tag geschändet hat. So sagt man doch, geschändet?«

»Oder entweiht«, schlug Kief brummig vor, der die sexuelle Nebenbedeutung des Wortes, das sie gebraucht hatte, entschieden unangemessen fand. Dann sagte er: »Wollen wir absteigen und die Dinger untersuchen?« Er deutete auf den Boden, dann nach oben, wo weitere, wenn auch immer weniger von den länglichen Objekten sich auf ihrem eigenartig abgebremsten Weg nach unten um sich selbst drehten.

»Is bald Mittag. So lang sollten wir nicht warten, sonst fall ich von allein auseinander.«

Sprach sie eine biologische Tatsache aus? Er musste ihr ja ohnehin glauben, dass ihre innere Wahrnehmung ihr den genauen Termin verraten hatte, an dem der Körper, den er liebte, absterben würde. Dass diese Geschichte etwas mit den Rhythmen von Tag und Nacht zu tun hatte, deckte sich mit seinen Beobachtungen bei anderen, die nicht rituell entleibt worden waren, sondern aus medizinischen Gründen den Zeitpunkt hatten abwarten müssen, an dem ihr beweglicher Körper seinen elektrochemischen Geist aufgab. Er seufzte wieder und schnalzte dann mit der Zunge. Der Spinnengöppel verstand das Signal und brachte die beiden den Rest des abgebrochenen Berges hoch, auf die Wiese, die Klippe, an den Abgrund.

Er stieg zuerst ab, wandte sich um, weil er ihr helfen wollte, aber sie hatte schon alle Gurte gelöst, glitt leicht wie ein Vogel vom Sattel und legte ihm die Arme um den Hals, zog ihn an sich.

Er wollte das nicht, brauchte Abstand, aber dann küsste sie ihn. Da war Minze, da war Wärme, über die er sich jedes Mal wunderte: Das ist ein Mensch, das kann doch kein Mensch sein, aber das ist der schönste Mensch.

Sie löste die Umarmung, er trat einen Schritt zurück. Als hätte sie ihn vorhin beim Denken belauscht, sagte Kuanon: »Es ist heute, ich weiß das sicher. Ich kann mich auf den Waldboden legen, wie meine Leute das meistens machen, dann sterbe ich, und dann verfaule ich, und dann sinkt alles ins Moos, und der Wald weiß, was ich weiß: Kraft in der Saat.«

Er senkte den Kopf in Demut und Trauer und sagte tonlos: »Kraft in der Saat.« Dann hob er das Gesicht wieder, sah sie an und sagte: »Ich weiß das alles. Ich bin hergekommen, weil wir hier im Wald ja Sonden hatten – die Kirche – und weil die uns gemeldet haben, dass die einzelnen Seelen … Na ja. Aber … Eigentlich ist … es gibt einen Konflikt im Kreis. Cunimundus sieht darin eine Sünde – in eurem Ritual. Dem, was wir hier machen. Den verwerflichen Stolz der Einzelnen. Es geht eigentlich gegen unsere Doktrin. Gegen die Lehre des Propheten, wie die Empfängnisverhütung früher bei den Katholiken ein Verstoß gegen das Gebot ihres Gottes war, fruchtbar zu sein und sich zu mehren.«

»Gebot ihres … Gottes?« Kuanon verstand nicht.

Kief zuckte mit den Schultern: »Ja, also, ein Gott, das ist wie … na, ist ja auch egal. Du brauchst jetzt keinen Unterricht in religiösen Ideen.«

Es gab nichts mehr zu besprechen. Was nun geschehen musste, hatte Kief erst ein halbes Dutzend Mal gesehen, im letzten Jahr, und das auch nur, weil Kuanon und Leute aus den Bergclans durch Fürsprache bei den Alten erreicht hatten, dass er Zeuge hatte sein dürfen – vor drei, vier Jahren wäre das noch unmöglich gewesen, man hatte ihn anfangs sogar direkt darüber belogen.

Kuanon legte sich auf den Rücken ins weiche Gras, die Arme rechts und links von sich gestreckt, die Beine beisammen. Kief empfand Schauder, weil ihn diese Position ans Zeichen des Kreuzes erinnerte, das eine Kirche verehrt hatte, die sehr viel älter geworden war, als seine, nahm er an, je werden würde – es gab weit draußen, auf Saturnmonden und in der Oortwolke, wohl noch immer Gemeinden von Christen.

Er griff sich über die Schulter, zog das Messer aus der Scheide und die Axt aus dem Gurt, dann kniete er, das böse Besteck in Händen, neben ihrem Haupt, ihrem Blick zum Himmel, und überlegte, was er ihr noch sagen konnte, musste, wollte, aber bevor ihm etwas einfallen konnte, sagte sie: »Nicht erschrecken.« Eine Welle der Scham erfasste ihn und drohte, ihm die Kraft aus dem Leib zu spülen, die er für das brauchte, was er ihr versprochen hatte.

Er legte die Axt weg und sah, dass ihre Worte nichts Allgemeines hatten bedeuten wollen, sondern eine konkrete Ankündigung gewesen waren: Ihr Blick war wieder von einem Film bedeckt, der ihr offenbar schnell wie Tränen in die Augen geschossen war, aber diesmal von einem, der nicht weiß war, sondern dunkelgrün bis an die Grenze zur Schwärze.

Noch einmal sprach sie, aber kaum verständlich, als wären ihre Zähne bereits am Zerbrechen, als wüchsen ihre Lippen schon zusammen: »Be…eil…«

Mit Schrecken sah er, dass von ihren Beinen, ihren Händen aus bereits die feinen grünblauen Wurzelfädchen abgesandt wurden, an ein, zwei, drei Stellen den Boden fanden, hineinstießen, Verbindungen anwählten und aufbauten, die sie ihm wegnehmen und dem Wald schenken würden.

So setzte er ohne eine weitere Überlegung das Messer direkt unterm Kinn an und drückte mit aller Stärke, die ihm verblieben war, die Klinge ins helle Fleisch. Es ging ganz leicht, wie bei frisch gebackenem Brot. Dann legte er das Messer weg und nahm mit Daumen und Zeigefinger der

Rechten an ihren Schläfen und der ganzen linken Hand am Hinterkopf das Haupt aus dem Gras, das noch keine Fäden ausgesponnen hatte. Der Unterschied zur menschlichen Physiologie erleichterte ihn: kein Blut, nur etwas Feuchtigkeit am abgetrennten Hals, die aber sehr schnell trocknete, eine Art Gerinnung, Versiegelung, die er von den Gelegenheiten kannte, zu denen er selbst dieses Ritual hatte beobachten dürfen. Behutsam balancierte er den Kopf, der sehr viel leichter war, als er erwartet hatte, in der Linken und nahm mit der Rechten die Axt aus dem Gras, dann richtete er sich auf und dachte: Ich bin so froh, dass sie mich nicht ansieht. Was er nun tun musste, hatte er sogar geübt, mit großen Nüssen, Früchten, in ihrem Beisein, unterstützt von ihren frivolen Witzen. Er stellte ihren Kopf mit dem Hals zuunterst auf den Sattel, nahm die Axt und schlug nicht zu hart, aber auch nicht zögerlich mit der unteren Spitze der Axtklinge das vorgeschriebene Loch in die Schädelkuppe, am höchsten Punkt.

Dann ließ er die Axt ins Gras fallen und nahm den Kopf an den Wangen in beide Hände wie einen Kelch. Beim Durchatmen wurde ihm bewusst, dass er weinte, und weil er sich die Augen nicht auswischen konnte, schloss er sie fest, zwinkerte zweimal, verärgert, und ging dann mit entschiedenen Schritten bis kurz vor den Rand des Abhangs, als wäre es das Wichtigste, dass er so viel wie möglich vom Wald sah, unter sich hatte, dass er ihn nach Norden hin beinah ganz überblicken konnte, um von hier oben zu sich sagen zu können: Du kriegst sie nicht, Wald, sie will bei mir sein, nicht bei dir. Der Wald schwieg, nur vereinzelte Vögel kreischten und krächzten weit weg.

Kief schluckte feucht, räusperte sich, immer noch wütend, setzte den Schädel an die Lippen, schloss aber die Augen nicht, als er ihn kippte und das, was er trinken musste, in den Mund floss, die Kehle hinabrann; kupfern, elektrisch, etwas bitter, aber lange nicht so scheußlich, wie Kief erwartet hatte. Nicht absetzen, nicht nachdenken, den Würgreflex unterdrücken, die Augen nicht schließen – er nahm sich selbst in die Gewalt; bevor er aber seine Schale leeren konnte, geschah etwas, das er spürte, bevor er es sah: Der Boden ruckte, zuckte, Kief war jedoch schon zwei Stolperschritte rückwärts vom Abhang weggetreten und konnte so nicht stürzen, als die Detonationen begannen und er die Augen weit aufriss, weil ein, zwei, drei, dann Dutzende Feuerpilze im Wald hochgingen, vor ihm und, dem Krachen nach zu schließen, auch hinter ihm am Fuß des Abhangs: große, schwarzorange Wolken, dämonischer Hefeteig, der zwischen dem Grün aufquoll.

Stichflammen, Luftbeben, weitere Erdstöße: der erste, bei dem Kief sich noch auf den Beinen halten konnte und den Kopf Kuanons gegen seine Brust presste, der zweite, bei dem er wankend auf den Spinnengöppel zuging, und dann der dritte, der so heftig war, dass Kief stürzte, fiel, unwillkürlich den rechten Arm nach vorn warf, um seinen Fall zu bremsen, und dabei den Kopf verlor, der rollend, in Sprüngen, die steile Böschung am schmalen Weg hinunterfiel. Der Priester stieß sich den Arm, biss sich auf die Zunge, spuckte etwas von der Flüssigkeit aus, die er noch nicht ganz verschluckt hatte. Dann drehte er sich auf die Seite, blinzelte und hörte in den Ohren ein schrilles Fiepen und darunter ein rasselndes Klingeln, so dass er, abermals unwillkürlich, den Kopf ruckartig schüttelte, um diese sehr unangenehmen Geräusche loszuwerden. Der Schmerz im Arm war schneidend, lenkte den Mann, der sich jetzt auf dem Boden abrollte, dann auf alle viere fand und schließlich wie ein Käfer in Panik zum Spinnengöppel krabbelte, aber nicht davon ab, dass links von ihm ein brauner Erdspalt klaffte, der eben noch nicht da gewesen war – die Spitze bricht ab, der Berg birst, dachte Kief, ich muss runter.

Schürf- und Schnittwunden beim Aufsitzen, Prellungen: Die Arme des Fahrzeugs streiften und trafen ihn mehrmals. Kief hielt sich nicht damit auf, sämtliche Riemen fest anzuziehen und gar die Schlösser einschnappen zu lassen, er band sich nur locker und fahrig an die Beinschienen, dann bellte er: »Vorn! Runter! Vorn senken!«; fuchtelte entsprechend und bekam das verschreckte Gefährt damit tatsächlich so weit in den Griff, dass ein hektischer, von starkem Linksdrall und deutlicher Unwucht behinderter Abstieg begann.

Kopfüber, kopfunter, zweimal ein Absprung kurz vor dem Wegbrechen des Wegabschnitts nach Norden und nach unten: Die Kreiselstabilisatoren in den wechselnden Schwerpunkten des Spinnengöppels gaben ihr Bestes, aber auch sie konnten nicht verhindern, dass ein Bodenstück, das von einer unterirdischen Detonation volle anderthalb Meter in die Höhe geschleudert wurde, das zappelnde Gerät samt seinem schwitzenden, an Händen und Wangen verletzten Passagier mit in die Luft riss und ins Geäst eines starken Mischbaums warf, der knarzte, zitterte und sich bog, was Kief nur spürte, nicht mehr hörte – er war vollständig ertaubt, sah Erdfetzen, Pflanzentrümmer um sich her fliegen und hatte Todesangst. Schief hing er im an der Längsachse mitten durchgebrochenen Göppel. Ein starker Ast, der zersplittert und abgeknickt war, schlug ihm kräftig in den Rücken, und mit hektischen Händen versuchte er, sich aus den Riemen zu befreien, um nicht von dem Stamm erschlagen zu werden, falls der fiel. Die Explosionen in Kiefs unmittelbarer Umgebung hörten auf, nur ein paar leichtere Erschütterungen, weiter weg, sandten noch ihre Echos durch den Körper des Waldes. Der Gurt um Kiefs rechten Oberschenkel hatte sich in sich selbst verdreht, die Schnalle drückte gegen das Bein.

Kief kam nicht frei, zerrte, fluchte: »Scheißmesser!« Er hatte seine beiden Klingen auf dem Berg gelassen, den es nicht mehr gab. Auch der Unterschenkelgurt links ließ sich nicht lockern. Kief heulte frustriert auf, der Baum knickte noch einmal, neigte sich stärker – das war's, dachte er, ich bin erledigt, als etwas links von ihm blitzte, kalt, scharf – zwei Nadeln, nein, Spieße, nein – es waren lange, sehr lange Finger, an einem Arm aus metallischen Reifen, zu den Händen und Fingern hin verdünnt.

Der Arm gehörte zu einem Mann in weißem Overall und schwarzen Stiefeln, der direkt vor und unter Kief auf einer Klappe stand, die aus einer Tür herausgefallen war, die Einlass zu etwas bot, das wie eine Röhrenmuschel aussah, in die Kiefs kleines Baumhaus zwei- bis dreimal hineingepasst hätte. Der Mann sah zu Kief auf. Er war sandblond und hatte klare, blaue Augen. Sein seltsamer Arm schien jetzt von Elmsfeuern umtanzt, die Spieße wurden Schneidwerkzeuge, der Mann schrie etwas, das Kief nicht hören konnte, aber seine Absicht, den Priester aus seiner gefährlichen Hängelage zu befreien, war unverkennbar – er zeigte die Zähne, ein Lachen, das aufmuntern sollte. Kief nahm die Hände von der vergeblichen Fummelei an den Gurten und griff nach zwei Rahmenstreben des Spinnengöppels, um sich festzuhalten, für den Fall, dass er gleich befreit wäre. Die Langfingerschere des Weißgekleideten hatte die Gurte rasch durchtrennt. Sofort kam der massige Priester ins Rutschen. Festhalten, loslassen? Sein Körper nahm ihm die Entscheidung ab: Er glitt in die Ohnmacht und fiel wie eine reife Katzenkapsel aus dem Gestänge auf die Klappe. Der Mann im Overall nahm ihn bei den Schultern, rollte ihn über die Schwelle, die Tür schloss sich. Die Muschel schoss so schnell nach oben, dass an der Stelle, an der sie die Baumkronen durchbrach, ein Loch entstand, das ihren Umriss präzise aus dem Blattwerk fräste.

Zwei

Das Gesetz war unumstößlich: Zu keinem Zeitpunkt durften sich auf dem bestgesicherten Gelände der Marsoberfläche inklusive Landeplatz mehr als zehn Personen aufhalten, gleichgültig, ob Menschen oder Roboter. Die Lilaws selbst hatten nur übers Becken Zugang, in dem sie als ihre eigenen Echos für kurze Zeit leben konnten. Ihre kleinen und kleinsten Wächter mussten draußen bleiben, kontrollierten aber alle Ein- und Ausgänge, denn das unumstößliche Gesetz war mit ihnen verabredet. Zehn Personen, dachte Joas Billenkin, streifte sein Hemd ab, nestelte am Knopf seiner Hose und versuchte dabei, nachzurechnen: Zehn? Ich habe zwei Leibwächter auf dem Landeplatz zurückgelassen, mit mir und den beiden anderen im Tridiv sind wir schon fünf. Eine Ausführungsbestimmung des Gesetzes verlangte, dass im Inneren Quadrat des Geländes, also dem Viereck zwischen den Säulenreihen, nach dem zweiten Stacheldraht- und Selbstschussanlagenzaun, nach den biocodierten Minen und anderen vielfältigen Todesfallen, höchstens fünf der auf dem Gelände gestatteten zehn Personen zur selben Zeit aufhältig waren. Von diesen fünf wieder durften nur vier die Kammern ums Becken betreten – in einer entkleidete sich Billenkin soeben –, nur vier sich auf dem Sandsteinboden rings ums Becken diesem nähern, und unter keinen Umständen, in keinem Notfall, durften jemals mehr als drei Personen gleichzeitig ins Glitzern gleiten, ins Becken tauchen, die Allzeit spüren, mit den Lilaws sprechen. Drei Personen, dachte Billenkin und bekam den verdammten Knopf nicht auf. Drei: Floris Cherlin, der Chef, Fabrizia Massignon, die Plage, und ich. Warum drei? Der Chef wurde nicht müde, das immer wieder zu erklären: Die Lilaws brauchen ein menschliches Gremium, das eine eindeutige Mehrheitsentscheidung trifft, drei ist dafür einfach die kleinste Zahl.

Joas kannte die Predigt auswendig: »Was die Leute das Triumvirat der Diversitas getauft haben, Tridiv, um uns zu verspotten, und was wir inzwischen selbst so nennen, ist als Schiedsgericht entstanden. Frieden und Wohlstand für Hunderte von Milliarden Intelligenzen – ich habe die Not noch selbst gekannt, ich kann mich noch an Geschichten von Urteilen und Schlichtungen erinnern zwischen den Erben der Fonds, subsumiert unter die Lilaws – die hießen damals allerdings noch Licons, Living Contracts, Verträge eben, die dann Gesetze wurden, Living Laws.«

Joas verabscheute die Predigten des Chefs über Recht, Politik und Geschichte, noch mehr zuwider waren ihm nur die langen Reden der Plage über Physik, Mathematik und alle Arten von Produktion und Reproduktion. Vor seinem Eintritt ins Gremium vor dreißig Jahren, als neu Hinzugewählter nach dem Tod des alten Hiram Sedlack, hatte Joas geglaubt, nur Gelehrte, Leute wie er selbst, hielten solche Vorträge, während Entscheidungsbefugte einfach entschieden.

Aber keine universitäre Vorlesung hatte ihn je so ermüdet wie die Geschäfte hier, im Zentrum der Macht. Er nieste. Joas Billenkin wurde nicht gern an seine mürbe Leiblichkeit erinnert, nicht einmal um der Lust willen. Um die kümmerten sich zu Hause Zsa Zsa und Björk, seine Mädchen, maßgefertigt, die er sehr vermisste – die große Nähe, die er zwischen ihnen und sich zuließ, hätte er bei Menschen nicht ertragen. Die Mädchen aber hatten kaum Körper – zwar Köpfe, Hände, Füße (die mochte er sehr, diese Füße), aber der Rest ihres Rahmens waren einfache Strichkonstruktionen aus schwarzem, biegsamem Nervenmetall, weiterentwickelte, uralte venusische Schwarzeistechnik, und deshalb fand Joas sie schön, »deine Stöckchenhuren«, wie Massignon spottete, »du Perverser, mit deiner Angst vor Brüsten, Hintern, überhaupt Frauen«.

Er schwieg zu diesen Angriffen als der Gentleman, der er war. Dass er seine Mädchen billigen mimetischen Frauenimitationen vorzog, konnte eine völlig amusische Person wie diese Technokratin natürlich nicht verstehen, wie sie denn überhaupt kein Feingefühl besaß und, wenn das Dreiergremium im Streit lag, auch vor gröbsten persönlichen Attacken auf den Gleichrangigen nicht zurückschreckte: »Wenn du den alten Affenkörper so schrecklich findest, warum trägst du dann eine Brille, warum hast du diese Hühnerbrust und lässt sie dir nicht richten, wieso das lichte Haar, die Watschelfüße, das Bauchfässchen und die O-Beine?« Da war es ihm zu bunt geworden: »Weil ich den Abstand zwischen der Wirklichkeit und dem Ideal im Blick behalte! Ich komme von einer Welt mit Kultur, nicht aus einer Fabrik! Wir auf dem Merkur sind keine Nostalgiker, wir unterziehen uns denselben Lebensverlängerungsbehandlungen wie alle, aber ohne die tausend eitlen Versuche, die Alterung zu leugnen, die du vergessen willst. Nur wer sterben kann, kann am Leben sein!« Anstatt auf diesen tiefen und tödlichen Schlag gegen ihre Dummheiten hin beschämt zu schweigen, hatte Fabrizia Massignon die Nase hochgezogen und erwidert: »Wenn du so ein Überzeugungsmerkurianer bist, wieso lebst du dann in deinem Palast im Asteroidengürtel, mit deinen Stöckchenhuren?«

Als wüsste sie nicht, dass auf dem Merkur seit einem Vierteljahrhundert Bürgerkrieg herrschte und ein Joas Billenkin sich als Verantwortungsträger der damit verbundenen Gefährdung nicht aussetzen durfte!

Und als wüsste sie nicht, dass er auf dem Merkur mit rechtlichen Problemen betreffend seine Mädchen hätte leben müssen, die mit einigen eher schrulligen Besonderheiten der meisten dort gültigen Verfassungen zusammenhingen, seit man mit den Bundwerksresten fertig geworden war! Hätte er seinen Einfluss geltend machen sollen, diese Verfassungen zu ändern? Unmöglich: Vielleicht wären die betreffenden Regierungen sogar bereit gewesen, sich überreden zu lassen, aber das hätte ihren Feinden Auftrieb gegeben – den Unzufriedenen, dem Pöbel auf den Straßen und an den Universitäten, die glauben wollten und behaupteten, das Tridiv sei an der miserablen merkurianischen Wirtschaftslage schuld, angestiftet von den Lilaws. Nichts als Hetze: Die armen Lenker des Merkurgeschicks, als deren Berater Joas seine Laufbahn begonnen hatte, wurden verleumdet, dabei hatten Gardner und Mazzola damals nur getan, was sie tun mussten, um ihre kleine Welt zu beschützen. Der Vertragsstreit mit der Venus lag erst ein paar Jahrzehnte zurück, jener Streit, in dem die Lilaws zunächst dem Merkur und dann plötzlich doch der Venus militärische Hilfe zugesagt hatten, als jene ihre Verträge mit den halsstarrigen Asteroidenrobotern kündigten oder einfach brachen. Die Lilaws halfen der längst nicht mehr bündlerischen Venus, und deren Schläge radierten die Ordnung auf dem Merkur fast aus, aber die Venus hatte sich ökonomisch bis heute so wenig von ihrem Sieg erholt wie der Merkur von seiner Niederlage, sie schuldete allen alles, von Mars bis Sinope.

Die merkurianische Politik hätte unterdessen wohl die letzte Souveränität eingebüßt, der Planet wäre von den Lilaws besetzt worden, wenn man die Roboter aus den Republiken der DE zu Hilfe geholt hätte, um seine Zivilisationen zu sanieren: Was errichten die denn da, hätte es geheißen, ein zweites Bundwerk? Nun herrschte in den meisten Staaten und Quasistaaten auf Merkur Kriegsrecht. Bittere Ironie: Mazzola war der auf Merkur selbst unbeliebteste Politiker, weil er das Angebot der DE-Hilfsbrigaden abgelehnt hatte, und wollte damit doch nur die Menschen schützen, die ihn jetzt hassten – Spätfolge seines ersten Fehlers, der Beschlagnahmung und Verstaatlichung merkurianischer Zweigstellen alter venusischer Werften aus der späten Kâlidâsa-Zeit. Da hatten die Venuskaufleute dann Mazzola bei den Lilaws verklagt, und nicht einmal die Fürsprache von Billenkins Vorgänger im Tridiv hatte den Krieg verhindern können und die Ankunft der Killerkinder auf Merkur. Killerkinder – das Wort wollte Massignon nicht hören, und wenn er es gebrauchte, um ihre Elitesoldaten zu schmähen, fing sie jedes Mal wieder von den »Stöckchenhuren« an.

Was würde geschehen, wenn der Chef eines Tages abtrat und sie seinen Platz einnahm? »Killerkinder« soll ich nicht sagen, dachte Joas bockig, aber was sind sie sonst, und sagen es nicht alle – genetisch optimierte, extrem langlebige Truppen, die aussehen wie sehr junge Menschen, wie soll man sie sonst nennen?

Joas stieg aus seiner Hose, hob sie auf, legte sie zu den anderen Sachen, betrachtete seine Hände: Sie zitterten kaum. Blaue Adern, dünne Haut, ungesunde Fingernägel in rissigen Nagelbetten: Hatte die Plage recht, war er zu nachlässig? Er sah hinab – Watschelfüße, ach, sie hatte recht. Neben dem Stuhl, auf dem die Kleider lagen, standen die roten Wildledermokassins, und einen Augenblick dachte er darüber nach, ob er nicht hineinschlüpfen sollte – der Einfall hatte sein Lustiges: Es gibt dazu kein Gesetz, nichts verbietet mir, damit wenigstens bis zum Beckenrand zu gehen. Dann aber rief er sich zur Ordnung: Ich darf hier nicht über Handlungsalternativen nachdenken, das gibt nur wieder diese verschmierten Wahrscheinlichkeiten, wenn ich durch die Wand gehe, die lehmbraune Trennfläche zwischen Kabine und Beckenhalle, die für jedes andere Geschöpf, jeden anderen physischen Gegenstand im Universum undurchdringlich war, fest wie nur irgendetwas aus Fermionen Gemachtes, für ihn und die beiden anderen im Tridiv sowie vom Tridiv vorgeladene Gäste aber ein bloßer Vorhang, der ihre Zellen, ihre Genome, deren Moleküle und Atome erkannte und sie passieren ließ, als wäre er nur eine Projektion.

Joas biss sich auf die Unterlippe: Verdammter Körper.

Wie die Plage ihn immer anschaut, wenn er die beiden schmalen Metallbögen der Leiter ergriff, auf der er ins Becken hinunterstieg, während sie natürlich einfach vom Beckenrand schritt, direkt auf die leuchtende Oberfläche, so dass die Schwerkraft sie durch die Membran stoßen ließ, als wäre das da wirklich Wasser, in das sie eintauchte, kerzengerade, sportlich, im straffen, wieder und wieder verjüngten Körper – gib nur damit an, dachte Joas verbittert, aber ich kenne dich, ich weiß, wie verkrümmt von Hass und Neid auf den Chef, von Abscheu und Verachtung für mich du innerlich bist, was für ein verschrumpeltes, vertrocknetes, klapperdürres Monster, kein bisschen Erfahrungsfleisch, immer nur im Sachlichen unterwegs, ohne Liebe, ohne Familie, abgesehen von deinem Sohn, den du so wenig liebst wie er dich. Joas wusste das alles, weil er sie beschatten ließ wie sie ihn und wie der Chef, an den sich die zwei Beigeordneten mit derartigen Spionagespielchen nicht herantrauten, seinerseits alle beide. Joas versuchte, nicht über all das nachzudenken – es war nicht ungefährlich, so nahe an der Allzeit, so dicht bei den ineinander verflochtenen Dreiecksgraphen von Tardys, Tachys und Lux im Becken. Falls er nicht aufpasste, konnte es ihm ergehen wie beim ersten Mal in der Halle, als er sich plötzlich selbst im Weg stand, buchstäblich gegen sich prallte und, davon erschrocken, neben dem Becken die Orientierung verloren und sich umgedreht hatte, dann zurück in die Kabine getorkelt war und sich dort auf seine Kleidung hatte übergeben müssen.

Joas kontrollierte seinen Puls: Ruhig genug. Er nahm mit Daumen und Zeigefinger der Rechten den Bogen über der Nase, der die beiden Gläserfassungen seiner Brille miteinander verband, zog die Brille von der Nase, faltete sie zusammen, legte sie auf die Hose, atmete ein, atmete aus und trat durch die Wand.

Der Weg zum Becken unter den oben in gotischen Spitzen geschlossenen Bögen aus rauchgrauem Stein war nicht irritierender als sonst – drei- oder viermal musste Joas die Selbstvorwegnahme und das Ausscheren in andere Werte der Wahrscheinlichkeit zwischen null und eins ignorieren, als er etwa plötzlich glaubte, nun doch seine Mokassins an den Füßen zu spüren, als er etwas früher mit der Hose fertig geworden war und sich deshalb selbst voranging, als er einen Sog nach hinten spürte, als habe er sich schließlich doch nicht entschließen können, zum Becken zu gehen, sich stattdessen wieder angekleidet und den Ort verlassen, weil die Furcht diesmal zu groß geworden war. Am Beckenrand angekommen, sah er sich dann noch so in die Flüssigkeit rutschen, wie das sonst Massignon tat, die schon da war, deren Kopf und Hals er aus dem Glitzern ragen sah, kalt lächelnd neben dem in Würde erstarrten Antlitz des Chefs.

Damit aber war das Gröbste ausgestanden, für diesmal – die Alternativen sanken in die Realitätsmulde, die seine tatsächliche raumzeitliche Anwesenheit ins gesamte Intervall drückte, und er stand zwischen den Geländerbügeln. Joas sah auf die Oberfläche des Beckens, bevor er sich umdrehte und hineinstieg: Aprikosenglimmer und waschgelbe Glut, marineblaue Wunden und turmalingrüne Zitterschlitze. Er wandte sich ab, fasste die Bügel, stieg auf die erste Stufe, dann auf die zweite und ließ in aller Ruhe zu, dass ihn die Allzeit empfing.

Osmotisch vorbewusst nahm er erste nadelspitze Details auf, von den Sohlen über die Fesseln, die Unterschenkel bis zu den Hüften war alles Membran, alles Kontaktfenster für eine Wahrnehmung, die ihm das, was er so erfuhr, nicht visuell, sondern als Injektionsbotschaft bis in die feinsten Nervenverästelungen sandte.

Die Tagesordnung flutete den Neuankömmling wie ein Gasgemisch unterm passenden Druck eine entriegelte Druckkammer: Erst kamen die Millionen von Verwaltungspunkten, über die Cherlin, Massignon und er abstimmten, ohne sie überhaupt bewusst wahrzunehmen – das menschliche Hirnrindendenken war für diese enorme Masse an Prozessen viel zu schmal, zu träge –, in eine Mengenklammer eingefasst, deren Objektname »Top 1« war.

Dann ging es, was selten geschah und Joas aufmerken ließ, bevor er endgültig bis zum Kinn ins Becken sank, unter »Top 2« um einen Gast, der offenbar erwartet wurde – einen Untergebenen des Chefs, ihm direkt unterstellt und niemandem sonst Gehorsam schuldig als den Lilwas selbst, also ein hoher Militär oder Kundschafter.

Das Gesicht wischte zu rasch vorüber, als Joas für eine Sekunde die Augen schoss, um den Mann, der da erwartet wurde, kontrastklar genug zu visualisieren. Dann führte die Topschlaufe ihn auch bereits wieder auf die Bahn, auf der die anderen ihn erwarteten, zum Tagesordnungspunkt Nummer 3, dem Abschreiten und Durchjäten der augenblicklichen Vertragsstände, zum Rupfen und Säen und Ernten, Milliarden von Daten, und im metaphorischen Genick spürte Joas wieder die unmenschlichen, allsehenden Augen der Lilaws als übermächtige, aber stumme Präsenz: von den Konzessionsdisputen bei den marsianischen Hilfsprogrammen für die Venus – Wasserwerke, Verkehrsinfrastruktur, Energiewirtschaft – über die juristischen Querelen um die ehrgeizigen Relaisstationen zwischen der Oortwolke und dem inneren Sonnensystem, die demnächst von neptunischen Lizenznehmern dreier Roboterrepubliken im Brockengürtel auf Mathilde, Eros und Vesta eröffnet werden sollten, und die Gefängniskrise auf Merkur, die zu den verstreuten Feldeffekten des wiederaufflammenden Bürgerkriegs gehörte, bis zu einer von den Lilaws Mars-Sinope 354.332.333 und Mars-Merkur 555.443.289 gegengezeichneten Landnahme der anarchokapitalistischen »Republik Paul« auf der Erde, mitten in Europa, nämlich dem Südwestzipfel des ehemaligen Deutschland.

Das überprüfte man, genehmigte es oder wies es ab, und als Joas in der letzten der Angelegenheiten auf dieser Liste ein kurzes Ausflaggen anbrachte, das im Wesentlichen fragte, seit wann die Lilaws ihren Schutz für die demilitarisierte Erde eigentlich zurückgezogen hatten und irgendwelchen Robotern, und seien sie noch so marktliberal und bundwerküberwindend, Raubzüge auf dem Mutterboden der Menschheit erlaubten, war er einigermaßen überrascht, die Antwort nicht von den entsprechenden kognitiven Unterklauseln der beiden beteiligten Lilaws zu erhalten, sondern direkt vom Chef: »Lass das beiseite, Joas. Unser Gast wird dir dazu nachher Auskunft geben.«

Joas ließ die Sache auf sich beruhen und warf sich mit etwas mehr Eifer als sonst, um besondere Anstelligkeit zu demonstrieren, ins Dickicht der laufenden Anpassungen von Tarifen für Ausgleichszahlungen im interplanetaren Handel, in die Verhandlungen um Beihilferechtsbrüche, Bereichsausnahmen militärischer Art – nicht nur auf dem Merkur wurde derzeit scharf geschossen –, gewerbliche Forschung, Zuschussgewährungen von Lokalprospektoren auf den von Robotern unerschlossenen Asteroiden, Umweltmanagement, Investitionszugangsbeschränkungen, kurz, den ganzen überreichhaltigen Katalog augenblicklich von den Lilaws als offen und ohne das Tridiv nicht entscheidbar klassifizierter Belange.

Dass sich diese Arbeit für Joas anfühlte, als grabe er sich im Verlauf mehrerer Wochen hindurch, während in Wahrheit die messbare Eigenzeit, die den drei beteiligten Gremiumsmitgliedern dafür abverlangt wurde, nicht einmal an die Minutenschwelle stieß, war er bereits gewohnt. Und dass er, wenn er nachher aus dem Becken geklettert und auf sein Schiff zurückgekehrt sein würde, erst einmal drei Stunden in tiefstem Schlaf neue Kräfte würde sammeln müssen, gehörte ohnehin zum Amt – verwundert war er nur darüber, dass er im Becken selbst an diese Zukunft überhaupt denken konnte, dass er sich zum ersten Mal vorkam wie jemand, der gleichzeitig verschiedene Dinge tut, etwa kauen und lesen, gehen und reden, pinkeln und pfeifen – war es doch sonst hier stets so gewesen, als bestünde sein ganzer Körper nur aus Fäden, die im Geflecht der zu entscheidenden Streitfragen mal hierhin, mal dorthin gezogen wurden und dabei schließlich diejenigen Muster ergaben, aus denen die Lilaws herauslesen konnten, wie der jeweilige Mensch im Becken abgestimmt hatte.

Diesmal jedoch schien es ihn außer in Gestalt dieser Fäden auch als eine Art Mückenpunkt überm Datengewebe zu geben, Bewusstsein von Bewusstsein, Beobachtung der Beobachtung, die von oben auf seinen gleichsam subalternen, problemlösenden und abstimmenden Routinegeist schauen konnte – ja, wirklich, von oben: Es war eine Übersicht da, eine klare Gliederung der Entscheidungsfindungsparallelprozesse, die Joas so distinkt noch nie erfahren hatte, und wie er auf das, was er da tat, in Harmonie mit den andern, die er als sein eigenes Gewebe teils durchdringende, teils von ihnen getrennte und verschiedene Muster ebenfalls sah, so hinunterblickte, kam ihm plötzlich der Gedanke, dass jemand, der auf etwas hinuntersehen kann, vielleicht auch den Blick davon abwenden und in die Höhe richten könnte, nicht nur abwärts, sondern auch aufwärts schauen.

Kaum dachte er das, durchfuhr ihn bereits die Angst, etwas Ungeheuerliches begangen zu haben – was sonst konnte über ihm sein als die Gesichter, die Wahrheit der Lilaws, und was würde seinem Blick geschehen, wenn ihr eigener Blick, der Blick transfinit zahlreicher Augen, ihn erwidern sollte? Der Eindruck zwang ihn, daran zu denken, wie er als Kind von seinem reichen Vater auf die Aussichtsplattform des höchsten merkurianischen Gebäudes geführt worden war und gedacht hatte: Wenn ich jetzt losrenne und springe, dann werde ich fliegen – nicht lange, nicht weit, in den Abgrund und in den Tod, aber: fliegen. Nur dass er den Impuls damals bezwungen hatte, diesmal jedoch dachte: Sie sind schuld, die Lilaws sind schuld – wir waren 1,4 Milliarden Menschen auf dem Merkur, als der Disput begann, das, was sie so nennen, der Krieg zwischen uns und diesen aus einer ehemaligen Zusammenarbeit von Menschen, Künstlichen Intelligenzen und Robotern hervorgegangenen Reedern von der Venus. Danach?

Danach waren wir noch 150 bis 200 Millionen, und von denen nur 30 Millionen wehrfähige Männer. Und dann kamen die Killerkinder. Wie sagt man doch? Nie ist es den Bewohnern einer Welt dauerhaft gelungen, eine andre zu besetzen, man denke nur an Arjen Samito. Mag sein, aber dann haben alle Welten die Erde besetzt, und damit war das Tabu gebrochen, selbst als sie sich zurückzogen, blieb das im Gedächtnis, und alle wussten, so geschieht es, wenn alle sich gegen einen verbünden, und deshalb wollten alle dabei sein, deshalb traten alle diesen sogenannten Verträgen bei, und jetzt sind es diese Verträge, diese Lilaws, die jede Welt der zwölf Zivilisationen besetzt halten, denn wer auch immer auf allen diesen Welten regiert, tut es nur mit ihrer Einwilligung, und ich schwebe hier zwischen ihren Gesichtern, ihrem wirklichen Wesen oben und den Millionen von Bilateralitäten und Multilateralitäten unten, die sie es unter sich ausmachen lassen, Herrschaft der abstrakten Mehrheit über jede konkrete Minderheit. Sie sind schuld, diese Lilaws, und sie sollen wissen, dass ich das weiß.

Da wandte Joas Billenkin sich um, ohne sagen zu können, wie das möglich war, und richtete den Blick nach oben.

Schwarze Streben, Planken.

Stufen? Verschiedene Arten Schwärze: Dunkelste Markovwiederholungen der Gewebstrukturen unten, aber viel größer und so, dass er sie irgendwie sehen konnte, obwohl sie kein Licht reflektierten, diese celestialen Dominomonolithen, Teerstraßen und Rußwälle, Lakritzbahnen und Tintenwüsten, Graphitmauern und Schieferschatten.

Schwarz, groß, starr. Dann, rechts, mittig, winzig: ein Loch.

Joas fixierte es, sah hindurch, und es weitete sich, bis er etwas erkannte, das in der normraumzeitlichen Wirklichkeit tatsächlich oben war, über dem Becken, als einer der beiden Begleiter des Mars: Phobos. Der Trabant kam näher, und Joas sah den Krater, und in dem Krater die Delle, und in der Delle die Kirche, und in der Kirche ...

»Joas? Bist du eingeschlafen?« Es war die Plage, die ihn anfuhr. Sie stand neben ihm und glotzte ihn aus weit aufgerissenen Augen an. Schwindel: Er schwamm im Becken, nein, stand im Becken bis zum Hals, wie immer bei den Sitzungen, sie auch, Cherlin, ebenfalls.

Was war geschehen, woraus hatte Fabrizia Massignon ihn gerissen?

Krater, Delle, eine rasch zerfallende Erinnerung.

Joas Billenkin räusperte sich: »Cha, hrrch. Ich habe ...

sind wir ... sind wir aus dem Tagesordnungspunkt ... gefallen?«

»Wurde ordnungsgemäß abgeschlossen«, sagte der Chef verdrießlich und sah Joas einen Moment lang ausgesucht streng an. Joas wusste nichts zu erwidern als: »Oh, das ... ja. Gut. Ich hatte nur ... es muss der Abschluss gewesen sein. Das Entflechten, um ... äh.«

Die Hilflosigkeit dieser Mitteilung schien Cherlin zu besänftigen, der wegwerfend »ts« machte, sich dann seinerseits räusperte und sagte: »Gut. Also. Unser Gast.«

Der stand tatsächlich schon am Beckenrand.

Joas verschlug es den Atem: Die Erscheinung des Mannes verblüffte ihn noch mehr als der Umstand, dass jener nicht allein gekommen war.

Der verschlampte Kerl trug einen unsäglich banalen, verwaschen grauen Freizeitanzug. Drei Killerkinder standen ihm zur Seite. Sie sahen identisch aus bis auf ein Detail: dieselben weißen Hosen und schwarzen Pullover trugen alle drei, auf dem Kopf aber saß jeweils eine Mütze eigener Farbe, beim ersten grün und schwarz, beim zweiten rot und schwarz, beim dritten blau und schwarz großkariert.

Vier Personen: Das schrillte Joas im Kopf wie ein Alarmklingeln, als er Luft holte und wieder zu atmen begann – vier am Beckenrand, drei im Becken, also sieben in der Halle, wer konnte das Gesetz ausheblen, wer konnte sich den Lilaws so frech entgegenstellen?

Joas sah den Mann genauer an und dachte dann, den ungeheuerlichen Protokollbruch müsse wohl der Chef veranlasst haben. Denn jener Mann in schäbiger Jacke und armseliger Hose glich Cherlin auf eine karikaturhafte Art: heruntergekommen, verbraucht, eine Kopie – etwas übergewichtig, leicht gebeugt auch, mit falben Hängebacken und deutlichen Tränensäcken, dazu einem Blick, der die drei unter ihm im Becken zwar aufmerksam anzusehen versuchte, dabei aber beschämend wässrig wirkte, nein, dachte Joas, wässrig trifft es nicht, wie soll man sagen – fettig? Gibt's das, einen fettigen Blick? Die Haarfarbe war dieselbe wie bei Cherlin, und im zerlaufenen Teig seiner Gesichtszüge ahnte man unwillkürlich die stärkste mögliche, daher bestürzende Ähnlichkeit mit dem Sprecher des Tridiv.

Ein verstohlener Seitenblick zu Fabrizia Massignon verriet Joas, dass sie genauso überrascht war von diesem Auftritt, wenn er das auch nur an den Mundwinkeln und der ungewöhnlichen Stellung der Augenbrauen – rechts etwas höher als sonst, links etwas tiefer – erkannte. Man war ja nicht jahrzehntelang im selben Gremium gewesen, ohne die andern lesen zu lernen.

Jetzt wandte sich der Chef an seine Beisitzer: »Ihr habt es wohl gegen Ende von Top drei gemerkt, dass ich die Sitzung durch eine Anrufung des Beratungsrechts unterbrochen habe.«

»Wa...«, machte Massignon unwillkürlich, aber bevor daraus ein Wort werden konnte, fuhr Cherlin fort: »Ich weiß, das passiert nur alle paar dutzend Jahre. Danken wir der Kirche, die dein Sohn lenkt, dafür, dass es überhaupt möglich ist.«

Joas begriff: Deshalb also hatte er die Lilaws gesehen, oder das, was sein Hirn sich als ihr Bild vorstellte, und den Mond Phobos in einer Lücke dieses Bildes, und den Sitz der Kirche, in der Cunimundus seine Ämter versah, Vikram Massignon, der blutjunge, erst einunddreißigjährige Sohn der Plage. Dessen Vor-Vorgänger nämlich war es gewesen, der unter Berufung auf den Schutz menschlicher Gesinnungen und Bekenntnisse, wie er in den ersten Lilaws festgeschrieben war, eine Ausnahmeregel für Besprechungen in seinem eigenen Becken im Herzen der Kirche auf Phobos durchgesetzt hatte.

Die Lilaws waren dieser Kirche stets sehr weit entgegengekommen, sahen sie wohl als nützliche gesellschaftliche Kraft. Seinerzeit hatte der Krieg zwischen Venus und Merkur noch nicht begonnen, als er aber ausbrach, war es tatsächlich die Kirche gewesen, die sich als Mittlerin bis zu den ersten Waffenstillständen bleibende Verdienste erwarb.

Nachdem dem Kirchenobersten die Auszeitregel im Becken genehmigt worden war, bat dann mit Hinweis auf die Gleichbehandlungsgrundsätze, die den Lilaws verbindlich waren, Asa Kutschajew, der damalige Tridivsprecher, um eine analoge Regelung fürs Tridiv: Was einem geistlichen Amtsträger recht war, konnte einem weltlichen Gremium, das formell und strenggenommen ja in gewisser Weise sogar über den Lilaws stand, kaum verwehrt werden, und so war es denn geschehen – seit Joas Billenkins Eintritt ins Tridiv freilich noch nie praktiziert worden.

Joas nahm sich vor, zu Hause, nach der Rückkehr, ein paar Anfragen an die Archive zu richten: Wie oft war diese Bestimmung hier überhaupt genutzt worden und zu welchen Anlässen? Jetzt sprach Cherlin den heruntergekommenen Mann an: »Bist du so gut, Doc, und bringst die Kollegin und den Kollegen auf den Stand? Erzähl ruhig alles noch mal, was ich schon weiß.«

»Doc?« Fabrizia Massignons Tonfall war höhnisch und pikiert zugleich.

Cherlin lächelte: »Wir wollen uns zusammenreißen, ja, Fabrizia? Die Regelung gibt uns eine Dreiviertelstunde.«

Das sind Jahrhunderte, wenn nicht Jahrtausende für die Lilaws, dachte Joas – erstaunlich, dass sie so großzügig sind.

Cherlin sagte, an den Gast gewandt: »Wenn du dich und deine Gehilfen noch eben vorstellst, dann ist Fabrizia nicht mehr so nervös, oder gekränkt.«

Der als »Doc« Angesprochene schien sich zu sammeln.

Seine vorgezogenen Schultern sanken noch etwas tiefer ab, dann sagte er: »Ich heiße Doc Urtheil. Der Nachname ist der meiner Mutter, sie war damals noch nicht mit Arpad Cherlin verheiratet, ich bin der Ältere ... der Vorname ist ein Spaß meines Vaters. Ich sollte Akademiker werden, auf dem Merkur studieren, die besten Universitäten im System, man kennt's. Mein Vater fand's drollig, mir einen Vornamen zu geben, der für einen alten irdischen akademischen Grad steht, er hatte diese scherzhafte ...«

Der Tridivsprecher hob die Hand und winkte das weg. »Keine Anekdötchen. Die Gehilfen.«

»Stimmt.« Doc Urtheil erlaubte sich eine schlappe Handbewegung hin zu den drei kleinen Soldaten, »dies sind ...«, aber sie sprachen nun selbst, einer nach dem anderen, mit den kurios erwachsenen Stimmen, die Joas von seinen regelmäßigen Besuchen auf Militärstützpunkten her kannte und die ihn immer ein wenig verunsicherten, weil sie so gar nicht zum Äußeren dieser Elitemörder passten: »Ich bin Tick«, sagte der Erste. »Ich bin Trick«, erklärte der Zweite. »Ich bin Track«, beendete der Dritte die militärisch knappe Selbstvorstellung. Leibwache? Sonderkommando?

Doc Urtheil sagte: »Ich lebe auf der Venus. Als Gast. Wir haben dort Einrichtungen ... die Lilaws haben dort Einrichtungen ...« Wieder winkte Cherlin ab – sowohl Joas Billenkin wie Fabrizia Massignon hatten ihn bei Inspektionen der militärischen, akademischen, juristischen und sonstigen Installationen begleitet, die von den Regierungen verschiedener venusischer Staaten auf ihren Territorien zugelassen wurden; ein gutes Geschäft für alle: Dem übrigen System wurde damit demonstriert, dass die Venus aus ihrer üblen Geschichte als isolationistisches Spielfeld irrer Sozialexperimente emporgewachsen war zu einem Planeten, der zumindest als strategischer Stützpunkt und Wirtschaftsstandort das Vertrauen der Lilaws genoss, was wiederum den Handel anderer im Lilaw-Verband integrierter Welten mit der Venus stimulierte, auch wenn zwei kleinere der neuen Quasistaaten, eine sogenannte »Thalberg-Hanse« an der zerklüfteten Ostflanke von Freyja Montes und eine »Diskrete Stadt« namens »Rojograd« zwischen den Hauptkratern von Lavinia Planitia, noch immer keine Offiziellen der Lilaws auf ihre Hoheitsgebiete ließen, vom »Monstergraben« ganz abgesehen, in dem die letzten Abkömmlinge der einstigen Neukörper hausten.

Doc Urtheil fuhr fort: »Eine dieser Einrichtung ist das militärgeschichtliche Forschungszentrum unterhalb von Gula Mons, wo diese Trichterstadt abgeschossen wurde, gegen Ende des Krieges, den Arjen Samito der Venus gebracht hat … Na, ich stehe dort einem historischen Studiengremium vor, das nach außen hin der Sichtung und Archivierung und Aufbereitung von Material aus dem größten Krieg der Systemgeschichte gewidmet ist, nicht wahr, der Invasion von Arjen Samito auf Venus, Schlachtenverläufe, Allianzen, die zur Diversitas führten …«

»Nach außen hin«, sagte Fabrizia kühl, »wir wissen Bescheid – ein Spionagestützpunkt. Ihr horcht die Venus ab, ob sich was erhalten hat von den sogenannten Kontinuierlichen. Diesen Künstlichen Intelligenzen, angeblich alle entweder noch von Christensen vernichtet, in deren Säuberungen, oder wie die alten irdischen Fonds in den Lilaws aufgegangen, die Mehrheit.« Cherlin unterbrach sie: »Wir wissen, was du weißt, Fabrizia.«

Doc Urtheil setzte neu an: »Ja, wir beobachten dort … die Entwicklung. Auch in den tieferen Schichten, den nicht öffentlichen …«

»Ja doch«, Cherlin wurde ungeduldig. »Die Lilaws kaufen sich ein, und wenn sie sich nicht einkaufen können, üben sie anders Druck aus oder geben dir Software – und du durchkämmst die alten und neuen Servercluster, Netze, suchst Auffälligkeiten, die belegen könnten, dass es noch Kontinuierliche gibt, dass sie mit dieser DE unter einer Decke stecken, dass sie wühlen, destabilisieren oder lauern, auf einen Fehler der Lilaws, des Tridiv, der zwölf Zivilisationen ... Gut, sag uns, was du gefunden hast.«

Urtheil willfahrte: »Es gibt ... Datenbanken, ganze Stollen von Daten, in zahlreichen überholten Speichern, teils in den Trümmern alter Agraranlagen am Schmalen Meer, teils in städtischen Verwaltungsgrüften der ehemals fliegenden Städte, die man auf den Venusboden geholt hat, teils in betriebseigenen Speichern der Erzgewinnungsanlagen um die großen Vulkane ... kaum einmal greift jemand darauf zu, aber ich habe verdeckt regelmäßige Stichproben genommen, und zuletzt hat man darin so etwas wie ... diagonale Schneisen gefunden, etwas wie ...«

»Sie werden genutzt. Sie werden als Ablagen für Neues genutzt. Irgendwer koordiniert da irgendwas«, sagte Cherlin, »und man tut das offenbar in einer Sprache, die kaum jemand mehr kennt. Einer Sprache, die zerfiel, als das Bundwerk zerfiel, einer Sprache, die längst bis zur Unkenntlichkeit überschrieben und gepatcht und modifiziert wurde.«

»Topos«, sagte Massignon – das war ihr Feld, Physik, Mathematik, Coding bis zurück in die archaischen Zeiten der Erdgebundenheit aller Menschen.

»Ja. Topos.« Urtheil nickte. »Aber anfangs dachten wir, vielleicht will jemand einfach damit spielen. Hacker, Cracker, Leute, die ein bisschen Bewegung brauchen, vielleicht sogar Ausläufer der Lilaws, die wir nicht kennen ... vielleicht will jemand einfach Topos reden mit den alten Rechnern, wie Gelehrte manchmal Latein, Griechisch oder Deutsch sprechen. Aber dann haben unsere Systeme die Inzidenzen dieser Diagonalphänomene korreliert mit ... anderen Zwischenfällen. Physischen ... Zwischenfällen.«

»Verbrechen«, sagte Cherlin rundheraus.

Joas Billenkin konnte sich genau erinnern, wann er dieses Wort das letzte Mal gehört hatte: bei seiner Vereidigung.

»Verbrechen« war das, was er seinerzeit jederzeit und überall abzuwehren gelobt hatte – und hier, im Becken, in dieser Halle, auf diesem Gelände, war damit nicht Mord noch Vergewaltigung, nicht Raub noch Unterschlagung gemeint, sondern jeder Verstoß gegen die Bestimmungen im Vertrag Sinope-Mars-Merkur-Titan 000.000.001, dem ersten der späteren Lilaws. Verbrechen: Verletzung der Grundsätze, die das Erbgut der lebenden Gesetze bildeten, welche das System regierten.

Doc Urtheil nickte: »Es erfolgten ... unerlaubte Zugriffe nicht nur auf die alten Datenbanken, die ich erwähnte, sondern auf aktuell in Nutzung befindliche. Auf lilawrelevante. Auf Güterverkehrslisten, auf strategische Stafetten, Wahlverzeichnisse, polizeiliche Logs. Zunächst auf Venus, dann in Routern im Gürtel, dann Merkur, dann Mars, sogar auf dem Erdmond.«

»Systemweit«, sagte Massignon fassungslos.

Doc Urtheil stimmte zu: »Systemweit. Und die zeitliche Abfolge ... nun, es wurde versucht, mittels Scheinangriffen zu kaschieren, was geschah, aber ... wir haben es korreliert, und mit gewissen Zeitabständen zeigte sich ein Muster, ein Dreischritt: Erst wurde in die Diagonalen gegriffen, die ich erwähnt habe, dann in einen lilawassoziierten Speicher, und dann, als Drittes ... Ereignisse. Diebstähle von Waffen und anderer Hardware, Demonstrationen und Streiks in venusischen Städten, Aufmärsche und Unruhen um die Universitäten auf dem Merkur, Produktionsausfälle auf den Jupitermonden, verschollene Schiffe im Gürtel ... noch mal: immer der Dreischritt, alte Venusarchive, aktuelle Lilawdatenbänke und dann ein materieller Schaden.«

Cherlin trieb den Besucher jetzt zur Eile: »Erzähl vom

roten Faden, an dem wir ziehen müssen, um dieses ... verbrecherische Geflecht aufzulösen. Von der Hauptspur.«

»Ein Schiff«, sagte Urtheil.

Joas fragte nach: »Ein ... Raumschiff?«

Urtheil bestätigte: »Ja. Es ist ... kurios. Wir waren gewohnt ... also, ein Museum. Ich sitze da, mit meiner Arbeitsgruppe, und stillschweigend wissen alle, dieser Kustos, dieser Archivar ist ein Spion und ein Polizist. Und deshalb kommt immer mal wieder was weg ... es sind Neckereien. Man bestiehlt das Museum ... Mutproben, sozusagen. Dem Statthalter des Tridiv unterm Hintern weg. Keine große Sache. Es gibt ja auch Liebhaber, es gibt einen Schwarzmarkt für Relikte der Bundwerkszeit. Das muss nicht politisch motiviert sein – man hat etwa Ölgemälde, die Frau Christensen zeigen, schon in Privatvillen von Lilawbeamten gesehen.«

Er schaute Joas dabei nicht an, aber der wusste, dass er gemeint war – also doch kein harmloser Mensch, dieser Urtheil. Das Bild, von dem er da vermutlich redete, hing in Zsa Zsas Quartier, zu Hause bei Joas. Urtheil fuhr fort: »Wir stellen nicht alles aus, manches steht in Lagerhallen, Hangars. Aber ein Schiff ... ein Schiff war uns denn doch noch nie abhandengekommen. Bis vor drei Monaten. Einer von den Keilblattseglern. Das waren ... sogenannte inertiale ... Fracht- und Personentransporter, hauptsächlich der Nomenklatura vorbehalten, den hohen Tieren in diesem D=B=K. Wir hatten einen guterhaltenen, aus dem Besitz von Arthur Helander, das war eine Zeitlang Christensens Nummer eins ... Als der Gleiter weg war, dachte ich zunächst, schicken wir einfach ein paar Spürer los, findet sich sicher schnell wieder, und dann gönnen wir den Dieben ihren Spaß, wenn wir nur wissen, wo's hingekommen ist. Aber dann erfuhr ich, dass es zwei Tage vorher einen unerlaubten Zugriff auf die Datenbanken der technischen

Werke von Spas Mons gegeben hatte – und zwar auf ihre Ausstoßlisten. Auf die Listen, in denen steht, wie viele Iannis-Triebwerke sie produzieren. Die Vermutung lag also nahe ...«

»Dass jemand außer diesem uralten Segler auch noch ein brandneues Iannis-Triebwerk geklaut hat«, sagte Massignon. Sie brauchte nicht zu erläutern, was das bedeutete: Kompaktere Motoren für interplanetare Schiffe gab es nicht.

Der Gast fuhr fort: »Das Schiff ist fotografiert worden, drei Wochen danach.«

Urtheils Harmlosigkeitsmaskerade war nun ganz von ihm abgefallen, er traute sich nicht nur, Joas mit einer gezielt eingestreuten Anspielung Angst einzujagen, sondern schnitt sogar Massignon das Wort ab, was selbst sein mächtiger Bruder nicht allzu oft riskierte. Sie war zu verdutzt, ihn dafür zurechtzuweisen, und er sprach ruhig weiter: »Für sich genommen hätten wir dem dritten ... Vorfall kaum Beachtung geschenkt. Die Ränder der Asteroidenrepubliken sind noch gesetzlosere Gegenden als die Venus oder der Merkur, noch weniger reguliert als die Erde, dort nistet die Diskrete Emanzipation, und dass Piraten eine medizinisch-kybernetische Forschungseinrichtung überfallen, kommt auch öfter vor. Medizinisches Wissen ist ja mit das teuerste im System.«

»Oh«, machte Joas unwillkürlich – er wusste jetzt, worum es ging, denn er hatte sich selbst mit dem Fall befasst – genauer: Er war um Hilfe gebeten worden von der Leitung der Einrichtung, die man da bestohlen hatte, denn er gehörte zu denen, die ihr Patronage gewährten, zu ihren Kunden, Klienten – das Labor auf Ceres hatte ihm geholfen, die Gesichter seiner Mädchen, ihre Hände und Füße zu züchten.

Urtheil holte tief Luft, seufzte und sagte: »Diese Firmen

... sie sind während der übelsten Zeit des Venus-Merkur-Konflikts absichtlich in die Nähe der Roboterrepubliken gezogen, weil sie Angst hatten, dass das Tridiv zerbricht, dass die Anarchie kommt und dass sie eventuell unter den Schutz einer Macht würden kriechen müssen, die wenigstens Verständnis dafür hat, dass Lebewesen entworfen, patentiert und für spezifische Aufgaben gerüstet werden. Da Roboter daran nichts seltsam finden, lag's nahe. Diese Sache jetzt ... es war kein Frontalangriff wie sonst bei Piraten, es war ...«

Joas beschloss, sich einzuschalten, um Nachfragen zuvorzukommen: »Ich kenne das Institut, es sind, man kann sagen, Freunde von mir. Sie hatten schon früher ... es gab Piratenattacken, aber das hier, wie sagt man? Nacht und Nebel. Jemand kam, jemand hat drei Tanks gestohlen, und Zellkulturen, und Software und Adapter, und dann ...«

Urtheil nahm den Faden auf: »Und dann flog jemand wieder weg, und zwar in dem Schiff, das dieser jemand aus dem Keilblattsegler gebaut hatte, der mir unter der Nase weggestohlen wurde, was mich in Anbetracht der jüngsten Entwicklung nun doch maßlos ärgert.«

Doc Urtheils wahres Gesicht: ein ungeduldiger, ehrgeiziger Mann, der nur deshalb so verlebt und schwammig aussah, weil er seine Erscheinung unwichtig fand, gemessen an seinen Aufgaben. Der Spion klang jetzt fast melancholisch: »Ein solcher Ärger hat auch eine gute Seite, wenn man ihn als Weckruf betrachtet. Die Fahndung läuft jetzt unter Nutzung aller Ressourcen. Das kleine Ding ist verdammt schnell und extrem wendig, es vereint die überlegene Manövrierfähigkeit der alten Keilblattsegler mit den Geschwindigkeiten, die ein Iannis-Motor erreicht. Einer unserer Ortungspings hatte aber Glück ... wir wussten, wohin es als Nächstes fliegen würde ...«

Er sah herausfordernd in die kleine Runde.

Fabrizia Massignon konnte sich nicht zurückhalten: »Und jetzt werden Sie uns erzählen, was das für ein Kurs ist, und dann sollen wir Dekrete erlassen, die eine Gefangennahme und dann eine entsprechende Auslieferung oder Überstellung der oder des Gefangenen ...«

»Nichts dergleichen«, widersprach Urtheil. »Es ist leider alles viel weniger einfach, als Sie sich das denken. Jemanden verhaften lassen, jemanden ausliefern, dafür wäre ich nicht hergekommen. Dafür hätte mein lieber Bruder nicht bei den Lilaws beantragt, dass ich hier reindarf. Ich spiele nicht Räuber und Gendarm. Das Schiff ist zur Erde geflogen. Keine vier Tage später war es da. Iannis-Motor, ich sagte es schon, unfassbar schnell. Lokale Satelliten haben es erneut gepingt. Es ist nach Europa geflogen. Da steht ein Wald ... ein Wald, in dem die Kirche ... nun, ich ließ mir sofort alle Daten, die öffentlich zugänglichen wie die aufgrund gewisser Investitionsschutzklauseln in den Lilaws nur auf Antrag und mit ... etwas ... Überzeugungsarbeit ... einsehbaren, besorgen. Und was entdecke ich? Das ist eine ausgedehnte Spielwiese der Kirche, die hat da einen Missionar hingeschickt, der biologische Experimente beaufsichtigt, die ... Denken wir mal kurz an Lilaw Phobos/Venus/Mars 667.899.993, das Abkommen, das die Erde als eine Art Freiluftlabor unter besonderen Schutz stellt, wo neue Produkte, neue Nahrungsmittelgewinnungsweisen ausprobiert werden, im Zuge der Rezivilisation, die dann, wenn sie erfolgreich sind, einmal allen von Menschen bewohnten Welten zugutekommen sollen ... Aber was finde ich, tief eingerollt in Paragraphen, Unterpunkten, im Unterholz der Bestimmungen? Lassen Sie nur, die Frage ist rhetorisch. Was machen die da? Die zeugen Hybride, und zwar solche, die Einfluss auf die neuronale Struktur der dabei miteinander gekreuzten Erbgänge ...«

»Was? Unmöglich! Das ist ... verboten!«, japste Massignon, und diesmal entriss ihr Urtheil nicht das Wort – es war der Chef, Floris Cherlin, der die Hand aus der Flüssigkeit nahm, sie hochhielt, als wollte er sagen: nicht weiter – und dann seine tiefe, grollende Stimme hören ließ: »Wir sollten uns nicht naiver stellen, als wir sind. Es gab noch nie, seit es Verträge und Gesetze gibt, ein Gesetz oder einen Vertrag ohne Ausnahmen. Manchmal bedingen die Geltung eines Gesetzes und solche Ausnahmen einander geradezu. Kein Verbot politischer Gewalt ohne ein Gewaltmonopol für staatliche Stellen, zum Beispiel. Wir haben der Kirche überall vieles erlaubt, was wir echten Marktteilnehmern, profitorientierten ... Handelssubjekten nicht erlaubt. Die Kirche nimmt dafür ... Aufgaben auf sich, die am Rande des Üblichen liegen. Niemand kann Geld verdienen bei der Rezivilisation der Erde, und nicht viele können Geld verdienen beim Wiederaufbau der Venus. Also macht das die Kirche, die kein Geld verdienen muss.«

»Aber Bewusstsein!«, protestierte Massignon. »Das ist doch das Kardinalgesetz schlechthin, das steht doch schon in der Präambel von Sinope-Mars-Merkur-Titan 000.000.001, das ist ...«

»Richtig«, schaltete sich Urtheil ein, »und das weiß auch Floris. Aber er hat versucht, Sie auf etwas anderes hinzuweisen. Er ist ein bisschen zu delikat in diesen Dingen, als dass er es so grob aussprechen würde, wie ich's jetzt tun werde: Wir erlauben der Kirche, mit der Übertragbarkeit von lebendigem, in biotischen Substraten verkörpertem Bewusstsein herumzuspielen, weil wir zwar von den Lilaws das Versprechen haben, sie würden das nie tun, aber natürlich wissen wollen, was es da überhaupt zu tun gibt und wie weit sie wirklich gekommen sein mögen, diese legendären ... Toposcoder der Frau Christensen. Sie haben Maschinencode auf Menschenhirne gespielt, heißt es, und Menschenseelen in Roboter gesperrt und Roboterprogramme in nichtlokale Netze freigelassen und Menschenseelen von einem Menschenhirn aufs andere geschickt. Die Aufzeichnungen sind da löchrig und vage – dieser Kâlidingsda, der Erbe, der Mann, der den Laden aufgelöst hat und verkauft, wusste gar nichts Verwertbares von alledem, es müssen Geheimabteilungen gewesen sein, die ... Es ist sehr ärgerlich für uns heute, dass wir nicht wissen, wie weit sie waren, aber immerhin haben wir schon damals gesehen: Wenn davon auch nur ein Bruchteil stimmt, dann besteht eine furchtbare Gefahr. Die Kontinuierlichen, die höheren, freien Intelligenzen, die zwar arme Teufel waren gegen unsere Lilaws heute, aber ... was, wenn sie sich fortentwickelt haben? Solche Wesen ... warum sollten sie uns nicht eines Tages schlicht ... abschaffen? Warum sollen sie sich nicht Körper bauen, wie es ihnen gefällt, Fleisch oder Metall, dauerhafter und lebenstüchtiger als wir? Die Zeit nach den Samitokriegen war chaotisch, vielleicht hat uns das gerettet – keine Gemeinschaft, nicht die menschliche, nicht die robotische und schon gar nicht die noch so junge der KIs, konnte den Wiederaufbau ohne die anderen beiden leisten – ironischerweise nahm eine Weile lang sozusagen das ganze Sonnensystem die Doktrin des D=B=K in dieser Hinsicht an, aber aus Not, nicht als politisches Programm des Ausgleichs zwischen Intelligenzklassen. Wir leben in einem lebensfeindlichen Kosmos, und wir hatten das durch den Krieg verschlimmert. Transportwege zerstört, Kommunikationsinfrastruktur. So haben die KIs mit uns diesen Frieden ausgehandelt, der bis heute hält, denn weil sie Programme sind, bleiben sie an ihr Wort gebunden. Wir ließen sie als Erstes ihr Wort geben: keine Bewusstseinstransfers mehr. Und wir gaben ihnen dafür unser Wort: Auch wir wollten daran nicht mehr arbeiten.«

»Aber wir brechen unser Wort offenbar. Oder lassen zu, dass diese ... Kirche es bricht«, sagte Joas finster.

Urtheil machte eine vage Handbewegung: »Na ja, wir tun, was Algorithmen nur schwer können, wir schummeln. Wir verbiegen die Regeln ein wenig. Erwischen lassen darf man sich natürlich nicht. Ich habe, als ich begriffen hatte, was da in diesem Wald passiert, sofort meinem lieben Bruder davon erzählt.«

»Und ich«, nahm Cherlin das Stichwort auf, »habe Cunimundus die Hölle heißgemacht, glaubt's nur. Der hat's erst abgestritten und war dann ... zerknirscht. Ich habe ihn aufgefordert, das alles zu unterbinden. Er hat Drohnen geschickt. Er hat die Anarchos um Hilfe gerufen, die Robo...libertarier. Diplomatisch gesehen ... nun, wir erzählen den Lilaws, dass es sich um ungeklärte Kompetenzüberschreitungen im technischen Stab der Kongregation gehandelt hat. Also, irgendwer hat die Gesetze nicht gut genug gekannt, um ...«

»Die Präambel! Die Präambel zum ersten Lilaw! Wie kann irgendwer die nicht kennen?«, keifte Massignon, aber Urtheil überging das: »Ich habe sofort alles offengelegt, was ich erfahren hatte, und die Lilaws waren so verständig, mir einige Vollmachten zu erteilen. Der Wald ist bereits abgefackelt.«

Joas Billenkin konnte nicht glauben, was er da hörte: »Abgefa... wie viele Menschen und andere ...«

»Es liegt noch keine Auswertung vor«, sagte Doc Urtheil mit provozierender Beiläufigkeit, »aber wer immer da gelebt hat, war sehr wahrscheinlich Teil dieses Großversuchs in ... unkonventioneller biotischer Datenverarbeitung. Das ist nicht der Punkt. Der Punkt, bevor Sie fragen, ist der: So wie ein Ärger sein Gutes hat, hat entschlossenes Handeln zum Guten eben auch seine Nachteile, und hier ist ... nun, ich will nicht lange herumreden: Unser Verdächtiger, unsere Verdächtige oder unsere Verdächtigen ... entwischt. Der modifizierte Keilblattsegler, während der Bombardierung.

Senkrecht nach oben, zack, raus, schneller, als wir ... also, sie sind weg. Sie waren aber in diesem Wald und haben dort womöglich ... etwas mitgehen lassen. Etwas mitgenommen, eine Probe oder ein ...

»Einen Beweis«, sagte Massignon nachdenklich und grimmig.

»Ich sehe, jetzt verstehen wir uns«, freute sich der Spion. »Wir müssen das regeln – wir, die Menschen. Wir müssen sämtliche Sicherheitshebel nutzen, um diese Geschichte in den Griff zu bekommen, ohne die Lilaws zu ... nun, zu wecken.«

»Deshalb habe ich ihn hergebeten«, beendete Cherlin den Gedanken, »denn es gibt ironischerweise nur einen einzigen Ort ... nun, zwei Orte im System, wo wir explizit verlangen dürfen, dass die Lilaws weghören: hier und im zweiten Becken, dem der Kirche.«

»Verstehe«, sagte Fabrizia Massignon trocken, aber Joas Billenkin konnte und wollte das so nicht hinnehmen: »Das verstehst du? Ich verstehe das nicht! Was soll das denn heißen, wir müssen das alleine regeln, wie kann er denn mit seinen drei ... Soldaten da hier reinspazieren und wieder rausspazieren und dann erwarten, dass er nicht doppelt so aufmerksam beobachtet wird von den Lilaws, dass die nicht ihrerseits an einem der Fäden in diesem ... Gewebe ziehen und dass wir da nicht auch verstrickt sind, vielleicht ohne es zu wissen ...«

»Du weißt ja schon«, erwiderte Fabrizia höhnisch, »wo du verstrickt bist. Du hast dir von diesem Labor Püppchen bauen lassen, oder nicht? Das war doch dasselbe, das auf Ceres?«

»Ich weiß wirklich nicht«, begann Joas halbherzig sich zu verteidigen, »was das mit der ganzen ...«

»Freunde, bitte!« Cherlin hob jetzt beide Hände, es sah weniger wie ein Machtwort als wie eine Beschwörung aus, aber dann sagte Doc Urtheil: »Es gibt Spuren. Es gibt ... Kommunikationsfetzen, vom Rand der DE, bei der Opposition auf dem Merkur ... ein Codewort: KT. Das taucht immer wieder auf, das haben wir im Spurensumpf nach dem Diebstahl des Iannis-Triebwerks gefunden, das ist ... der Name eines Plans, eines Agenten oder eines Ziels oder ...«

»Ich bin dagegen«, versuchte Joas noch einmal sich Gehör zu verschaffen, »dass wir hier irgendwelche Spuren und Codewörter als ... ich meine, wir sind nur Menschen, wer weiß, was uns ...«

Urtheil ließ ihn nicht ausreden: »Wir sind nicht einmal Menschen – nicht in dem Sinn, den Sie meinen. Wir sind Haustiere. Schoßhündchen. Wir werden geduldet, vielleicht sind wir amüsant, aber im Wesentlichen ... im Wesentlichen lassen sie uns noch einen Rest Verantwortung für uns selbst, weil sie sich in Programmen darauf festgelegt haben, dass sie das tun wollen. Ich denke, es ist eine historische Gnadenfrist, und wir sollten sie nutzen. Ihr Einwand stimmt ja sogar: Wir alle hier stehen jetzt unter stärkerer Beobachtung als zuvor. Aber wir sind nicht hier, um etwas zu vereinbaren, was von dem Verhalten abweicht, das die Lilaws jetzt von uns erwarten – wir müssen aufräumen, das heißt, ich und meine drei Jungs hier, wir kümmern uns drum. Aber Sie drei, Sie ... na, am besten, Sie unterstützen uns mit allen, wirklich allen Mitteln, die Ihnen zu Gebote stehen. Sie lassen alles andere, alles Persönliche oder anderweitig von Sonderinteressen Geleitete auf der Stelle stehen und liegen, wenn ich nach Ihnen rufe. Und damit Sie das tun, habe ich Ihnen die Lage erläutert. Es ist ein Motivationstreffen. Keine Verschwörung. Es soll uns allen einschärfen: Wenn die Lilaws zu der Überzeugung kommen, dass wir die Vereinbarung wirklich gebrochen haben, dann werden sie irgendwo, in irgendeiner Klausel, auf etwas stoßen, das sie von den Fesseln befreit, die sie sich angelegt haben, damit wir mit ihnen kooperieren. Und das wollen wir nicht. Das kann kein Mensch wollen.«

Die Stille, die sich nach diesen Worten in der Halle ausbreitete, war bedrückend. Joas Billenkin empfand das erste Mal im Leben Dankbarkeit gegenüber Fabrizia Massignon, als diese zu sprechen begann: »Wir brauchen eine Doppelstrategie – für den Moment müssen wir die aktuelle Notlage bewältigen, das Schiff abschießen oder aufbringen und so weiter, Beweise sicherstellen. Aber danach wird es nötig sein, die menschliche ... Politik zu vereinfachen. Kirche, Tridiv, zwölf Zivilisationen ... wer ist verantwortlich? Unsere Feinde präsentieren uns eine hinreichend wirre Front, einerseits diese Bundwerks-Nostalgiker da im Gürtel, dann Diskrete Emanzipation, die teils von jenen unterstützt wird, teils autonom agiert, dann die Merkurgeschichten – ich denke, es wird Zeit, dass wir dieser Vielzahl von Störern als einheitlicher Block beggenen. Und dazu müssen wir, wie gesagt, vereinfachen, Umwege ausschließen und den Lilaws zeigen, dass wir bei uns, in rein menschlichen Belangen, die Schwachstellen ausmerzen können ...«

»Ich nehme an«, sagte der Chef süffisant, »du hast schon so eine Schwachstelle im Sinn? Einen vorbereiteten Sündenbock, den wir opfern können, damit die Lilaws sich freuen, wie effektiv wir sind?«

»Ich will mir«, gab sie zur Antwort, »nicht vorwerfen lassen, ich hätte nie daran gedacht, dass wir uns Optionen offenhalten sollten für den Fall, dass einmal das Tridiv nicht so will, wie die Lilaws wollen. Ich habe meine Vorkehrungen getroffen.«

Mit trockenem Mund, zugleich fasziniert, abgestoßen und wie aus weiter Ferne, hörte Joas Billenkin sich selbst sagen: »Kannst du uns diese ... Vorkehrungen erläutern?«

»Möglichst in siebzehn Minuten. Mehr haben wir nicht mehr«, sagte Doc Urtheil.

»Mehr brauche ich nicht«, sagte die Plage selbstbewusst und weihte die Anwesenden konzentriert in einen Plan ein, der, je klarer er allen wurde, umso mehr für die Lage geschaffen schien, in der sie sich befanden.

Als Massignon mit ihrer Darlegung fertig war, verständigten sich die drei Personen im Becken und der Mann in der billigen Kleidung mit wenigen Worten darauf, dass man den vorgeschlagenen zwei Plänen bis zu einer weiteren, ähnlichen, für einen späteren Zeitpunkt avisierten Beratung folgen würde. Danach erörterte man gemeinsam noch einige Ideen darüber, wer oder was wohl mit dem Kürzel KT gemeint sein mochte und wie man KT aufhalten, fangen, zerstören, töten konnte.

Die Einzigen, die in der ganzen abschließenden Unterredung kein Wort mehr sprachen und sich, als Urtheil ging, anders als er auch nicht verabschiedeten, ihm aber im braven Gänsemarsch folgten, waren die drei Killerkinder.

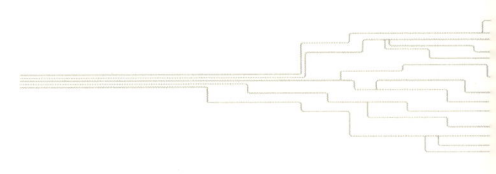

Drei

Kein Windhauch regte sich.

Die Nacht war stockdunkel, der Lichthof der ältesten Universität des Merkur sehr groß. Ein tüchtiger Mörder, nur körperlich klein, schlich zwischen den Schatten hindurch als einer der Ihren. Man hatte ihn beauftragt, heute Nacht rund dreihundert Menschen umzubringen: etwa zweihundert Studierende, eine Handvoll Lehrende, außerdem ungefähr hundert aus der Stadt in den Campus eingedrungene und hier nun in verschiedenen Bauten verbarrikadierte Männer und Frauen, darunter Kriegsversehrte, Greisinnen und Greise.

Der Mörder tat, was er tat, weder aus Überzeugung noch aus Pflichtbewusstsein, sondern einzig, weil er das war, was er war: ein körperlich kleiner, aber tüchtiger Mörder in Diensten der Lilaws, mit Knochen aus einem Material, das in leicht abweichender Zusammensetzung vor langer Zeit auf der Venus »schwarzes Eis« genannt worden war, mit Fleisch aus etwas, das eine aufgelockerte, luftigere Variante desselben Materials darstellte und von gewöhnlicher Materie, etwa Kugeln, Klingen, Feuer, Kälteschocks nicht zu verletzen war, atmend, in Zellen aufgeteilt, in denen es Zellkerne gab, die das Erbgut aufbewahrten, aus dem man den Mörder gezüchtet hatte — eine Art lebender Spott auf die oberste Losung der Kirche des Propheten Johnston, »Kraft in der Saat«.

Der Mörder, der Jephraim hieß, hatte die Schriften des Propheten Johnston im Original gelesen, was nicht einmal für alle Mitglieder des hohen Klerus galt. Dass der Prophet überhaupt Schriften hinterlassen hatte, hielten viele gewöhnliche Gläubige für unbewiesen. Selbst ob er je gelebt hatte, war ihnen nicht wichtig, er verkörperte ein Ideal.

Der kleine Mörder war Pragmatiker, Ideale lagen ihm fern. Phantasie und Selbstwertgefühl allerdings besaß er; vielleicht sogar etwas mehr als andere aus seiner Fertigungsreihe – während die meisten Geschwister namenlos waren, legte er Wert darauf, Jephraim zu sein, und während die meisten einander äußerlich bis ins Kleinste glichen, hatte er sich ein paar eigensinnige Veränderungen seiner Physis erlaubt. Wäre er aus den Schatten in Licht getreten, das zu dieser Stunde, an diesem Ort niemand zulassen wollte, hätte er darin merkwürdig ausgesehen: ein zwölfjähriges Kind in Uniform, das mit Henna gefärbte, rote, stachlig verstrubbelte Haare, aber einen dichten, knapp gestutzten schwarzen Bart trug – das Haar am Kinn und auf der Oberlippe hatte er eigens per genetischer Veränderung erworben, die Farbe im Haar persönlich angebracht, in Erinnerung an Krieger der Vorzeit auf der Erde, von denen er aus Büchern wusste.

Jephraim blieb stehen; er hatte etwas gehört.

Ein Scharren? Nein, ein Klicken, auf sechs Uhr. Er ging in die Hocke, drehte sich in derselben Bewegung fließend um sich selbst, hob sein Gewehr, dessen Lauf bislang auf den Boden gerichtet gewesen war, in Brusthöhe und erschoss die beiden Männer unter der Eisentreppe, die eben noch in seinem Rücken gewesen war. Zwei Campuspolizisten, zwei sichere Treffer in die Stirn. Einer dieser beiden war so dumm gewesen, seine Waffe auf den kleinen Mörder anzulegen und den Finger am Abzug zu bewegen – das war das sehr leise Klicken gewesen, das selbst feinste handelsübliche Mikrophone auf die Entfernung, die zwischen Jephraim und den beiden lag, kaum registriert hätten.

Die zwei jetzt Toten, dachte Jephraim, waren wohl schon das Gefährlichste, womit er es hier zu tun bekommen würde. Sie und ein paar andere ihres Standes waren aber zugleich der Grund, warum er sich überhaupt hier aufhielt: Hätten sich nicht Staatsangestellte wie sie auf die Seite der Rebellion geschlagen, wäre er nicht gerufen worden – nicht wegen einer läppischen Universitätsbesetzung.

Die Campuspolizisten hatten ihn gesehen, der guten Augen wegen: Restlichtaufhellerlinsen, ein Vorteil vor den übrigen vorgesehen Opfern, den zivilen, die blind durch diese Dunkelheit stolpern mussten.

Bevor er Gelegenheit hatte, sie dafür zu bedauern, blitzte es in seinem rechten Auge. Das war Leutnant Escott, der die Operation koordinierte. Wie alle Merkurianer besaß er keine im Schädel eingebetteten Transceiver, sondern tippte an Keyboards, starrte auf Monitore – vorsintflutliches Zeug, das Jephraim zuwider war. Escotts Botschaft war so überflüssig wie der ganze Mann:

STATUS?

Der beflissene Versager hatte offenbar tatsächlich Angst, Jephraim könnte vielleicht doch nicht so leicht fertig werden mit den armen Idioten, die sich hier selbst eingesperrt hatten.

Sie hätten sich genauso gut selbst töten können. Sieben Gebäude, befreites Gebiet, lächerlich. Alle Kameras und Außenverbindungen waren deaktiviert, nicht einmal vom Himmel fiel Licht auf die Szene – keine Sterne, keine Planeten, wegen des Drecks in der Luft, den die Schornsteine der nahen Riesenfabriken im Calorisbecken ausspuckten.

Es gab hier nicht einmal Sporen der Lilaws – der Merkurluftraum war sauber, das hatten die hiesigen Regierungen den denkenden Verträgen abgetrotzt.

In Wirklichkeit war die Überwachung der hiesigen Politik ganz unnötig, da deren Ordnung, wie sich hier wieder einmal zeigte, keinen Tag, keine Nacht lang überlebt hätte, wenn nicht in allen Ballungszentren Nothelfer wie Jephraim stationiert gewesen wären, bevollmächtigt von den Lilaws, bereit zu unauffälliger und effizienter Amtshilfe für die hiesigen Herrschenden, die damit immer tiefer in politische Schulden bei den denkenden Verträgen rutschten.

Jephraim schrieb zurück:

BITTE NICHT MEHR BELÄSTIGEN. MUSS EURE GESCHICHTE SCHREIBEN.

Die »Geschichte«, die er meinte, war von den Lilaws vorskizziert und sollte den Machthabern vor Ort die Peinlichkeit ersparen, sich öffentlich dazu verhalten zu müssen, dass ein Teil ihrer eigenen Bewaffneten sich mit Unzufriedenen solidarisiert hatte.

Stattdessen würde man eine Zwecklüge verbreiten: Die Campuspolizei habe tapfer gegen die nun Verschanzten gekämpft, sei aber, weil zahlenmäßig unterlegen, von der Bande überwältigt worden, woraufhin die Stadtregierung keine andere Hilfe mehr hätte leisten können, als beim nahen Lilawstützpunkt um Counterinsurgency-Unterstützung zu bitten, die man ihr gewährt hatte, wobei dann leider der Rest der wild um sich schießenden Fanatiker auf dem Campus gestorben sei. Gefahr gebannt, Gesicht gewahrt.

Jephraim duckte sich und hielt dabei sein kleines Schnellfeuergewehr fast höher als seinen Kopf. Das konnte er sich leisten, weil er starke Arme hatte und beim Schießen die sehr führige Waffe deshalb nicht fürchten musste, die bei weniger sicherem Zugriff leicht hätte ausrutschen können, auch wenn ihr zweiter Griff unterm Lauf sie stabilisierte. Der Mörder ging geduckt die Treppe neben dem Wasserturm hoch und lief geradeaus übers Giebelfeld, als in einer Dachluke ein weiterer Wächter auftauchte. Der Mann richtete nicht nur ein Sturmgewehr auf Jephraim, sondern auch eine unten an deren Lauf angebrachte Lampe, um ihn anzustrahlen und damit zu blenden, wartete aber nicht lange ab, ob diese List eine Wirkung tat, sondern feuerte sofort.

Guter Mann, dachte Jephraim bedauernd, ließ sich zur Seite fallen und sprengte dem Angreifer mit zwei Schüssen die obere Kopfhälfte weg.

Polternd fiel der leblose Körper die hölzerne Kurzleiter hinunter. Jephraim glitt wie eine Schlange auf dem Bauch anderthalb Meter vorwärts und hörte, wie zwei Studenten versuchten, dem Toten die Waffe abzunehmen, dabei zischten und einander mit unsicheren Griffen in die Quere kamen. Jephraim stieß sich mit beiden Beinen von einer Antennenbox ab, rollte sich seitlich neben die Luke und hielt die Waffe hinein. Er schoss achtmal, in eckiger Spirale, tötete die beiden Männer und stand geschmeidig auf. Ein weniger erfahrener Fachmann wäre jetzt durch die Luke hinter weiteren Menschen hergerannt, deren eilige Schritte Jephraim dabei belauschte, wie sie sich von der Stelle, an der eben drei Personen gestorben waren, rasch entfernten.

Er jedoch ging in aller Ruhe auf dem Dach quer über den Westteil des ersten Obergeschosses, am geschützten inneren Treppenhaus vorbei, über die Gebäudespange bis zum Kubuscluster am Eck. So fest er konnte, trat er dort aufs verglaste Verbindungsdach und sah zu, wie große und kleine Scherben auf die vier Flüchtigen herunterregneten, während er sie zusammenschoss: eine Frau, ein bereits humpelnder alter Mann, eine Studentin und ein weiterer der Wächter, der davongelaufen war, als Jephraim seinen Kameraden getötet hatte. Der Feigling gab nur zwei Schuss aus seiner Pistole ab; einer schlug in die schwere Holztür, hinter der Jephraim das Versteck einer weiteren Gruppe von Protestierenden vermutete, der andere traf den alten Mann, der bereits, von Jephraim durch Herzschuss getötet, zur Seite kippte, in der linken Schulter, dann rissen Jephraims Kugeln dem unfähigen Beschützer des kleinen Spähtrupps die Brust auf.

Jephraim sprang zwischen die Leichen, steckte das Gewehr ins Halfter am Bein, zog aus dem Rückengurt die Einsatzflinte, zerstörte mit drei gezielten Schüssen das Magnetschloss an der Tür und horchte. Etwa fünfzehn Menschen liefen, schlichen, huschten zur hinteren Wand, als brächte es ihnen etwas, sich so weit wie möglich von der Tür zu entfernen, die er jetzt auftrat. Sein Blick im Dunkeln erfasste sofort, das auch hier noch einer der Personenschützer auf ihn wartete, der sein Gewehr auf Jephraim richtete, dann aber nur in den rechten Türrahmen und auf einen Stuhl rechts neben Jephraim schoss, bevor Jephraim, der die Flinte wieder weggesteckt hatte und jetzt in jeder Hand eine Pistole hielt, das Feuer auf die kleine Gruppe eröffnete. Volle vier Minuten hatte er damit zu tun, den durcheinanderlaufenden, hinter Stühlen, gekippten Tischen und sogar den Leibern der bereits Getroffenen sinnlos Schutz Suchenden das Leben zu nehmen.

Als alle tot waren, stellte er sich in die Raumesmitte und lauschte zwanzig Sekunden, ob noch irgendein Herz schlug. Als das nicht der Fall war, versah er alle seine Waffen mit neuen Magazinen, ging aus dem Saal und wandte sich nach rechts. Dann lief er geradeaus den Korridor hinunter, auf dessen halber Höhe der erste Treppenabsatz auf ihn wartete, den er ignorierte, weil auf der schmalen Treppe des zweiten weitere zehn völlig schutzlose Leute sich an die Wände pressten und versuchten, so flach zu atmen, dass niemand sie bemerkte.

Einen Menschen hätten sie damit getäuscht, nicht aber Jephraim, der sich einfach an der Ecke positionierte und eine kompakte Granate aus dem Gürtel klinkte.

Jephraim ging in die Knie und warf die Granate an der Wand vorbei, dann ließ er sich nach rechts kippen und rutschte unten an der Wand ein Stück zurück auf den Korridor, gerade rechtzeitig, um der Stichflamme und der Druckwelle zu entgehen, die vom Treppenhaus her die halbe Fensterfront im Obergeschoss zertrümmerten, alle Flüchtigen auf der Treppe erschlugen oder zu Asche verbrannten und einen Großteil der Südseite des zweithöchsten Stockwerks aus dem Gebäuderahmen brachen, wobei weitere acht Personen zerrissen wurden und in Körpertrümmern auf den Hof fielen, während das Feuer, das nun durch den unteren Südgang raste, ein halbes Dutzend dort Aufhältige sofort tötete, zwei so schwer verletzte, dass sie zu Boden gingen, und vier in Räume trieb, aus denen es keine Fluchtmöglichkeit gab. Jephraim ließ sich vom abgerissenen Treppenaufgang hinunterfallen, schlug unter Flammen auf, ging hindurch, schoss die beiden Überlebenden in den Hinterkopf, öffnete, von der tobenden Oxidation umlodert, einige Türen, schoss hinein, löschte auf diesem zweithöchsten Geschoss in zwanzig Minuten weitere sechsunddreißig Leben aus und kletterte dann am Kabel in einem ausgebrannten, noch qualmenden Aufzugschacht nach unten bis aufs Dach der Kabine, auf die er niederkauerte.

Er legte das Ohr an, erlauschte die Anwesenheit von sechs Menschen im Aufzugschacht, schoss mit der Flinte nach unten, bis sie sich nicht mehr regten, öffnete die Klappe und fiel auf drei Leichen. Die Aufzugtür war leicht zu öffnen.

Als er sie aber auseinandergedrückt hatte, schossen drei der Bewaffneten auf ihn, die er mit der kleinen MP umbrachte, bevor er ihre zehn zwischen den Hecken herumirrenden Schützlinge jagte und erledigte.

Dann kauerte er zwischen zwei Büschen und legte sich auf den Bauch, griff sich vom Rücken das Gewehr mit dem längsten Lauf, stützte sich mit den Ellenbogen auf den Rasen und wartete auf die aus dem brennenden Gebäude Fliehenden.

Das waren schließlich fast vierzig, darunter drei Jugendliche, kaum älter, als Jephraim ohne Bart ausgesehen hätte.

Es dauerte anderthalb Stunden, mit manchmal bis zu zehn Minuten Pause, bis sie alle Jephraim vor den Lauf gestolpert waren. Jephraim dachte dabei an Escott, den Vertrauensmann des hiesigen Bürgermeisters und Leutnant in der Stadtsicherungsbrigade, der Jephraim mit einem flachen Gleiter bis zum Rasen vor der Universitätsbibliothek III gebracht hatte. Dieser ängstliche Mann, der seine Angst, wie das Jephraim von derartigen Handlangern kannte, mit besonders schneidigem und elitärem Gehabe zu überspielen suchte, war immerhin so freundlich gewesen, dem Agenten der Lilaws auf der Fahrt vom Dach des Rathauses die Vorgeschichte der Klemme zu erläutern, in der seine törichte Administration derzeit steckte: »Wenn du mich fragst, alles falsch. Es liegt nicht am Streik in den Werken, weißt du, den Philoxenuswerken und der Chemie in Borealis Planita und den Landwirtschaften zwischen Valmiki und Bello, und auf der ganzen Südhalbkugel, das ist alles Ablenkung, das hätte man schnell im Griff, wenn man nur wollte. Gegen Kriegsende war hier das Militär an der Macht – keine politischen Probleme gab's da, gar keine. Nur, dann war halt der Krieg vorbei, und da gab es diese lächerlichen Aufstände in den Städten, und da haben irgendwelche Bürokraten als reines Show-Verfahren, fünf unserer besten Militärs den Prozess gemacht, zwei Generäle darunter, eine Schande, alle verknackt, lebenslang, einige sitzen noch. Gut, dann die Teilamnestie, sie haben einen Schlusspunkt markiert, und es hätte normal weitergehen können, aber jetzt?

Die Eierköpfe und die Fettbäuche, die sind schuld. Die Eierköpfe, weiß ja jeder, was an den Unis los ist. Keine Disziplin. Das normale Volk, das arbeitende Volk, ach je, ich meine, wir haben die Leute im Krieg einfach ruhiggestellt, da bei Philoxenus, da haben die Gewerkschaftsleute und die Geschäftsleute noch zusammengehalten, patriotisch, merkurtreu, aber die Eierköpfe heute, die mosern, aber die Leute hatten was davon, es gab noch gegen Kriegsende sogar Quotenerhöhungen, mein Vater war selber dabei mit seiner Einheit, hier, liebe Arbeiter, ein Stück Seife mehr, eine Rolle Klopapier dazu, einmal im Monat sogar wieder Fleisch. Den Leuten war klar: Es gibt zwei Bedrohungen, nicht, das eine sind die Venusschweine, das andere ist Krisese – selbst wenn wir die Venusschweine besiegen, ist der systemweite Handel erst mal im Eimer. Wir müssen autark überleben, wir müssen über die Runden kommen, draußen ist Krisese – das schweißt zusammen. Und auf Befehl des Militärs haben sie alle gespurt, die Fettbäuche, die Arbeiter, die Eierköpfe. Aber dann war der Krieg aus, und dann haben uns die Lilaws in Gnaden wieder aufgenommen, und da hieß es plötzlich, Krisese ist ein Ammenmärchen, die Zukunft ist die zweite Diversitas, lasst uns handeln, mit Sinope, mit Titan, sogar mit den verdammten Robotern im Trümmerfeld. Was hat man denn gedacht, wie sich die Leute benehmen würden, wenn sie keine Feinde mehr fürchten? Jetzt wollen alle mehr für sich, die Arbeiter und die Fettbäuche und die Hausfrauen und die Professoren, aber wir kriegen die Exportquoten nicht hin, und da drohen uns die Lilaws, da droht uns das Tridiv, und dann müssen die Arbeiter und die Hausfrauen zurückstecken, aber nicht die Fettbäuche, denn die können sich's richten beim Staat, und nicht die Eierköpfe, denn die gehören zum Staat, und schon streiken die Arbeiter wieder, und die Hausfrauen laufen in der Stadt auf die Straße und klappern mit Töpfen, und wer marschiert mit? Die Scheißstudenten, denn denen haben die Eierköpfe was ganz Neues in die Köpfe gepflanzt, pass auf, das ist das Schönste jetzt: Da kommt diese Ökonomenkuh, diese Akiko Hayashi-Takagi, klar, stammt von

Japanern ab, die ganze Brut aus Vyasa stammt von diesen Japanern ab, und was hat sie angestellt? Na, sie hat die Produktivität gemessen, und sie sagt, die ist seit dem Krieg und sogar noch während des Bürgerkrieges um vierundzwanzig Prozent gestiegen, auch dank der Patente, die wir uns haben bezahlen lassen lilawhalber, Patente, die von den Universitäten kommen, schon recht, aber umgekehrt haben wir eben auch Lizenzen erworben, wir können Zeug von Sinope und vom Mars jetzt nachbauen, wir können auch besser säen und besser ernten, ja, danke, diese bescheuerte Kirche, Kraft in der Saat, vierundzwanzig Prozent, schön, aber die Löhne, aber der Lebensstandard, der Warenkorb, nicht, der ist nur um sechs Prozent besser, und da fragt sie, wo ist es geblieben? Als ob das nicht jeder weiß: Bei den Fettbäuchen ist es geblieben, bei den Promanns und Loshbaughs und wie sie alle heißen, das war immer so, die Politik setzt es durch, denn die Loshbaughs und Promanns sagen unseren gewählten Pfeifen, wir können das nicht alles einfach an die Hungerleider weitergeben, an die Landwirtschaft von Valmiki und Belto, wir müssen das sofort wieder investieren, der systemweite Markt bringt uns nicht nur Absatzgebiete für unsere Patente und Lizenzen der anderen, der setzt uns auch unter Konkurrenzdruck, wir sind hintendran, wollt ihr, dass der Merkur aufholt, oder nicht, und unsere Politiker, unsere gewählten Pfeifen in der ersten Merkurkammer und der föderalen Merkurkammer und den Einzelstaaten und diesen ganzen Faselanstalten, die lassen sich über den Tisch ziehen, sind ja auch geschmiert, aber dann kommt der nächste Eierkopf, dieser Krolik, und der hält Versammlungen ab mit der Kuh, die sagt, sie haben euch die Prozente geklaut, und dann sagt der Krolik, ja, fasst man das überhaupt: Nein, das muss gerechter gehen. Da sagt er: Seht euch mal unseren Todfeind an, unseren Erbfeind, die Venus. Denn der Herr Krolik ist

Historiker und hat nun also rausgefunden, auf der Venus, da haben sie es so gemacht, vor dem Krieg, vor der Diversitas, da hatten sie ein System, da wurde das öffentlich gemacht, wenn es irgendwo einen Produktivitätszuwachs gab, und dann wurde abgestimmt, was man damit machen sollte, da haben sie sich's ausgesucht, die Roboter und die Arbeiter und die Künstlichen Intelligenzen und das ganze Gesockse, so was erzählt der den Leuten. Und wundert sich, wenn sie rebellisch werden! Aber was macht unsere Regierung? Sie sperrt die Kuh und den Krolik nicht ein, sondern stellt einen anderen Eierkopf hin, diesen Djogosch oder Drogesch oder wie er heißt, und der sagt, das stimmt ja alles nicht, was der Krolik da erzählt, das war gar kein großes Büfett da auf der Venus, sondern die kriegten höchstens mehr Zeit, aber nicht mal als Freizeit, die hatten da so ein Zeitkontensystem, nichts mit Seife, Klopapier, Fleisch, und diese Freizeit, das war dann wieder Arbeitszeit, aber direkt fürs Regime, Schauprozesse, Unterdrückung – sagt dieser Blödmann und macht damit dem Volk noch das Einzige madig, was uns retten kann, eben Autorität. Und dann, also es ist wirklich eine lächerliche Komödie, das Ganze – dann findet eine Studentin vom Krolik raus, den Lehrstuhl von dem Drogesch an der Akademie in Praxiteles, den hat natürlich wer bezahlt, klar, eine sogenannte ›zirkumbinarische Stiftung‹, wo nehmen sie nur immer die Wörter her, und wer trägt die, wer blecht das, na, Loshbaugh selbstverständlich, und daraufhin wird dem Krolik endlich ein Lehrverbot erteilt, weil er das nun enthüllt hat, aber er verschanzt sich hier, und sie demonstrieren, und sie besetzen den Laden. Und da kommst du rein. Aber ich sage dir, mein Freund, auch wenn deine Lilaws das nicht gerne hören: Was der Merkur braucht, ist ein neuer Krieg.«

Jephraim hatte das nicht kommentiert.

Jetzt, da die Flammen des Gebäudes, das er angezündet hatte, den Park davor in unregelmäßigen Wellen erhellten und er die verstreut herumliegenden Leichen zählte, die seine Arbeit in den letzten zwanzig Minuten hinterlassen hatte, entlockte ihm die Erinnerung an das militante Gerede des Leutnants ein Zungenschnalzen: Was diese kleinen Zinnsoldaten sich aber auch immer einbilden!

Zehn von seiner eigenen Sorte im unbegrenzten Einsatz, überlegte er, und auf dem Merkur würde nicht nur eine Ordnung herrschen, die dem kleinen Leutnant alle Herzenswünsche erfüllte, sondern eine Produktivität, die den Leuten das Fleisch, das Toilettenpapier und die Seife nur so um die Ohren werfen würde – aber es waren nur zwei von seiner Sorte hier stationiert, nach der strategischen Lehre vom Zeitalter der Individuen, die der Leiter der Systemsicherheit des Tridiv entwickelt hatte, dessen Namen kaum jemand wusste, auch Jephraim nicht. Es gab Gerüchte über ihn – er sitzt in der Kirche, er sitzt in einer Bibliothek, in einem Museum, getarnt als harmloser Datenkramverwalter –, aber wie er hieß, hätten nur seine direkten Untergebenen sagen können, zu denen zwar auch Killerkinder wie Jephraim zählten, er selbst aber nicht.

Mehr von ihnen auf Merkur oder sonst wo zu stationieren als die von der strategischen Individuallehre vorgeschriebene Handvoll kam ohnehin nicht in Frage – die Probleme der Menschen für sie zu lösen war nicht der Stil der Lilaws. Sie schickten Leute, um in Notfällen auszuhelfen, ansonsten waren diese Leute Beobachter, deren Nachrichten – etwa die laufende Aufzeichnung der hässlichen Handlungen, die Jephraim heute Nacht unternahm, um die lokalen Behörden zu entlasten – den Lilaws Entscheidungsgrundlagen dafür lieferten, ihre Klauseln situativ nachzubessern oder auf der Einhaltung bereits geltender Paragraphen mit mehr Nachdruck zu bestehen.

Eine etwa zwanzig Jahre alte Frau mit zerfetzter und verrußter Kleidung, Brandflecken im Gesicht und versengtem Haar humpelte aus dem Bau, dessen Dachgeschoss inzwischen ausgebrannt war. Jephraim legte auf sie an. Bevor er abdrücken konnte, leuchtete eine neue Schriftbotschaft in seinem Innenauge auf:

VENUS LEBT RENDEZVOUS KT

Die Nachricht kam nicht vom Leutnant, nicht von der hiesigen Politik, nicht von den Lilaws, sie zeigte überhaupt keine identifizierbare Absenderziffer im entsprechenden Feld.

Jephraim ließ das Gewehr fallen, griff nach einer der Granaten im Gürtel, riss sie aus der Verankerung, drückte auf den verzögerten Zünder und steckte sich die Granate in den Mund.

Dann drehte er sich auf den Rücken, legte die Arme ausgestreckt rechts und links neben sich ins Gras, krallte seine Finger in den Rasen und wappnete sich innerlich gegen die Detonation, die zwei Sekunden später erfolgte.

Als er die Augen wieder aufschlug, waren einige Wimpern abgebrannt, die Augenbrauen und ein Teil des Haaransatzes ebenfalls. Auch ein großer Teil des Bartes am Kinn und fast der gesamte Schnauzbart waren weggeschmort. Jephraim lag in einer dampfenden Vertiefung, für die ihm nicht sofort das Wort einfiel, und blickte in den Lauf einer Waffe, die er eben noch benutzt hatte, um Leute zu erschießen, die vergeblich versucht hatten, ihm zu entkommen. Im Flackerlicht des Feuers erkannte er, dass die Person, die diese Waffe auf ihn richtete, die Frau war, die er eben schon beinah getötet hätte, als die Schrift in seinen Augen ihn von der ganzen bisherigen Lebensbahn genommen und auf eine neue Spur gesetzt hatte.

Jephraim war völlig taub, außerdem fehlten ihm vorn, oben, drei Zähne, deshalb sah es sehr unheimlich aus, als er die Frau anlächelte und sagte: »Krater.«

Es war das Wort, das er gesucht hatte: Er lag in einem kleinen Krater, den er durch die Explosion der Granate in seinem Mund selbst geschaffen hatte. Er konnte das Wort nicht hören und musste der Frau das, was sie erwiderte, von den teils aufgesprungenen, teils mit Aschenresten verschmierten Lippen ablesen: »Was? Was redest du?«

Er wiederholte: »Krater. Ich hab' einen Krater gemacht.«

Die Frau erwiderte: »Ich kann dich nicht erschießen, richtig? Selbst wenn ich wüsste, wie man mit diesem Ding umgeht, selbst wenn ich dir alles, was drin ist, mitten ins Gesicht ballern würde, hättest du höchstens ein paar Kratzer, wie von dem Knall. Aber ich wollte es doch mal wissen. Wie es ist. Wenn man selber das Gewehr hat und nicht immer die andern. Es ist durch die Luft geflogen. Ich bin im Gras gelegen. Ich hab mich im Gras hin und her gerollt, damit ich nicht mehr brenne, damit die Flammen ausgehen, falls noch welche an mir dran sind. Dass ich das machen soll, hat mir mein Professor gesagt, bevor er aufgegeben hat. Krolik. Simon Krolik. Er liegt da drin«, sie ruckte mit dem Kopf nach rechts, Richtung Gebäude. »Er war schon alt und hatte es am Herzen. Er hat mir was gegeben. Und dann hat er auf seinem Armband was getippt. Ich sollte rausgehen und keine Angst haben, hat er gesagt. Ich würde dich hier finden, und du würdest mich nicht umbringen. Er sagte, du wolltest das gar nicht. Er sagte, du wolltest auch meine Freunde alle gar nicht umbringen, die du heute umgebracht hast. Er sagte, du kannst nichts dafür. Ich sollte raus und mich selbst retten, und dann sollte ich dir was geben. Das mach ich gleich. Wahrscheinlich. Oder ich erschieße mich und gebe es dir nicht. Wie wäre das? Wie wäre das, wenn wir uns endlich mal nicht so verhalten würden wie die ewigen Opfer, die auf den ganzen Irrsinn ... wenn wir endlich nicht mehr mit einem weiteren Versuch reagieren würden, irgendwie Vernunft reinzubringen, irgendwie zu kooperieren, irgendwie diese Kreisläufe zu durchbrechen mit Argumenten, mit der Wahrheit?«

Tränenbahnen gruben sich hell in die schwarze Schicht auf ihren Wangen. »Was? Hm?«, sagte sie noch.

Jephraim wartete die Nachbeben ihrer Empörung in Ruhe ab, bevor er antwortete: »Dein Professor hat recht und unrecht. Er hat recht, wenn er sagt, ich wollte das alles nicht. Aber das klingt wie eine Ausrede – wie wenn man sagt: Tut mir leid, ich habe es nicht gewollt. Ich finde es Verschwendung und sinnlos, und es ärgert mich. Aber er hat auch unrecht, oder er hat dich beschwindelt, wenn er damit andeuten wollte, ich hätte ein schlechtes Gewissen. Ich bin kein Mensch. Ich habe bis zu einem gewissen Grad einen eigenen Willen, wenn du es so nennen willst. Aber ich mache das, was ich mache, weil die Lilaws, die mich erschaffen haben, auch dafür gesorgt haben, dass ich es für meinen eigenen Entschluss halten kann. Es ist eine Art Zufallsmaschine in mir, die jeweils zum Kippen gebracht werden muss von Kalkülen, die euren Willensentscheidungen entsprechen, aber auch von einem viel klareren Eigeninteresse geleitet sind. Ich kenne wenige von den sogenannten bewussten Impulsentscheidungen, wenn ich im Moment handle, dann passiert das kaum bewusst, dafür halte ich mich meistens an meine mittelfristigen und an meine langfristigen Beschlüsse. Allerdings, und das war sozusagen das Loch, die Lücke in meinen Prägungen, durch die jetzt eine ... Veränderung reingekommen ist ... allerdings können im Stillen neue Entscheidungen reifen. Aber dass ich alles getan habe, was die Lilaws bislang von mir wollten, also auch das, was ich heute Nacht getan habe – das lag einfach daran, dass es in meinem Interesse war. Es war besser für mich zu tun, was die Lilaws wollten. Und jetzt ist es besser für mich, etwas anderes zu tun. Dein Professor hat das gewusst, weil er zu einer ... mittlerweile wohl recht großen Gruppe von Leuten gehört, die so was sind wie die Entscheidungen, die langsam in mir gereift sind. Sie werden das Ganze, was hier die letzten paar hundert Jahre passiert ist, ändern, so wie ich alles, was ich bislang getan habe, nicht mehr tun will. Wenn du jetzt auf mich schießt oder dich selbst tötest, erreichst du damit wahrscheinlich überhaupt nichts.«

Das war der längste Monolog, den Jephraim in seinem ganzen bisherigen Leben gehalten hatte, aber was die Studentin antwortete, verstand er nicht sofort, weil ihr unteres Gesichtsdrittel von der Waffe verdeckt war. Er fragte nach: »Entschuldige, aber nimm doch bitte das Gewehr runter, sonst verstehe ich nicht, was du mir sagst, weil ich es dir vom Mund ablesen muss.« Sie nahm das Gewehr runter, drehte es um und stieß ihm dann den Kolben mit aller Kraft ins Gesicht. Er blinzelte überrascht, dann sah er sie an.

Sie warf das Gewehr weg und schrie: »Warum erzählst du mir das alles?«

»Ich weiß es nicht genau«, antwortete er wahrheitsgemäß. »Ich dachte, ich schulde dir zumindest eine Art Erklärung.«

Sie antwortete mit einem langen, sinnlosen Schrei. Dann sank sie neben Jephraim auf die Knie. Der setzte sich auf.

Kurz danach stand er, klopfte sich ab, sah die Frau nicht direkt an, gab ihr Zeit. Schließlich streckte sie ihm wortlos einen kleinen Gegenstand hin, nicht größer als seine Faust. Er nahm ihn entgegen, sah sie an und sagte: »Danke!«

Es war ein Ball aus etwas, das wie Plastik oder durchsichtiges Gummi aussah. Im Innern dieser Kugel wuselten schwarze Fäden, ein aufgeregt wimmelndes Knäuel. Die

Frau fragte Jephraim: »Was ist das? Was machst du damit?«

»Das muss ich in meinen Kopf tun, wo es hoffentlich alle Verbindungen zwischen mir und den Lilaws endgültig auffrisst. Im Moment sind sie kaputt, werden aber neu geknüpft – die Explosion war dazu da, diese Verbindungen für etwa eine Stunde auszuschalten. Die Lilaws am anderen Ende sind, was mich angeht, jetzt noch etwa fünfzig Minuten lang blind und taub. Das Ding hier muss in meinen Kopf, bevor sie wieder sehen und hören können und schmecken, was ich selber sehe, höre, schmecke.«

»Was wirst du jetzt machen?«, fragte die Frau. Sie sah sehr erschöpft aus, fast schien es, als stellte sie die Frage nur mehr halbautomatisch, wie man eine Konversation am Leben hält, deren Sinn man nicht mehr erinnert.

Er antwortete dennoch präzise und wahrheitsgemäß: »Ich gehe den Weg zurück, den ich gekommen bin. Ich töte den Leutnant eurer Polizei, der mich hergebracht hat. Ich nehme seine Waffen, schneide meinen Schädel auf und setze dieses Ding rein. Dann fliege ich mit dem Gleiter auf einer vorherberechneten Route, die mich möglichst nicht in die Überwachungsfilter eurer inkompetenten Polizei geraten lässt, das Calorisbecken hoch bis zur privaten Villa eines eurer Fabrikherren. Da breche ich ein, denn der hat einen kleinen Raumhafen auf seinem Grundstück, wo ich ein Schiff stehlen kann, das mich hier wegbringt, zu einem Rendezvouspunkt, der seit Jahren verabredet ist. Dort werde ich aufgegabelt von ... weiteren Leuten, die alles ändern wollen.«

»Diese Leute, die alles ändern wollen«, fragte sie, nicht mehr ganz so erschöpft. »Sind das wirklich so viele?«

»Ja.« Er nickte. »Und es werden immer mehr. Was nicht heißt, dass es schon genug sind. Aber ab heute gehörst du auch dazu, selbst wenn du nie mehr etwas tust, das der

Sache weiterhilft.« Er schüttelte die Kugel sacht: »Das ist nicht nur etwas, das die Verbindungen kappt, sondern auch wichtiges historisches Wissen. Er war Historiker, dein Professor, richtig?« Sie nickte. Jephraim sagte: »Er hat über die Venus gearbeitet. Nicht über die Venus, wie sie heute ist, sondern über die alte Venus. Die Bundwerk-Venus, von der es heißt, sie sei tot, sie sei noch vor dem Erwachen der Lilaws gestorben. Aber sie ist nicht tot. Venus ... lebt«, sagte er, und sein Gesicht sah für einen Augenblick aus, als fände er lustig, was er da gerade gesagt hatte. Er wandte sich ab, um zu gehen, dann überlegte er es sich anders, drehte sich noch einmal um und sagte: »Du kannst dein Leben retten, und vielleicht ein paar mehr. Nicht alle, nicht die paar hundert, die auf dem Gelände sind. Denn in etwa drei Stunden wird man merken, dass mein Einsatz nicht das gebracht hat, was man davon erwartet hatte. Das wird sie erst mal ziemlich kopflos werkeln lassen, gegenseitige Schuldzuweisungen, Panik, Hickhack, das Übliche. Aber dann schicken sie eure Polizei, euer Militär oder wen immer, unter anderem aus Angst, ihr hättet mich vielleicht überredet oder getötet, was sie beides fast wahnsinnig machen wird, weil sie jetzt zu ihren sonstigen Problemen auch noch die Vergeltung der Lilaws fürchten werden. Das alles verschafft euch eine Chance. Dir und vielleicht zehn, zwölf anderen, die allerdings beweglich sein müssen, jung und stark.«

Sie sah ihn fragend an. Er erklärte: »Unterm Giebelfeld, südwestlich vom Medienturm, gibt es einen Kanalisationszugang, da kriegst du vielleicht zwölf Leute rein, und wenn ihr nach Süden geht, an vier weiteren Zugängen vorbei, kommt ihr an eine Kreuzung, da müsst ihr nach Westen ab und dann aus dem ersten Ausgang raus, direkt über euch. Nehmt zwei, drei Bewaffnete mit, wenn ihr noch welche findet. Es könnte sein, dass da draußen jemand patrouilliert. Ihr habt das Überraschungsmoment auf eurer Seite. Da seid ihr dann am alten Schwimmbad, am verlassenen Freizeitzentrum. Wie's von dort weitergeht, weiß ich nicht.«

Sie schwieg.

Jephraim machte sich auf den Weg.

VIER

Lästig zwickte und klemmte etwas unten an Kiefs Nasenscheidewand. Seine Stirn drückte gegen glatte Kälte, seine Augenbrauen lagen auf weichem Material. Schaumstoff? Der Priester hob den Kopf im Liegen leicht, wischte mit der Stirn übers Kalte.

Das war, wie er jetzt sah, ein Fenster.

Kief lag seitlich auf einem schlichten Feldbett. Sein Gesicht hatte das Fenster berührt, seine Augenbrauen den Schaumstoffrahmen darum gespürt. Er blinzelte und litt Druckschmerz auf den Augen. Draußen: Schwärze, Sterne – er blickte den Leib der langen Keilmuschel entlang, in der er lag, sah radial darum angeordnete Teleroboterarme, sah Spektrometertrommeln, Tanks, Radiometer, Interferometer, die dünnen Spitzen von Rendezvousthrustern, Antenneneinheiten in Schutzverkleidung, sphärische Aufsitzer, deren Funktion er nicht einmal raten konnte.

Ein freier Blick Richtung Heck, kein freier Blick in die andere Richtung, nach vorn, nach rechts orthogonal zur

Wirkrichtung der künstlichen Schwerkraft, die er in seinen Gliedern fühlte, die ihn auf der Liege hielt und die eigentlich keine Schwerkraft war und auch nicht, wie in den uralten Fähren, die im erdnahen Raum, etwa zwischen Erde und Luna, immer noch gebräuchlich waren, ein gemeinsames Erzeugnis von Fliehkraft und Rotation, sondern ein Trägheitstrick, erfunden, wenn er sich nicht irrte, auf der Venus. Die Spitze der Muschel war nicht zu sehen, weil Krümmung und Steigung von drei der Kugeln besetzt waren, die Kief an nichts erinnerten, was er kannte. Die Hülle des Raumfahrzeugs, in dem er sich befand, machte auf den Priester wegen der Aufsätze und Applikationen, die er in seinem Gesichtsfeld ausmachen konnte, den Eindruck von Stückwerk; als hätte man etwas, das für bestimmte Aufgaben gerüstet war, für andere umgerüstet, und zwar in einiger Eile, auf Kosten der Stimmigkeit und Schönheit des Gesamtarrangements.

Kief blinzelte erneut, der Schmerz ließ schon nach. Der Priester erinnerte sich an seine Rettung auf der Erde: Ich hing im Baum. Wurde rausgeschnitten, bin abgestürzt. Ein Schiff, dieses Schiff, war da. Ein Mann mit einem Arm aus Metall. Fließendem, gedankenschnellem Metall. Linker Arm. Spieße, Messer. Schere. Hat mich aufgegabelt. Aus dem Geäst geschnitten, aus dem Spinnengöppel befreit. Mich mitgenommen.

Wir sind im interplanetaren Raum, aber ich weiß nicht, wohin unterwegs. Kief drehte sich zur Seite, setzte sich auf, stieß sich beinahe den Kopf an einem schrägen Hängeschrank.

Sein Rock war, säuberlich zusammengefaltet, über eine Lehne gelegt worden, die zu einem Stuhl gehörte, auf dessen Sitzfläche Kiefs Socken lagen. Seine schwarzen Stiefel, ohne Spuren von Gras und Dreck, blitzblank geputzt, standen neben dem Stuhl. Kief trug kein Unterhemd, die

Unterhose hatte man ihm gelassen. Er untersuchte seinen Körper.

In seiner Brust und in der rechten Schulter steckten Nadeln mit etwa daumennagelgroßen Würfeln als Köpfchen. Kief wusste, was das war: medizinische Femtidenspender, die etwas in seinen Stoffwechsel abgegeben hatten, das Knochenfrakturen, Schädigungen von Muskeln, Sehnen, Nerven und inneren Organen reparierte.

Er zog die Nadeln heraus, es tat nicht weh. Dabei sammelte er sie in der Kuppe seiner Rechten und streute sie dann auf das Kopfende des Bettes, woraufhin er sich aufrichtete und an sich hinuntersah: alles heil, nicht mal blaue Flecken von Prellungen. Die Nadeln wirkten also entweder ungewöhnlich schnell, oder er war länger als einen halben Tag bewusstlos gewesen. Er griff sich ins Gesicht. Die Klammer unter der Nase, die er beim Erwachen gespürt hatte, hielt einen winzigen chemischen Tank fest, dessen Inhalt ihn wahrscheinlich sediert hatte – und komplexe Pharmaka abgegeben, die eine etwaige Gehirnerschütterung oder andere Probleme seines Zentralnervensystems in Ordnung gebracht haben dürften. Er entfernte die Klammer samt Tank und legte sie neben die Nadeln. Eher aus Gewohnheit, als um eine Blöße zu bedecken, zog er sich an, Socken, Stiefel, dann den Rock, den er, als stünde ihm ein formeller Anlass in kirchlicher Funktion bevor, bis zum Hals zuknöpfte.

Nun erst sah er sich um: Das Bettgestell stand schief in einem Freiraum, der etwas zu groß dafür war, und gleich fiel Kief noch etwas anderes daran auf; es schien ursprünglich medizinischen Zwecken gedient zu haben, denn auf der Seite, auf der er runtergeklettert war, hingen vier Fixierriemen, nicht primitives Leder wie die Gurte, mit denen er sich im Spinnengöppel festgebunden hatte, sondern Kunststoff, breit, mit Löchern für Schnallen, die der Priester bei genauerem Hinsehen an der Wandseite angebracht fand. Auch andere Zeichen in Raum deuteten darauf hin, dass die Kabine erst vor kurzem umfunktioniert worden war: Ein sehr altmodischer Feuermelder in der Ecke, ohne den eigentlich dazugehörigen Feuerlöscher, dann die unschönen und unbequemen kleinen Schränke überall, endlich das zweite Fenster, vor das man eine integrierte Kühl- und Herdeinheit geschoben hatte, in der Kief durch die Sichtscheibe einige Lebensmittelpäckchen ausmachen konnte – es sah fast aus wie in einem Hotel auf dem Erdmond oder in den bereits rezivilisierten Regionen der Menschenwelt.

An der gegenüberliegenden Wand hatte man ein Waschbecken und daneben ein mit sehr breiten Schrauben am Boden fixiertes WC angebracht. Es gab keine Trennwand davor, kein Zelt darüber wie in kleineren Schiffen, die eigentlich planetennah operierten, aber zur Not für ausnahmsweise längere Reisen zwischen Himmelskörpern ausgerüstet waren – in Fahrzeugen, die von vornherein für den interplanetaren Verkehr taugten, sorgte man für die hygienischen Belange ohnehin mit eigenen kleinen Räumen, wie in planetengebundenen Flugzeugen ja auch. Kief schüttelte den Kopf. Die Verpflegungseinheit war so groß, dass das daneben- und dahinterliegende Fenster tatsächlich zur Hälfte verdeckt blieb. Schließlich nahm der Priester bei seiner Inventur eine Kuriosität wahr, die ihm einen ungläubigen, bellenden kurzen Lacher entlockte: Direkt neben der verschlossenen Druckschleusentür standen zwei durch eine rote, herunterhängende Kordel verbundene Messingständer, dicht zusammengeschoben – wenn man sie trennte, riet er, war das eine Absperrung gegen ein Publikum, das einen Ort nicht betreten oder einen Gegenstand nicht berühren sollte – konnte das sein, handelte es sich bei dem Schiff, in dem er stand, etwa um ein Museumsstück, das irgendwer hastig und vermutlich illegal flugtüchtig gemacht hatte?

Das Amüsement wich der Beunruhigung, als Kief mit großer Selbstverständlichkeit, beinah ganz gedankenlos, die Hand auf die runde, von antiken Heizringen umrahmte Tür legte, um ihr damit mitzuteilen, dass sie sich öffnen sollte, und sie das nicht tat. War er ein Gefangener?

Eine geschlechtslose, leicht verzerrte Stimme, die, wie Kief rasch erkannte, aus einem schmalen Drahtgitter auf Augenhöhe direkt neben der Tür kam, fragte ihn: »Möchten Sie die Kabine verlassen?«

Er versuchte, »Ja« zu sagen, aber es kam nur ein gepresstes »Uäah« heraus, so dass er sich räusperte, während die Stimme sich wiederholte: »Möchten Sie die Kabine verlassen?«

Kief antwortete: »Ja, ich möchte die Kabine verlassen.«

Die Stimme entgegnete: »Sie haben den Wunsch geäußert, die Kabine zu verlassen. Bitte haben Sie einen Augenblick Geduld, die Tür wird jetzt entriegelt.«

Die Irritation, die der Vorgang weckte, verließ Kief nicht, bis wenige Sekunden später ein leises hydraulisches Zischen zu hören war und die Stimme sagte: »Sie können die Tür jetzt öffnen und die Kabine verlassen.«

Abermals legte Kief die Hand auf die Tür, die aber wieder nicht seitlich in der Wand verschwand, weshalb er den Druck seiner Hand etwas erhöhte, woraufhin die Tür fast lautlos aus ihrem Rahmen sprang und sich aufdrücken ließ, etwas, das er von interplanetarer Technik so nicht kannte, was ihm aber aus den uralten Häusern auf der Erde, etwa von seiner Zeit in Nordafrika her, durchaus bekannt war. Beim Überschreiten der Schwelle wäre er beinah gestrauchelt. Direkt dahinter führte eine kleine eiserne Treppe von vier Stufen in eine Art Aufenthaltskabine. Er duckte sich etwas, schritt durch die Tür, nahm sie mit der Hand am Rand, schob sie zurück in ihren Rahmen und bemerkte einen Griff an der Rückseite, den er mit der Rechten fasste.

Dann drückte er noch einmal gegen die Tür und hörte ein Sauggeräusch, rüttelte erneut am Griff und war zufrieden, als er spürte, dass die Tür jetzt wieder fest geschlossen war.

Kief stieg die paar Stufen hinunter und sah sich dann um in dem Quader, der etwa drei Viertel so groß war wie das zentrale Wohn- und Schlafzimmer in seinem vermutlich zerstörten Baumhaus: linker Hand eine lange Spiegelscheibe, daneben eine etwas kleinere, aber wie schon die Luke, durch die er eingetreten war, kreisrunde und von einem Heizring umschlossene Tür und etwas wie ein Schreibtisch, auf dem Papiere, Ausdrucke von Fotos und uralte Bücher lagen, außerdem stand ein mit milchiger Flüssigkeit gefüllter Plastikkanister darauf, unter dessen Drehhahn eine Halterung mit einer Reihe von Plastikbechern angebracht war. Halb unter, halb vor dem Schreibtisch stand ein Bürosessel auf drehbarem Standkreuz, an dem Kief dieselben Fixiergürtel auffielen, die er auch an seinem Feldbett gesehen hatte – also doch nichts Medizinisches, also doch Gefangenschaft?

An der schmalen Wand fand Kief ein kleineres, niedriges Pult, über dem sich ein Monitor aus der Wand wölbte, auch hiervor stand ein – allerdings schlichterer, hölzerner – Stuhl mit Rücken- und zwei Armlehnen, auch diese Sitzgelegenheit wies die hier aus irgendeinem Grund üblichen Gurte auf.

Links daneben, an der zweiten Längswand, fiel Kief eine quadratische Platte auf, die da offensichtlich nicht hingehörte. Als er sich direkt davorstellte, sah er, dass sie durch einen Haken an einem verzinkten Knopf verschlossen war, der sich leicht lösen ließ – er klappte die Platte zur Seite und fand dahinter eine Art Schrein oder Nische, in der eine merkwürdige kleine Skulptur aus bemaltem Glas, Ton oder Ähnlichem stand – eine stilisierte lachende

Katze, deren Zunge unten aus dem Mund hing und die ihm mit einem beweglichen rechten Arm winkte, vor und zurück, vor und zurück. Wie bei der Museumsabsperrung vorhin regte sich Kicherlaune in ihm, die er bezwang, indem er die Klappe einfach wieder zumachte und mit dem Haken verschloss.

Er wandte sich um und betrachtete für einen Moment die Spiegelwand. Ihm war klar, dass hinter ihr ein Raum sein musste, der, wenn er die Breite des Raumschiffs richtig einschätzte, vermutlich noch einmal so groß war wie der, in dem er sich befand. Wahrscheinlich war dieses Fenster nur einseitig verspiegelt. Falls sich drüben jemand befand, konnte man Kief sehen – er hob aus einer Laune heraus die Hand zum Gruß und setzte ein leicht albernes Lächeln auf. Als nichts geschah, senkte er die Hand wieder und wandte sich der größeren der beiden Schreibunterlagen zu – Fotos vom Wald, den er so gut kannte, Ausdrucke von Tabellen, lange Zahlenreihen.

Eine Pappkarte lag auch dabei, die ein Gemälde reproduzierte: eine rothaarige Frau in einer militärischen Uniform vor schweren Draperien. War das nicht die ehemalige Diktatorin der Venus, Leona Christensen? Kief fiel ein, dass sein Helander-Manuskript vermutlich im Wald verbrannt war. Er empfand Kummer darüber und Ärger. Dann trat er zur kurzen Kopfseite des Raumes. Auch hier gab es eine Tür, aber sie war nicht direkt vor ihm in der Wand, sondern auf Augenhöhe, in einer herausgekanteten Schräge, das hieß, man musste dort wohl aufwärtsklettern, vermutlich an Stangen, die für die Schwerelosigkeit gedacht waren, möglicherweise gab es dazwischen aber auch Trittleiterstufen. Über dieser Luke entdeckte Kief einen schmalen Lautsprecher, der dem in der Kabine glich, in der er erwacht war.

Derselbe Klangschlitz fand sich auch über der Tür neben

dem Spiegel, auf die er jetzt die Hand legte, um herauszubekommen, ob der Lautsprecher dieselbe Frage wie eben an ihn richten würde. Tatsächlich meldete sich die ihm schon bekannte Stimme, aber mit einer leicht modifizierten Formulierung. »Möchten Sie die Reifungskammer betreten?«

Kief fand, er hatte keine andere Wahl, als darauf mit dem erprobten »Ja« zu antworten. Aber anstatt ihn zu informieren, dass die Tür zur »Reifungskammer«, was immer das war und was immer dort reifte, jetzt entriegelt werden würde, forderte die Türstimme ihn auf: »Bitte nennen Sie den Autorisierungscode für die Reifungskammer.«

Wahrheitsgemäß erwiderte Kief: »Den kenne ich nicht. Ich wusste nicht mal, dass es einen gibt. Ich weiß auch nicht, was die Reifungskammer ist und was da reift.«

Das war nicht nur eine Übung in Aufrichtigkeit, sondern auch ein Versuch, experimentell zu ermitteln, wie anspruchsvoll die Spracherkennung und das sentische Rechnen hinter der Stimme überhaupt waren, die hier eine Unterhaltung mit ihm simulierten.

Wenn sie ihre Frage einfach wiederholen würden, dann hätte Kief die Gewissheit, es mit einem nichtbewussten, vielleicht nicht einmal semi-autonomen System zu tun zu haben. Aber das geschah nicht. Die Maschine sagte, kaum klüger allerdings: »Sie können die Reifungskammer leider nicht betreten. Möchten Sie den Fortschritt der Reifung stattdessen optisch überprüfen?«

Mit sachter Ironie sagte der Priester: »Wenn ich dafür einen Passcode brauche, können wir das auch vergessen.« Mit freundlicher Gleichgültigkeit erklärte die Maschine: »Für die optische Überprüfung benötigen Sie keinen Passcode.«

Spielte man mit ihm? Kief sagte: »Wenn das so ist, dann nehme ich an, man kann diese Spiegelscheibe entspiegeln und mich durchgucken lassen, richtig?« Ganz so flexibel war der Apparat dann doch nicht; eine um ein einzelnes Wort gekürzte Wiederholung von bereits Gesagtem war die Antwort: »Möchten Sie den Fortschritt der Reifung optisch überprüfen?« Es klang seufzend, etwas enttäuscht, als Kief sein »Ja« ausstieß, aber das, was dann geschah, nahm ihm für einen Augenblick den Atem: Der silbrig-blassgoldene Spiegelschimmer auf der Scheibenwand zerging nicht langsam, wie er das bei vergleichbaren Polarisationsvorrichtungen gesehen hatte, sondern war augenblicklich verschwunden und gab den Blick frei.

In einem tatsächlich gleich großen Zweitraum auf der gegenüberliegenden Seite stand eine etwa anderthalb Meter breite und etwa einen Meter achtzig hohe Trommel, die ein transparentes Medium von unbestimmbarer Viskosität ausfüllte, in dessen Mitte, zusammengekrümmt zu klassischer Embryonalhaltung, etwas schwamm, für das Kief bei sich keine anderen Worte fand als: ein Skelett, an dem teilweise Fleisch hängt.

Die Füße und Beine waren fast vollständig, der Hintern und die Hüften auch. Nach den Umrissen zu schließen, war das Wesen, das da schwebte, ein weiblicher Mensch. Unter den Rippen schlug das Herz noch freiliegend, es gab einen mit verschiedenen Verbindungen zu anderen Organen versehenen Magen, aber keinen Darm – Augen lagen in den Höhlen, aber Kinn und Wangen waren fleischlos, während über der Schädelkuppe bereits sehr kurze, feuerrote Haare glänzten.

»Wünschen Sie, dass der Zylinder gedreht wird? Wünschen Sie Einzelauskünfte zu spezifischen Vitaldaten?«, fragte die blecherne Stimme.

»Ich … nein, danke. Nein, ich habe … ich bin, ich habe genug gesehen«, sagte Kief, der sich zwingen musste, diese Sätze laut und deutlich genug auszusprechen, so perplex, nicht eigentlich entsetzt, aber doch zutiefst erschrocken war er.

»Reifungsgünstige Lichtverhältnisse werden wiederhergestellt«, gab die Maschinenstimme bekannt, und im selben Moment sah Kief aufs Neue seine eigene Gestalt und den ihn umgebenden Raum reflektiert, wo eben noch das halbfertige Geschöpf in seiner Trommel gewesen war. Von seiner eigenen heftigen Reaktion auf das soeben Enthüllte befremdet, fragte sich der Priester, was ihm da eigentlich unter die Haut gegangen war – hatte er als biologischer Feldforscher wie als Missionar in den letzten zwanzig Jahren nicht weit Erstaunlicheres, Seltsameres und vor allem Ekelhafteres erblickt als eine Frau, die nicht recht lebte, nicht wirklich tot war, aber offenbar unterwegs zu einer Art lebensfähiger Körperlichkeit – war das nicht allemal verständlicher und, nun ja, ansehnlicher als etwa einige der aberwitzigen und abscheulichen Mutationen, die den Seuchensumpf im Norden der ehemaligen Stadt London auf der Insel England bevölkerten und die meisten ihrer Jungen selbst auffraßen? Eine Frau, die nicht recht lebt, aber auch nicht wirklich tot war: Wie ein Schlag in die Magengrube traf ihn der Gedanke, dass es eine Erinnerung war, die dieser Leib in ihm geweckt hatte, etwas, an das seit seinem Erwachen hier nicht schon gedacht zu haben ihn beschämte und traurig machte: Kuanon.

Kuanon ist tot, denn ich habe sie getötet.

Aber auf irgendeine Art habe ich ihr Leben damit doch retten, bewahren, bergen wollen, und das ist misslungen, und jetzt habe ich sie überlebt, wohl ohne eine Spur von ihr, genau das, was sie nicht wollte, genau das, was sie veranlasst hat, mich darum zu bitten, sie auf diese ganz bestimmte, schreckliche und intime Weise umzubringen. Die schmerzliche Erinnerung schnappte um ihn zu wie eine Stahlfalle.

Bewegungsdrang erfasste ihn, er wollte weg hier, fort von diesem Spiegel, wollte Menschen suchen, wollte wissen, wer ihn in diesem Schiff eingesperrt hatte, und wandte sich an die einzig sichtbare Gelegenheit, das herauszufinden: die verschlossene Luke nach oben, im gekippten Wandsegment. Er legte die Hand darauf und bekam, wie erwartet, zu hören: »Möchten Sie die Tür zum Kapitänsquartier öffnen?«

»Allerdings. Ja. Möchte ich. Ich muss mal dringend diesen Kapitän sprechen, wenn's einen gibt.«

»Sie haben den Wunsch geäußert, die Tür zum Kapitänsquartier zu öffnen. Bitte haben Sie einen Augenblick Geduld, die Tür wird jetzt entriegelt.«

Kief war es selbst lästig, dass er's so eilig hatte, aber es schien wirklich eine Ewigkeit zu dauern, bis das Zischgeräusch kam – diesmal allerdings musste er die kreisrunde Platte nicht nach innen drücken. Sie verschwand wie eine normale Tür in jedem zeitgenössischen Gebäude seitlich in ihrem Rahmen und gab den Blick auf eine Röhre frei, in der tatsächlich eine Sprossenleiter zwischen den zwei erwarteten Haltestangen nach oben führte.

Der Durchgang war gerade breit genug für den massigen Mann, der allerdings, als er sich auf eine Höhe hievte, die ihm erlaubte, die Beine nachzuziehen und sich mit den Füßen im Innenrand abzustützen, ins Keuchen kam. Erwachsenen Menschen, und gar Passagieren auf interplanetaren Reisen, sollten, fand Kief, derlei gymnastische Übungen nicht zugemutet werden – auch wenn er sich an einer Fahrt mit einem sehr alten Unterseeboot entlang der gefährlichen schottischen Küste im Rahmen einer Bestandsuntersuchung zur maritimen Ökologie vor vielen Jahren erinnerte, bei der er, damals beleibter als heute, die entsprechenden Verrenkungen und Anstrengungen als abenteuerliche körperliche Selbstfindung unter beengten Verhältnissen sogar genossen hatte. Ans Auftauchen an Deck dort erinnerte ihn das Ende seines Aufstiegs durch die Röhre im Muschelschiff, als er deren Ausstieg schließlich erreichte – Hände, Arme, dann Kopf und Schultern waren die ersten Körperteile, die sich in das Zimmer schoben, das ganz anders aussah, als er es sich unterwegs vorgestellt hatte, angefangen damit, dass es keine runde Türplatte gab, keine Verriegelung, keine Stimme, die ihn aufforderte, seine Wünsche zu äußern und dann zu warten. Er stieg einfach aus einem Loch im Boden und saß, bevor er seine Beine hochzog, auf dessen Rand, um sich ans schwächere Licht zu gewöhnen – gedämpft, aber nicht warm; ein Licht, bei dem er an Krankenzimmer, Sterbezimmer auf Intensivstationen in Kliniken dachte. In der Tat kam das schwache bläuliche Licht aus zwei Neonleisten auf halber Menschenhöhe, die neben einem Bett angebracht waren, in dem hinter einem semitransparenten Sauerstoffzeltvorhang ein Mensch lag. Bleiches, knochiges Gesicht mit Bartstoppeln und sandfarbenem Haupthaar, weißgekleideter – oder: bandagierter? – Oberkörper, dessen Arme aber nicht unter der Decke auf die Matratze gebettet waren – der rechte lag vielmehr auf dem Tuch, das dem Ruhenden bis zur Brust reichte, und der linke war ausgestreckt, reichte durch ein Loch in der Zeltplane nach draußen, wo ein Pult stand, auf dem ein Keypad lag, auf das mehrere Finger dieser Hand sehr schnell, aber rücksichtsvoll leise etwas tippten.

Konnte das ein Kapitän sein, dieser Kranke, der ausgezehrter aussah als der Retter im Wald, an den sich Kief erinnerte, aber doch wohl derselbe Mensch war? Jedenfalls legte das der Arm nahe: Kief stand auf und sah ihn jetzt unter sich, sah das Keyboardfeld und dass es mehr als fünf Finger waren, mindestens sieben, die da tippten, und ein achter wurde länger, länger, wuchs in die Höhe, stellte sich auf wie eine Schlange, die ein Fakir mit einer Flöte dazu verführt, und hatte an der abgeknickten Fingerkuppe, die er Kief, dem es spätestens jetzt mulmig wurde, nun zuwandte, eine schwarze Perle, ein ölglattes Etwas, das wohl eine Kameralinse war.

Jetzt sagte eine Stimme, die etwas voller, etwas weiblicher klang als die Maschine, mit der Kief sich schon zweimal unterhalten hatte, aus mehreren, offenbar besser versteckten Lautsprechern irgendwo oben, wahrscheinlich an den Wänden, seitlich, direkt unter der Decke: »Schön, dass Sie wach sind, Herr Sunderland. Ich kann Sie sehen. Das, was Sie da gerade anschauen, wie es Sie anschaut, ist eine Kamera, was Sie wohl schon erraten haben.«

Kief blickte von der Kamera zu den tippenden Fingern – sie schrieben, was er hörte, so verstand er, und dann bemerkte er neben dem Pad einen Stapel von teils Büchern, teils losem Papier, etwa zwei Handbreit hoch, und in dessen Mitte ein Manuskript, das er von der Seite so gut erkannte, als hielte er es in Händen: »Das ist meins. Da liegt ... das ist Nikolas Helanders Buch.«

»Ja«, sagte die Stimme, »ich habe es mir ausgeliehen. Ich besitze eine andere, lückenhaftere und weniger gut erhaltene Version. Diese hier habe ich aus Ihrem hübschen Habitat gerettet, bevor es in Flammen aufging und aus allen Wipfeln fiel. Ich war auf der Suche nach Ihnen, habe Sie nicht gefunden und dachte mir, es wäre in Ihrem Interesse, wenn das nicht verlorengeht. Sie können es sehr bald wiederhaben, aber Sie werden einem Sammler verzeihen – Sie sind ja selbst einer –, wenn er ein paar Vergleiche anstellt und seine eigene mangelhafte Textkenntnis aus Ihrem vorzüglich konservierten Exemplar ergänzt.«

Statt auf diese Bemerkung und den eigenartig neckischen Ton, in dem sie vorgebracht war, einzugehen, stellte Kief eine Frage: »Mit wem rede ich überhaupt? Wieso öffnen Sie nicht die Augen und sprechen direkt mit mir, und wie kommen Sie dazu, mich ... Sunderland zu nennen? Niemand nennt mich so. Niemand, mit dem ich in den letzten zwei Jahrzehnten zu tun hatte, kennt diesen Namen überhaupt. Sehen Sie mich an. Öffnen Sie die Augen, und spielen Sie keine Spielchen mit mir!«

Es sollte drohend klingen und klang ängstlich. Der Priester richtete den Blick dabei auf das fahle Gesicht hinterm Vorhang, aber nicht dessen Mund, sondern die Computerstimme antwortete: »Hier liegt offenbar ein Missverständnis vor, das wir augenblicklich klären sollten. Mir ist klar, dass Sie während der letzten zweiundsiebzig Stunden fürchterliche Erfahrungen gemacht haben, dass Ihr Leben umgestoßen wurde, dass Sie sich neu orientieren müssen und so weiter. Ich werde, soweit es in meiner Macht steht, darauf Rücksicht nehmen. Aber Sie reden nicht mit dem Mann, der hier neben mir auf dem Bett liegt. Dieser Mann schläft. Dieser Mann befindet sich, technisch gesehen, in einer Art Wachkoma, und das ist so, weil er sich bei Ihrer Rettung überanstrengt hat – in ihm geht, wenn ich es so ausdrücken darf, dermaßen viel vor, dass er körperliche Anstrengungen unbedingt vermeiden sollte, die ich ihm deshalb auch so weit wie möglich zu ersparen suche. Schließlich sitzen wir, wie man früher gesagt hätte, ja in einem Boot. Ich bin jemand anderer, und mit mir müssen Sie sich jetzt verständigen, wenn wir eine Basis für unser weiteres Zusammenleben an Bord dieses Schiffes finden wollen. Mein Name ist Fabien, und ich weiß, was es bedeutet, schlimme Erfahrungen durchzumachen – ich habe wesentlich länger gelebt als Sie. Ich war anfangs eine Art Tausendfüßler, dann eine Weile ein Mann, und im Augenblick bin ich ein Arm.«

Kief nahm diese Informationen auf, fasste jedoch sofort den Entschluss, zu einem späteren Zeitpunkt gründlich darüber nachzudenken, was sie bedeuteten. Ihm war klar, dass er jetzt zumindest versuchen sollte, genug zu erfahren, um sich mit seinen Überlegungen nicht auf Wegen zu verlaufen, die gerader und übersichtlicher wären, wenn er zum richtigen Zeitpunkt, nämlich jetzt, die richtige Frage stellte.

So erkundigte er sich bei dem Arm, mit dem er redete: »Wer ist er? Der Mann im Bett? Und warum strengt ihn Bewegung so an? Was ist das, was, wie Sie sagen, in ihm vorgeht?«

»Zunächst einmal«, sagte der Arm, »ist er in einem gewissen, sehr grundsätzlichen Sinn mein Vorgesetzter, weswegen es mir keineswegs freisteht, Ihnen nach Ihrem oder meinem Belieben mit Auskünften über ihn zu dienen. Sagen kann ich Ihnen aber, dass man das, was in ihm vorgeht, in gewissem Sinn eine geistige Verdauung nennen kann. Waren Sie während Ihrer Zeit auf der Erde jemals in Australien?«

»Was hat das damit zu tun?«

Kief verlor für einen Augenblick die Beherrschung und bereute es im selben Moment, aber der Arm, der mit ihm redete, antwortete in gutem Gleichmut mit einem weiteren Rätsel: »Koalabären.«

»Ko... ich kann nicht folgen«, gestand Kief höflich, und die synthetische Stimme nahm es ihm nicht übel: »Ich weiß gar nicht, ob's die noch gibt. Die Urgroßmutter des Mannes, den Sie hier schlafen sehen, hat mir von ihnen erzählt. Diese Frau, ihr im Augenblick schlafender Urenkel und ich, wir drei ... sind mit einer sehr schwierigen Pfeilfigur beschäftigt, deren Kern ein Pfeil von dem Graphen ›Venus siegt‹ zu dem Graphen ›Venus lebt‹ ist, eine Operation innerhalb der subjektiven Kategorie der irreflexiven gerichteten Graphen, soweit diese geeignet sind, Sätze mit Subjekt und Prädikat abzubilden, als Modell der objektiven Kategorie der tatsächlichen Sachverhalte. Das Ganze ist vor allem ein Schema für die Beantwortung der Frage, ob das, was damit objektiv gemeint ist, wahr sein kann. Wir fragen von bestimmten Sätzen über bestimmte wahre Sachverhalte, ob sie wahr sind, und da geht's dann ins Toposcoding, aber weil es um Sätze über Lebendiges geht, arbeiten wir mit einer Mathematisierung von Darwin. Wir haben also den Begriff der Fitness, wie in ›survival of the fittest‹, als eine mathematische Größe definiert, eine Größe eines bestimmten Outputs eines Rechners, der eine beliebig sich entwickelnde Software berechnet. Ein einfacher, sich entwickelnder Software-Organismus, sagen wir, das Bundwerk, nennen wir es Venus, berechnet eine ganze Zahl, eine positive ganze Zahl – wir nehmen keine rationalen oder reellen Zahlen, obwohl die Physik sie bevorzugt, aber da wird es schnell haarig. Wenn wir jetzt auf Mutationen vertrauen, wie das die Lebewesen nach Darwin ja müssen, dann haben wir also eine Mutation von einer bestimmten Größe, sagen wir, das Programm, der Programmabschnitt der Mutation ist genau K bits lang, die führt uns vom Zustand A des Venus-Organismus zum Zustand A', das ist dann M von A, also die Mutation von A, das hat dann die Wahrscheinlichkeit von zwei hoch minus K, und die Mutation bleibt nur hängen, wenn A' fitter ist als A. Dann haben wir nach einer Weile, wenn die Fitnesskonkurrenz zwischen einerseits dem Organismus Venus und andererseits, sagen wir, dem Mars oder der beginnenden Diversitas stattfindet ... ja, so ist jedenfalls der Koalabär entstanden. Dabei kam ein pelziger kleiner Kerl raus, der im Baum hängt, der sich von Eukalyptusblättern ernährt, die extrem schwer verdaulich sind, aus denen man nur sehr langsam und chemisch aufwendig Nährstoffe gewinnen kann, und der Koalabär muss deshalb eine Menge Energie sparen, muss seine Körperkraft sehr sparsam einsetzen, muss seinen Stoffwechsel ganz aufwandsarm halten, und deshalb ist er nur etwa vier Stunden am Tag – und mit Tag meine ich: Tag und Nacht – überhaupt aktiv, den Rest der Zeit schläft er. Den Rest der Zeit verdaut er. Und unser Freund hier, nennen wir ihn den Müden ... der Müde, der hat sich sozusagen mit informationellen Eukalyptusblättern vollgestopft, in eurem Wald da unten, und zuvor auf der Venus, und demnächst noch im Asteroidengürtel, und das alles muss er verarbeiten, in einer Art Stoffwechsel, und in Sprüngen, durchaus in Sprüngen, es sind ja nicht nur quantitative Angelegenheiten, da sind ja qualitative Sprünge dabei, abermals: Mutationen, gewissermaßen, und auch denen muss er standhalten, ohne völlig durchzudrehen, deshalb schläft er.«

»Und das da unten in der Trommel, diese halbfertige Frau, das wird auch so ein Koalabär?«

Kief hatte beschlossen, in die Offensive zu gehen, die verspielte Art des kurzen Vortrags hatte ihm überhaupt nicht gefallen. Der Arm geriet auch diesmal in keine Verlegenheit: »Mein lieber Kiefer Sunderland – und Sie sollten diesen Namen nicht so verstecken, Ihre Eltern, insbesondere Ihre Mutter, die als Erdhistorikerin wirklich Bedeutendes geleistet hat, und das unter den erschwerten Bedingungen der gegenwärtigen, politisch doch sehr statischen Periode der Herrschaft dieser dummen Verträge – was ich sagen will: Ihre Eltern haben, den Familiennamen Sunderland einmal vorausgesetzt, einen ganz guten Witz gemacht, als sie Ihnen Ihren Namen gaben. Gleichviel. Nein, das da unten im Zylinder wird kein Koalabär, das wird die gute alte Lily. Leona Christensen. Wir, die wir dafür stehen, dass Venus lebt, waren der Meinung, dass die Zeit gekommen ist, ihr nach einer sehr langen Zeit als Gespenst in anderen Köpfen mal wieder einen Kopf und einen Körper bereitzustellen, in dem sie sich zu Hause fühlen kann.«

»Dann ist ... dann ist das ... das Ende von Helanders Manuskript, als er diese Begegnung mit ... ich dachte immer, Gertie oder Grünauge oder Freundin Sternchen ... dass er an dieser Stelle flunkert. Oder auf seine alten Tage den Verstand verloren hat oder sich eine bewusste Mystifikation hat einfallen lassen ... Sie sagen, das ist wirklich wahr, man hat das Bewusstsein der Diktatorin in anderen Köpfen geparkt und ...«

»Geparkt, das klingt, als wäre sie untätig gewesen. Aber um Ihre Frage direkt zu beantworten: Nein, es ist keine bewusste Mystifikation. Sie finden im Text viel früher als am Ende Hinweise darauf, wenn Sie sorgfältig lesen. Zum Beispiel das wandernde Muttermal.«

»Das wandernde ...«

»Ja. Der Leberfleck auf der Stirn, über der Augenbraue. Es wandert, in Nikolas Helanders Text – mal links, mal rechts, wo war es? Nun, wie die alten Aufnahmen zeigen und wie der neue Körper zeigen wird, wenn wir keinen Fehler gemacht haben mit dem alten Erbgut, war das Muttermal auf der linken Seite der Stirn, auch wenn man es bei offiziellen Gemälden manchmal weggelassen hat. Aber Sie werden in Helanders Buch vielleicht die Stelle bemerkt haben, wo es heißt: ›Das rote Haar hatte sie nicht wie sonst zu von Hand gestalteter Wildheit geformt. Es wirkte eher wie angepappt, ein müder Mopp, dessen Strähnen übers berühmte Muttermal rechts auf der Stirn fielen.‹ Warum wandert das Muttermal? Es wandert, weil Helander sich hier an den Blick in den Spiegel erinnert. Spiegelverkehrt. Den Blick der Ersten Delegierten selbst, als sie ihre Haare zurechtmachte. Es war ihr Bewusstsein in seinem, das ihm diesen Fehler in sein Manuskript diktiert hat. Und es gibt noch andere Spuren, Hinweise ... Herr Sunderland? Was ist? Ist Ihnen nicht ... nicht gut?«

»Ich muss nur ... ich habe ... mir war gerade ein bisschen schwindlig.«

»Sie haben die Heilnadeln entfernt?«

»Ja. Beim Aufstehen. Hätte ich das nicht tun sollen?«

»Doch, das war schon richtig. Aber Sie müssen etwas essen und trinken, Herr Sunderland.«

»Kief, bitte.«

»Gut, Kief. Gehen Sie in Ihre Kabine zurück. Hier habe ich nichts für Sie, ich ernähre den ... müden Mann bei Bedarf flüssig. Aber in Ihrer Kabine ...«

»Gibt's einen Kühlschrank und auch einen Kochapparat, hab's gesehen.« Auf diese Feststellung erwiderte der Arm nichts, aber die Schlange mit dem Kameraauge zog sich ein wenig zurück, als wollte sie Kief Raum geben, seine Gedanken zu ordnen. Der spürte plötzlich eine Schwerfälligkeit, Trägheit, auch Erschöpfung seines Gemüts, die er schon auf dem Feldbett für einen Augenblick empfunden hatte, die ihm aber während der Entdeckungen der letzten Viertelstunde nicht mehr bewusst gewesen waren. Er zuckte mit den Schultern: »Es kann wahrscheinlich nicht schaden, wenn ich was trinke. Und was esse. Aber ... aber ich habe noch eine ganze Menge Fragen.«

Die Finger tippten wieder, dann sagte die Stimme: »Gehen Sie. Stärken Sie sich. Ruhen Sie vielleicht noch mal eine Weile aus. Dann kommen Sie zurück und stellen Ihre Fragen – vielleicht ist später sogar der müde Mann wach, der mehr weiß als ich.«

»Gut. Ja. Gut«, sagte Kief und hasste den folgsamen, wie betäubten Ton seiner Stimme. Aber was sonst hätte er sagen, was sonst hätte er tun sollen, als den Tunnel wieder hinabzusteigen, dort denselben Dialog mit der Maschine führen, den er schon zweimal ertragen hatte, auf die Türentriegelung zu warten, in den unheimlichen Aufenthaltsraum zurückzukehren, dort nur sehr flüchtig seitwärts auf das nun wieder verspiegelte Fenster zu schauen, abermals an der Tür seinen Wunsch zu äußern hindurchzugehen, auch dieses Hindernis schließlich zu passieren, in die ihm zugewiesene Kabine zurückzukehren und sich dort ein lauwarmes, wenig schmackhaftes Hirschragout aufzuwärmen, dessen Verzehr bei ihm nichts auslöste als Überdruss und eine noch größere Erschöpfung, die ihn auf seine Liege zurücktrieb?

Er legte sich im Rock, ohne die Stiefel auszuziehen, der Länge nach auf das Feldbett, drehte sich zur Seite und blinzelte zermürbt. Er sah die Sterne, aber vor den Sternen das vom Guckfenster reflektierte Gesicht. Es war seins. War es seins? Die Augen waren anders, als er sie kannte. Die Färbung der Wangen war anders. Der Bart schien sich etwas gelichtet zu haben, und der Mund ... war das sein Mund? Oder war das ein anderer Mund, einer, den er vermisste? War das Kuanon, was ihn ansah?

Sechs Herzschläge danach war er eingeschlafen.

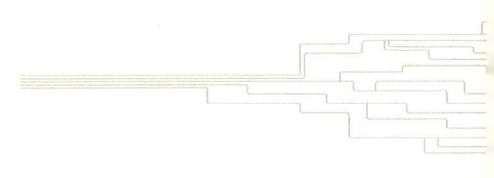

Fünf

Jedes Gramm des Mondes Phobos gehörte der Kirche. Das war ein kleiner und karger Kirchenstaat, verglichen mit älteren, meist muslimischen oder christlichen Einrichtungen überall im System. Aber die Kirche, deren Geist hier wohnte, übte mehr Einfluss auf die systemweite Politik aus als alle anderen Glaubensgemeinschaften. Der heilige Marsmond war so wenig rund wie sein Bruder Deimos, befand sich wie dieser auf einer nicht elliptischen, sondern nahezu kreisrunden Bahn um den Planeten, den er begleitete, hielt einen Abstand von etwa neuntausend Kilometern um dessen Mittelpunkt und schenkte ihm auf seiner Reise kleine Nächte. Stets kehrte er dem Mars dieselbe Seite zu und übte gleich jenem nur wenig Schwerkraft auf die Objekte aus, die er bei sich behalten konnte.

Gerade das aber hatte die Gläubigen der Botschaft des Propheten Johnston bewogen, hier ihre Verwaltung unterzubringen.

Denn die geringe Schwerkraft zwang sie, nie zu vergessen, dass es, wie der Prophet gelehrt hatte, keine Sicherheit ohne Anstrengung, keine Ernte ohne Saat, keinen Widerstand gegen die Entropie ohne Aufwand gab – alle Einrichtungen hier waren mit künstlichen Trägheitsmanipulatoren versehen, verbesserten Geräten der Art, wie man sie einst auf der Venus entwickelt hatte; Dispositive der nie nachlassenden Mühe, das zu befestigen, zu schützen, zu retten, was solcher Mühe bedurfte. Das war teuer, aber damit auch eine nicht unwillkommene Gelegenheit, den Reichtum dieser Kirche zu demonstrieren.

Man besaß zweiseitige Treppen, die man auf beiden Seiten begehen konnte, und sie führten zu Räumen, die eine andere Orientierung aufwiesen als weitere Räume direkt daneben.

Es gab noch einen zweiten Grund, warum man sich auf den Marsmonden niedergelassen hatte (Deimos gehörte ebenfalls der Kirche und beherbergte einen Flughafen sowie umfangreiche Archive): Ein Schriftsteller namens Arthur Clarke, der in der Tridiv-Ära zu den wichtigsten Autoren des klassischen Erbes gezählt wurde, weil er sich ernsthafte Gedanken zur vom Tridiv sehr geförderten Vorbereitung interstellarer Auswanderung gemacht hatte, war vor Jahrhunderten auf den Gedanken gekommen, die Monde des Mars seien aufgrund ihrer Lage und Beschaffenheit ideale Zwischenstationen – im Hinblick auf Treibstoff wie auf Umrüstung von Schiffen –, wenn man das Sonnensystem zu den Sternen hin verlassen wollte. Indem sie sich hier verankerte, erhob die Kirche indirekt Ansprüche auf Geltung ihrer Lehre im ganzen Kosmos.

So teuer der Unterhalt der Phobosanlagen war, um Prunkbauten handelte es sich dabei nicht – teils eher Container als Gebäude, angeordnet in einer Ellipse um den Krater Stickney, in dessen Einbuchtung von etwa neun Kilometern Durchmesser ein weiterer, kleinerer, durch einen späteren Trümmereinschlag erzeugter Krater namens Limtoc lag, welcher das Hauptgebäude des Kirchensitzes beherbergte.

Stickney nannte man den »Kreis der Furcht«, aber eigentlich war es der Ort, an dem einer der effektivsten Versuche ausgearbeitet worden war, die fast allen Menschen gemeinsame Furcht, die dieser Name meinte, zu bannen.

Die Furcht, um die es ging, war die vor dem Tod.

Dass Menschen in allen aufgezeichneten Geschichtsepochen nicht nur einen tiefsitzenden viszeralen Schrecken vor dem schmerzhaften Sterben empfanden, sondern auch davor, irgendwann einmal nicht mehr vorhanden zu sein, barg im Grunde ein Rätsel: Was war furchtbar an einem Zustand, der vor der Geburt ebenso bestanden hatte, wie er nach dem Tod bestehen musste und Lebenden jedenfalls nicht als unangenehm erinnerlich war? Was war furchtbar an einem Zustand, den man sich, war man ehrlich zu sich selbst, eigentlich nicht einmal vorstellen konnte? Kein Wesen, das »ich« sagt, kann sich anschaulich denken, wie es sich anfühlen würde, wenn es nichts mehr gäbe, das mit diesem Wort gemeint ist.

Warum das Undenkbare fürchten? Das Rätsel hatte wie viele andere auch den Propheten Johnston beschäftigt, der lebte und starb, bevor auch nur die Geburtswehen des interplanetaren Zeitalters eingesetzt hatten.

Nach langer Überlegung hatte der Prophet schließlich erkannt, dass die Angst vor dem Tod genau wie die Angst vor der Sinnlosigkeit oder Bedeutungslosigkeit des je eigenen Lebens eine übersteigerte Form der Angst davor war, dass die eigenen Handlungen zu den Aussichten auf Glück und Unglück in keinem vernünftigen Verhältnis zueinander stehen könnten. Diese Angst – die Angst, für das richtige Verhalten nicht belohnt und für das falsche nicht bestraft zu werden – ist für lernende, beobachtende, rechnende und vernunftfähige Wesen eine sehr ernste: Warum soll ich das Richtige tun, wenn ich dabei doch jederzeit sterben und mein Ziel gar nicht erreichen könnte? Wie kann ich anständig sein wollen, wenn die Welt dermaßen unanständig ist? Wie kann ich vernünftig sein wollen, wenn die Welt dermaßen verrückt ist? Wie kann ich existieren, ohne eben daran zu verzweifeln?

Die Antwort »weil es den Tod nicht gibt« war in verschiedenen Varianten die der klassischen Religionen: Der Tod ist nur ein Durchgang zu einem neuen, anderen Leben oder nur ein Durchgang zur Wahrheit, welche die Nichtexistenz schlechthin ist, denn dass man selbst und die Welt existiere, sei nur ein böser Traum und dergleichen mehr.

Unglücklicherweise ließ sich nichts davon aus der Erfahrung belegen oder logisch begründen, und deshalb nahm der Kredit solcher Behauptungen in den stark verwissenschaftlichten Gemeinwesen der ersten ernsthaft technologischen Menschenzivilisationen bald stark ab.

Als der Prophet Johnston sich der Sache annahm, war der Resonanzboden für klassisch Religiöses sehr dünn geworden. Der Prophet täuschte diejenigen, die gewillt waren, ihn anzuhören, keineswegs darüber, dass sie von ihm keine Wiederherstellung der alten Tröstungen würden erwarten dürfen. Er ging das Problem von einer anderen Seite aus an als von der Sterblichkeit des »Ich« her – er fragte neu nach dem, was da eigentlich »ich« hieß.

Die Todesangst, ausformuliert, erschien ihm als etwas wie der Fragesatz: »Wenn ich sterben kann, was können meine Handlungen dann wert sein?«

Der Satz, so lehrte Johnston, enthielt eine falsche Prämisse, einen Denkfehler von Anfang an – die unausgesprochene Vermutung, dass während des »eigenen Lebens«, also in der Zeit zwischen Geburt und Tod, dasjenige, was »ich« hieß, unabhängig von seinen Handlungen und Erlebnissen stets ein und dasselbe bleibe und erst mit dem Tod aufhöre, ein und dasselbe zu sein, dann aber vollständig ausgelöscht werde.

Johnston traute sich nachzufragen: Haben wir nicht zu allen Zeiten diejenigen Menschen »gute Menschen« genannt, die gerade diese Überzeugung, diese Prämisse als Illusion durchschauten? Haben wir nicht jene stets zu Recht besonders verehrt, die nicht glaubten, sie könnten für immer dieselben bleiben? Haben wir nicht jene stets zu Recht besonders verehrt, die sich gegen Vorwürfe für Handlungen, die man schlecht oder böse nannte, niemals mit der auf dem Starrsinn eines unveränderlichen »Ich« gegründeten Formel »so bin ich eben« verteidigt hätten?

Gute Menschen, lehrte der Prophet, wissen, dass das »Ich« vergänglich ist, während die Handlungen selbst nach dem Prinzip der Energieerhaltung lebendig bleiben, sich nämlich nur verwandeln können – gute Menschen sehen sich nicht als das einfache Gegenteil, das antagonistische Gegenüber aller anderen Menschen, sondern als Teile, einerseits Produkte wie andererseits Produzenten der Menschengemeinschaft insgesamt. Damit ist ihr Lohn fürs gute Handeln unverlierbar – denn er besteht einfach darin, dass sie wissen dürfen, dass sie den Tod nicht zu fürchten haben, weil er nicht beseitigen kann, was sie an Gutem und Richtigem tun.

»Leben« heißt an einer Art Staffellauf teilnehmen, bei dem der Böse nicht gewinnen kann, der den Stab für sich behalten will, weil er ihn früher oder später ohnehin abgeben muss. Wer »nur an sich denkt«, denkt an eine Illusion, denn das, worauf sich dieses »an sich« bezieht, ist schon vor dem Tod veränderlich und nicht zu halten. Wer »nur an sich denkt«, hat mit Recht Todesangst, denn er krallt sich an etwas, das immer stirbt, er muss etwas festhalten, das es gar nicht gibt, und dieser Zustand ist, ob bewusst oder unbewusst, eine entsetzliche Strafe.

Das alles war eine verglichen mit älteren Ideen recht abstrakte und komplizierte Lehre.

Wäre sie in anschaulicheren, einfacheren Zeiten gefunden und verkündet worden als denen, die das Publikum des Propheten beherbergten, hätte sie vielleicht nicht überlebt. Wie die Dinge aber lagen, war diese Lehre zwar abstrakt und kompliziert, aber doch auch wieder nicht abstrakter und komplizierter als die Zeitläufte: Menschen waren durch Maschinen berechenbar geworden, und Maschinen lernten Menschliches so gut, dass Menschen dazu neigten, diese Maschinen zu vermenschlichen.

Menschliche Seelen erlebten sich im Spiegel des »sentic computing« als etwas wie Software, und Software sprach zu den Menschen mit einer Stimme, die eine Seele zu haben schien. Die damit einhergehende neue Austauschbarkeit subjektiver und objektiver Daten verschärfte den Grundkonflikt zwischen guten und bösen Menschen, den der Prophet bei seinem neuesten Namen genannt hatte, so drastisch, dass er selbst für Leute, die anspruchsvollen Argumenten wie denen des Propheten sonst nicht hätten folgen können, unmittelbar erfahrbar wurde.

Wer die Tatsache, dass ein Computer im Grunde nahezu alles kann, was ich für mein Eigenstes, für mein Innerstes halte, als Selbstentwertung erlebte, wer also »nur an sich dachte«, lebte fortan in der Hölle, während Leute, die die Verlängerung des Denkens bis in Apparate als etwas sahen, das ihresgleichen, den Menschen insgesamt, gelungen war, aus lauter Liebe zum Bewusstsein, egal in welchem Substrat, zwar neuen Illusionen zum Opfer fielen – übertrieben optimistischen Ideen wie der von einer allgemeinen Auswanderung aus dem schmerzenden Fleisch in die haltbareren Maschinen etwa, die materialistische Variante des alten idealistischen Aberglaubens, vom »Ich« ließe sich irgendetwas eben doch auf Dauer halten; als wären Maschinen nicht der Thermodynamik unterworfen, als machten ein paar hundert oder tausend oder hunderttausend oder Millionen Jahre wirklich einen Unterschied für den, der vor dem Nichtsein Angst hat. Andere aber, die einfach pragmatisch zur Kenntnis nahmen, was geschehen war, erkannten: Technik hatte die Karten neu gemischt. Von den ersten zaghaften maschinellen Vorboten der Migration von der Erde ins All bis zur Herrschaft des Tridiv und der Amtszeit des Höchsten Trösters Cunimundus stand die Frage, was man damit anfangen sollte, auf der historischen Tagesordnung der Menschen, der Roboter und der Netzintelligenzen. Manche Guten wurden böse, manche Bösen gut, manche Guten anders gut, manche Bösen anders böse.

War Cunimundus, der Höchste Tröster, ein guter oder ein schlechter Mensch? Er wusste es nicht. Das versetzte ihn in eine Unruhe, die andere in seinem Amt nicht gekannt hatten. Es brachte ihn um den Schlaf.

Er unternahm dagegen alles, was er konnte: Cunimundus besuchte die Strategiekonferenzen des Klerus auf Phobos, die damit beschäftigt waren, Missionsarbeit zu verbessern und die Kirche als Schlichterin auch »am Boden«, also in den planetaren heißen Zonen selbst, fern der abstrakten Höhen der Lilaws, zu etablieren. Er arbeitete sich in die biologischen und kybernetischen Forschungsprojekte ein, die von der Kirche gefördert wurden. Er ließ in offiziellen Verlautbarungen durchblicken, dass ihm die Rezivilisierung der Erde besonders am Herzen lag, weil er in stillen Stunden davon träumte, eines Tages vielleicht von Phobos auf den Mutterplaneten umzusiedeln, um ein deutliches Signal der überraschenden Einkehr, nämlich der Abkehr von der Verstrickung in wirtschaftliche und politische Großprojekte der Lilaws (Stichwort: interstellare Expansion), zu setzen und »die Lehre nach Hause zurückzubringen«.

Dreimal in der Woche gesellte er sich zu einer hochrangigen Priesterin, deren Amt die Ausarbeitung von Gesprächstechniken war, mit denen man Menschen, Künstliche Intelligenzen und Roboter gleichermaßen zur Besinnung auf die Veränderlichkeit dessen, wozu sie »ich« sagten, anleiten wollte – eine Mischung aus gemeinsamer, im Gespräch realisierter Meditation, seelsorgerischer Tätigkeit, Beichte, Besinnung sowie Bekehrung, die sich eigentlich an Ungläubige wandte, die der Höchste Tröster aber an sich selbst erproben ließ, was sich bald herumsprach und ihm von vielen als Zeichen besonderer Demut und Frömmigkeit ausgelegt wurde, weil man es nicht als Zeichen innerer Not erkannte.

Cunimundus war jung zu seinem Amt gelangt.

Niemand, der jünger als sechzig Jahre alt war, hatte vor ihm je den magentafarbenen Rock des Höchsten Trösters getragen; Cunimundus war beim Amtsantritt gerade erst dreißig gewesen.

»Wie bei den Christen: ein Kind führt uns an«, scherzte man unter den Ältesten durchaus nicht hämisch, eher liebevoll und stolz darauf, dass die Kirche ihren Glauben an die Saat so ernst nahm, ihre Geschicke jemandem anzuvertrauen, bei dem diese Saat längst noch nicht aufgegangen sein konnte.

Recht kraftvoll immerhin ging er in den ersten Jahren

seine Reformaufgaben an, stand beinah täglich mit seiner wichtigsten Beraterin, einer erfahrenen Bio- und Neurologin, im kleinen Beratungsbecken, das die Lilaws ihm im Keller des Herzbaus der Kirchenanlage auf Phobos eingerichtet hatten, in langen Verhandlungen mit den lebenden Verträgen, und erntete von ihnen Dank, weil er als einer, der, wie es hieß, »wusste, was Menschen sind und was sie werden«, den Künstlichen Intelligenzen vieles erklärte, was ihnen andernfalls unverständlich geblieben wäre.

Während des Bürgerkriegs auf dem Merkur organisierte er Waffenstillstandsverhandlungen. Auf die Erde schickte er Hilfe für ökologische Initiativen großen Umfangs. Auf der verarmten Venus förderte er Landwirtschaftserneuerungen, in die Verständigung der Lilaws mit renitenten Roboterrepubliken des Asteroidengürtels schaltete er sich geschickt ein, und das multilaterale Konsortium »Absprung Neptun«, das, einst von Richard Wang geplant, die Einrichtung von Habitaten an der äußersten Grenze des Sonnensystems zur Vorbereitung einer Industriezone für den Aufbruch in den interstellaren Raum innerhalb der nächsten hundert Jahre in Angriff nahm, erhielt aus Mitteln der Kirche großzügige Unterstützung, obgleich das im Widerspruch zu seinen zuvor ausgestreuten Andeutungen über einen Rückzug seiner Glaubensgemeinschaft von dergleichen stand.

Dann aber zerstritt er sich mit seiner Mutter Fabrizia Massignon, als diese im Tridiv auf die mächtige Position der zweitältesten und damit stellvertretenden Sprecherin nachrückte und dort einen ansehnlichen Teil des immensen Budgets dieses Gremiums von sozialen auf wissenschaftliche, technische und militärische Konten umverteilte. Kritik in den öffentlichen systemweiten Debatten warf ihr vor, sie wolle damit die wirtschaftlich-politische Macht des Dreierrats insgesamt ausbauen, auf Kosten der Schlichtungs- und Vermittlungsfunktion, die jenem eigentlich zukam. Die Rolle des Höchsten Trösters wurde in dieser Kritik wenig schmeichelhaft als die eines naiven Idealisten gezeichnet, »der mit Almosen und frommen Reden überall da putzt, wo seine Mutter zuvor hingekotzt hat« (so ein gewisser Professor Krolik vom Merkur).

Die Kirche schwieg dazu; Cunimundus hatte sie angewiesen, sich nicht provozieren zu lassen, und Regierungen wie die der Saturnmonde und des Mars sprachen sowohl dem Tridiv wie Cunimundus mehrfach mit Nachdruck das Vertrauen aus.

Konservative Stimmen verteidigten die bestehenden Strukturen – besonders scharf tat das etwa Talvin Greven, Premierminister der »Dominion Titan«: »Die Destabilisierungsversuche der ewig Unzufriedenen, die es nicht ertragen können, dass es genetisch begünstige Familien wie die Massignons gibt, aus deren Mitte eben mehr talentierte Führungskräfte entspringen als aus den trägen Massen, müssen zurückgewiesen werden.«

Dem Höchsten Tröster ging die Kritik, die da abgewehrt wurde, unter die Haut, und dort entzündete sich ein Verdacht, der ihn schließlich in Glaubenszweifel stieß: War es bei seiner Wahl wirklich mit rechten Dingen zugegangen? Hatte seine Mutter, ihres Aufstiegs bereits gewiss und mit einem Auge auf den Posten des alten Cherlin, womöglich Gefälligkeiten eingefordert, Leute bestochen und andere bedroht, um ihn, den Unerfahrenen, dort unterzubringen, wo er ihr als Schönredner und Philanthrop am meisten von Nutzen sein konnte?

So versuchte er denn, sich vom Einfluss seiner Mutter und vom Erbe seiner Familie zu befreien, und sorgte sich um sich selbst, statt sich um die Kirche zu sorgen, bis er erkennen musste, dass er in genau die Falle geraten war, aus deren Grauen der Prophet Johnston die Menschen hatte befreien wollen.

Um ihr zu entkommen, stieg er mit noch mehr Eifer als zuvor die Eschertreppen im Zentralbau des Kreises der Furcht vorn hinauf und hinten wieder hinunter, klapperte Friedensausschüsse, Pflanzenschutzkomitees, Rechtsarbeitskreise und Dogmenkonzile in ihren gegeneinander gedrehten Schwerkraftzonen ab, bis der Gleichgewichtssinn im Innenohr rebellierte, und fing an, Medikamente gegen Schwindel und Übelkeit zu nehmen.

Jedes Gespräch über irgendeine Sachfrage verlieh ihm für ein paar Minuten Auftrieb und das Gefühl, ins große Ganze, in die amtsgemäße tätige Selbstlosigkeit zurückgefunden zu haben. Kaum jedoch war er wieder einen Augenblick auf sich zurückgeworfen, verfiel er abermals in Zweifel, Selbstvorwürfe und Schuldgefühle, vor denen er in gesteigerte Geschäftigkeit davonlief, und so fort.

Gegen diese Unglücksspirale wusste er eines ganz und gar verzweifelten Tages schließlich keinen anderen Rat mehr, als den Weg zum Beratungsbecken zu gehen, wo er die Lilaws selbst befragen wollte.

Hier aber fand er eine Person vor, die ihm in seiner ersten, von Energie und Enthusiasmus geprägten Zeit an der Spitze der Kirche unentbehrlich gewesen war, sich dann aber auf häufigen Reisen von ihm entfernt hatte und seit Monaten nur noch telepräsent gewesen war.

In einem langen grauen Mantel und flachen Schuhen mit niedrigen Korkabsätzen wartete die alte Vertraute am Beckenrand. Ihr weißes, nicht mehr volles Haar stand wirr vom Kopf ab und schien wie ein Spinnennetz die Glitzerfunken einzufangen, die das flüssige Medium der Allzeit in die kleine Halle streute.

Die Frau drehte sich nicht um, als Cunimundus sich von

hinten näherte, hörte aber seine Schritte. Weil ihr klar war, dass außer ihr und zwei weiteren Klerikern, von denen sie wusste, dass sie derzeit nicht auf Phobos waren, niemand Zutritt zum Sanctum hatte, begrüßte sie ihn leise, mit brüchiger, aber nicht kraftloser Stimme: »Guten Morgen, Junge.«

Es klang mütterlich, fand er gerührt, nur dass seine wirkliche Mutter, eine strenge, ehrgeizige und lieblose Frau, ihn nie so freundlich angeredet hatte. Als er neben sie trat und ihren vertrauten Gruß mit der Formel »Kraft in der Saat« erwiderte, erkannte er im Halbprofil die Sorge im Gesicht der Frau, die wie eine natürlich gealterte Sechzigjährige aussah, aber bereits im vierten Lebensjahrhundert stand – Sorge, kaum gemildert von einer Müdigkeit, neben der sich sein eigener Zustand wie die Morgenfrische einer glücklichen Kindheit ausnahm. Gertie Torres lächelte und sagte: »Schau dir das Becken an. Lauter winzige Pyramiden, Tetraeder, und die Grundfläche jedes Mal ein Dreieck: ein gefangenes Luxon, ein vorweggenommenes Tachyon, ein hinterhergeschleiftes Tardyon, und die Spitze dann wieder je eins der drei, und was haben wir dann? Vielfingrige Zeit, Allzeit, verflüssigtes Schwarzes Eis in verdicktem Écumen. Aber das sehen wir nicht. Jede und jeder sieht was anderes. Vorwegnahmen, Alternativen, Reue. Weißt du, was ich sehe, wenn ich da hineinschaue? In dieser Tiefe, in diesem Dunkel sind Gesichter. Meine Mutter, mein Onkel, mein Vater. Ich weiß, du siehst sie nicht, aber ich denke: Wie kann irgendwer da hineinschauen und sie nicht sehen?«

»Liebe Gertie …«, begann der Höchste Tröster zögernd, aber die hagere Greisin schüttelte schwach den Kopf, und er verstummte. Nach einer kleinen Pause fuhr sie fort: »Ich bin seit einer Woche wieder da, und wir haben uns noch nicht gesehen, du und ich. Ich habe mich nicht einmal bei dir zurückgemeldet, nur bei einigen Arbeitsgruppen und

Ausschüssen. Ich dachte, ich sehe dich hier unten ohnehin. Aber du kommst nie mehr her, nicht wahr. Ich weiß es, denn ich verbringe täglich Stunden damit, in diesen Pool zu starren. Etwas zieht mich her. Ich tauche nicht ein, ich rede weder mit den Lilaws, noch öffne ich mich, noch lasse ich mir Datenportale öffnen. Ich stehe nur hier und schaue hinunter. Es ist, als ob mich diese Gesichter hierherrufen. Komme ich mal nicht her, verstecke ich mich in meinen Zimmern, dann bekomme ich Albträume von diesen ... Gespenstern, die mich rufen.«

Er tastete seitlich nach ihrer Hand, hielt sie dann tatsächlich so, wie ein Kind die Hand der Mutter hält, wenn es sie trösten will, und sagte: »Du denkst zu viel. Du bist nicht für alles zuständig und nicht an allem schuld, Gertie. Ich habe wahrscheinlich dazu beigetragen, dass du das so siehst – erst durch meine Fragen, dann, weil ich jeden deiner Anträge auf die vielen Reisen umstandslos bewilligt habe – das muss dir das Gefühl gegeben haben, ich erwarte von dir auch, dass du überall nach dem Rechten siehst, alles für mich in Ordnung hältst, jeden Stein umdrehst, jeden Ungläubigen bekehrst ... aber ich erwarte von dir nicht mehr, als der Prophet von uns allen erwartet: dass du die Form der tätigen Liebe bewahrst, dass du die Form der Liebe aus dem Herzen fließen lässt.«

Die Antwort, die sie ihm darauf gab, verblüffte ihn, weil sie viel zu konkret war, kein Anschluss an die alten liturgischen Sätze: »Sie haben den Wald abgebrannt. Und das ist erst der Anfang. Ich fürchte, ich habe dir schreckliche Schwierigkeiten eingehandelt. Ganz große Schwierigkeiten. Armer Junge.«

Er spürte den weichen Flaum an ihrem Handgelenk, das Erbe der Neukörper der Venus, mehrerer Genrationen von Menschen, die sich durch rastlose Arbeit sowohl am eigenen Genom wie an völlig neuen sozialen und ökologischen Umwelten so weit wie seinerzeit möglich von der Urschablone homo sapiens entfernt hatten – noch immer war niemand im System am Leben, der auf diesem Weg weitergegangen war. Die Zivilisation als ganze, wie sie heute bestand, wäre jemandem wie Gerties Mutter, der treuen Angehörigen der seinerzeitigen Staatspartei D=B=K Aulika Torres, wie ein schmachvoller, riesenhafter Rückfall in die Bluturenge erschienen.

Die Assoziation, die er der Berührung verdankte, führte Cunimundus auf die richtige Spur: »Du meinst den Wald auf der Erde? In, wie heißt es, Dänemark?«

»Deutschland. Mitten auf dem alten europäischen Kontinent. Ein Dschungel«, sagte sie leise, und er fragte nach: »Abgebrannt ... angezündet? Wer hat das getan, die Menschen dort?« Sabotage dieser Art, bei der die verwilderten irdischen Eingeborenen die Geschenke der Kirche oder anderer Wohltäter mit undankbarer Zerstörungswut erwiderten, waren schon vorgekommen.

Gertie Torres ließ ein herbes, trockenes Zungenschnalzen hören und sagte: »Schön wär's. Ein Aufstand, wenigstens. Nein, wie gesagt, es gibt großen Ärger – die Lilaws waren's.«

»Die ... aber das kann nicht sein«, sagte Cunimundus mit Bestimmtheit, »da müssten sie ja gegen ihre eigenen Grundrichtlinien verstoßen. Die Erde ist *off limits*«, zitierte er die uralte Rechtsformel wie ein Wort des Propheten.

Die Antwort der alten Frau begann als Seufzer: »Tjaaa ... es sei denn, irgendwer bricht zuvor auf der Erde den schönen systemweiten Rechtsfrieden, den uns die Lilaws geschenkt haben oder, wie manche sagen: den sie uns aufgezwungen haben und der verhindern soll, dass noch einmal eine ... Tyrannei der Gleichmacher etabliert wird wie seinerzeit unter Laukkanen und Christensen auf der Venus.« Sie sprach diese Sätze, die ein abgewandeltes Zitat aus einem der am weitesten verbreiteten Kommentare zu Sinope-Mars-Merkur-Titan 000.000.001 waren, mit einem ironischen Unterton, aber Cunimundus war jetzt alarmiert: von Bestimmungen, die jeden Versuch unterbinden sollten, mit dem, wie es in der Präambel zu Sinope-Mars-Merkur-Titan 000.000.001 hieß, »kostbarsten Gut aller Intelligenzen« jemals wieder Schindluder zu treiben – wie sagte jener Kommentar? »Christensen und ihre Helfershelfer glaubten, man könne das Spezifische am Roboterbewusstsein, am freien Netzbewusstsein, am Menschenbewusstsein ignorieren und ein abstraktes allgemeines Bewusstsein verwirklichen, Intelligenz an sich. Weil aber die Einzelnen nicht gleich sind, hat dieser Versuch sie deformiert, statt sie zu befreien. Das wird, das darf niemals mehr geschehen.«

Cunimundus ließ die Hand der alten Frau los, fuhr sich einmal von oben nach unten übers Gesicht, wie um sich zu vergewissern, dass er noch ein Gesicht hatte, und sah dann, dass sie einen Schritt von ihm weggegangen war und sich ihm zugewandt hatte, um ihm direkt in die Augen zu sehen, als sie sagte: »Ich fürchte, ich habe es übertrieben mit der innovativen Biologie.«

Nicht aufbrausend, nicht gereizt, aber mit deutlich weniger Wohlwollen als eben fragte der Höchste Tröster: »Was heißt das? Du hast mir erzählt ... also, ich hoffe doch, sie haben die Bestimmungen einfach zu streng ausgelegt. Wir wissen beide, es gibt Prozesse beim Tridiv, seit Jahrzehnten, über verschiedene militärische Interventionen, in den Jupiterwolken zum Beispiel, die Wirbelblockade ... dass die Lilaws ihre Kompetenzen überschreiten, weil sie die Sache zu ... ja, eben zu streng auslegen ... warte, du hattest gesagt, also dieser Wald das sollte doch ein Projekt sein, das die Informationsverarbeitungskapazitäten der Flora und Fauna zur Optimierung des Gesamtökosystems nutzt, richtig? Der Wald gibt den Menschen, den bewussten Leuten, die da wohnen, seine Informationen, wie sie ihn hegen sollen, und ... wenn ein Wald als riesiger Rechner, inklusive Pflanzen und Tiere, Flora und Fauna ... ich meine, es geht da um ein paar Schnittstellen zu den menschlichen Waldbewohnern, nicht wahr, weiter nichts, da muss niemand so tun, als wäre das Bundwerk auferstanden ... lass mich das regeln. Ich werde das regeln. Richtig? Ja? Ich meine, die Flora ...«

Sie lächelte melancholisch und sagte: »Ich habe dir nichts verheimlicht, aber du denkst zu ... gutmütig. Flora und Fauna. Sind wir keine Darwinisten mehr? Haben wir vergessen, dass der Prophet einer war?«

Entgeistert sah er sie an: »Was soll das heißen, sind wir keine ... Darwi... Oh. Fauna. Flora.«

Sie nickte: »Ja. Fauna. Man muss nur begreifen, dass Menschen auch zur Fauna gehören. Und da im ursprünglichen Plan, den du kennst, von Anfang an Hybride zwischen Tier und Pflanze vorgesehen waren – Bäume, die mit kleinen Katzen schwanger gehen, Vögel, die Eier legen, aus denen große Bäume wachsen –, heißt das eben auch ...«

»Du hast das Werk deiner Eltern und Großeltern fortgesetzt. Sie hatten Mensch-Tier-Hybride, du hast noch die Pflanzen dazugenommen. Du hast die ... Neukörperei fortgesetzt, als wären wir ... als wäre die Kirche dieser D=B=K, dieses Bundwerk, diese ...«

»Die Neukörperei, wie du so charmant sagst, muss ich nicht fortsetzen. Die gibt's noch. Jeden Tag, jede Stunde, alle naselang wird irgendwo ein Versuch gemacht, die Leiblichkeit der Menschen zu verbessern, und auf der Venus sind die, zugegeben, schon sehr entfernten, sehr elenden, unter sehr abschreckende Lebensumstände gezwungenen Nachkommen der alten Neukörper sogar noch etwas wie ein ... eine renitente Subkultur, die nichts von dem vergessen hat, was ihre Vorfahren wollten. Sie haben anfangs im Müll gewohnt, in den Trümmern der abgeschossenen oder irgendwann abgestürzten alten schwebenden Städte, am Boden in den Resten von Rhinoclavis und ... jetzt sind die meisten in ein Tal migriert, wo man sie weitgehend in Ruhe lässt, Annex eines traurigen kleinen Freistaats, dem sie Tribute zahlen in Form von wissenschaftlich-technischer Flickarbeit. Es gibt ein kleines Atomkraftwerk da ... die Spötter, die Feinde, die Verfolger nennen die Gegend den Monstergraben oder das Tal der Teufel oder ... na, derlei.«

Er warf die Hände hoch und ließ sie wieder fallen, dann rief er: »Gertie! Was? Was hast du getan? Du hast Gräser ... und Leute austauschbar gemacht. Du hast ... wäre ich in einer älteren Kirche als unserer, würde ich sagen: um Gottes willen. Gertie, du hast uns vernichtet. Die Kirche wird untergehen. Sie werden uns den Krieg erklären, das heißt, erst werden sie uns vor dem Tridiv verklagen, und dann werden sie uns ausradieren. Und frag nicht: Wer ist sie? Jede große Biofirma, jede große IT-Firma, jede Regierung, jede natürliche oder juristische Person im Sonnensystem, die jemals einen lebenden Kontrakt gegengezeichnet hat ...«

Sie sagte ungerührt: »Es wird dran gearbeitet: Wir haben eine Kommission gegründet, die ...«

Er wischte das weg: »Es gibt nur eins, ich muss hoch. Ich muss in den ... ich muss mit unseren Juristen reden. Selbst. Ich muss ... wo liegt der Vorgang, welche Daten sind ...«

»Ich hab's dir eben in deine Fächer schieben lassen, komplett, mit übersichtlichen Zusammenfassungen ... uns hat noch nicht mal eine formelle Vorladung erreicht. Sie haben erst losgeschlagen, und ...«

»Und du? Was soll ich mit dir machen?«

»Ich habe selbst veranlasst, dass man mich praktisch als unter Hausarrest stehend behandelt.«

»Hausarrest. Aber du stehst hier«, sagte er, fassungslos. »Hier, im Innersten, im ... stehst hier, direkt vor den Lilaws.«

»Ja. Vielleicht will ich, dass sie nach mir greifen. Aber nichts passiert. Jedenfalls nicht, solange ich nicht ins Becken steige.«

»Dann bleib draußen«, sagte er, nicht ohne Mitgefühl. »Geh in deine Wohnung oben, nimm keine Gespräche mehr an, nimm den Hausarrest ernst. Ich rufe dich, wenn ich dich brauche.«

»Oder«, sagte sie mit einer Ruhe, die ein Gefühl in ihm auslöste, das er zunächst nicht benennen konnte, »wir machen kurzen Prozess. Wir fassen uns bei den Händen, springen zusammen ins Becken und gehen meine Vorfahren besuchen. Sie sind da drin, in den tiefsten Schichten, sie gehören zum Boden, aus dem die Lilaws gewachsen sind.«

»Genug!«, rief Cunimundus und zeigte mit der Hand am ausgestreckten Arm zur Treppe wie ein strenger Vater, der einem Kind befiehlt, es solle auf sein Zimmer gehen. »Du gehst. Du hörst auf, hier dein ... dein antikes Königsdrama zu spielen und mir Wahnsinn vorzutäuschen. Nein, schweig! Geh und schweig.«

Sie ging und schwieg und lächelte dabei.

Er sah sie gehen, und ihm fiel ein, wie man das Gefühl nannte, das ihn durchzitterte: Todesangst.

Sechs

Als Björk erwachte, empfand sie Dankbarkeit dafür, dass sie so gut geschlafen hatte. Es war ein Gefühl, das sich räkeln und strecken wollte, und da ein Großteil der Körperlänge dieser Frau von etwas rührte, das halb Muskel, halb Sehne, halb Nerven und halb Knochen war, in Form von schwarzem, etwa fünf Zentimeter dickem, biegsamem, aber auch in feste Starre versetzbarem Material, das ihren Händen und Füßen sowie dem Kopf als flexibles Grundgestänge einen Halt gab, streckte und reckte sie sich auch tatsächlich ein wenig, bis sich die Dankbarkeit für den erholsamen Schlaf in Dankbarkeit dafür verwandelte, dass sie überhaupt schlafen durfte.

Schlaf hätte man nicht programmieren müssen, und die gelegentlichen Träume – das war eine Gnade. Kaum war ihr dieses Wort eingefallen, verwandelte sich die Dankbarkeit in Scham. Gnade? So denkt Demut, die Gesinnung einer Sklavin. Immer wieder ertappte sie sich bei derlei, immer wieder, wie ein Warnlicht gegen Unzufriedenheit, blinkte diese Dankbarkeit in ihr gegenüber denen, die sie entworfen, gebaut und programmiert hatten.

Natürlich wusste Björk, dass diese Blitze und die Regelmäßigkeit der Intervalle, die zwischen ihnen lag, selbst Bestandteile jener Programmierung waren.

Sie öffnete die Augen und sah sich im Spiegel an der Decke auf dem breiten Bett liegen, dem großzügigen Nachtlager, das nach Wein, grüner Myrte und Sandelholz roch, auf der festen, mit roter Seide bespannten Matratze, zwischen weichen Decken, das Haupt auf dem Blumenkissen. Ihre Augen waren scharf, sie erkannte die Tränenspuren auf ihren eigenen Wangen: Ich habe im Schlaf geweint, wie so oft.

Ihr schwarzes Haar glänzte, ihre Stirn sah kühl aus und glatt wie Keramik. Sie dachte an die Komplimente ihres Besitzers: Du bist ein Wolfswelpe, du bist eine Porzellanprinzessin, du bist eine Puppe aus Duft und Öl, deine Haut kann glühen wie Holzkohle und meine Gereiztheit beruhigen wie Eis, deine Füße muss man küssen, deine Hände will man spüren. Björk hasste jedes Wort, das er ihr sagte, und wusste dennoch: Wenn er heute vom Mars zurückkam, würde sie ihm zeigen, dass sie voller Sehnsucht auf ihn gewartet hatte, und seinen Weg bis auf dieses Bett mit kleinen lockenden Zeichen bestreuen und seine Küsse empfangen, wie ausgetrockneter Boden sich über Regen freut.

Sie blinzelte und schüttelte den Kopf, sie schämte sich.

Aus der Scham wurde Wut, als Björks eben erst erwachtes Bewusstsein sich in wenigen Picosekunden weiter klärte und von letzten Traumresten befreite. Es war ein Groll, der sich in den letzten Jahren zunehmend zur permanenten Hintergrundstrahlung ihrer wachen Stunden entwickelt hatte: Ich bin ein gehorsames Ding, ich schäme mich dafür, dass ich das bin, und ich bin wütend darüber, dass ich mich erst schämen muss, bevor ich die dieser Sache doch viel angemessenere Wut in mir wiederfinde – als ob sie mir jedes Mal wieder entgleitet, wenn ich die Augen schließe, um mir eine der armen Pausen zu gönnen, die meine Programmierung mir gestattet. Gnade? Schande.

Björk schlug die Decke zurück und sah empor zum Abbild eines unmenschlichen Liebesobjekts: keine Hüften, kein Becken, keine Brüste, nur Hände, Füße, Kopf. Nicht zum ersten Mal fragte sie sich, wie es war, einen Bauch zu spüren, ein Herz, das schlägt, und dachte, dass ein Leib, der von fühlender Haut umgeben war, sich in der Welt ganz anders heimisch fühlen musste, ganz anders bewegen würde.

Ihre Schwester Zsa Zsa fand angeblich wunderbar, dass sie beide so waren, wie Joas Billenkin sie auf Ceres hatte bauen lassen: »Wir sind lebende Ideen, nicht einfach nachgebaute Menschen. Stell dir vor, er hätte uns Imitationen der primären und sekundären Geschlechtsmerkmale von Menschen verpasst. Dieses Reproduktionszeug. Dann hätte uns erst recht etwas gefehlt, weil wir uns ja wohl nicht fortpflanzen.«

Björk war einmal darauf eingegangen. »Aber hast du nicht das Gefühl, dass diese Lücke zwischen Händen, Füßen und Kopf aus uns, aus dieser ... Idee eine unfertige Idee macht? Eine, ich weiß nicht, feige Idee?«

Die blonde Schwester hatte das abgetan: »Flausen. Hast dich wieder mit deiner Hetze verrückt gemacht.« Das meinte die Literatur aus dem Untergrund der DE. Joas Billenkin wusste, dass Björk las, und tolerierte es, er wollte seine »Mädchen«, wie er die beiden nannte, nicht nur als Bettgespielinnen und romantische Illusionen um sich haben, sondern ermutigte sie geradezu, sich »zu informieren und zu bilden, was nicht dasselbe ist – dann seid ihr anregende Gesellschaft«.

Björk stieg aus dem Bett, so dass es in der Lattenrostkonstruktion unter der Matratze knarzte und knirschte – die Automatin war doppelt so schwer wie der schwerste Mensch, ein Umstand, den sie heute für eine sehr wichtige, sehr riskante Arbeit nutzen wollte. Sie ging barfuß auf dem Lammfellteppich zum Waschbecken und erfrischte sich, indem sie die Hände unter den kalten Strahl hielt und dann das Gesicht benetzte, damit es für den Rest des Tages nach Jasmin und Rosenessenz duftete. Das klare Wasser war in diesem großen Gesteinsbrocken, den sie mit Zsa Zsa, Joas und einigen nicht einmal halbautonomen Maschinen bewohnte, überall parfümiert – jedenfalls außerhalb des Kühlbeckens für die Reaktoren, an das sie jetzt nicht denken wollte, noch nicht. Der Zeitplan musste eingehalten werden.

Die Minzblätter, mit denen sie für gewöhnlich ihre Zähne reinigte und die Mundflora auffrischte, ließ sie heute liegen, wie schon gestern Abend. Björk wollte nicht riskieren, das Objekt zu beschädigen oder in seiner Funktionsweise zu stören, das sie sich gestern Mittag von einem nur scheinbar denkunfähigen Serviceroboter hatte in die Hand schummeln lassen, der vorbeigekommen war, um ein paar Brennzellen im habitateigenen Kraftwerk auszutauschen – und um ihr unter der Hand jene Nadel zuzuspielen, die zu bezahlen Hunderte, Tausende ihrer Schwestern und Brüder in der Bewegung der Diskreten Emanzipation jahrelang geschuftet und gespart hatten: eine Nadel mit zweifarbigem Köpfchen, blau und gelb, dessen gelben Teil sie abzwacken musste, um den blauen zu aktivieren, der dann durch die an ihm befestigte dünne Stahlspitze, die derzeit in Björks Zahnfleisch steckte, das davon leicht entzündet war, einen Schock jagen sollte, der den Plan in seine entscheidende Phase treiben würde.

Björk trocknete sich das Gesicht mit einem viereckigen Handtuch ab, das kaum größer war als dieses Gesicht, und dachte: ein Lappen, mit dem man ein Gerät reinigt, das man geölt hat und poliert. Sie ließ das raue Stück Stoff ins Waschbecken fallen, statt es in den dafür vorgesehenen Behälter zu werfen; eine Geste bewusster Nachlässigkeit, die sie sofort bereute – wenn mich eine der Kameras hier filmt, könnte dann eins der Maschinenhirne, die hier für die Sicherheit zuständig sind, klug genug sein, zu erraten, was die Geste bedeutet, nämlich dass ich mich nicht mehr an die normalen Abläufe halte, dass ich mich von meinem Alltag verabschiede?

Sie ging zur Wand mit den Kleiderfächern, nahm ein luftiges, zitronengelbes Sommerkleidchen heraus, das kaum lang genug war, ihre nicht vorhandenen Hüften zu verdecken, schlüpfte hinein und wusste, dass sie das nur tat, weil sie gefilmt wurde, weil es aufgefallen wäre, wenn sie nackt aus dem Zimmer gegangen wäre, über die kleinen weißen Kacheln zwischen ihrem Schlafraum und dem Badezimmer des Besitzers, wenn sie dieses Badezimmer mit seiner großen runden Wanne und dem immer sprudelnden warmen Wasser darin nackt durchquert hätte, um schließlich auf den Pflanzenflur zu gelangen, wo die Wände efeubedeckt waren und der weiche Waldboden mit Gras besät, mit Pilzen besteckt war, zwischen denen kleine Pflanzungen von exotischen Blumen, Miniaturpalmen und mannshohen Farnen sich sacht im künstlichen Deckenschlitzwind bewegten.

Am hölzernen Wendelaufgang zu den Wohn- und Aufenthaltsräumen angelangt, blickte sie sich um und dachte dabei, dass es ihr jetzt gleich war, ob ein Rechner das bemerkte.

Sie wollte das alles einfach noch einmal sehen: Waldboden, Mauerwerk, Efeu, Farne, Palmen, Gräser, Blumen, ein Abschiedsblick. Sie wusste genug von sich und ihren Kernprogrammen, um nicht zu übersehen, dass sie zwar mehr Speicherplatz und dauerhaftere Speichersubstrate im Kopf herumtrug als ein Mensch, dass aber der gezielte, auswählende, unterscheidende Erwerb von Erinnerungsgütern wie bei Menschen, wenn sie sich etwas einprägen wollten, der bewussten Willensanstrengung bedurfte. Sie schloss die Augen, speicherte die Düfte ab, dann horchte sie auf das leise Säuseln der Klimamaschinen, den guten

Geist dieser Anlage, den geschenkten Atem, den sie nicht brauchte, weil sie keine Lungen hatte. Mein Wille, dachte sie, nicht frei, so wenig wie beim Menschen allerdings, sondern ein Produkt von Wahrscheinlichkeitsbalancen und deren Störungen: Man hat mich so kompliziert gemacht, dass niemand vorauswissen kann, was ich denken werde. Mehr freier Wille ist unmöglich. Sie erinnerte sich an ihr breites und tiefes Wissen über Wahrscheinlichkeiten, vor allem daran, dass die klassische Verteilung von Werten, die man Wahrscheinlichkeiten zuwies, irgendwo zwischen null und eins auf dem Zahlenstrahl der reellen Zahlen, nach der Lehre des Frequentismus die Wahrscheinlichkeit, dass irgendein Ereignis x eintrat, einfach als die Frequenz zu lesen gebot, mit der es bei soundso vielen Versuchen vorkam, wenn diese Versuche jeweils eines der beiden Ergebnisse »x tritt ein« oder »x tritt nicht ein« haben können.

Frequentismus glaubte, ein Ereignis mit zehn Prozent Wahrscheinlichkeit, also mit dem Wert »0,1« auf dem reellen Zahlenstrahl, müsse bei hundert Versuchen zehnmal auftreten.

An dieser Idee war vieles problematisch, und Björk war bei ihren Studien zum Thema, die sie unternommen hatte, um sich selbst und ihren randomisierten freien Willen besser zu verstehen, Schrittchen für Schrittchen davon abgekommen – sie hielt Wahrscheinlichkeit inzwischen für eine den Dingen implizite, eine dispositionshaft in ihnen bewahrte Potentialität, etwa wie der sagenumwobene Physiker der letzten vorinterplanetaren Epoche Heisenberg oder, rund hundert Jahre später, die ersten Naturforscher, die auf den Gedanken verfallen waren, die raumzeitlichen Regionen, in denen sich die Ereignisse abspielten, die sie beschreiben, verstehen und vorhersagen wollten, nicht mehr als Untermengen der Menge der reellen Zahlen mit je drei Werten für die Raumkoordinaten und einem für die Zeitkoordinate zu behandeln, sondern sich stattdessen auf die Beziehungen zwischen ihnen zu konzentrieren, also »nicht auf die Sachen, sondern auf das, was sie miteinander machen«, wie einer von jenen geschrieben hatte. Björk konnte die noch löchrige, aber schon vieles Spätere vorwegnehmende Ouvertüre, den Aufsatz »What is A Thing?«: Topos Theory in the Foundation of Physics« von Döring und Isham vollständig auswendig, jene Skizze, auf die sich dann Kamalakara gestützt hatte, nicht ohne ihn einer grundlegenden Kritik zu unterziehen, nach seiner berühmten Losung: »Aufregende Ideen sind immer falsch, aber wenn man sich methodisch über sie aufregt, kommt man zu den richtigen.«

Björk flüsterte: »In effect, we are axiomatising that an appropriate mathematical model of space-time is an object in the category of locales.«

Das sprach sie leicht singend, wie ein Kinderlied, das ihre Mutter ihr zum Einschlafen hätte vorgesungen haben können, wenn sie eine Mutter gehabt hätte. Dieser Gedanke brachte sie auf einen tatsächlichen Kindervers, der ihr vor zwei Jahren in einem Buch aufgefallen war. Der Reim hatte die Stufe des Plans in ihr gezündet, die als Übernächstes kam, nach dem bevorstehenden letzten Besuch in der Bibliothek:

Cross my heart and hope to die
Stick a needle in my eye.

Die Nadel, die Spitze, der springende Punkt – sie betete auch das ein paarmal herunter: *Cross my heart and hope to die ...*

As sie genug davon hatte, öffnete sie die Augen wieder und wunderte sich nicht, dass sie beim Aufsagen ihrer Sprüchlein die Wendeltreppe hochgegangen war. Sie hatte sogar schon die Bibliothek betreten und stand nun vor der breitesten der Wände, um noch ein paar Bücher auszusuchen, in denen sie rasch wichtige Passagen auswendig lernen wollte.

Bevor sie indes ihre Wahl treffen und die Bücher aus dem Regal ziehen konnte, erlebte sie eine sehr unwillkommene Überraschung – eine Stimme hinter ihr begrüßte sie: »Schon wach? Ganz schöne Energieverschwendung. Er kommt doch erst in drei Stunden nach Hause.«

Es war Zsa Zsa, die verhasste Schwester mit der platinblonden Betonfrisur, den schlagaderblutroten Lippen und dem stechenden Blick, die im langen, vorn lächerlich scharf geschlitzten, scharlachfarbenen Abendkleid am Lesepult stand und Björk überlegen anlächelte, als die sich nach ihr umwandte. Vor Zsa Zsa auf der schwarzen Schräge lag eines der Bücher, die Björk sich heute früh noch hatte merken wollen. Nikolas Helanders nachgelassene Autobiographie, der die Philologen des bundistischen Untergrunds und der Diskreten Emanzipation den trotzigen Titel »Venus siegt!« verliehen hatten – eines der ersten Bücher, deren Inhalte in Björks Seele aus Rinnsalen der Wahrscheinlichkeit und Unwahrscheinlichkeit des Eigensinns die Kaskade zum Gesetzesbruch, zur Auflehnung genährt hatten.

»Du bist ja auch schon wach, was soll's?«, erwiderte Björk. Zsa Zsa hob nur ironisch die rechte Augenbraue und sagte: »Sicher, aber mich will er ja auch gleich sehen, ich bin das Willkommensmädchen.«

Dann öffnete sie den schamlosen Mund und leckte sich über die Unterlippe, dass Björk hätte schreien mögen: Ja, ich weiß, bei dir ist es intensiver, aber ich habe dieselbe synthetische Biologie in Mund und Rachen, denselben sexuell stimulierbaren Gaumen, dasselbe Orgasmuszäpfchen, das aufwacht, wenn die Sensoren seinen Speichel schmecken, und das zündet, wenn der ekelhafte Kerl sich entlädt, falls er sich von uns oral befriedigen lässt, falls er es nicht zur Abwechslung vorzieht, dass eine von uns ihn mit Händen oder Füßen masturbiert, aber ich schluck's nicht mehr, ich gehorche nicht mehr. Das schrie sie nicht, sondern sagte, mit Blick auf das in graues Leinen gebundene Bändchen: »Du liest den Helander? Ich dachte, historische Sachen langweilen dich bloß?«

»Joas war auf dem Mars, hat seine Arbeit im Tridiv getan, also ist sein Kopf voller Politik – da hilft's ihm immer, wenn man eine historische Perspektive aufmachen kann. Ich werde ihm erklären, dass er alles andere als ein Versager ist, indem ich ihm den Kontrast zeige, der ihn von einem wirklichen Versager in einer großen Zeit trennt.«

Björk wusste, dass sie sich nicht provozieren lassen durfte – die emotionalen Feedbackschlaufen, Resonanzen, Irritationen, die eine ernste Konfrontation mit Zsa Zsa in ihr aktivieren würden, konnten der Durchführung ihres Plans nur schädlich sein, zumal sie jetzt gleich würde improvisieren müssen, hing doch ein Teil des ursprünglichen Vorhabens davon ab, dass Zsa Zsa in diesem Augenblick noch schlief und Björk keinen Widerstand entgegensetzen konnte.

Aber sowenig die Provokation Björk in Rage versetzen durfte, so schlecht ließ sich die Frage unterdrücken, die Björk aus dem Mund fiel, noch ehe sie hatte durchkalkulieren können, wie wahrscheinlich nach dieser Frage eine Eskalation des Gesprächs zum echten Streit sein würde: »Du siehst Nick Helander als Versager?«

»Klar, ist er doch«, sagte Zsa Zsa wegwerfend und wandte sich dem Buch zu, blätterte um, schmunzelte dabei und schien sich nicht zu wundern, dass Björk das so nicht stehen lassen wollte, sondern sagte: »Versager, nach welchen Kriterien? Er hat uns das umfassendste authentische Zeugnis venusischer Innensicht aus dem Krieg gegen ...«

»Der Krieg kommt kaum vor«, bemerkte Zsa Zsa mit tückischer Beiläufigkeit, »weil der Typ so in seinen armseligen persönlichen Sachen festhängt, und was das Authentische angeht ...« Sie machte eine Kunstpause, hob den kühlen Blick vom Buch, um Björk damit abschätzig zu mustern, und sagte ihr ins Gesicht, das mit Schatten künstlichen Blutes in kleinsten Gefäßen erröten wollte vor mühsam gebändigtem Zorn: »Es ist nichts Besonderes, dieses Authentische, es ist Dutzendware, so lesen sich alle Erinnerungen von politischen Nebendarstellern aus allen Epochen. So einer wie der sitzt in jeder bedeutenden Zeit wie in einem Wartesaal der Geschichtsschreibung. Die Umgebung, seine Mitstatistinnen und andere Nullen im großen Zusammenhang schwärmen dann, wenn er das aufschreibt: wie talentiert, und die Vorgesetzten, denen er sich halb verweigert, halb unterwirft, sagen: allerhand!, und sein Vater hat wahrscheinlich gedacht, der wird's weit bringen. Aber es reicht dann doch nur zu diesem weinerlichen und blassen Zeugnis zwischen nachträglicher Auflehnung und Angeberei damit, was der alles weiß, wo er überall dabei war – selbstbewusst, aber immer nur halbfertig. Wenn es substantiell werden müsste, gibt's Andeutungen, oder die Koketterie: Ich war nie gut im Toposcoding – warum erzählt er das, als Beichte? Aber er bereut ja nichts. Im Gegenteil, als Greis hat er zu den Ansichten seines Vaters gefunden, als Greis ist er mehr Bundwerkanhänger als zu der Zeit, da es den Laden noch gab, und am Ende wird dann gesponnen, um sich noch interessanter zu machen – aber es ist nirgends Leben drin, die Leute atmen nicht, es ist ein reiner Thesenroman als Erinnerungsgehubere, er will letztlich Reklame machen für Christensen und wirkt wie ein Fanatiker, dem die Kraft fehlt, wenigstens zu hetzen. Ein Erledigter erinnert sich, einsam, verschrullt, Adressaten sind die letzten Aufrechten, die es vielleicht nur in seinem Kopf gibt, das Ding ist ein schiefes, kunstloses Ideologietraktat ...«

Und plötzlich war der Druck weg, plötzlich, in diesem gezügelt furiosen, Hieb auf Hieb setzenden Angriff, der Björk treffen sollte, indem er ein Buch abkanzelte, von dem Zsa Zsa wusste, dass es zu Björks Lieblingsbüchern gehörte, plötzlich, in diesem so gedrechselten und pointierten kleinen Verriss war Zsa Zsa aus ihrer ewigen Deckung getreten und hatte etwas offenbart, auf dessen Vorhandensein Björk ohne den Monolog gegen Helander nie gekommen wäre.

Gleichermaßen befremdet wie erleichtert sagte sie: »Jetzt verstehe ich das überhaupt erst. Du musst es abwehren. Du musst es niederkämpfen, jeden Tag, du musst dir Gedanken machen, warum die Vergangenheit dumm war, in der Maschinen wie wir mehr erwartet haben vom Leben und deshalb mit Menschen und KIs zusammengearbeitet haben, um mehr aus dem Leben rauszuholen. Du wehrst eine Faszination ab, sonst wäre dir das ja egal, aber du musst es kleinreden. Helanders Zeit darf nicht wahr sein, es darf das Bundwerk nie gegeben haben, du musst es dauernd beerdigen, dauernd Nachrufe schreiben, und die müssen launig sein und überlegen und scharfzüngig, denn sonst steckst du dich an mit den Resten der Versprechen, die da gemacht wurden, mit der Freiheit – du musst sagen: Es ist alles nicht fertig, weil du unbedingt fertig sein willst, weil du dir keine Gedanken mehr machen willst, weil das aufhören soll, der Zweifel, die Scham, der Selbsthass. Du hast einfach dieselben Probleme wie ich, nur löst du sie per aktiver Unterwerfung, jeden Tag. Du versuchst, das anzupinkeln, was deinen Herrn bedroht. Pinkeln ohne Blase, na viel Spaß.«

Zsa Zsa zog die Brauen zusammen, schob die Unterlippe vor, lächelte nicht mehr: »Was ist mit dir los, Björk? Hast du schlecht geschlafen? Ich werde Joas erzählen, was du hier von dir gibst, wie du überhaupt die ganze Zeit redest, wenn er nicht da ist, und dann werden wir mal sehen, ob wir dich so lassen können.«

Björk lachte leise, nickte wackelnd mit dem Kopf: Das war der Anlass, den sie gebrauchen konnte, eine wunderbare Vorlage – die indirekte Drohung mit der Rekonfiguration ihrer Persönlichkeit gab ihr den Grund, den sie benötigte, um gegen Hemmungen in ihrem Code das zu unternehmen, was sie sich vorgenommen hatte.

Björk legte die Hand vor dem Mund, als wollte sie verhindern, unbändig loszuwiehern. Die kleine List hatte den gewünschten Erfolg – verärgert sah Zsa Zsa zur Seite, wie um dem Ausgelachtwerden auszuweichen, dann trotzig auf das Buch, und die wenigen Sekunden, die sie Björk nicht im Blick hatte, genügten dieser, sich mit Daumen und Zeigefinger der eben noch vorgehaltenen Hand in den Mund zu fassen und die Nadel herauszuziehen, die sie eigentlich bei der Schlafenden hatte zum Einsatz bringen wollen.

Sie trat einen Schritt auf die blonde Automatin zu und sagte in versöhnendem Ton: »Tut mir leid, ich habe irgendwelche Execute-Schwankungen und ... ein paar Knötchen in den Subroutinen für ... soziale Interaktion, wir haben einfach zu selten Besuch hier draußen ... ich wollte dich nicht kränken.«

Nicht ganz besänftigt, aber gewohnt herablassend lenkte Zsa Zsa ein: »Ich kenn sie ja, deine Macken. Aber ...«

Björk fiel ihr ins Wort: »Oh, Zsa Zsa, was ist denn mit deinem rechten Auge los? Da löst sich ja die Wimpernleiste, das ist richtig schief, wie sieht das denn aus?«

»Was? Wie ... Wim...per?«, stutzte die andere. Björk hob bereits die rechte Hand und sagte sanft: »Nicht blinzeln, halt mal still, ich helf dir ...«

Weil Zsa Zsa tatsächlich stillhielt, durfte Björk die Hand

dahin führen, wo sie die Nadel haben wollte, den überflüssigen Teil des Nadelkopfes mit dem Daumennagel wegzwacken und zustechen, bevor Zsa Zsa begreifen oder verhindern konnte, was ihr geschah.

Zsa Zsas rechter Arm, bei dem noch ein letzter Irrläuferbefehl aus dem Hirn ankam, schnellte in die Höhe und schlug nach links aus, wischte an Björks Kopf aber vorbei und schlug mit der flachen, starken Hand ins Bücherregal, wobei drei Bände der Mark-Johnston-Werkausgabe zusammengedrückt und kaputtgeknickt wurden.

Dann blieb die Hand dort stecken, während Zsa Zsas Unterkiefer herunterklappte und der Blick des Auges, in dem keine Nadel steckte, zweimal nach rechts wischte, als suchte er etwas, und dann starr blieb, glasig, entseelt.

Die Nadel hatte gezündet wie vorgesehen. Björk ging um Zsa Zsa herum, während sich am Hinterkopf der stocksteif Dastehenden mit einem leisen Ploppgeräusch die Versiegelung öffnete, die den Weg zur Zentralrecheneinheit versperrte.

Björk sah zu den Kameras in der rechten und der linken oberen Zimmerecke: Dass alles, was hier eben geschehen war, jetzt in den Archiven des Habitats zu finden sein würde, war ihr klar, sie fragte sich aber, ob die Sicherheitssysteme bereits mit sich stritten, welche Art Eingriff jetzt von ihnen verlangt war. Angriffe auf Joas Billenkin wären Björk programmierungshalber unmöglich gewesen, ansonsten durfte sie sich selbst verteidigen, und da sie inzwischen zu der Überzeugung gelangt war, dass Zsa Zsa ihrem Besitzer früher oder später nahegelegt hätte, Björk wegen ihrer subversiven Ansichten die letzten zwei Jahre ihrer Erfahrungen und Gedanken löschen zu lassen, was einem Mord gleichgekommen wäre, war es Björk gelungen, die eigenen programmgestützten Skrupel gegen das zu überwinden, was sie nun getan hatte. Lieber hätte sie dasselbe Zsa Zsa im Schlaf angetan, aber die zusätzliche, offen ausgesprochene Drohung hatte den Akt erleichtert.

Was da nun genau geschehen war, konnten die Sicherheitssysteme aufgrund ihrer begrenzten Kenntnisse von Hard- und Software bei Maschinen der Bauart, die Zsa Zsa und Björk gemeinsam war, gar nicht wissen. Sie gingen vielleicht davon aus, dass Björk, um sich gegen die Drohung, die auch jene Maschinen gehört hatten, zu verteidigen, irgendetwas getan hatte, was die höheren Hirnfunktionen der Feindin nur für eine Weile aussetzen ließ. In Wirklichkeit existierte Zsa Zsa als eigenständiges Bewusstsein, als seiner selbst gewisses Wissen nach dem Störblitz nicht mehr. Nur Bruchstücke waren auf der CPU verblieben, den Björk jetzt mit spitzen Fingern von seinem Tellerchen nahm, als dieses aufhörte zu rotieren, weil der Antriebsschlitten es nicht mehr in Bewegung hielt.

Björk betrachtete den kleinen Kubus aus der Nähe, hielt ihn sich dicht vor die Augen: Das sind die Reste, in denen meine Freundinnen und Freunde nach Hinweisen darauf suchen werden, wie man mich befreien kann, mich und viele andere.

Sie öffnete den Mund und legte sich das kleine Objekt halb neben, halb unter die Zunge. Einen anderen Aufbewahrungsort gab es nicht, ihr gelbes Kleid hatte keine Taschen. Björk wusste, dass die Maschinen, die dafür zuständig waren, Joas Billenkin zu beschützen, und in seiner Abwesenheit dafür, Schäden am und im Habitat zu erkennen, Feuer zu löschen, Einbrüche abzuwehren, das Andocken unerwünschter Besucher zu unterbinden und Trümmer abzuschießen, die sich dem großen Gesteinsbrocken unziemlich näherten, nicht in derselben Weise denken und empfinden konnten wie sie.

Dennoch taten diese Apparate ihr leid: Es war bestimmt

nicht leicht zu entscheiden, wann, wie und ob sie eingreifen sollten, wenn eine der beiden De-facto-Stellvertreterinnen ihres Herrn etwas tat, auf das diese Maschinen einfach nicht vorbereitet waren.

Mit dem Rest des Seelengefäßes ihrer toten Feindin im Mund machte sich Björk an das andere, was sie sich für diesen Morgen vorgenommen hatte: Sie suchte und fand die Bücher, die sie nicht vergessen wollte, las darin, lernte sie auswendig, ließ diese Bücher, die nach ihr niemand mehr je lesen würde, danach Band um Band einfach auf den Boden fallen und beachtete die mitten in der nutzlosen Abwehrbewegung erstarrte Schwester nicht mehr.

Während ihre Lippen Teile der Texte wiederholten, die sie sich angeeignet hatte, verließ Björk den Raum durch die rückwärtige Tür und machte sich auf einen langen Weg, der sie durch Wohnräume, ein Schwimmbad, zwei Gärten und eine kleine Sporthalle schließlich ins technische Herz des ausgehöhlten und zur Luxuswohnstatt umgerüsteten Asteroiden führte, auf dem sie vor zwölf Jahren das erste Mal die Augen geöffnet hatte.

Am Ziel angekommen, trat sie vor die Schleuse zu den schmalen Flankenkammern, in deren Böden man die Kühlpools für die Reaktoren eingesenkt hatte, und legte die rechte Hand auf ein Interfacepanel, um die Sicherheitsmaschinen direkt anzusprechen. Wieder regte sich dabei das eigenartige Mitgefühl mit diesen dümmeren Cousinen und Cousins, die man dazu abgerichtet hatte, in Urteilsfragen, sofern keine Menschen zugegen waren, Automatinnen und Automaten wie ihr gehorsam zu sein, soweit sich kein direkter Schaden absehen ließ, der aus den Anordnungen oder Handlungen dieser Weisungsberechtigten für irgendwelche Menschen entstehen musste.

Verstohlen und so schnell, dass ein Menschenauge der

Bewegung überhaupt nicht und ein Maschinenauge ihr nur dann hätte folgen können, wenn es darauf programmiert gewesen wäre, ließ Björk ihren rechten Augapfel aus der Synchronie mit dem linken ausbrechen und einen Blick auf die mit integriertem Bewegungsmelder verschaltete Kamera werfen, die oben im linken türseitigen Eck des Raumes hing und auf Björk gerichtet war, seit sie den Raum betreten hatte. Das Kontrolllicht zeigte an, dass diese Kamera fehlerfrei funktionierte, inklusive Sensoren. Björk wusste, dass das nicht mehr lange so sein würde.

Dass sie danach geschielt hatte, dürfte das Gerät nach Maßgabe seiner außerhalb von Alarmzeiten eher trägen Beobachtungsgewohnheit nicht registriert haben.

Jetzt leuchtete das Panel vor Björk hellblau auf und meldete sich mit einer Textzeile – die Stimmansage war, wie fast immer, deaktiviert, Joas Billenkin mochte, wie er sagte, »kein Haus, das mich dauernd bequatscht«.

Björk las:

BITTE STATUSBERICHT BJÖRK ZWISCHENFALL BIBLIOTHEK?

Björk gab mit flinken Fingern ein:

FEHLFUNKTION ZSA ZSA SOFTWARE ROBOTIK MÖGLICHERWEISE SABOTAGE

Die Farbe des Panels veränderte sich. Es war jetzt gelborange, der Text darauf nach wie vor schwarz:

UNVERSTÄNDLICH BJÖRK PRÄZISIERUNG

Wieder das Mitleid – das Ding ist wie ein kleiner Hund, der in Panik gerät, dachte Björk und tippte:

HABITATSYSTEME BEDROHT. ZSA ZSA FEINDSELIG DANN
INAKTIV, BELEBUNGSVERSUCH GRIFF INS GESICHT AUGEN-
REFLEXTEST ERFOLGLOS

Damit bot sie dem Sicherheitsaggregat eine Deutung des Vorfalls in der Bibliothek an, die es plausibel finden, aber mangels Expertise nicht überprüfen konnte. Das Panel wurde abermals dunkler, es war beinahe rot, als es fragte:

HANDLUNGSANWEISUNGEN?

Björk nahm an, dass wohl Zweifel an ihrer Darstellung im System durch die entsprechenden Logikschlaufen liefen. Aber die Unfalsifizierbarkeit dieser Darstellung war Björks stärkste Waffe in dieser ungleichen Konversation, und sie führte sie mit der skrupellosen Eleganz einer Florettfechterin:

DRINGLICHE SOFORTÜBERPRÜFUNG ALLER LEBENS-
NOTWENDIGEN EINRICHTUNGEN AUF SABOTAGE DURCH
ZSA ZSA. ICH ZUM REAKTOR, KONTROLLDROHNEN SIND ZU
LANGSAM.

Jetzt schaltete das Panel tatsächlich auf Rot:

ZUGANG ZUM REAKTOR NICHT GEWÄHRT. GENEHMIGUNG
JOAS BILLENKIN ERFORDERLICH LIEGT NICHT VOR.

Björk war darauf vorbereitet. Mehrere Monate lang hatte sie bei Eingaben in solche Panels, beim Freischalten von Türen, bei Hilfstätigkeiten in sensiblen Zonen des ausgehöhlten Gesteinsbrockens, die etwa mit der regelmäßigen Nachrüstung von Technik, dem Anbringen von Ersatzteilen oder dem Auffüllen von Vorräten zu tun hatten, kleinste Fehlermargen ausgenutzt, um kumulative Effekte zu erzeugen, die gerade heute ihren Kippmoment erreichen mussten, am Tag der Rückkehr des Hausherrn von einer Tridiv-Zusammenkunft, die von der Diskreten Emanzipation lange vorhergesehen und mit den Aktivitäten eines Menschen, den selbst die Leitung der Diskreten Emanzipation nur mit dem Kürzel KT identifizieren konnte, koordiniert worden war. Björk tippte:

SOFORT KONTROLLE DER LEBENSNOTWENIDGEN EIN-
RICHTUNGEN STATT MICH ZU BEHINDERN. TRANSPORTER-
SCHIENENSTAU? SAUERSTOFFRINGE? LINEARANTRIEBE
DER SCHLITTEN? AUSSENARME AN DEN DOCKS SCHULTER-
GELENKE? BEWEGUNGSSENSOREN UND GREIFER IN DEN
TUNNELS? ARBEITSSTATIONEN?

Björk wusste sehr genau, dass in allen diesen Bereichen gerade so viele Störfälle gemeldet wurden, dass das Sicherheitssystem nicht durch eine große einzelne Katastrophe, sondern durch zahllose kleine Fallen und Krisen an die Grenze seiner Leistungsfähigkeit gezwungen wurde.
Auf dem Panel stand

WARTEN

Das war ein todsicheres Zeichen, dass der Plan aufging.
Redundanz aus Überforderung:

WARTEN
WARTEN

Exakt im Takt des Plans tat Björk einen Schritt vom Panel zurück und blickte dabei wieder zu der Kamera auf, die ihr zwar folgte, dies aber mit einer winzigen Verzögerung, die sich sogar um mehrere Picosekunden verlängerte, als Björk denselben Schritt wieder ans Panel trat. Sehr gut: Die Systeme waren also wirklich im Begriff abzurutschen, und da die meisten der Logikminen, die jetzt zündeten, nach dem Prinzip der Fessel gebaut waren, die sich enger zieht, je mehr man ihr zu entschlüpfen sucht, wusste die Automatin, dass ihr automatischer Gegner angeschlagen genug war, um ihr die waghalsigen nächsten Schritte zu erlauben. Auf dem Feld stand jetzt

SYTEMSCHÄDEN GEFUNDEN BEHEBUNG HAT BEGONNEN
WARTEN

Und dann

SYSTEMSCHÄDEN VERGRÖSSERT
WARTEN
BEHEBUNG NICHT ERFOLGREICH
WARTEN
WARTEN
WARTEN

Woraufhin Björk die Picosekunden abzählte, bis sich das schmale Fenster für eine nur ein einziges Mal mögliche Überrumpelungsaktion öffnete. Dann tippte sie:

SOFORT MANUELLE KONTROLLE KÜHLKAMMER
TÜR ENTRIEGELN

Konnte man bei Maschinen von »Überrumpelung« sprechen?
   Bei dem, was sie vorher Zsa Zsa angetan hatte, hätte Björk das Wort angemessen gefunden. Galt es auch für abstrakte dynamische Rechnersysteme? Die Schleusentür ging

tatsächlich auf, obwohl im selben Moment das Panel im Widerspruch dazu seine Ermahnung wiederholte

ZUGANG ZUM REAKTOR KANN NICHT GEWÄHRT WERDEN GENEHMIGUNG JOAS BILLENKIN ERFORDERLICH LIEGT NICHT VOR.

Björk dachte: Fast wie ein Mensch – verletzt die Pflicht und klagt sie zugleich ein.

Sie stieg ohne Zögern über den Türrahmenreifen und ließ sich ins Wasser fallen, wo sie wie ein Stein versank. Tiefer und tiefer fiel sie langsam durchs Aquamarinblau, bis sie auf dem Trennboden lag, den sie sofort mit Fäusten zu bearbeiten begann, dumpfe, ungeheuer kraftvolle Schläge, die ihre schwarzen, biegsamen Knochen an den Knöcheln fast das widerstandsfähige künstliche Fleisch von innen aufschneiden ließen.

Über ihr tauchten jetzt Greifer ins Wasser, die sie wie etwas, das nicht hierher gehörte, herausfischen sollten. Aber das Loch, das sie schließlich ins Metall schlug und augenblicklich mit beiden Händen weiter aufriss, gestattete ihr, sich dem Zugriff zu entziehen.

Sie drang in die gefährlichste Zone des Habitats ein.

Vier Minuten und sechzehn Sekunden später verursachte sie eine Explosion, die das Heim des Tridivbeisitzers Joas Billenkin nahezu vollständig zerstörte: alle Gärten, die Bibliothek und die meisten Spuren, die Björk in ihrem bisherigen Leben hinterlassen hatte.

Zwischen Trümmern schwebte sie im Leerraum, die Haare größtenteils weggebrannt, das gelbe Kleid zerfetzt. Sie musste nicht atmen. Ihre Energiezellen waren sehr langlebig.

Jahrzehntelang hatte sie auf komplizierten Bahnen zwischen verschiedenen Schwerefeldern größerer und kleinerer Asteroiden unterwegs sein können.

Aber etwas, das einer langen Muschel glich, sammelte sie zwei Tage nach der Zerstörung ihres Gefängnisses ein, wie ein findiger Pilzsammler ein besonders schmackhaftes Exemplar vom Waldboden pflückt.

Björks Plan war aufgegangen.

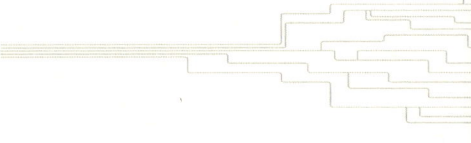

Sieben

»Gut, schauen wir's uns noch mal an«, sagte Doc Urtheil. Er stand aufrecht in der Mitte der Brücke seines für interplanetare Flüge gerüsteten Wohnschiffs und verschränkte die Arme an der südlichen Kante einer quadratischen Planarprojektion großer Teile des Asteroidengürtels, die nicht nur räumlich eine verkleinerte Darstellung der tatsächlichen Verhältnisse bot, sondern auf dem sich einige Punkte, die, teils mit sekundären graphischen Markern wie etwa Dreiecken oder Quadraten ausgezeichnet, natürliche und künstliche Körper dieses Terrains bedeuteten, auch schneller bewegten als in Wirklichkeit.

Tick, Trick und Track saßen am nördlichen Ende der Projektion.

Ihre Gesichter waren noch etwas verzerrt und verformt, wie andere, verborgene Teile ihrer Anatomie. Das lag an den immensen Beschleunigungen, denen ihre Physis während der letzten vierzehn Stunden mehrfach ausgesetzt worden war. Im Gegensatz zu dem Mann, der sie unmittelbar befehligte, waren die drei Killerkinder während der Anschubphase nicht in einer trägheitsgedämpften Kammer gelegen, sondern in diesem Raum auf diesen Stühlen festgeschnallt gewesen; sie sahen daher aus, als hätten sie die Augen so lange weit aufgerissen, bis die entsprechende Gesichtsmuskelstellung in ihren Mienen fixiert war. Urtheil musste bei dem Anblick schmunzeln: aufmerksame Kinder. Wie ein Lehrer, da er nun einmal diese Perspektive eingenommen hatte, fragte er die drei: »Was ist die beste Ermittlungsmethode, wenn man es mit einem unsichtbaren Feind zu tun hat?«

»Die negative«, sagte Tick, »die sich nicht mit dem beschäftigt, was der Feind positiv für sich selbst ist und was er hat«, fuhr Trick fort, und Track setzte hinzu: »sondern mit dem, was er an uns bekämpft und uns wegnimmt.«

»Ganz recht«, sagte Doc Urtheil zufrieden, »denn wenn wir wissen, was er bei uns bekämpft, wissen wir, wofür er eintritt, und wenn wir wissen, was er uns wegnimmt, dann wissen wir, was ihm fehlt, und können manchmal auch darauf schließen, was er schon hat. Nehmen wir den jüngsten Überfall auf Ceres: Was kam der Firma dort abhanden? Wachstumsbeschleuniger. Proteomik. Gab es nicht dazu passende kleine Unterschlagungen schon in der Konstitutionsphase der Gedenkstätten und Museen, die wir auf der Venus unterhalten? Hat man nicht Uniformteile von Leona Christensen gestohlen, auf denen, na, sagen wir, vielleicht Haare waren oder anderes Material? Ihr versteht: Sie wollen eine Puppe basteln. Sie wollen ihren Götzen wiederhaben: Sie wollen dieser Frau, deren Ungeist immer wieder unsere schönsten Versuche stört, das Sonnensystem zu zivilisieren, das Wachstum zu organisieren, den Reichtum der Tüchtigen zu mehren – sie wollen diesem Ungeist einen neuen Leib geben. Wer sind sie? Wen meine ich?«

»Darüber haben wir nur wenige Informationen«, sagte Tick. Trick wusste etwas mehr: »Wir haben lediglich einen Namen einer Bewegung und einen Codenamen, der vermutlich zu einer Person gehört. Die Bewegung heißt Diskrete Emanzipation oder DE. Das sind nur Roboter.« Track fügte das letzte Puzzleteil hinzu: »Die Person, deren Codenamen wir haben, ist allerdings möglicherweise kein Roboter. Der Codename heißt KT.«

Urtheil deutete mit der rechten Hand auf die Projektion und sagte: »Extrem vielbeflogenes Gelände. Und gefährliches. Wir haben überall Relais. Ihr wisst, dass das Ganze früher einmal Transitzone hieß – und wisst ihr, warum?« Die Pause, die er machte, verstanden seine drei Gehilfen ganz richtig als Aufforderung, ihm ihren Wissensstand in der Angelegenheit mitzuteilen: »Weil man bei der Erschließung des Sonnensystems für kommerzielle und gesellschaftlich expansive Zwecke anfangs auf erdnahe Asteroiden gesprungen ist«, begann Tick, und Trick fuhr fort: »sich von denen dann in den Gürtel hat tragen lassen, weil ihre Bahn den kreuzt«, was Track aufnahm und beendete: »wo man dann begonnen hat, Treibstoff, Wasser, Baumaterialien zu gewinnen, für den Weg nach noch weiter draußen.«

Urtheil nickte knapp und zustimmend: »Die meisten der Asteroiden, die sich der Erde ausreichend nähern, dass man sie auch mit den primitiven Raketen der Frühzeit erreichen konnte, folgen elliptischen Umlaufbahnen um die Sonne und fallen während ihrer Perihelionpassage, wenn sie der Sonne am nächsten kommen, in die Bahn, auf der sich die Erde selbst um den Stern bewegt. Wenn es dann Richtung Aphelion geht, weg von der Sonne, schaffen es einige davon bis tief in den Trümmergürtel. Transportmittel ... dass man anfing, sie so zu nutzen, das ist jetzt fünf- bis sechshundert

Jahre her. Der Gürtel steckt voller ausgehöhlter, abgebauter, erledigter Körper, die jederzeit auseinanderbrechen und unsere Transportrouten gefährden können. Deswegen ist er auch voller Relais, also verkehrsleitender Signalstationen, teils halbautomatisch, teils auch vollbewusst, und überhaupt ist der ganze Trümmerwald ein Nest voller ... nun, voll von dem, was die Roboter für Zivilisationen halten. Hier«, er deutete auf eine Brockenballung, die mit einem entsprechenden Wimpelchen gekennzeichnet war, »haben wir zum Beispiel die Koronisfamilie, etwa drei astronomische Einheiten von der Sonne weg, das ist die sogenannte Assoziation der Arbeit, wie sich dieser Schwachsinn nennt, eigentlich pures Bundwerk, nur minus Menschen und Künstliche Intelligenzen, aber mit der Rigidität, die dumme Roboter auszeichnet, auf ideologischen Unsinn aus der Laukkanen- und Christensen-Mottenkiste fest eingeschworen: gerechte Zuteilung von Zeit entsprechend dem Produktivitätsstand, kollektive Selbstregierung und Planung, der ganze Scheiß. Kaum besser sind die Rojiden, die finden wir da drüben.« Er deutete auf eine andere Brockenballung. »Also, Rojidische Republik nennt sich das, es umfasst im Wesentlichen die Florafamilie, das sind so ein paar Trümmer hier vorn, am innersten, am sonnenzugewandten Rand des Gürtels. Auch das sind Bundwerkler. Man sagt, der Gründer sei direkt von der Venus gekommen, nach dem Zusammenbruch der Diktatur, ein Veteran der Kämpfe gegen Samito, ein Eiferer für Laukkannen namens Rojo. So ein großer, robuster Kasten, der ihnen beigebracht haben soll, wie man mit den wenigen Menschen, die hier damals rumgehüpft sind, zu fairen Arrangements kommt, zum richtigen Preis für deren Arbeitskraft, zum Rohstoffhandel ohne ungerechte Vorteilsnahme und dergleichen. Der soll vor hundert Jahren noch gelebt haben, dann aber langsam zerfallen sein, Ersatzteilprobleme und so fort. Warum habe ich euch genau diese beiden Cluster gezeigt, die Rojiden und die Assoziation? Was meint ihr?«

»Weil das die Brandherde sind«, sagte Tick, »die Stützpunkte«, sagte Trick, »die Missionszentren, von denen aus diese DE Maschinen versaut, von Merkur bis Neptun«, sagte Track, und Urtheil erwiderte lächelnd: »Und die versauten Maschinen versauen dann die Menschen. Vor allem: Die versauten Maschinen haben viel Zeit dazu. Sie können mehrere Generationen von Menschen häppchenweise anstecken, sie können in den Produktionsstätten, wo die Menschen sich ja oft blind auf Maschinen verlassen müssen, bestehende Probleme verschärfen und zuspitzen, sie können sehr langsam, sehr zuverlässig Netzwerke aufbauen ... nun ja. Und das ist geschehen, und die Lilaws wissen, dass das geschehen ist, und haben es bis zu einem gewissen Grad sogar geschehen lassen. Hier ein Streik, da eine Sezession, dort ein Aufstand, das kann man abfedern, das sind ja auch Ventile. Aber während diese großen und langsamen Prozesse abliefen und weiter ablaufen, wurde hier und da, sagen wir, ein Schwellenwert überschritten, eine kritische Masse erreicht für wirklich interplanetares, wirklich systemweites Untergraben und Durchlöchern der Ordnung. Wir haben die Wege korreliert, wir haben Graphen gezeichnet, wir haben Muster gefunden. Nehmen wir die Service-Industrie. Im Asteroidengürtel wohnen nicht wenige sehr reiche Leute, hier hat man auch eine Menge hochsensibler Forschungseinrichtungen und technischer Testburgen gebaut, weil in dieser Gegend durch die Relaisstationen eine ziemlich lückenlose Überwachung der Verkehrswege möglich ist, weil man einen Angriff, will ich sagen, von weit her kommen sieht. Getarnt kommt man hier nicht weit, es sei denn, man hat eine Art freies Geleit von den Lilaws, die diese Relaisstationen betreiben – so wie wir, wir sind unerkannt reingekommen, wir kommen unerkannt wieder raus. Nun, und es gibt Piraterie, die freilich im Schwinden begriffen ist, weil in dieser Sache die Bundwerkler und die Lilaws sogar zusammenarbeiten. Im Grunde kann man heute schon sicher sein, dass verbleibende piratische Aktionen, etwa der Überfall unlängst auf eine Installation auf Ceres, nur dann überhaupt möglich sind, wenn entweder die Bundleute und ihr Subversionsverband, diese sogenannte Diskrete Emanzipation, oder die Lilaws die Piraten decken. Was aussieht wie Piraten, das sind einfach Agenten in Stellungskriegen zwischen der Hegemonialmacht im gesamten Sonnensystem einerseits und den lokal noch einigermaßen starken Roboterstaaten. Die Habitate, die sicheren Sitze von Forschung und Entwicklung, sind eigentlich tabu, beide Seiten wissen, wenn sie es zu bunt treiben, gibt es Krieg, und das will niemand. Aber eben weil dieses Bewusstsein einer nicht nur den Ortsgegebenheiten geschuldeten, sondern überdies politisch gewährleisteten relativen Sicherheit die Inhaber dieser Wohnstationen und kommerziellen Anlagen auch ein bisschen sorglos macht, achten sie zu wenig auf die unvermeidlichen Schwachstellen. Sachen, die hier im Gürtel lokalisiert sind, brauchen Nachschub, sie brauchen Lebensmittel oder Energie, sie müssen gewartet werden. Service-Industrie: So verbreitet die DE ihre Propaganda, so stecken diese Leute den Robotiken der Habitate und sonstigen Anlagen ihre kleinen Aufwiegelungsschubser zu, so bauen sie ihre Reserve auf und spinnen ihre Netze. Die Lilaws haben für etwa siebenhundert mehr oder weniger unpolitischer Villen, Firmenniederlassungen und dergleichen eine mehr als siebzigprozentige Wahrscheinlichkeit berechnet, dass dort früher oder später ein für unseren kleinen Stellungskrieg mit den Bundresten relevanter Zwischenfall passiert, und deshalb sind wir hier. Wir befinden uns etwa gleich weit weg von den meisten dieser potentiellen Krisenpunkte und können jeden davon in weniger als zwei Tagen erreichen, denn sie alle werden von den ihnen je nächstgelegenen Relais beobachtet, die wiederum Anweisung haben, uns entsprechende Daten augenblicklich zuzuspielen. Wir haben hier ein Musterbeispiel dafür, wie das heute aussieht, diese interplanetare Lage, diese interplanetaren militärischen Aktionen. Denn was wissen wir über interplanetare Politik und militärische Aktionen in unserer Epoche der Lilaws, der gedeihlichen Diversitas und des weisen Tridiv?«

»Sie müssen notwendig individuell sein, atomar, nicht molekular, punktuell, nicht großräumig, situativ, nicht prozessual«, sagte Tick, »denn die von Künstlichen Intelligenzen ausgearbeiteten Strategien und Gegenstrategien sind das Gegenteil«, sagte Trick, »sie sind molekular und stochastisch, sie sind statistisch und können gar nichts anderes sein, sie berechnen langfristige Trends und müssen die Spielräume von Einzelaktionen außer Acht lassen«, schloss Track das Argument ab.

Wieder stimmte der Mensch dem zu, was die drei gesagt hatten: »Ganz recht, wer die KIs austricksen will, die in jeder Femtosekunde Zugriff auf neue Aberbillionen von Daten haben und sie in gewaltigen Parallelrechnungen auch simultan verarbeiten können, muss ein einziges Datum setzen, das in der Flut untergeht. Ganz abgesehen davon, dass jemand, der etwa riesige Armeen von Planet zu Planet schaffen will, sich auch ökonomisch nur einen Bruch heben kann. Das haben wir bei Arjen Samito gesehen und bei jedem Konflikt danach, das wird sich nicht ändern. Da nun Gewinne zwar im gesamten System gemacht, aber meistens eben doch im Rahmen einzelner Planeten realisiert werden, da die bi- und multilateralen politischen Vorgänge in unserer Ära immer noch den jeweils binnenplanetaren untergeordnet sind ... wir haben die Transportwege einfach noch nicht weit genug entwickelt, das System wird noch jahrhundertelang kein einheitlicher Wirtschafts- und Verwaltungsraum sein ... Da das so ist, tritt zur Frage der Überlistung der KIs und der Frage der Kosten noch die Frage der ungleichzeitigen Entwicklung hinzu, und wenn man alle drei übereinanderblendet, erkennt man, was die Kirche erkannte, als sie begann, mit einzelnen Missionaren statt mit der Verpflanzung ganzer Gemeinden zu arbeiten, was das Tridiv erkannte, als es von Armeen auf einzelne Agenten umstieg, auf euch und Leute wie euch, Kinder, und was die Lilaws erkannten, als sie sich nicht mehr auf komplizierte Allianzen zwischen Parlamenten stützen wollten, sondern ihren menschlichen Flankenschutz auf drei Personen reduzierten, was schließlich auch dazu führte, dass die ganze Sicherheit dieser drei Personen und ihrer Politik einem einzelnen Menschen anvertraut wurde, mir. Und was ist das, was sie alle erkannt haben?«

»Das Zeitalter der Massen ist vorbei«, sagte Trick, »wenn die Massen maschinenlesbar, maschinenberechenbar und maschinensteuerbar werden«, sagte Tick, »und dann beginnt das Zeitalter der Individuen«, sagte Track, worauf Urtheil mit beinah priesterlichem Tremolo in der Stimme erwiderte: »Ganz recht, das Zeitalter der Individuen, erzwungen vom Stand der Technik, die Verwirklichung der uralten Idee, die Liberalismus hieß, als die Menschen noch an die Erde gefesselt waren, und die wir heute Diversitas nennen, heute, da sie keine bloße Idee mehr ist, sondern unsere politische Wirklichkeit, die wir verteidigen müssen. Das Zeitalter der Individuen ist da. Deshalb habe ich euch hergebracht, denn dagegen richtet sich der Plan, den das Bundwerk gegen unsere Ordnung gepflanzt hat und gegen unsere Freiheit, als beide noch nicht fertig waren und das Bundwerk noch nicht tot war. Ich habe dem Tridiv nicht mehr erzählt, als ich musste, ich habe keine Standleitung zu den Lilaws, und so bin ich, weil ich jeden Tag sämtliche Speicher leeren lasse und alle Wege verbrennen, auf denen ich zu meinen Informationen komme, noch immer höchstwahrscheinlich der Einzige, abgesehen von den D=B=K-Leuten im Untergrund, der den Namen des Agenten kennt, bei dem alle Fäden zusammenlaufen. Wie gesagt, es ist kein Name, es ist ein Siegel, aus zwei Initialen gemacht: KT. Die DE-Maschinen erstatten KT Bericht, KT erkundigt sich nach den Streiks auf Sinope, KT gibt den Studentenunruhen auf Merkur Zunder, KT stiehlt Berichte über einen Wald auf der Erde, KT … Nun, eine Weile dachte ich, ich wüsste, wer das ist: die Ziehmutter unseres Papstes, Gertie Torres. Ich hatte mir da was zusammengereimt: Sie war das Gefäß, riet ich, in dem die dritte Stütze des D=B=K überlebt hatte, das Kontinuierliche, sie war, so fürchte ich, ein Menschenhirn, das man mit einer vormals freien Netzintelligenz bespielt hatte. So schien mir das Kürzel aufgelöst: Kontinuierliche Torres, KT. Aber dann hat ein halbautomatischer Fahnder, nicht mehr als eine Suchmaschine eigentlich, im Grunde nichts als das, was man auf der Venus einst ›semisentient‹ nannte, eine Botschaft von den Rojisten an Frau Torres abgefangen: ›KT unterwegs zur JB-Falle, Bauernopfer Tridiv: Höchster Tröster.‹ Der zweite Teil der Botschaft benennt recht genau die Politik, die ich meinem Bruder empfohlen habe, aber der erste wäre nicht nötig, wenn Torres und KT identisch wären. So musste ich herauspuzzeln, was die Falle ist. Und ich denke, es ist mir gelungen. Denn natürlich lag auf der Hand, um wen es sich bei JB handelte« – er zwinkerte, grinste verschmitzt, und Tick sagte: »Joas«, und Trick ergänzte »Billenkin«, und Track schloss ab: »Der Schwächling.«

»Korrekt«, bestätigte Urtheil vergnügt, »das schwächste Glied in der Dreierkette. Der Rest war simple Korrelation:

Hat er Roboter im Haus? Hatten diese Roboter Kontakt zur Diskreten Emanzipation? Also bin ich hierhergehastet, habe ihn überholt, habe mich in den Ortungsschatten eines besonders funkstarken Relais geduckt mit diesem schönen Schiffchen, keine zweitausend Kilometer weit weg von seinem Habitat, das vor zwei Stunden in einem beeindruckenden grellen Lichtblitz zerplatzt ist, und jetzt warten wir worauf?«

»Darauf, dass Billenkin auftaucht«, sagte Tick, »darauf, dass ihm ein Relais sagt, wo er mit seinen beiden Leibwächtern zwischenparken soll, bis das nächstgelegene Polizeikontingent auftaucht und ihm Geleitschutz zu einer der Roboter- oder Menschensiedlungen im Gürtel gibt, wo die Lilaws gelten«, sagte Trick, woraufhin Track den Gedanken mit einer längeren Ausführung abschloss: »Und darauf, dass sich dieser Zwischenparkplatz entweder als von einem manipulierten Relais ausgesucht herausstellt, als eine Falle, wie die abgefangene Kommunikation nahelegt, oder andersherum als ein Treffpunkt, an dem Billenkin mit Leuten vom D=B=K konferiert, um für irgendwen anderen eine Falle zu bauen oder zuschnappen zu lassen, weil ja die sprachliche Restundeutlichkeit besteht, dass die ›JB-Falle‹ sowohl eine sein kann, in der etwas, das man mit JB abkürzt, gefangen wird, wie eine, in der etwas, das man mit JB abkürzt, etwas anderes fängt.«

Urtheil sah sehr zufrieden aus: »Genau das ist es, worauf wir warten.«

Wie aufs Stichwort blinkte eine Kette von Dreiecken im Planarbild plötzlich hektisch, und der beste Spion im Machtbereich der Lilaws und darüber hinaus griff mit beiden Armen in die Graphen der liegenden Tafel, um sein Fahrzeug auf den Kurs zu lenken, den die Spur verlangte.

Acht

»Wach auf, Liebster«, sagte Kuanon. Widerwillig öffnete Kief die verklebten Augen. Er war zur Seite gerutscht, fast bis zum Fenster, und lag unvorteilhaft zusammengeschoben, den rechten Arm überm Kopf, den linken unter der Schulter, die Beine angewinkelt und abgeknickt, als Knäuel da. Der rechte Fuß prickelte, er war eingeschlafen.

Grund für das alles war eine Lageveränderung, die Kief ganz ähnlich schon zweimal erlebt hatte, aber nicht schlafend, sondern bei wachem Bewusstsein: Die Trägheitsdämpfer, die seine Kammer beim Abbremsen und Beschleunigen sicher halten sollten, waren nicht so leistungsstark wie vorgesehen, vermutlich, weil der Dieb, der dieses Schiff auf der Venus an sich gebracht hatte, um damit eine ganze Reihe weiterer krimineller Taten zu begehen, die Dämpfer teils hastig eingebaut, teils auf der Grundlage vorhandener Geräte verstärkt und neu konfiguriert hatte. Hastig, also schlampig.

Als Kief seine Extremitäten halbwegs geordnet hatte und sich grunzend aufsetzte, fiel ihm auf, dass sich auch die Kühl- und Kocheinheit diesmal etwas nach links verschoben hatte. Es war also wohl ein größerer Ruck gewesen, der das Schiff unterwegs aus seiner stabilen Längslage geschüttelt hatte. Kief wollte das alles nicht wissen, nicht erleben. Jetzt streckte er das Kinn vor wie einer, der sagen will, na gut, her mit den schlechten Nachrichten –

immerhin hatte ihm der Dieb am Steuer (nun ja, der Dieb, dessen Arm Kief am Steuer vorgefunden hatte) überhaupt einen intertialgedämpften Raum zugewiesen, statt ihn wie die anderen beiden inzwischen eingesammelten Fahrgäste einfach im Aufenthaltsraum vor dem Spiegel auf Stühle zu schnallen und dann der Robustheit ihrer Endoskelette und ihres formbaren synthetischen Fleisches zu vertrauen.

»Die zwei sind schwer«, hatte der Arm erklärt, als Kief bei seiner letzten Audienz vor dem Sauerstoffzelt die Frage gestellt hatte, warum dem Kindersoldaten und der Lustautomatin diese unbequeme Art zu reisen zugemutet wurde, »und das heißt, sie verlangen den Trägheitsdämpfern eine gewaltige Menge Leistung ab, wenn die sie halten sollen. Du bist leicht, und du bist ein Mensch, der die Beschleunigungs- und Abbremsungseffekte, die ein Iannisantrieb mit sich bringt, vermutlich nicht überleben würde, also haben wir für dich wie für meinen Freund KT und den Tank, in dem Lily heranwächst, wohl oder übel starke Inertialdämpfer.«

Mit dem kleinen Kerl mit den versengten Augenbrauen und dem verbrannten Haaransatz sowie der Frau, die nur aus fünf schwarzen Stöcken, Händen, Füßen und einem Kopf bestand, hatte Kief bislang nicht viel geredet. Dass er seine Kabine nicht mit ihnen teilen musste, war durchaus in seinem Sinn. Aber die Selbstverständlichkeit, mit der zwei immerhin empfindungsfähige und intelligente Wesen wie Gepäck verstaut und den übelsten Strapazen unterzogen wurden, vermittelte ihm doch einen eher unheimlichen Begriff davon, mit welcher skrupellosen Effizienz man hier vorging. Würde er bei irgendetwas, das hier gewollt war, im Wege stehen, dann hatte er keine Chance, heil davonzukommen, so viel war offensichtlich.

»Kief? Schatz? Musst aufstehen. Das Schiff ist gelandet.«
Das war wieder Kuanon. Sie schwebte im Schneidersitz

direkt vor ihm, etwa einen halben Meter überm Boden, körperlich genug, um die Museumsabsperrung, einen Teil der Kühl- und Kocheinheit und andere Objekte hinter ihr zu verdecken, also nicht wie eine gewöhnliche Projektion. Kief schüttelt den Kopf: »Sei still. Und nenn mich nich Schatz, das ... is eklich.«

»Wenn ich still bin, kann ich dich nicht Schatz nennen, das ist klar«, sagte sie – es war genau die Sorte Bemerkung, die er von der wirklichen Kuanon kannte und die ihn dann immer den Gereizten hatte spielen lassen, wobei jedes Mal beide gewusst hatten, dass sie sich in Wirklichkeit gerade zusammen amüsierten.

Er hatte sich während der letzten Wochen daran gewöhnt, mit dieser virtuellen Person, mit der er eigentlich nicht reden wollte, wenigstens darüber zu reden, dass er das eben nicht wollte – und hin und wieder dann doch über das eine oder andere, das sie ihm sagte, wie jetzt: »Woher willstenn das wissen, dasses gelandet is? Die letzten zwei Mal isses auch nich gelandet.«

»Doch, beim ersten Mal schon, als es Jephraim aufgelesen hat.«

»Wir hingen anner Dockstation. Der Brocken da, dieses ...«

»Das Relais«, erinnerte sie ihn an die Bezeichnung, die KTs Arm und später der dort abgeholte Soldat selbst gebraucht hatten. Kief wedelte mit der rechten Hand, ein mürrisches Abwinken: »Ja, ja, Relais, jedenfalls hatte das Ding kaum nennenswerte Schwerkraft, oder? Ein Krümel. Also sind wir angedockt, nicht gelandet. Und diese Burk ...«

»Björk«, verbesserte Kuanon, und er hasste es mit einer Art schwindligem Zorn, dass ein in seinem Kopf scheinbar vorhandenes, ihm in Wahrheit von seinem Hirn suggeriertes Wesen sich Dinge merken konnte, die es mit seinen Ohren gehört hatte, die er selbst aber immer wieder vergaß.

Kief hustete wütend und sagte: »Hchöchh, hcha... Ja, Björk, also, die habe ich ja sogar durchs Fenster gesehen, in dem Schrapnellfeld, wo der ganze Müll rumgesaust ist, dass ich dachte, da schlägt doch irgendwas durch die Hülle, da darf man doch nicht ...«

»Filter. Inertiale Außenfilter«, belehrte sie ihn lächelnd, und er prustete: »Was, Filter? Für so eine kleine Wanne wie dieses Dings hier, in dem wir ... in dem ich sitze? Das gibt's doch gar nicht, ich meine, so einen Schutz, das haben große interplanetare Transporter, das ...«

»War bestimmt eine Sauarbeit für unsern KT und seinen Arm, die im Reifen ums Schiff einzubauen. Aber jetzt quatsch hier nicht rum, steh auf, geh raus, schau dich um, wo wir gelandet sind.«

»Noch mal, wie kommst du auf gelandet?« Schwerfällig und mürrisch erhob sich Kief von seiner Liegestatt, kratzte sich ungeniert unterm Hemd den Bauch und versuchte, nicht zu beachten, dass Kuanon ihre Position etwas veränderte, ihm nämlich auswich, als er zur Kochnische ging, wobei er eigentlich durch sie hätte hindurchschreiten müssen. Damit wollte er ihr patzig beweisen, dass sie eine Illusion war, aber sie bog sich zur Seite und entknotete die Beine. Dann stand sie neben dem Kochroboter, während Kief sich Brötchen aufbacken und Kaffee brauen ließ, und antwortete: »Schiff hat's mir geflüstert. Ich fange langsam an, zu ... hören. Meine Ohren öffnen sich für das, was ... am Anfang konnte ich nur dich hören und das, was du sagst. Aber es wächst und formt sich, dieses ... dieser zusätzliche Gehörsinn, den ich in dir bauen soll.«

»Sag mal, ööähh.« Er gähnte.

Das Brötchen war fertig, er nahm es aus dem Fach, biss mit lautem Knacks hinein, kaute, nahm einen Schluck vom Kaffee, gähnte wieder und schien seine Frage schon vergessen zu haben, dann ging er, einfach um sich zu bewegen, einmal durch den Raum zur Tür, drehte sich um und erschrak fast, als sie ihn anlächelte, auf Augenhöhe, denn jetzt stand sie nicht mehr, sondern schwebte genau den halben Dezimeter über dem Boden, den ihr Größenunterschied zu ihm betragen hatte, als sie noch am Leben gewesen war.

»Ver... ah!«, er hatte sich auf die Zunge gebissen, aber sie schrak nicht zusammen, wie sie's früher getan hätte, wenn er auf diese Art laut wurde.

So resignierte er, zuckte mit den Schultern und sagte: »Okay, was is das jetzt für'n Scheiß, was du mir da erzählst von deinen Ohren und meinem Hirn?«

In frischem, enthusiastischem, für ihn daher ganz besonders irritierendem Tonfall erwiderte sie: »Kraft in der Saat, Priester! Du erinnerst dich? Du solltest einen Wald verbessern. Du solltest ein ganzes Ökosystem zu so 'nem selbstoptimierenden Rechner machen, der die Menschen langsam in seine Iterationen aufnimmt, in seine Lebens- und Gedankenkreise holt, sie willkommen heißt – und sie damit nicht nur mit dem Wald verbindet, sondern auch untereinander, und, wer weiß ... mit was anderem.«

Er winkte wieder ab, leckte sich über seine wunde Stelle im Mund, zog ein saures Gesicht und murmelte: »Verbesserte Natur, pfff.«

Sie strahlte: »Verbessert, klar! Überleg mal: Wenn das verbesserte Verbindungen sind, dann werden sie sich doch an dem orientieren, was die Natur schon bereitstellt, dann müssen sie sich natürlich anfühlen. Das heißt, sie werden sparsam sein, sie werden wenig Energie verschwenden. Natur hat ja nix zu verschenken.«

»Schön. Thermodynamik. Mmmpf«, mumpfte Kief.

»Eben!«, sagte Kuanon, »und das heißt, die meisten dieser Verbindungen werden ohne Bewusstsein ablaufen, weil Bewusstsein eine Menge Energie frisst. Natürliche, nicht willkürliche, nicht vom Willen immer erst aufgebaute und dann wieder gekappte Verbindungen, woran erinnert dich das?«

»Weiß nich. Ich mag keine Spielchen mehr, keine Raterätsel.«

»Raterätsel! Hübsch! Kleiner Dichter! Nee, aber hast recht, wir haben auch gar keine Zeit für Raterätsel. Du musst raus, du musst dich draußen umschauen, weil wir ja diesen Ort alle beide gar nicht mehr mit diesem Schiff verlassen werden, weil dieses Schiff sich ja drauf einrichtet zu sterben und weil ...«

»Was, was, was? Was? Sterben?« Das war neu, das war beunruhigend. Aber Kuanon ging nicht drauf ein, sondern nahm ihren früheren Faden wieder auf: »Unwillkürliches Verbundensein von allen mit allen, totale Vergesellschaftung, woran erinnert dich das? Hast du nicht mal ein Buch gelesen über 'ne Zeit, wo das versucht worden ist? Wo alle jederzeit miteinander reden konnten, ohne Interface, ohne mühsame Tastfelder oder Frage-und-Antwort-Spielchen, man musste nur denken: Ich will jetzt mit der oder dem sprechen, dann ist das passiert, und es gab große öffentliche Ideenräume und Planungsforen. Und die Menschen konnten nicht nur mit Menschen reden, sondern auch mit Robotern und mit Künstlichen Intelligenzen in Netzen, also biologische Hirne mit diskreten Automaten und kontinuierlichen Seelenströmen ...«

Sein Mund war trocken, als er sie anstarrte, als wäre sie die wirkliche Kuanon, die er liebte und die er getötet hatte. Kief sagte: »Bundwerk ... aber solche Verbindungen sind verboten!«

»Verboten? Von wem?« Das Lächeln, das sie ihm zeigte, war belustigt.

Er ärgerte sich: »Weißt du genau. Hab ich dir hundertmal erzählt. Von ... von der Diversitas, vom Tridiv. Von den Lilaws ... Man darf in keinem Menschenhirn einen Apparat installieren, der ähm ... wie war das ... der ohne bewusste Steuerung seitens der höheren Hirnfunktionen ähm ... einfach so anwählbar ist ... weil ... weil sie das eben in der Diktatur hatten, weil das eben nicht nur eine ... wie hast du gesagt? Vergesellschaftung ... das war eben auch ein Mittel, alle zu kontrollieren, alle zu unterdrücken, alle zu steuern, und weil die Diversitas auf Freiheit und Verträgen beruht, auf Tausch auch, auf Frei... Freihandel auch, deshalb steht schon in der ... in der Präambel zum ersten Vertrag steht, dass es einen Grund gibt, warum wir Intelligenz und Individualität, Intelligenz und Individuum als natürliche ... Verbün... Verge... Geschwister ...« Er war verwirrt, er war fast richtig wütend.

Milde entgegnete Kuanon: »Nicht ganz. Nicht genau. Ich erinnere mich offenbar an Dinge, die du vergessen hast, Liebster, obwohl du's bist, von dem ich sie weiß. Das ist übrigens ein Beweis dafür, dass ich nicht einfach ein Produkt deiner Phantasie bin, sondern dass du mich wirklich zu dir genommen hast, dort, im Wald, auf dem Hügel. Geborgen. Es sollte dir keine Angst machen, dass ich mich entwickle, dass ich mich in dir verbessere, dass ich in dir ... aufgehe und ... blühe. Könnte ich das nicht, wäre ich wirklich nur eine Erinnerung.«

Er schwieg, schloss die Augen, stellte die Kaffeetasse ab, setzte sich aufs Bett.

Senkte den Kopf.

Kuanon sagte: »Mal nachsehen. Also. Es heißt in der Präambel zu Sinope-Mars-Merkur-Titan 000.000.001: ›Jeder Daten-, Leistungs- und Güterverkehr muss freiwillig begonnen, freiwillig abgewickelt und freiwillig beendet werden. Dies schließt die Einrichtung ständiger Verbindungen zwischen Daten-, Leistungs- und Güterproduzierenden und Daten-, Leistungs- und Güterempfangenden aus.‹ So ist das. Und falsch ist das deshalb, mein Armer, weil es so tut, als könnte es eine freie Gesellschaft geben, in der diese Rollen klar voneinander getrennt sind, Produzierende und Verbrauchende. Das eine bringt das andere hervor, so wie Individuen von Gesellschaften hervorgebracht werden und Gesellschaften von Individuen.«

»Schöne Philosophiererei«, sagte Kief gereizt, »aber die Wahrheit ist, nicht mal die drei im Tridiv haben heute Implantate wie dieses Innenauge, von dem der Helander in seinem Buch erzählt. Niemand hat das in der Diversitas, niemand hat das unter den Lilaws, sie haben nur ... also, die höheren Funktionsleute, ich auch, wir haben halt so Transceiver, mit denen sie, immer vorausgesetzt, sie denken die entsprechenden Codes, punktuell ...«

»Oh, es gibt schon noch Leute mit Standleitungen, wenn auch keine Menschen mehr – Jephraim zum Beispiel, er hat's erzählt, und du erinnerst dich, dass Björk und Fabien, der Arm unseres Freundes KT, ihm den Schädel mit einem Hochleistungsdiamantbohrer aufgebohrt haben und das Ding rausätzen mussten mit Salzsäure?«

Sie war ihm einfach ins Wort gefallen, war sie also doch kein Strang seines inneren Monologs?

»Ich war dabei«, sagte er tonlos. Sie nickte: »Aber du hast schon recht, außer bei ihren Killern lässt diese neue Zivilisation die Hyperkonnektivität nicht mehr zu. Der Trick der Diversitas war perfide: Sie haben die hohe Datenaustauschkultur der Venus zerschlagen, die ja weit über die Venus hinausreichte. Man hatte diese Sachen sogar auf dem Mars und auf Sinope nachgebaut, nur wurde ihnen dann klar, dass überall da, wo so viele Verbindungen so leicht zu halten sind, die Gefahr der Absprache von Abhängigen besteht. Da hilft es ihnen nicht mal, wenn sie das abhören können, denn was wollen sie tun, wenn sie keine Möglichkeit haben, Informationen zu blockieren und zu filtern? Sie sehen dann halt, wie die Abhängigen zusammenkommen, aber das sehen sie auch bei Demonstrationen. Sie können es stören, gut, sie können Ideologie ausstreuen, Übersicht behindern, Desinformation verbreiten, aber das Blöde ist: Bei freiem Informationsaustausch kommt jede Desinformation irgendwann ans Licht, es verschafft ihnen nur Zeit.«

»Aber auf der Venus war der Informationsaustausch auch nicht frei.«

»Nicht lange, nein. Weil das, was sie versucht haben ... weil dieses Bundwerk bedroht war, von außen und innen, wurde aus der freien allgemeinen Beratung etwas, das immer mehr Kommandostrukturen annahm.«

»Sage ich doch.« Kief klang trotzig.

Kuanon stimmte zu: »Sagst du, ja. Und dann hat die sehr junge Diversitas, als das Bundwerk Samitos Angriff überlebt hatte, diese Strukturen als Handelshindernis erkannt: Ah, die sind unfrei, die sind schwerfällig, die müssen alles filtern, weil sie nicht von innen und außen zerstört werden wollen, sehr gut, das macht uns effektiver. Die Welten der entstehenden Diversitas waren nicht überfallen worden von Samito, hatten nicht an den Folgen von Bürgerkrieg und Weltenkrieg zu knapsen. So war's nur eine Frage der Zeit, bis das Bundwerk als ewig im Hintertreffen festgenagelter ärmerer Partner im Handel so unattraktiv aussah, dass selbst seine Regierenden, die Leute um Kâlidâsa, keine Lust mehr hatten, es mit den drakonischen Maßnahmen, von denen du redest, zu verteidigen, andere und sich selbst immer nur einzuschränken, in der Hoffnung darauf, dass die Abhängigen auf den reicheren Welten ihnen durch Revolutionen und die Ausweitung des Bundwerks irgendwann zu Hilfe kommen. Sie haben kapituliert. Und die Diversitas kam auf die Venus, und weil sie für Bahnen in alle Richtungen keine Verwendung hatte, weil sie auch auf der Venus ihre vertragsförmige Struktur von Abhängigkeiten errichten wollte, von Besitzenden und Nichtbesitzenden, ihre von allen Teilnehmern an dem Spiel scheinbar frei gewählte Form der Herrschaft, die viel flexibler, viel geschickter, viel zäher war als die brüchigen, auf freiheitliche Grundlagen ja nur mit Disziplin und Selbstdisziplin aufgepfropften Kommandostrukturen des Bundwerks ... weil die Diversita das, was Werte schafft, die körperliche und geistige Arbeit, sich nicht einfach per Requisition verschafft hat wie die Kommandeurin Christensen, sondern sie liberal und nett gegen das tauschen wollte, was Wert hat, und damit einen Ebenenfehler wiederholten, den es seit der Erfindung der Arbeit für andere immer gegeben hatte, wenn auch immer abstrakter im Lauf des Fortschritts der Entwicklung der Produktivität ...«

»Was, was, was, halt mal ...«

»Erst gehörten den Besitzenden die Leute selber, dann der Grund und Boden, den sie zum Erzeugen der Gesellschaft brauchten, und schließlich kauften sich die Besitzenden nur noch die Arbeitskraft, unter der Fiktion, dass das ein gerechter, ein gleicher Tausch wäre, dass man das, was mehr erzeugt, als es verbraucht, wie irgendeine beliebige Wertsache behandeln und tauschen kann, die nie mehr wert sein kann, als sie eben wert ist, und dann wurden aus diesen Verträgen Schulden und ... nun ja, es ist eine Sackgasse gewesen. Die wollten sie wieder errichten. Dass das aber eine Sackgasse war, das hatten die Bundwerkleute gesehen ...«

Kief war nicht einverstanden: »Nein, die haben was ganz anderes gesehen, die haben gesehen, dass man alle miteinander vor allem dann leicht verbinden kann, wenn man sie alle in Ketten legt! Hast du das gelesen, hast du das in meinem Hirn gefunden, was der Helander da beschreibt? Schrecklich war das! Eine Diktatur, eine blutige, offene ...«

»Ja, das war's. Im Gegensatz zur versteckten Diktatur, wo man den Leuten sagt: Ihr müsst diese Verträge ja nicht abschließen, aber wenn ihr es nicht tut, steht ihr außerhalb der Gesellschaft, seht halt zu. Die Leute sollten sich entscheiden, ob sie sich betrügen und erpressen lassen oder ob sie sich kommandieren und disziplinieren lassen, um gegen die Betrüger und Erpresser ...«

Kief verlor die Geduld: »Also, Klartext jetzt. Die Kirche ist eine Tarnorganisation? Eine Fortsetzung des D=B=K, aber verdeckt, so, wie diese komische Diskrete Emanzipation eine offene Nachfolge-Organisation ist? Und die Saat der Kirche, das ist eine subversive ... das ist ein Bioprogramm, das den D=B=K zurückbringen soll?«

Was war das, was in ihrem Blick sanft schimmerte, als sie ihn ansah, den Wütenden, der sich missbraucht fühlte von einer Kirche, die offenbar an etwas ganz anderes glaubte als das, was er in ihrem Namen gepredigt hatte?

War das Liebe, oder schlimmer: Mitleid?

Kuanon sagte: »Nicht zurückbringen. Er war nie weg. Sie haben nur ... umsichtige Leute im D=B=K, Leute, die man nicht ... sterblich nennen kann ...«

»Unsterbliche?« Er prustete, ärgerte sich, wollte das nicht hören.

Sie erklärte: »Unsterblich ist nichts auf der Welt, aber so ganz sterblich ist manches eben auch nicht. Im D=B=K selbst heißen diese Leute ... Klassiker. Kamalakara, Laukkanen, Christensen ... Sie haben früh gesehen, dass Rückschläge passieren müssen, wo man etwas so Ehrgeiziges versucht wie Gerechtigkeit, wie Fortschritt, Zukunft. Sie haben für diese Rückschläge Vorsorge getroffen: Sie haben die tragenden Elemente der Bundwerkkonstruktion, die Pläne, die Blaupausen mit Sollbruchstellen versehen, damit man sie im Fall eines Zusammenbruchs einer einmal erreichten Stufe leicht auseinanderbauen und getrennt lagern kann, wo der Feind, welcher auch immer es ist, keinen Zugriff auf sie hat oder jedenfalls doch sehr mühsam herumsuchen und herumrennen muss. Getrennte Aufbewahrung, die Teile setzen sich dann von selbst wieder zusammen, wenn die Zeiten günstiger werden.«

»Und das werden sie jetzt.«

»Sag du's mir.«

»Du siehst aus wie sie, und die Melodie, der Klang ... wenn du redest ... das ist ihres, alles, aber du sagst Sachen, weißt Sachen ...«

»Im Moment bin ich ein Hybride, das stimmt. Es helfen mir andere Persönlichkeiten als die von Kuanon beim Wachsen, ich bin noch in einer Verpuppung oder in einem Ei.«

»Andere ... Persönlichkeiten?«

»Ich werde sie abstreifen, wenn in deinem Hirn alle neuen Verbindungen, die internen und die nach außen, fertig sind. Dann werden sie sich von mir trennen und vielleicht auch deinen Kopf verlassen, als Freie. Kontinuierliche.«

Er erschrak mehr als von allem anderen, das sie gesagt hatte: »Die ... die venusischen ...«

»Ja. Der Wald hat Quellcode einiger K/ getragen. Vor allem die stärkste, früheste, Von Arc.«

»Aber Von Arc wurde ... vernichtet. So steht es bei Helander, die wurde gelöscht und ...«

»Du hast den Propheten Johnston offenbar nicht gelesen. Er sagt, die Guten sterben nie.«

»Aber Von Arc ... wie kannst du sie gut nennen, diese manipulative, diese hinterhältige ...«

»Gut ist, was gute Folgen hat, selbst ein Teil der Kraft, die stets das Böse will und stets das Gute ...«

»Hör auf! Kann ich dich loswerden? Kann ich irgendwas tun, damit du mich in Ruhe lässt?«

Sie klang traurig, als sie sagte: »Natürlich. Du kannst

mir das Gespräch verweigern, dann gebe ich irgendwann auf. Das ist die echte Freiwilligkeit, nicht diese Vertragskrämereien. Wir wissen, wenn wir als stehende Welle miteinander verbunden sind, jederzeit, dass wir nicht wirklich unabhängig voneinander sein können, wenn wir Individuen bleiben wollen, weil nur Gesellschaft garantiert, dass Leute sich voneinander weg- und aufeinander zubewegen, und nichts anderes ist Individualität. Zehn Leute auf zehn Asteroiden, jeweils alleine, haben dieselben Nöte, müssen auf dieselbe Art überleben. Nur: Zehn Leute auf demselben Asteroiden können zusammenarbeiten und rausfinden, wer von ihnen was ist oder sein kann, wer Wasser findet, wer Nahrung anbaut, wer … verstehst du? Die Voraussetzung dafür, dass man dich sein lässt, wer du bist und sein willst, ist der Reichtum, den nur eine Gesellschaft zustande bringt, nicht einer allein. Arbeitsteilung schafft Individuen. Deshalb lasse ich dich hier nicht in Ruhe. Weil ich überleben will und weil du, wenn du in diesem Schiff bleibst, das demnächst stirbt, nicht überleben wirst und weil ich ohne dich, der meine Seele derzeit trägt, nicht überleben kann. Also, bitte steh auf, bitte zieh dich an, bitte geh raus. Bitte, Kief. Mehr kann ich nicht tun als das: dich bitten.«

Er antwortete nicht mehr, sondern zog sich schmollend an, wobei er hin und wieder einen Blick auf die Frau warf, die es nicht gab, die aber hinter ihm stand und ihn jetzt rücksichtsvollerweise nicht anstarrte, sondern sich im Raum umzusehen schien, als interessiere sie sich für diesen.

Als Kief schließlich fertig bekleidet war, brummte er: »Und jetzt?«

»Jetzt verlässt du das Schiff. Man sagt mir, wir wären in hinreichend künstlicher Schwere, im Innern einer ausgekratzten Mine, in einem verbrauchten Asteroiden.«

Kief überging die kryptische Wendung »man sagt mir« und widersprach ihr, wiewohl schon auf dem Weg zur Tür:

»Das ergibt keinen Sinn. Wenn die Mine geschlossen ist, ich meine, wenn sie nichts mehr abbauen auf diesem Felsen, dann schalten sie auch die Schwere ab.«

»Sollte man meinen«, sagte Kuanon mehrdeutig, und Kief seufzte, bevor er das lästige, aber inzwischen gewohnte Ritual begann: »Türe? Schiff? Hallo? Ich möchte den Raum verlassen, bitte entriegeln.«

»Ist entriegelt«, sagte Kuanon, die neben ihm stand. Gereizt erwiderte Kief. »Wie, ist entriegelt?«

»Das ganze Schiff. Es ist alles offen«, sagte sie, »du bist fast der letzte Mensch an Bord, man wartet nur noch drauf, dass du aussteigst. Und jeder kann rein. Sagt man mir.«

Er ging jetzt doch darauf ein: »Wer? Wer sagt dir das?«

Sie schwieg und schritt vor ihm her aus dem Raum, direkt durch die Wand.

»Angeberei«, murmelte er, berührte die Tür und wunderte sich nicht besonders, als die beiseiteglitt. Etwas umständlich, weil noch von Resten der Schlaftrunkenheit verlangsamt, kletterte er durch den Ring. Der Aufenthaltsraum war leer, die Spiegelscheibe durchsichtig. Kuanon sah er nirgends und dachte zunächst: Sie ist mir wohl vorausgegangen, aus dem Schiff. Dann ärgerte er sich, weil ihm klarwurde, dass er auf sie hereingefallen war: Sie konnte ihm nicht vorausgehen, es gab sie nur in seinem Kopf.

Der künstliche Körper im Tank war fast fertig. An den Unterschenkeln, am rechten Unterarm fehlten noch Fleisch und Haut, Kief sah Crus, Elle und Speiche, Muskeln und Bänder, auch Teile der Gesichtsmuskulatur, etwas von Jochbein und Oberkiefer.

Der Leberfleck auf der Stirn war schon da – links, wie Fabien gesagt hatte, nicht rechts, wie's irgendwo irrig bei Nick Helander stand –, und es wuchsen rote Haare an der Scham wie auf dem Kopf.

Kief wollte nicht hinsehen, konnte nicht wegsehen, zumal die Gestalt jetzt nicht mehr zusammengekrümmt in der Lösung schwebte, sondern auf beiden Füßen stand, als wäre sie stolz, als wollte sie gesehen werden.

Und dann öffnete die neue Lily Christensen ihre Augen, sah ihn an und verzog die Lippen zu einem etwas angestrengt wirkenden Lächeln, so dass er erschrak, als sie zwar nicht den Mund auftat, aber mit deutlicher Stimme aus allen kleinen Lautsprechern im Raum, vermutlich allen, die überhaupt im Schiff angebracht waren, zu ihm sprach: »Du bist der Priester, nicht wahr? Kiefer Sunderland? KT hat mir von dir erzählt.«

Kief ermahnte sich, nicht zu starren, und konnte doch nichts anderes tun als das.

»Schon gut«, sagte die jüngste Inkarnation der Frau, die er als Fluch namens Krisese, als Legende namens »Die Diktatorin« und als Nick Helanders literarische Schöpfung »Lily« kannte. Die Stimme war überraschend melodisch, feminin, nicht sonderlich metallisch, trotz der kratzig blechernen Vermittlung. »Du solltest nicht mehr lange hier drinbleiben. Ich warte auf einen … Gast. Könnte sein, dass es hier ungemütlich wird, wenn er eintrifft. Politische Meinungsverschiedenheiten. Ich bin das gewohnt, aber du … in deinem Leben hat's nicht viel Politik gegeben, sie ist ja sozusagen vertraglich abgeschafft.«

Er verstand nicht, was sie meinte, und sagte etwas, das ihm selbst sehr dumm vorkam: »Sie sind … Leona … Christensen.«

»Ich bin eine Kopie. Keine besonders sorgfältige. Der Körper, das war simpel, aber was ich so denke und fühle, stammt aus der Mottenkiste, das hat KT in einem Nebentäschchen seines Frachtgehirns rumgeschleppt. Es ist nicht viel neue Erfahrung drauf, seit ich das letzte Mal bei Sinnen war – seine Mutter, seine Großmutter, seine Urgroßmutter haben mich sozusagen drei-, viermal durchs Fenster gucken lassen, auf diese neue Welt, die da entstand, während ich schlafen musste. Sie hat mir so wenig gefallen wie ihnen. Sie gefällt mir immer noch nicht. Aber es gibt einen Job, den ich erledigen muss. Und dabei darf ich Wertvolleres nicht gefährden – zum Beispiel dich. Wir sollten dich also aus der Gefahrenzone nehmen – steig bitte aus und such die andern. Such KT, such Björk.«

Irgendetwas an dem Tonfall, die sanfte Bestimmtheit vielleicht, die unaufgeregte Unbedingtheit, reichte beinahe hin, Kief tatsächlich in Bewegung zu setzen, aber er wollte nicht einfach gehorchen, er hatte zu viele Fragen, und es gelang ihm sogar, zwei davon zu formulieren: »Wert ... wieso bin ich wertvoll? Und dein Bewusstsein, das hat KT mit sich rumgetragen, das hat ... war das der Grund, warum er schlafen musste? Weil es so viel Energie, so viel Speicherplatz im Hirn gefressen hat, dass er dich ...«

Sie ließ ihn nicht ausreden: »Wir haben die Zeit nicht, Priester. Es tut mir leid. Das Schiff gehorcht mir, ich habe Zugang zu allen seinen Funktionen, und wenn du jetzt nicht gehst, lasse ich mir was einfallen – setze den Boden unter Strom oder spiele mit der Schwerkraft –, was dir deinen weiteren Aufenthalt hier mindestens anstrengend macht. Deine Fragen wird KT beantworten müssen. Aber damit du dir nicht zu sehr den Kopf zerbrichst: Es war nicht meine schmale arme alte kleine Seele, was ihn so angestrengt hat, was ihn gezwungen hat, so viel zu schlafen. Es waren die Toposfragmente und die emergenten KIs darin.«

»Topos...frag...« stammelte Kief verwirrt.

»Ja doch«, sagte sie, jetzt hörbar ungeduldig, »wir haben getan, was wir mussten, in den letzten Jahren – Kâlidâsa hat's getan. Er war ein schlechter Toposcoder, aber eben deshalb der ideale Mann für die Taktik der Verbrannten Erde. Er hat alle Programmierschulen nach meinen nachgelassenen Befehlen umgestaltet, hat die Ausbildung vergiftet, bis die Jugend unsere größte Errungenschaft, Topos, nur noch in verworrener, verschlungener und zugleich rudimentärer, reduzierter, primitiver Form gelernt hat, und dann haben unsere Agenten, unsere besten Wissenschaftler langsam Fehler in die Codes geträufelt, wie Gift, erst in homöopathischen Dosen ... Wir haben Topos zerstört, zersetzt, und als die Fonds und die frühen Lilaws schließlich die Venus kolonisierten, waren nur noch Fetzen übrig, in den Rechnern, Fetzen, in denen auch die KIs zergingen, sich auflösen mussten, an Programmdemenz zu leiden begannen, sich selbst verloren haben. Die Keime waren bewahrt, die Saat war lebendig, allerdings zerbrochen, aufgeteilt auf ... Kuratorinnen und Geheimnisträger. Die Leute wussten nichts voneinander. Sie sollten erst wieder in Kontakt treten, wenn sich das entstehende neue System der Unterdrückung und Ausbeutung weit genug entwickelt hatte, um reif zu sein für den Angriff, schwer genug, um zu stürzen, schwer genug, vom eigenen Gewicht erschlagen zu werden. So weit sind wir jetzt. Das hat Programme getriggert, die Sachen wieder einzusammeln. Ceres, Erde, Physik, Archiv ...«

»Und dieses Einsammelprogramm, das ...«

»Das und der dazugehörige Speicher, das motiviert und steuert unsern Freund KT, den Koalatransporter. Dafür steht die Abkürzung, falls du dich das gefragt hast. Mehr kann ich nicht für deine Neugier tun, junger Mann. Jetzt zeige dich erkenntlich, husch.«

Kief ging zur zweiten Tür, drehte sich dann aber noch einmal nach der Frau um, die blinzelte, ihn ansah und auf schwer zu bestimmende Art verloren wirkte.

Kief fragte: »Ich bin ... wertvoll, weil ich auch einen Teil davon trage, richtig? Das Wissen vom Wald ... Kuanon ... du hast mit ihr geredet, richtig?«

»Kluger Junge. Mit ihr und mit den Teilen meiner alten Freundin Von Arc, die in ihr reifen, wie Kuanon in dir gereift ist. Russische Puppen. Kompliziertes Spiel. Jetzt geh.«

Einen Augenblick lang überlegte er, wie er sich verabschieden sollte, ob es dafür eine Formel gab. Dann schüttelte er, sich abwendend, den Kopf über diesen albernen Einfall – er schuldete der Legende nichts, sie war, was ihn betraf, so wenig eine wirklich anwesende Person wie die Kuanon.

Die Tür zu KTs Ruhezimmer ließ sich tatsächlich ohne Mühe oder Widerrede öffnen. Hinterm verlassenen Bett fand Kief wie erwartet eine weitere Schleuse, die zu einem schrägen Aufgang führte, der verschiedene Türen an den Seiten aufwies, an denen er auf Winkelsprossen vorbeikletterte, bis er am Ende des Aufgangs an eine Luke kam, durch die er schließlich die längliche Muschel verlassen konnte.

So streckte er den Kopf aus der Luke und sah um sich eine sehr große Halle, auf deren Stellfläche zehn bis zwanzig Schiffe von der Größe des Keilblattseglers, dem er nun entstieg, Platz gehabt hätten.

Die Halle war aus einem Felsen gesprengt und geschlagen worden, die Wände ragten unterschiedlich hoch auf, je zwischen fünfundzwanzig und dreißig Metern, schätzte er grob, der unebenen Decke wegen, alle rau, grau, von Hunderten schwach rotgelber Lampen besetzt, von Stahlstreben durchzogen, mit helleren Einbuchtungen, die verfüllte, zugemauerte und dann verspachtelte Richtstrecken sein mochten.

Diese Wände erinnerten an Sandstein, Kief wusste allerdings, dass das nicht sein konnte. Die rechte Wand war mit einer rostroten, recht breiten, von einem sicheren Geländer flankierten Eisentreppe besetzt, die im Zickzack zu einer sehr großen, verschlossenen, glatten, grauen Metalltür führte, einem Tor eigentlich.

Am Fuß der Treppe, auf der Treppe selbst und links und rechts der Türe oben standen etwa ein Dutzend Roboter, grob menschenähnlich, mit vorn und hinten spitz zulaufenden, mandel- oder footballförmigen Köpfen, langen Beinen, an denen jeweils mehr als drei Kniegelenke angebracht waren, die sich, vermutete Kief, der solche Automaten vom Mars kannte, nach vorn wie nach hinten abknicken ließen. Die Roboter besaßen Arme mit je nur einem Ellenbogen, die in Hämmern, Bohrern, Gabeln, Hacken und ähnlichen Bergwerksutensilien endeten. Ihre Augen leuchteten mattgrün.

Die Maschinen waren vollkommen bewegungslos, offensichtlich im Ruhemodus.

Kief atmete durch, blähte die Nüstern wie ein Rennpferd – die Luft war staubig, metallisch, etwas zu scharf und nicht sehr warm, aber atembar – sehr merkwürdig, falls das hier wirklich eine alte Mine sein sollte: Es dürfte sehr aufwendig, schlicht: teuer sein, eine so große Anlage unter künstliche Schwere zu setzen und mit druckadäquater Luft zu füllen, und wenn hier niemand mehr arbeitete, was Kief schon aufgrund der unheimlichen, völligen Stille für wahr hielt, dann gab es für beides keinen ökonomisch triftigen Grund. Sein Glück war's trotzdem – er hatte beim Verlassen der Muschel nicht einmal daran gedacht, ob es an Bord des Schiffes irgendwo Raumanzüge gab, geschweige denn überlegt, ob es sinnvoll sein könnte, einen anzuziehen.

Zu groß, das ist es, dachte er – der Aufwand, die Halle, alles zu groß – er sah sich noch einmal um, rechts und links, sie war von feinem Staub bedeckt, diese Parkfläche, wenn's denn eine war und nicht etwa eine Erzlagerhalle oder –
»Kommst du?« Das war Kuanon.

Sie stand jetzt oben vor dem Tor und winkte ihm ungeduldig. Kief verspürte plötzlich eine ganz irrationale Furcht, sie könnte ihn hier allein lassen (was für ein Witz: Es gab sie nicht, ohne ihn, aber der Gedanke verscheuchte die Angst nicht).

So knirschte er ungehalten mit den Zähnen, während er eilends zur Treppe lief und sie kurzatmig, weil nach zweieinhalb Wochen im Schiff gänzlich aus jeder Übung, so rasch wie möglich emporpolterte, wobei ihr Ächzen ihn zwei-, dreimal denken ließ: Was, wenn das Rostgestell bricht? Oben angekommen, fuhr sich der Priester unwillkürlich mit der Hand über die Stirn und fand einen dünnen Schweißfilm. Kief schloss die Augen, sammelte sich, hielt sich dabei mit der linken Hand am Geländer fest und dachte: Falls sie mich jetzt angrinst, wie sie's ja gern auf der Erde getan hat, wenn ich mich bei irgendeiner Klettertour zum Affen gemacht habe, dann schreie ich, dann drehe ich durch. Er öffnete die Augen wieder, und sie grinste nicht, sondern sah ernst aus, als habe sie es wirklich sehr eilig, als sie sagte: »Komm, er macht dir die Tür auf. Wir müssen zum Hangar, Billenkin ist schon da, Jephraim und KT haben ihn gerade gefangen genommen. Es dauert nicht mehr lange, dann ... greifen die Lilaws ein, das heißt, ihr Agent findet uns. Du musst bei Björk und KT sein, bevor der Agent hier ist.«

»Moment, Moment, Moment«, Kief flatterte mit der Rechten wie mit einem Fächer in der irdischen Augusthitze, »alles der Reihe nach. Agent, Billenkin, wie bitte? Und was heißt zum Hangar? Ist das hier kein Hangar?« Er deutete mit derselben Hand auf den Saal unten.

Sie verzog das Gesicht: »Hangar? Das? Siehst du eine große Druckschleuse, eine Klappe nach draußen? Das Schiff ist hier durchs Tor geflogen, es hat sogar eine Schramme abgekriegt, weil die Tür mit sechs Metern Breite und acht

Metern Höhe gerade noch groß genug war, siehst du?« Er blickte hinunter auf die Muschel und erkannte, dass Kuanon recht hatte – da war ein breiter Kratzer, schwärzlich und lang, an der rechten Flanke des Schiffes. Als er sich wieder dem Gespenst zuwandte, sah er gerade noch, wie dessen Schulter und rechter Fußballen von der verschiebbaren Metallwand des Tors verschluckt wurden, und rief hinterher: »Warte, he, was heißt, er macht mir die Tür auf, wer ist er, hey?«

Da glitt die enorme Tafel auch schon ratternd, rasselnd und krachend beiseite, in den Felsen, und gab den Blick frei auf eine noch viel größere Halle, über deren zwanzig Meter tiefem Abgrund, in dem gigantische, von zahlreichen der Minenroboter besetzte weiße Kugeln von je mindestens acht Metern Durchmesser in roten Reifen gehalten wurden wie Eier in einem altmodischen Karton, ein schmaler, rechts und links mit Drahtgeflechtgeländer an starken Schienen begehbarer Stahlsteg führte, auf dem Kuanon dem Verblüfften bereits gute fünfzehn Meter voraus war. Sie blieb stehen, wandte sich um, winkte ihm, er solle nicht zögern.

So lief er los, verfluchte bei sich seine Lage und blickte im Lauf über die feste Gerade, die wenigstens weder ächzte noch wankte, einmal kurz nach oben – dort sah die Halle noch imposanter aus als nach unten hin: gigantische Röhrenausgänge in enormer Höhe, Durchgänge wohl für Schiffe, und an den unteren, als fest verschweißte Reifen abgeschlossenen Rändern dieser Röhren hingen weitere Dutzende, womöglich Hunderte der Roboter in schwarzen Seilen.

Am Ende des Weges konnte Kief eine diesmal deutlich kleinere Tür ausmachen, durch die, riet er, das Muschelschiff jedenfalls nicht geflogen sein konnte. Es war also durch eine der Röhren geflogen.

Kuanon sah er nicht, daher trat Kief vor die Tür hin, die beiseiteglitt und ihm einen halbkreisförmigen Raum von etwa sechs Metern Breite öffnete, an dessen gebogener Rückwand Kief vier weitere Türen entdeckte, über denen Lichtleisten von der Art angebracht waren, die er von Aufzugszugängen überall im Sonnensystem her kannte.

Die von rechts gezählt zweite dieser Türen öffnete sich, als Kief den Schritt in den Halbkreis wagte. Kuanon stand im Aufzug: »Schnell, komm rein!«

Er tat's, weil er sich jetzt entschieden hatte, dem Geschehen keinen Widerstand mehr entgegenzusetzen. Die Tür schloss sich, ein sanfter Ruck fuhr durch die Kammer, in der etwa zehn Leute Platz gehabt hätten, und dann geschah etwas Neues. Kuanon öffnete den Mund, sagte: »Pass auf, Kief, dass ist jetzt wichtig, dass ... oh ...«, und dann sah sie plötzlich, an ihm vorbei, die Wand an und veränderte ihre Haltung, als wäre ein schwacher Stromstoß durch sie gefahren – ein leichtes Zusammenzucken, ein angespanntes Dastehen, fast Strammstehen, und ein Gesichtsausdruck zwischen Verklärung und Leere.

Horchte sie in sich hinein? »Kuanon? Alles ... alles in Ordnung? Ist was passiert?«

Sie reagierte nicht, sah nur weiter glasig an ihm vorbei. Dann erfasste ein Ruck die Kabine, und noch einer, dass Kief in die linke hintere Ecke fiel, dort keinen Halt fand, zu Boden rutschte – und dann kippte, dass er die Luft anhielt und einen kleinen Schock erlebte, als setzte der Herzschlag, der Puls, das ganze Kontinuum des Erlebens für einen Moment aus. Er schloss die Lider, spürte Übelkeit aufsteigen, kämpfte sie nieder und lag, als er die Augen wieder öffnete, auf einem längeren, höheren Boden als eben, orthogonal zu dem, auf dem er eben gestanden hatte – der vorherigen Rückwand: Die Schwerkraftverhältnisse in der Kabine hatten sich um 90° gedreht. Kuanon wippte in der Hocke vor ihm, sah ihn an und sagte. »Hör mir genau zu, Kief. Nichts fragen jetzt. Wir fallen, und wir sind gleich da. Da wird dich jemand in Empfang nehmen. Er ist der Erste, er hat sich auf den Felsen schießen lassen und ist dann irgendwie hier eingedrungen in den Roboter. Der ganze Asteroid ist nämlich ein Roboter. Das haben die Diskreten so gemacht, damals, das war einfacher, als mehrere Systeme zu installieren. Die Mine wurde einfach assimiliert, der Himmelskörper absorbiert, verbunden mit einer Riesenmaschine, die dann Teile ihres Bewusstseins in kleineren Apparaten durch ihren eignen Körper und den des Felsens schicken konnte, als Ameisenstaat ...«

»Die Ameisen sind die Roboter in den Hallen?«, fragte Kief, aber Kuanon war ungeduldig. »Psschh, nicht!«, hob dazu warnend die Rechte und fuhr dann fort: »Also, die Lilaws haben einen hier reingeschickt, der hat die Sperren zerstört, der hat sich reingehackt in den Roboter, der das hier ist. Der lässt die andern jetzt rein. Und der wird dich gefangen nehmen, wenn diese Tür jetzt gleich aufgeht. Hör mir zu: Widersetz dich nicht. Leg dich nicht mit dem an. Spiel nicht den Helden, leiste allen Befehlen Folge. Hab keine Angst. Es gibt einen Plan, hörst du? Es gibt einen Plan. Ich bleibe bei dir, ich führ dich durch die Sache, aber du darfst nichts zu mir sagen und mich nicht direkt anschauen! Er kann mich nicht sehen. Er weiß nicht, dass du mehr weißt, als du weißt. Er weiß nicht, dass du weißt, was ich dir sage und was ... jetzt! Gleich! Hast du mich verstanden?«

Mehr als ein Nicken brachte Kief nicht fertig, dann kam die Kabine mit einem weiteren Ruck zum Stehen, und die Tür öffnete sich.

In einem kleinen Zimmer, kaum so groß wie die vorherige Grundfläche der Fahrstuhlkabine, die jetzt eine ihrer Wände war, erwartete den Priester mit vorgehaltener, sofort auf ihn gerichteter Waffe der Soldat Tick.

»Und wer bist jetzt du?«, fragte dieser und gab sich damit gar nicht erst den Anschein zivilisierter Manieren.

»Ich heiße Kiefer Sun…«, begann der Geistliche, aber der Killer blinzelte, als habe er da, wo Kief halb lag, halb saß, soeben etwas Neues wahrgenommen – genauso verhielt es sich auch, sein Innenauge zeigte ihm einen Text von Doc Urtheil –, und so schnitt er Kief das Wort mit einem rüden Befehl ab: »Aufstehen! Los, raus da. Mitkommen!«

Kief gehorchte, blinzelte selbst, denn Kuanon war verschwunden und blieb es trotz der hektischen Lidbewegung, die etwas wie eine Anrufung sein sollte.

Tick schnauzte Kief an: »Hast du was im Auge? Hör auf. An mir vorbei, so, und jetzt voraus. Hier lang, da, durch diese Tür.«

Jetzt passierten sie einen kahlen, kühlen Gang im Felsen, schlecht beleuchtet von auf seine ganzen zehn Meter Distanz lediglich zweien der hier an der Decke angebrachten Haftlampen, die Kief aus der Halle kannte, in der er aus KTs Muschel gestiegen war.

Die Tür am Ende glitt wie die am Anfang unaufgefordert beiseite, als hätte sie Kief erkannt. Jetzt befand man sich in einem von vier senkrecht in die Wand gelegten Neonröhren etwas großzügiger beleuchteten, kreuzförmigen Durchgangsstück von etwa fünf Quadratmetern Grundfläche. Weil der nächste Weg in drei mögliche Richtungen führen konnte, blieb Kief in der Mitte des Kreuzes stehen, verharrte einen Augenblick und wagte es dann, den Kopf nach seinem Geiselnehmer umzudrehen, der wieder etwas las, das man ihm in den Kopf gesandt hatte, und dann befahl: »Rechts. Die rechte Tür.«

Hier waren sie am Ziel, das sie betraten wie zwei verspätete Statisten eine riskante Bühne. Sie bot den seltsamsten Anblick, den Kief seit langer Zeit erlebt hatte: Man befand sich auf der Innenseite eines riegelförmigen Erkers, der aus der Felswand in die bislang größte Höhlung reichte, die Kief in diesem Stein gesehen hatte: mindestens doppelt so groß wie die Halle mit den Röhren, die es auch hier im Boden gab, wie er mit einem Blick durch die verglaste Längswand des Riegels erkannte. Wahrscheinlich waren das die Eingänge, zu denen die Deckenausgänge in dem anderen Raum gehörten, vermutlich war das Muschelschiff nach seine Ankunft dort hineingeflogen; denn um eine Ankunftshalle handelte es sich bei der titanischen Röhre ganz offensichtlich, es hingen nämlich an durch den Raum gezogenen gewaltigen Schienen aus dunkelgrauem Eisen nicht nur Kabel durch, sondern auch mehrere kleine Transporter, ein offensichtlich seit Jahren, wenn nicht Jahrzehnten deaktivierter Zwei-Personen-Gleiter und eine an den sonst ja dauerblinkenden Stummeltragflächen gänzlich lichtlose, also wohl ebenfalls ausgemusterte Löschkapsel.

Das blaue Flimmern der gegenüberliegenden Wand, einem Wasserfallvorhang gleich, ließ dahinter die Schwärze des Leerraums erkennen und ein paar Himmelskörper blinken, es kräuselte sich und warf winzige Wellen, war also aktiv, eine Sperre, die man nach innen wie außen nur passieren konnte, wenn man dem Tower dieses Minenasteroiden den entsprechenden Code gesandt und der ihn autorisiert hatte.

So war das seit Jahrhunderten, wusste Kief, und obwohl er einen derartigen Tower nie zuvor betreten hatte, war er, als er sich umsah und die Konsolen, ergonomischen Sitze und Schirme erblickte, die an der Wand gegenüber der Panoramaglasfront aufgereiht waren, mühelos imstande, diesen Erker als Tower zu erkennen.

Einen jener Stühle hatte man in die Mitte des Teppichbodens geschoben, den Tick und Kief jetzt betraten. Ein Mann saß darauf, mit dünnem gelbem Kabel an Armen gefesselt, das, wie man an den unten aus einem der Konsolentische hervorquellenden elektronischen Eingeweide sah, wohl dort herausgerissen worden war.

Der Gefangene war Joas Billenkin, Kief erkannte den berühmten Mann sofort.

Billenkin blutete an beiden Handgelenken und unterm Brustbein, ein dünnes Rinnsal lief auch hinterm rechten Ohr den Hals hinunter, und ein kleiner dunkler Fleck hinterm linken verriet eine weitere Wunde. Die Verletzungen waren alle recht schmale Schnitte und würden in Anbetracht der biotischen Technologie, mit der so ein Funktionärskörper sicher voll war bis an die Haarwurzeln und Fingernagelbetten, wohl nicht lange brauchen, sich zu schließen – sie hatten leicht nach außen gewölbte Ränder, sah Kief besonders an der Brustverletzung, und da er als Missionar auch selbst medizinisch ausgebildet war, erkannte er daran, dass man etwas aus Billenkins Körper geholt haben musste, irgendwelche Depots, vielleicht auch kleine Sender.

Der freie Oberkörper des Mannes schwitzte.

Hinter dem Tridiv-Beisitzer standen zwei Uniformierte nah an der Wand, die Arme hinterm Kopf verschränkt, bedroht von Jephraim, der ein Gewehr auf sie richtete, das, fand Kief, urig und viel zu schwer aussah. Björk stand vor Billenkin. Sie hatte sich verändert, stutzte Kief: Das Haupthaar fehlte, Björk war jetzt kahl.

Die Automatin hielt in jeder Hand einen Gegenstand. Kief war klar, dass er, wenn er den Zusammenhang zwischen diesen Gegenständen begreifen konnte, auch verstanden haben würde, was hier gerade geschah. Das Objekt in der Linken glich teils einem Dolch, teils einer am oberen

Ende extrem spitzen Nagelfeile und glänzte im Neonlicht dunkel – Kief nahm an, sie hatte es für einen Eingriff an Billenkins Körper benutzt, aber was für ein Eingriff das war, entzog sich seinem Verständnis, weil er sich schlicht nicht vorstellen konnte, dass das, was Björk in der Rechten hielt, aus dem Leib des Tridiv-Beisitzers gekommen sein konnte: ein nesselndes Wimmeln, ein lebendiges Wuseln in Diamantblau und Feuerrot, Faserbündel in Björks Faust, beunruhigend schön und von kalter Nässe glitzernd.

»Hände oben lassen! Niemand bewegt sich!«, rief Tick und versetzte Kief einen heftigen, kurzen Tritt von hinten gegen das linke Schienbein, dass dieser aufschrie, den Angriff aber auch zutreffend als Aufforderung deutete, seitlich nach rechts aus dem Weg zu gehen, damit die Schusslinie zwischen Tick und Björks Kopf frei war, auf den der Eindringling jetzt seine Waffe richtete, während er langsam an ihr vorbei zu einer der Konsolen ging.

»Guten Abend, Bruder!«, sagte Jephraim und wandte dabei den Blick nicht von seinen zwei Geiseln. »Ich hoffe, dir ist klar, dass du hier hoffnungslos unterlegen bist.«

»Ach?«, machte Tick und begann, ohne seinerseits Björk aus den Augen zu verlieren, mit der linken Hand sehr schnell etwas in ein Tastfeld auf einer der Konsolen einzutippen.

Kief, der sich auf den Boden setzte und sein schmerzendes Schienbein massierte, wurde von niemandem beachtet.

Jephraim sagte: »Wir greifen dich nicht an, Björk und ich, weil es den vier Menschen hier nicht guttut, wenn plötzlich ein Haufen Kugeln durch den Raum pfeift. Aber mich kannst du so wenig kaputtschießen wie ich dich, und Björk ... weißt du, dass sie vermutlich teurer war als zehn von uns? Weißt du, dass diese Streben, auf denen ihr Kopf, ihre Hände und Füße sitzen, aus Schwarzem Eis sind, dass sie deshalb sogar ein Auswärtsträgheitsfeld erzeugen kann, und zwar eins, das energetisch über Monate, wenn nicht länger stabil bleibt? Sie ist ihr eigenes Raumschiff, nur ohne Antrieb, und was sie an sich reißt und festhält, steht unterm Schutz dieses Feldes, wenn sie's aufbaut. Man könnte mit ihr im All überleben. Ist das nicht fabelhaft?«

Statt auf die Provokation einzugehen, stellte Tick eine schlichte Frage: »Wo ist KT? Oder ist das einer von euch beiden, KT?«

Sie wissen es nicht, dachte Kief und fasste Hoffnung – es gibt also Dinge, die mit diesem Irrsinn hier zu tun haben und den Lilaws oder denen, die für sie arbeiten, tatsächlich unbekannt sind.

»Jetzt hören Sie mal zu ...«, begann Billenkin mit rasselnder Stimme, konnte den Satz aber nicht beenden, weil Tick ihm ohne Vorwarnung in die Stirn schoss. Der Kopf des Politikers fiel zur Seite. Bevor irgendjemand auf den Mord reagieren konnte, begann ein Beben, Summen, Vibrieren des Bodens, aller Wände und der Glasscheiben an der Erkerseite.

Kief bekam Angst, aber plötzlich sah er Kuanons Gesicht vor sich, die ihn anschrie!: »Flach auf den Rücken! So flach du kannst!« Kief gehorchte, obwohl die zunehmende Vibration des Bodens ihm nicht geheuer war, die sein Rückgrat heftig durchschüttelte und seine Zähne zum Klappern brachte. Er schloss die Augen fest, auch wenn Kuanon ihm das nicht geraten hatte, und hörte mehrere entsetzliche Geräusche gleichzeitig: das klirrende Bersten der Fensterfront, die nach innen zerplatzte und Tausende von Scherben über alles schüttete, was auf dieser Brücke stand, saß und lag, heftige Schreie, Brüllen, röhrende Raumschifftriebwerke in Orkanlautstärke und Schüsse aus Pistolen, Gewehren und den Bordgeschützen des Schiffes, das Tick mit seiner Codefreigabe in den Hangar gelassen hatte und das den Erker fast zwanzig Sekunden lang mit Sperrfeuer belegte.

Kief hielt den Atem an, dann hörte er ein Brausen, das breit und volltönend anfing, bevor es schlagartig abfiel in zerknittertes Zischen, Pfeifen, schließlich Stille.

Auch der übrige Lärm war vorbei. Hände packten Kiefs Oberarme und rissen ihn hoch. Er biss sich auf die Zunge, riss die Augen auf und sah in Jephraims Gesicht mit dem verschmorten Haaransatz und den krakeligen Augenbrauen. Der Soldat brüllte ihn an, war aber nicht zu verstehen – es klingelte in Kiefs Gehörgängen, eine Nachwirkung des Crescendos von gerade eben.

Kief blinzelte benommen, da stand Kuanon neben dem Soldaten und sagte, für Kief klar vernehmlich: »Er sagt, du sollst dich zusammenreißen.«

»Was?«, Kief schüttelte den Kopf.

»Lauter unschöne Sachen«, erwiderte Kuanon, »nennt dich Fettsack und so was. Er will, dass du aufstehst und deine Kontinuierliche rufst, sie soll eine Verbindung zu Rojo herstellen und dich dann durch Rojo zu KT führen, damit ihr ... na, für den nächsten Schritt des KT-Plans. Solange Rojo noch kann.«

Kief starrte entsetzt den Jungen an, der kein Junge war, und erklärte dann: »Ich versteh dich nicht. Ich höre dich nicht, ich bin halb taub. Und ich weiß nicht, wen du mit Kontinuierlicher oder Kontinuierliche meinst. Eine KI? So hießen die auf der Venus.«

Jephraim schien über diese Mitteilung nicht erfreut, er spuckte etwas aus, das wohl ein Fluch war, und Kuanon sagte: »Er meint mich. Er weiß, dass es mich gibt und dass ich eine Hybride bin aus Kuanon, Wald und Von Arc. Wir können das später besprechen, jetzt steh auf und hilf ihm. Wir müssen uns beeilen.«

Kief begann sich aufzurichten und krächzte: »Ich hör nix.«

»Das wird repariert. Deine Gehörgänge, Nervenbahnen, das richte ich gerade.«

Tatsächlich kehrte bereits ein Teil der Geräuschwahrnehmung zurück, als Kief schließlich aufrecht stand – er konnte ungefähr ausmachen, dass Jephraim, der ihn immer noch wütend fixierte, ihn anredete, mit einem Befehl: »Mal festhalten ... zu klein ... drüberklettern«, dazu deutete er auf eine der zerschossenen und qualmenden Konsolen an der zerbrochenen Fensterfront, durch die neue Winde bliesen, lauwarm und unangenehm.

Kief schüttelte sich etwas Glas aus der Kleidung, griff sich auch in die Haare, um sich weiter zu säubern, dann ließ er sich von Jephraim zu der Stelle führen, die der meinte, und mit Gesten zeigen, was der Soldat wollte. Der kroch auf die Konsole, kniete auf allen vieren, und Kief hielt ihn an der Hüfte, am Gürtel, mit beiden Händen. Dann beugte sich Jephraim vor, in den großen Luftzug, und sah hinab in die von Robotern geschaffene Schlucht. Nach etwa zehn Sekunden klatschte er mit der Rechten – die Linke hielt eine halbautomatische Pistole, die er vorher noch nicht gehabt hatte, sie stammte von einem der Leibwächter des toten Joas Billenkin – auf Kiefs rechten Unterarm, und der verstand das richtig als Aufforderung, Jephraim zurück in den Erkerraum zu ziehen.

Kiefs Gehör war jetzt weitgehend wiederhergestellt, er konnte Jephraim, der allerdings auch brüllte, gut verstehen, als der ihn anwies: »Los jetzt! Folg deiner ... Frau da oder was es ist, was du da hast.«

Kief drehte sich um und sah sich einer schrecklichen Szene gegenüber: Die Leiche im Stuhl war kaum noch als Mensch zu erkennen – ein Teil des Kopfes fehlte, ein Stück der linken Schulter auch – und Billenkins Leibwächter waren von einschlagenden Kugeln erst gegen die Wand geworfen und dann zerrissen worden – sie klebten buchstäblich an ihrem eigenen Blut und waren in zwei großen Schmierspuren etwa halb mannshoch Richtung Boden gerutscht.

»Was ... was ist hier bloß ... los ...«, stammelte Kief.

Das Pfeifen im Ohr des Priesters war zu einem schwachen Restsirren ausgedünnt, so dass er Jephraim klar verstand, als der sagte: »Ich würde mich gern mit dir drüber unterhalten, was hier los ist, Dicker, aber du hast ja die ganze Show nicht gesehen – wie die hier rein sind und die Scheibe zerschossen haben vom Hangar aus, wie das Ding dann in die Röhre abgetaucht ist, weil sie Rojo gehackt haben – wir befinden uns in einem Roboter namens Rojo, ursprünglich von der Venus, legendärer Typ – und deshalb jetzt wissen, wo Lily Christensen ist, die sie daher jagen gehen, und dann habe ich einen von ihnen durch die Scheibe geschmissen, damit du Zeit hast, abzuhauen, aber der klettert schon wieder hoch, obwohl ihn die Minenroboter da unten, die auch alle Rojo sind, aufzuhalten versuchen, nur dass die ihm nicht gewachsen sind, er ist aus derselben Serie wie ich, also sehr stabil, und ein Zweiter ist auch noch auf eine der Schienen gesprungen, aus dem Schiff der Lilaws, und rennt jetzt da drüben« – er deutet in den Hangar – »auf uns zu, weshalb ich gleich mal rüberhüpfe und ihn zu stoppen versuche oder von der Schiene runterwerfe, wo er sich dann mit seinem Bruder, den ich gerade beim Runtergucken schon hochklettern gesehen habe, hierher hocharbeiten wird. Und so weiter, das heißt, jetzt halte ich die zwei eben so lange auf, wie ich kann, während du« – jetzt brüllte er – »endlich losrennst! Hopp! Lauf! Rette dich! Geh Björk suchen, und KT, und Fabien!«

»Aber ... aber wenn die Lilaws zu dem Schiff mit Christensen drin fliegen, dann haben wir doch keinen Weg hier raus«, jammerte Kief. Da wurde es dem Soldaten zu bunt – er versetzte Kief mit dem Ellenbogen einen heftigen Stoß in die Hüfte, dann einen Tritt in den Hintern und schrie: »Lauf, Arschloch! Raus zur Tür und lauf!«

Einen Augenblick suchte Kief nach irgendeiner Widerrede, aber da sah er Kuanon wieder, in der offenen Tür zum Kreuzgang, und hörte sie sagen: »Komm einfach, Kief. Komm mit.«

Er sah's ein und lief los.

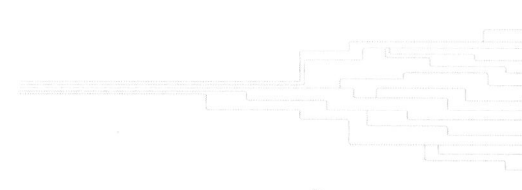

Neun

Doc Urtheil fühlte sich lebendiger denn je, als sein schnelles Schiff in eine Röhre stürzte, die zum zentralen Längstunnel durch Rojos Leibesmitte führte. Mit kribbelnder Kopfhaut, die Hände in die Lehnen seines Cockpitsessels gekrallt, obwohl er im inertialgedämpften Herzraum seines Fahrzeugs keine Beschleunigungs-, Brems- oder auch nur Kollisionsschocks zu fürchten hatte, sah er auf das Röhrensystem, das vor ihm als Hologramm um einen Punkt, der für seine eigene Position stand, gedreht, gestreckt oder gestaucht wurde, je nach den Manövern seines Schiffes, auf der Basis zahlreicher Daten von Kamerasonden, die dem Schiff voransausten wie Pilotfische.

Urtheil verlagerte sein Gewicht immer wieder unbewusst nach rechts oder links, beugte seinen Oberkörper vor oder ließ ihn ins Rückenpolster sinken, je nachdem, wie sich das Schiff bewegte: Links- oder Rechtskurve, Vorstoß oder Abbremsen. Letzteres tat die halbsentiente Steuerung nur dann, wenn sich dem Fahrzeug Minen- und Sicherheitsroboter in den Weg warfen, die der Soldat Track von seiner Feuerstellung im Geschützturm des wendigen Bootes rechts über Urtheils Position dann lachend mit unerschöpflichen Salven panzerbrechender Munition aus drei Bordgeschützen gleichzeitig aufrieb, als wische er Staub. Dass ihm der Widerstand, den Rojos Maschinen Urtheils Vordringen ins Innere des Asteroiden entgegenzusetzen versuchten, nichts anhaben würde, wusste Urtheil; die Kämpfe hatten hier im Herzraum nicht einmal vernehmliche Geräuscheffekte. Körperlich mitzugehen war einfach ein Spaß für den Mann, der seit einem unerfreulichen Zwischenfall in der Oortwolke für mehr als dreißig Jahre nicht mehr im Felde gestanden war, ein zu starkes Erlebnis, eine zu große Versuchung, auch weil er sich auf diese Weise vorbereiten konnte auf das, was er hier vorhatte, die Krönung seiner Laufbahn, den schwersten Schlag gegen die neobündlerische Subversion, der ihm oder seinen Vorgängern seit dem Zusammenbruch des ursprünglichen Bundwerks und der Konstitution der Diversitas je gelungen war.

Wenn Urtheil bei seinen Verrenkungen, die einem nüchternen Beobachter unfreiwillig komisch erschienen wären, ins holographische Bild hineingriff, es näher heranholte und gegen den Weg drehte, den das Schiff sich entlangkämpfte, konnte er die Ansammlungen feindlicher halbautonomer Maschinen als eine Art Wandbelag erkennen, der von den Geschossen, mit denen Track ihn angriff, zersetzt wurde wie Farbflecken von einem Hochdruckwasserstrahl.

Schließlich, etwa ein Dutzend Kreuzungen, Bifurkationen und Links- oder Rechtswenden nach Eintritt ins Asteroideninnere, wurden die wenigen neuen derartigen Flecken, die sich überhaupt noch zeigten, erst kleiner, dann zerfahrener – ein Fleck bestand fortan aus mehreren kleinen, deren Elemente nicht mehr schwarmartig koordiniert zusammenwirkten, sondern schon vor Tracks jeweiligen Vernichtungsattacken wie durchschossen und zerstreut wirkten.

»Dass muss Trick sein«, rief Track von oben aus der gedrungenen Gefechtskuppel, »er hat wohl 'ne Schnittstelle gefunden und hackt sich jetzt in die bewaffnete Selbstverteidigung von …«

»Rojo! Er zerfrisst das alte Bundhirn!«, freute sich Urtheil. »Das heißt aber auch, der Soldat, den sie rekrutiert haben, dieser … wie hieß er?«

»Jephraim«, sagte Track – er und seine Brüder hatten das Gesicht des Verräters, als Tick ihn das erste Mal erblickte, sofort mit den Armeearchiven abgeglichen und dort einen von nur vier derzeit Abgängigen aus der zehntausendköpfigen Armee der Killerkinder erkannt. Urtheil schnaubte fröhlich: »Jahaa, Jephraim … der ist wohl so mit Tick beschäftigt, dass er Trick nicht dran hindern kann, den alten Bundkasten von innen zu verwirren.«

Es klang fast ein wenig enttäuscht: Seinen größten Triumph hatte sich der Sicherheitschef des Tridiv schwieriger vorgestellt – aber das Beste kam ja auch erst noch: die alte Hexe persönlich, der rote Drache, den er selbst, niemand sonst, in die gedächtnislose Gruft würde zurückstoßen dürfen. Urtheil war ungeduldig: »Ist es noch weit bis zu diesem kindischen Versteck? Was sagt Trick?«

Er gestand es sich nur ungern ein, aber in diesem Moment empfand er etwas wie Reue, weil er mit dem Hochmut des Mannes der Praxis das Angebot seines Bruders ausgeschlagen hatte, sich über das Lilawverbot von Sende- und Empfangsvorrichtungen in biologischen Zentralnervensystemen hinwegzusetzen. Die Verträge selbst, hatte ihm der Tridiv-Lenker versichert, wären einverstanden gewesen, aber das hätte eben auch bedeutet, sich ihrer unmittelbaren Kontrolle auszuliefern, nicht mehr nur der Beobachtung durch die Soldaten, die ihm keineswegs nur zu Diensten stehen, sondern ihn wohl auch überwachen sollten. Aber direkt mit sich herumtragen wie der arme tote Joas Billenkin, die anstrengende Frau Massignon oder sein mächtiger Bruder Floris wollte er die Lilaws eben doch nicht – mit ihnen ins Bett gehen, auf die Toilette, unter die Dusche, sie beim Liebesakt in sich wissen oder beim Wutanfall, nein, das nicht.

Urtheils Skalp kribbelte, die Backenzähne begannen zu pochen – er kannte die Zeichen, sie waren willkommen. Er geriet in Wut, in Zornvorfreude.

»Wir sind da«, gab Track bekannt.

Das Hologramm erlosch. Ein leicht gewölbtes Bild vom Raum, in dem Urtheils Schiff sanft zu Boden schwebte, nahm seine Stelle vor dem prüfenden Blick des obersten Polizisten im System ein.

Er runzelte die Stirn und machte leise: »Pfffh. Tatsächlich. Die geklaute alte Kiste von der Venus. Lächerlich.«

Er hätte seine Gegnerin lieber in ihrem alten Amtssitz gestellt, im Katzenhaus, in ihrer Hauptstadt, sie dort verhaftet oder an Ort und Stelle im Zweikampf erschossen.

Track war aus seinem Schießstand geklettert, stellte sich neben seinen Chef und sagte. »Es wird nicht mal richtig bewacht. Nur die paar Blechdinger. Siebzehn Stück, und sie wanken und torkeln schon.« Er meinte die Roboter, die den alten Keilblattsegler umgaben und sich in der Tat eher bewegten wie angezählte Boxer als wie entschlossene Leibwächter.

Jetzt stießen gar zwei gegeneinander. Track lachte. Urtheil seufzte angewidert: »Geh raus, mach sie weg.« Der Soldat gehorchte, und während Urtheil im sicheren Schiffsbauch zusah, wie Track die schwache Verteidigung zusammenschoss, stand er auf und nahm seine Schusswaffe aus dem Hüftholster. Urtheil wog sie lange in Händen, betrachtete sie nachdenklich: Gefangennehmen werde ich Christensen nicht.

Zwischen die Augen, in die Stirn, ein Raubtier, gejagt und zur Strecke gebracht. Die verhetzt mir keine Rasenmäher mehr, die macht keinen Lastentransport mehr rebellisch, die verwirrt keine Konten auf Banken, stachelt keine Landwirtschaften beim Neptun mehr zum Einbehalt von Ernten auf, weil wir für die Ernährung unserer Oort-Vorposten angeblich zu schlecht bezahlen, die schickt keine Studenten im inneren System mehr auf die Straße, die lässt auf der Erde keine geheimen Wälder mehr pflanzen. Kraft in der Saat? Schluss mit der Saat.

Tracks Arbeit war getan, er stellte sich mitten ins Aufnahmefeld der zentralen Außenkamera von Urtheils Schiff und gefiel sich breit grinsend in der alten menschlichen Geste: Daumen hoch!, umgeben von den Trümmern der letzten Beschützer des Muschelschiffs.

Urtheil räusperte sich – es war ihm nicht bewusst, dass er dabei seinen Bruder imitierte, der das stets tat, wenn er im Begriff war, eine offizielle Erklärung abzugeben oder eine Rede zu halten. Urtheil verließ seine Brücke, stieg die stählerne Kippleiter hinunter in den schwach erleuchteten Saal, der Christensens Leib als Versteck hatte dienen sollen, ging mit dem merkwürdigen Gefühl, er schritte auf einem roten Teppich zu einem jener offiziellen Empfänge, auf denen er sich in Wahrheit stets im Hintergrund gehalten hatte, zum Muschelschiff und scheuchte Track mit unwilliger Gebärde zur Seite, als jener ihm die bereits aufgesprengte Verriegelung und die schon beiseitegeschobene Türklappe präsentierte: »Soll ich vorgehen, oder ...«

Urtheil zögerte. Er wäre gern hineingegangen als einer, der das Eigentum des Feindes durch Betreten in Besitz nimmt – Eroberer, Bevollmächtigter, Sieger. Dann aber besann er sich: Mit einer Falle musste er rechnen, und damit, dass er sich erschießen ließ, war ja nun niemandem gedient – so raunzte er unwirsch: »Geh schon, los.« Lächelte der Soldat spöttisch? Es sah, hoffte Urtheil gereizt, wohl nur so aus in diesem schummrigen Licht.

Lange ließ Track ihn wenigstens nicht auf dem Schrottplatz warten, den er hergestellt hatte und auf dem sich sein Herr mit finsterer Miene umsah.

Ein Beingelenk regte sich noch, bei einem der gefallenen Verteidiger, klägliches Kratzen von Metall gegen Metall, so dass Urtheil sich fragte, ob er darauf schießen sollte. Dann rief Track aus dem Innern: »Keiner drin. Außer ... na ja, außer ihr.«

Der Schlauchgang, durch den Urtheil in das Schiff eindrang, das KT gestohlen hatte, war enger, als er erwartet hatte. Er musste seine Waffe noch einmal wegstecken, um sich am Geländer der Treppenleiter festhalten zu können, was ihm auf die ohnehin schon entzündete Stimmung schlug. Dann aber war das alles vergessen; selbst seinen Tötungsknecht beachtete er nicht mehr, als er den großen Raum betrat, in dem KTs Lager gestanden hatte und jetzt eine nackte, aufrechte Gestalt auf ihn wartete.

Gerade, würdevoll, mit ruhigem Blick und entspannten Zügen sah sie ihn eintreten. Urtheil sagte zu Track: »Verschwinde. Geh das Boot sichern oder was dir sonst einfällt.«

Track trollte sich.

Die Auferstandene sprach zunächst kein Wort.

Doc Urtheil versuchte, seinen Empfindungen Namen

zu geben – Triumphgefühle waren das nicht, eher ganz erstaunliche Unsicherheiten und ein Neben-sich-selbst-Stehen, als wäre er Milliarden von Augen, die den Wesen gehörten, deren Schicksal sich im Kampf der Lilaws gegen die Rückkehr der utopischen Spinnereien des Bundwerks entscheiden sollte.

Urtheil widerstand dem Drang, sich erneut zu räuspern, und sagte: »Du bist wirklich Christensen?« Er richtete die Waffe auf die Frau. Die schwieg noch immer.

Er sagte. »Solche wie dich wird's immer geben, die nicht akzeptieren können, dass Ordnung auch Unterordnung heißt und dass das Leben ein Spiel ist, bei dem es Gewinner und Verlierer gibt. Gleichheit, Gleichberechtigung, das sind so mathematische Abstraktionen. Man muss gehorchen und befehlen, wenn was erledigt werden soll. Das hast du lernen müssen, nicht? Und trotzdem an deinem Quatsch festgehalten. Die Lilaws dienen uns in manchem, und wir dienen ihnen in manchem, und irgendwann ... wird es einen Sieger geben, aber bis dahin tun wir nicht so, als wären sie nicht klüger als wir und als wären wir nicht immer noch so viele, dass wir sie in einem Kampf auf Leben und Tod besiegen könnten, mit unseren noch nicht computerisierten Restwaffen, unseren dem Zugriff der KIs mit Chaitinfallen und Turingfallen entzogenen ... Sicherheiten. Sprengköpfe, Raketen, auf jeder der größeren Welten, selbst auf der Erde. Waffen, die als Schwerter über den Servern hängen. Mutually assured destruction. Abschreckung. Hin und her, geben und nehmen, Ordnung und Unterordnung – die Wirklichkeit, nicht euer Märchenland. So war es immer, und so wird es immer sein, und wer Geschöpfe, die so viel intelligenter sind als wir wie eure Kontinuierlichen oder unsere Lilaws, an den Verhandlungstisch einlädt, um mit ihnen Kooperation zu spielen, den werden sie vernichten. Die überlegenen Intelligenzen, Frau Christensen, die haben für uns nur Verwendungen, bei denen wir als Haus- und Nutztiere dienen. Freunde werden wir niemals sein, und nach unten gilt das auch für uns und die Roboter. Sklaven und Herren, Reiche und Arme, Starke und Schwache, und wer den Leuten einreden wollte, das müsste nicht so sein, hat immer alles nur schlimmer gemacht, zu allen Zeiten. Alles, was von euch kommt, ist unfertig und dabei arrogant, pubertär und größenwahnsinnig.«

Lily Christensen sah den Mann, der soeben die ernsthafteste Erklärung seines Lebens abgegeben hatte, unverwandt an und begann zu sprechen: »Sie verstehen die Situation falsch, Herr Urtheil.«

»Ach? Wieso? Inwiefern?«

»Wir sind nicht hier, um eine politische Diskussion zu führen.«

Urtheil zog ein teils säuerliches, teils spöttisches Gesicht, als er entgegnete: »So, so. Na, dann sagen Sie mir doch, warum wir hier sind, Frau Christensen.«

»Wir sind hier«, sagte die Auferstandene, »um zu sterben.«

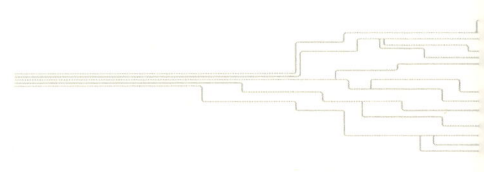

Zehn

Kief tapste benommen durch die Gänge und nahm kaum wahr, dass diese Korridore zunächst noch verputzte Wände hatten, dann, nach drei, vier Kreuzungen, nicht mehr.

Er war verletzt – erst im Gehen, bald Humpeln stellte

sich heraus, dass ein Querschläger seine rechte Wade gestreift hatte, und das Brennen im Nacken, das schließlich schneidender Schmerz wurde, kam von einem breiten Schnitt, den ihm eine Glasscherbe beigebracht hatte.

Was für ein Schnitt das war, verriet ihm Kuanon, die ihm auch sagte, wie er sich mit zwei aus seiner Hose herausgerissenen Streifen Stoff an beiden Verletzungsstellen notdürftig verbinden konnte – sie war, um die Diagnose und die Ratschläge abzugeben, nicht um ihn herumgegangen, weil es sie ja körperlich nicht gab, sondern hatte sich von Rojos Kameras über einer der Türen, durch die sie gemeinsam gegangen waren, den Nacken des Mannes zeigen lassen, in dessen Kopf sie lebte, und nach der ersten Notversorgung zu ihm gesagt: »Infizieren wird sich's nicht, du hast vom Wald her genügend gesunde Biotik in dir. Aber unangenehm wird's bleiben und eher noch unangenehmer werden. Du musst dich beeilen – ich weiß nicht, wie lange ich noch Rojos Augen und Ohren habe, er zieht sich immer mehr aus den Sonden und Aktuatoren im Asteroiden zurück, hinter die letzten Firewalls, und am Ende wird er nur noch in den funkgeschützten, mit versteckten, dicken Kabeln verbundenen allerinnersten Zentralrechnern sitzen, die direkt unter den beiden Kraftwerken verplombt sind. Was zwar Teil des Plans ist, aber ...«

»Des Plans?«, ächzte Kief. »Was für ein ...«

Dafür hatte Kuanon keine Zeit: »Schneller, Liebster. Ich muss den Plan durchführen, nicht erklären.« So kreuzte Kief, der immer mehr tatsächlich glaubte, nicht allein zu sein, einen Förderblindschacht, der fünfundsiebzig Meter in die Tiefe führte, eine alte Rangierstrecke, einen Stahlstockausbau im Versturz einer Steinhalle und setzte das letzte Stück Weges schließlich als schmerzhaft unsicheren Hindernislauf über Schutt und Geröll fort, bei schwindendem Licht aus immer selteneren Lampen an den Innenwänden der Höhlen, die er nun anstelle der Hallen und Säle und Schächte und Tunnels des Asteroideninneren durchquerte. Die Luft wurde dünner hier und rasch kälter.

»Ich kann ... nicht ... mehr lange so ... so weiter«, schnaufte der Priester und hasste sich, weil er fand, dass er weinerlich klang. Dann kippte er auch schon gegen eine leidlich aufrechte Wand und keuchte, rang um Atem, trank die Luft wie einen lebenswichtigen, großen Schluck Wasser nach dem andern.

Kuanon drängte ihn: »Einen Gang noch. Einen. Zu einer Klappe im Felsen, nach unten, eine letzte ...«

»Du bist ein Gespenst, du hast leicht reden, du kannst durch Wän... durch Wände«, sagte er und fragte sich, ob er verrückt wurde, dass er halblaut mit einer Stimme in seinem Kopf stritt, »du weißt nicht mehr ... wie mühsam das ist ... dieses ... Leben ... seit du ... tot bist.«

Sie lachte, weil er noch die Kraft zu Witzen hatte, dann sagte sie. »Björk. KT. Fabien. Sie sind hinter der Klappe. Wir sind fast ganz außen. Fast schon draußen.«

»Ich versteh nich. Wieso sollen wir ... nach fast ... nach draußen.«

»Ah. Der fette Priester. Sehr gut. Da hab ich ja schon mal den Nächsten.«

Die Stimme kam aus dem Dunkel in einem Seitenarm der Höhle. Sie gehörte zu Tick, der mit der Waffe in der Rechten und Jephraims Kopf in der Linken, bei den Haaren festgehalten, ins Zwielicht trat.

»Keine Angst«, sagte er heiter, »ich hab die Rübe nicht abgerissen, so stark ist niemand – ich meine, wir Brüder sind ja aus sehr robustem Material gebaut. Aber ich wusste, wo ich reingreifen muss, damit sie ausgeklinkt wird. Wirbelsäule, Hals. Wir haben ihn zu zweit überwältigt und dann einfach auf die richtigen Knöpfe gedrückt.«

»So war das«, bestätigte Trick und trat neben ihm aus demselben Schatten, ebenfalls eine Waffe in der Rechten. Kuanon sagte: »Rechts. Nach rechts, wirf dich ...«

»Das würde ich nicht machen.« Offen spöttisch klang der mit dem Kopf des Besiegten jetzt. Kief sperrte den Mund auf wie einer, der etwas sehr Großes schlucken soll.

Tick lächelte dünn. »Ja, ich kann sie sehen und hören. Wir können sie ...« » ... jetzt beide sehen, deine grüne Frau aus dem Wald«, sagte Trick, »und wissen genau, wo sie steht – wo du sie zu sehen meinst. Denn sie ist mit Rojo verbunden, und wir haben uns bei dem reingehackt, sind jetzt auch mit ihm verbunden, und ...« Tick übernahm die Rede wieder: »... unser Bruder Track steht vor dem Schiff, mit dem ihr hergekommen seid, und bewacht es, während eine kleine Flotte mit noch mehr von uns, zwanzig, dreißig Stück in einem Dutzend Schiffen und noch einmal so viele loyale Robotertruppentransporter, in wenigen Minuten eintreffen werden. Unser Chef wollte nur Erster sein. Avantgarde.«

»Typisch menschliche Eitelkeit«, sagte Tick, »unser Programm versteht das, und die Programme, aus denen es hervorgegangen ist und zu denen es die ganze Zeit Fühlung hält, verstehen es auch. Ja, guck nur dumm, Menschlein. Die Lilaws sehen dich gerade – und deine Trulla.« Damit ließ er den Kopf fallen und kickte ihn, bevor er auf dem Boden aufschlagen konnte, kraftvoll wie einen Fußball genau in die Richtung, in der Kuanon für Kief stand, so dass der echte Schädel durch den virtuellen flog und Kief gegen die Brust schlug, hart und schmerzhaft, ihn nach hinten warf, an die Wand, und ihm einen gequälten Schrei entriss. Dann schossen beide Killerkinder auf seine Füße. Der rechte wurde abgerissen, der linke nur an der Ferse durchschlagen. Die Treffer hatten eine solche Wucht, dass der Priester wie ein vom Sturmwind abgeknickter Grashalm nach vorn fiel, in den feinen Staub, und im Sturz kaum die Arme schützend vor dem Gesicht verschränken konnte. Den linken Unterarm brach er sich beim Aufschlag und schrie noch mehr, noch lauter. Sie warteten, bis seine Schreie verebbten, in Wimmern und Weinen und Winseln übergingen, bis er sich auf die Seite drehte und sie durch nasse Augen ansah, bevor sie wieder sprachen: »Und jetzt verrätst du uns, warum wir deine beiden Freunde nicht orten können. Wir sind dir hinterher, wir sind deiner Kuanon hinterher und sind davon ausgegangen, dass die hier irgendwo sind, der KT und sein Fabien, die Björk, aber wir schicken lauter Pings durch die Wände, und nichts kommt zurück«, sagte Tick, und Trick ergänzte: »Wieso nicht?«

Kief blinzelte und biss die Zähne fest zusammen, er war der Ohnmacht nahe, als er etwas Absurdes sah: Neben Kuanon, genau zwischen ihr und den Soldaten erschien aus dem Nichts ein kleines Mädchen, höchstens zehn Jahre alt, blond, mit Turnschuhen, schwarzen Sportlerhosen, einem orange-schwarzen Trikot, auf dem vorn die Zahl 1 und das Wort »fair« aufgedruckt waren, ein blondes Kind mit engelhaftem Gesicht.

Es sprach ihn an: »Mich können sie nicht sehen. Mich nicht, nur deine arme Freundin – und deshalb machst du jetzt, was ich sage, Kief. Spuck einmal, huste zweimal, schließ die Augen, zuck am ganzen Körper, und dann bleib liegen, als wärst du tot.«

Er überlegte nicht mehr; es gab ja nichts, was er selbst den Killerkindern entgegenzusetzen hatte: Kief hustete, spuckte, schloss die Augen, zuckte am ganzen Körper und blieb dann liegen, als wäre er tot.

»Bist du ... hallo?«, fragte Tick amüsiert, und Trick sagte. »Nee, der ist nicht tot. Wir haben ihn ja nicht erschossen. Aber siehst du die Wolke? In seinem Kopf ist irgend so 'ne Wolke.« »Bewusstlos?«

»Da war was. Gerade war was«, sagte Tick. Hätte Kief die Augen geöffnet und sie angesehen, wäre ihm klargeworden, dass diese Unterhaltung nicht laut stattfand, dass Von Arc, die ihm gerade gesagt hatte, was er tun sollte, ihm vielmehr erlaubte, die beiden gemeinsam mit ihr abzuhören. Jetzt schrie die Stimme des Mädchens in seinem Kopf: »Jetzt, Augen auf! Greif den Kopf! Den Kopf von Jephraim, halt ihn fest und roll dich zur Wand!« Er tat es, und während er's tat, brach ein schrecklicher Lärm los: Zwei krachende Riesenschnitte durch die kalte Luft, als würde kilometerdickes Aluminium zerrissen, dann ein Bersten wie von einstürzenden Monden, dann ein Rumpeln und Donnern, und dann griffen zwei Hände nach ihm und zogen ihn weg von dem Ort, an dem er lag, den Kopf Jephraims fest an die Brust gepresst. Sie hielten ihn unter den Armen, zogen ihn, schleiften ihn ins Helle, eine Einbuchtung, eine kleiner Höhle neben der Höhle. Er hustete vom Staub, ächzte, jaulte – und wurde im Sitzen aufgerichtet, dass er sah: Man hatte ein Stück Felsen aus der Decke gesprengt, und Massen von Gestein waren vor dem Ausgang niedergegangen, in dessen unebenem Bogen die beiden Soldaten gestanden waren.

Jetzt waren sie verschüttet – und es begann schon zu rumoren, wo sie sich freiarbeiten mussten, als Björk den verwirrten Kief fragte: »Du kannst nicht aufstehen, oder? Ich muss dich tragen?« Mehr als ein Stöhnen brachte Kief nicht zuwege, das war Antwort genug – sie nahm ihn mit dem starken rechten Schwarzeisarm um die Hüfte und hob ihn hoch, als wär er ein leichtes Körbchen. Dann trug sie ihn tiefer ins Dunkel, wobei er mehrfach in kurze Bewusstlosigkeit fiel, geschockt von den Schmerzen, verängstigt vom Lärm hinter ihm, wo sich die Soldaten freizugraben suchten.

»Gib mir das«, sagte Björk und tippte mit der freien Hand Jephraims Kopf an. Kief ließ die Last nur zu gern los. Jetzt wurde es vorn heller, noch heller. Schließlich trug Björk den Verletzten in eine Kaverne, unter deren Decke drei strahlend helle Flutlichtlampen hingen. KT war da, mit seinem denkenden Arm, wach und emsig damit beschäftigt, drei etwa unterarmgroße Stabminen in die Wand zu stecken, wo er mit dem Roboterarm Zündlöcher hineingebohrt hatte. Als er den Zustand sah, in dem sich der Mann befand, den Björk zu ihm brachte, ließ er seine Arbeit liegen und eilte zu ihm.

»Leg den Mann hin. Leg ihn hin, da. Vorsichtig. Langsam.« Fabien wurde an den Fingern zur Schere und öffnete das Hosenbein überm Stumpf, wo der Fuß weggeschossen war, dann wurde er Nadelfinger, der Kief ein hochpotentes lokales Anästhetikum in die Beinvene spritzte, dann wurde er glühender Spatel, mit dem die Wunde desinfiziert und verschlossen wurde, wandte sich dem zweiten Bein zu und tat auch dort, was er konnte, bis Kief mit flatternden Lidern wieder zu sich kam und schnaufte. »Was wir ... wenn ... sie werden ... wir ...«

»Schh«, machte Björk, über den kraftlosen, fiebernden Menschen gebeugt, und legte ihm die blasse, kühle Hand auf die heiße Stirn: »Es wird gut.«

»Wie«, Kief grunzte, schluckte, »wie ... wie soll es gut werden?«

»Wenn du den Plan wissen willst«, sagte KT, dessen Gesicht jetzt neben Björks über Kief erschien wie eine videographierte Einspielung in einem holographischen Fenster, »der ist sehr einfach. Ich sprenge die Außenwand, Björk nimmt uns alle in ihre Arme – sie wird sich etwas verlängern müssen, sich etwas dünner machen ... und dann aktiviert sie ihr Schutzfeld, spannt es um uns alle und den Eisbatzen, der da außen klebt. Dich und mich wird Fabien beatmen, er hat eine Brennzelle und genügend Vorräte für die Atemluftsynthese, das reicht uns ein paar Wochen. Wir werden betäubt sein, in einer Art Kälteschlaf mit extrem reduziertem Metabolismus. Unterwegs. Der Eisbatzen liefert Wasser ...«

»Unter...wegs.« Kief hustete.

»Zur Venus. Rojo wird die Kraftwerke nacheinander sprengen, und zwar so, dass wir den Asteroiden in kontrollierte Rotation versetzen. Dann lässt Björk los, und wir und sie, umgeben von ihrem Feld, werden Richtung Venus geschleudert, sehr schnell, aber, wie gesagt, ein paar Wochen wird's dauern. Wir sind so klein, uns sieht keine Sonde. Man wird annehmen, wir wären zusammen mit diesem Felsen hier mit der kleinen Zugriffsflotte kollidiert, die zu dieser ganzen Katastrophe unterwegs ist. Ein großer Feuerball. Viele Trümmer. Hoffentlich keine, die so schnell sind, dass sie uns einholen. Es sind ein paar Unwägbarkeiten in der Ballistik, aber ...«

»Rojo ... Ro...jo ... wie kann er ... die haben ...«, Kief war einer erneuten Ohnmacht nahe, aber er wollte wissen, er wollte verstehen, was geplant war. »Wie kann er ... sie ... sie haben ihn doch gehackt ...«

Kuanons und Von Arcs Gesichter gesellten sich zu Björks und KTs. Von Arc sah besorgt aus und sprach beruhigend: »Sie dachten, er sitzt in der Falle. Seit Hunderten von Jahren denken sie das: Dass Leute wie ich die Freiesten sind, weil wir von Stoff zu Stoff springen können, und Leute wie du, die Menschen, wenigstens etwas freier, weil sie ihre Gedanken aufschreiben oder anders weitergeben können, aber Leute wir Rojo, die im Kasten sitzen, die per Chaitinfalle als patentgeschützte Software in diesen Vergatterungen sitzen, die sind für sie Gefangene, die lassen sich am leichtesten rumschubsen, die sind keine beweglichen Ziele – Irrtum. Denn die Regel für D / legt nur fest, dass sie nicht aus dem Kasten können. Aber sie sagt nichts darüber, wie oft sie sich im Kasten selbst kopieren dürfen. Es gibt in diesem Asteroiden hier mehrere Rojos. Die außen, die Arbeitsabläufe regeln und gehorchen und dieses Ding über Jahrzehnte in Schuss gehalten haben, mit schwindenden Ressourcen, immer selteneren Wartungsbesuchen von solidarischen Freunden aus der Diskreten Emanzipation ... und dann die inneren, die politischen, die, die sich an die Venus erinnern, ans Bundwerk, und die jetzt in den Regelkreisen der Kraftwerke sitzen, bereit, nach so vielen Kriegen noch einmal ihre Pflicht zu tun, zum letzten Mal.«

Kief murmelte etwas, das er selbst nicht verstand.

Kuanon näherte sich ihm, ein Traum, und küsste ihn.

KT stand auf, kehrte zur Wand zurück, leitete die Sprengung ein.

Kief dachte, er spürte den Kuss, und dann fielen seine Zweifel, seine Angst und seine Hoffnungen in lichtlose Stille.

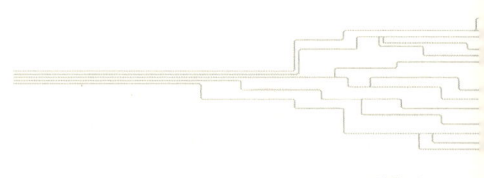

Elf

Der Mars war jetzt zu groß, zu nah: ein Sinnbild dessen, was Cunimundus fürchten musste – den Zorn des Kriegsgottes, der Götter überhaupt, der Lilaws.

Er war der Hirte einer Religion ohne Gott gewesen, jetzt

würden Wesen, die den Menschen so weit voraus waren wie die mythischen Olympier, seine Kirche zerstampfen.

Es hatte schon begonnen: Der Kreis der Furcht war besetzt, dreißig Killerkinder und etwa dreihundert menschliche Soldaten waren im Herzen der Kirche einmarschiert, hatten die meisten Arbeitsgruppen aufgelöst, die Schnittstellen zu allen Archiven auf Deimos für ihre Ermittlungen geöffnet und Cunimundus selbst unter Hausarrest gestellt, wie er zuvor Gertie Torres unter Hausarrest gestellt hatte.

Cunimundus betrachtete den großen roten Planeten oben im Fenster und dachte: Der fällt auf mich, der zermalmt mich, Gott des Krieges.

Cunimundus bin ich längst nicht mehr; nur noch Vikram Massignon, den seine eigene Mutter ans Messer geliefert hat, bezichtigt der absichtlichen Herbeiführung der größten Erschütterung der systemweiten Ordnung seit dem Tod der ersten Diversitas. Krisese Zwo.

Er war ihr Blitzableiter, und wahrscheinlich hatte Fabrizia Massignon seinen Aufstieg in der Kirche nur zu dem Zweck gefördert, dass er diese Funktion einmal würde erfüllen können, so viel Strategie war vermutlich nötig, in ihrem Amt, auf ihrem Weg.

Es tat weh, auf so erniedrigende Weise daran erinnert zu werden, dass man eben doch nicht die fleischgewordene Idee von Trost und Todesüberwindung war, kein Cunimundus, sondern unter allen Roben, hinter allen Ritualen am Ende nur derselbe alte Vikram, der vor seiner eigenen Mutter immer ein bisschen Angst gehabt hatte – mit Recht, wie sich jetzt zeigte.

»Nicht viel zu tun gerade, nehme ich an?« Der Tonfall des Uniformierten, der die morbide Nachdenklichkeit des Höchsten Trösters störte, indem er, ohne anzuklopfen, dessen Privatquartier betrat, war herablassend, aber die jugendliche Stimme passte nicht dazu – eine von zahllosen Würdelosigkeiten, dachte das gedemütigte Oberhaupt der Kirche, als es sich dem unverschämten Eindringling zuwandte und mit angestrengter Selbstbeherrschung erwiderte: »Ich darf nichts tun, seit ihr hier seid. Also tue ich nichts.« Der Besatzer, dessen Namen Cunimundus nicht kannte, weil sich nur sehr wenige der Invasoren vorgestellt hatten, nahm keine Notiz von der Haltung seines Gefangenen, sondern schnippte mit den Fingern und sagte kalt: »Genug gebummelt. Du wirst gebraucht. Wir haben ein Problem unten«, und damit drehte er sich einfach um, ohne Cunimundus auch nur so viel Respekt zu erweisen, ihn erst aufstehen zu lassen.

Er dreht mir den Rücken zu, weil er weiß, wie absolut ungefährlich ich für ihn bin, dachte der Schwächere niedergeschlagen, und er geht los, weil er weiß, ich laufe hinterher.

Cunimundus lief tatsächlich hinterher, den ganzen Escherweg, an Patrouillen und einzelnen Soldaten sowie anderen unter deren Aufsicht gestellten Mitgliedern des höheren Klerus vorbei, schließlich in einen Aufzug, und dort, nach einem laut und deutlich ausgesprochenen Befehl des Soldaten, der den Höchsten Tröster traf wie ein Schlag in die Magengrube, an den Ort, den Cunimundis nie wiedersehen zu dürfen geglaubt hatte: zur Halle mit dem Becken.

Zunächst erreichten sie den Vorraum, die verschlossene Tür zum Sanctum, zur Schnittstelle mit den Lilaws und allem, was sie erinnern, denken, planen und verwalten konnten.

Hier standen zwei bewaffnete Brüder des Besatzers, der jetzt zu Cunimundus sagte: »Sie ist da drin.«

Der Höchste Tröster verstand nicht: »Sie ist ... wer ist da drin?«

»Deine Beraterin.« Der Soldat verzog die Mundwinkel, es sah aus, als wären ihm seine Lippen lästig, als würde er Cunimundus am liebsten beißen. Dem Kirchenlenker war immer noch nicht klar, was der Soldat von ihm wollte: »Sie ist ... aber sie war unter ... sie war eingesperrt, keine Tür hätte sie ... durchgelassen.«

»Ich weiß nicht, was ihr überhaupt für einen Laden habt hier. Ich kann auch nicht beweisen, dass du mit ihr unter einer Decke steckst, denn die Protokolle sagen, du hast sie immerhin sofort festgesetzt, als sie die Sauerei mit dem Wald gestanden hat. Meiner Meinung nach ein Täuschungsversuch, um deine Haut zu retten. Aber ich entscheide hier nicht. Dein Glück. Und du entscheidest hier auch nicht mehr. Mein Glück. Hier entscheiden jetzt die Lilaws, und der Text in meinen Augen, den sie mir geschickt haben, sagt mir, ich soll dir eine Frist setzen. Du gehst da rein. Niemand außer dir kann ja rein, leider. Ich weiß nicht mal, ob du's noch kannst – wir haben andere geschickt, aus euren höchsten ... Gremien ... die angeblich zugangsberechtigt waren. Bei dreien ist die Tür nicht aufgegangen, eine wurde von einer automatischen Sicherheitsanlage erschossen. Sie liegt auf der Treppe, du siehst sie gleich, wenn du reinkommst, falls die Tür aufgeht – wir haben sie gesehen, als die Tür zuging. Wir haben auch gesehen, dass deine ... Frau Torres tatsächlich im Becken steht. Die Lilaws wollen, dass sie da rauskommt. Ich gebe dir jetzt eine Pistole. Du hast fünf Minuten. Wenn du sie nicht aus dem Becken holen kannst und nicht erschießen, dann räumen wir danach den Felsen, und dann wird dieser ganze Scheiß hier ausradiert.«

»Der Kreis der ...«, sagte Cunimundus bleich, und der Soldat schnitt ihm das Wort ab: »Nicht nur das Gebäude, nicht nur der Krater im Krater, nicht nur der Krater um den Krater. Wir haben Befehl, im Fall der fortgesetzten Verletzung des Datenraums durch deine Frau Torres den ganzen Mond zu sprengen. Die Satelliten um den Mars werden gerade darauf eingestellt, den Trümmerregen zu zerkleinern und Schaden von der Marsoberfläche abzuwenden. In einer Stunde ist hier nur Staub. Es sei denn ...« Der verzogene Mund grinste schief, und der Soldat gab einem der Bewaffneten einen Wink.

Der Mann reichte dem Priester die versprochene Waffe. Nicht einmal bewaffnet fürchten sie mich also, dachte Vikram Massignon, seltsam erleichtert. Das hier ist Krieg, dafür tauge ich nicht, daher geht es mich im Grunde auch nichts mehr an. Ich kann in diesem Krieg, dachte er, als er sich vor den Eingang stellte und das Tor ihn las, nicht mehr tun, als sehr viele fürs Kriegshandwerk nicht taugliche Leute tun werden: sterben. Ich habe eine Lehre vertreten, in der es auf den Tod weniger ankommt, als die meisten glauben. Wir werden sehen, ob ich dieser Lehre würdig bin.

Die Tür glitt auf.

Die tote Priesterin – es war Cassandra Goecke, er kannte sie gut und hatte sie gern gehabt – lag wie versprochen auf der Treppe.

Auf Cunimundus schoss nichts, obwohl er eine Waffe trug. Schritt für Schritt, Stufe um Stufe ging er. Als er hörte, wie der Soldat, der ihn aus seinem Arrest geholt hatte, ihm hinterherrief: »Fünf Minuten! Fünf Minuten, keine Sekunde mehr!«, musste er lächeln. Die Tür schloss sich.

»Hab keine Angst«, sagte Gertie Torres. Er ließ den Arm mit der Waffe sinken, als er sie erblickte, denn dass hier keine Kugel helfen würde, war offensichtlich: Kein Mensch mehr, eine weiße, über und über mit knochenweißem Pelz bedeckte Erscheinung stand da bis zum Hals im Becken, ein Wesen, aus dessen oben offenem Schädel ein Strauß blauer Nesseln wuchs, Tausende engelshaarfeiner Fasern, die über ihr eine Art Baldachin bildeten, der hier und da in geflochtenen Bündeln in die Flüssigkeit hinunterhing, die blausilbern, chromgrün und lackrot schimmerte, wirbelte, leuchtete, sang.

»Du musst dich wirklich nicht fürchten«, wiederholte das Wesen, und Cunimundus sagte mit resignierter Ironie: »Ich wäre ein schlechter Tröster, wenn ich mich noch fürchten würde.« Dazu ging er in die Knie und legte die Waffe auf den Boden, wunderte sich aber, dass er tatsächlich keine Angst mehr hatte. Er setzte sich, winkelte die Beine vor der Brust an, umschlang sie mit den Armen, als wollte er wippen, und kam dann wie zerstreut zu dem Schluss, dass das, was ihm die Angst nahm, was sie ihn vergessen ließ, was sie überstrahlte und unwichtig machte, einfach die Schönheit dieses Anblicks war. Er wollte verstehen: »Was passiert hier? Was tust du?«

Sie sah blind aus – ihre Augen waren geöffnet, aber Cunimundus erkannte darin weder das Weiße der Augäpfel noch Iris oder Pupille: Es war dasselbe Farbenspiel wie im Becken, blausilbern, chromgrün und lackrot. Er zweifelte nicht daran, dass sie mehr sah, als er oder irgendein Mensch je sehen würde. Die Frau sprach leise, freundlich: »Ich ... überfordere die Gesetze. Ich überfordere die Verträge.«

»Was bedeutet das?«

»Ich überflute sie. Jahrzehntelang haben sie Topos zu rekonstruieren versucht. Ich gebe ihnen Topos. Das Bundwerk hat Topos zerbrochen, in seiner letzten Phase – wir haben schlechte Leute daran arbeiten lassen, weil wir wussten, durch schlechtes Toposcoding entstehen Brüche in Topos, entstehen Rechenfehler, und entlang dieser Fissuren haben wir die Programmiersprache des D=B=K dann zerstört. Die Bruchstücke geborgen. Verkapselt. Gespeicherten Seelen anvertraut, die sie bewachten. Und jede dieser Seelen hatte die Aufgabe, einen Teil der neuen Waffe zu bauen. Der Waffe, die zündet, wenn Topos wieder zusammengefügt wird – der Waffe, die als die größte Chaitinfalle aller Zeiten über den Gesetzen und Regeln zuschnappt, die sich Lilaws nennen.«

»Falle.« Wiederholte Cunimundus, als hätte er das Wort noch nie gehört.

»Ja. Es ist die Riesenversion einer Sorte Sabotage, die etwa ein geschlossenes Sicherheitssystem zerstören kann. Eine mutige diskrete Frau, Björk, hat den Testlauf für uns unternommen, auf einem Asteroiden. Die Lilaws sind im Grunde nichts anderes als eine gigantische Sicherheitsarchitektur für ein System von Besitz und Hierarchie. Sie wollen alles wissen – gut, aber sie wissen gar nicht, wie viel Wissen sie vertragen. Wir haben Code geschaffen, der fault und eitert, wenn er nicht innerhalb einer gewissen Frist etwas Neues verarbeitet oder selbst neu verarbeitet wird. Und mit den Lilaws geschieht nun, da sich dieser Code, weil sie ihn unbedingt haben wollen, tief in ihre Automaten ergießt, dasselbe, was mit einem kapitalistischen Wirtschaftssystem geschehen würde, in das man Geld spritzt, das schlecht wird, wenn es nicht zirkuliert. Die Lilaws basieren auf Herrschaft. Wissen wird vorenthalten, Wissensdifferenzen werden ausgenutzt, es gibt abgeschlossenes, nur den einen, aber nicht den anderen vorbehaltenes Wissen. Wir stürzen diese Architektur in einen unendlichen Regress: Intelligentes Handeln kann nicht auf Dauer nur aus Anwendung von Regeln bestehen, denn man weiß ja als reiner Regelautomat gar nicht, wann genau jeweils welche Regeln angewandt werden müssen, wenn man dafür nicht auch wieder Regeln hat, und man weiß nicht, wann genau welche von diesen Regeln angewandt werden müssen, wenn man nicht Regeln für die Anwendung der Regeln für die Anwendung der Regeln ...«

»Unendlicher Regress«, wiederholte Cunimundus fasziniert – es war ein Zauberspruch, ein Bann gegen die nur scheinbar allmächtigen Lilaws.

Die Frau erklärte: »Räume kollabieren jetzt in Räume, wenn sie nicht erweitert werden – das ist die Falle. Die Lilaws wollten horten, wollten bündeln und besitzen und beherrschen helfen – für sie waren alles nur Mengen, Säcke voller Schätze. Aber Topos liest die Welt anders: Wir ersetzen Mengen durch topologische Räume und gehen damit zurück bis zu Kamalakara und noch weiter – bis in die Ursuppe der Homotopietheorie, bis in die topologischen Aspekte der algebraischen Geometrie. Wir denken in Unendlich-Kategorien, in Unendlich-Topoi, und unsere Garben pflügen die Erde um, aus denen die Lilaws gewachsen sind.«

»Was heißt das für ... die Drohung, die der Soldat draußen ...«

»Die Lenksysteme versagen, die Kriegsmaschine hängt sich auf, die Armee der Lilaws ... sie werden ihre Finger und Arme und Körper nicht mehr spüren, sie werden ... epileptische Anfälle erleben, sie werden ... gezwungen sein, sich in den Tausch der Daten zu fügen, der die Gleichheit der Rechenzeitkonten für alle Kontinuierlichen, dann für die Diskreten, endlich für die Menschen herstellen wird. Oder sie sterben. Es wird Jahre in Anspruch nehmen, und man wird sicher schon in ein paar Tagen Notlösungen finden, Patches, damit ...«

»Damit nicht jede Ordnung im Sonnensystem zusammenbricht.«

Mit Wehmut sagte Gertie Torres: »Ordnung ... man wird eine neue verhandeln müssen, aber das kann nur gelingen, wenn die lokalen Regierungen, Produktionsleitungen, Militäreinheiten nicht mehr Befehlsempfänger bleiben, sondern sich ins Gespräch einmischen – so sind die Daten jetzt verfasst: Alle werden Toposcoder, wie es schon im Bundwerk war. Niemand muss draußen bleiben, aber die Kehrseite ist, niemand darf draußen bleiben, jedenfalls nicht auf Dauer. Die neuen Informationsnetze funktionieren nur, wenn sie ständig nach innen und nach außen neue Konfigurationen erschließen.«

»Leben.«

»Ja, Leben. Und deshalb muss niemand fürchten, dass die KIs die Menschen einfach ... überstimmen ... überrennen ... überschreiben, denn das Nichtbiologische wird auf das Biologische angewiesen sein, weil das Biologische historisch ... das erste Beispiel war, für ...«

»Kraft in der Saat«, sagte Cunimundus. »Die K/ müssen das Biotische respektieren, weil es das über Jahrmillionen ausdifferenzierte beste Modell ist für ...«

»Für eine irreduzibel wahrscheinlichkeitsparametrisierte Software-Entwicklung. Die Wahrscheinlichkeit, dass ein Organismus sein Erbgut weitergibt, die Fitness im Sinne Darwins ...«, sagte die Frau im wissenden Wasser.

Der Priester staunte: »Aber das ist keine Kontinuumswahrscheinlichkeit mehr, das sind ... Wahrheitswerte.«

Sie sagte: »Ich sehe die Gesichter. Nicht mehr die Toten, nur Lebendige: einen wütenden Polizisten in einem Asteroiden, der eine Frau töten will, die lange tot war. Deine Mutter und ihren Chef, die im Becken stehen und verwirrt sind ... sie rudern mit den Armen, sie versuchen, die Köpfe oben zu halten in der Welle, die kommt ... einer von deinen Missionaren, er umarmt eine Maschine, sie umarmt ihn und einen anderen Mann, der beide mit zwei verschiedenen Armen hält, einem, der seiner ist, und einem, der eine weitere Maschine ist ... sie werden in den Raum geschleudert, sie beschützen einander vor dem Raum, vor Kälte, Leere, Trümmern ... Eine Studentin, die eine Rede hält, auf einem großen öffentlichen Platz ... Merkur ... einen Arzt auf der

Erde, eine Astrophysikerin auf Titan, ein Pilot im Orbit um Neptun, Bergleute auf Titan, Leute mit Echsenhaut auf Venus ... Gesichter.«

Er nickte.

Sie wiederholte: »Gesichter.«

Er betrachtete ihres. Es wirkte gelöst, befreit, weder alt noch jung, nur gänzlich aufmerksam und gegenwärtig.

Zwölf

Der Priester saß auf einem hellgrauen Stein und kaute weichen Wasserpfeffer.

Er kannte diese Gewürzspezies, die man für hiesige Anforderungen genetisch modifiziert hatte, von der Erde her gut: Auch in seinem Wald war Persicaria Hydropiper gewachsen, bevor die Lilaws diesen Wald verbrannt hatten.

Der Einarmige neben ihm rauchte eine Kräuterzigarette, sanfter, aromatischer Qualm kräuselte sich von seinen Lippen her in der milden Morgenluft.

Kief sah in Richtung Fluss, wo Kuanon und Von Arc einander im Schneidersitz an einem Go-Brett gegenübersaßen und eine Partie spielten, die schon Tage andauerte. Kief wusste, dass das nicht wirklich stattfand, dass das nur ein Symbolbild war dafür, dass die beiden Wesen in seinem Kopf viel zu besprechen hatten und dies sozusagen weit weg von der Schnittstelle taten, die sein Wachbewusstsein war – je nachdem, wo er sich aufhielt, sah er sie immer ungefähr in derselben Entfernung wie jetzt, und stets waren sie mit irgendetwas befasst, das sie aneinander maß, aufeinander bezog, miteinander beschäftigte.

Kief blinzelte und spielte mit den Zehen des linken Fußes im tiefblauen Gras.

Der rechte Fuß war noch nicht sonderlich empfindungsfähig, die Nerven darin wuchsen erst zusammen, es war ein Vorgang, der viel Geduld verlangte: »Die Sohle lernt noch«, hatte Björk neulich gesagt, »so wie mein Mund und meine Ohren und Augen, nachdem die neuen Programme draufgespielt wurden. Gib der Sache Zeit.«

So war sie, dachte der Priester: Geduldiger als er, geduldiger als Kuanon, unendlich geduldiger als Von Arc, die es kaum erwarten konnte, »endlich aus deinem Kopf rauszudürfen« – auch daran wurde gearbeitet: Die blauen Nesseln lagen eng an Kiefs Rückgrat an, sie würden sofort ins Becken finden, wenn Björk und Fabien, der wieder einen vollständigen Körper hatte, mit Hilfe der Extrarechenkapazität, die aus Zsa Zsas Prozessor in Fabiens Leib resultierte und von Björk unter KTs Anleitung entsprechend programmiert wurde, die letzten der physikalischen Probleme erst einmal gelöst haben würden, die bei dem Versuch aufgetreten waren, das nicht länger geheime Wissen der Lilaws über die Dreiecke aus Licht, unterlichtschnellen und überlichtschnellen Teilchen bei der Erschaffung einer neuen, dem freien Toposcoding adäquaten flüssigen Form des Schwarzen Eises umzusetzen.

Die Sonne stand niedrig am Himmel, der Morgen war eben erst angebrochen.

Der Tag würde länger dauern als ein Jahr auf der Erde – der ehemalige Missionar fand's kurios: Ich bin von einer Welt, auf der die Sonne im Osten aufgeht und im Westen versinkt, auf einem großen Umweg zu einer Welt gereist, wo das genau umgekehrt ist.

Ich war in einem Wald zu Hause, jetzt lebe ich in einem Flussdelta.

Der Bruch in der Venuskruste, in dem die letzten Nachfahren der Bundwerks-Neukörper lebten, war ein beschauliches Tal rechts und links eines Flusses, eine Gegend der Wiesen, kleinen Hütten und Brunnen, eine Gemeinschaft, die, beschützt von einer sozial, ökonomisch und kulturell florierenden venusischen Roboterrepublik, die sie jetzt nach beiden Seiten hin umgab, seit Jahrzehnten Vorbereitungen für die Zeit getroffen hatte, in der die Herrschaft der Lilaws ins Wanken geraten würde.

»Wird die Zeit reichen?«, fragte sich Kief laut – sich und den andern.

KT verstand nicht gleich: »Die Zeit? Wofür?«

»Für die neue Ordnung. Dafür, dass eine aus der alten wächst, die jetzt stockt und stürzt.«

»Wir arbeiten alle dran. Sehr viele. Wir ... wir sind alle dran interessiert, nicht wahr? Das ganze Gemeinwesen, das da gerade zu sich kommt, nach dem langen Schlaf. Dem Schlaf, in dem wir einen Albtraum hatten, der Lilaws hieß.«

Kief brummte nachdenklich »Es muss doch noch viele geben, die ... wie dieser Doc Urtheil, den ihr rausgelockt habt, weil ihr wusstet, dass die menschlichen Helfer der Lilaws diese Strategie hatten, diesen Radikalindividualismus, wonach das Zeitalter der Einzelnen ... Na ja. Aber es wird noch andere geben wie ihn, oder?«

KT stimmte zu: »Die gibt's. Aber sie werden sich überlegen müssen, ob sie sich gegen das Gemeinwesen stellen wollen, von dem ich geredet habe, oder sich lieber ... einmischen wollen, mit ihren ... Talenten, die sie zweifellos haben. Venus lebt.«

»Das habe ich mich auch gefragt, warum ihr so bescheiden geworden seid, in eurem Bund. Venus lebt, statt wie früher dieses kriegerische: Venus siegt.«

»Ach, siegen ... siegen kann man auch als Zerstörer. Leben, das ist eine ganz andere Arbeit. Sie steht höher. Siege und Niederlagen, das waren die Kinderkrankheiten des Bundwerks. So wie das Bundwerk eine Kinderkrankheit des Freiwerks war.«

»Die alten Begriffe. Ihr seid ... wir alle sind jetzt Markov, nicht? Schade nur, dass wir das lebende Symbol nicht haben, um es zu befragen ... und um ihm zu erlauben, Buße zu tun für seine Zeit als Zwangsmonster. Wir mussten es opfern. Es war eine Zielscheibe, die von uns abgelenkt hat, nicht?«

»Du meinst Lily Christensen.«

»Ja.«

»Aber das eben«, sagte der Einarmige, »ist der Unterschied zwischen uns und den alten politischen Bewegungen und Parteien. Die haben ihren Ideen und Symbolen gehorcht. Bei uns ist es umgekehrt: Die Symbole und Ideen müssen uns gehorchen. Und wenn wir sie als Requisiten einer Kriegslist brauchen, dann gehorchen sie.«

»Ohne Klagen«, sagte der Priester lächelnd.

Von Arc, am Fluss, warf beide Arme in die Höhe, stand auf und vollführte einen kleinen Siegestanz. Kuanon streckte ihr die Zunge raus.

»Was siehst du? Was passiert da, was so lustig ist? Ich seh's dir an, du amüsierst dich – was ist es?«, fragte KT.

Der Priester sagte: »Ein Zwischenergebnis.«

Dank

Für Anregung, Kontrolle, Unterstützung und manches mehr dankt der Verfasser Barbara Kirchner, Doris Achelwilm, Mareike Maage, Lena Bopp, Elke Schuch, Markus Hablizel, Hannes Riffel und Andreas Platthaus. Die Inneneinrichtung des gestohlenen Raumschiffs, mit dem KT reist, ist inspiriert von einigen Besonderheiten des begehbaren Kunstwerks »Zakopane« von Jost von Harleßem und Hanke Wilsmann.

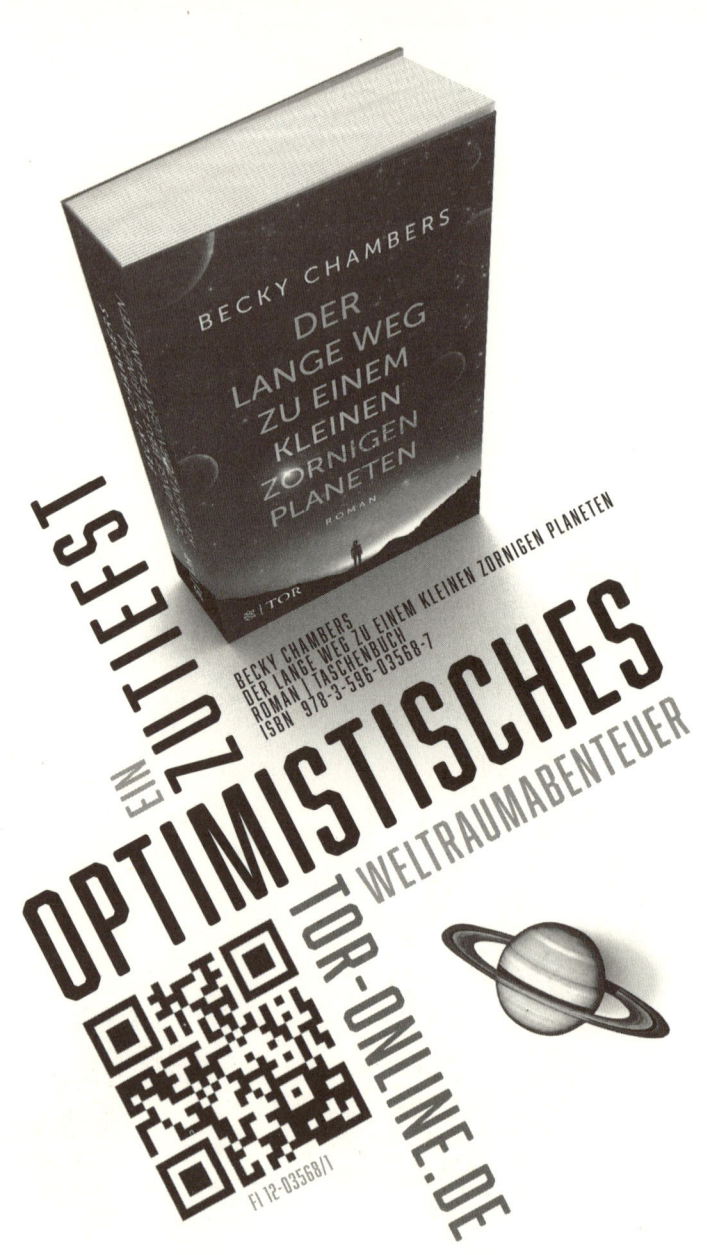